채희문 대표 작품선

바람도 때론 슬프다

서연비람은 조선 시대 왕궁 내, 강론의 자리였던 서연(書筵)에서 강관(講官)이 왕세자에게 가르치던 경전의 요지를 수집하여 기록한 책(비람備覽)을 말합니다. 서연비람 출판사는 민주주의 국가의 주인인 시민들 역시 지속 가능한 과거와 현재, 미래의 이치를 깨우치고 체현해야 한다는 믿음으로 엄선한 도서를 발간합니다.

한국현대문학전집

바람도 때론 슬프다

초판 1쇄 2019년 7월 19일
지은이 채희문
편집주간 김종성
편집장 황미숙
책임편집 김연주

펴낸이 윤진성
펴낸곳 서연비람
인쇄소 (주)에이치이피
등록 2016년 6월 29일 제 2016-000147호
주소 서울시 강남구 도곡로 422, 5층
전화 02-563-5684
팩스 02-563-2148
전자주소 birambooks@daum.net

ISBN 979-11-89171-20-9 04810
ISBN 979-11-89171-19-3 (세트)

값 14,500원

이 도서의 국립중앙도서관 출판예정도서목록(CIP)은 서지정보유통지원시스템 홈페이지(http://seoji.nl.go.kr)와 국가자료종합목록시스템(http://www.nl.go.kr/kolisnet)에서 이용하실 수 있습니다. (CIP제어번호 : CIP2019024139)

한국현대문학전집

채희문 대표 작품선

바람도 때론 슬프다

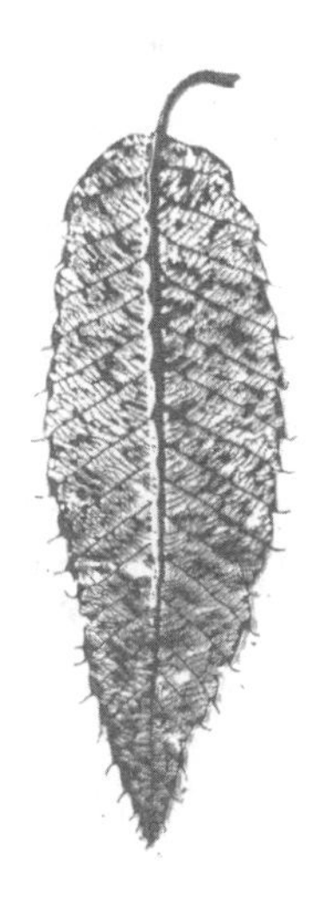

서연비람

책머리에

만약 소설가라는 직업에 유통기한이 있다면 오랫동안 절필에 가까운 게으름 속에서 소설을 발치에 팽개치고 지낸 나야말로 쓰레기통 속으로 던져져야 마땅할 것이다. 하루가 10년처럼 변해가는 이 시대에 하필 리얼리즘을 신봉하는 소설가의 탈을 쓰고도 대중적 욕망정보에 무심하게 지냈다는 사실이야말로, 싱싱해서 펄떡펄떡 뛰어야 마땅할 생선이 흐물흐물 상해버린 것과 무엇이 다를까.

강남 한복판에 눈부시게 서 있던 삼풍백화점이 와르르 무너지던 1995년 6월 이후부터 나는 '소설'의 진정성을 도무지 믿지 않았다. 아니 그보다 반년쯤 전, 늠름하게 서 있던 성수대교의 상판이 바닥으로 쏟아지던 그때부터 나는 이미 '문학' 혹은 '소설'이라는 말에 어질 머리를 앓게 되었는지도 모르겠다. 작가의 시대공부가 작품생산의 동력이라는 사실만을 믿으며 눈에 불을 켜고 살아오다가 연거푸 이어지는 절망적 상황에서 나는 연민과 비애를 느낄 수밖에 없었던 모양인데, 곰곰 생각해보니 이런 시대에 소설가 노릇 하기가 민망할 뿐이었다.

당시 나는 내 소설이 진정성을 상실했다고 믿었다. 내가 작품에 설정한 배경은 절망적인 상황일 뿐인데 그 안에서 쾌락을 좇는 주인공은 천박하고 비겁하기만 했다. 작가가 스스로 설정한 시대적 배경에서 대중의 욕망을 외면하고 허구의 장막 뒤로 숨기려 하는데 그 소설이 무슨 의미가 있을까. 그러니 염병, 소설가 명함을 낯 뜨거워서 어찌 내밀 수 있을까.

그래도 가끔씩 소설을 쓰긴 썼다. 내 마음이 답답하다보니 소설도 답답했고 그러므로 내 소설이란 인간들의 욕망이 중층으로 얽어낸 이야기일 뿐이었다. 절망으로 버무려진 세상에서 어떻게 하면 벗어날 수 있을까 하는 탈주의 흐름, 그래도 희망을 품고 항아리 속 된장 눌러 담듯 분노를 눌러 참는 과정에서 일탈하는 이야기. 오로지 그뿐.

따지고 보면 욕망을 바닥에 깔고 있는 모든 소설은 주제가 무겁다. 그러나 세상을 둘러보면 모든 정경이 아주 경쾌하게 느껴질 뿐이라서 생존문제와 밀접한 이야기를 하려 해도 내 소설적 직관은 선정적인 욕망의 줄기에 우선으로 몸을 섞게 된다. 이를테면 그동안 써낸 내 소설의 이면은 절망적 상황에서 찾아낸 연민이나 혹은 비애였다. 그런 현상은 아마도 백화점이 무너진 뒤 근 20년이 지나 '세월호' 참사가 터질 때까지 계속되었을 것이라 여겨진다.

그럭저럭 내가 소설가로서 문단에 이름을 내걸고 〈살아낸 세월〉이 30년이나 흘렀다. 그동안 나는 홍수에 휩쓸린 채 손가락 끝만 내밀고 살아온 게 뻔했다. 그러니 〈살아온〉 게 아니고 〈살아냈다〉는 말이 맞다. 그리고 그 즈음에야 나는 심리적 마지노선에 서 있음을 깨달았다. 절망이든 희망이든, 연민이든 비애든…… 사람 사는 이야기를 등에 전율이 느껴지도록 써야만 할 나이가 되었음을 이제야 깨달은 것이다. 그런 이야기를 써야 진정으로 살아가게 되는 것임을 알았으니 이제야 철이 들었나보다. 그러나 그동안 철없이 쓴 소설이 아까워서 이런 모양으로 소설집을 묶어내는 걸 보니 아직 철이 들려면 멀었다는 생각이 들기도 한다.

이 머리글에는 내 친구 '박태환'이 내게 해준 이야기도 함께 버무려져 있다. 그는 얼마 전에 아파서 죽었다. 그 친구가 죽기 직전에 나는 열심히 소설을 쓰겠노라고 약속했다. 그러니 어쩌랴…… 앞으로 남은 생 소설이나 열심히 써야겠다.

2019년 6월 12일 채희문 씀

내 혀는 투명해

2008년 『現代文學』 10월호에 발표

내 혀는 투명해

* 새벽에 피는 꽃잎

불개미 때문에 잠에서 깨어났다. 너무 작아서 육안으로는 잘 보이지도 않는 벌레. 여차하면 땀구멍 속으로 침투할 것처럼 미미하다는 자체가 두려운 존재. 따귀 때리듯 허벅지를 후려치고 전등을 켜보니 살갗이 군데군데 깨알처럼 솟아 있었다. 금세 동전 크기만큼 벌겋게 부풀어 오를 기세였다. 하물며 가렵기도 해서 손톱을 세워 벅벅 긁다 보니 아예 잠이 달아나버렸다. 밤새 불면에 시달리다가 새벽녘에야 겨우 빠져든 단잠이었다. 현실을 감옥처럼 여겼으니 잠자는 동안만큼은 탈옥의 자유를 느낄 수 있었는데 이걸 어쩌나, 잠에서 깨니 다시 무기형을 받은 수인(囚人)의 신세였다.

수인들의 옷은 교수형으로 질식당한 자들의 낯빛처럼 검푸른 빛을 띠고 있다. 적어도 내 기억으로는 그랬다. 수의(囚衣)라고 해야 하나. 그 옷을 떠올릴 때마다 모범적인 살인마 집단이었던 아쥐르 군단이 연상되곤 한다. 아쥐르(Azur)는 하늘빛이다. 그러나 아쥐르 군단은 히틀러를 원조하기 위해서 소련으로 파견된 스페인의 살인부대였다. 하늘빛을 보면 간혹 나의 슬픔 내부에서 느끼는 분노가 칼날처럼 일어서곤 한다. 바꾸어 말하면, 하늘빛에 무작정 화가 치미는데 사실은 내 마음이 슬프기 때문이란 말이다. 한 벌밖에 없는 내 잠옷이 칙칙한 하늘색이라는 데에 근본적인 문제가 있었다. 현실이 감옥으로 여겨지면서부터 내 방은 비좁은 감방이나 다름없었다. 잠든 순간은 곧 탈옥을 한 순간이었으니 나로서는 그 칙칙한 하늘빛 잠옷을 입을 까닭이 없었다. 거의 알몸으로 잠자기 시작하면서부터 불개미에게 물리기 시작했다. 불개미에게 물린 자국은 점점 꽃잎처럼 붉게 자라난다. 처음엔 복숭아 꽃잎처럼 약하고 섬세하게 피어나다가 점차 진딧물 알주머니가 달린 붉나무 잎사귀처럼 거칠어진다. 그러다가 가려워 긁을수록 온몸으로 번지는 붉은 꽃잎…… 맨드라미, 괴꽃, 채송화, 능소화, 분꽃, 석류꽃…… 이를테면 꽃잎의 섬세함과 손톱 끝을 통해 파고드는 날카로움과는 상당한 연관이 있는 것이다.

수면제까지 복용한 끝에 간신히 탈옥을 했건만 눈곱만한 불개미 때문에 다시 나락으로 떨어졌으니 마음 자락이 송곳 끝이었다. 원통해서라도 불개미들을 잡아 요절을 내야 할 판이었다. 팬티와 브래지어 차림으로 침대 위에 쪼그려 엎드린 채 불개미를 찾기 시작했다. 여름밤에 선풍기도 없이 고양이 짓을 하다 보니 관절의 접힌 부위부터 땀이 번지기 시작했다. 수많은 꽃잎으로 장식된 내 몸뚱이가 땀에 젖으면서 여기저기 가렵기도 하고 뜨끔거리기도 했다. 손가락으로 헤집어보니 처음엔 시원하다가 뼛속까지 가려움이 스며들기 시작한다. 그러던 중에 덜컥 가슴이 내려앉는다. 내 몸에 피어난 꽃잎들이 불개미의 턱에서 비롯된 독물이 아니라 그 남자의 혀끝에 묻어있던 균 때문일지도 모른다는 느낌.

사흘 전에 '키스 알바'를 했기 때문인지도 모른다. 며칠을 망설이다 찾아간 '키스방'에서의 모험은 에로틱한 무감각의 연속이었다. 사람들이 은밀하다거나 퇴폐적이라고 부르는 행위에 대한 호기심 때문에 키스 알바를 했다고 볼 수도 있지만, 새로운 유형의 탈옥이라고 여기는 편이 합당했다. 키스 알바는 실정법상으로 위법한 행위가 아니라는 그 남자의 유혹은 감미로웠다. 잠자는 행위로 탈옥을 시도한들 깨어나면 허탈하기 그지없었지만 키스 알바는 확실한 대가를 챙길 수 있어 좋았다. 다만 내 가슴 속으로 스며드는 굴욕적인 느낌만 모른 체 하면 될 뿐.

"쯧쯧, 취직이 보통 어려워야지. 내가 봐도 불쌍해, 요즘 젊은 애들."

키스방은 생각보다 세련된 공간이었다. 한 평 남짓이나 될까. 좁았지만 나름대로 구색을 갖추고 있었다. 2인용 소파 하나, 옷걸이 하나, 시계 하나, 칙,칙! 향수를 뿜어대는 에어 프레시 하나, 가글용액 한 병, 이온수 한 병……. 하필이면 붉은 네온등으로 조명을 한 것만이 어색했는데 그 등 밑에 다가서기만 하면 살갗은 연분홍으로 반투명이 되고 마는 것이다. 그렇구나, 네온등 불빛은 슬픔이나 죽음을 느낄 만큼의 비애를 깃들게 하는구나……. 그 남자가 내 양쪽 귀를 손바닥으로 감싸는가 싶더니 코 밑으로 뾰족한 혀가 불쑥 다가왔다. 네온등 불빛에 비춰지는 그 남자의 혀는 대장장이의 집게 끝에 매달린 선홍색 쇠붙이였다. 그 투명한 번들거림.

"아, 아아! (아저씨가 문제점이라고 생각해요. 에로틱할 줄 알았어요.)"

키스의 종류에는 여러 가지가 있다. 혀를 서로 감싸는 프렌치 키스로부터 바람 키스에 이르기까지, 그러나 가글 키스, 포카리스웨트 키스, 얼음 키스가 있는 줄은 몰랐다. 이름을 바꿔 부르기만 하면 내 속으로 침투해 들어오는 것은 퇴폐적인 수컷의 혀가 아니었다. 이러다가 내가 미치는 게 아닐까? 하고 내 스스로 속삭여보았지만 기분은 점점 묘해져 갔다. 그저 입으로 남의 살을 무는 것에 무슨 의미가 있을라고? 하지만 자위하는 마음에 악마가 따라붙을 줄은 전혀 몰랐다. 묘해지는 기분이 그 남자의 손가락 때문이란 것을 깨달았을 때는 이미 늦은 상태였다. 그 남자의 손가락 두 개는 이미 블라우스를 헤집고 들어와 빨래집게처럼 내 유두 끝에 매달려 있었다.

"여기까지는 규정상 허용돼 있어. 4만 원이 어디 적은 돈인가?"

불개미를 잡기 위해 고양이 짓을 하는 동안에도 손톱으로 긁어 놓은 허벅지의 꽃잎에서는 진물이 흐르는 듯 습한 느낌이 들었다. 굼실굼실 실지렁이가 기어가는 감촉. 그 남자의 혀끝을 받아들이며 다만 사색을 했을 뿐인데, 그 남자의 사랑이나 혹은 슬픔을 단돈 4만 원에 기꺼이 받아준 것뿐인데…… 그 순간 균이 배양되었다면 얼마나 큰 낭패인가. 마음이 딴 데에 있으니 불개미를 사로잡는 일이 쉬울 리 없었다. 어렵사리 한 마리를 생포한 뒤에 불로 지질까, 목을 비틀까, 혹은 앞니로 허리를 똑 끊을까 하다가 돋보기를 통해 확대해 보기로 했다. 일단 돋보기 사이로 수인사라도 한 뒤에 머리통을 잘근잘근 씹어도 결코 늦지는 않을 테니까.

"아, 아아! (주둥이가 무서워. 날카로운 집게 같아.)"

엄지와 검지에 세게 힘을 준 까닭에 손톱 사이에서 목이 잘렸는가. 엄지손톱 위로 튕겨져 나온 불개미 머리 위에서 더듬이가 아우성치고 있었다. 그 남자의 두 손가락이 빨래집게처럼 내 유두 끝에 매달렸듯 불개미 주둥이에 달린 날카로운 집게는 내 손톱에 매달린 채 떨어지지 않고 있었다. 그 단단한 손톱 끝에.

"지금이 몇 신데 여태 불 켜놓고 난리니? 지겹다, 지겨워. 낮엔 잠만 쳐 자고, 밤이면 불 켜놓고 돈 닳리고…… 썩을 년."

엄마, 이를테면 간수가 혼잣말을 하며 화장실을 향해 갔다. 내가 속한 감옥의 관례상 밤엔 자고, 낮엔 밖에 나가 돈을 버는 것이 가장 충실하게 형기를 보내는 방법이었다. 나도 오늘만큼은 깊이 잠들기 위해 수면제까지 복용하지 않았던가. 간수가 용변을 마치고 나오기 전에 급히 전등을 꺼야만 했다. 갑자기 어둠이 출렁이면서 내 몸에 피어있던 붉은 꽃잎들을 거두어 갔다. 아직 눈꺼풀 속에 전등 빛의 잔상이 뒤숭숭했지만 어둠 속에서 서서히 살아나는 내 나신은 매끈하기 그지없었다. 잠시 내 몸 위에 수련이 피었던 것일까? 가느다란 꽃줄기를 수면 위로 올려 자그마한 꽃을 피워내는 도도함. 그 도도함 때문인지 날 저물면 청초했던 꽃잎을 오므리는데, 어둠을 보느니 차라리 잠들어 외면하는 모습에 수련(睡蓮), 즉 잠자는 연꽃이라 했는지도 모를 일이다. 그러나 어둠에 속아 하늘빛 잠옷이 뿌옇게 보인다고 한들, 내 몸 벌레물린 반점이 수련꽃잎처럼 사라진다 한들 서글프긴 매일반이었다.

* 낮에 먹는 아침식사

지하철 기관사의 서툰 운전 탓에 잠에서 깨어났다. 몸이 외로 한껏 쏠리는가 싶더니 번쩍 눈이 떠졌다. 여태껏 무릎 위 가방을 베고 엎드려서 자고 있었던가. 자살로 생을 마감한 베르테르의 사랑 이야기를 읽다가 잠에 빠진 모양이었다. 엎드려 잠든 탓에 책 표지에 흥건히 침이 묻어 있었다. 나이 서른을 눈앞에 두고 이제야 『젊은 베르테르의 슬픔』을 읽는다는 것이 스스로도 낯 뜨거워서 달력 종이로 덧댄 표지였다. 사흘 전 키스방에 들렀던 날, 오랜만에 아침절에 집을 나서서 면접시험을 보러 갔다. 320번이나 응모한 입사시험에서 면접까지 올라간 것이 손가락으로 꼽을 정도였으므로 설레는 마음으로 면접관 앞에 나섰던 것이다. 면접관은 느닷없이 요즘 같은 불경기에 젊은이들 사이에 번지는 베르테르 효과에 대해서 어떻게 생각하느냐고 물었다. 예상보다 쉬운 질문이었으므로 막히지 않고 술술 대답했다. 그것까지는 좋았는데 면접관이 느닷없이 베르테르가 어떻게 자살했는지를 물었을 때에는 그만 벌레 씹은 표정을 지을 수밖에 없었다. 글쎄요…… 수면제를 잔뜩 먹지 않았을까요? ……이런 젠장!

첫 번째 질문에서, 베르테르의 사랑 이야기를 통해 엄격한 위계질서와 자신에 대한 높은 평가로 인해 신분제 사회에 융화하지 못하고 좌절하는, 불만에 찬 젊은 지식인의 전형을 형상화…… 운운하며 대답했으므로 만점을 맞아야 의당한 대답이었다. 베르테르가 수면제를 먹었든, 비아그라를 먹었든 도대체 무슨 상관이란 말인가. 본질적으로는 조금도 중요하지 않은 문제에 우물쭈물하자 면접관은 그럴 줄 알았다는 듯 질문지를 탁 덮으며 턱짓으로 나를 내쫓았다.

"쓸데없는 공부만 열심히 했군."

무슨 억하심정으로 그런 질문을 했을까? 혹시 면접관이 정신분석학자거나 혹은 심리극의 연출자는 아니었을까? 그렇지 않다면 미친놈……? 별 생각이 다 들었지만 막상 시험장 문을 나서자 나는 또다시 무기형을 받은 수인으로 되돌아오고 말았다. 넓은 곳으로 나왔으나 마땅히 갈 곳이 없었다. 늘 그랬다. 평상시에도 집을 나서면 마땅히 할 일이 없었으므로 무작정 걷다가 시장기가 느껴지면 편의점에서 사발면을 사 먹곤 했다. 사발면도 양발을 어깨너비로 벌리고 근엄한 자세로 서서 먹으면 나름대로 격이 생겼다. 간수의 눈을 피해 나오느라 아침을 걸렀으니 대낮에 먹더라도 아침 식사였다. 어쩌다 직장에 취직한 친구를 만나 설렁탕이나 비빔밥을 얻어먹기도 하지만 그건 자유롭게 사회생활을 구가하는 친구가 넣어주는 사식(私食)이나 다름없었다. 한번 사식을 받아먹고 나면 오랫동안 면회조차 허용되지 않는 수인의 삶은 암울하기 짝이 없을 뿐이다.

수인으로서의 일상이 이어지다 보니 머릿속에 지푸라기만 가득 들어차게 되지만, 먹이에는 민감한 반응을 하게 된다. 설렁탕을 얻어먹었던 친구와 다시 만나게 되면 그의 목소리에서 설렁탕 끓는 소리를 듣게 된다. 혹은 길 가다가 설렁탕집을 보게 되면 즉시 그 친구의 모습이 떠오르는 것도 불가해한 일이다. 친구의 아득한 눈동자 속에서 곧 그 친구가 사식을 넣어줄 것인지, 아닌지를 관찰하게 되는 것이다. 대학을 마치고, 어학연수를 다녀오고, 대학원을 졸업한 지 3년, 이른바 실형 3년째에 접어드는 백수라면 조심스럽게 사는 법을 깨닫게 된다. 여러 감정이 솟아나더라도 모두 억누르고 새로이 규정지어진 원칙에 순응해야 하는 법. 복종과 비굴의 원칙은 그런 식으로 세상에 태어나는 모양이다.

"오랜만이네. 점심이나 같이할래?"
"응? 으응, 그래. (점심값은 물론 네가 지불하는 거다.)"
"그럼 12시에 우리 회사 로비에서 만나."
"그러지, 뭐. (늦으면 굶게 되는 거지?)"

정든 친구와의 통화 중에도 무어라 형용할 수 없는 괴로움을 느끼곤 했다. 너무도 쉽게 허물어져 가는 인간의 습성, 그 변태성! 추락을 하는 중이라 여겨졌다. 추락하는 동안에는 숨이 가빠지고 심장이 뻐근해지게 마련이다. 섹스를 동반하지 않는 오르가슴에 접근하는 것이지만 의학적으로는 근육과 신경의 과도한 긴장일 뿐이라고 한다. 그렇다면 남자의 경우 사정을 하게 된다는 속설은 거짓임에 분명할 것이다.

남자 친구와의 관계는 더욱 모호해졌다. 연인이라고 해야 할까. 한동안 몸 친구 노릇까지 해주었던 R도 백수 생활 3년에 접어들자 그만 남성을 잃어버렸다.

대학 시절만 해도 학교에서 멀리 떨어진 모텔에서 서로 만나 숙제도 하고, 리포트도 쓰고, 시험공부도 하고, 내친김에 스포츠 섹스를 통한 체력단련까지 했으니, 모텔이라는 현대 젊은이의 전인 교육센터를 통해 R과 나는 로미오였고, 줄리엣이었다. 그러나 열흘쯤 전, 서로 구겨진 돈 1만 5천 원씩을 내서 모텔 방에 들었지만 R의 트렁크 팬티 속에서 솟대처럼 우뚝 버티고 있어야 할 이른바 해바라기는 아하! 고개를 푹 숙인 채 일어설 줄 몰랐다.

튼튼하게 잎자루를 세운 해바라기는 동쪽이나 남쪽을 바라보고 핀다. 유래에 의하면 해가 이동하는 방향에 따라 심장 모양의 꽃이 움직인다는 말이 있다. 매우 타당성이 있는 말이다. 그러나 유심히 보노라면 그 꽃은 해를 바라본다지만 석양이 질 무렵엔 해가 떠 있는 곳과는 반대 방향을 보고 있다. 수련이 밤을 외면하기 위해 꽃잎을 닫는다면 해바라기는 지는 해가 야속해서 등 돌리고 외면하는 것인가. 혹은 새로이 힘차게 떠오를 다른 태양을 향해 진작부터 마중을 하는 것은 아닌지. 군에 입대해서 뒤늦게 포경수술을 한 덕에 R의 에로스는 해바라기와 흡사한 꼴을 하고 있었다. 그것도 해바라기 형상을 띠고 있어서인가. 내가 대학원을 졸업하고도 3년째 취직을 못 하자 그 해바라기는 나에게 등을 돌리고 외면하기 시작했다. 그래, 가라! 그 꽃이 아무리 화려한들 식물의 생식기에 불과한 것. 그러니 나를 외면하는 것은 나에게 씨를 뿌리지 않겠다는 것. 나를 여자로 받아들이지 않겠다는 것. 정말 미칠 노릇이었다.

"지독히 아픈데도 거길 보고 있으면 자꾸 웃음이 나와서……."

처음 사랑하던 날, R은 조심스레 바지를 벗으며 이렇게 쑥스러워했다. 그러나 3년이 채 지나지도 않은 어느 날, 나는 마지막 사랑을 예견하면서도 재미있는 척했다. 재미있는데 왜 자꾸 눈물이 나지……? 물론 혼잣말이었다.

덜컹! 하고 지하철 바퀴가 멎는 소리를 듣고야 목적지에 도달한 줄을 알았다. 321번째 입사원서를 제출한 회사에서 면접 통보가 왔고, 나는 지금 또다시 면접을 보러 가는 중이다. 정확히 말하자면 314번은 서류전형이나 필기시험에서 낙방했고, 면접시험은 이제 겨우 일곱 번째 시도였다. 달력 종이로 표지를 덧댄 『젊은 베르테르의 슬픔』을 다소곳이 가슴에 품은 채 지하철 역사를 빠져나왔다. 침으로 얼룩져 있었지만 아직 몇 장 읽어보지도 못한 책이었다. 베르테르가 어떤 방식으로 자살을 했는지에 대해 우선 읽어보았을 따름이다. 슬픈 책이지만 베르테르가 죽는 상황에서도 전혀 슬프지 않았다. 신분제 사회에 융화하지 못한 젊은 지식인이라고? 그 젊은 서양 친구가 자살했다고 해서 진정한 슬픔을 표현한 것일까? 슬픔은 결핍이 아니라 그 반대인 가득함이라고도 했다. 이것 역시 서양 사람의 말이다. 즉 감정, 눈물 등이 넘쳐날 정도로 너무 가득한 상태임을 암시하는 말이라고 했을 것이다. 너무 예술적인 표현임에 분명하다. 만약 오늘 면접시험에 슬픔에 관한 주제로 말할 기회가 주어진다면 나는 즉석에서 우리 집 간수에 대해서 말할 것이다. 다짜고짜 간수라고 하면 알아듣지 못할 것이므로 잠시 동안은 어머니라고 칭할지 모르겠다.

(모든 것이 세월에 의해서 잊힐 수 있지만, 영원히 잊히지 않는 슬픔도 있습니다. 세상의 벽이 높은 줄 알면서도…… 나를, 능히 세상의 벽쯤이야 훌쩍 뛰어넘을 수 있는 딸이라 여기는 어머니의 기대가 무엇보다 나를 슬프게 합니다.)

물론 면접관 앞에 서면 먼동이 터오는 것처럼 눈앞이 하얗게 변할 테지만 대충 이런 식으로 말하면 감동받지 않을까? 인간 세상에 글 아는 사람 노릇 하기가 어렵다고 하니, 남의 말이나 글을 평가하는 면접관의 어려움을 내가 헤아릴 수는 없었다. 그러니 오히려 이렇게 다그치는 편이 합격할 가능성을 더욱 높일지도 모르는 일이다. 어렵게 묻지 말고 사지선다형으로 합시다. 그게 탈락자를 선별하기 더 쉽잖아요. 합격자를 가린다구요? 3천 명 응시자 중에서 다섯 명 뽑는 게 떨어뜨리자는 시험이지 합격자를 뽑는 시험입니까? 차라리 돌멩이 다섯 개를 던지세요. 그래서 머리통에 맞는 사람을 그냥 뽑아 이 양반아!

그런데 웬걸, 잔뜩 주눅 든 모습으로 면접관 앞에 섰을 때, 면접관은 흘러내린 안경을 콧등 위로 밀어 올리면서 가장 다정한 목소리로 물었다.

"요즘은 남성 히스테리 시대라고 여겨지는데, 이 문제에 대해서 수험생은 어떤 생각을 가지고 있죠?"

"…… (큰일 났네요. 난생처음 들어보는 말이라서)."

"남자가 남자답다는 것이 여자가 여자답다는 것보다 더 위험스럽다는 말로 해석해도 좋지 않을까요?"

"…… (그게 그렇게도 해석이 되나요? 통 뭔 소린지)."

"그럼 수험생은 여자들이 여자다워지려고 하는 노력에 대해서는 어떤 생각을 가지고 있나요? 예를 들면 성형수술이랄지……."

"네, 그게……, 그러니까……."

눈앞이 온통 백지장처럼 하얘져서 도통 아무런 대답도 할 수 없었다. 사흘 전, 젊은 베르테르가 수면제를 먹고 죽었는지 비아그라를 먹고 죽었는지를 물어보았던 면접관이 차라리 인간적이라 여겨졌다. 지금의 면접관은 분명 내 외모에 실망한 것이 분명했다. 그러므로 나는 면접관 앞에 첫발을 내디디면서부터 이미 탈락의 고배를 들었던 것이다. 면접관은 잔인하게도 탈락의 고배를 든 내 앞에서 깐죽거리며 건배를 유도하고 있었다. 그 이후부터는 내가 어떻게 고배에 담긴 쓴 술을 마시고, 다시는 보지 못할 이별인사를 하고, 조신한 척 문을 닫고 뒤돌아 나왔는지 전혀 모를 일이다. 홀로 돌아가는 영사기를 통해 저절로 펼쳐지는 화면처럼 나의 허상만이 세상 밖으로 다시 나섰을 뿐.

밖으로 나오니 세상이 온통 영화 속이었다. 내 눈에 보이는 사람들은 모두 명화의 주인공들. 나탈리 드롱이 지나가고, 줄리 앤드류스가 노래하고, 비비안 리가 아이스크림을 핥고 있었다. 잠자리 안경을 걸친 황신혜와 헤어밴드를 두른 김태희가 상큼상큼 도로를 걷고 있는가 하면 그들과 어울리기에 충분한 브래드 피트, 니콜라스 케이지, 빈 디젤, 그리고 원빈, 정준호, 박신양이 고급 승용차의 문을 열고 그들을 맞이하고 있었다. 이걸 어쩌면 좋을까, 어째서 그 잘난 사람들 틈에 끼어 내 스스로 영화 장면을 망치고 있는 것일까.

“아줌마야? 아가씨야. 그냥 들어가면 어떡해요? 차비 내야지.”

나는 그제야 정신을 차리고 버스 삯을 대신하는 T－머니 스마트카드를 인식기에 붙여댔다. 삑! 하는 전자음. 만약 내 정신이 빠져나가거나 다시 자리를 찾아 들어올 때마다 그런 전자음이 울리게 된다면 종일 삐빅, 삑 삑! 하고 부산을 떨었을 것이다. 적어도 오늘 하루만큼은. 그러나 나는 다시 맑은 정신을 되찾을 수 있었으므로 맑은 고민을 새로 시작할 수 있었다. 내 정신은 가장 객관적인 상태로 편입되어서 이제야말로 인간의 가장 깊은 내부를 꿰뚫어 보고 있는 느낌이었다. 돌이켜보건대, 사실 한 사람의 면접관이 수험생인 나를 상대로 개인적인 감정표현을 한다는 것은 스스로 면접관이라는 우월감에 깊이 잠식당해 있음을 의미했다. 나의 못생긴 외모는 면접관의 우월감을 더욱 높여주기에 충분했던 것이다. 요즈음엔 인물 잘나고 못남이 사회적 신분이었다. 특히 여자들에게 있어서 그 신분 차이는 절대적이었다. 이를테면 나는 사회라는 엄청난 규모의 면접관이 지닌 어두운 힘에 의해서 지배받고 있는 중이다.

* 가슴 속에 넣은 무스 쇼콜라

문득 성형수술을 받아야 하리라고 여겨졌다. 초점 없이 들여다보던 버스 앞좌석의 등받이에 이슬비로 젖은 여인의 가슴 사진이 붙어 있었다. 어쩌면 그리도 예쁜지. 비닐에 덮인 채 들러붙어 있는 작은 광고전단 속에서 그 여인은 나처럼 해봐라! 하고 충동질을 했다. 금요일에 예약하면 바로 그날 밤에 수술하고, 통증 없이 이틀을 쉬다가 월요일 아침이면 36인치의 훌륭한 바스트를 뽐내며 출근할 수 있다고 쓰여 있었다. 단 이틀 만에 수직으로 신분 상승을 할 수 있는 길을 기필코 찾아냈다는 쾌감.

나는 출근할 필요가 없었으므로 일주일이건, 열흘이건 할애할 수 있었다. 한쪽 엉덩이를 손바닥으로 받치고 계단을 오르면 무척 편하게 오를 수 있다. 해답은 무게중심을 받쳐 올리기 때문인데 그토록 쉬운 방법을 마다하고 사람들은 계단 밑에서 하품만을 하고 있는 것이다. 그래, 신분의 무게중심을 올려보자. 턱을 조금 깎아내고 입술은 와인빛으로 도톰하게. 그러면 하다못해 키스 알바에서도 가격이 올라가지 않을까. 입술에서는 와인향이 흐를 테니 그만하면 됐고, 날아갈듯 속눈썹을 심은 뒤에 가슴 속에 무스 쇼콜라를 넣는다. 내 젖가슴 속에서 서서히 육화되어 가는 초콜릿 향기. 그 달콤한 맛이 출렁일 때마다 이 세상 모든 면접관들은 핑크빛 한숨을 토해낼 것이다. 그런 생각에 젖어 들기 무섭게 그동안 나를 괴롭혀 왔던 정신적인 비참함으로부터 간단히 사면, 복권되는 기분이었다. 사면, 복권되어 칙칙한 하늘빛을 띤 수의를 벗어 던지게 되는 것부터 쾌락의 시작인 것이다. 인고의 정신으로 버틴 3년간의 세월. 엉덩이만 부드럽게 받쳐 들면 간단히 자활할 수 있는 것. 쾌락으로 축복받은 내 몸에서는 와인과 무스 쇼콜라의 향이 흐를 것이니 생리를 하더라도 성수가 묻어날 판이었다. 오, 오 여인 중에 복된 자.

"촬영부터 합시다. 윗도리 벗으세요."

의사는 대수롭지 않은 일이라는 듯 윗도리를 벗으라고 했다. 버스에서 내리자마자 가장 먼저 발견한 성형외과로 일단 들어선 것인데 내심 바랐던 것과는 달리 젊은 남자 의사였다. 그는 스스럼없이 한 손으로 내 젖가슴을 조물조물 만지더니 진료기록부 한가운데에 그림을 그리기 시작했다. 낚싯바늘을 그리듯 날렵하게 그어낸 선의 윤곽은 어김없는 젖가슴 형상이었다. 그러나 그림상으로 보아도 빈약한 가슴. 나는 고개 숙여, 달아오른 얼굴을 감출 수밖에 없었다. 윗도리를 벗을 때보다도 더욱 화끈하게 얼굴이 달아오르던 것은, 내 젖가슴이 남자들에게 사랑이나 탄복의 대상이 되지 못할 것이란 점을 잘 알기 때문이었다.

"이만큼이 들어가고, 이만큼은 빠져야겠어요."

의사는 양쪽 손에 두 가지 물건을 받쳐 들고 조곤조곤 설명하기 시작했다. 왼손에 받쳐 든 것은 도토리묵처럼 출렁이는 실리콘이었고 나머지 손에 받쳐 든 것은 한 덩어리의 버터였다. 굳이 설명을 마저 듣지 않아도 알 수 있었다. 들어가야 할 것이나 빠져야 할 것들 모두 의사의 손바닥 위로 넘쳐 흐를만한 양이었다. 어쨌거나 나는 젊은 의사의 손바닥 위를 제대로 들여다볼 수 없었다. 무슨 말을 하는 것인지…… 귓속으로는 삑, 삐빅! 하는 전자음 소리만이 이명처럼 들려올 뿐 선뜻 대답하거나 질문할 수 없었다. 의사는 아예 사인펜으로 그림에 덧칠을 해가며 설명하기 시작했지만 그가 뭐라고 하든, 나는 동그란 간이의자에 앉아서 새우처럼 등을 구부릴 따름이었다. 아직 윗도리와 브래지어를 벗은 상태였기 때문인지도 모르겠으나 어쨌든, 늘어진 두 팔을 감아올려 젖가슴을 감추지 못하고 있었음은 쉽게 감지할 수 있었다.

젊은 의사와 몸으로 나눈 대화는 키스 알바를 하던 날, 선홍색 혀를 지녔던 그 남자와 나누었던 대화와 어쩌면 다를 바 없었다. 은밀하다거나 퇴폐적이라고 부르는 행위에 대한 호기심 여부를 따져보아도 거의 다를 바 없었고, 새로운 유형의 탈옥일 것이라고 여겨보아도 흡사했다. 실정법상으로 위법한 행위가 절대 아니라는 점도 마찬가지였다. 의사의 손끝이 젖가슴 위에 머무는 동안 소름이 돋을 만큼 긴장되었으니 그 손끝의 감미로움도 선홍색 혀끝과 비견하기 어려울 정도였다. 다만 다른 점이 있다면 돈을 받느냐, 혹은 지불해야 하느냐의 차이였다.

(쯧쯧, 취직이 보통 어려워야지. 오죽하면 성형을 할까…… 아무리 봐도 불쌍해, 요즘 젊은 애들.)

어쩌면 이런 생각을 하고 있을지도 모르는 그 젊은 의사의 진료실은 생각보다 허술한 공간이었다. 네 평은 족히 넘을까. 쓸데없이 넓기만 한데 도처에 인체를 해부해놓은 그림들이 붙어있어서 음울한 느낌마저 들었다. 지명수배자인 양 눈에 검은 테이프를 붙인 사진들, 그 위에 굵은 고딕체로 붙어있는 BEFORE,

AFTER…… 진료실에서의 모험은 그로테스크한 무감각의 연속이었다.

"서비스 기간이라 10% 할인한 금액으로 460만 원이 되네요. 수술을 한 뒤에 피부 트러블 제거를 위해서 스킨케어를 덤으로 해드리니까 대략 300만 원 정도 쓰신다고 여기면 될 겁니다. 다른 병원에선 스킨케어 비용만 100만 원이 넘거든요."

불쑥 내 코밑으로 다가오던 그 남자의 선홍빛 뾰족한 혀가 생각났다. 네온등 빛을 받아 반투명 연분홍으로 빛나던 그 남자의 살갗. 묘한 냄새가 났었지. 아무리 참으려 해도 그 냄새가 몸 전체로 스며드는 느낌이었어. 비린내인지, 퇴폐적인 수컷의 냄새인지, 미처 청소를 끝내지 않은 모텔 방에서 풍기는 그런 냄새. 난잡한 방사의 뒤 끝에 풀풀 먼지처럼 날리는 그런 냄새.

"아, 네에, 460만 원! (여기에선 가격 제한이 없어. 그 돈이 어디 장난인가?)"

키스 알바에는 여러 종류의 가격이 매겨져 있다. 혀를 서로 감싸는 프렌치 키스로부터 바람키스에 이르기까지 일단 입술을 무는 데에 3만 원, 가글 키스, 포카리스웨트 키스, 얼음 키스 등 보조물이 투입되면 추가로 1만 원, 그러나 블라우스 단추 사이를 헤집고 들어오는 두 개의 손가락에는 가격을 매기지 않았다. 이를테면 10% 정도 할인해 주는 서비스 개념이라고 보면 되는 것이다. 460만 원이면 무려 110번을 훌쩍 넘어서는 아르바이트 대가와 맞먹는 금액이었다. 아르바이트 한 번에 30분씩이면 과연 몇 시간이 되는 걸까. 열 시간인지, 하루 만큼인지, 아니면 열흘 정도인지…… 데자뷔 현상일까? 어째서 단 한번 감행했던 키스방에서의 아르바이트가 떠오르는 것일까. 조용히 잊고 싶었던 그 날, 낯모르는 남자의 혀끝을 받아들이며 사색에 빠져들던 그 날, 단돈 4만 원에 모르는 남자의 사랑과 슬픔을 기꺼이 받아주던 그 까마득한 날.

* 주둥이가 무서워

새벽잠을 설쳤기 때문인지 집에 도착하자마자 졸음이 몰려왔다. 아니, 어쩌면 잠시 잊었던 수인으로서의 습성을 되찾은 것인지도 모른다. 내가 수감되어 있는 이곳에서는 가급적 간수와 마주치지 않는 편이 속 시원하다. 그러니 소리 없이 문을 열고 들어와 무조건 잠을 청하는 것이 상책이다. 물론 간수와의 대면을 피하려면 저녁 식사는 굶어야만 할 것이다. 엄밀히 말하자면 굶어야 할 끼니는 오늘의 아침 식사인 셈이다. 편의점에서 사발면으로 늦은 아침을 때울 수도 있었으나 성형외과에 간다는 벅찬 마음에 생으로 굶은 까닭이다. 그러니 아무리 산술을 맞춰 봐도 오늘은 종일 굶은 터였다.

"또 자니? 오밤중에 일어나서 설치려고? 너 정말 어쩌려고 그래? 정말이지 너무 한심하다. 그따위로 살아서 어떻게 돈 벌어먹을래? 성희는 벌써 교사 발령받은 지 3년이 넘었다. 썩을 년 같으니."

이제 간수로부터 듣는 '엄친딸'들의 이름은 줄줄 외울 수도 있다. 엄친딸이란 '엄마 친구의 딸'을 줄인 속어인데 당신의 딸에 비해서 그들은 한결 유능하고 헤아릴 수 없이 뛰어난 능력을 지닌 딸들이었다. 성희는 서울 지역의 3년차 교사이고, 은혜는 종합병원 인턴 의사라 했다. 카이스트를 우수한 성적으로 졸업하고 고시에 합격했다는 엄친딸의 이름은 윤정희, 한때 세상을 풍미했다는 여배우와 이름이 같음은 물론 용모마저 흡사하게 빼어났다고 한다. 어쨌거나 내 생각에 그들은 대략 3천 명의 응시자 중에서 당당히 다섯 번째 안에 드는 수재들일 것이다. 참고로 이번 모 방송국 시험은 세 명의 프로듀서를 뽑는데 3천 7백 명이 응시했다고 한다. 지금 반쯤 졸면서 계산해보아도 어림잡아 천 대 일이 넘는 고시였다. 정자가 난자의 벽을 뚫을 때 도대체 몇 대 일의 경쟁을 치른다고 했든가. 어찌 생각하면 나도 한때 까마득한 원초적 세계에서는 날고 기는 엄친딸임에 틀림없었을 것이란 생각이 들자 잠시 기분이 흐뭇해지기도 한다. 눈꺼풀이 잔뜩 무거워지는 것으로 보아 잠이 드는 모양이다. 프랑스 작가 미셸 트루니에는 둘이서 살기 위해서는 동침을 잘 하는 것보다 잠을 잘 자는 것이 더 중요하다고 말했다. 아마 행복을 바라는 부부간을 염두에 두고 한 말일 것이다. 입사시험에서 320번이나 떨어진 주제에 트루니에를 어떻게 아느냐고? 그건 139번째 입사시험에 출제되었던 문제라서 외우게 된 것일 뿐이다. 이런 것을 문제라고 낸 출제자야말로 쓸데없는 공부만 열심히 한 사람일 것이라고 나는 믿는다.

"어디서 밥은 얻어먹고 다니나 몰라요. 저년 때문에 속상해 미치겠어. 성희는 월급 받으면서도 따로 아르바이트하느라 매일 새벽에 들어온대요. 아르바이트로 엄청 버나 봐요. 그런데 저년은 어째 잠만 늘어지게 자나 몰라."

간수의 목소리가 높아지는 것을 보니 간수장이 퇴근한 모양이었다. 간수장은 정년을 두 해 앞두고 장차 연금이 줄어들지 모른다는 말에 잔뜩 겁을 먹고 있는 내 아버지였다.

"내버려 둬. 저녁상이나 차려요."

내버려 두라는 간수장의 말은 아름다웠다. 아름다움에서 사람들은 무릇 위안을 얻어내지만 아름다움이 간혹 그들을 절망에 빠지게도 한다. 붙잡을 수 없는 아름다움일 경우에 더욱 그렇다. 어쨌거나 주둥이가 날카로운 불개미들이 오늘만큼은 그 주둥이로 내 땀구멍을 유린하지 않았으면 좋겠다는 생각을 한다. 그러면 나는 오늘 잠자리에서만큼은 위안을 얻게 될 것이다. 가만히 생각해보니 어쩌면 그보다 더 큰 위안이 숨어 있는지도 몰랐다. 성희라는 엄친딸, 그 애가 매일 밤 알바를 해서 엄청난 돈을 번다는데 무슨 재주를 지녔을까? 혹시 부모 몰래 키스 알바를 하는 것이라면 그야말로 나에게 큰 위안이 될 것이련만…… 언젠가는 키스 알바 자리도 수십 대 일의 경쟁률을 기록하게 된다면 그것도 나에게는 위안이 될 수 있으려나. 벽에 걸려있는 하늘색 칙칙한 잠옷이 점점 부옇게 변해가는 것으로 보아 밤으로 접어드는 모양이었다. 어서 밤이 되어야지, 그래야 그나마 고양이 짓이라도 하며 불개미들을 잡을 수 있겠지. 문득 팔을 들어보니 불개미에 물려 피어났던 꽃잎들이 저승꽃처럼 군데군데 말라붙어 있었다.

절망한 듯 들러붙은 검은 꽃잎.

병원

1988년 『동아일보』 신춘문예 중편소설 부문 당선작

병원

1

서서히 암청색 밤의 그늘을 드리우기 시작한 복도 끝으로부터 두 명의 세탁부가 걸어왔다. B—4호실로 연결되는 그 지하복도의 끝 언저리에 그림자처럼 모습을 검게 드러낸 세탁부들은 평상시와 다름없이 수심에 가득 찬 얼굴로 외과 의사인 한종하의 옆을 스쳐 지나갔다. 마치 낡은 수의(囚衣)만큼이나 빛바래고 음침한 푸른 작업복 차림인 그들이 손잡이와 바퀴가 달린 원통형의 알루미늄 냉장 상자를 질질 끌며 걸어가는 모습을 대할 때마다 종하는 문득 우울함을 느끼곤 했다.

특수 세탁부인 그들의 얼굴은 물에 젖어 퉁퉁 불어 가는 시체와도 같이 윤곽을 알아보기 힘들었다. 어떤 때는 그들의 몸에서 가래침 냄새라든가, 피 냄새가 풍겨나는 적도 있었다. 간혹 전날 넘겨받지 못한 서류를 대행업자에게 전달받기 위해 새벽 출근을 하는 날이면 B—4호실 앞에서 오염된 시트를 털고 있는 특수 세탁부들과 만날 수 있었지만, 그들은 시트에 쇠 선지처럼 엉겨 붙은 핏덩이만을 툴툴 털고 있을 뿐 아무런 말도 없었고 인사도 없었다. 언젠가는 그 시트로부터 튕겨진 검붉은 핏덩이 한 조각이 종하의 바지에 들러붙은 적이 있었는데 그 때도 그 세탁부들은 무표정하게 다가와 바지의 핏덩이만 떼어갈 뿐, 미안하다는 사과의 말 한마디도 건네지 않았다.

B—4호실로 연결되는 긴 복도에 음산한 어둠이 들어차면서부터 복도를 따라

줄지어 늘어선 지저분한 창문으로는 걸레쪽처럼 찢어져 날고 있는 밤하늘의 잿빛 구름이 드러나기 시작했다. 이제 날이 좀 더 어두워지면 그 창틀로부터 밀려들어 온 어둠은 삽시간에 이 복도에까지 들어찰 것이다. 그러면 먼지와 습기로 인해 유리알이 검게 변해버린 세 개의 전구에 불이 들어올 때까지는 마치 거대한 포신(砲身)의 깊고 검은 구멍 속에 머리를 들이밀었을 때와도 같은 엄청난 두려움과 냉랭함을 느끼게 되고 만다.

B—4호실 근처에서는 언제나 주검의 냄새가 풍겼다. 그 주검의 냄새는 점점 짙어지다가 드디어 B—4호실의 문을 열면서부터는 실체로서 눈앞에 펼쳐지게 된다. 오늘도 예외일 수는 없었다. 알루미늄 통을 끌고 가던 세탁부들과 엇갈려 지나면서부터 이미 종하는 그 야릇한 냄새를 물씬 맡아낼 수 있었다. 이제 그 방의 문을 열면 녹슨 경첩으로부터 귀를 가르는 금속성 마찰음이 들려올 것이고 차가운 쇠붙이의 감각이 손을 통해 온몸으로 전달될 것이다. 그런 뒤에 일시에 다가오는 느낌은 삶을 지탱하기 위해 끝끝내 투쟁하던 환자의 고통스러웠던 흔적들이 창출해 내는 무형의 두려움뿐이었다.

영하 2도의 냉장시설을 갖춘 그 방에는 검은 포도송이처럼 자라난 종양과 절단된 임파관종, 피에 젖어 뭉쳐진 솜, 어린아이 머리통 크기로 자라난 천미부 기형종, 갈보들이 떼어 낸 태아, 잘라진 뼈, 고름덩이, 진물이 엉켜 굳은 붕대…… 이런 것들이 검고 윤기 나는 비닐 자루에 담겨 있었다. 그런데도 그 방에는 방향제라든가 습기를 제거하는 장치 등은 전혀 갖추어져 있질 않았다. 일주일에 두 번 소독약을 살포하는 것만으로 그만인 그 방에는 언제부터인지 몰라도 음험한 기운이 가득 자리 잡고 있을 뿐이었다.

수술실을 거쳐나간 환자들은 독버섯같이 뱃속에 숨어 자라던 종양을 떼어낸 뒤 생명을 건지게 되지만 그 종양은 따뜻한 뱃속으로부터 잘려 나와 금속 상자 속으로 버려지게 된다. 그 뒤에 특수세탁부들의 손에 의해 비닐 자루에 옮겨 담아지고 또다시 위생 대행업자들의 손을 거쳐 화장장으로 옮겨지게 된다. 수술실에서 버려질 때만 해도 피에 젖은 붕대, 고름 거즈, 긁어낸 지방덩이, 검은 종양, 고무장갑 등의 순서로 쌓여있던 그 적출물(摘出物)들은 세탁부와 대행업자의 손을 거치는 동안 고무장갑, 검은 종양, 지방덩이, 고름 거즈 등의 순서로 위아래가 바뀌어 비닐자루에 담기는 것이다. 과연 그 세탁부와 대행업자들은 무슨 생각을 하면서 그 짓거리를 감당하는 것일까. 그들은 저주받은 일인 양 참혹한 이 일을 하는 동안 어째서 타고난 벙어리처럼 아무런 말을 하지 않는 것일까.

종하는 마스크와 고무장갑을 끼고 고무 제품의 앞치마를 두른 뒤에 B−4호실로 들어섰다. 문이 열리면서 자동적으로 전등이 켜지게 되어 있었기 때문에 안으로 들어서자마자 곧바로 흉물스런 비닐 자루들의 모습에 눈을 맞닥뜨려야 했다. 어림잡아 30여 뭉치쯤 될까. 산부인과나 내과도 마찬가지겠지만 종하가 소속된 외과에서는 한 번의 수술이 끝나면 한 뭉치씩의 적출물을 남기게 된다. 교통사고로 으스러진 발목 하나를 절단해내기 위해서는 피를 빨아들일 솜이며 붕대가 엄청나게 필요해지는 때도 있다. 외과에서 잘라낸 대부분의 손이며 다리는 그 절단 부분에 마치 치즈나 버터가 묻은 듯이 지방질이 밀려나와 있게 마련이다. 그 지방질은 고름과 뒤섞여 노란 풀꽃 모양으로 자라나는 수도 있다. 그 노란 풀꽃들이 날카롭게 꺾어진 잔뼈들과 어울려 있는 모습을 볼 때면 야릇한 느낌이 들기도 한다. 미세 혈관 외과에서 잘려 나온 손목이나 발목에는 간혹 10−0봉합사로 꿰매어진 부분을 발견할 수도 있다. 그것은 현미경 수술로 정맥을 봉합하다가 실패한 이유로 접합을 포기한 고통의 흔적인 것이다. 혹은 토막 난 발목의 뼈도 나오곤 하는데 발목을 접합하기 위해 오염된 뼈의 일부를 잘라낸 것이기 때문에 그 한쪽 면은 전기톱 등으로 매끈하게 다듬어져 있게 마련이었다.

갑자기 전등불이 켜져서인지 구리빛 몸통의 파리들이 세차게 천정으로 튕기듯 날아올랐다. 영하 2도의 찬 공기 속에서도 병원의 파리들은 끈질기게 사방으로 날아다녔다. 아마도 주검의 냄새가 그 미물들마저 흥분시키는 것이리라.

종하는 비닐자루 사이를 이리저리 옮겨 다니며 외과 과장의 사인이 붙은 자루를 찾아냈다. 아까 오후에 너무도 힘든 수술을 끝낸 나머지 그만 깜빡 잊고 기록부에 아무런 기록도 하지 않은 채 적출물을 청소업계에 넘겼던 것이다. 구청에서 화장허가원을 발부받기 위해서도 그 기록은 명확해야만 했다. 그러나 조금 전까지만 해도 교통사고를 당한 23세 처녀의 무릎 이하를 절단해내는 장장 여덟 시간의 대수술을 끝마친 뒤였기에 그만 커피 생각만을 간절히 떠올리며 휴게실 소파에 몸을 파묻고 있어야만 견딜 수 있을 지경이었다. 종하는 오늘의 절단 수술을 끝내 반대했다. 그러나 한 시간에 걸친 CT 촬영 결과를 본 과장은 한마디의 설명도 없이 수술 준비를 명령했고, 종하는 여덟 시간이란 오랫동안을 수술 보조요원으로 시달려야 했다.

스테인리스로 조립된 검사대 위에 비닐 자루를 쏟아내자 오늘 하루 동안 외과 수술실에서 잘려 나온 온갖 적출물들이 거꾸로 쏟아져 나왔다. 신생아의 제대 탈출을 잘라낸 내장덩이는 마치 풍선처럼 부풀어진 투명한 막 속에 보랏빛 창자를 담고 있었으며 천미부 기형종을 절단한 덩어리는 신생아의 머리통처럼 둥근 형태로 피를 뒤집어쓰고 있었다. 종하는 고무장갑을 낀 왼쪽 손으로 그것들을 검사대 위에 일렬로 나열했다. 23세 처녀의 다리는 잘라낼 때의 퉁퉁 부어있던 모습과는 정반대로 어느새 소금에 절인 야채와도 같이 수분이 빠진 채 쪼그라들어 있었다. 위쪽은 곱게 잘려 있었지만 아랫부분은 으스러진 형상으로 피범벅이 된 그 다리에는 푸른색 잉크로 그려진 혈관 도형과 알파벳들이 여전히 선명하게 남아 있었다.

수술실로 들어가기 직전에 과장 의사는 종하의 어깨를 두드리며 말했다.

"이봐, 한 군! 버릴 수 있을 때 버리는 것도 큰 결단이라네. 모든 일에는 때가 있지. 버려야 할 땐 버리는 거야. 예쁜 처녀던데 안됐지만 어쩔 수 없지. 그 처녀는 살아나서도 평생 우리를 원망할게야. 그게 우리들 팔자지. 차라리 그 처녀가 죽었더라면 그런 원망은 듣지 않겠지만…….”

과장은 짐짓 태연한 듯이 말했으나 그 긴 수술을 집도하는 동안 계속해서 손을 떨고 있는 모습을 종하는 분명히 볼 수 있었다. 종하도 불안하긴 매일반이었다. 콩팥이나 창자를 도려낼 때와는 달리 사지를 절단하게 되는 날에는 이상하게도 마스크 천 아래에 의식도 없이 누워있을 환자의 표정이 눈앞에 어른거렸다. 종하는 오늘따라 유독 짙은 불안함 속에서 헤매었다. 언제였던가, 5년의 수련기간을 마치고 과장의 감시하에 첫 수술을 집도하던 날만큼이나.

첫 수술 때의 불안함은 지금도 잊을 수 없을 만큼 심했다. 위장의 끝부분인 유문을 도려내고 인공 괄약근을 심는 수술이었는데 환자의 배를 가르고 위장을 꺼낸 순간부터 종하는 당황하고 말았다. 환자의 위장은 생물 도감이나 사체 해부 실습실에서 보아왔던 것과는 전혀 그 생김새부터가 달랐다. 완만하게 굽어진 곡식 자루 모양일 것이라고 여겼던 환자의 위장은 뜻하지 않게도 아래가 불룩한 낚싯바늘 형태였으며 윗부분은 바람 빠진 풍선처럼 앞뒤가 서로 맞붙어 있었다. 색깔도 돼지껍질을 연상케 하는 희끄무레한 빛이었다. 갑자기 당황하게 된 종하는 수술 부위와 과장의 얼굴만을 번갈아 바라보며 더 이상 손 쓸 바를 모르고 있었다. 마스크로 막아놓은 입을 힘들여 움직여보았지만, 목소리는 나오지 않았고 수백촉의 조명 아래에서 그는 메스를 잡은 채 떨고 있는 자기 손을 의식할 뿐이었다. 그때에 종하를 나무라는 듯하던 과장의 눈초리는 얼마나 매서웠던가.

종하는 검사대 위에 줄지어 놓인 적출물들을 순서에 따라 기록해나갔다. 이미 왼쪽 손의 고무장갑에는 분홍빛 핏물이 들어 있었다. 그는 기록을 끝낸 뒤 빠른 속도로 적출물들을 다시 주워 담기 시작했다. 거대하게 늘어난 결장의 표면으로부터 새어나온 지방질은 어느새 검사대의 스테인리스 판에 끈끈하게 눌어붙어 있었다. 어린아이의 천미부에서 떼어낸 머리통만 한 기형종에서는 검붉은 선지피가 두 덩이나 쏟아져 나왔고 잘라낸 처녀의 다리는 영하의 온도 때문인지 그 절단부가 강력하게 수축되어 살을 뚫고 나온 잔뼈들이 나뭇가지처럼 밖으로 드러나 있었다.

종하는 그것들 모두를 비닐 자루 속에 넣은 뒤 주둥이를 강하게 끈으로 조였다. 일단 그것들이 시야에서 사라지자 흉측한 느낌도 많이 사그라들었지만, 딱딱하면서도 표면은 말랑말랑하고 그러면서도 얼음처럼 차갑던 감촉은 끝끝내 그를 진저리치게 만들었다.

종하는 종종걸음으로 B—4호실을 빠져나왔다. 그의 손에 들려있는 적출물 기록 대장은 걸음을 옮길 때마다 마치 늘어진 개의 혓바닥처럼 팔락거렸다. 음산하고 긴 복도에는 어느새 불이 켜져 있었지만 그나마 세 개 중 한 개의 전구는 필라멘트가 녹아버렸는지 검은 유리알만 매달려 있을 뿐이었다. 이상하리만치 사람의 왕래가 뜸한 복도였는지라 홀로 걷는 발소리도 여러 사람의 것인 양 크게 울려와 머리카락을 곤두세우게 했다.

그는 두 개 층의 계단을 거슬러 오르고 안내석과 진찰권 접수창구를 지나 원무과로 들어섰다. 원무과 직원들은 벌써 퇴근 준비에 여념이 없었는지 사방에서 전화벨이 울부짖었지만 아무도 받으려 하는 사람이 없었다. 원무과 직원들은 철저하게도 퇴근 시간 이후에는 일을 외면했다. 그들은 일단 7시가 넘어서게 되면 모든 서류를 덮어버리고 캐비닛을 잠근 뒤 총총히 밖으로 빠져나갔다. 입원실을 배정받지 못해 발을 구르는 할머니가 있어도 막무가내였으며 보호자증명원을 발급받으려는 어린 환자의 어머니도 역시 못 본 체했다.

그들의 태도는 의사인 종하에게도 한결같았다. 종하가 늦어서 미안하다는 듯이 머리를 조아리며 적출물 기록 대장을 내어밀자 적출물 담당 직원은 턱짓으로 자기 책상을 가리키고는 아무 말도 없이 갱의실을 향해 걸어 나갔다.

"외과 한종하 선생님 274번, 외과 한종하 선생님 274번."

종하가 혼잣소리로 욕을 해대며 원무과 적출물 담당 직원의 책상 위에 기록대장을 던져 놓았을 때 구내방송을 통해 콜이 울렸다. 종하는 급하게 원무과로 뛰어 들어가 송수화기를 집어 들고 다이얼을 돌렸다. 외과에서 간호사로 일하는 형미로부터 다급하게 걸려온 전화였다. 형미는 매우 경황이 없었는지 정신 나간 사람처럼 용건을 알려왔다.

"어제 수술한 환자가 이상해요. 별관 1908호예요. 갑자기 구토를 하더니 배가 부어올라요. 1908호예요. 별관."

"그래? 과장님은?"

"퇴근하셨어요. 오늘 세미나가 있거든요."

"알았어. 곧 가지."

수술을 끝낸 지 꼬박 하루가 지난 환자였다. 종하는 문득 불안한 예감을 느꼈다. 이상하게도 위급한 일일수록 과장이 자리를 비웠을 때 생겨나곤 했다. 도대체 무슨 일일까. 어제 수술은 별다른 사고 없이 끝난 것 같았는데 왜 갑자기 배가 부어오르는 것일까.

종하는 불안한 마음을 억누르며 별관을 향해 뛰어갔다. 오늘은 억세게도 운이 없는 날인가보다. 처녀의 다리를 자를 때부터 적출물 명부를 기록할 때까지 온종일 음산한 기분만 들더니 끝내는 퇴근 시간까지 이 지경으로 풍비박산이 날 줄이야. 그러나 종하는 운을 따질 형편이 아니었다. 사실 어제 단독으로 집도한 수술은 전혀 자신 없는 상태에서 마무리 지었던 것이다. 환자는 갓난아기였는데 선천성 장폐색증을 지닌 상태라고 판단이 내려져 개복을 했으나 뜻밖에도 창자가 위장 모양으로 늘어나 있었다. X선 촬영으로도 감지해 내지 못했던 거대결장이었다. 종하로서는 아직 거대결장에 대한 경험이 없었을뿐더러 평상시에도 그 부분에 대한 공부를 미처 못 한 상태였었다. 늘어난 그 부위에 신경절이 있는지 없는지도 확실치 않았지만, 통통 부어오른 상태였기에 우선 절단하고 봉합수술을 했다. 개복을 한 상태에서 오랫동안 망설일 수는 없기 때문이었다. 그런데 하루가 지난 이제야 부작용이 일어나다니 말이나 되는 일인가.

별관 1908호 앞에는 이미 운반용 베드가 옮겨져 있었다. 종하가 다급한 마음으로 문을 열자 환자는 거의 실신 상태인 듯 울거나 보채지도 않고 있었다.

"원무과엔 제가 얘기하겠어요. 우선 재수술에 들어가야 할 것 같아요."

간호사 형미는 이제야 제정신을 찾았는지 침착하게 말을 전하고는 수술 준비를 위해 처치실로 달려나갔다. 갓난아이인 환자 곁에는 부모가 어쩔 줄을 모르고 울먹이며 환자의 토사물을 씻어내고 있었다.

당직 의사를 제외하고는 모두 퇴근한 시간이라서 수술보조원들도 구하기 어려웠다. 그나마 응급실에 위급환자들이 밀려들어 오는 터라 재수술은 종하와 형미 그리고 세 명의 간호보조원들로 감당해야만 했다. 야간 당직 마취사는 응급실과 별관 사이를 수차례나 뛰어다녔다.

재수술은 생각보다는 오히려 간단하게 끝났다. 종하는 일종의 응급처치로서 부어오른 복부의 위쪽에 6㎜의 관을 박아 막혀있는 대변을 뽑아냈다. 500㏄쯤 뽑아내자 환자는 가느다란 트림을 하며 편안한 얼굴 모습으로 변해갔다. 종하도 따라서 한숨을 쉬었다. 일단은 성공이었지만 뒷맛이 영 개운치 않았다. 갓난아기를 환자로 맞아들일 때의 뒷맛은 언제나 그렇게 씁쓸했다. 그것은 아직 경험이 부족한 의사로서 느끼는 일종의 고독이기도 했다. 일종의 고독…….

"선생님 퇴근하셔야죠?"

대야에 크레졸을 따라 환자의 대변으로 더럽혀진 팔목을 닦아내는 종하에게 형미가 살짝 다가서며 말했다.

"그래야지. 이젠 지쳤어."

"그냥 댁으로 가실 거예요?"

간호보조원들이 환자의 베드를 끌고 나가자 형미는 종하의 곁으로 바짝 다가서며 그의 녹색 가운을 벗겨냈다.

"술이나 한잔할까? 거절하진 않겠지, 형미!"

"그럼요. 빨리 옷 갈아입고 나갈게요."

"어디루?"

"카페 보나빠르뜨!"

형미가 한쪽 눈을 찡긋한 뒤 수술실 밖으로 나가자 종하는 문득 그녀와 함께 밤을 지새우고 싶다는 충동에 사로잡혔다. 종하는 요즘 들어서 갑자기 형미에게 많은 관심을 쏟았다. 물론 외과 소속의 간호사라 접할 기회도 많았고 또한 다른 간호사에 비해 용모와 몸매가 뛰어난 이유도 있었지만 그보다 더한 이유는 근래에 부쩍 늘어난 불안함 때문인지도 몰랐다. 계속되는 수술의 실패에서 오는 불안함이었다.

엄밀하게 말하면 그것은 수술의 실패가 아니라 차라리 무모한 수술의 감행이라고 보는 편이 옳았다. 과장은 아직 풋내기인 종하가 수술을 집도하게 되는 날이면 차트를 펴가며 일일이 수술 방법에 대해서 설명을 해주었다. 종하도 수술 요령을 물어가며 열심히 듣곤 하였지만 막상 배를 갈라보면 엉뚱한 상황이 펼쳐지곤 하는 데에 그만 두려움마저 느끼게 되었다. 그럴 때면 종하는 당황하게 되었고 그것이 좀 심해지면 수술 순서가 뒤죽박죽되는 것이었다. 언젠가 기형 종양을 제거하던 날에는 환자의 상박부에 정맥관을 삽입해야 할 것을 당황한 나머지 하지에 삽입하여 혼이 난 적도 있었다. 하지에 정맥관을 삽입한 지 채 1~2분도 못 되어서 수술 도중 주입한 혈액이 모두 종양 내로 흘러 들어가 심장정지를 일으킬 뻔했던 것이다. 다행히 환자의 목숨은 건질 수 있었지만 한 번씩 그런 일이 생긴 다음에는 수개월 동안이나 잠을 못 이루는 경우까지도 생기곤 했다. 요즈음에는 그런 엄청난 실수는 하지 않았지만 절제를 할 때 수술의 관습으로 미골까지 절제해야만 재발을 막을 수 있는 것을 그만 깜빡 잊고 그냥 넘긴다든가 하는 정도의 실수는 왕왕 생겨났다. 그러면 언젠가는 그 환자를 다시 수술하게 되는 것이었고 역시 그럴 때마다 일주일 정도는 두통에 시달리면서도 잠을 이루지 못하곤 하는 것이었다.

종하는 의사 휴게실로 들어가 세수와 면도를 한 뒤에 향이 강한 면도 로션을 얼굴에 발랐다. 형미와는 오늘로써 석 달째 만나는 거였지만 종하에게는 벌써 깊은 애정이 싹트고 있었다. 나이팅게일의 복장을 하고 있을 때는 참으로 순진한 그녀였건만 따로 만나 술이라도 한잔하게 되는 날이면 형미는 대담하고 쾌활한 여자로 변해갔다. 종하는 형미의 그런 점에 매료되었다. 처녀가 아닐 것이라는 짐작도 했지만 오히려 그런 편이 종하에게는 부담 없이 만날 수 있는 이유가 되기도 했다. 한 여자에게 마음 놓고 몸과 마음을 허물 수 있다는 사실은 종하에겐 엄청난 기쁨이었다. 그만큼 그에겐 의사로서의 일과가 벅차게 느껴졌고 주위에서 바라보는 선망의 눈길이 부담스러웠던 것이다.

카페 보나빠르뜨는 겉보기와는 달리 내부가 훌륭했다. 아네모네 꽃이 꽂혀있는 카운터 앞에서부터 잔잔히 들려오는 홍키통크 피아노 연주 소리는 이곳에 처음 들어오는 연인들의 마음을 사로잡기에 충분했다. 카페 중앙에는 한층 높은 단이 놓여 있었고 그 단의 주위를 맴돌며 잠자리 날개와도 같은 옷을 걸친 채 여가수가 서글픈 노래를 부르고 있었다. 긴장으로 인해 굳어진 목을 가누며 종하가 그곳에 들어섰을 때 형미는 그 가수의 뒤쪽으로 숨어 앉아 슬라이스 레몬이 꼽힌 술잔을 핥고 있는 중이었다. 그가 형미의 모습을 발견한 순간, 형미도 반가움에 손을 흔들었고, 작고 귀여운 그 손은 천장 위에서 돌아가며 비추던 조명을 받아 반짝 빛나는 듯이 보였다.

"늦으셨군요."

"응. 머리가 아파서 좀 쉬다 왔지."

"왜요? 수술 결과가 걱정돼서 그러세요?"

"걱정은 되지 않아. 단지 내 자신이 불행한 것 같아서지. 오늘 저녁엔 보지 말았어야 할 것을 봤어."

종하는 형미가 마시던 술잔을 부드럽게 빼앗아 자기 입에 가져다 대고 핥으며 천천히 대답했다.

"보지 말았어야 할 것이라뇨? 특실 환자와 간호사가 연애라도 하던가요?"

형미가 장난 섞인 투로 말하자 종하는 그런 형미를 지극히 사랑스럽다는 듯이, 그러나 진지한 표정으로 바라보다가 무겁게 말을 이었다.

"나는 오늘 의사란 작자들이 잘라버린 많은 쓰레기들을 봤어. 징그럽게 생겨먹은 것들이지. 의사란 놈들…… 그런 걸 잘라내곤 대단한 자부심에 빠져 있겠지. 지금쯤은 피로를 푼답시고 요정에 처박혀 있을 거야."

"왜 갑자기 그런 말을 하세요? 너무 과로하신 거 아녜요?"

"그런데 난 달라. 난 그놈들처럼 자신만만하게 쓰레기를 만들지도 못 하는걸."

"쓰레기?"

"적출물들 말이지."

종하는 마침 다가온 웨이터에게 독한 술을 한 병 주문하고는 레몬 조각이 걸려있던 형미의 술잔을 들어 한숨에 들이켰다. 형미는 왠지 약간은 이상한 느낌을 받았지만 젊은 남자가 젊은 여자 앞에서 부리는 일종의 어리광일 것이라고만 생각했다. 그러나 종하는 술에 취해가면서부터 점점 더 깊은 수심의 늪 속으로 빠져들어 가는 듯했다. 그는 형미의 어깨에 팔을 두르고 취해서 뜨거워진 얼굴을 그녀의 가슴께에 파묻기도 하면서 괴로워했다. 그는 잘 알아들을 수도 없는 낮은 목소리로 형미에게 한탄하듯 말을 이었다.

"보나 마나 어제도 실수를 한 거겠지. 난 잘라내서는 안 될 부분을 잘랐을 거야. 그렇다면 난 두 가지 죄를 지은 것이로군. 하나는 진짜로 썩어버린 부분을 그대로 뱃속에 남겨둔 것이고 또 하나는 생살을 떼어내 B-4호실로 내팽개친 것이야. 그 음산한 지하실로 말이지."

종하는 문득 B-4호실을 뒤덮고 있는 검은 공기와 그 앞의 음산한 복도를 메우고 있는 주검의 냄새를 떠올렸다. 그 주검의 냄새는 8월 말의 더운 바람을 타고 카페 보나빠르뜨에까지 풍겨오는 듯했다. 날씨는 무척 더웠다. 성능이 좋지 않은 B—4호실의 냉풍기는 어쩌면 지금쯤 고장이 나 있는지도 모를 일이었다. 그렇다면 그 흉한 적출물들은 죄다 썩어버렸을 것이다. 그러나 아무려면 어떠랴. 썩어서 물이 질질 흐른다고 한들 안타까워하는 자는 이 세상 어디에도 없을 테니까. 어차피 내일 아침이면 너울대는 화장장의 불구덩이 속으로 들어가 버릴 것을. 과연 오늘은 어떤 찌꺼기들이 그 방에서 썩어가고 있을까. 오늘은 어떤 갈보의 몸에서 들어내어진 석 달짜리 태아들이 피 엉긴 태반 속에서 울고 있을까.

종하는 신경질을 부리듯 창문을 열어젖혔다. 카페 보나빠르뜨의 열어놓은 창문으로는 유난히 무덥고 끈적끈적한 바람이 몰아쳐 들어왔다.

2

적출물 수거원인 강진수는 심한 몸살을 앓던 끝에 사흘 만에야 일터로 나섰다. 숭고한 백색의 병원 건물에 가려진 곳, 그래서 오히려 더욱 음습하기만 한 병원의 지하실이 그의 일터였다.

회색 위생복 차림의 그가 사흘 만에 병원에 들어섰을 때, 그를 대하는 원무과 여직원의 눈초리는 필요 이상으로 차가웠다. 냄새를 풍기며 썩어가는 물건을 사흘 동안이나 방치해 두었기 때문일까? 아니면 이 직업이 천부적으로 경멸받는 직업이라서일까?

차갑다 못해 푸른 물기마저 도는 듯한 여직원의 눈빛은 지난해에 처녀의 몸으로 소파수술(搔爬手術)을 끝내고 수술실을 나서던 형미의 눈빛과 너무 흡사하게 닮아 있었다.

자기 뱃속에 두 달간이나 잉태했던 태아를 시험관 속에 넣어서 들고나오던 형미의 모습은 원과 한이 뒤엉킨 듯이 초췌한 모습이었다. 더구나, 짙은 포르말린의 냄새와 더불어 발작을 일으킬 것만 같이 긴장되어있던 형미의 눈동자에서는 푸른 인광이 차갑게 듣고 있질 않았던가.

무더운 날씨였음에도 불구하고, 조금도 흐트러짐 없이 여민 백색 가운이라든가 의식적으로 빳빳하게 자세를 취하는 듯한 태도는 접어두고라도 냉랭한 원무과 여직원의 눈빛만으로도 진수는 그만 걸음을 주춤주춤 옮겨 구석자리로 가지 않을 수 없었다.

덜덜거리며 위태롭게 돌아가는 철제 선풍기에서는 불규칙한 바람이 밀려나왔다. 맥없이 풀어진 끈끈한 바람, 옷깃을 날리고 머리카락을 심하게 흔든 뒤에 벽에 붙은 달력으로 옮아가는 바람은 몹시도 혼탁했다.

원무과의 구석자리에서 진료차트를 챙기던 간호사의 숱 많은 머리카락도 달력에 부딪쳐 되돌아오는 바람을 실어내며 잠깐 동안 너풀거렸다. 그녀가 진료차트에 명기된 약액을 주사기에 채우고 그 바늘 끝을 하늘로 향하자 한줄기의 약액이 분수처럼 솟아올랐다.

“××위생원입니다. 이거 늦어서 미안합니다.”

진수가 조심스럽게 말하자,

“이제 오면 어떡해요? 꼭 큰 수술 뒤엔 며칠씩 안 나타난다니까.”

하고 톡 쏘아붙이며 원무과 여직원이 대답했다.

“오호라, 이제야 나타나셨군.”

원무과장도 역시 기분 나쁜 투로 말하며 진수의 위아래를 차례로 훑어보았다. 원무과장은 삼발이와 연결된 세숫대야에 한 손을 담그고 그 옆에 놓여있던 사기그릇에서 약간의 크레졸을 따라 붓는 중이었다.

“사람들이 어째 그래? 이 찜통 같은 날에 그걸 사흘씩이나 썩게 하구 말야. 참,

큰일이구만, 큰일. 그렇잖아도 지금 B—4호실을 둘러보고 오는 길이란 말요."

그는 손에 묻은 세균 한 마리까지라도 떨궈내겠다는 듯 양손을 들어 바닥으로 탁탁 물기를 털어 내었다. 어쩌다가 B—4호실의 적출물 자루라도 만지고 온 모양이었다. 덜덜대는 선풍기의 바람이 또 한 번 몰아쳐 오자, 양 미간 사이로 흘러내렸던 원무과장의 잿빛 머리카락이 흩날렸다. 왠지 경직되어있는 그의 얼굴 위로 음영이 확연하게 드러났으며, 의료 종사자라는 직업 뒤에 숨겨져 있는 비정함마저 드러나는 듯도 했다. 그러잖아도 가뜩 초라함을 느끼던 진수의 마음이 더욱 서글퍼졌기 때문일까?

진수는 검은 그늘과 습기, 그리고 주검의 냄새로 가득 찬 B—4호실을 향해 걸음을 옮겼다. B—4호실로 향하는 복도를 걷는 동안 그는 너무나도 가까운 삶과 죽음의 거리를 느껴야만 했다. B—4호실의 입구로부터는 주검의 냄새와 더불어 독한 포르말린의 냄새가 물씬 풍겨났다. 앞면에 서류 봉투만 한 크기의 유리창이 달린 골방문을 열면 또다시 처절한 형태의 삶을 영위하게 되는 것이다. 음험한 삶, 처절한 찌꺼기들…… 그러나 그 일을 감당한 뒤에 손에 쥐어지는 제법 많은 돈의 부피……. B—4호실은 이상한 힘을 지니고 있었다. 왠지 모르게 그 앞에 다가서기만 하면 어쩔 수 없이 우울함에 빠져들게 되곤 했다. 그 거대하고 은빛 찬란한 철문 앞에 서기만 하면 어째서 죽음이 떠오르는 것일까. 어째서 삶의 가치를 잃어버리는 것일까. 진수는 조심스럽게 B—4호실의 문을 열었다. 군데군데 피 묻은 손바닥 자국이 찍힌 커다란 문이 쇳소리와 함께 열리자 언제나처럼 검은색의 비닐 자루들이 모습을 드러냈다.

주둥이가 꽁꽁 묶인 채로 습기 찬 듯이 눅눅한 기분마저 들게 하는 그 비닐 자루의 주위에서는 차가운 수증기가 연기처럼 새어 나왔다.

사흘 치 분량의 적출물은 꽤 무거웠다. 마치 물에 빠진 송장을 건져 올리는 것처럼 전체적으론 딱딱하면서 표면은 물렁거리는, 그러면서 차갑고 습기가 도는…… 그런 감촉은 여전히 기분 나빴다.

진수는 비닐 자루들을 밖으로 옮겨놓은 뒤 온통 땀에 범벅이 되어서야 그 쌀쌀맞던 원무과 여직원과 마주 앉을 수 있었다. 쌀자루만 한 것들을 짊어지고 수십 번이나 계단을 오르내렸기 때문에 얼굴은 땀에 젖어 번들거렸다. 매우 더운 날씨였다.

"이번 일엔 신경 좀 써주셔야겠어요. 이번 물건엔 좀 큰 덩어리가 있으니까."

"큰 덩어리라뇨?"

"잘라낸 여자 다리가 들어있어요. 그런 게 제대로 처리되지 않으면 신문에도 보도돼요."

여직원은 서류철에서 눈도 떼지 않은 채 담담하게 말했다. 그러나 진수는 소스라치게 놀랄 수밖에 없었다. 자기가 메고 나간 자루 속에 여자 다리가 들어있었다니. 이 일에 경험이 별로 많지 않은 그로서는 자루의 무게만으로 내용물을 짐작할 수는 없는 노릇이었다. 잘라낸 다리 하나의 무게…… 그것 때문에 자루의 무게가 더욱 무거워졌을 것이라면 그 다리를 잘린 사람의 심정은 또한 얼마나 무거워졌을까.

"교통사고 환자였어요. 여기 적출물 내역서에 도장 찍으세요. 그리고 이 수술동의서 복사본도 가져가세요. 처리 규정이 바뀌었기 때문에 구청서 화장허가원을 뗄 때 필요할 거예요."

여직원은 또박또박 말을 이었다. 그 냉랭한 표정, 그 싸늘한 말투…… 그 얼음장같이 차가운 여직원의 모습에서 진수는 순간적으로 형미의 모습을 떠올리고야 말았다. 아! 형미도 저토록 차가운 심성을 지니고 있지 않았던가.

진수는 언뜻 간호사였던 형미와 열애에 빠져들던 때를 떠올렸다. 그때는 초여름의 무더위가 몰아닥쳤던 때라서 진수와 형미는 온통 땀을 흘리며 병원을 찾아다녔다.

「여자 의사이면서 입구가 골목 깊숙이 숨겨져 있는 산부인과」

그런 산부인과를 찾아야만 낙태 수술을 받겠다는 형미의 말을 따라 신촌에서부터 제2한강교 부근까지 샅샅이 뒤졌지만 그런 산부인과는 좀처럼 찾을 수 없었다. 남의 눈에 띄지 않게 헛구역질을 해가며 거의 한 시간 이상을 헤매었을 때에야 지독한 더위와, 흐르는 땀과, 심한 자책감에 시달리던 형미는 도저히 참다못해 아무 병원이나 들어가겠다며 눈물을 머금었다.

진수는 할 수 없이 형미를 부축하듯 끌어안고 큰길을 향해 입구가 열려있는 산부인과로 재빠르게 들어갔다. 순간 붉은 글씨로 쓰인 「여의사 산부인과 의원」이란 간판이 그 문 앞에 달려있음을 보았다. 그나마 다행이었다. 구태여 형미가 여자 의사를 원한 것은 왜였을까. 수치심? 같은 여자이기 때문에? 그것도 아니라면 혹시 남자 의사에겐 말하지 못할 어떤 비밀이나 목적이 있었을까?

형미는 임신 2개월째였다. 물론 결혼은 엄두도 내지 못할 처지에서 진수와의 관계로 생겨난 아이였다.

그러나, 형미는 조금도 두려워하거나 불안에 떨지는 않았던 것 같았다. 병원에 들어서면서부터 갑자기 용기가 생겨났을까? 아니면 진수 자신이 오히려 형미보다 더 큰 두려움에 짓눌려 있었기 때문에 그렇게 느껴졌을까?

병원 문을 들어서자 형미는 앞을 가로막은 채 진수의 가슴을 손바닥으로 밀어냈다.

"여기서 기다리고 있어요. 이따가 필요할 때 보호자 노릇이나 해주면 되는 거예요."

형미는 뜻하지 않게 침착한 목소리로 말한 뒤 진료실로 훌쩍 들어가고 말았다. 진수는 착잡한 기분에 사로잡혔다. 이제 잠시 후면 비록 두 달밖에 자라지 못했다 하더라도 분명한 자기 자식이 수술용 메스와 집게에 의해 결딴날 판이었다.

형미가 임신했다는 소식을 들었을 때부터 그는 이미 과거의 행위는 잊어버린 채, 축복받지 못할 결과에 대해서만 두려워했다. 그에겐 당장 살림을 차릴 돈이 없었고, 살림을 차리는 데 필요한 마음의 여유도 없었다. 진수는 대학 다니는 동생 하나도 부양을 못 하는 어려운 처지였고 형미 또한 부모에게서 한 푼도 받아낼 처지가 못 되었다. 형미의 부모는 진수 얘기만 나오면 아예 등을 돌려 앉을 정도로 둘 사이의 관계를 반대했으니까.

처음 임신 사실을 알고, 형미가 불안한 눈초리로 진수를 바라보았을 때 그의 첫마디는 '떼어버려!'라는 비정함이 깃든 말이었다. 그때 그는 비정함과 행복과의 사이엔 밀접한 관계가 있는 것이라고 이미 믿어버린 뒤였었다.

한 시간쯤 지났을까?

긴장했던 나머지 잠깐 동안 졸고 있었던 진수가 인기척에 놀라 깨어났을 땐, 그의 어깨에 기대어 앉은 형미가 조용히 눈물을 흘리고 있는 중이었다. 그 순간, 진수는 기겁을 하고야 말았다. 형미의 한쪽 손에는, 정확히 말해서 오른손 엄지와 검지손가락 사이에는 굵은 시험관이 들려있었고, 코르크로 단단하게 마개를 해 박은 시험관 속에는 한눈에 보아도 알 수 있는 사람의 태아가 포르말린에 담겨 들어있었던 것이다.

진수는 놀라서 몸을 일으켰다. 형미의 어깨는 한없이 떨리고 있었지만 결코 소리 내어 울거나 손으로 얼굴을 감싸 쥐질 않았다. 다만 그녀의 커다란 눈이 어떤 당혹감에 처한 때처럼 더욱 커다래졌고 눈물에 젖어 번들거릴 따름이었다.

"아들일 거예요. 도저히 버릴 수가 없었어요. 수술 전부터 이 애를 버릴 생각이 없어서 여의사 선생님을 찾았죠. 여자 심정은 여자라야 아는 거니까요."

"이게 우리들 아기란 말이지?"

진수는 놀라움에 한동안을 멍하니 서 있기만 하다가 태아가 담긴 시험관을 양손으로 감싸 쥐며 물었다.

형미는 대답 대신 고개를 끄덕이더니,

"의사 선생님께 사정했죠. 이 애는 제가 가져갈 거라구요."

"그랬더니?"

"거절당했어요, 법에 위배된대요. 어차피 미혼모의 낙태 그 자체가 위법일 텐데…… 그래도 안 주면 차라리 내가 죽을 거라구 했어요."

"죽어?"

"결국은 내주시더군요. 날 이해해 주신 게 여간 고맙지 않아요."

형미는 시험관을 조심스레 손바닥 위에 세워 보였다. 두 눈과 발가락이 생겨나기 시작하는 두 달짜리 태아였다. 포르말린 속에 거꾸로 담긴 그 태아에게는 연필로 찍은 듯한 두 눈이 붙어있어 마치 자기를 잘라내 버린 부모의 비정함을 바라보고 있는 듯이 보였다.

진수는 당혹해지긴 했지만 갑자기 형미에 대한 깊은 연민이 느껴졌다. 그러나 그것도 잠깐뿐, 그는 정신을 빼긴 채 시험관 속의 태아를 들여다보고 있다가 문득 형미의 눈과 마주치게 되었는데 그 순간, 두려움으로 인해 몸이 차갑게 굳어질 수밖에 없었다. 눈물에 젖어있던 그녀의 눈동자에서는 무어라 설명할 수 없는 살기가 싸늘하게 비쳐 나왔기 때문이었다.

진수는 지금 자기 앞에서 서류철을 뒤적이고 있는 여직원과 형미를 비교한다는 것이 한낱 우스운 일이라 여겨졌다. 그러나 어디라고 꼬집어 말할 수는 없었지만 분명히 비슷한 점은 있었다. 지적인 외모에서 풍겨 나오는 차가움 때문일까? 비록 초년의 간호사이긴 했어도 형미는 대단한 의학지식과 친절함, 그리고 어느 정도의 냉정함 등등 간호사로서 지녀야 할 소양을 모두 지니고 있었다. 다만 병원 규정인 2년 경력을 채우지 못했다는 것만으로 형미는 스물다섯 살이 되도록 수습간호사로 머물고 있을 뿐이었다.

형미를 알게 되던 무렵, 진수는 체육학과를 간판으로 내걸고 있는 대학교의 아이스하키 선수였다. 그러나 그는 발목부상으로 인해 선수 생활을 잠시 쉬게 되었고, 그 이후로부터 정기적으로 외과에 드나드는 생활이 오랫동안 계속되었다. 진수는 그때에 형미를 만난 것이었다. 비록 발목은 부러졌지만 운동으로 단련된 탄탄한 그의 육체는 풍부한 감수성을 지니고 있던 외과 간호사 형미의 마음을 빼앗기에 충분했다. 발목은 치료하면 곧 나을 것이라 여겨졌으며 완쾌와 즉시 그는 얼음판을 누비며 상대방의 골대에 퍽을 쏘아 넣을 것이라 여겨졌다. 수증기처럼 뿌옇게 번지는 얼음안개 속에서 바닷가재 차림의 유니폼을 입고 스틱을 휘두르는 진수의 사진, 그 한 장을 품에 넣고 다니는 것만으로도 형미는 뿌듯함을 느꼈다. 그러나 결국 진수는 선수로 복귀하지 못한 채 졸업을 맞았고, 졸업 후에는 그저 무위도식하는 고급 실업자 생활을 면치 못했다. 비정하리만치 냉엄한 사회의 어느 구석에서도 부상 경력이 있는 퇴물 운동선수를 받아주는 곳은 없었기 때문이었다. 대학을 졸업한 뒤 일 년이 넘도록 자신의 용돈벌이조차 해내지 못하던 그는 결국 형미의 도움을 얻어 「××위생원」에 일자리 하나를 마련할 수 있었다.

구청에 기록된 그 일자리의 명칭은 「적출물 수거원」이었다. 위생원에서는 적출물 수거원들을 「찍새」라고 불렀고, 수십 명의 찍새들은 저녁 무렵이나, 혹은 새벽에 시내의 여러 병원을 돌며 「찍똥」으로 통하는 적출물을 거둬들였다. 병원 직원이나 의사들은 찍새들을 늙어서 힘없는 양아치 정도로 생각했으며 특히 간호사들은 아예 그들을 사람으로 취급하려 들지도 않았다. 그러나 형미는,

"아무러면 어때요. 우리가 함께 살려면 돈이 필요하잖아요. 직업엔 귀천이 없어요. 다 본인의 마음일 뿐이에요."

하며 병원 사무장을 통해서 그의 일자리를 잡아주었다. 그때부터 진수는 피 묻은 솜이며, 수술 뒤에 잘려 나온 살붙이들, 잘라진 뼈, 갈보들이 떼어 낸 3개월짜리 태아들, 고름 묻은 붕대…… 이런 것들 속에서 생활하기 시작했던 것이다.

형미의 도움으로 찍새 자리를 얻기는 했지만, 그 자리는 여간해선 견디기 힘든 자리였다. ××위생원 직원은 20여 명이었으나 한데 모여 있을 때라도 전혀 아무런 얘기를 하지 않았다. 진수가 처음 입사했을 때에도 누구 하나 인사를 하

려는 이조차 없었다. 그저 고개를 숙인 채 담배만을 빨아대거나, 냉동창고 앞에 꾸며놓은 구들장 위에 비스듬히 누워 텔레비전만 보고 있을 뿐, 그들의 얼굴에서 표정이라곤 전혀 찾기가 어려웠다.

그러나 그는 모든 것을 참아야 했다. 형미와 함께 미래를 꿈꾸기 위해서……. 그때 형미는 자기 부모의 반대를 무릅쓰면서 진수와 동거하기 위해 애쓸 때였다. 그들에게는 많은 돈이 필요했으나, 적출물 수거를 하지 않는 한 진수는 실직자였고 버스표 살 돈마저도 제대로 없는 건달이었다. 적어도 그때에는.

창밖에는 땅거미가 서서히 짙게 깔리기 시작했다. 창을 등지고 앉아있는 원무과 여직원의 얼굴에도 짙은 그림자가 드리워졌다. 적출물을 운반하기엔 조금 늦은 시각이었다. 진수는 지금부터 서너 군데의 또 다른 병원을 돌며 수술 후의 찌꺼기들을 모아야 하는 것이다. 그리고는 일단 냉동창고에 그것을 옮겨 하룻밤을 재운 뒤, 내일 아침 일찍부터 화장장으로 옮겨 소각을 해야 하는 것이 평상시 진수의 일이었다. 그러나 오늘은 달랐다. 그는 하나밖에 없는 동생의 마지막 학기 등록금으로 쓸 백만 원을 만들기 위해 그토록 망설여왔던 「더러운 짓」을 하러 나가기로 결심했다. 그러자면 「미아리 회오리」라 불리는 의료 협잡꾼 육손이를 만나는 것이 첫 번째 일이었다.

"자! 적출물 내역서 사본예요. 확인해 보시죠. 솜과 붕대 45kg, 낙태시킨 태아가 일곱……."

낙태시킨 태아, 그 말을 듣는 순간 진수는 용수철이 튀듯 여직원의 앞에서 벌떡 일어나고 말았다. 마치 시험관에 거꾸로 매달린 채 연필 자국 같은 두 눈으로 쏘아보던 그 낙태아의 울음소리를 들은 것처럼.

"알겠습니다. 저, 그리고 태반은…… 태반은 몇 개……."

진수는 참아왔던 이야기를 꺼냈다. 오늘 그 더러운 짓을 하기 위해 태반의 수효를 미리 알아놓아야 했던 것이다. 그 수효는 몇 개인지, 그리고 그 선도는 어떠한지, 오늘 들어 낸 것인지, 어제 들어 낸 것인지, 또한 초산 임산부의 태반인지, 늙은 임산부의 태반인지, 그 모든 내역을 가능하면 정확하게 육손이 ― 즉, 미아리 회오리라 불리는 의료 협잡꾼에게 알려주어야 했던 것이다.

원무과 여직원은 이상하다는 듯 물끄러미 진수를 바라보더니 날카롭게 쏘아붙였다.

"없어요. 아기를 받아야 태반이 생길 텐데, 요즘은 처녀들이든 아줌마들이든 애만 뱄다 하면 지워 없애기 바쁘죠. 낙태아를 화장한 증명서는 내일까지 전해주셔야 돼요."

말을 끝낸 여직원은 껍데기가 단단한 서류철을 뒤져 화장허가원을 내어 밀고는 더 이상 볼일이 없다는 듯 뒤로 돌아앉았다. 몸을 돌려 앉는 그 순간에 그녀의 흰 가운 끝자락이 학의 날개처럼 잠깐 펄럭였다.

병원 문을 나서자마자 진수는 조아리고 있던 가슴 속으로부터 가래를 한 덩어리 뽑아내어 길바닥에 타악! 뱉어내었다. 재수 없었다. 육손이와의 약속이 있기까지 그 얼마나 심한 고민이 있었던가. 그 고민 끝에 오늘은 그 약속을 지키기 위한 첫날이건만 첫 번째 병원부터 어쩌면 태반을 한 개도 거두지 못한단 말인가…….

병원 앞에 세워두었던 자동차에는 어느 사이엔가 동네 꼬마들이 뾰족한 못으로 진탕 낙서를 해놓았다. 머리통만 있고 뼈만 앙상한 두 명의 사람 그림 아랫부분이 마치 생선뼈처럼 토막토막 끊어져 있었다.

그 낙서는 공교롭게도 B―4호실의 적출물에서 흔히 보아온 도식의 푸른 잉크 빛처럼 섬찟하게 느껴졌다. 진수는 눈살을 찌푸리며 차 옆에 세워두었던 비닐자루를 들어 자동차 뒤에 매달린 알루미늄 냉장 박스 속에 집어 던졌다. 그 속에는 잘라진 여자의 다리가 들어있을 것이다. 수술동의서에 나타난 바로는 스물세 살짜리 여자의 다리였는데 형미 또래의 한창 발랄한 처녀가 어쩌다가 그런 몹쓸 사고를 당했을까 하는 생각에 더욱 기분이 착잡해지기만 했다.

자동차 시동을 걸었다. 0.5톤짜리 고물 자동차는 시동의 폭발에 못 이겨 제풀에 부르르 몸을 떨었다. 그는 버릇대로 차에 부착된 카스테레오의 스위치를 누르면서 액셀러터를 밟았다. 차창으로는 더운 바람이 밀려들어 왔지만 차의 속도가 빨라질수록 점점 시원한 바람으로 바뀌어 갔다. 서녘을 기웃거리던 태양은 어느덧 자취를 감추었고, 시야로 드러나는 시가지는 온통 회색으로 침몰되어가는 듯했다. 그는 더욱 세게 액셀러터를 밟았다. 앞으로도 몇 군데의 병원을 더 돌아야 하는데 너무 늦을 것 같아서였다.

카스테레오에서는 '라벨'의 「볼레로」가 흘러나왔다. 아름답고 경쾌한 무곡, 그러면서도 쓸쓸함이 깃든 무곡…… 동생이 좋아하던 곡이었다. 이 곡의 테이프는 필시 그의 동생이 그를 위해 스테레오 속에 꽂아 놓았을 것이다. 그 녀석은 소위 대학엘 다니는 지성인이니까. 그러나 진수처럼 몸으로만 맞부딪치며 세상을 살아가는 사람에겐 "아! 부르스, 부르스, 색소폰 연주자여!" 하는 노래가 훨씬 마음에 와닿는다는 걸 동생은 모를 것이다. 어쨌든 형인 진수에 대한 동생의 애정은 각별했다. 지금 감미롭게 흐르는 이 볼레로라는 음악을 진수에게 처음 들려주던 날, 공연히 흥분해 있던 동생은,

"형, 어떤 여자배우가 이 음악 리듬에 맞춰서 그 짓을 했다던데요, 그 말을 듣고 한번 어떤 곡인가 들어보는 거예요."

하며 가운뎃손가락을 곧추세워 꼴뚜기질을 해 댔었다. 그만큼 그 동생은 진수에게 격의 없이 대하기도 했었다.

그때 진수는 짐짓 검지손가락과 장지손가락 사이에 엄지손가락을 밀어 넣으며,

"이 짓 말이냐?"

하고 능청을 떨었지만, 그 후로 제법 이 볼레로라는 곡에 매력을 느끼고 있었다.

진수는 우선 이 비닐 자루들부터 냉동창고로 옮겨놓고 그다음 병원으로 가야겠다고 마음먹었다. 사흘 만에 나온 일이라 찍똥들의 분량도 많았기 때문이지만,

그보다도 잘려진 여자 다리를 차 뒤에 싣고 다니기가 더욱 싫었던 것이다.

그는 ××위생원의 냉동창고를 향하여 핸들을 꺾었다. 변두리였고 마침 행인들도 많지 않았기 때문에 그는 라이트를 하이 빔으로 놓고 기어를 5단까지 높인 후 힘껏 액셀러터를 밟았다. 속력이 높아갈수록 등받이 뒤로 무겁게 눌려졌던 몸이 점차 가벼워지기 시작했다.

병원에서부터 위생원 창고까지 달려오는 데는 불과 15분밖에 걸리지 않았다. 창고는 주택지에서 한참이나 떨어진 가로공원의 위쪽에 조그마한 터를 빌려 축조해놓은 콘크리트 건물이었다. 약간 경사진 길을 지나 비포장도로로 약간을 달리면 나타나는 냉동창고. 그곳엔 전혀 창문이라곤 설치되어 있질 않았다.

조심스럽게 액셀러레이터를 밟았던 발에 힘을 빼면서 클러치 페달에 힘을 가했다. 속도가 떨어지면서 서서히 창고가 눈앞에 다가왔다.

길게 뻗어 나간 헤드라이트의 빛을 받아 알루미늄으로 된 냉동창고의 문이 허옇게 번쩍였다.

3

아직 새벽 기운이 걷히기도 전에 종하는 병원으로 출근했다. 푸른빛이 사방으로 몰려다니는 새벽이었지만 외과 병동인 별관에는 벌써 군데군데 불빛이 새어 나오고 있었다. 불빛이 새어 나오는 방은 대부분이 어제 수술을 끝낸 환자들의 방이었다. 대부분 환자들의 혈압이 높아지는 새벽녘이면 혈압의 상승으로 인한 핏줄의 요동 때문에 환자들은 수술 부위의 통증을 호소하게 된다. 환자가 잠을 이루지 못하고 통증 때문에 울부짖을 때 그 보호자들은 당황하여 간호사를 부르기 위해 병실의 전등을 켜게 마련인 것이다.

종하는 본능적으로 별관 1908호를 찾아보았다. 1층 908호실. 바로 어제 재수술을 했던 어린 환자의 방. 걸음을 멈춘 채 손가락으로 창문의 수효를 세어가던 종하는 울컥 몰려오는 두려움으로 인해 가벼운 현기증마저 느끼고 말았다. 1908호엔 이미 불이 밝혀져 있었고 환하게 밝혀진 유리창을 통하여 서너 명의 간호사들이 모여 있는 것까지 볼 수 있었던 것이다. 분명히 환자에게 불길한 일이 벌어지고 있음을 직감했다. 왠지 모르게 자신 없었던 수술이었지만 이렇게까지 일이 벌어지리라고는 상상하지 못했던 수술이었다. 그 어린 환자를 처음 본 순간은 분명한 장폐색의 증상을 나타내고 있었는데 개복을 한 결과는 뜻밖에도 거대결장의 증상과 같았다. 짧은 순간의 판단이었지만 종하는 틀림없이 거대결장으로 파악했고, 그에 따른 절제수술을 감행하지 않았던가. 그런데 그 환자는 어째서 부작용을 일으키는 것일까. 어젯밤에 취했던 응급조치도 아무 쓸모가 없었단 말인가.

종하는 불안한 마음을 진정시켜가며 급하게 걸음을 옮겨 1908호실로 들어섰다. 환자의 상태는 말이 아니었다. 불과 태어난 지 1년이나 되었을까 말까 한 그 어린 환자는 이미 호흡을 제대로 가누지 못해 얼굴이 가지빛으로 변해 있었다. 보호자들은 환자를 등진 채 벽을 바라보며 눈물짓고 있었고 수명의 간호사들은 분주히 환자의 사지를 마사지하고 있었다. 그 간호사들에게 둘러싸여 있는 의사는 뜻하지 않게도 과장 의사였으며 그는 만년필만 한 손전등으로 환자의 눈을 까뒤집어 보던 중이었다.

종하가 병실로 들어서자 수간호사가 나무라듯 말을 건넸다.

"어젯밤에 댁에 안 들어가셨더군요. 댁으로 얼마나 전화했는지 몰라요. 도대체 응급처치 상황을 기록도 하지 않고 퇴근하시는 법이 어딨어요?"

그녀의 말을 듣는 순간 종하에게는 또다시 불안함이 엄습해 왔다. 분명히 환자에게 큰일이 벌어진 것이었다. 종하는 어젯밤의 실책에 대해 또 한 번 후회할 수밖에 없었다. 어젯밤에는 왜 그렇게 침착하지 못했을까. 그는 형미와 밤을 지새우고 싶다는 충동 때문에 카페 보나빠르뜨로 찾아가기에만 급급했던 것이다. 다른 의사들과의 합의 없이 단독 수술을 집도한 날에는 으레히 퇴근 후의 연락처를 명기해 놓아야 한다는 규칙도 그는 지키지 않았다. 하긴 같은 외과의 간호사인 형미와 함께 호텔에서 밤을 지새운 그로서는 연락처를 명기해 놓을 수도 없었다. 모든 것이 그저 불운의 연속일 뿐이었다. 그러나 종하는 어젯밤의 일들을 후회하지 않기로 했다. 아! 어젯밤은 얼마나 고결한 밤이었던가. 밤새워 종하의 귓가를 맴돌던 형미의 숨소리는 얼마나 순결하고 또한 부드러웠던가.

"한 군! 잠깐만 나 좀 보세."

과장은 환자의 눈동자를 비춰 보던 손전등을 윗주머니에 꼽으며 종하의 팔을 잡아끌었다. 과장은 불안으로 가득 찬 표정을 지으며 밖으로 나갔고 종하도 종종걸음으로 그의 뒤를 좇아 나갔다.

"어떻게 된 거야? 어째서 장을 적출해 냈지? 봉합 부분에까지 신경절이 그대로 뭉쳐있어. 잘라서는 안 될 부분을 잘라낸 거야. 보통 실수가 아냐 이건. 저 환자가 장신경종양인 줄 몰랐던 거야? 신경섬유가 예민해지는 증세기 때문에 적출을 할 수가 없는 거라구. 참 큰일이로군."

과장은 처치실의 문을 안으로 걸어 잠그며 나직이 말했다. 순간 종하는 과장의 말투에서 그가 어떤 은밀한 해결책을 모색하고 있다는 것을 알아챌 수 있었다. 종하는 숨이 막힐 것 같은 불안함을 느꼈다. 그로서는 이 일을 어떻게 해결해야 할 것인지 전혀 막막하기만 했다. 참으로 이상한 일이었다. 이토록 위급하고 숨막히는 상황이었건만 종하의 머릿속에는 난데없이 형미의 모습이 들어와 박히는 것이었다. 어젯밤, 수면등의 불빛을 받아 선명하게 흐르던 그녀의 얼굴 윤곽이, 그리고 나비의 날갯짓마냥 부드럽게 귓가에 깨지던 그녀의 숨소리가 어째서 지금 이 순간에 새롭게 기억되는 것일까. 아직 잠들어 있을 그녀는 지금 무슨 꿈을 꾸고 있을까.

"자, 한 군. 솟아날 구멍은 있는 거야. 이럴 때일수록 좋게 해결을 봐야 돼. 아직 환자는 가망이 있어 다만 엉뚱한 수술을 했다는 게 문제가 될 수 있지. 그렇다고 해서 의사인 자네까지 피해를 볼 수야 없잖은가. 환자는 내가 맡을 테니까 자넨 지금 당장 내 방으로 가서 차트를 손보도록 하게."

"네? 차트를 손보다뇨?"

호주머니에서 자기 연구실의 열쇠를 내미는 과장을 향해 종하는 불안함을 감추지 못한 채 되물었다.

"장을 적출해 낼 수밖에 없었던 것으로 고치란 말야, 이 사람아."

"그럼 거짓으로……?"

"이런 일은 불가피한 거야, 잘 하려다가 공연히 피해를 볼 수야 있나. 한번 이런 일이 생기면 의사는 구덩이에 빠지게 되는 거야. 더구나 앞길이 창창한 자네 같은 사람에겐 치명적인 불행이지. 그래서 수술환자의 차트는 일주일 정도 보관하는 게 상책인 게야. 부작용이 생기지 않으면 그때 자료과로 넘기는 게지. 자, 빨리 가서 처리해."

과장의 표정은 매우 굳어 있었으며 조급함을 감추지 못하고 있었다. 종하도 물론 마찬가지였다. 그러나 종하는 그 짓이 부질없는 것임을 곧 깨달았다. 어제 저녁에 들렀던 B—4호실의 정경이 문득 떠올랐기 때문이었다. 그는 어제 B—4호실의 검사대 위에서 적출물 명세서를 작성하지 않았던가. 그 명세서에 그는 자기가 잘라낸 환자의 결장을 적어 넣었으며 비고란에 분명히 「거대결장 및 폐색 — 절제」라고 기록한 뒤 그 사본을 원무과로 넘기지 않았던가. 갑자기 종하는 섬찟한 오한을 느끼기 시작했다. 그의 이마로는 약간의 진땀이 번져 나왔다.

"늦었습니다. 과장님. 이미 절제 이유를 기록한 서류가 원무과로 넘어갔어요."

종하가 낮은 소리로 말하자 과장은 혀를 끌끌 차며 잠깐 동안을 생각에 잠겨 있다가 다시금 단호히 명령하듯 말했다.

"괜찮아. 원무과에선 그걸 따로 적어놓질 않아. 그건 적출물 수거원에게 넘기는 거야. 아마 지금쯤이면 화장터의 불가마에서 잿더미가 되어버렸겠지. 잔소리 말고 어서 차트나 고치게. 정 불안하면 아침절에 B—4호실 앞에서 죽치다가 적출물 수거원을 만나 보게나. 대충 수작을 붙여서 어제의 명세를 뽑아내게. 만약에 그가 태우지 않은 채 가지고 있다면 말야."

종하의 손바닥 위에 연구실 열쇠를 던져놓은 과장은 더 이상 시간을 끌 수 없었는지 급히 처치실을 빠져나갔다. 종하는 한동안을 멍청하게 서 있기만 할 뿐 당장 무엇을 어떻게 해야 할 것인가도 생각나지 않았다. 갑자기 종하는 그의 내부로부터 올라오는 양심의 소리에 의해 괴로워지기 시작했다. 양심을 느낀다는 것은 곧 괴로움의 시작이었다. 양심은 언제나 마음의 가장 약한 곳을 뚫고 나왔다. 그 양심은 벅찬 괴로움을 동반했으며 심한 갈등을 불러일으켰다. 아! 이것 또한 경험이 부족한 의사가 겪어야 하는 고독의 일종일까? 의사가 느끼는 고독은 이렇듯 비열함으로부터 비롯되는 것일까?

종하는 머리를 감싸 쥔 채 처치실의 갈색 베드에 엎드렸다. 그는 갈색의 베드로부터 풍겨 나오는 알부미노이드 제제 주사약의 시큼한 냄새를 맡으며 잠시 동안을 양심과 싸워야 했다. 그의 머릿속으로는 비록 짧은 순간이었지만 히포크라테스 선서를 하던 6년 전의 자기 모습이 스쳐 지나갔다. 뿐만 아니라 의사의 어머니가 되었다며 기뻐 눈물지으시던 어머니의 모습이 선명하게 되살아났으며 만인의 생명과 고통을 위해 의술을 바치자던 의과대학 친구들의 모습이 차례로 되살아나기 시작했다. 그러나 종하에게는 그 모든 것들보다 더욱 강력하게 와 닿는 생각이 있었다. 지금쯤 보랏빛 꿈속에 파묻혀 있을 형미, 형미의 생각이었다.

왠지 몰라도 종하는 형미 앞에서만은 유능한 의사이고 싶었다. 그녀가 보는 앞에서만은 전지전능한 의술의 달인이 되어야 한다는 생각, 그러한 생각이 갑자기 종하의 뇌리에 파고 들어 한껏 자리를 굳히더니 드디어는 양심의 조각들을 하나씩 허물어뜨리기 시작했던 것이다.

종하는 불현듯 형미를 사랑하고 있음을 깨달았다. 이미 그녀와의 사랑이 시작된 이상에는 더 이상 양심에 시달릴 필요가 없었다. 그 사랑을 아름답게 수놓기 위해 지금 종하가 해야 할 일은 명백한 것이었다.

종하는 한숨에 달음질쳐서 과장의 연구실로 들어갔다. 수술환자의 차트는 언제나처럼 책상 서랍에 들어 있었다. 차트를 고치기란 마음만 먹으면 한없이 쉬운 일이었다. 소견이나 수술 결과를 기록하지 않은 백지상태의 차트용지는 얼마든지 있었다. 그 백지상태의 차트용지에 장폐색증의 처치결과와 더불어 장신경종양에 대한 처치결과를 기록하고 당시 환자의 체온이나 혈압, 이상반응 등을 기록해 놓으면 그만이었다. 그리고는 거대결장의 처치 방법대로 수술을 했다는 기록을 없애버리면 그만이었다. 환자의 보호자에게는 장폐색증에 대한 수술동의서만 받았어도 개복 후의 상황변동에 대해서는 의사가 임의로 처리할 수 있는 것이므로 보호자로 인한 별다른 문제는 생겨날 소지가 없었다. 단 한 가지, 수술에 함께 참여했던 간호사와 간호조무사들이 마음에 걸리긴 했지만 그것도 그리 문제 되는 건 아니었다. 대개의 간호사들은 수술 도중 환자의 호흡 상태나, 마취상태, 수혈상태, 혈압이나 체온 관계 등에 모든 신경을 뺏기기 일쑤였고, 혹시 수술 부위에 신경을 썼다 하더라도 번져 나오는 피와, 계속 피를 빨아내는 솜, 노란 풀꽃처럼 삐져나오는 지방질 등등 때문에 어디를 얼마만큼 잘라냈는지에 대해 알아차리질 못하는 것이 보통이었다. 또한 간호조무사들은 의사가 내미는 손바닥에 메스며 가위, 신경 박리기, 봉합사, 지혈 집게, 수술 현미경 등을 순서에 맞추어 얹어주기에도 정신을 못 차리기 일쑤였고 심지어는 무슨 수술을 하는 것인지조차 모르고 있는 경우가 허다했다. 환자의 배를 다시 갈라본다면 몰라도, 그러지 않을 바에야 남은 문제는 종하 자신의 양심과 속일 수 없도록 명확히 기록된 명세서뿐이었다.

새로운 차트를 작성하는 데는 시간도 그리 오래 걸리지 않을 것이었다. 종하는 새롭게 작성된 차트에 사인을 그려 넣는 모습을 상상하며 일단 과장의 연구실에서 빠져나왔다.

어느새 창밖으로는 희끄무레하게 여명이 비치고 있었다. 그 창밖으로 곧게 드러난 병원의 중앙로에는 여명의 야릇한 은빛 광채를 품에 안은 채 밤새도록 환자에게 시달리다 집으로 돌아가는 직업 간병인들이 서너 명씩 떼 지어 걸어가고 있었다. 그녀들의 어깨는 늘어져 있었으며 발걸음 또한 힘이 없었다. 아마도 가까이 가서 바라본다면 그녀들의 눈동자는 퀭하니 빛이 바래 있을 것이다. 그들의 생활은 얼마나 힘들기에 몇 근 나가지도 않을 몸뚱이에 먹이를 채워 넣기 위해 저토록 고생하는 것일까. 그들이 누리는 삶은 어떤 무게를 지니고 있기에 환자의 썩은 가래침과 혼탁한 피와, 약 냄새 나는 변을 손수 받아가며 하루하루를 지내야 할까.

종하는 과장의 책상 위에 놓여있던 담배 한 가치를 꺼내어 불을 붙인 뒤 가슴 속 깊이까지 연기를 들이마셨다. 마치 그 연기만이 산산이 깨어진 자기의 양심 쪼가리들을 씻어내기라도 할 것인 양. 그 담배 연기는 종하의 가슴으로부터 혈관을 타고 우르르 우르르 몰려다니다가 드디어 심장에까지 이르러 그 박동의 수를 재촉하기 시작했다. 갑자기 호흡이 가빠왔다. 아마도 그 이유는 빈속에 담배 연기를 깊이 들이마셨기 때문만은 아닐 것이다. 커다란 음모를 꾸민 자의 불안, 그 불안의 요소들이 온몸 속을 돌아다니고 있기 때문인 것이다.

창밖으로 드러나는 하늘의 빛이 점점 엷어지며 멀리 병원을 둘러싸고 있는 산의 윤곽이 드러날 때쯤 해서 종하는 과장실을 빠져나왔다. 적출물 수거원을 만나기 위해 B—4호실로 가야 했기 때문이다.

본관으로 이어지는 연결통로를 지나 B—4호실로 이어지는 긴 복도로 접어들자 언제나처럼 암청색의 검은 그늘이 눈앞을 가로막았다. 이상하게도 그 복도에는 유독 아침이 늦게 찾아들었다. 아침햇살마저도 주검의 조각들 사이로는 파고들지 못하는 것일까.

B―4호실의 문 앞에서는 어제저녁에 만났던 듯한 특수 세탁부 두 명이 서로 마주 본 자세로 얼굴을 대하고 서서 시트를 털고 있었다. 어두운 복도에서, 그나마 먼빛으로 보아도 그 시트에는 피가 흥건하게 묻어 있음을 알 수 있었다. 희뿌연 시트의 가운데 부분이 검게 물들어 있는 점으로 미루어 보아 산부인과 병동에서 배출된 시트인 듯싶었다. 아마도 하혈이 심했던 임산부의 시트였으리라. 지금 그들이 털고 있는 시트의 주위로는 손톱만한 선지 핏덩이들이 여러 조각으로 갈라진 채 훨훨 날고 있을 것이다. 그 선지피 조각들은 세탁부들의 패대기질만큼이나 높이 떠올랐다가 그들의 시름만큼이나 무겁게 가라앉지만 이상하게도 공중에 떠 있는 동안에는 나비처럼 부드럽게 펄럭이곤 한다. 그러다가 그 옆으로 사람들이 지나가게 되면 가운의 자락이건, 구두 위에건, 바지 밑단이건 간에 들러붙게 마련이었다.

종하는 그 두 명의 특수 세탁부로부터 멀찌감치 떨어져 있었지만 여전히 그들에게서 풍기는 가래침의 냄새와 짙은 피 냄새를 맡아 낼 수 있었다. 그 피 냄새와 가래침 냄새는 종하가 첫 수술을 하던 날부터 그를 줄곧 괴롭혀 온 냄새였다.

첫 수술 날, 불안함 속에서 환자의 배를 개복했을 때, 역겹게 번져와 그를 괴롭힌 것이 바로 이 냄새들이었다. 심장의 박동에 맞추어 조금씩 벌떡이던 환자의 위장에서 왜 가래침 냄새가 났는지 그 이유는 아직도 모르겠지만 그날 종하는 마스크를 착용하지 않았더라면 아마도 환자의 개복한 배 속에 구역질해낸 오물을 쏟아부었을 것임에 틀림없었다. 결국은 심하게 계속되는 구토로 인해 과장에게 수술 집도를 넘기기까지, 그러니까 합성수지인 싸일라스틱 막으로 환자의 배를 임시 폐복할 때까지 계속 번져왔던 그 냄새는 어째서 그리도 강렬했는지 지금도 알 길이 없다. 그날 집도를 넘겨받은 과장은 조금의 당황함도 없이 손가락을 이용하여 복벽을 세차게 늘려 복강을 확장한 후 기막힌 솜씨로 환자의 뱃

가죽을 꿰매었는데 그날부터 여태까지 종하에게는 의사라는 직업에 대한 환멸이 계속 자라왔던 것이다.

종하가 고민에 빠지게 된 것도 따지고 보면 그 무렵부터였다. 사람들은 종하의 직업이 의사라는 것만 가지고도 차라리 존경에 가까운 대우를 베풀곤 했기 때문에 그는 의사가 자기 적성에 맞지 않는다는 것을 깨닫고도 감히 그 직업을 과감하게 뿌리치질 못하고 오늘까지 버텨오게 되었다.

날씨는 며칠째나 계속 흐렸고 복도의 지저분한 창틀 건너로는 먹빛 구름이 응어리져서 날고 있었다. 허약하고 바랜 햇빛이라도 비춰주길 바랐지만 오늘도 예외 없이 흐린 하늘일 뿐이었다. 종하는 복도의 어귀에 꼼짝 않고 한동안을 서 있었다. 갑자기 회의와, 모든 향락을 포기하고 싶은 생각, 도망, 거짓, 이별…… 이러한 단어들이 머릿속에 어지럽게 뒤섞였다.

그렇게 얼마가 지났을까?

청바지 위에 고무로 만든 앞치마를 두르고 반팔의 회색 위생복 윗도리를 입은, 그리고 양손에는 팔목까지 올라온 고무장갑을 착용한 청년이 그의 옆을 스치고 지나갔을 때에야 종하는 어지러운 생각에서 깨어났다. 종하는 첫눈에 그가 적출물 수거원임을 알아차렸다. B—4호실 앞에서 시트를 털고 있던 특수 세탁부들은 어디론가 옮겨간 지 오래였고 청년이 걸어가는 음산한 복도의 끝으로는 번질번질하게 기분 나쁜 빛을 흘리고 있는 쇠붙이 문만 뎅그러니 걸려 있었다.

종하는 적출물 수거원의 뒤를 조심스럽게 따라 걸었다. 적출물 수거원은 분명히 종하가 뒤따르고 있다는 것을 알고 있었을 텐데도 뒤도 한번 돌아보지 않고 B—4호실 속으로 들어가 버렸다. B—4호실은 문이 열림과 동시에 자동적으로 불이 켜졌으므로 그 청년이 문을 여는 순간 그 죽음의 방은 마치 용광로의 입구처럼 불꽃이 너울대는 것 같았다. 청년은 귀를 가르는 금속성의 요란한 소리와 함께 그 너울대는 불꽃 속으로 사라져 들어갔다.

종하는 더 이상 그 청년을 뒤따르지 못했다. 도대체 자신은 무엇을 숨기기 위해서 저주스런 청년을 뒤따르는 것인가. 비록 그 청년과 마주 선다고 한들 과연 무슨 말을 어떻게 할 수 있단 말인가.

종하의 마음은 참담하기 이루 말할 수 없었다. 과연 남자가 추구해야 할 명예의 형태가 있다면 어떤 모습일까? 그 명예는 얼마나 단단한 각질로 싸여 있기에 그 속에 안주하기가 이토록 힘든 것일까? 종하는 의사 신분을 지닌 자기 자신에 대하여 깊은 회의를 느꼈다. 하다못해 죽음의 방인 B—4호실에서 환자들의 살붙이를 만지고 있을 그 청년일지라도 이토록 엄청난 회의는 품고 있지 않으리라.

불현듯 형미의 생각이 걷잡을 수 없이 밀려왔다. 지금쯤 그녀는 종하에 대해서만큼은 완벽한 믿음을 가지고 있을 터였다. 완벽한 의사, 완벽한 남자, 완벽한 애인……, 종하는 도저히 참을 수 없었다. 진정으로 마음을 허물어 준 형미에게 더 이상의 거짓된 모습을 보일 수 없다는 생각이 더욱 짙어졌다. 차라리 될 대로 되게 그냥 놔두는 편이 좋을 듯했다. 어쩌면 어린 환자는 잘못 시도한 수술 때문에 목숨을 잃게 될지도 모르는 일이었다. 차라리 그렇게 된다면 속이 편해질 것이다. 그 환자의 부모에게 찾아가서 죽도록 사죄하고 손이 부르틀 때까지 빌고 나면 얼마나 속이 시원해질까. 합의를 해야 할 입장이 되면 전 재산을 털어서라도 성실하게 합의에 임하리라. 그래도 해결되지 않는 일이라면 죄의 대가를 달게 받고 난 뒤 의사란 어떤 사람인가에 대해 깊게 생각해 볼 수 있으리라.

엄청난 슬픔을 당했을 때와도 같이 맥 빠진 웃음이 새어 나왔다. 종하는 그까짓 썩어빠진 의사의 권위와 강요된 존경을 잃지 않기 위해서 B—4호실의 앞에서서 주검의 냄새를 맡고 있던 자신이 한없이 비열하게 느껴졌다. 지금 이 시간, 종하의 체온을 간직하고 있던 형미는 조심스레 출근을 서두르고 있을 것이다.

그때 종하의 곁을 스치며 검은 자루를 어깨에 짊어진 그 청년이 되돌아 지나갔다. 그는 가벼운 콧노래를 부르고 있었으나 그 노래 소리는 날카로운 갈고리처럼 종하의 가슴속을 헤집어 놓았다.

4

강진수는 울부짖는 어린아이들의 꿈을 꾸다가 놀라 깨어났다. 며칠째 계속되는 불길한 꿈이었다. 제법 단단한 육체를 소유하고 있는 그는 잠자는 동안 악몽에 시달리는 적이 매우 드물었다. 그러던 것이 의료 협잡꾼인 육손이의 제의를 받고부터 하루도 거르지 않고 꿈속에서 아이들을 만났다. 꿈속의 아이들은 대부분 머리통만 크고 새우처럼 등이 굽어졌으며, 배꼽 부위에 탯줄을 길게 늘인 태아의 모습이었다. 그 태아들은 차갑게 몰아치는 비바람을 피하기 위해 얇은 태반 속에 웅크리고 있다가 그 태반이 찢어지면서부터 하염없이 울기만 하는 것이었다. 그 울음소리가 점점 커지면서부터 진수는 심한 고통을 느끼다가 놀라 깨어나곤 했다.

진수가 눈을 떴을 땐 벌써 아침 9시가 넘어 있었다. 그는 미아리 회오리와의 약속을 지키기 위해 내리깔리는 눈을 비비며 자리에서 일어났다. 회오리와의 약속은 살아남기 위한 일종의 투쟁이었다. 비록 간단한 전화 한 통으로 끝낸 약속이었지만 힘이 잔뜩 담겨있던 회오리의 목소리는 명령이나 다를 바 없었다. 그림의 뒤에 그 심오한 뜻이 내포되어 있듯, 간단명료했던 회오리의 목소리 뒤에도 감히 어길 수 없는 단호함이 깃들어 있었다.

그는 바쁘게 주차장으로 달려가 차에 올라탔다. 우선 위생원의 냉동창고로 가서 어제 가까스로 구해놓은 한 개의 태반을 가지고 회오리를 만나야 했다. 혹시 시간의 여유가 있다면 솜과 거즈 등을 함께 모아 가지고 가면 더욱 좋았다. 약속을 얼마나 성실히 이행하느냐의 문제라기보다는 얼마나 빠른 기간 내에 그와의 거래를 마무리 짓느냐 하는 것이 문제였기 때문이었다.

미아리 회오리라 불리는 의료 협잡꾼 육손이, 그는 병원의 지하실을 삶의 근거지로 삼고 살아가는 위생원 찍새들의 대부였다. 찍새들 중 한번 그와 거래를 튼 자들은 그가 제공하는 단맛에 빠져들게 마련이었다. 그는 단단한 조직을 지니고 있었지만 찍새들에게 육체적인 폭력을 가하거나 협박 등을 하지는 않았다. 회오리는 차라리 생활을 어렵게 꾸려가는 찍새들 편에서 보아서는 은혜를 베풀어주는 부담 없는 친구와 다를 바 없었다. 대부분 식구들은 많고 수입은 그 씀씀이에 미치지 못하는 찍새들이었던 터라 근근이 살아가기는 할망정 갑자기 목돈이 필요하게 될 경우 막연해지기 마련이었다. 그럴 때 그 찍새들의 고민을 풀어주는 자가 바로 회오리였다. 그는 서슴없이 찍새들에게 목돈을 제공했지만 그에 비해 요구하는 것은 너무 간단했다. 수거한 적출물 중 태반이 들어 있는 날이면 그것만을 따로 골라내어 전달하면 되는 일이었다. 그 과정 도중에 전혀 잡음은 생기지 않았다. 화장허가원을 발부받은 뒤, 화장장으로 전달하기 전에 빼내면 그만이었으니까. 화장장에서는 비닐 자루째 태우기 때문에 그 속에 정확한 수치의 내용물이 담겨있는가에 대해서는 신경조차도 쓰지 않았다.

지금 진수의 처지도 마찬가지였다. 그는 동생이 대학을 졸업할 때까지, 즉 앞으로 반년간만 회오리에게 협력한다는 조건으로 동생의 마지막 등록금인 백만 원을 꾸어 쓰기로 했던 것이다. 아마 그에게 솜과 거즈까지 제공한다면 석 달 정도로 그 더러운 짓에서 벗어날 수 있을지도 모른다. 일단 동생이 졸업만 하면 어떤 형태로든 다른 생활방도가 생길 것이다. 진수는 그때까지만 참기로 했다.

여태까지 무려 3년이 넘도록 때마다 목돈을 대어주던 형미의 생각이 새삼스레 떠올랐다. 진수는 지금도 형미의 사랑을 진심이었을 것이라고 느끼고 있다. 그러나 사랑했던 사람으로부터 정기적으로 돈을 받아 쓰는 일이란 심한 모욕이기까지도 했다. 비록 그 돈이 동생의 등록금으로 쓰인다 할지라도. 어쩌면 형미와 진수와는 서로 간에 싹 터 있던 그러한 감정들 때문에 멀어지게 된 것인지도 모른다. 어쨌든 지금 형미는 다른 남자의 품에 있었지만 진수에겐 오히려 그 편이 한결 부담 없었다. 그 알량한 자존심 때문에.

미아리 회오리와의 거래는 그래도 자존심을 건드리지 않아서 좋았다. 다만 공연히 불안해지는 점이 마음에 걸리긴 했지만.

회오리는 사실 찍새들에게서 태반을 사들이는 것이었는데 그 사들인 태반 한 개당 사람의 혈액 680cc의 가격으로 음식점에 팔아넘기는 것이었다. 더구나 초산의 태반인 경우에는 50%나 가격을 비싸게 받기도 했다. 진수는 처음 그 사실을 알고 난 후 양심의 가책 때문에 며칠간 고민했지만, 양심의 가책보다 더욱 무겁게 그를 짓누르고 있던 자존심으로 인해 쉽게 가책으로부터 해방될 수 있었다. 형미로부터 억눌림을 당하고 있던 자존심의 반발이 의외로 엄청났다고나 할까.

돈푼깨나 가진 자들의 보양식을 만들기 위해 음식점으로 은밀하게 팔아 넘겨지는 태반의 가격은 일단 혈액의 값으로 책정되는데 꿩이나 야생 산토끼의 피를 제일 하급으로 치는 데 비해 그 윗급으로 노루와 산돼지 피를, 더 한 단계 윗급으로 자연생 자라와 무당 독사의 피를, 그리고 아주 고급으로 백사, 혹은 사람의 태반을 치는 것이었다. 대개의 경우 건강한 산모의 완전한 태반 한 개에는 평균 680cc의 혈액이 들어있다고 해서 그에 해당하는 값을 매기곤 했다. 또한 미아리 회오리는 태반을 팔아넘기는 것만으로도 부족해서 피와 고름이 묻은 솜이나 붕대, 거즈 등을 대충 표백해서 이불집에 팔아넘기는 일도 도맡아 해 왔었다. 간혹 그 틈새에 끼어 딸려 나온 낙태아들은 아무 거리낌 없이 구덩이에 파묻기도 하면서.

원래 위생원에는 엄격한 행정조치와 철저한 검사가 뒤따랐다. 그래야만 인륜을 저버릴 수 있는 부정을 막게 되며, 사람의 인격을 지닌 낙태아의 처리가 올바로 되기 때문이었다.

태반이 약재로 쓰이는 것은 어쩔 수 없는 일이었다. 병원에서도 오염되지 않은 깨끗한 태반은 원래 영양주사제의 원료로 쓰이기 때문에 사람의 혈액과 함께 매매를 하기는 한다. 그러나 병원에서 적출물로 분류된 태반을, 다시 말해서 무슨 병균에 오염되어있을지도 모를 그러한 태반을 음식점에 팔아넘긴다는 것은 실로 부당한 일이 아닐 수 없었다.

이제 9시가 조금 넘었을 뿐인데도 자동차 안은 뜨겁게 달아있었다. 오늘도 무척이나 날씨가 더울 모양이었다.

진수는 기름을 아끼기 위해 엔진 가열도 시키지 않고 액셀러레이터를 밟아댔다. ××위생원에서는 그가 하루에 다녀야 할 병원과, 화장에 필요한 서류를 떼기 위해 가야 할 구청, 그리고 화장장을 왕복하는데 필요한 기름을 정확히 산정해서 기름값을 지불하기 때문이었다. 오늘처럼 개인적인 일로 미아리까지 가는 경우엔 어김없이 자기 돈으로 기름을 보충해 넣어야 할 판이었다.

차는 울컥 앞으로 달려나갔다. 집으로부터 ××위생원의 냉동창고까지는 제법 먼 거리였기 때문에 그는 자세를 편히 고쳐 앉으며 온몸의 긴장을 풀었다.

차창 밖에서부터 시원한 쓰르라미 소리가 들렸다. 이 혼탁한 도회지의 어느 구석에서 쓰르라미가 우는 것일까? 이 숨막히는 도회지에도 아직 자연의 숨결이 머무르고 있단 말인가?

'윙윙윙윙 위잉……'

싱그럽게 울어 젖히는 쓰르라미 소리를 가르며 그는 재빠르게 차를 몰아 앞으로 나아갔다.

냉동창고에 도착해서 주차를 시키고 난 뒤에야 은빛의 커다란 알루미늄 문 옆에 동생이 쪼그리고 앉아있는 모습을 발견할 수 있었다. 진수는 가슴이 철렁 내려앉았다. 그토록 사정하듯 말렸음에도 불구하고 동생은 자기를 돕기 위해 일부러 나온 것임에 틀림없었다. 아예 동생은 청바지에 푸른 작업복 윗도리를 걸치고 있었다.

동생은 진수의 차가 멎는 순간 느릿느릿 일어나 엉덩이에 묻어 있는 흙을 털기 시작했다. 진수는 동생이 자기의 수고를 조금이나마 헤아려 주는 것이 내심 기쁘기도 했지만 다른 한편으론 가슴 속에 품고 있던 씁쓸한 감정이 울컥 솟구치기도 했다. 생활에 찌들지 않고 공부나 열심히 하는 동생이길 바랐기 때문이었다. 그러나 그가 내면으로부터 동생을 거부했던 이유는 자기 자신의 비참한 처지를 드러내고 싶지 않아서였다. 고무장갑을 낀 채 피에 반죽된 내장덩이를 주무르는 모습을 보여준 뒤, 과연 무슨 면목으로 형다운 대접을 받을 수 있겠는가. 꼭 대접받길 원치 않는다 하더라도 무슨 낯으로 그의 눈을 마주 볼 수 있을까. 그의 등록금을 벌기 위함이라는 전제조건이 동생으로 하여금 이 짓의 신성함을 느끼도록 할 수 있는 것일까.

은빛 알루미늄 문을 열고 안으로 들어갈 때까지 동생은 한마디 말도 하지 않고 따라서 들어올 뿐이었다. 진수도 말없이 실내의 백열전구를 켜고는 알루미늄 문을 닫았다.

이제 외부와는 단절된 시멘트벽 속에 둘만 갇힌 꼴이 되었지만 서로의 마음은 천군만마에게 포위되어 고립된 듯 착잡하고 불안하기만 했다.

조그만 공간이라서인지 백열전구의 빛은 눈부시게 밝았다. 그것은 다만 행정적인 기본시설로서 규제 문서상으로 지적받을 수 없을 만큼의 최소한의 공간이었을 뿐이지 사무를 볼 수 있거나 찍새들이 쉴 수 있게 꾸며놓은 공간은 아니었다. 때문에 가로, 세로, 높이 각각 3m의 큼직한 냉동 박스 옆에 형편없이 작은 구들장이 놓여있을 뿐, 고물 흑백텔레비전 하나와 저울, 온도계, 그리고 책상과 걸상, 그 위에 아무렇게나 굴러다니는 단단한 껍데기의 장부 한 권과 잉크가 녹아 흐르는 검정 볼펜 한 자루만이 사무실 집기의 전부였다. 분위기도 음험하기 짝이 없었다. 냉동 박스 역시 알루미늄으로 만들어져 있어서 백열전구의 빛을 받으면 기분 나쁘게 번들거리며 광채를 뿜어냈다. 어쩌다 밤늦게 혼자서 들르게 되면 백열전구 아래 덩그러니 놓인 집기들은 우－우－ 하며 소리를 지르는 듯 했다. 소리 지르는 물건들…….

지금도 실내분위기는 음험하기만 했다. 모든 집기들이 제각기 일어서서 소리를 지르는 환상 속에 냉동 박스의 뚜껑을 열 때까지도 동생은 아무런 말 한마디도 꺼내지 않고 있었다. 진수도 마찬가지였다.

냉동박스의 뚜껑은 상당히 빡빡했기 때문에 여닫기에 많은 힘이 들었다. 손잡이의 아랫부분을 구둣발로 서너 번 힘차게 지르고, 한꺼번에 힘을 몰아붙여 핸들을 꺾어야만 얼음 같은 것이 깨어지는 소리를 내며 열리는 뚜껑이었다.

뚜껑이 열리자 썰렁한 냉기가 온몸으로 밀려 나왔다. 갑자기 두려움마저 엄습했다. 백열전구의 빛, 번들거리는 알루미늄, 뒤통수에 박혀있을 동생의 눈초리…… 이런 상황 아래서 그는 도저히 검은 비닐 자루 속의 여자 다리와는 맞설 용기가 나지 않았다. 차라리 이럴 때 구두닦이라도 찾아와 기웃거리며 문을 열어 주었으면…….

진수의 마음은 갑자기 혼란해졌다. 무엇 때문에 이 짓을 해야 하는가.

언젠가 형미에게 속삭였던 말이 귓가를 맴돌았다.

"돈은 더럽지만 돈으로 인해 얻어지는 생활은 아름다운 거야. 우리의 멋진 결혼을 위해서도, 우리의 편안한 휴식을 위해서도 돈은 최고의 영광이 돼야 하지. 최후의 목적이 돼야 하는 거야."

진수는 과거에도 형미와의 관계에서 불안함을 느꼈다. 형미는 병원에서 의사들과 함께 근무하는 간호사였기에. 대부분의 여자들은 의사들을 마음속으로부터 동경하고 있다는데 형미라고 그러지 말란 법은 없지 않은가. 의사들은 한 달 수입이 수백만 원씩 된다고 하지 않던가. 더구나 밤새워 근무를 함께 하는 동안 자기는 그 주위에 가까이 있을 수도 없는 처지가 아닌가. 형미는 사내들을 홀리기에 충분한 외모였기에 그런 불안은 더욱 심했다. 간호사의 복장은 어째서 그토록 얇고 몸에 착 달라붙는단 말인가. 어쩌다 간호사복을 입고 있는 형미를 보았을 때도 종종 그런 불만이 생겨나곤 했다. 볼륨이 큼직했던 형미의 가슴은 유난히 매력적이다 못해 오히려 외설적이기까지 했다. 더구나 속은 왜 비치는지…… 밤새워 땀 흘리며 근무하는 의사의 모습에서 만약에 형미가 사랑을 느낀다면 그 후에는 어떤 사태가 벌어질 것인가.

그런 불안이 심해지면 심해질수록 형미에게 보란 듯이 나서고 싶은 진수로서는 더욱 돈 벌 생각만 간절해지곤 했다. 형미를 뺏기지 않으려면 어떻게 해야 하는가. 만약 돈으로라도 그 사랑을 홀로 차지할 수 있다면 과연 얼마의 돈을 벌어야 할까. 그녀에게 치닫는 사랑은 이토록 큰데 어째서 한없는 수렁 속으로 빠져만 드는 것일까.

동생의 눈빛 한줄기는 순식간에 진수의 마음을 혼란했던 과거 속으로 밀어 넣기에 충분했다.

형미는 지독히 현실적인 여자였다. 그녀의 뜨거운 열정만이라면 충분히 진수를 사랑하고도 남음이 있었지만, 그녀가 찾고 있는 현실은 꼭 그렇지만은 않았다. 진수가 온몸을 바쳐 그녀를 사랑했을 때에도 그녀는 살갗만으로 향기를 베풀어주었을 뿐, 그녀의 얼음같이 차가운 마음에서는 항상 싸늘한 느낌이 번져 나오곤 했다.

"안아줘! 더 꼭! 진수 씬 놓치기 싫은 남자야."

형미는 온몸으로 사랑을 갈구하기도 했다. 달리는 기차의 승강구에서도, 인적이 없는 김포가도의 가로수 옆 화단에서도, 그들은 서로 간에 신체의 일부분을 탐하였으며, 도저히 욕정을 참을 수 없을 때에는 싸구려 여인숙 방에라도 들어가서 몸을 합했고, 그녀는 정액이 잔뜩 묻어있을지도 모를 양 손바닥으로 진수의 얼굴을 감싸 쥔 채 잠이 들곤 했다.

그러나, 그녀는 언제던가 음악도 없는 변두리 다방에서 사랑에 빠져있는 진수의 여린 가슴을 향해 폭탄 같은 선언을 하지 않았던가.

"사랑해요. 그렇지만 결혼은 좀 더 깊이 생각해봐야겠어. 우린 결혼하기엔 충분한 돈이 없잖아. 애를 낳아서 기르기엔 아직 벅차요."

그 이후로 진수는 ××위생원의 찍새가 되어야만 했던 것이다. 결혼은 고사하고라도 그녀를 다른 사내에게 뺏기지 않으려고만 해도 돈이 필요함을 깨달았기 때문이다. 최소한 계집을 끌어들여 함께 살고자 하는 사내가 수중에 버스표 살 돈도 제대로 없는 백수건달일 수야 있겠는가 하는 생각에서 사방 취직자리를 구했으나 뜻대로 되지 않았다. 그러던 중에 형미를 통해 얻은 자리이긴 했지만 뜻밖에도 찍새 자리는 수입이 짭짤한 편이어서 내친김에 그대로 주저앉게 되었던 것이다.

진수가 양손에 고무장갑을 끼우고 냉동 박스 속의 물건을 만지는 동안 동생은 한마디 말도 하지 않았지만 속으로는 꽤나 놀라고 있음이 분명했다. 등 뒤로 거칠게 느껴지는 숨소리가 그것을 증명하고 있었다. 동생도 진수 대신 서너 번 적출물을 수거한 적이 있었다. 진수가 예비군 교육을 받기 위해 병원 시간에 대지 못했을 때라거나 심하게 앓아누웠을 때였지만 동생은 그 물건의 구체적인 내용물까지 뒤져 보지는 않았던 것이다.

"형! 나 학교 때려 칠까?"

나직했지만 힘이 잔뜩 들어있던 동생의 목소리였다. 그 말을 꺼낸 동생의 얼굴은 물기라고는 하나도 없이 푸석푸석한 모습이었다. 진수는 동생의 말을 듣는 순간 이상하리만치 여러 사람의 얼굴이 동시에 떠올랐다. 그에게 정기적으로 등록금을 대주던 형미의 모습, 미아리 회오리에게 수표를 받았다는 것을 조심스럽게 얘기해 주던 동료 찍새의 모습, 그리고 표정이 엄한 위생원장의 모습…….

××위생원의 찍새로 입사하던 날, 그는 원장 앞에서 각서에 도장을 찍었다. 그곳에선 종종 적출물 부정 유출 사고가 있었던 모양인지라 그 각서에 도장을 찍는 자리에서 원장은 은근한 다짐을 했다.

“적출물 처리 규정은 법에도 명백하게 명시되어 있소. 당신이 수거한 물건은 어떤 일이 있어도 화장장에서 소각해야만 됩니다. 만약 그렇게 하지 않아서 사고가 생긴다고 해도 나로선 책임질 수 없소. 언젠가도 두 명이 모 집단의 꾐에 넘어갔다가 큰집에까지 간 일이 있었죠. 서대문 큰집.”

동생은 유독 마음 씀씀이가 고왔으며 어떤 때는 그의 고운 마음 때문에 진수로 하여금 곤혹스러움을 느끼게 하기도 했다. 그는 아마도 자기로 인해 형인 진수가 희생을 한다고 느끼는 모양이었다. 그러나 진수의 생각은 달랐다. 아무리 혈육지간이라도 동생 때문에 자기가 희생을 한다고는 생각지 않았다. 그가 이런 일을 하는 것은 그저 단순한 생활의 방편일 뿐이라 생각했을 따름이다. 다만 조금 불결하게 여겨지긴 했어도.

학교를 집어치운다는 말에 진수는 가슴속으로부터 찡한 느낌이 솟아올랐지만 또 한편으로는 울컥하고 분노가 치밀어 올라서 냅다 동생의 머리를 갈겨대고 말았다. 그러나 동생은 기분 나빠하거나 대들지 않았다. 그는 마치 심오한 사상가인 양 고뇌에 찬 모습이었다.

“넌 왜 그렇게 철이 없니?”

“그게 아냐! 형.”

“그렇게 공부하기 싫으면 집어치우는 게 낫지.”

“그게 아니래두! 다만 형을 놀래주기 위해서야. 기분 나빠하지 말아요. 이 일도 이젠 오래 할 필요가 없을 거 같애. 어쩌면 다음 달부터 취직할 수 있어. 재벌회사인데 마침 추천서를 보내왔지 뭐야. 내가 장학생이었잖아. 그래서 특채로 입사하게 되는 거야. 때려치운다는 건 농담야. 내가 약 먹었어? 한 학기 남겨놓고 그만두게. 형한테 자랑하고 싶어서 장난친 거지. 형! 요즘 취직하기가 얼마나 어려운데. 그렇지만 난 해냈어! 이젠 이런 일은 때려치워.”

천진스럽게 얘기하고 있는 동생을 바라보다가 진수는 갑자기 혼란한 상태로 빠져들었다. 동생의 말대로 형제가 힘을 합치게 된다면 굳이 미아리 회오리와 이런 식으로까지 거래할 필요가 없다는 생각이 들었기 때문이다. 사실이지 미아리 회오리와의 거래에는 심한 인간적 굴욕과 부도덕함이 숨어 있지 않았던가. 그래도 한때는 낭만에 젖어 대학 캠퍼스를 누비곤 하지 않았던가. 회춘을 꿈꾸는 부도덕한 재산가들에게 정력 보양식으로 사람의 태반을 갖다 바친다는 게 말이나 될 법한 일인가.

동생의 그 한마디는 믿기지 않을 만큼 반가웠다. 마치 전멸 직전에 처해 있다가 엄청난 수의 지원군을 맞이한 보병소대의 나팔수처럼.

"임마, 그게 사실이냐?"

"그럼. 초임이 35만 원인걸?"

"그으래?"

"그러니까 이번 달까지만 채우고 이런 일은 그만두지, 형!"

"무슨 소릴, 그래도 마지막 등록금인데 내가 내야지."

"상관없어, 형. 이제 고정적으로 월급이 들어오면 조만간에 융자를 받을 수 있어. 마지막 등록금은 내 힘으로 해결할게. 어때? 형! 신나지?"

진수는 깊게 안도의 한숨을 내쉬었다. 형으로서의 도리건 자존심이건 모두 팽개치고라도 일단 동생의 뜻이 고맙기만 했다. 진수는 그만큼 지쳐있었던 것이다. 한 사람의 어깨 위를 내리누르는 삶의 무게는 그만큼 무거웠다. 그 무게는 청춘의 힘으로도 감당하기 어려웠고, 형미를 통한 사랑의 힘으로도 덜 수 없었다. 그리하여 더욱 짓눌린 어깨 아래로는 달콤함을 간직한 부정의 요소만이 파고들 뿐이었다.

동생의 눈에는 어느새 흥건히 눈물이 고여 있었다. 아마도 그것은 벅찬 희망으로 인한 눈물임에 틀림이 없으리라. 혹은 어린 형제를 남겨놓고 너무나도 일찍 돌아가신 부모님을 떠올렸는지도 모를 일이다. 진수의 가슴도 따라서 울적해졌다. 건드리기만 해도 눈물이 터져 나올 것 같은 가슴을 끌어안고는 더 이상 동생의 얼굴을 마주할 수 없었기 때문에 그는 문을 박차고 창고 밖으로 뛰쳐나왔다.

밖의 날씨는 잔뜩 찌푸린 채였지만 그의 마음은 청명함으로 가득했다. 그는 피가 벌겋게 묻은 고무장갑을 벗어 길옆 쓰레기통에 버리며 목구멍에 끼어 있던 가래침을 힘차게 뱉어냈다.

"병신새끼! 그런 말을 왜 이제야 하는 거야? 내가 회오리를 찾아갔으면 어쩔 뻔했니?"

진수가 고함을 지르자 깜짝 놀란 동생은 의아한 모습을 감추지 못하며 창고 밖으로 걸어 나왔다.

"무슨 소리야? 형! 회오리라니?"

"넌 몰라도 돼."

0.5톤짜리 왜건 자동차는 갑자기 한껏 밝아진 기분 때문인지 허옇게 바랜 듯이 보였으며, 운전석도 마치 좁디좁은 찜통같이 왜소해 보일 뿐이었다. 진수가 차에 올라타자 동생도 재빠르게 차 속으로 들어왔다. 동생은 언제나 기쁨을 그런 식으로 표현했다. 말은 없었지만 동작을 매우 빠르게. 아마도 지금 동생은 매우 기뻐하고 있음이 분명했다.

차는 덜덜거리긴 했지만 제법 빠른 속도로 나아갔다. 더러운 거래로부터 탈출하기 위해 몸부림치듯이.

진수는 이미 승리자가 되어 있었다. 그는 한동안 불행의 가운데에 처박혀 있었지만 이제는 그 불행을 관조하는 마음을 지니게 된 것이라 여겨졌다. 더 이상 지칠 수 없을 때까지 지쳐있었기 때문일까?

차는 시원하게 트인 길을 달렸지만 진수의 마음은 원통 속을 달리는 것처럼 답답하기만 했다. 비록 기쁨을 한 덩어리 품고 있었을지언정. 인생의 길에서 파멸로 이르는 노선이 겉으로 드러나 보이기만 한다면 곡예를 하는 한이 있더라도,

아슬아슬한 순간이 계속되더라도 그 길을 피해가겠지만, 지금 그가 걷고 있는 길은 도무지 어떤 길인지조차 알 수 없었다. 그렇지 않고서야 이토록 기막힌 생활이 연속되는 길 앞에서 이리도 덤덤해질 수 있단 말인가.

진수가 동생의 끈적끈적한 우애를 되새기는 사이 어느덧 차는 심한 고갯길의 등허리를 타넘는 중이었다.

5

실수로 인한 모든 대가를 각오한 상태였기 때문인지 종하의 마음은 편하기 이를 데 없었다. 그는 화장실에서 조그마한 세면대에 머리를 틀어박은 채 힘주어 머리를 감았다. 한결 머릿속이 시원해져 왔고 마음속에 응어리져 있던 답답함도 사라지는 듯했다. 그는 부지런한 직원 한두 명만이 출근해 있는 원무과로 들어가서 콜을 통해 외과 과장을 찾았다. 콜을 신청하고는 손수건을 꺼내 머리카락의 물기를 완전히 닦아내었을 때에야 전화벨이 울렸다. 외과 과장이었다.

"한 군인가? 잘 처리했어?"

과장의 목소리는 아직도 무겁게 내려앉아 있었으며 역시 은밀함을 그대로 간직하고 있었다.

"저, 미안한 말씀입니다만 도저히 그런 일을 꾸밀 수 없었습니다. 만약에 불상사가 생긴다면 그 벌을 달게 받아야 옳을 듯합니다."

"그래?"

과장은 한동안 아무런 말도 하지 않았다. 어쩌면 그는 위험을 무릅쓴 배려마저 거부한 후배 의사의 양심을 못마땅하게 여기는 중인지도 몰랐다. 종하도 더 이상 다른 말을 계속하지 않고 그대로 수화기만을 들고 있었다. 잠깐 동안의 침묵이 흐른 뒤에야 과장이 입을 열었다.

"자네 생각이 옳군. 내가 큰 잘못을 할 뻔했어. 실수와 잘못은 엄청난 차이가 있지. 잘 생각했네. 다행이야. 환자도 재수술만 한 번 더 하면 별지장이 없겠어. 그까짓 창자쯤이야 좀 잘라냈다고 한들 치명적인 건 아니지. 다만 계속되는 수술을 보호자들이 용납하는가만이 문제야. 어쨌든 잘 생각했네. 내 욕은 해선 안 돼. 팔은 안으로 굽는 법이니까."

"고맙습니다. 과장님. 마음 같아선 이번 재수술까지 제가 책임져야 할 것 같습니다. 실수는 제가 저지르고 수습은 과장님께 맡긴다는 게 여간 부담스럽지 않습니다."

종하는 밝은 기분을 되찾았다는 사실까지 아울러 전하기 위해 의도적으로 힘찬 목소리로 말했다. 그러나 과장은,

"이번엔 안 돼. 내가 집도하겠네. 수술은 아마 10시 전후가 될게야. 자네도 보조의로 입실시킬 테니까 그동안 신경종양에 대해서 공부하고 들어오도록 하게. 말초신경종양부터 그 신경외과적 치료 부분까지를 모두 공부해 놔. 자료실을 뒤져서 수술의 실례를 읽어봐도 되겠지. 10시까지 게으름 피우지 말게."

수화기를 내려놓은 종하는 원무과 구석에 비치된 자료실 이용 대장에 서명을 하고 자료실로 통하는 인터폰의 단추를 눌렀다. 연거푸 여러 번을 눌러 보아도 아무런 응답이 없는 것으로 보아 아직 아무도 출근을 하지 않은 듯했다.

일단 종하는 병원 도서실로 찾아갔다. 도서실에도 아직 사서는 출근하지 않았지만 아르바이트로 고용된 남자 대학생이 나와 문을 열어놓고 있었다. 20살 남짓한 그 학생은 의과대학 2학년에 재학 중이었는데 새벽부터 등교 시간까지, 그리고 하교 후부터 밤늦은 시간까지 사서의 업무를 대신 맡아 하고 있었다.

종하는 그 학생에게 구내식당으로부터 간단한 아침 식사를 배달시켜 줄 것을

부탁하고 서가를 뒤져 신경종양과 그 외과적 치료에 관한 의학서를 끄집어내었다. 원래 도서실에서는 식사를 하지 못하게 되어 있었지만 출근 시간 전에는 종종 그 규칙을 위반하는 예가 많았다. 대부분 도서실에서 아침 식사를 하는 사람들은 아직 초보 의사들뿐이었는데 그들은 불편하더라도 도서실에서 식사하길 원했다. 대개 과장급들의 당직 의사들이나 아니면 고참 의사들이 모여드는 이른 아침의 식당에서는 밤사이의 환자들 상태라거나 검사 결과에 대해 얘기들을 꺼내곤 했는데 그 의사들은 얘기 도중에 불쑥 수련의나 초보 의사들에게 질문을 던지곤 했던 것이다. 별로 넓지도 않은 식당에서 불과 몇 명만이 모여 앉아있던 초보 의사들은 그런 질문에 당혹함을 감추지 못하곤 했다.

종하는 두꺼운 의학서적을 펼쳐 그 원문을 번역하며 메모해 나가기 시작했다. 그 책의 첫머리는 「말초신경종양의 신경외과적 치료 Ulnarnerveneuroma 예에 대하여」라는 긴 제목으로 시작되었는데 아마도 그 부분은 본과 4학년 시절에 배웠던 것으로 기억됐다.

〈말초신경종양은 비교적 드물게 발생하는데 통계적으로 전 Sarcoma(육종)의 6.4%의 발생 빈도를 가지고 있다. 거의 대부분이 Schwannoma(신경초종)이거나 Neurofibroma(신경섬유종)인 것이 보통이다. 최근에 수술적으로 전 적출이 어려운 말초신경종양을 수술 현미경을 이용하여 ……〉

종하는 사전을 뒤적이며 메모하던 종이에 불현듯 형미의 얼굴 모습을 그려 넣고 싶은 충동을 느꼈다. 어째서 형미는 이토록 처참한 순간만을 골라서 떠오르는 것일까. 결혼만 해주면 열쇠 세 개를 바치겠다는 여자들도 있었지만, 이럴 때일수록 유독 형미가 그리워지는 이유는 무엇일까? 이토록 처참한 순간을 통해 비집고 들어오는 그 모습이 바로 사랑의 모습인 것일까?

종하는 형미를 떠올릴 때마다 겨울을 버티는 작은 나무를 연상했다. 형미가 아직 나약한 가지를 지닌 나무라면 자기는 그 잎사귀에 불과하리라 여겨졌다.

메마르고 거센 겨울바람 속에서 종하는 낙엽이 되길 거부하는 엷은 잎사귀였다. 끝끝내 그 가지에 붙어있고 싶은 간절함 때문에 그는 바람을 두려워할 수밖에 없었다. 메마르고 사나운 바람. 그 바람 속에서 비록 엷은 잎사귀지만 낙엽은 되지 않으리라는 의식적인 힘을 보여주고 싶었다. 그런 의식적인 힘을 보여야 한다는 생각은 불현듯 그에게 고통으로 다가서기 시작했다. 종하는 괴로울 뿐이었다. 그녀에게 몸과 마음의 벽은 그리도 쉽게 허물 수 있었는데 자기 자신이 침몰해 가는 모습은 보여주기 어려운 것일까.

수술실에서도 종하의 마음은 여전히 무겁게 가라앉은 상태였다. 수술 현미경을 통해 본 어린 환자의 장 절단 부분엔 신경이 덩어리진 채 모여 있었다. 자르지 말았어야 할 부분, 환자의 몸속에 간직해야만 할 부분을 잘라낸 자기의 경솔함에 대해 종하는 깊은 죄의식을 느꼈다. 마스크 천 아래에 무의식 상태로 누워 있는 어린 환자는 앞으로 계속될 긴 인생을 통해 꼭 간직해야 할 부분을 잃어버린 채 살아가게 될 것이다.

과장은 평상시와 마찬가지로 익숙하게 수술을 집도해 나갔다. 조금의 망설임도 없이 손가락을 이용하여 복벽을 세차게 늘리고 확장된 복강을 여민 사이로 봉합사를 얽어매는 그의 모습은 숭고하기까지 했다. 알부미노이드 제재의 시큼한 냄새와 수혈되는 피비린내, 그리고 구역질나는 위와 장 특유의 냄새 속에서 숭고함이 싹튼다는 사실은 이해하기 어려웠다. 그렇다면 과장은 진지한 자세로 진짜 버려야 할 것과 간직해야 할 것을 구별해 내고 나서 수술을 끝냈던 것일까?

수술은 성공적이었다. 과장은 성공을 음미하려는 듯이 수술실 구석의 보조의자에 깊이 등을 기대고 앉아 담배를 피우고 있었다. 벽 하나를 사이에 둔 채 초조함에 사로잡혀 있을 환자의 보호자를 만나기 전에 으레히 행하던 습관이었다.

종하도 깊은 안도의 한숨을 내쉬었다. 그러나 그 안도의 한숨은 커다란 책임을 모면했다는 의도의 한숨이 아니었다. 과연 의사란 무엇인가에 대한 해답, 그 어려운 해답을 풀어낼 수 있을 것이라는 확신에서 새어나온 한숨이라고 보는 편이 차라리 옳았다.

종하가 비교적 편안한 마음으로 수술실을 나섰을 때 그의 눈앞으로 환한 웃음이 밀려오는 것을 볼 수 있었다. 콰르르 하고 종하의 마음이 불타올랐다. 그 웃음은 정오로 향하는 햇빛을 받아 울컥 종하의 가슴 속으로 밝게 치솟아 들어왔다. 그러나 그 밝은 웃음의 뒤편으로는 여태껏 종하가 버려왔던 모든 찌꺼기들이 너울너울 춤추듯 날고 있었다. 아, 무엇을 버려야 하는 것이며 또한 무엇을 간직해야 하는 것일까. 저 밝은 형미의 웃음을 간직하기 위해선 또 어떠한 것을 버려야만 하는 것인가.

종하가 걷고 있는 복도의 맞은편으로부터 간호사복을 말끔히 차려입은 형미가 환한 웃음을 지으며 걸어오고 있었다. 그녀의 위에는 오랜만에 떠오른 햇빛을 되쏘며 찬연히 빛나는 관(冠)이 얹어져 있었다. 종하는 부신 눈을 찡그려가며 광채 나는 관을 바라보았다. 그 관은 적십자 마크가 새겨진 간호사 캡이었다. 약한 플라스틱으로 만들어졌을 그 간호사 캡은 점점 다가올수록 찬연함을 더해갔다. 갑자기 그녀의 흰 간호사복은 이상하리만치 빛나면서 푸른 하늘빛 광채를 쏟아내기 시작했다.

6

사람은 죽으면 하늘로 간다. 아무리 육신은 습기 찬 땅속에서 썩어간다 하더라도, 그의 넋은 별이 되어 하늘을 날아간다. 지금 진수가 자동차의 뒤에 싣고 가는 낙태아들의 영혼도 모두 하늘로 날아갈 것이다.

차에서 내려 화장장의 입구로 걸어가는 동안 동생과 진수는 잠깐씩이나마 검은 비닐 자루를 번갈아가며 짊어지고 걸어갔다. 한여름철의 뜨거운 태양은 숨이 막힐 듯 달아오르고 있었다.

화장장으로 들어서는 길목은 온통 잿빛투성이였다. 아스팔트마저 잿빛으로 변해 있었으며 육면체의 돌을 차곡차곡 쌓아 만든 벽은 물론, 그 위에 펼쳐진 하늘까지도 온통 생기를 잃은 채였다. 그곳은 소리가 없고 형체만이 있을 따름이었으며, 생명이 없고 그림자만이 있을 뿐이었다.

이상한 일이었다.

검은 리본을 늘이고, 검은 액틀의 사진에 매달린 채 눈물짓는 젊은 미망인의 모습도 다만 쓰러질 듯한 절규의 모습과 애끓는 통곡의 모습만이 보일 뿐, 그 주위를 맴도는 소리는 전혀 없었다.

비닐 자루 속에서 벌써 사흘 밤을 넘긴 인간의 잔해들…… 소위 찍똥들마저도 땀에 젖어있는 듯했다. 그 안에서 생겨난 썩은 물기는 점점 자루의 겉으로까지 스며 나와 메고 가는 어깨를 적시기에 충분했다.

그는 거의 달리다시피 접수창구로 가서 화장허가원을 들이밀었다. 반달형으로 뚫어놓은 갈색의 유리창 속에서 손이 재빠르게 움직이더니 아크릴 조각으로 된 번호표가 마치 버스 토큰을 살 때처럼 아무런 대꾸 없이 밀려 나왔다. 문을 열고 안으로 들어서자 역하게 풍겨오는 쇠 냄새와 기름 냄새, 그리고 특유의 향 냄새가 몸을 휘감아 왔다.

번호표에 새겨진 것과 동일한 번호의 화구를 찾았다. 동생은 언제나처럼 아무 말 없이 뒤를 따라올 뿐이었다. 커다란 원형의 중앙화로에는 수십 군데의 철문이 닫혀 있었고 그 앞에는 번호판과 함께 흰색 페인트가 조잡하게 칠해진 팻말이 일렬로 즐비하게 늘어서 있었다.

각 화구 앞에는 한두 명에서부터 많게는 수십 명에 이르기까지 유족들이 줄을 서 있었으며, 그들은 찬송가를 부르기도 했고 승려를 앞세워 불경을 외기도 했으며, 간혹은 술에 취해 고함을 지르거나 한없이 슬피 울기도 했다. 아마도 그 모두가 슬픔의 형체일 것이리라.

진수는 낡고 푸른 작업복을 입은 화부에게 다가가서 번호표를 건넸다. 죄수처럼 가슴팍에 흐린 명찰을 붙인 화부가 번호표를 받아 쥐는 순간 그의 손이 너무나도 투박해서 그는 하마터면 소리를 지를 뻔했다.

"시신이요?"

화부는 긴 갈고리로 화구의 뚜껑을 열면서 물었다. 그의 물음은 궁금해서라기보다 관(棺)이 아닌 자루를 들고 왔다는 데서 이미 그들의 정체를 알아챘다는 투의 확인인 듯싶었다.

"아닙니다."

"그럼 뻔하구랴. 청소대행업자로구먼. 대행업자치곤 너무 젊어. 그래서 난, 악상을 당한 시신인가 했지."

화부는 긴 갈고리를 바닥에 딱따거리며 말했다.

그와 때를 맞추어 번호판 위에서 깜박이던 램프가 꺼지자 화부의 손놀림은 갑자기 빨라지기 시작했다. 그가 서너 걸음 앞으로 다가가서 붉은 손잡이가 달린 핸들을 돌리자 커다랗게 입을 벌린 화구에서는 기다란 화대가 미끄러지듯이 밀려 나왔다. 사방이 불에 삭아 둥글게 헤어진 화대에는 미처 닦여지지 않은 녹색의 찌꺼기들이 늘어붙어 독한 누린내를 풍겨대고 있었다.

화부가 빗자루를 들어 나지막이 쌓여있는 재를 쓸어내자, 화대를 쓸던 그 빗자루에는 순식간에 불이 붙어 타오르기 시작했다.

순간 땀에 젖은 화부의 얼굴에 분홍빛과 검은빛의 명암이 새겨졌다. 마치 너울너울 춤추듯 하는 그 명암을 얼굴 위에 담고 있는 동안 화부는 마치 이승과 저승의 사이를 꿈꾸고 있는 표정이었다. 이승과 저승의 사이…… 그 사이를 메꾸고 있는 인간들의 욕망을 꿈꾸는 듯한.

화부가 불붙은 빗자루를 허공으로 들어 올리더니 힘차게 바닥을 향해 휘저었다. 그러자, 허공에 밝은 포물선이 밝게 그어지는가 싶다가 이내 짙은 연기로 바뀌어 빗자루 끝으로부터 뭉게뭉게 피어올랐다.

“그러니까 쉽게 얘기해서 온갖 잡놈 잡년들이 배불이고 놀다가 생겨난 쓰레기들이로군. 그래선지 냄새가 지독해.”

화부는 비닐자루를 반짝 들어 냉큼 화대 위에 올려놓으며 혼잣말을 지껄였다. 그리고는 슬리퍼를 신은 발로 화대를 툭! 밀어 넣자 화대는 겉보기와는 달리 아무런 요동도 없이 스르르 미끄러져 들어갔다. 그와 때를 같이해서 번호판 위의 램프에 붉은 등이 켜졌다.

그렇게 해서 진수는 피 묻은 솜과, 고름에 절은 붕대와, 낙태아들과, 여자 다리, 그리고 하마터면 악착같은 인간들의 점심식사가 되었을 태반들을 화장시켰고, 동생은 그것을 두 눈으로 깊이 새겨볼 수 있었다.

그들은 화장장 입구까지 걸어 나와 차에 오르도록 한마디의 말도 하지 않았다. 그러나 동생의 마음은 왠지 모르게 당당한 듯했고 진수의 마음 역시 그랬다. 진수가 차에 올라 시동을 거는 동안 동생은 카스테레오의 스위치를 넣었다. 볼레로, 여자배우가 성교하는 동안 그 곡에 맞춰 율동을 한다는 라벨의 볼레로가 흘러나왔다. 진수는 언제부터인지 몰라도 그 음악이 듣기 좋아졌다는 생각을 하며 액셀러레이터를 밟기 시작했다.

차는 부르르 몸체를 한 번 떤 뒤에 쏜살같이 앞으로 달려나갔다. 차창으로는 시원한 바람이 밀려들어 왔고, 바람이 세차게 밀려들어 올수록 잿빛투성이였던 아스팔트가 점점 검은색으로 변해간다는 것을 알 수 있었다.

진수는 차의 방향을 바꾸어 교외로 나가는 길을 택했다. 오랜만에 동생과 함께 드라이브를 하려는 참이었다. 까짓 기름이 들면 얼마나 들겠는가.

그는 액셀러레이터를 밟으며 맥 빠진 웃음을 지었다. 갑자기 모든 세상이 백미러에서처럼 거꾸로 돌아가는 것 같았다.

갑자기 소나기가 오려는 것일까? 하늘은 꾸물꾸물하게 찌푸려져 있었다. 그러나 흐린 날씨 탓인지 오히려 차창으로 밀려들어 오는 바람은 제법 시원하기까지 했다.

차는 폭탄같이 앞으로 달려나갔다.

형미와 헤어지던 날이 떠올랐다. 사랑을 잃던 순간이었지만 차라리 사랑을 버리는 것이라고 애써 생각하던 날. 비록 사랑은 버리더라도 그 기억은 버리지 않겠다며 시험관 속의 태아를 빼앗았던 자기의 행위. 또한 사랑을 버림과 동시에 기억마저 버리겠다고 순순히 시험관 속의 태아를 내주던 형미의 냉정함. 그런 여러 가지 생각이 어지럽게 머릿속을 맴돌았다. 아, 그땐 진심으로 형미를 사랑했던 것일까?

가로수 잎들이 춤추듯 흔들리는 도로의 끝편으로부터 갑자기 밝은 웃음이 밀려오기 시작했다. 진수의 마음 역시 콰르르 하고 불타올랐다. 그 웃음은 바람결에 흔들리며 반짝이는 가로수 잎사귀만큼이나 현란하게 진수의 가슴 속으로 밀려 들어왔다. 그 밝은 웃음의 숨은 뒤쪽으로는 여태껏 진수가 주워왔던 병원의 모든 찌꺼기들이 너울너울 춤추듯 날고 있었다.

아, 무엇을 위해 남이 버린 것을 줍는 것이며 또한 그 속에서 무엇을 간직해야 하는 것일까. 그 밝은 형미의 웃음을 잊기 위해선 또 어떠한 것을 그 빈자리에 주워 넣어야 할 것인가.

진수는 차창으로 밀려드는 형미의 환영을 떨쳐버리기 위해 머리를 세차게 좌우로 흔들며 차의 속도를 높였다.

기어를 4단으로 올리고 클러치 페달을 떼자 차는 가볍게 질주하기 시작했다. 진수는 새로운 경험을 하게 된 며칠 동안, 즉 미아리 회오리와의 거래에 대해서 고민하기 시작했던 날부터 그 고민을 훌훌 떨쳐버린 오늘에 이르기까지, 포르말린이 담긴 시험관 속에서 잠자고 있는 자기의 아들에 대해서 심한 죄의식을 느끼고 있었다. 인격을 갖춘 생명체가 되기 위하여 자라다가 그의 부도덕한 행위 때문에 성장을 중지당하고, 독한 약품이 담긴 시험관 속에 거꾸로 매달려 있는…… 자기와 형미의 분신. 계란만 한 성장 과정을 통해서도 생기려고 애쓰던 발가락의 흔적.

진수는 여태껏 그것을 아무런 힘으로도 감싸주지 못했다. 항상 입으로만 되뇌던 사랑을 진정으로 지니고 있었다면 그러한 비정의 흔적은 있지도 않았을 것이리라.

그는 세상 모든 일에 정면으로 부딪치지 못했던 비굴함으로 인하여 나약해질대로 나약해져 있었으므로 그토록 어둠침침한 세상만을 살아온 것이라 여겨졌다.

갑자기 그의 기분은 상쾌해졌다. 버림으로 해서 사랑이 완성된다면 기꺼이 형미의 기억을 버리리라.

드디어 진수는, 시험관 속에 거꾸로 매달려 있는 자기의 분신을 화장시켜 주리라고 결심했다. 그리하여 화구에서 타오르던 불꽃처럼 그 분신에게 새로운 삶을 안겨 주어야 할 것이었다. 그 어미와 아비였던 형미와 자기와의 사랑이, 습관적이며 피상적인 유한한 사랑이었던데 반하여, 그 불꽃은 무한을 넘어 영원을 향해 치닫는 불꽃이었으므로…….

이제 아무 공장에라도 취직해서 푸른 작업복이 닳도록 열심히 일을 하게 되면 형미와의 지나간 사랑도 아름다운 영혼으로 몸속에 남으리라.

차는 싱그러운 여름의 가로수 사이를 누비며 달려나갔고, 핸들을 굳게 잡은 그는 무한의 사랑을 간직하기 위해서 잊어버려야 할 사랑의 흔적 속으로 몰입해 들어갔다.

싱그러운 여름의 향기 속으로, 죽도록 곁에 남겨두고 싶었던 형미의 모습이,

그리고 잠시 후면 화장장의 화부에게로 인도될 시험관 속 분신의 모습이, 밝은 웃음을 머금으며 꽃이 되어 다가오고 있었다. 그 꽃은 다가올수록 점점 찬연함을 더해갔다. 비록 며칠 만에 시들어 버리는 엷은 생명이었지만 그 꽃의 형태는 이상하리만치 빛나면서 푸른 하늘빛 광채를 빨아들이기 시작했다.

진수는 그 분신에게 꽃의 형태로 다가오는 푸른 하늘빛처럼 영원한 이름을 지어 줄 예정이었다.

그는 멋진 사랑을 했고, 그 때문에 괴로워했지만 끝없이 안락한 영원으로 들어설 수 있었다.

그는 즐거웠다.

호각소리

1990년 『현대소설』 봄호에 발표

호각소리

동주는 저녁 여섯 시가 넘어서야 포스터에 실을 두 장의 사진을 찾아왔다. 내 사진은 제법 근사하게 나온 천연색 사진이었으나 그 사진 옆에 나란히 붙여야 할 동주의 사진은 고등학교 졸업 앨범에서 도려내어 확대한, 망이 형편없이 굵은 흑백 사진이었다. 화상도 선명치 않고 여백도 누렇게 변색되었지만 동주가 그 사진을 굳이 고집한 이유는 빡빡 삭발한 모습이 아주 맘에 들었기 때문이라고 했다. 촬영할 때 어째서 그런 표정을 지었는지는 모르겠으나 입도 야무지게 앙다물고 고개를 빳빳하게 세운 채 찍은 고등학교 졸업 당시의 사진이었다.

급하게 달려온 듯 숨을 헐떡이는 동주의 어깨를 냅다 후려치면서 나는 그 사진의 표정이며 모습이 어쩌면 이렇게도 내가 연출할 이 연극의 분위기와 흡사하냐며 맘껏 좋아했다. 아무리 점수를 나쁘게 매기려고 해도 그 사진이야말로 확실히 100점짜리임에 틀림없었다. 우악스런 턱뼈로 인해 역오각형의 모습이 되어 버린 얼굴 형태, 가늘게 찢어진 눈, 무엇보다도 저항의 의지가 강력히 담겨 있는 듯한 빡빡머리.

동주는 그 사진을 나의 천연색 사진 옆에 대 놓고는 그것 보라는 듯이 투덜댔다.

“이거 봐요. 형 사진두 흑백에 빡빡머리였다면 얼마나 좋았겠수?”

사실 그가 포스터에 붙일 사진을 빡빡머리로 선택한 데에는 나름대로의 충분한 이유가 있었다. 며칠 전부터 해 왔던 — 내가 연출을 맡아 온 이번 연극의 분위기야말로 어딘지 모르게 우울하고 섬뜩해야 할 것이라는 — 생각에 딱 맞아떨어지기 때문이었다. 사실 그 희곡의 분위기는 섬뜩하고 우울했지만 나로서는 그 사실이 더없이 맘에 들었던 것도 사실이었다.

대학 동문이며 둘도 없는 후배인 동주가 쓴 희곡을 일차 검토하던 중에 나는 그만 무릎을 세 번씩이나 치며 감탄사만 연발했는데 그 까닭은 희곡의 내용이 너무나도 우리의 현실을 통렬히 비난하는 것이기 때문이었다. 특히 내 마음을 홀랑 빼앗아간 부분은 마지막 대목이었는데 동주 역시 극의 효과를 살리기 위해서 그 끝부분에 무명의 스페인 시인이 쓴 노랫말을 인용했던 것이다. 그 노랫말 뒤에는 '공산당계의 어떤 정기 간행물에 실린 시로서 파시스트요, 히틀러의 도당이었던 아쥐르 군단의 병사들을 규탄할 목적으로 쓰인 시를 발췌함'이란 토가 명확히 달려 있어 약간 부담스럽긴 했지만.

그러나 내가 동주의 희곡을 보다가 단숨에, '좋아. 이걸 무대에 올리자구!'라고 한 이유는 어쨌거나 이 끝부분의 노랫말이 마음에 들었기 때문이었으며 적어도 내 상상으론 이 연극을 무대에 올리고 난 뒤면 세상천지에 이 노래가 유행되어 모든 사람들이 흥얼거리고 다닐지도 모른다는 생각에 빠져서였다.

"하긴 네 말이 맞다. 포스터에 이렇게 붙여 보니까 천연색 사진이 영 안 어울리는구나. 마치 화장 잘못한 갈보 같다."

나는 이렇게 말하며 내 모습이 담긴 천연색 사진을 포스터에 대었다 떼었다 하면서 한참을 망설이고 있었으나 그는 내 말에 전연 아랑곳하지 않고 이내 두 장의 사진에 척척 풀을 발라 포스터의 노랫말 위에 붙여 버리고 말았다.

나는 그렇게 완성된 포스터의 시안을 한쪽 벽에 걸어 놓고 지긋이 감상하기 시작했다. 우악스럽게 생긴 빡빡머리 어린 녀석 하나와 제법 예쁘장하게 생긴 대학생 녀석의 모습이 나란히 걸려 있었으며 그 사진 위로는 「아쥐르 군단의 노래」란 제목이 커다란 활자로 걸려 있었고 그 아랫부분엔 내가 그토록 좋아하는 노랫말이 잔잔한 글씨로 실려 있었다.

우리는 선량한 가톨릭교도 / 우리는 모범적인 살인자 / 스페인 이야기는 질색이야 / 차라리 몽둥이 이야기나 하고 / 아주까리 꽃이나 이야기하자 / 카스틸라에 눈이 내린다 / 겨울바람이 울부짖을 때 / 우리는 철십자 훈장을 받으리 / 우리에게 푸른 옷을 입혀다오 / 우리는 철십자 훈장을 받으리 / 모든 아가씨의 입술과 함께 / 카스틸라에 눈이 내린다.

그러나 내가 그토록 좋아하던 노랫말이었건만 막상 포스터로 제작하기 위해 시안을 만들어 벽에 걸어 놓고 보니 서너 군데가 영 께름칙해서 견딜 수 없었다. 모범적인 살인자라니, 게다가 철십자 훈장을 받을 것이라니.

"여봐, 동주야. 저게 도대체 뭘 뜻하는 말이냐?"

나는 그저 연극의 내용에만 도취되었을 뿐 사실은 이 노랫말이 무엇을 의미하는지도 모르고 있었기 때문에 이 기회에 알아 두어야겠다 싶어서 큰소리로 동주에게 물어보았다.

"형님은 연출하시는 분이긴 하지만 굳이 저 시에 얽매일 필요가 없습니다. 다만 아쥐르 군단이란, 히틀러를 원조하기 위해서 소련으로 파견된 살인부대였다는 것만 알아 두시면 됩니다. 아쥐르란 바로 하늘빛이란 뜻이고요. 그러므로 아쥐르란 악마를 돕는 하늘빛이란 뜻도 되지요. 그 정도만 아시고 형님 마음대로 연극을 만들어 보세요."

동주는 대단치 않다는 듯 바닥에 벌렁 드러누우며 이렇게 말했으나 어떻게 된 셈인지 나는 그의 말을 듣고부터 더욱 불안해져서 견딜 수가 없었다. 아쥐르 군단의 노래. 나는 아무런 생각도 없이 동주가 썼다는 이 희곡을 무대에 올리기로 작정하지 않았던가. 더구나 이 연극반에서는 내가 가장 선배였으며 또한 내가 이 연극을 책임지는 연출가가 아니었던가.

나는 순간적으로 당황하기 시작했다. 어째서 아쥐르라는 아름다운 단어 속에 그다지도 무자비하고 흉포했던 히틀러의 이름이 담겨 있는 것이며, 입에 담기도 두려운 살인 부대라는 뜻이 담겨져 있다는 말인가.

나는 의자를 넘어뜨리며 자리에서 벌떡 일어섰다. 바로 그 순간 요 며칠째 신문을 장식하고 있는 모 대학 연극 단원들에 대한 기사가 떠올랐기 때문이었다.

"야, 동주야. 이거 대단히 미안한 질문이지만 혹시 네가 표현하고자 했던 아쥐르에 또 다른 뜻이 있는 건 아닐까?"

"그게 무슨 소리유? 형."

"글쎄 뭐랄까. 이 노랫말을 자꾸 읽어 보니까 왠지 모르게 여러 가지 테마를 간직한 말인 것만 같아서 그래."

"성모 마리아를 생각하세요. 혹은 시베리아로 떠나는 창녀 카추샤를 생각하세요. 이 희곡은 그 이상의 것도 그 이하의 것도 아녜요. 생각해 보세요. 우리가 가장 갈구하는 것이 무엇인지. 그것 역시 푸른 하늘 이상의 것도 이하의 것도 아니잖아요?"

동주는 이렇게 말하며 누운 채로 담배만을 피워 대었다.

"미친 자식, 도무지 무슨 소린지 알아먹을 수가 없구나."

동주가 이렇다 할 반응을 보이지 않았기 때문에 나도 더 이상 질문을 계속하지 않고 그의 옆에 길게 드러누웠다. 히틀러든 철십자든 간에 나는 그 몇 개의 위험한 낱말들이 어떤 중대한 위험을 내포하고 있어서 내가 만들 연극을 망치리라고는 상상하지 않고 있었다. 나는 다만 무대로 쓰일 창고의 벽에 달라붙어 째깍째깍 소리를 내며 돌아가는 시계 바늘 소리를 귀담아들으며 앞으로 나의 참다운 연극을 가장 효과적으로 표현해 줄 주인공들의 대사만을 머릿속으로 열심히 외고 있을 따름이었다.

저녁 식사 때가 지나서인지 배가 약간 출출하다고 느껴질 무렵이 되어서야 연극반원들이 들어서기 시작했다. 이마에 시커먼 점이 달린 성수는 언제나처럼 콧구멍으로 담배 연기를 뿜으며 들어왔고, 동료들로부터 성수와 연애 중이라는 소리를 듣고 있는 경미가 뜨겁게 구워진 오징어 한 마리를 신문지에 싸 들고 뒤따라 들어왔다. 그 뒤를 이어 마치 약속이나 한 듯이 나머지 네 명의 연극반원들도 들이닥쳤는데 그들은 동주와 내가 벽에 붙여 놓은 포스터를 보자마자 저마다 '멋있군, 멋있어!'를 연발하며 사진 속의 빡빡머리에 저마다 입을 맞추곤 했다.

그러나 그 중의 누구인지는 몰라도, '야! 포스터에까지 반골 끼가 잔뜩 담겨 있구만,' 하고 중얼거리는 소리가 들려 왔기 때문에 나는 소스라치듯이 놀라 벌떡 일어나야만 했다. 누구인지는 몰라도 그는 아마 내 마음을 꿰뚫고 있는 듯했다. 이미 그때의 내 마음속에는 비록 내가 연출한 것이라 하더라도 이 연극이 순수하다고 생각할 수 있는 여지가 전혀 없다고 믿었기 때문이었다. 사실이지 벌써부터 고백했어야 했지만 나는 이 연극을 연출해서 무대에 올릴 자신이 점점 없어져 가고 있었던 것이다. 며칠 전 신문에서 모 대학의 학생들이 북한 가극인 피바다를 공연하다가 단체로 구속되었다는 기사를 읽고부터는 은근히 이 연극의 내용에 대해서도 걱정이 되곤 했는데 급기야 동주에 의해 만들어진 포스터를 본 순간부터는 그 걱정이 피상적인 두려움으로 변하여 나를 괴롭히고 있었던 것이다.

그러나 그 피상적인 두려움이란, 내가 이 연극의 내용을 불순하다고 느끼게 되면서부터 상상하게 되었던 나름대로의 또 다른 각본이나 다름없었다. 그 상상의 각본대로라면 나는 불순한 연극을 연출했다는 죄명으로 모 기관에 연행되어 가서 샅샅이 조사를 받게 되는 것이었다. 그러나 사실 나는 진정으로 반국가적인 불순한 마음이 없었기 때문에 조사원의 질문에 아무런 시인을 하지 못하게 될 것이었으며 오히려 그 점으로 인해 더욱 지독한 반국가세력으로 몰리게 될지도 모르는 것이었다. 따라서 나는 졸업을 두 달 남겨 놓고 퇴학을 당하게 될지도 모르는 것이었으며 그 순간부터 아버님이나 큰형님에게 따돌림을 당하게 될지도 모르는 일이었고, 무엇보다도 취직 시험마다 낙방을 하게 될지도 모르는 일이었다.

어찌 생각하면 내가 느끼는 피상적인 두려움이란 매우 유치하기 짝이 없는 것이었으나 졸업을 앞둔, 그리고 약혼을 앞둔 나에게는 그 유치한 두려움 자체가 매우 큰 걱정거리로 바뀌기도 하는 것이었다.

연극반원들은 저마다 대본을 한 권씩 나눠 들고 대사 연습에 몰두하고 있었다. 연극이란 것이 도대체 사람들의 마음을 얼마나 깊이 홀리는 것인지는 모르겠으나 그들은 벌써 며칠 동안을 거의 밤까지 새워 가며 대사를 외기 위해 안간힘을 쓰고 있었다. 사실 연극에 매료되기는 쉬운 일이었다. 어여쁜 여지애를 꼬여서 애무하듯이 연극의 대사를 살살이 애무하노라면 어느새 모든 종류의 방탕에서 느끼는 기분처럼 일견 단순하면서도 극치감을 맛볼 수 있는 쾌락 속으로 빠져들게 된다. 지금 내 앞에서 대사를 외고 있는 연극반원들은 어떤지 모르겠지만 나는 그런 매력 때문에 대학 4년간을 연극 연출에 바쳐 왔던 것이다. 그러나 나는 무려 4년간이나 연극에 미쳐 있긴 했어도 그 연극을 통하여 투사나 지사가 되고자 하는 생각은 정말이지 추호도 없었다. 따라서 내가 연출했던 연극은 거의 모두가 고전극이었으며 그중에서도 아름다운 사랑 노래가 대부분이었다. 그러던 중에 졸업을 두 달 남겨 놓고 마지막으로 택한 연극이 바로 동주가 쓴 「아쥐르 군단의 노래」였는데 연극 연습을 하며 동주를 겪어 보니 그야말로 보통 반골이 아니었다. 동주에게서 그런 점을 발견하고부터 나는 약간씩 불안함을 느꼈던 게 사실이다. 그러나 어제까지만 해도 그 불안함은 지극히 미미하게 여겨지던 정도였는데 갑자기 오늘 저녁, 희곡 끝마무리의 노랫말이 인쇄된 포스터를 보면서부터 불현듯 두려움으로 다가서게 되지 않던가.

나는 갑자기 안절부절못할 수밖에 없었다. 때로는 사람이 살다 보면 아무런 잘못도 없이 어떤 죄명을 뒤집어쓰기도 하는 법이지만 적어도 대학을 졸업할 정도의 나이와 수준이라면 죄명을 덮어쓸 것이라는 조짐은 미리 발견할 수 있는 것이 아닌가. 그러나 지금 내가 연출하고 있는 연극에 대하여 내가 스스로 유죄하다고 인정하면 나는 이 연극에 매료되어 밤잠을 설치며 연습하는 후배들에게 비겁자라든가 겁쟁이로 불리게 될 것이 불을 보듯 빤한 일이었다.

그렇지만 어쨌든 나는 두려웠다. 포스터를 본 그 누군가가 단적으로 반골이라고 했듯이 정말로 이 연극이 철저하게 반골 기질을 담고 있다면 이 연극을 책임져야 하는 나야말로 빼도 박도 못하는 선동자가 될 수밖에 없는 것이리라.

마침 오늘은 연극의 대사 연습보다도 어떻게 무대를 꾸밀 것인가에 대하여 의논하기로 되어 있는 날이었다. 어느새 동주는 무대 장치에 대해 설명한 글을 날렵한 용지에 타이핑해서 내게 들이밀고는 손가락으로 한 줄 한 줄 짚어 가며 자기의 의도를 설명하고 있었다. 그러나 나는 동주의 말을 한마디도 제대로 들을 수 없었다. 이미 자라 보고 놀란 가슴이어서일까. 하필이면 동주가 꾸미고자 했던 무대는 좀 전까지만 해도 내가 머릿속으로 상상하고 있었던 감방, 즉 죄인을 가두어 놓는 교도소였던 것이다.

"형님, 무대 왼편에는 말입니다. 가로세로 각각 3m에 불과한 감방이 있다 이겁니다. 그 오른편에는 복도가 있구요. 복도와 감방은 철문으로 막혀 있습니다. 사실 무대의 앞면은 트여 있지만 무대의 앞면으로부터 감방의 바닥 전체에 철창의 그림자가 길게 뻗어 나가게 해서 앞면도 철창으로 막혀 있다는 것을 암시하는 거지요. 여기서 생각해야 될 문제가 과연 철창의 그림자를 어떤 방법으로 길게 나타내느냐 하는 거지요."

동주가 신이 나서 이렇게 얘기하는 동안, 나는 왠지 몰라도 내 나름대로만 알고 있던 감방의 모습을 떠올리고만 있었다. 장기 복역수라는 것을 과시하기 위한 험상궂은 사내들, 비루한 장소, 더러운 제복, 치욕감과 복수심에 번들거리는 눈동자들, 경멸, 절망, 그리고 무엇보다도 빡빡 깎은 머리.

나는 설레설레 고개를 저으며 한창 신이 난 듯 떠벌이는 동주를 향해 눈을 치켜뜬 채 물었다.

"동주, 넌 감방에 갔다 온 적 있어?"

그러나 동주는 아직도 내 마음속의 혼란에 대하여 조금치도 눈치 채지 못하고 있는 것 같았다. 그는 내 물음을 연출가로서 감방을 표현하기 위해 으레 묻는 질문 정도로 여길 따름이었다.

"감방요? 거기 한 번은 가볼 만한 데라구 그러데요. 친구 녀석이 그러는데 그 녀석은 감방에 있을 때 하룻밤에 빈대를 오십 마리나 잡았다더군요. 형은 빈대 잡아 본 적 있어요? 빈대는 말이죠, 삽는 즉시 대가리를 손톱으로 까 눌러서 죽여야 한대요. 그렇지 않으면 그것들이 죄다 살아나서는……."

나는 더 이상 동주의 말을 듣고 싶지 않았으므로 그 녀석에게서 등을 돌린 채 타이프 용지에 새겨진 글을 읽어 나가기 시작했다. 그 용지에는 무대 설명이 잔잔한 글씨로 나열되어 있었는데 마치 감방을 열 번쯤은 들락거렸던 사람이 쓴 것처럼 무대 설명은 완전무결한 감방의 모습을 표현하고 있었다.

—— 무대 : 무대 왼편에 가로세로가 각각 3m에 불과한 감방이 있고, 그 오른편에 복도가 있다. 복도와 감방은 철문으로 막혀 있다. 사실 무대의 앞면은 트여 있지만 무대의 앞면으로부터 감방의 바닥 전체에 철창의 그림자가 길게 뻗어 나가게 함으로써 앞면도 철창으로 막혀 있다는 것을 암시해 준다. 그 나머지 벽은 두꺼운 시멘트벽으로 되어 있다. 뒷면의 시멘트벽 위쪽으로는 서류 가방만 한 창문이 달려 있으나 역시 철창으로 가로막혀 있다. 단조로운 시멘트 벽면에는 낙서들이 어지럽게 휘갈겨져 있고 장식물이나 전등은 달려 있지 않다. 특히 좌측의 시멘트벽에는 무더운 여름날, 습기 찬 지하실에서처럼 물이 질질 흐르고 진하게 얼룩이 져 있다. 복도 쪽의 철문에는 식기를 집어넣을 수 있는 작은 구멍이 있지만, 그 구멍은 밖에서만 열 수 있도록 되어 있다. 전체적인 조명은 복도에 비해 감방이 훨씬 어두우면 좋겠다. 막이 오르면 무대 밝아온다.

내가 여기까지 읽었을 때 누가 주문했는지 몰라도 짜장면과 군만두가 배달되어 왔다. 사방으로 흩어져서 각자의 배역에 맞춰 대사 연습을 하던 연극반원들은 날파리처럼 빠른 동작으로 짜장면 그릇의 주위에 몰려들었다. 물론 거기엔 동주도 끼어 있었다.

그러나 나는 웬일인지 조금 전까지 출출했던 것과는 딴판으로 영 입맛이 당기지 않았으므로 짜장면 그릇으로부터 가능하면 멀찌감치 의자를 빼내어 뒤로 나앉았다. 이제부터 나는 정신을 바짝 차리고 동주가 쓴 희곡을 다시 한번 읽어 볼 요량이었다. 도대체 저 녀석은 무슨 생각으로 하루하루를 살아가고 있는 것일까. 무슨 생각을 하기에 히틀러나 나치의 얘기가 화제에 오르기만 하면 눈에 불을 켜고 신바람을 내는 것일까.

후루룩, 짭짭, 후배들이 짜장면을 빨아올리는 소리를 들으면서 나는 차근차근 동주의 희곡을 읽어 나가기 시작했다. 후배들은 아마도 식사를 끝낸 뒤에 커피를 한 잔씩 할 것이고 그 후로도 한동안은 노닥거릴 것이다. 그 시간이면 나는 적어도 두 번쯤은 이 희곡을 정독할 수 있을 것이다. 그렇다면 아무리 내가 둔한 센스의 소유자라 할지라도 동주 녀석이 문장 사이에 숨겨 놓은 의도쯤은 쉽게 파악할 수 있을 것이란 생각이 들었다. 생각해 보건대 나는 진작에 이 희곡의 숨은 뜻을 파악했어야만 했다. 적어도 요즘 같은 시국에 한 편의 연극을 책임지고 연출하려면 그 정도의 용의주도함은 있었어야 했다는 뜻이다. 그러나 나는 이번 연극을 연출함에 있어서 그토록 기본적인 절차를 밟지 않았다는 데에 문제점이 있다고 생각했다. 아마도 그렇게 된 원인은 희곡의 끝부분에 인용된 노랫말에 매료되었기 때문이 아닌가 한다. 그러나 어떤 사물이나 행위에 매료되는 것만큼 위험한 일은 더 이상 없을 것이다. 나는 여태껏 한 가지에 매료되어 새롭고 신비한 기쁨에 젖어 있는 상태에서 객관적인 의식을 가지고 상황을 판단하는 사람들을 한 명도 만나 보지 못했다. 내 생각엔 어떤 한 가지에 매료되어 있는 사람이란 전혀 모순덩어리에 불과했다. 그러나 요 며칠간, 어찌 된 일인지 내 자신이 동주라는 한 후배에게 그만 매료되고 말았으며 그가 인용한 한 편의 노랫말에 정신을 온통 빼앗기지 않았던가. 그로 인해 나는 연극을 올리기로 작정했으나 이제 와서 곰곰이 생각해 보니 동주라는 후배 자체가 어떤 위험성을 내포한 사상에 매료되어 있는 모순덩어리였던 것이다. 그렇다면 나는 모순덩어리에 매료된 또 다른 모순덩어리가 되고 만 셈이다.

동주가 건네준 종이에는 무려 원고지 300장에 해당하는 수많은 내용의 대사가 담겨 있었으나 나는 찬찬히, 그리고 한 글자도 빠뜨리지 않고 그것들을 읽어 나갔다. 그 대사 속에 숨겨진 뜻을 밝히는 작업이야말로 지금의 나에게는 의무 사항인 것 같다는 생각에서였다.

—— 감방 안에 브리가티와 카마린을 비롯한 일곱 명의 복역수들이 있다. 브리가티는 뒷벽의 작은 창문까지 기어 올라가 한쪽 다리를 창문 밖으로 내어놓은 채 힘든 모습으로 매달려 있다. 나머지 여섯 명의 복역수들은 서로 넓게 자리를 차지하기 위해 안간힘을 다하며 살기등등하게 버티고 있다. 한마디로 말해서 곧 싸움이 터질 듯한 험한 공기와 함께 자포자기한 듯한 기분마저 감돌고 있다. 대부분 여위고 창백한 안색을 지닌 복역수들은 모두 회색 바탕에 붉은 줄이 세로로 그어진 수의를 입고 있으며, 연신 더위로 인해 흐르는 땀을 닦기에 여념이 없다.

여기까지 읽어 내려간 나는 약간 안심할 수 있었다. 아주 생소하고 이질적인 등장인물들의 이름이 최소한 이 나라에서 벌어지는 사건은 아닐 것이라는 암시를 주기에 충분했기 때문이었다.

그러나 등장인물들의 이름을 그렇게 생소하게 지은 것도 사실은 우연에 불과했다. 동주가 등장인물들의 이름이 왠지 어울리지 않는다고 투덜거리던 날 나는 우연히 스포츠 신문에서 발견한 브라질 축구 선수들의 이름을 그에게 알려 주었는데 그 독특한 이름에서 연유되는 신비성으로 인하여 마치 인물들이 펄쩍펄쩍 살아나는 것만 같았으므로 동주는 두말 않고 그 이름들을 사용하게 되었던 것이다.

이제 와 생각하면 참으로 천만다행이 아닐 수 없었다. 등장인물들의 이름이 브라질식이었기 때문에 자연히 무대의 배경도 브라질이 될 수밖에 없었고, 따라서 우리는 세계 지도를 펴고 벨로호리존테라는 브라질의 한 도시를 배경 삼았던 것인데 희곡의 내용이 암만 봐도 반골 기질로 가득 차 있던지라 그 배경이나마 외국으로 잡게 되었다는 것이 나에게는 안도의 한숨마저 나오게끔 했던 것이다.

“먹어도 먹어도 배가 고파요오!”

“쐐주라도 한잔 빨게 해줘요오!”

후배들은 어느새 짜장면과 군만두를 해치우고는 여느 때와 다름없이 젓가락으로 냄비 뚜껑을 두드리기 시작했다. 누구 하나가 냄비 뚜껑을 두드리기 시작하면 그들은 서로 질세라 냄비 뚜껑 주위로 몰려들어 힘껏 젓가락을 두드려 댔고, 날이면 날마다 그런 일이 반복되었기 때문에 냄비 뚜껑은 이미 쭈그렁바가지가 된 지 오래였다.

원래 후배들이 그런 식으로 데몬스트레이션을 하면 연출가요 최고 선배인 나로서는 의당 몇 천 원의 식비를 더 꺼내 주어야 하는 게 상책이었다. 그러나 왠지 오늘만큼은 냄비 뚜껑 두드리는 소리가 신경에 잔뜩 거슬리기만 할 뿐이었다. 따라서 나는 눈을 부릅뜨고 그들을 돌아보며 신경질적으로 날카롭게 쏘아붙였다.

“왜들 그래? 죽을래?”

마치 전등불 아래서 바퀴벌레가 흩어지듯 후배들은 그렇게 각자의 자리로 흩어져 또다시 대사 연습을 시작했다. 그러나 수업 시간에도 오징어 다리를 빨 정도의 배짱을 지녔던 경미는 기어코 한마디를 내뱉고야 말았다.

“왜 그래? 형, 나치를 흠모하는 연극에 미치더니 아예 독재자가 돼 버린 거야?

이젠 아예 파쇼냐구!"

날이 파랗게 선, 그러나 새겨들으면 우습기만 한 경미의 말에 성수를 비롯한 연극반 후배들은 저마다 벽면이나 모서리에 머리를 틀어박고 킥킥거리며 웃음을 참았지만 왠지 내 기분은 섬뜩하기 짝이 없었다. 나치를 흠모하는 연극에 미치다니, 독재자가 되다니.

나는 갑자기 더욱 심한 혼란에 빠져들었나. 마치 내 자신이 깨닫지도 못한 이 연극의 숨은 뜻을 그렇다면 다른 후배들은 모두들 알고 있었단 말인가. 만약에 그 뜻을 알고 있었다면 그들은 어째서 순순히 또한 자발적으로 이 연극에 참여하려 했었는가.

아무리 생각해도 모를 일이기만 했다. 그러나 나는 짐짓 예전부터 그 정도는 나도 알고 있었다는 듯 아무런 표정의 변화 없이 계속해서 동주의 희곡을 읽어 내려갔다.

—— *때 : 1980년 여름.

*곳 : 브라질 중동부 지역 벨로호리존테 시의 교도소 특감실.

*등장인물 : 브리가티 — 기존의 복역수, 감방 규율 책임자, 체격이 매우 건장하다(35세).

카마린 — 기존의 복역수(28세).

올리베이라 — 주(州) 교도소에서 이감된 살인 전과자, 스페인계 브라질인, 2차 대전 때 소련으로 파견되었던 살인 부대 아쥐르 군단의 일원이었음(52세).

실바 — 올리베이라를 따라 주 교도소에서 이감된 살인 전과자(30세).

간수 — 교도소를 지키는(50세).

그 외의 복역수 1, 2, 3, 4, 5.

나는 동주의 희곡을 읽어 나가면서, 또 한편으로는 경미의 앙칼졌던 말을 떠올리면서 그제야 이 희곡의 숨은 뜻을 서서히 알아차릴 수 있었다. 이 희곡의 첫머리에 명시되어 있는 1980년 여름이라는 한계 상황을 몇 번씩이나 곱씹어 읽어 본 끝에야 희미하게나마 알 수 있었던 복선이었다. 내 추측이 맞는다면 아마도 이 희곡은 광주 항쟁을 배경으로 한 것이리라. 그렇다면 과연 이 희곡을 관통하고 있는 아쥐르 군단이란 과연 무엇을 의미하는 것인가.

"먹어도 먹어도 배가 고파요오!"

"쐐주라도 한잔 빨게 해줘요오!"

후배들은 비록 작은 목소리이긴 했지만 또다시 웅성거리기 시작했다. 그러다가 내가 눈을 흡뜨고 노려보자 미리 예상이라도 했다는 듯이 의미심장한 대사—희곡의 내용 속에 담겨 있는—를 통해 항변을 계속했다.

"우리에게 푸른 수의를 입혀 달라!"

"와! 우리에게 푸른 수의를 입혀 달라!"

나는 할 수 없이 주머니를 뒤져 만 원짜리 한 장을 꺼내어 경미에게 날려 보냈다. 그러자 후배들은 제비처럼 잽싸게 그 돈을 낚아채서는 기쁨의 함성을 지르며 우르르 밖으로 몰려나가기 시작했다.

이제 남은 사람은 바닥에 점잖게 누워 있는 동주와 나 둘뿐이었다. 나는 새삼스레 동주의 희곡에 대해 깨달은 바가 있었으므로 그를 일으켜 세워 진지하게 토론이라도 벌여 볼까 했으나 애써 그 충동을 참고 말았다. 아직도 나 혼자서 깨우쳐야 할 내용들이 그의 희곡 속에는 산재해 있기 때문이었다. 나는 웬만하면 나 스스로의 힘으로 그 숨은 내용들을 알아내고 싶었다. 과연 아쥐르 군단이란 무엇을 의미하는 것일까. 과연 푸른 수의를 입혀 달라고 외치는 등장인물들은 무엇을 요구하는 것이란 말인가.

동주의 희곡은 첫 장면부터가 매우 의미심장했다. 물론 감방 속에서 이루어지는 일인 만큼 어느 정도 비장감이 감돌아야 재미가 있겠지만 동주의 희곡을 새삼 깨닫게 된 뒤로는 대사의 한마디 한마디가 나에게는 많은 두려움을 전해 주기만 할 따름이었다. 그 희곡의 첫 장면은 이렇게 시작되고 있었다.

브리가티 (창문의 철창에 매달린 자세를 바로잡으며 창밖을 한동안 응시한다.)
내 영원한 친구들, 카마린, 바가티니, 베베토, 알베스, 비에라, 그리고 저 친구, 이름이 뭐더라. 그렇지 페레이라. 자네들은 저 아침 햇살에 빛나는 은빛 강줄기가 보이지 않겠지. 비록 이 굵은 철창 때문에 다섯 조각으로 찢어져 보이긴 하지만 말야.

카마린 (무릎을 세우고 양 무릎 사이에 얼굴을 틀어박으며)
위대한 조국 브라질의 아침 풍경은 감탄할 만하죠. 비록 벨로호리존테 시의 썩은 먼지를 잔뜩 담아 가지고 올지언정.

브리가티 (창문에 매달린 것이 힘겨운 듯 다시 자세를 바로잡으며)
저 강 표면에 햇살이 비치면 강물은 마치 생선 비늘처럼 번득이지. 이상하단 말야. 한 줄기 빛 때문에 죽어 있던 강물이 살아난다는 사실은.

카마린 (무릎 사이로 얼굴을 더욱 깊이 틀어박는다.)

복역수들 (저마다 깊은 한숨.)

브리가티 아침마다 이곳에 올라서면, 그리고 저렇게 다시 살아나는 강물을 보고 있노라면 왠지 모르게 황홀해지지. 마치 오르가슴에 도달하는 것처럼.

카마린 조국의 하늘을 상대로 사랑하는 게지요. 지금도 벨로호리존테의 저 하늘을 우러르면 언제인가처럼 마음이 들뜨는 것을 느끼곤 하죠.

브리카티 빌어먹을, 사랑 좋아한다. 저기 벨로호리존테 시에 우글대는 놈들 중 우릴 생각하는 놈은 몇이나 될까?

희곡은 계속 이런 식으로 전개되다가 급기야는 감방 안에서 치고받는 싸움이 벌어지기도 하고, 신발을 던져 가장 많이 뒤집어진 자를 죽은 것으로 간주하고 통곡을 하는 일종의 죽음 유희를 벌이기도 하며, 여럿이 힘을 합쳐 간수를 농락하기도 하지만 끝내는 모든 것을 포기한 채 오로지 푸른색의 수의로 갈아 입혀 달라는 상징적인 농성을 벌이는 장면으로 끝나고 있었다. 동주는 그 대목에서 아쥐르 군단의 일원이었던 올리베이라를 강력하게 부각시킨 것이었는데 회색빛 수의를 걸치고 머리를 빡빡 깎은 모습으로 표현된 올리베이라의 대사는 지극히 슬프기까지도 했다.

후배들이 돌아오지 않는 것으로 보아, 아마도 그들은 아예 인근의 식당으로 몰려가서 술판을 벌인 모양이었다. 그러나 동주는 아까부터 꼼짝도 하지 않은 채 바닥에 길게 누워만 있었으므로 나는 이 때가 기회려니 하고 그에게 다가가서 조심스레 말을 걸었다.

"이봐, 작가 선생."

동주는 가뜩이나 신비스럽게 보이는 큰 눈을 더욱 크게 뜨고는 조용히 나를 올려다보았다.

"도대체 푸른색 수의를 달라고 소리치는 이유가 뭐야?"

"아, 그거요? 별거 아닙니다. 자유를 달라는 거지요."

동주는 대수롭지 않다는 듯 말했다. 그러나 그의 말을 듣는 순간 나는 가슴 한구석이 바짝 오그라붙는 기분을 느껴야만 했다.

"그럼 아쥐르 군단을 강력하게 부각시킨 이유는 뭐야?"

"그거요? 그것도 별거 아녜요. 지금처럼 자유를 박탈하고 감시할 때에는 아예 나치처럼 까놓고 행동하라는 거죠. 그러면 차라리 나 같은 추종자가 생길 수도 있다는 암시예요. 비굴하죠, 지금 정부는."

동주는 태연자약하게, 그나마 담배도 뻐끔뻐끔 피워 가면서 길게 누운 채로 말을 계속했지만 나는 이제 더 이상 서 있을 기력마저도 빠져 달아난 느낌이었다. 아, 나는 완전히 새까만 후배 녀석에게 코를 꿰게 되었던 것이다. 적어도 난 학점 관리를 철저히 하면서 대학 4년을 지내온 모범생이었다. 동료들이 대다수 반대하던 집체 병영 훈련도 나는 군말 없이 다녀왔으며, 교련 과목도 2학년 때까지 충실히 마쳐서 그로 인해 군 복무도 몇 개월이나 단축 받고 제대할 수 있었다. 비록 정치 상황에 항거하는 데모대의 강력한 동참 요청을 받고는 한때 심각한 고민에 빠지기도 했지만 다행히도 복학생이라는 이유로 이리저리 빠져나가게 되어 닭장차 한 번도 타 보지 못한 처지가 아니었던가. 물론 한때는 끓는 피를 가누지 못해 화염병도 몇 개 집어 던지긴 했지만 나이 탓이었는지 이념이란 곧 유행하는 패션과 같다는 생각이 늘 나를 지배하고 있었기에 여태껏 별 탈 없이 졸업을 맞게 되었던 것이다. 그러다 보니 나의 가장 큰 관심사는 무엇보다도 취직이었다. 적어도 내 생각으로는 졸업 후에 방송국 피디 정도는 해봐야겠다는 생각이 앞서서 틈틈이 토플이나 토익 같은 공부에 치중하고 있었던 것이다.

그러나 동주의 말을 듣는 순간 그런 꿈이 단번에 와그르르 무너지는 것 같은 심정이었다.

"여봐, 동주. 내 말을 곡해하지는 말고 잘 들어줘. 혹시 말야, 자네의 희곡을 조금만 손질하면 어떨까?"

내 말이 마치 동주의 귀에 전달되기도 전인 듯싶었는데 그는 마치 스프링이 튀듯 벌떡 일어나 앉으며 나를 똑바로 쳐다보는 것이었다.

"어떻게 바꾸자고요? 벌써 연습도 거의 끝났잖아요?"

"아, 내 말은 다름이 아니고 대화 중에서 두어 마디만 고치자는 게지."

"예를 들면?"

"예를 들면, 푸른 수의 대신에 빵을 달란다 거나."

그러나 그 순간 동주가 배꼽을 쥐고 웃기 시작했으므로 나는 더 이상 말을 계속하지 못하고 그의 눈치만을 보아야 했다. 참으로 난처한 일이었다. 곧 죽어도 내로라는 대학의 연극반 대표로서 사사로운 문제 때문에 각본을 고치자는 얘기는 사실상 창피하기 이루 말할 수 없는 짓이었다. 그런데도, 그런데도 나는 조심껏 그 얘기를 작가인 동주에게 했던 것이다. 그러나 역시 동주는 생각했던 것처럼 보통 녀석이 아니었다. 그는 내게 더 이상의 아무런 말도 하지 않고 그냥 킥킥대며 웃기만 하는 것이었다.

나는 얼굴이 벌겋게 달아올라서 더 이상 그의 곁에 머물러 있을 수가 없었다. 내 치부를 새까만 후배인 그 녀석에게 남김없이 드러낸 듯했기 때문이었다.

"까짓거 연출가가 고치라면 고쳐야지 별수 있나요? 나야 뭐 기성 작가도 아니고, 습작으로 쓴 것이 운 좋게 형님 눈에 들었을 뿐인걸요. 그렇지만 이 희곡의 키포인트가 바로 푸른 수의인데 그걸 기껏 빵으로 바꾸자는 건 말도 안 돼요. 배고프면 냉수라도 먹으면 되지요. 그런데 자유가 고프면 우린 한순간도 살 수 없다 이거 아니겠어요?"

동주는 마치 빈정대기라도 하는 듯 고개를 까딱이며 얘기했지만 나는 그의 건방진 태도를 애써 외면하며 하다못해 히틀러라거나 철십자라는 말만이라도 고치자고 애원하다시피 말했다. 어쩌면 연극을 올리기에 앞서 수정할 수 있는 마지막 기회인 것 같다는 생각에서였다.

"그럼 그러죠, 뭐."

동주는 심히 못마땅한 투로 대답했다. 나는 그나마라도 다행이라고 여기며 재빠르게 대본을 동주에게 넘겨주었다. 아마도 동주는 나를 매우 한심한 녀석이라고 욕할지도 모를 일이었다. 그러나 나는 내 나름대로의 생각이 있고 인생의 계획이 있었으므로 그까짓 욕쯤은 못 들은 체하기로 했다. 아직 동주는 나이가 어리기 때문에 내 심정을 이해하지 못할 것이었다. 그러나 동주도 군대를 다녀오고 약혼을 하거나 졸업을 하게 되면 언젠가는 내 심정을 이해할 날이 있을 것으로 믿는다. 그때면 아마 녀석도 빵과 자유와의 무게를 지금처럼 단적으로 가늠할 수는 없을 것이리라.

나는 동주가 대본을 고치는 동안 묵묵히 담배를 피우며 며칠 뒤 상연될 연극 장면을 상상하고 있었다. 그러나 내 상상 속의 시선은 무대 위에서 연기하는 배우에게 머무르는 것이 아니라 어두컴컴한 관객석에 머물러 있었다. 관객들 틈에 끼어 날카로운 눈초리로 연극 내용을 감시하는 정체 모를 사람들에게 뚜렷이 박혀 있었던 것이다. 그리고 내 상상 속의 관심은 과연 그 정체불명의 사나이가 어느 순간에 벌떡 일어나서 호각을 불어제치며 '연극 중단!'을 외칠 것인가에 쏠려 있었다.

마치 어둠을 가르는 호각소리처럼 날카로운 경첩 소리와 함께 식사하러 나갔던 후배들이 와르르 몰려들어 왔다. 술 냄새를 물씬 풍기며 들어온 그들은 눈짓으로 나에게 미안하다는 인사를 보내며 각자 대본을 들고 떠들썩하게 대사를 외기 시작했다.

곧이어 동주가 마지막 노랫말을 수정해서 내게로 가져왔다.

"차라리 끝을 야하게 고쳐 봤어요. 어떨지 모르겠네요."

동주가 던져 준 노랫글은 어느새 빨간 글씨로 다음처럼 고쳐져 있었다.

우리는 선량한 죄수들 / 우리는 모범적인 민주 시민 / 세상 이야기는 질색이야 / 차라리 니나노집 얘기나 하고 / 가랑이 사이 몽둥이나 이야기하자 / 벨로호리존테에 눈이 내릴 때 / 겨울바람이 울부짖으면 / 우리는 빛나는 석방 증명을 받으리 / 우리에게 한 송이 꽃을 다오 / 우리는 빛나는 졸업장을 받으리 / 모든 아가씨의 입술과 함께 / 벨로호리존테에 눈이 내리면.

동주가 건네준 이 노랫말을 읽는 동안 내가 한 일이라곤 고작해야 담배를 한 개비 피웠을 뿐이었는데 이상하게도 내 등판은 흥건히 배어 나온 식은땀으로 인해 축축하게 젖어 가고 있는 중이었다.

309.8킬로미터

1988년 『文學思想』 11월호에 발표

309.8킬로미터

언제나처럼 청량리역 플랫폼은 나트륨등의 황색 빛으로 덮여 있었다. 그러나 역을 가로질러 길게 엎드려 있는 화물 열차의 머리 부분에는 미처 그 빛이 와 닿지 않았기 때문에 열차는 마치 어둠 속에 머리를 처박은 뱀처럼 몸통만을 검붉게 드러내고 있었다. 운전석에서 바라보이는 전방 부위는 온통 어둡기만 했는데 정확하게 새벽 2시 41분이 되자 그 어둠 속에서 녹색의 불덩이가 동그랗게 모습을 드러냈다. 진행 표시판에 출발 신호가 떨어진 것이다.

출발을 알리는 등이 켜지자 오히려 그 주위는 더 어두워진 것처럼 느껴졌다. 11시 방향으로 깜박이는 작은 불빛이 보이긴 했으나 그것이 어느 누구의 담뱃불인지, 묘지 위를 떠다니던 인광인지, 별빛인지조차도 분간해 낼 도리가 없었다. 다만 추적추적 비가 내리는 중이었으므로 별빛만은 분명 아닐 것이라는 생각이 들 뿐이었다.

오늘처럼 비가 내리는 날에는 진행 표시판에 켜진 녹색의 출발 신호 주위로는 달무리와도 같은 현상이 일어나게 된다. 선명한 녹색등의 주위로 희뿌옇게 번지는 안개와도 같은 것, 그것을 보고 있노라면 갑자기 양쪽 눈알로 피로가 몰리는 것만 같아 손등을 들어 눈알을 힘차게 비비게 되고 만다.

출발 신호가 떨어진 지 5초쯤 지났을까? 열차가 움직이질 않자 기관차 사무소 쪽으로부터 날카로운 호각소리가 울려 나오기 시작했다.

"알았다 이놈아. 가면 될 거 아니냐."

청량리 기관차 사무소 소속 기능직 8등급 기관사인 김학봉은 눈알을 비비던 손을 뻗어 황급히 레버를 잡아당기며 열차를 출발시켰다. 고요하던 청량리역의 주위로는 심한 엔진 소리와 공기 압축기가 돌아가는 굉음이 퍼져 나가기 시작했다. 따단 따단, 따단 따단…… 4분의 4박자로 울려나오는 열차의 진동 소리가 일정해진 뒤에야 김학봉은 옆자리에 앉아 있는 기관조사 오달호의 존재 여부를 확인했다. 오달호는 언제나처럼 한마디의 말도 없이 고개를 똑바로 쳐든 채 차창 앞에 펼쳐진 레일만을 응시하고 있었다. 김학봉은 그를 한심한 녀석이라고 생각했다. 만일에 자기가 기관조사였다면 이 순간엔 그저 머리를 뒤로 기대고 요령껏 잠이나 잘 것이리라. 사실 이 순간에 기관조사가 할 일이라곤 아무것도 없었다. 차창 밖을 내다보았자 칠흑 같은 어둠을 꿰뚫으며 뻗어 나가는 헤드라이트 빛으로부터 울컥 외로움만 느낄 뿐일 텐데…… 정말이지 오늘처럼 비라도 내리는 밤이면 철길 운전 경력 9년째인 김학봉조차도 도무지 시선을 어디에 두어야 좋을지를 몰랐다. 차창 밖을 보자니 나이에 걸맞지 않게 오만 가지 쓸쓸한 생각이 머릿속에 들어찰 뿐이었고 기관실 내부를 보자니 운전 장치와 각종 계기판으로부터 비쳐 나오는 붉은색과 푸른색의 불빛이 더욱 마음을 심란하게 만들 뿐이었다. 더구나 양쪽 벽에 한 대씩 부착된 선풍기에서 헉헉거리며 몰려나오는 더운 바람은 차창을 통해 밀려들어 오는 습기와 뒤섞여 기관실 내부를 찜통으로 만들어 가는 중이어서 언뜻언뜻 짜증이 터져 나오기까지 했다.

"앗따, 이 양반아. 10분 동안이라두 눈을 붙여. 망우역까진 나 혼자서두 충분하다니까 그러네!"

김학봉은 계속해서 나타나는 건널목 신호등이나 표지판을 착각하지 않기 위해 양미간을 잔뜩 찡그리며 앞을 응시한 채 오달호에게 소리쳤다. 그러나 기관실 내부에 진동하는 열차 소음 때문인지, 아니면 듣고도 못 들은 척하는 때문인지 여전히 앞만 바라볼 뿐 아무런 대답이 없었다. 하긴 김학봉으로서도 오달호의 그러한 근무 자세가 가끔은 듬직하게 여겨지는 터였다. 원래 새벽에 열차를 몰려면 미리 잠을 충분히 자 두어야 하는 법인데 어디 사람 사는 것이 그렇게 공식처럼 척척 돌아갈 수야 있겠는가. 기껏해야 한 달에 열이틀 정도 들어가는 집구석에는 웬 일이 또 그렇게 많은지, 도무지 충분하게 잠을 자 둘 수 없는 처지였다. 그러할 때 비록 기관조사일지언정 제 옆자리에서 두 눈 똑바로 뜨고 앉아 있다는 것만큼 마음 듬직한 일이 또 어디 있겠는가.

야간열차를 운전하는 김학봉에게 가장 두려운 일은 갑자기 쏟아져 오는 졸음이었다. 열차의 진동 소리가 마치 음악처럼 일정한 박자를 지니고 있기 때문에 몸이 고단한 날이면 자기도 모르게 깜빡깜빡 졸곤 하는 것이었는데, 기관차 사무소에서도 그럴 때에 대비하여 계속해서 무전을 보내는 것이 통례였다. 그러나 쇳덩이의 마찰 과정에서 생기는 굉음 속에서도 잠이 쏟아지는 판에 한낱 무전기 소리가 어찌 잠을 달아나게 할 수 있겠는가? 하지만 무전 소리를 제대로 듣지 않으면 인근 역이나 다른 열차의 상황을 알 수 없기 때문에 김학봉은 가끔씩 자리에서 일어나 예전에 군대에서 했던 것처럼 차렷, 열중 쉬어 자세를 취하기도 했고 눈앞을 스쳐 지나가는 모든 사물들의 이름을 큰 소리로 부르기도 했다. 그럴 때면 기관조사인 오달호도 김학봉이 외치는 소리를 따라 크게 복창을 했기 때문에 기관실의 내부는 잠시나마 탱크 병을 싣고 가는 전차 속과도 같은 분위기로 바뀌는 때가 많았다.

"건널목!"

"건널목!"

"현재 속도 50킬로!"

"현재 속도 50킬로!"

김학봉이 외치면 즉시 오달호도 따라서 외쳤고 김학봉이 벌떡 일어서면 오달호도 따라서 자리에서 일어났다. 마치 꼭두각시처럼 자기 행동을 따라 하는 오달호로부터 김학봉은 문득 서글픔을 느끼는 적도 있었고, 그런 느낌이 일 때마다 김학봉은 다짜고짜 오달호에게 욕을 해대는 적도 왕왕 있었지만 그런대로 청량리 기관차 사무소에서는 그중 호흡이 맞는 단짝으로 꼽히던 그들이었다.

"옘병할! 비가 오려면 차라리 왕창 쏟아질 것이지, 이거 원, 안개 낀 것 같아서 앞이 잘 보이지 않는군."

김학봉이 신경질을 내며 오른쪽 상단부의 레버를 잡아당겨 커다란 기적 소리를 뿜어냈다. 공연한 신경질이었다. 열차 운전이라는 것이 지독히도 무료하고 단조로운 것은 사실이었으나, 이상하게도 무료하고 단조로움이 극에 달할수록 신경은 점점 더 날카로워지곤 했었다. 출발 직후의 긴장이 풀리자 김학봉은 좀 전에 있었던 아내와의 다툼을 떠올리며 신경질을 자아내고야 말았던 것이다. 원래 이틀에 한 번, 간혹은 사흘에 한 번이나 집에 들어갈 수 있는 직업인지라 김학봉의 가정에 대한 애착은 대단한 편이었다. 아내를 만나는 기분도 새삼스러울 정도였지만 집에 머무르는 시간이 일정하지 않아서 하나밖에 없는 어린 아들과는 얼굴을 맞대는 일조차도 어려울 지경이었다. 적어도 세 번에 한 번은 아들 녀석이 등교한 뒤에 집에 도착했다가 잠시 눈을 붙인 뒤, 그 녀석이 학교를 파해서 집에 돌아오기도 전에 자기는 출근을 해야만 했기 때문이었다.

마침 오늘은 새벽부터 근무를 해야 될 형편이라 어제 초저녁부터 미리 잠을 자려고 했으나 공연히 잠이 오지 않아 엎치락대기만 하다가 자정이 넘어설 무렵에야 겨우 잠들 수 있었는데, 하필 그 순간에 아내가 콘돔을 꺼내 들고 그를 깨웠던 것이다. 아내가 그러는 것이 뜻밖이기도 하여 처음 몇 분간은 아내의 젖꼭지를 손가락 두 개로 감싸 쥔 채 꼭꼭 누르기도 하고 손바닥으로 살살 문지르기도 했지만 쏟아지는 잠을 도저히 참을 수가 없어 그냥 자려고 하다가 결국은 아내와 다투게 되고 말았던 것이다.

"아니, 이 세상에서 당신 혼자만 바쁜 줄 알아요? 다들 바쁘게 산다구요. 당신

보다 훨씬 힘든 일 하는 사람들도 쌔고 쌨어요. 무슨 대단한 일이나 하는 줄 아는지 허구한 날 잠만 자빠져 자다니 원.”

이렇게 투정을 부리며 들고 있던 콘돔을 장농 위로 집어 던지는 아내를 보는 순간 김학봉은 울컥 화가 치솟았지만 애써 입을 다물고 말았다. 하긴 아내인들 어찌 불만이 생기지 않겠는가.

김학봉은 결국 한잠도 제대로 자지 못한 채 열차의 예정 출발 시각인 새벽 2시 41분보다 1시간 반가량 이른 새벽 1시 10분경 청량리 기관차 사무소로 출근했던 것이다. 벌써 보름 동안이나 계속되는 열대야 현상 때문인지 천천히 걷기만 하는데도 이마와 등판으로는 땀이 흘러내렸다. 게다가 부슬부슬 내리는 밤비마저도 마치 더운물로 샤워를 하듯 축축하게 들러붙어 왔기 때문에 도무지 새벽길을 걷고 있다는 느낌이 들지 않는 터였다.

청량리역 앞의 새벽 무렵은 언제나 우중충하기 짝이 없었다. 약속이나 한 듯 일제히 셔터를 내려놓은 상점들의 주위로 수천수만 명이 가래침을 뱉으며 지나다녔을 검은 아스팔트가 펼쳐 있었고 그 위로는 신문지 조각이나 깨진 병 쪼가리, 포장마차에서 내다 버린 해감이 붙은 홍합 껍데기, 술 취한 녀석들이 쏟아 놓은 토사물 등이 어지럽게 깔려 있을 뿐 정다운 구석이라곤 어느 한 군데도 눈에 띄지 않았다.

오늘처럼 새벽 근무를 하게 되는 날이면 김학봉은 텅 빈 청량리역 광장을 가로질러 걸으면서 제법 많은 생각을 하게 된다. 먹고 살겠다고 아우성치며 몰려다니던 그 많던 사람들이 지금은 모두 무얼 할까 하는 단순한 생각으로부터 잠자다 말고 일하러 나와야 하는 이놈의 직장을 언제나 때려치우나 하는 생각에 이르기까지 중구난방으로 떠오르곤 하는 생각이었다. 그러나 그런 오만 가지 잡다한 생각을 하면서도 김학봉은 한 치의 빗나감도 없이 발걸음을 기관차 사무소 쪽으로 옮길 뿐이었다. 도대체 그의 발걸음을 기관차 사무소로 잡아끄는 힘은 어디에서 비롯되는 것일까? 모두 다 죽은 듯이 자고 있는 이 새벽에.

김학봉의 오늘 임무는 청량리에서 제천(堤川)까지 빈 화물 열차를 몰고 가서는 그곳에 인계해 준 뒤 석탄과 시멘트가 실린 다른 열차를 몰고 올라오는 것이었다. 그는 벌써 9년간이나 똑같은 일을 반복하고 있지만 도무지 제 자신의 일이 보람 있고 신성한 일인지에 대해서는 한 번도 생각해 볼 겨를이 없었다. 간혹 무척이나 기분이 좋았던 어느 날 플랫폼에 길게 엎드려 있는 열차를 보면서 아! 저토록 크고 육중한 놈을 끌고 다니는 사람이 바로 나였단 말인가! 하고 감격했던 적이 있긴 했으나 그때가 언제였는지 새삼 기억해 낼 수도 없을 지경이었다.

그런저런 생각 끝에 기관차 사무소로 출근하면 일단 출근부를 뒤져 제 이름 석 자가 박힌 곳에 이미 끝이 뭉툭하게 닳아빠진 막도장을 꾹 눌러 놓고는 자기가 몰고 가야 할 열차를 점검하는 것이 일의 순서였다. 먼 길을 떠나기에 앞서 주행 장치와 기계실의 정상 여부, 운전기기 동작 상태 등을 세밀히 점검한 뒤 운전실 내부를 청소해야 하는 것이었는데, 오히려 이때야말로 김학봉에게는 조금의 잡생각도 없이 일의 즐거움을 맛보게 되는 유일한 시간이 되는 것이었다.

자기의 주된 업무도 아닌, 기껏해야 운전실 청소를 하는 일에 김학봉이 즐거움을 느끼게 된 데에는 그럴 만한 이유가 있었다. 사실 운전실 청소 정도야 기관조사인 오달호에게 시켜도 무방한 일이었다. 그러나 김학봉은 운전실 옆에 쑤셔 박아 놓은 몽당 빗자루만 보아도 그날의 일이 떠오름과 동시에 스멀스멀 웃음이 새어 나오는 것이었다. 그날, 그러니까 작년 이맘때쯤 김학봉은 삼삼하고 흥미진진한 오입을 했던 것이다.

아마도 작년 8월경이었을 것이다. 그때도 무척 더웠던지라 잠을 제대로 이루지 못하다가 새벽 출근을 했다. 그날따라 공연히 자신의 일상에 짜증을 느끼며 운전실 청소를 하고 있었는데 열차에 가려진 어두운 그늘 속으로부터 난데없이 젊은 여인이 나타났던 것이다.

"어머나! 아저씨하고 일하면 재미날 것 같은데요?"

여인은 다짜고짜 이렇게 말을 건네 왔다. 김학봉은 벌레마저 잠들어 있을 새벽에 뜻하지 않게 마주친 여인이었던지라 자못 놀라기는 했지만 겁낼 것까지야 없다는 생각에 그녀를 뚫어지게 바라보며 말을 받았다.

"무슨 일을 말요?"

"아저씨가 젤 잘하는 일 말예요."

"그게 무슨 일인데? 당신 누군데 갑자기 뚱딴지같은 소릴 하는 게요?"

"아이참, 잘 아시면서…… 몸 좀 풀잔 말예요, 아저씨!"

"아, 난 또 누구라구. 일 없수! 집에서 마누라하구 할 시간도 없쇠다."

"아저씨두 참, 새벽 열차 끌면서 집에서 그 짓 할 틈이 어디 있어요? 집에선 잠자야죠. 그 짓은 근무 시간에 하는 거라니까요? 아저씨이! 절루 가요. 5분이면 되잖아요."

"앗따, 이 여자가! 직원들한테 들켜서 경칠려구 이래?"

김학봉은 짐짓 정색을 하는 척했지만 속마음으로는 은근히 구미가 당기기도 하는 터였기에 그녀에게 끌려가는 듯이 빈 화물 객차 속으로 들어갔다.

그 젊은 여인은 이곳이 역의 한가운데라는 것과 자기가 끌고 들어온 남자가 이 역에서 밥을 벌어먹고 사는 기관사라는 점에 조금도 개의하는 기색이 없었다. 그녀는 깜깜하기 이루 말할 데 없는 화물 객차 안에서 익숙한 동작으로 잠자리를 만들어나가는 중이었다. 조그만 손가방 안에서 부드러운 스폰지를 꺼내 객차의 바닥을 털고, 혹시 못이나 돌부리 같은 날카로운 물건이 없나를 확인하기 위해 손으로 바닥을 쓸어 나갔다.

김학봉은 갑자기 도취적인 희열의 한가운데에 놓인 듯했다. 뜻밖에 나타난 매춘부로 인해 그는 두 가지의 매혹적인 기분을 실감하는 중이었다. 그 짓은 불만을 덜어 낼 수 있는 보상과 권태로부터의 탈출이 될 수 있는 것이었다. 김학봉은 그 순간, 딱 한 번 들어가 본 적이 있었던 기관차 사무소장실의 정경을 떠올렸던 것이다. 소장실은 발로 디디기조차 미안할 정도의 양탄자로 덮여 있었는데 그곳에 들어서자마자 그는 여태껏 자기가 안락함과는 격리된 생활을 하고 있었다는 생각에 사로잡히고 말았었다. 그때의 그 고독감이란 이루 설명할 수도 없었다. 바로 그때 김학봉은 자기가 하는 일에 대하여 그 대가로 지불받는 보상이 형편없다고 느꼈던 것이다.

경력 9년째인 김학봉은 기능직 8등급으로 본봉 24만여 원을 받고 있었는데 운전 수당, 가족 수당, 하다못해 시간 외 수당까지 합해 봤자 재벌 회사에 다니는 새파란 동생들보다도 그 액수가 훨씬 못 미치는 것이었다. 다행히 연간 본봉의 600퍼센트에 달하는 상여금을 받고 있기에 망정이지 그나마도 없었다면 실로 한숨만 나올 판이었던 것이다. 그러나 오늘 김학봉이 작업 시간에 오입을 하는 이유는 까짓 월급이 적다는 이유 때문이 아니었다. 월급이 항시 불만이긴 했으나 매사에 그걸 핑계 삼을 수만은 없는 노릇이었다. 다만 지금 이 순간 매춘부와 신나게 떡을 치면서 그는 시간 외 수당을 까먹지 않으면서 요령껏 놀고 있다는 희열을 느끼는 것에 적잖은 만족을 하고 있는 터였다.

곰곰 생각해 보면 여간 기분 좋은 일이 아니었다. 원래 청량리에서 제천 구간을 뛰는 화물 열차의 경우 운행 시간표에는 4시간밖에 잡혀 있지 않았으나 아무리 베테랑인 기관사가 끌더라도 그 시간에 화물 열차의 대가리를 제천역에 들이민다는 것은 턱도 없는 일이었다. 이런저런 일로 연착이 되다 보면 기본적으로 8시간이 훨씬 넘어서야 제천역에 도달할 수 있었으며, 심한 경우에는 12시간에서 13시간까지 걸리는 적도 있었다. 그러나 월급봉투에 찍혀 나오는 액수는 언제나 일정할 뿐이었다. 그렇다면 나머지 시간 외 근무에 대한 보상은 어떻게 해야 받을 수 있단 말인가.

뜻하지 않게 매춘부와 화물 객차 안에서 일을 치르며 김학봉이 느꼈던 생각은 바로 그런 것이었다. 그러나 그런 일이 있은 후 1년이 후딱 지나갔지만 김학봉은 그런 불만을 입 밖에 한 번이라도 제대로 내뱉을 수가 없었다. 그저 여느 때와 다름없이 주간, 야간을 번갈아 가며 똑같은 일을 반복할 뿐이었다. 웬일인지 그 매춘부도 그날 이후 다시는 만날 수 없었다.

청량리역을 출발한 지 10분경이 지난 2시 50분에 김학봉은 망우(忘憂)역에 들어설 수 있었다. 이제 이곳에서부터 제천까지 몰고 갈 빈 화차 27량이 연결될 동안 그는 담배 한 개비라도 피울 수 있는 느긋함을 즐겨도 좋은 것이었다.

찜통 같은 운전석에서 뛰어내리다시피 한 김학봉은 망우역 주위를 밝히고 있는 황색의 나트륨등불 밑에 쪼그리고 앉아 비를 맞아 가며 담배를 피우기 시작했다. 사람이라곤 거의 찾아볼 수 없는 빈 역에 홀로 쪼그리고 앉아 이렇게 담배 연기를 길게 내뿜는 낙이라도 없었다면 아마 화물차의 기관사 일을 계속할 수 없었으리라고 그는 혼자 생각했다.

"이것도 팔자요. 그쵸? 김 선배."

어느새 옆에 따라와 앉은 오달호의 푸념이었다.

"오늘은 조심해야겠어. 제미 떡을 할, 벌써부터 졸음이 쏟아지니……."

"글쎄 말예요. 참 이상하기도 하지. 출근하기 전에 아무리 오랫동안 자빠져 자도 졸음이 온단 말예요. 화물차를 끌면서부터 졸음이 더 심해졌어요. 예전에 승객들을 실어 나를 땐 차라리 객차에서 빌빌 졸고 있을 계집애들이라도 떠올리곤 했는데 요즘은 그나마 그런 낙도 없어졌지 뭡니까. 내 뒤에 끌려오는 것이 고작해야 석탄 덩어리나 시멘트 가루라고 생각하니 온통 삭막한 기분만 들곤 한단 말입니다."

"무슨 생각이 그토록 삭막하게 든단 말여?"

"좆나게 힘들구나 하는 생각이죠, 살아가기가."

"아직 젊은 나이에 그 정도 월급 받구 살면 되는 게지 뭘."

"월급 때문이 아녜요. 학교 다닐 때 반에서 일이 등 하던 놈들도 대충 비슷하게 월급 받구 살던데요 뭐. 나두 집에 가면 제법 갖춰 놓고 산다 이겁니다. 냉장고, 피아노, 칼라테레비까지 다 있어요."

"그런데 뭐가 힘들다구 그래?"

"김 선배두 다 알면서 왜 그래요? 어쨌든 이상하게 가난하구 힘들다는 생각이 드는 걸 어떡헙니까?"

"시끄럽네, 이 사람아."

김학봉은 한마디로 일축하며 오달호의 말을 끊었지만 그의 마음을 전혀 이해 못 하는 바는 아니었다. 그는 마치 도둑질을 끝냈을 때와 같은 기괴망측한 마음의 평온 상태를 이미 알고 있었다. 오달호의 마음도 필경 같았으리라. 이상한 일이 아닐 수 없었다. 그는 기관차를 끄는 동안 분명히 마음의 평온을 유지하고는 있었으나 그 평온에 따르는 불안함도 아울러서 느끼고 있었다. 한마디로 생활에 불안을 느끼는 것이었다. 그것은 커다란 공포였다. 마치 찬란한 보석상 앞에서 그것을 훔치기 직전에 느끼는 도둑의 공포와도 같은 것이었다. 그 보석을 훔쳐내기만 하면 당분간은 편히 먹고살 수 있으리라는 생각과 그러나 웬지 모르게 그 보석을 훔친 뒤 멀리 도망칠 힘이 없을 듯한, 그리하여 결국엔 순경이나 경비원에게 붙들리고 그나마의 생계마저도 유지할 수 없을 것만 같은 그런 종류의 공포가 한동안 전율로 다가오곤 했던 것이다.

김학봉이 미처 한 개비의 담배를 다 피우기도 전에 사무소로부터 뚜 뚜 뚜 하는 신호음이 들려오기 시작했다. 벌써 출발해야 할 시각이 되었던 것이다. 김학봉은 곧바로 일어나 열차의 연결 상태와 브레이크 작동을 확인한 뒤 운전석으로 올라가 열차를 출발시켰다. 열차가 망우역을 출발하자 종전보다도 훨씬 심한 듯한 엔진 소리와 공기 압축기 돌아가는 굉음이 한동안 귀청을 때리더니 곧 이어 따단 따단, 따단 따단 하는 리드미컬한 바퀴 소리가 이어졌다.

김학봉과 오달호는 그때부터 한마디의 말도 없이 열차를 운전하는 데에만 열중했다. 원래 운전석에는 지독한 소음이 들이닥치기 때문에 오순도순 얘기할 수도 없는 처지였으므로 그들은 계속 전방과 후방을 주시하며 전부 이상 무, 후부 이상 무만을 외쳐 댔다.

그렇게 40분가량을 달린 뒤 그들은 새벽 3시 27분에야 덕소(德沼)역에 일시 정차, 그곳에서 빈 화차 7량을 더 연결했다. 7량이 더 합쳐짐으로 인해서 화차는 모두 34량이 연결된 것이었으며 열차의 길이만도 4백50여 미터에 이르렀으므로 김학봉은 더욱 가중된 책임감으로 인해 어깨가 무거워짐을 느꼈다. 오달호도 마찬가지였다. 그나마 몇 년의 경력도 가지고 있지 않은 오달호에게 4백50여 미터의 육중한 쇳덩이를 끌고 가는 일은 어쩌면 공포를 느끼게 하는 일인지도 몰랐다. 그렇기 때문인지 오달호는 덕소를 지나면서부터 더욱 표정이 굳어지는 듯했다.

오달호가 공포 때문에 잔뜩 일그러진 표정을 지을 때, 차라리 그의 모습은 아름다울 지경이었다. 그의 아름다운 표정은 단선으로 끝없이 이어져 나가는 중앙선 철도와 너무나도 대조적이었으므로 어떤 때는 오만불손하게 여겨지기도 했다.

오달호가 그런 표정을 지을 때마다 김학봉은 의도적으로 가래침을 뽑아 올려 "엣 퇴!" 하는 소리와 함께 창밖으로 뱉어내곤 했다. 그렇게라도 해야만이 오달호의 표정에 동요되어 이상스러울 만큼의 불안을 느끼는 것으로부터 해방될 수 있었던 것이다. 이토록 지루하고 단조로운 이 일에서 어떠한 이유로든 간에 고귀한 생활에 대한 노스탤지어를 느낀다는 것은 치욕적이기까지 한 것이었다. 그는 차라리 고통과 괴로움을 희구하는 편이 나으리라고 여기는 중이었다. 야간열차를 끌고 가면서 잠시라도 어떠한 욕망을 갖는 것처럼 어리석은 일이 또 있을까. 이 운전석에 갇혀 있는 한 차라리 완전히 고독해지는 편이 훨씬 바람직했다. 쓸쓸하다고 느낄 때엔 그 외의 다른 고통은 엄습하지 않았다. 그저 철로 위의 흐름 속에 자기 몸을 맡기면 되는 것이었다. 길게 뻗어 있는 철로가 자기를 죽음으로 이끌어가든 바람과 추위 속으로 이끌어가든 상관하지 않으면 그뿐이었다.

다만 차창을 통해 들어오는 바람이 자길 애무해 주기만을 원할 뿐이었다. 밤과, 열차와, 철로, 그것들에 운명을 맡길 뿐이었다.

열차가 용문(龍門)역을 통과하면서부터 빗발이 조금 굵어지는 듯했다. 벌써 시곗바늘은 새벽 5시 10분을 가리키고 있었다. 이제 이곳에서부터 16km의 구간은 오르막길이기 때문에 열차의 속도가 현저히 줄어들게 된다. 그러면 물밀듯이 졸음이 밀려온다. 졸음을 참는 것처럼 힘든 일은 아마도 이 세상엔 또 없을 것이다. 한번 졸음이 밀려오기 시작하면 오달호와 김학봉은 별의별 방법을 다 동원하느라 난리를 피우곤 한다. 억지 담배를 피우기도 하고, 자리에서 일어나 껑충껑충 뛰어 보기도 한다. 냉각수를 받아 놓은 통에 얼굴을 들이밀기도 하고, 양치질, 고함지르기 등 온갖 방법을 다 동원하지만 그놈의 졸음은 쉽게 물러서질 않는다. 그저 고통스러울 뿐이다. 그러면 자기도 모르게 욕이 터져 나오곤 한다. 예미, 지금 편안히 자빠져 자는 새끼들아! 엿이나 처먹어라! 잘 먹구 자알 살아라, 드런 새끼들아!

김학봉이 욕을 내뱉기 시작하면 오달호는 언제나 계집들의 얘기를 끄집어내곤 했다. 그에겐 아마도 그 방법이 졸음을 쫓는 가장 유효적절한 방법인 것 같았다. 어쩌면 그는 계집들의 이야기를 지껄여 대면서 마음속에 품고 있던 그의 꿈을 그리며 즐거움에 젖어 보려 하는 것인지도 모른다.

"김 선배, 그 왜 7번 매표구에서 표 파는 애 기억나요?"

"기억나지. 근데 왜?"

"아녜요, 아무것두. 그냥 생각이 나서."

그는 조금도 대수롭지 않다는 듯이 공연히 손으로 가슴팍의 먼지를 털며 말했지만 사실 그가 무슨 말이든 지껄이고 싶어 한다는 것을 김학봉은 이미 알고 있었다.

"걔가 어떤 애지?"

그저 지나가는 말투인 듯 김학봉이 물었다.

"걔 말예요? 히힛, 부뚜막에 올라앉은 괭이 새끼죠. 고게 겉으론 얌전한 척하는데 그게 아니더라니까요. 지난 토요일에 말입니다. 맥주 한 잔을 마시게 하고 슬쩍 몸을 만졌더니 글쎄 지 혼자서 비비 꼬더라니까요."

"비비 꽈? 걔가?"

"난 죄 없습니다. 그냥 만지기만 했어요. 히히 고거 참 죽여주데요. 살살 만지다가 항문을 꽉 질렀더니, 아이참, 여기서 이러면 어떡해요? 아 글쎄 이러잖아요? 싸구려 까페 구석 자리였는데 말입니다. 한번 달라구 해볼 걸 잘못했나 봐요."

"자넨 아직두 여잘 다룰 줄 모르는군. 여자가 그 정도까지 가만있을 땐 꿍꿍이가 있었던 게지. 그냥 아무 빈방에라두 끌고 가서 야! 벌려! 그러는 게야."

"그게 맘대루 되나요?"

"처음엔 안 벌린다구 그러겠지."

"내가 이래 봬두 술집 여자들은 기막히게 다룬단 말입니다. 근데 고 계집애한테는 씨가 잘 안 먹혀요. 줄듯 말듯……."

"자네 몇 살이지?"

"스물여덟요."

"그땐 그런 정도가 좋아."

열차가 힘겹게 오르막길을 오르는 동안 서서히 동이 트기 시작했다. 검은색으로 일관되어 있던 하늘이 점점 엷어지면서 산등성이의 윤곽이 흐리게 드러나기 시작했다. 원래 야산 지역에서의 아침은 느릿느릿 찾아드는 법이다. 우선 산등성이의 윤곽이 조금씩 드러나는가 싶다가 이내 그 상태로 중단되어 한동안을 변함없이 있게 된다. 그러는 동안에도 열차는 힘겹게 언덕길을 오르는 것이고 운전석의 주위로는 매캐한 냄새를 동반한 기관차 매연이 잔뜩 뒤엉켜 차창을 통해 무시로 밀려들어 오곤 했다. 그렇게 또 얼마간을 달리다가 위장이 찢어지는 듯 속이 쓰릴 때쯤이면 운전석의 백열등이 빛을 잃어 가면서 옆 자리에 앉아 있는 서로의 표정이 확실하게 보이기 시작하는데, 문득 하늘을 보면 그제야 푸릇푸릇한 기운이 내비치곤 했던 것이다.

그 무렵이, 다시 말해서 아침이 막 시작되려는 그 순간이 김학봉에겐 가장 슬프게 여겨졌다. 아직 햇살이 밝게 비쳐 오질 않아서 운전석의 백열등빛을 받은 그림자가 얼굴 한켠에 남아 있는 오달호를 보노라면 심할 경우엔 울컥 눈물이 터져 나오려고까지도 했다. 밤새 철로 길을 달려온 초라한 몰골, 게다가 비탈길을 오르는 동안 열차가 토해 놓은 연기가 그을음으로 얼굴에 달라붙어 거뭇거뭇하게 얼룩진 모습, 졸음에 겨워 늘어진 눈꺼풀, 해바라기처럼 굽어진 등, 쓰린 위장으로 인해 찡그린 눈 언저리…….

"에이 우라질누무 아침이 또 찾아왔네 그랴. 자네 꼬라지가 말이 아닐세. 비누칠 싹싹 해서 어이 세수나 하게. 나처럼 유부남이라면 몰라두 총각이 낯이나 반반하게 닦구 다녀야지. 근데 여긴 비가 안 온 모양이네. 땅바닥이 보송보송해."

그래도 오늘은 비교적 열차가 순조롭게 운행된 편이었다. 다른 날처럼 중간역에서 밀려 있었더라면 이제야 오르막길의 초입부에서 냉각수 점검이나 하고 앉아 있을지도 몰랐다. 그렇다면 오늘은 일단 운이 좋은 날이었다. 무엇보다도 똑같은 거리를 한 시간이나 일찍 달려올 수 있었다는 것이 기분 좋은 일이었다. 시간 외 수당에서 손해를 보지 않아 좋고, 아침 식사를 일찍 할 수 있어 좋았으며 무엇보다도 잠을 한 시간이나 더 잘 수 있어서 좋았다. 그리고 또 한 가지 기분 좋은 사실은 첫 오줌을 누게 될 때 어쩌면 오늘은 노란색 오줌을 누지 않을 수도 있으리라는 추측이었다. 무슨 이유로 오줌이 노래지는 것인지는 모르겠으나 열차가 밀려 5, 6시간씩 기다리다가 식사도 제때에 하지 못하고 늦게야 제천에 도착하면 차라리 노란 페인트를 쏟아 내는 것처럼 오줌색이 변해 있기도 했었다. 잠이 많이 밀려와서 유난히 고함을 많이 지른 날이면 그 색깔이 심각할 지경에까지 이른 적도 있지 않았던가.

김학봉과 오달호는 또다시 정신을 집중시켜 차창 앞을 응시했다. 아침이 밝아

옴과 동시에 철로변에 사람들이 걸어 다닐 수도 있기 때문이었다. 대체로 울퉁불퉁하고 잡초가 우거져 있는 샛길보다는 철로변이 걷기에 수월하기 때문에 대부분의 이곳 사람들은 철로를 따라 걷는 예가 많았다. 보행자들이야 상쾌한 기분으로 철로를 따라 걷겠지만 김학봉으로서는 그들을 발견하고 기적이라도 한 번 울리는 일이 번거롭기 그지없는 노릇이었다. 간혹 어떤 보행인은 기적 소리를 듣고도 철로 주위에서 어정대다가 손을 흔들어 주기도 했지만 김학봉에겐 그 모든 것이 귀찮을 뿐이었다. 김학봉에게 있어 아침이란 상쾌하고 기분 유쾌한 것이 아니라 피곤함과 무료함의 절정에 달해 있는 무렵이었기 때문인 것이었다.

그렇게 한동안을 더 달린 끝에 아침 8시 35분이 되어서야 김학봉과 오달호는 제천역에 다다를 수 있었다. 여섯 시간에 걸쳐 154.9km의 거리를 달려온 것이었다. 웬일인지 오늘은 평소보다 2시간가량이나 빠르게 도착한 셈이었다. 그러나 일찍 도착했다고 해서 김학봉이 피로를 덜 느낀다거나 하지는 않았다. 고단하긴 마찬가지였다. 그도 그럴 것이 오늘은 도착만 조금 빨리했을 뿐, 빗길을 달려왔기에 평상시보다 더욱 긴장했기 때문이리라.

김학봉과 오달호는 출발할 때와 역순으로 기관차를 입고시키고 기관사 합숙소로 들어섰다. 언제나 불결하다는 생각은 지니고 있었지만 이젠 만성이 되어 버려서 불결함조차도 느낄 수 없는 그 합숙소는 2평 남짓한 방 15개와 1.5평 정도의 쪽방 6개로 이루어져 있었는데, 언제부터인지는 몰라도 관례적으로 큰방은 기관사들이, 쪽방은 기관조사들이 사용하고 있었다. 어쨌든 피로에 지친 오달호와 김학봉에겐 몸을 눕힐 수 있다는 사실만으로도 그곳은 별천지와 다름없이 여겨질 뿐이었다. 그곳은 가장 괴로운 상태에서 가장 아름다운 꿈을 꿀 수 있도록 꾸며진 최상의 공간이었다. 대충 어질러져 있고 약간 불결하다고 느껴지는, 그러면서 마치 죄수복과도 같은 색깔의 우중충한 벽지가 발라져 있으며 껄껄한 감촉으로 인해 마치 털투성이인 꽃잎사귀에 누워 있는 것처럼 느끼게 해주는 방바닥은 어찌면 밤길을 달려온 기관사들에겐 가장 이상적일 것이라고 생각되었다.

김학봉은 언제나 이 합숙소에 발을 들여놓는 순간 집에 남겨 두고 온 아내와 어린 아들을 떠올리곤 했었다. 이상하게도 초라하고 음침한 이곳에 몸을 눕히면 잊고 있던 정이 되살아나곤 했기 때문에 차라리 김학봉은 합숙소가 초라한 것을 다행으로 여기고 있었다. 만약에 이 합숙소가 분에 넘치게 화려하거나 서울의 떠나온 집보다도 깨끗했다면 아마 그는 이 방에 들어서는 순간 은밀한 섹스만을 떠올렸을지도 모르는 일이었다. 은밀한, 그러나 강렬한 섹스를 꿈꾼 뒤에 죄스럽도록 끈질기게 여자의 살 내음이라거나 정액 내음을 간직하며 청량리로 향하는 열차를 운전하는 모습은 상상만 해도 측은할 지경이었다. 차라리 좀 불결하고 초라하더라도, 그렇기에 더 투박하고, 거칠고, 소박한 꿈을 꾸며 잠들 수 있다는 것은 김학봉에겐 더할 나위 없는 기쁨이었다.

사발면 한 개와 김밥 쪼가리로 대충 아침 식사를 마친 김학봉이 막 자리에 누우려고 할 때였다. 그는 오후 5시 50분발 화물 열차를 운전해 다시 청량리로 떠나야 했기 때문에 선잠이라도 잠깐이나마 잘 요량이었다. 늦어도 오후 3시 50분까지는 제천역으로 출근해서 주행 장치와 운전실 기기 동작 상태를 점검해야 했으므로 지금부터 내쳐 자 봐야 몇 시간 자지도 못한다고 여기는 중에 오달호가 조심스레 문을 두드리는 것이었다.

"김 선배, 주무십니까?"

노크를 하는 태도라거나 나직하게 내리 깔은 목소리로 보아 필시 무슨 일이 생긴 듯하여 김학봉은 빠른 동작으로 일어나 문고리를 땄다.

"웬일여? 잠은 안 자구."

"지금 잠잘 때가 아닙니다. 이거 말이죠. 이걸 들고 118호 기관조사가 왔었지 뭡니까?"

"뭐여? 찌라시 아녀?"

오달호는 좌우를 조심스레 한 바퀴 둘러보더니 냉큼 김학봉의 방으로 들어섰다. 그의 한쪽 손에는 대학노트만 한 크기로 재단된 종이들이 한 움큼이나 들려져 있었는데 간간이 붉은색으로 인쇄된 큰 활자들이 담겨 있는 것으로 보아 그 내용물이 무엇인가를 미루어 짐작할 수 있었다.

"118호 기관조사가 누구여?"

"거 왜. 안경 끼구, 작달막하면서 딱 벌어진 친구 있잖아요?"

"오라, 영주 기관차 사무소에 소속된 딱부리 말여?"

"맞아요. 그 양반이 지금 막 다녀갔죠. 제천역에 10분 동안 머무는 사이 번개같이 왔다 간 거예요."

"아니, 그게 뭔데그려. 일루 줘 봐."

전단의 내용은 짐작한 바와 같았다. '파업 결의'라고 쓴 커다란 제목의 아래로 무려 열 가지에 달하는 기관사 및 기관 조사들의 요구 사항이 줄줄이 나열되어 있는 일종의 선동용 전단이었다.

벌써 보름쯤 되었을까? 화물 열차 기관사들의 농성이 강원도 지역에서 일어났던 것인데 워낙 가세 자의 수가 적었고, 중앙에서 멀리 떨어져 있던 터라 별로 대수롭지 않게 여기고 있던 중이었다. 더구나 기관사들이라는 것이 서로 한자리에 얼굴을 맞대고 모이기가 어려웠기에 더 이상 그 농성이 확산되지 않고 있는 듯했지만 가끔씩 만났던 다른 사무소 소속의 기관사들은 은근히 그 사실을 귀엣말로 전하며 자못 흥분하는 모습을 여러 번 보아 왔던 김학봉이었다.

"이거 이젠 진짜배기루다가 일을 낼 모양이네."

"그쵸? 김 선배님. 이제야 뭔가 보여 줄 수 있게 된 거죠?"

어느새 오달호도 흥분하기 시작한 것 같았다. 하긴 전단의 내용을 모두 읽지 않는다 하더라도 붉은색으로 인쇄된 부분만 읽어 보면 이내 피가 끓어오르는 듯함을 깨달을 수 있었다. 그 내용은 사실 엄격히 따져 보면 김학봉으로서도 모르고 있던 내용이 아니었다. 월급이 적다는 것, 푸대접받고 있다는 것, 복지 시설이 엉망이라는 것, 시간 외 수당을 제대로 받지 못하고 있다는 것 등등을 나열한 뒤에, 싸워야 한다! 쟁취하자! 우리의 권리를 찾자! 라는 구호가 담겨 있었으며 ×월 ×일 ×시에 화물 열차 기관사 및 기관조사는 한 명도 남김없이 청량리역으로 집결하자는 내용이었다.

"김 선배, 드디어 우리두 뭔가 할 때가 온 겁니다. 개새끼들! 인제 정신들 차리겠지. 이번에 한번 혼쭐을 내자구요. 아 남들이라구 전부 으쌰으쌰 하는데 우린들 왜 못 합니까?"

오달호는 마치 당장에 농성이라도 벌이는 양 떠들더니 제풀에 깜짝 놀라 한 손으로 제 입을 틀어막았다.

"참, 내 정신 좀 봐. 비밀리에 전달하겠다구 약속해 놓고는 주책없이 소릴 다 지르네, 하여간 말입니다, 김 선배님. 이건 잘된 일예요. 우리가 그동안 얼마나 박대를 받아 왔습니까? 안 그래요?"

그러나 김학봉은 이상스럽게도 아무런 감흥이 일어나지 않았다. 그 전단에 구구절절이 적혀 있는 내용은 하나같이 옳은 사실들이었으나 또한 하나같이 자기가 9년간이나 겪어 왔던 일들이 아닌가. 아무리 생각해 보아도 그 전단에 박혀 있는 내용들은 농성이나 하고 파업이나 한다고 해서 고쳐질 만한 일이 아닌 듯싶었다.

"그래, 딱부리는 갔나?"

"갔죠. 그 친구 각오가 아주 대단하던데요? 이번에야말로 본때를 보이겠다는 투였어요."

"그으래?"

"김 선배님. 김 선배님도 이번에 올라가서 한판 되게 붙어 보자구요. 자고로 울지 않는 놈한테 젓 준답디까? 어때요? 한판 벌일 거죠?"

"그래야지. 이번엔 작살나는 놈들 꽤나 많겠군."

"김 선배님. 기분 째집니다. 안 그래요?"

"그럼! 째지다마다!"

김학봉과 오달호는 그렇게 한참을 떠들다가 제풀에 지쳐 잠에 곯아 떨어졌다. 그들은 기껏해야 다섯 시간도 채 자지 못하고 또다시 잠에서 깨어날 수밖에 없었는데 그들로서는 이미 몸에 밴 습관이었기에 저절로 눈이 떠졌다고 보는 편이 옳았다.

김학봉은 찬물로 대충 머리를 감고 간단하게 점심을 때운 뒤 제천역으로 출근했다. 언제부터 생긴 위장병인지 모르겠으나 오늘은 유난히 뱃속이 찢어지는 것처럼 아파서 대충 국물만 몇 모금 들이켜고 만 점심 식사였다.

오달호는 이미 김학봉보다 한발 먼저 출근해서 운전실을 청소하고 있었다. 그래도 아직 오달호는 위장병까진 걸리지 않은 듯했다. 후딱 점심을 먹어 치우고 달려나가는 모습을 보면 알 수 있었다. 그러나 그도 언젠가는 국물만 마시게 될 날이 있을 것이리라 여겨진다. 기관사에게 위장병이란 훈장이나 다름없는 것이었으므로.

정확하게 오후 5시 50분이 되자 진행 표시판에 출발 신호가 떨어졌다. 도중에 연착을 더럽게도 많이 하면서 출발 시간은 어김없이 지킨다는 점이 되게도 아니꼽게 여겨졌다.

엔진 소리와 공기 압축기가 돌아가는 굉음이 커다랗게 울려 나왔다. 그래도 밤에 끄는 열차는 한결 졸음이 덜 몰려와서 좋은 편이었다.

"신호등!"

김학봉이 소리쳤다.

"신호등!"

오달호가 따라서 크게 복창했다. 목소리가 큰 것으로 보아 그는 아직도 흥분하고 있음이 분명했다. 아니 어쩌면 청량리에 가까워질수록 그 흥분의 도는 더해질지도 모르겠지. 아무래도 그는 아직 젊은 것 같다고 생각하며 김학봉은 쓴

웃음을 지었다.

"현재 시속 50킬로!"

김학봉이 소리쳤다.

"현재 시속 50킬로!"

역시 오달호가 복창했다. 여전히 우렁찬 목소리였다.

김학봉은 오른손을 들어 천천히 레버를 당겼다. 기적이 힘차게 울었다. 길고도 우렁찬 기적 소리를 들으며 김학봉은 아무래도 올라가는 즉시 아프다는 핑계를 대고 조퇴해야겠다는 생각을 했다. 파업이고 농성이고 오로지 귀찮을 뿐이었다.

파업을 주동하고 있는 동료들은 보나마나 기관사 경력 3년이 채 못 된 풋내기들일 것이다. 그들은 아직 바위에 계란을 던지는 일에도 승부를 거는 버릇이 남아 있을 테니까. 김학봉은 그 모든 것이 귀찮을 뿐이었지만, 어쨌든 옆자리에 앉아 근무하고 있는 오달호를 쳐다볼 엄두가 나지 않았다. 비록 경력은 짧지만 그의 몸속에는 아직 거인의 피가 흐르고 있을 것이라 여겨졌기 때문이었다.

김학봉은 갑자기 자기 자신이 조그만 난쟁이로 변해 버렸음을 깨달았다. 순간 부끄러움이 엄습했다. 파업 주동자들 틈에 섞여서 피켓이라도 들 용기가 있었으면 좋으련만, 아무리 생각해도 그 용기가 생겨날 것 같지 않았다. 그저 가만히만 있으면 월급은 제때에 받을 수 있을 것이라는 마음이 무엇보다도 앞섰다. 역시 아프다는 핑계를 대야만 할 것 같았다.

그렇다면 올라가는 도중에 간혹은 꾀병을 부려야 오달호가 의심을 안 할 것이라는 생각이 들었다. 그러나 아무리 봐도 오달호가 너무 흥분해 있는 듯해서 꾀병을 부릴 수도 없을 것 같았다. 흥분이 지나치면 건널목을 못 보고 과속으로 지나치기 쉬운 법이니까.

김학봉이 그런 생각을 하는 동안 벌써 열차는 제천역 구내를 빠져나가고 있었다.

말 없는 인형들

1988년 『世界의 文學』 겨울호에 'I부' 발표
1989년 『現代文學』 4월호에 'II부' 발표
1989년 『다섯 자루의 도끼(예하)』에 'III부' 발표

말 없는 인형들

I

찬 바람이 불기 시작한 지 겨우 보름 만에 세 명이나 되는 아이들이 화상을 입었지만 꼰대는 자동으로 수온 조절이 되는 수도꼭지는커녕 우리들이 쉽게 사용할 수 있는 고리식 수도꼭지조차도 달아 줄 생각이 없는 모양이었다. 어쩌면 꼰대는 우리들 모두가 온통 화상을 입고 비명을 질러 댄다고 하더라도 그저 한숨만 폭폭 내쉴 뿐, 수도꼭지를 사기 위해 지갑을 열지는 않을 사람이었다. 그러나 우리들 중의 그 어느 누구도 수전노 같은 꼰대를 욕하거나 흉보는 짓은 하지 않았다. 좀 더 자세히 말하자면 그건 우리들의 생각이 형편없이 모자라기 때문이었다. 여덟 명에 달하는 우리들 중에서 아이큐가 100을 넘는 아이는 유독 나 혼자였는데 다행인지 불행인지 몰라도 나는 말 한마디를 하려면 머릿속으로 그 내용을 생각한 뒤 2분 정도가 지나서야 겨우 입으로 말을 내뱉을 수 있는 그런 아이였다. 어렸을 때 뇌성마비를 앓았기 때문인데 마침 성실하고 좋은 여자를 엄마로 두었던 덕에 특수 치료를 받아 그나마 말이라도 할 수 있게 되었다는 것이다. 어쨌든 내 행동은 너무나 느렸고 그나마도 마음이 조급해질 때면 마주 보아야 할 상대방의 반대 방향으로 고개가 돌아가면서 나도 모르게 두 팔이 하늘로 올라가 마치 운전대를 돌리듯 '하늘을 운전'하기 때문에 꼰대는 나에게 '운전수'라는 별명을 붙여 주기도 했다. 그래도 내가 자부심을 가질 수 있는 이유는 내 아이큐가 무려

134에 달하는 수재급이라는 사실이었다. 언젠가 꼰대가 외출했을 때 그의 책상 서랍을 열고 훔쳐보았던 판별 카드에는 분명히 내 아이큐가 134이고 Kohs가 105라고 적혀 있었다. 물론 지금도 Kohs가 무엇을 뜻하는지는 알 수 없으나 하여튼 내 머리통이 수재급이라는 자부심만으로도 나는 마음속으로 나의 임무와 책임을 게을리할 수 없다는 결론을 내리고 말았다. 비록 꼰대가 임명해 준 적은 없지만 나는 그날부터 우리 희망원의 우두머리 노릇을 할 수밖에 없었다.

희망원의 우두머리 자격으로 생각해 볼 때 요즈음 벌어지고 있는 일들은 분명히 꼰대에게 따지고 넘어가야 할 일이었다. 내가 모르고 넘어가는 일이라면 어쩔 수 없지만 분명히 수도꼭지에 관한 일이라면 내 앞에선 어물쩍 넘어갈 수 없는 일이었다. 성실하고 좋은 여자였다고 기억되는 내 엄마로부터 수도꼭지에 관한 일이라면 철저하게 교육받았기 때문이었다.

원래 우리 같은 아이들에겐 수도꼭지만큼은 특수한 것으로 달아 주어야 한다. 대부분이 온도의 변화를 빨리 받아들이지 못하기 때문에 보통의 수도꼭지에서 뜨거운 물이 쏟아져 나올 경우 이미 피부에 지독한 화상을 입고 난 뒤에야 뜨겁다는 걸 알아차리기 때문이다. 그래도 나처럼 머리가 좋은 아이는 피어오르는 수증기의 양을 보면서 그 물의 온도를 짐작할 수 있지만 다른 아이들은 그나마 짐작도 제대로 하지 못하는 얼간이들이었기 때문이다. 경희와 숙희 정도만 해도 별걱정은 없지만 문제는 아이큐가 70도 안 되는 다른 아이들이었다. 경희는 어릴 때 앓았던 소아마비 때문에 보행이 불가능하여 허리까지 오는 보조기와 목발로 몸을 지지하고 다니는 예쁜 아이고 아이큐도 무려 90을 넘는 똑똑한 아이지만 윗사람 아랫사람 할 것 없이 말을 함부로 하면서 어찌나 짜증을 잘 내는지 꼰대로부터 많은 미움을 받고 있다. 게다가 여자아이인 주제에 오줌을 서서 누기 때문에 여름엔 바짓가랑이에 흘린 오줌으로부터 지독한 노린내가 퍼져 나와 나도 그 애 곁으로는 가까이 가기 싫어질 정도이다. 숙희는 뇌성마비를 앓고 난

아이였는데 어쩌다 말이라도 한마디 하려면 온몸의 근육과 사지를 한참이나 움직이고 난 다음 첫말을 더듬거리며 꺼낸 뒤, 또다시 온몸의 근육과 사지를 움직여야만이 그다음 말이 나오는 정도였다. 다행히 숙희는 오줌, 똥만은 좀 느리지만 혼자서 처리할 수 있었다.

어쨌든 나는 수도꼭지를 자동으로 수온 조절이 되는 것으로 갈아 달라고 조를 참이었는데 불과 보름 사이에 세 명의 아이들이 화상을 입는 꼴을 보자 화가 벌컥 솟아올랐던 것이다. 화상을 입은 세 명의 아이 중에는 평상시 가장 쾌활하면서 귀엽기 한이 없었던 소야가 끼어 있었기에 나는 더욱 화가 날 수밖에 없었다. 소야는 두 다리가 꼬여 혼자 걸을 수 없으므로 장보조기와 목발에 의지하여 다닌다. 얼굴도 예뻤지만 성격도 낙천적인 것 같았는데 이상하게도 그 애는 동문서답만을 일삼을 뿐이었다. 밥 먹었냐고 물어보면 우리 집은 부자라고 하질 않나, 물리 치료 시간에 양호 선생이 아프지 않으냐고 물으면, 애기는 양배추 속에서 나온다니까요 등등의 허무맹랑한 대답을 하기가 일쑤였다. 하여간에 나는 소야만큼 예쁜 여자아이는 이 세상에 또 없다고 믿어 왔는데 바로 그 애가 어제 뜨거운 물을 홀랑 뒤집어쓰고 말았던 것이다.

꼰대도 이번에는 어쩔 수 없는 모양이었다. 그가 허겁지겁 의사를 부른 것만 보아도 그가 어느 정도 당황했는지를 쉽게 알 수 있었다. 두 명의 아이들이 앞서서 화상을 입었을 때에는 물에 덴 부위가 넓지 않았기 때문이기도 했겠지만 꼰대는 한숨만 내리쉴 뿐, 의사를 부를 생각이라곤 아예 하지도 않았다.

의사가 희망원으로 바쁘게 걸어 들어오는 모습을 보자 내 마음이 한결 놓이긴 했지만 다른 한편으론 과연 저 애송이 의사가 예쁜 소야를 제대로 살려낼 수 있을까 하는 의심이 새롭게 생겨나기도 했다. 언젠가 꼰대가 말하기를 그 애송이 의사는 '내외산소과' 의사라고 했으며 처방을 쓸 때라든가 진료 카드를 작성할 때에 한자나 영어의 철자를 제대로 몰라서 꼭 옥편이나 사전을 뒤지며 몰래 쓰더라고 했었다. 내외산소과 의사란 특별한 전문성이 없이 혼자의 몸으로 내과며 외과, 산부인과, 소아과 등 모든 과목을 도맡아 치료하는 의사를 말하는데 그가 이 변두리에 내외산소과를 개업하기 전에는 인구가 만 명도 되지 않는 강원도 산골의 보건소에서 그저 예방 주사나 놓는 정도의 의사였을 것이라고 꼰대는 말하곤 했었다.

평상시 꼰대는 무슨 화나는 일이 생기거나, 아니면 매우 기분 좋은 일이 생길 때면 다짜고짜 나를 제 앞에 앉혀 놓고 마치 애인이나 되는 양 다정하게 속삭이곤 했는데 아마도 그 이유는 내 지능 지수가 자기보다 높다는 것을 그 자신도 잘 알기 때문일 것이었다. 꼰대가 다정하게 속삭일 때면 내 마음도 한결 평온하고 부드러워지기 때문에 내 목이 꼰대의 반대 방향으로 돌아가거나 두 팔을 들어 올려 하늘을 운전하는 일이 생길 리 만무했고, 따라서 나도 흡족한 표정으로 꼰대의 말에 고개를 끄덕여 가며 동의하곤 했으므로 흥미진진하게 대화가 이루어질 수 있었던 것이다. 내 신체적 결함을 너무나 잘 알고 있는 꼰대로서는 나의 대답이 듣고 싶어질 때엔 내가 대답을 하기 위해 2분 동안이나 얼굴과 입을 씰룩거리는 것을 참을성 있게 기다려 주곤 했으며 나로서도 대답을 하기 위해 얼굴을 씰룩이는 고통보다 꼰대가 내 말을 성실히 들어준다는 쾌감이 한결 앞서곤 해서 그와 밤을 새워 가며 얘기한 적도 두 번이나 있을 정도였다.

"오호라, 너 여기에 있었구나. 네 별명이 운전수였지?"

내외산소과 의사는 나에게 슬쩍 윙크를 하고는 꼰대를 따라 소야가 누워 있는 작은 방으로 들어갔다. 그 의사는 아마도 자기가 친절하다는 걸 알리기 위해서 그렇게 인사를 한 모양이었지만 운전수라는 말을 듣는 순간 나는 울컥 화가 솟구치기 시작했다. 꼰대가 운전수라고 부르는 거야 상관없지만 나를 잘 알지도 못하는 주제에 운전수라고 부르는 것은 친절하다는 핑계로 나를 놀리는 일이라는 것쯤은 알고도 남을 일이었다. 작년 여름 콜레라 예방 주사를 맞기 위해 그 병원에 찾아갔을 때, 내 이름을 말한다는 것이 그만 운전수라고 잘못 말했던 것을 그는 여태까지 기억하고 있었다. 그렇다면 그 의사는 나쁜 녀석임이 분명했다. 명색이 의사라는 작자가 말을 함부로 해서 자기보다 한참이나 어린 사람의 마음을 뒤집어 놓다니.

나는 그 애송이 의사의 버릇을 고쳐 놓기 위해 몸을 최대한도로 빠르게 놀려 그가 들어간 방으로 따라 들어갔다. 그러나 방문을 여는 순간 그 의사에 대해 적대감을 드러낼 처지가 아니라는 걸 느낄 수 있었다. 그 의사의 손끝에는 작은 깔때기 모양의 청진기가 들려 있었는데 그 청진기 아래로 허물이 훌렁 벗겨진 소야의 어깨며 등 그리고 엉덩이가 벌겋게 드러나 있었기 때문이었다. 소야는 장보조기를 착용하고 있던 엉덩이 아랫부분만을 빼고는 온통 더운물에 삶아져 있었고, 청진기를 움직이는 의사의 손동작에 맞추어 강아지처럼 낑낑대며 신음을 토하고 있었다. 그것은 커다란 충격이었다. 솔직히 말해서 처음 몇 초간은 옷을 훌랑 벗은 15살짜리 여자의 몸을 보고 있다는 사실에서 충격을 받았지만 시뻘겋게 익은 살과 이리저리 벗겨져 나간 허물, 그리고 물집들을 보고 있는 동안 그 충격은 곧바로 꼰대에 대한 분노로 변해갔던 것이다. 소야의 몸뚱이가 저 지경이 된 이유는 다름 아닌 꼰대의 노랑이짓 때문이란 생각이 들었다. 그까짓 수도꼭지 몇 개만 자동으로 수온 조절이 되는 걸로 갈아 놓았더라면 저렇게까지 되진 않았을 텐데.

갑자기 내 팔이 하늘로 향해지면서 마치 운전대를 돌리듯 허공을 휘젓기 시작하는가 싶더니 끝내는 내 모가지마저 반대 방향으로 돌아가기 시작했다. 나는 바로 이게 탈이었다. 지금의 기분 같아서는 꼰대의 대갈통을 냅다 갈겨 주고 싶기만 한데 그런 생각이 드는 순간 기다렸다는 듯 양팔이 하늘로 올라가고 목이 반대 방향으로 돌아가는 것이었다. 이건 누가 뭐래도 내가 약이 올라 있다는 증거였다. 하긴 이 판국에 약 오르지 않는 놈이 있다면 그게 어디 사람이라고 하겠는가. 수도꼭지 몇 개 사는 것이 아까워서 그 예쁜 소야를 저 지경으로 만든 꼰대와, 꼰대의 대갈통을 갈기기 위해 열을 내는 나와 둘을 비교해 보건데 과연 누가 더 나쁜 녀석이란 말인가. 그러나 내 생각이 격해질수록 내 팔은 점점 하늘을 빠른 속도로

운전하고 있을 뿐이었다. 글쎄 아무리 생각해봐도 난 이게 탈이었다.

"아니 저눔 자식이 아무 데서나 운전을 허구 난리여! 이눔아! 네 친구가 다 죽게 됐는데 운전만 하면 다냐! 쓸개 빠진 눔 겉으니."

꼰대는 공연히 나에게 벌컥 화를 내더니 내 따귀라도 올려붙일 기세로 노려보기 시작했는데 그 순간 이미 내 모가지는 꼰대의 반대 방향으로 돌아가 버렸으므로 더 이상 그의 표정을 볼 수가 없었다. 다만 모가지가 돌아간 채 뒷걸음질로 그 방을 나서는 내 귓가에 애송이 의사의 목소리만이 김새게 들려올 뿐이었다.

"쟤는 아무 때나 저렇게 운전을 하고 다닙니까? 정신박약인가요?"

참으로 기가 찰 노릇이었다. 글씨도 제대로 몰라 사전을 뒤적여야만 쓸 수 있는 주제에 자기보다 훨씬 머리가 좋은 나에게 정신박약이라니. 그렇게 사람 속을 볼 줄 모르면서 어찌 의사 노릇을 할 수 있을까. 아무래도 내 생각으로는 그 애송인 다시 강원도 비탈로 들어가 애들 예방 주사나 놓아 주는 편이 어울릴 것 같았다. 만약에 그가 내 부하라면 난 당장에 그 애송이를 강아지 병이나 고치는 수의사로 만들어 버릴 것이다.

마당으로 나오자 진수와 유미가 '오징어 말리기'를 하고 있었다. 걔들이 오징어 말리기를 하고 있다는 것은 곧 오줌을 쌌다는 걸 뜻한다. 걔들은 오줌이 마렵다고 생각함과 동시에 곧바로 싸 버리는 애들이다. 걔들이 오줌으로 인해 옷을 적시지 않게 하려면 몸이 멀쩡한 어느 누가 오줌통을 들고 기다리다가 그들의 인상이 찌그러지는 즉시 옷을 벗겨내고 오줌을 받아야 할 것이다. 그러나 누가 그 냄새 나는 짓을 할 것인가. 걔들의 부모도 기껏해야 몇 년 만에 그 짓을 때려치우지 않았던가. 아마 걔들 부모는 오줌, 똥을 받아 내기 싫어서 걔들을 이리로 보낸 것이리라.

내가 가까이 다가가자 진수와 유미는 잔뜩 고추 먹은 표정이 되어 있었다. 그들은 꼰대보다 나를 더 어려워했는데 오줌을 싼 뒤에 비록 꼰대는 속일 수 있더라도 난 속이지 못한다는 걸 그들 자신도 잘 알기 때문이었다.

"오, 오, 오, 오오지잉어 마 마 마알리기 하지? 니덜 추 추 춥지? 응?"

내가 이렇게 묻자 그들은 대답 대신 고개만을 끄덕이다가 이내 울상이 되어 버렸다. 걔들은 그래도 말은 거침없이 잘하는 편이었다. 오히려 진수는 목소리가 크고 씩씩해서 얼핏 보면 아주 똑똑한 아이처럼 보일 때가 많았다.

"우 우 우 울지 마 마 마라."

내가 그들의 머리를 번갈아가며 쓰다듬어 주자 걔들은 그제야 킥킥거리며 웃기 시작했다. 오징어 말리기란 다름 아니라 내가 붙인 이름으로 오줌 싼 옷을 말리는 방법을 뜻하는 것이었다. 오줌을 싼 뒤에 그냥 돌아다니게 되면 젖은 옷과 보조기의 쇠붙이가 서로 엇갈리면서 사타구니를 자극하기 때문에 심하면 사타구니의 허물이 벗어지기도 했으므로 양지바른 벽에 붙어 앉아 옷을 말려야 했던 것이다. 마치 오징어를 말리는 것처럼 벽에 들러붙어 있어야 했으므로 그런 이름을 붙인 것이었다.

유미는 척추 아랫부분에 조그만 혹이 있어서 정상 발육을 못하며 하반신에는 욕창이 생겨서 때때로 덧나곤 했으므로 불쌍하게 여기던 터였는데 저렇게 허구한 날 오징어 말리기를 하고 있으니 아마 모르긴 해도 하반신의 욕창이 더욱 심해지기만 할 것이라는 생각이 들었다. 그러나 나로서도 어쩔 수 없는 일이었다. 유미는 14살이나 먹은 여자아이였고 나는 16살이나 먹은 사내인데 내가 어찌 유미의 욕창을 치료하기 위해서 그녀의 바지를 벗길 수 있단 말인가. 이미 내 고추에는 검은 털이 얼기설기 돋아나고 있었으며 길거리에서 요란한 영화 광고라도 보고 있으려면 그것이 슬슬 머리를 들기 때문에 주머니에 손을 넣어 그것을 꼭 쥐고 있어야 할 정도로 나는 어른이 되어 있었는데 말이다. 어쨌든 내가 머리를 쓰다듬어 주자 진수와 유미는 기분이 한결 좋아진 듯했다. 그들이 자기 자랑을 늘어놓기 시작하는 것만 봐도 그 기분을 알 수 있었다. 그 애들은 이곳으로 오기 전에 국민학교를 졸업하긴 했으나 전혀 글씨를 쓰지 못했을뿐더러 수

개념이 형성되지 않아 아직도 10 이하의 수를 읽거나 쓰지 못하는 터였다. 그렇지만 많고 적음은 알기 때문에 그들은 신이 날 때면 자기가 더 많은 것을 찾아내 서로에게 자랑하곤 하는 것이다.

"니가 부잔가 내가 부잔가 알아맞히기 하자."

"그래. 내가 부자다."

"우리 집엔 금반지가 많다. 그니까 내가 부자다."

"우리 집엔 고양이두 자가용두 있다. 약 오르지?"

"아니다. 왜? 내가 왜?"

"난 기저귀두 되게 많다. 약 오르지?"

"그래두 내가 부자다. 왜, 왜, 왜?"

날씨는 그다지 춥지 않으나 바람이 심하게 불었다. 차라리 오늘 같은 날은 오징어 말리기에 안성맞춤이었다. 도대체 저 애들의 부모는 뭘 하는 사람들일까? 쟤들이 오줌을 싸서 짓뭉개듯 쟤들의 부모는 애정 없이 까놓은 자식들을 짓뭉개고 있는 것이리라.

남들이 보면 아무런 할 일도 없이 어영부영 돌아다니는 것처럼 보일지 모르겠으나 나는 지금 심각한 고민을 하고 있는 중이다. 소야의 화상으로 인해 꼰대가 무척 바쁘다는 것을 잘 알기 때문이었다. '심각한 고민'이란 어떤 방법을 동원해서라도 수도꼭지를 갈아야겠다는 마음으로부터 비롯된 것인데 잘 알다시피 그 일만 생각하면 화가 솟구치고 그러면 두 팔이 하늘로 올라가 운전대를 돌리듯 뱅뱅 돌기 때문에 그저 고민만 계속해야 할 뿐이었다. 어쩌면 수도꼭지를 가는 일은 영영 불가능할지도 모르는 일이었다. 적어도 내가 알기에는 이 희망원 내에서 수도꼭지를 갈아야 할 필요성을 깨달은 사람은 나밖엔 없는 것 같았다. 그런데 나는 말을 할 수가 없지 않은가. 아니 말을 할 수는 있지만 어느 누구도 내 말을 참을성 있게 들어주는 사람이 없지 않은가. 혹시 꼰대는 그 필요성을 알고 있을 것이란 생각이

들었다. 그러나 꼰대는 지독한 노랑이였으므로 그를 통해 수도꼭지를 갈게 할 수는 없는 노릇이었다. 그렇다면 이제 어찌해야 한단 말인가.

내가 희망원의 앞마당을 서너 바퀴째나 돌았을 때 화장실이 끝나는 복도로부터 명재가 흔들흔들 걸어 나오고 있었다. 나는 명재를 보는 순간 내가 해야 할 또 하나의 임무를 깨달았다. 명재와 숙희, 경희를 학교에 보내는 일이었다. 지금 꼰대는 무척 바쁠 테니 그 일을 도맡을 사람은 여기선 나밖에 없을 것이었다. 나는 그런 생각을 하며 명재를 잡기 위해 팔을 들어 올리려 했으나 내 팔이 움직여지기도 전에 명재는 이미 내 곁에서 멀어져 갔다. 내가 몸을 움직이려면 무려 2분이나 걸리는 데 반해서 명재의 몸동작은 너무나 빨랐기 때문이었다. 명재는 머리통이 신체에 비해서 큰 편이며 물체를 똑바로 응시하지 못하는 아이지만 이상하게도 몸의 균형이 잘 잡혀 있어서 걸음을 매우 빠르게 걷는다. 비록 고개를 똑바로 세우지 못해 항상 옆으로 머리통이 기울어 있긴 하지만 그가 지나갈 때에는 바람 소리가 나는 듯이 여겨지기만 한다. 그는 너무나도 빨리 걷기 때문에 보행의 균형이 잡혀 있지 않아서 휘청휘청, 우쭐우쭐하며 걷곤 하는데 말 잘하는 다른 아이들은 그의 걷는 모습을 따라 노래를 부르기도 하는 것이다. 찐따라 찐찐따라, 찐따라 찐찐따라! 대충 그런 노래였다. 나는 경희와 숙희가 있는 곳으로 가서 그들에게 빨리 학교에 가라는 말을 했다. 그러자 경희는 한마디로 거절을 하는 것이었다.

"싫다야, 너나 가라야."

경희의 짜증내는 듯한 반말을 들으며 나는 또다시 얼굴 근육을 잔뜩 찡그려야만 했다. 제기럴, 대답 한마디만 하려고 해도 얼굴 근육이 이토록 제멋대로 움직이다니. 그것도 2분씩이나.

"우, 우, 우, 우에, 왜 아 아 안 가냐? 학교?"

"오늘은 율동을 한대야. 숙희는 율동 못 해야. 그럼 나 혼자 학교 가냐?"

경희의 말을 들어 보니 일리가 있기도 했다. 가뜩이나 다른 애들에게 따돌림을 받고 있는데 무용 시간이 있는 날이면 얼마나 학교에 가기 싫을까. 원래 우리들은 특수학교에서 따로 교육을 받아야 하는 것이다. 매우 성실하고 좋은 여자였던 내 엄마가 살아 있을 때엔 나도 특수학교에서 교육을 받은 적이 있었다. 거기는 모든 것이 다른 학교와는 달랐다. 계단도 없었고 문지방도 없었다. 화장실은 넓고 낮았으며 물론 뜨거운 물이 나오는 수도꼭지도 없었다. 학생들만큼이나 선생님들의 숫자도 많았고 그래서 무용 시간에도 선생님의 도움을 받아 가며 춤을 출 수 있었다. 그때에 함께 공부하던 친구 중에는 귀머거리가 두 명이나 있었는데 그 애들에게 춤을 가르쳐 주기 위해서 선생님들은 큰북을 동원하기도 했다. 걔들은 음악을 들을 수 없었으므로 선생님들은 걔들을 위해 마룻바닥에 큰북을 엎어 놓고 힘차게 두들겨 박자를 맞췄는데 그 울림이 마룻바닥을 통해 걔들의 발바닥으로까지 전달되기 때문에 비록 소리가 안 들리더라도 박자에 맞춰 춤을 출 수도 있는 것이었다.

나는 그들을 학교에 보내고 싶었지만 별 뾰족한 방법이 없었다. 꼰대가 챙겨 주지 않으면 그들은 언제나 저 모양이었다. 어찌 생각하면 꼰대는 참 좋은 사람이기도 했다. 꼰대가 아니라면 우리들은 하루도 살아가기 힘들 테니까. 가끔 꼰대에 대해서 생각하노라면 참 이상하기도 했다. 꼰대의 나이는 이제 겨우 40을 넘어섰을까 말까 했으며 인물도 제법 괜찮은 편이었는데 어째서 혼자 사는지 알다가도 모를 일이었다. 사람이 원래 노랑이라서 아마 여자가 따라붙질 않는 모양이었지만 여하간에 나는 꼰대가 혼자 구질구질하게 살아가는 모습을 보면 김이 팍팍 새기도 한다. 특히 하루에 두 번씩 우리들의 기저귀를 갈아 줄 때의 모습을 볼 때면 아예 한심스럽기까지 했다. 암만 생각해 봐도 그런 일은 꼰대 아줌마가 맡아 해야 어울리는 일이었다. 숙희나 경희는 벌써 창피한 것을 알기 때문에 꼰대 앞에서는 팬티를 벗으려 하질 않는다. 하긴 아무리 덜떨어졌다 하더라도 창피한 것쯤은 걔들도 알 것이다. 언젠가 보조기를 풀고 속옷을 갈아입는 경희의 뻐찌를 본 적이 있었는데 그 뻐찌 주위에는 내 고추와도 같은 털이 보송보송하게 자라 있지 않았던가.

그때 경희는 지독히도 창피해서 내게 마구 욕을 퍼부어 댔지만 나는 경희의 뻐찌에서 다른 곳으로 시선을 돌리는 데에 무려 2분이란 시간이 걸렸다. 무심코 보게 된 여자아이의 뻐찌치고는 꽤 오랫동안 감상한 결과가 되었지만 그 뒤로부터 나는 경희의 신경질에 적잖이 시달림을 받아야 했다.

이런저런 생각을 하노라니 갑자기 꼰대가 불쌍해지기 시작했다. 아마 꼰대가 나만큼이나 머리가 좋았다면, 다시 말해서 아이큐가 134만 되었더라면 그는 벌써 이런 일을 집어치우고 빵집이나 장난감 가게 같은 걸 차렸을지도 모르는 일이었다. 아무리 못생기고 덜떨어진 인형이라도 그것들은 오줌, 똥을 싸지는 않을 테니까 말이다. 그러고 보니 머리가 나쁜 것도 가끔은 우리에게 이로울 때가 있는 법이었다.

사실 꼰대가 우리에게 베푸는 일은 그까짓 기저귀 갈아 주는 정도만이 아니었다. 그는 먼 곳으로부터 물리 치료사들을 초빙해서 하루에 한 시간씩 우리 모두를 치료해 주었는데 우리들은 물리 치료를 받아 오면서 알게 모르게 조금씩 몸의 상태가 좋아져 가고 있었던 것이다. 하루 한 시간씩의 물리 치료 시간이 돌아오면 물리 치료사 이외에 양호 교사와 시간제 여선생이 찾아오는데 그들은 우리 여덟 명의 아이들을 위해서 정신없이 바쁘게 일을 하곤 했다. 치료를 받기 위한 아이의 보조기 벗기기로부터 그들의 신체적인 장애에 알맞은 물리 치료 기구를 찾아 활동할 수 있도록 도와주는 일, 그리고 치료하기, 치료를 끝낸 아이 입히기, 보조기 신겨주기 등등 그들의 일은 웬만한 참을성 없이는 해내지 못할 것이라는 생각이 들 정도였다.

나는 그들의 수고를 잘 알기 때문에 아프더라도 잘 참아 내지만 나보다 머리가 나쁜 다른 아이들은 온통 제멋대로 지랄발광을 하기도 한다. 특히 신경질이 많은 경희는 치료사가 나타나는 순간부터 죽을상을 짓고 있다가 그들이 신발을 벗기기라도 할라치면 우선 소리부터 지르는 것이었다. 그러다가 치료사가 발목을 눌러 잡고 치료를 시작하면 자기가 알고 있는 모든 욕을 다 지껄이고 이빨로 치료사의 손등을 물어뜯는가 하면 심한 경우엔 주먹으로 치료사건 양호 선생이 건 간에 냅다 두들겨 패기도 하는 것이다. 하긴 달리 생각하면 그들은 가끔씩 맞아도 싸다는 결론을 얻게 된다. 그들이 발목을 움켜쥐고 치료를 하는 동안 우리들은 얼마나 참을 수 없는 고통을 당하는지 모를 것이기 때문이었다. 얼마나 아픈가는 당해 보지 않은 사람이면 모를 것이다. 마치 다리를 꺾어 내는 것 같아서 전신의 근육이 떨리고 땀이 비 오듯 쏟아지게 된다. 너너구나 나와 같은 경우는 말을 빨리할 수 없기 때문에 그들이 치료를 끝낸 2분 후에까지 비명을 지르곤 한다. 마치 속도 빠른 비행기가 후딱 사라진 뒤에야 하늘로부터 비행 폭음이 울려오듯이 말이다. 그래서 어떤 때는 치료사가 내 몸에 손을 대기 약 2분 전서부터 나는 미리 비명을 지르곤 한다. 그러면 치료사가 내 다리를 휘어잡을 때와 동시에 비명 소리가 울리게 되는데 그럴 땐 오히려 꼰대가 내게 마구 화를 내기도 한다. 제때에 맞추어 말을 할 수 있는 녀석이 평상시엔 꾀를 부린다는 것이다. 그의 말을 듣고 있노라면 아픈 와중에도 쓴웃음이 새어 나올 경우가 있다. 아마도 꼰대는 머리가 나빠서 그렇게밖엔 생각을 못 할 것이리라. 하여간에 사람은 머리가 좋고 볼 일이었다.

나는 앞마당을 한 바퀴 돌아 현관 앞으로 왔다. 날씨가 좀 전보다 더욱 차가워진 듯했는데 유미와 진수는 아직도 오징어 말리기를 하고 있었다. 그들의 바지 앞부분이 꾸덕꾸덕해진 것으로 보아 아마도 바지의 오줌이 마르기도 전에 얼어붙은 모양이었다. 나는 그들을 노려보면서 재빠르게 걸음을 옮겼다. 무슨 일이 있어도 그 애들을 끌고 안으로 들어가야 했기 때문이다. 그 애들은 피부로 느끼는 감각이 둔하기 때문에 아직 추운 줄도 모르고 있을 테지만 저렇게 조금만 더 있노라면 큰일이 날 수도 있는 것이다. 쪼다 같은 것들. 한쪽에선 뜨거운 물에 데어 죽고 또 한쪽에선 얼어 죽고 하는 꼴을 보여 주겠단 말인가.

"드, 드, 드, 들어가 야! 이 새끼 드 드 들아!"

내가 소리를 지르자 진수와 유미는 철커덕거리며 보조기를 고정시키고는 느릿느릿 방으로 향해 들어갔다. 진수는 나를 심히 어려워했으므로 아무 말 없이 들어갔지만 유미는 기어코 투덜대고야 말았다.

"내가 왜 새끼냐, 그치? 꼬추 달린 게 새끼지, 왜 뻐찌 달린 게 새끼냐, 그치?"

그 말을 들으면서 저게 그냥 콱! 하고 욕을 한마디 하려 했으나 미처 내 입으로부터 욕이 나오기도 전에 그 애들은 방으로 들어가 버렸다. 그 애들은 오히려 동작만큼은 나보다 민첩했다. 그렇기 때문에 그 애들을 따라가서 혼내 주고 싶어도 그게 맘대로 되질 않았다. 그 애들이 일단 방문을 닫고 들어가기만 하면 난 그 애들을 쫓아갈 수가 없었다. 방문의 손잡이가 기역자로 꺾어진 형태라면 금방 열 수 있을 텐데 우리 희망원의 방문은 모두 동글동글한 일반 손잡이로 되어 있었기 때문에 나처럼 주먹을 쥐려면 한참이나 걸리는 사람으로서는 여닫기가 보통 어려운 게 아니었다. 언젠간 꼰대에게 손잡이도 좀 갈아 달라고 졸라 봐야 할 것이다. 꼰대가 지독한 노랑이라서 전혀 내 말을 들어 주지 않는다면 하다못해 화장실 손잡이만이라도 교체해 달라고 해야겠다. 언젠가 급하게 똥이 마려웠던 적이 있었는데 글쎄 그날따라 주먹이 잘 쥐어지지 않아서 무진 애를 먹지 않았던가. 그래도 명색이 희망원의 우두머리로서 바지에 똥이나 한 바가지 싸지른다면 그 망신을 어떻게 감당하란 말인가. 똥을 쌌을 때는 다른 아이들 몰래 오징어 말리기를 할 수도 없었다. 그 냄새, 그 지독한 냄새가 온 집안에 퍼질 테니 말이다. 아무리 아이큐 70 이하의 돌대가리들이라고 해도 설마 똥냄새를 구분 못할 리 없을 테니까 끝끝내 방귀를 뀐 것이라고 우길 수도 없을 노릇이었다.

손잡이에 대한 불만을 떠올리다 보니 또다시 수도꼭지에 대한 불만이 터져 나오기 시작했다. 일이란 무엇보다도 차근차근하게 풀어 가야 하는 법이다. 모든 일에는 순서가 있는 것이고 따라서 내가 해야 할 일에도 순서가 있게 마련이다. 일단 오늘은 수도꼭지에 관한 문제부터 해결을 해야 하는 것이며 그 이후에 시간을 봐서 방문 손잡이를 갈아야 옳을 것이다.

결론은 그렇게 명쾌하게 내려졌으며 나는 그 결론에 따라 이제부터 투쟁을 해야 할 터였다. 곰곰이 생각해 보건대 그 애송이 의사를 이용한다면 쉽사리 수도꼭지를 교체할 수도 있을 것 같았다. 어차피 꼰대는 내 말을 들어주지 않을 것이 분명했고 그러나 기필코 수도꼭지는 갈아야 할 판이니 이럴 때에 그 애송이 의사에게 사정을 말하면 혹시 가능할 수도 있겠다는 생각이었다. 이리 곰곰 저리 곰곰 생각해 보아도 역시 그 방법밖에는 다른 뾰족한 수가 떠오르지 않았다. 그렇다. 무슨 일이 있더라도 애송이 의사에게 우리의 처지를 알려야 하는 것이다. 만약에 그 애송이 의사가 내 소원을 들어준다면 나는 흔쾌히 그가 아까 저지른 잘못을 용서하리라.

나는 그 과업을 완수할 동료로서 찐따라 찐찐따라 하며 우쭐우쭐 걷는 명재를 마음속에 찍어 놓았다. 명재는 걸음걸이만큼이나 말도 재빠르게 하기 때문에 애송이 의사에게 내 뜻을 전할 수 있을 것이었다. 이 일의 중요성으로 보아 내가 직접 이야기한다면 제일 좋겠으나 보나 마나 그 애송이 의사는 내 말을 듣기 위해 2분이란 긴 시간을 기다려 주지는 않을 것이었다. 어쨌든 이번 일이 성공적으로 끝난다면 다시는 뜨거운 물에 화상을 입는 아이들이 생겨나지 않을 것이리라.

나는 명재를 찾아 방 안으로 들어갔다. 역시 그 녀석은 껍데기가 낡아 떨어진 만화책을 보고 있었다. 열세 살이나 먹은 녀석이 이제야 글씨를 깨우쳤기 때문에 만화에 미쳐 있는 것이 이해는 되었지만 그 녀석은 만화책을 마치 성경책 보듯 해서 탈이었다. 그는 그 한 권의 만화책을 벌써 반년간이나 들고 다니며 읽고 또 읽고 하는 것이었다.

"며, 며, 며, 명재 너 너 이, 이, 이리 와!"

"왜? 오늘은 핵교 안 가두 된다구. 숙희, 경희두 안 간다구 그랬다 형아!"

"아, 아, 알어, 이, 이, 이리 와 부, 부, 부아."

가까스로 명재를 붙잡은 나는 한참 동안이나 설명을 한 끝에 수도꼭지의 중요성에 대해 그에게 설명할 수 있었는데 제대로 알아들었는지는 모르겠으나 하여간 명재는 잔뜩 신이 나서 그러겠노라고 선뜻 응해오는 것이었다. 어쨌든 지금으로서는 명재에게 모든 것을 맡길 수밖에 없었다. 혹시 명재가 수도꼭지의 중요성에 대해 전혀 이해를 못 했다 하더라도 상관없었다. 그저 애송이 의사에게 수도꼭지를 갈아 달라는 말만이라도 전하면 목적은 달성되는 거였다. 그러면 애송이는 욕실을 들어가 볼 테고 결국엔 수도꼭지를 발견하게 될 테니까. 보나마나 꼰대는 소야가 화상을 입게 된 동기에 대해 한마디도 하지 않았을 것이지만 애송이는 그 수도꼭지를 보는 순간 아하! 이 수도꼭지 때문에 소야가 화상을 입었군요. 지체 부자유자에겐 일정한 온도의 따뜻한 물이 나오는 수도꼭지가 필요하답니다. 지금 당장 갈아야겠군요 하고 말하게 될 것이 분명했다. 하지만 일말의 불안한 마음도 없는 건 아니었다. 그 애송이 의사가 만에 하나 그런 상식을 전혀 모르고 있다면 도로 아미타불이 되는 것이니까.

명재와 나는 풍선처럼 부풀어 오른 희망을 품고 마루 끝에 쪼그리고 앉아 소야가 누워 있는 작은 방으로부터 애송이 의사가 나오기만을 기다렸다. 마음 같아서는 냅다 방문을 열고 들어가서 꼰대와 의사의 면전에 대고 우리의 소원을 말하고 싶었지만 15살짜리 여자아이의 홀랑 벗은 몸뚱이를 또다시 보게 될 것이 두려워서 마냥 앉아 기다리기로 작정한 것이었다. 그러나 아무리 오랜 시간 동안을 앉아 기다려도 그 작은 방문은 열리지 않았다. 날씨도 추운 데다가 무작정 기다리기만 한다는 것이 진절머리가 나서 나는 살금살금 그 방 앞으로 다가가 안의 동정을 살피기 시작했다. 그 방안으로부터는 꼰대와 의사의 말소리가 두런두런 새어 나오고 있었는데 뜻밖에도 그 말의 내용은 소야의 화상 치료에 필요한 내용이 아니었다. 문틈을 통해 들려오는 그들의 이야기는 다름 아닌 꼰대의 머리 가죽에 대한 이야기였으며 꼰대가 잔뜩 주눅이 든 목소리로 질문을 하면 애송이 의사가 의기양양하게 대답하는 그런 말들뿐이었다.

"도대체 내 머리 피부가 왜 이렇소?"

"글쎄 그것도 수두증의 일종이라니까요. 흔히 뇌수종이라고도 하죠. 걱정은 하지 않으셔도 됩니다. 그까짓 머리 피부에 광택이 좀 나기로서니. 그 외에 다른 증상은 없죠?"

"없소. 허지만 남들헌테 챙피해서 말요. 꼭 머리통에다가 기름을 바르고 다니는 것만 같다니까."

"다행인 줄 아시래두요. 심한 사람은 머리둘레가 확대되기도 한다니까요. 까짓 광택 좀 나는 거야 머리카락으로 덮으면 그만이죠."

"머리둘레가 확대되다뇨?"

"머리통이 커진다는 얘기죠."

"어쿠! 저런, 마치 우리 명재처럼 된다는 얘기 아뇨?"

"명재라뇨?"

"아, 우리 희망원에 명재라는 애가 있소. 머리통이 유난히 커서 언제나 목을 바로 세우질 못허죠."

나는 그들의 이런 얘기를 들으면서 갑자기 여러 가지 생각을 해야 됐기 때문에 멀미가 날 것만 같은 기분이었다. 그 여러 가지 생각이란 첫째가 꼰대의 머리통에 대한 것이었으며, 둘째가 명재의 머리통에 대한 생각 그리고 셋째가 과연 소야는 어떻게 되었을까 하는 생각이었다. 그러고 보니 꼰대의 머리통은 언제나 왁스 칠을 한 것처럼 반짝였다. 아하, 그것이 바로 수두증이라는 것이며 꼰대는 그 수두증 때문에 여태껏 장가를 가지 못한 게로군. 그게 사실이라면 명재도 수두증으로 인해 머리둘레가 확대되었음이 분명했다. 그 불쌍한 녀석은 머리둘레가 확대되지만 않았어도 멋쟁이로 살아갈 수 있었을 텐데, 그러나저러나 우리 예쁜 소야는 어떻게 되었기에 꼰대와 애송이가 저따위 얘기만을 하는 것일까.

혹시 화상이 너무나 심해 소야를 포기해 버리고는, 그냥 나오기 멋쩍어서 머리통 얘기나 하고 있는 것이 아닐까? 그렇다면 소야는 5년 전에 앓다 죽은 강국이처럼 그렇게 배를 가르게 되는 것이나 아닐까?

강국이는 5년 전에 심한 병으로 앓다가 그만 죽고 말았는데 그가 죽자 갑자기 서너 명의 의사들과 목사들이 몰려오더니 그를 어디론가 데리고 갔다. 나중에야 알게 된 일이었지만 그날 강국이가 죽자마자 그의 콩팥을 도려내어 다른 사람에게 이식했다는 것이었는데 그 사실을 안 나는 너무나 무서워서 이틀간이나 밥도 안 먹고 누워 있던 적이 있었다. 그때 꼰대는 내 머리를 쓰다듬으며 말했다.

"강국이는 어차피 죽은 것이지. 그런데 자기 콩팥을 다른 사람에게 전해 주었기 때문에 그 애는 영영 죽지 않고 다시 살아날 수 있게 된 거야."

그날 나는 꼰대의 눈물을 처음으로 볼 수 있었지만 아직도 나는 그때의 일을 생각하면 온몸에 소름이 끼치곤 하는 것이었다. 그런데 혹시 지금 소야가 또다시 그렇게 되는 것이나 아닐까 하는 생각이 들자 내 몸은 잔뜩 긴장할 수밖에 없었다.

갑자기 내 모가지가 방문의 반대 방향으로 돌아가는가 싶더니 두 팔이 하늘로 올라가기 시작했다. 아뿔싸. 또다시 나는 하늘을 운전하게 되는가 보았다. 도대체 내 몸은 어떻게 생겨먹었기에 조금이라도 심각해지기만 하면 마치 하늘을 운전하듯 허공을 향해 팔을 빙빙 돌려야 하는 것인가.

혹시 소야에게 무슨 일이 생긴 것이나 아닐까 하는 두려움에 나는 계획에도 없던 일을 저지르고 말았는데 다름 아닌 꼰대와 애송이 의사가 있는 방문을 열고 냅다 그 안으로 달려 들어갔던 것이다. 아직 모가지가 완전히 뒤로 돌아가지는 않았으므로 나는 소야의 모습을 확실히 볼 수 있었다. 한눈에 보아도 소야는 행복한 모습으로 잠들어 있음이 분명했다. 아마 화상이 그다지 심하지는 않았던 모양이었다.

순간 나는 아차 하는 느낌을 받았다. 소야가 옷을 벗고 있었다거나 꼰대의 광채 나는 머리통을 확인했기 때문이 아니었다. 순간적인 판단 착오 때문에 수도꼭지를 갈기 위한 계획이 뒤틀어질 것 같다는 느낌이 퍼뜩 머릿속을 스쳐 지나갔기 때문이었다.

그 느낌은 그대로 적중하고 말았다. 꼰대는 다짜고짜 내게 욕을 퍼부으며 자리에서 벌떡 일어나는 것이었다. 아! 이때 명재의 아이큐가 나 정도만 되었더라도 이 정도의 위기는 쉽게 넘길 수 있었으리라. 그러나 걱정했던 대로 명재는 형편없는 머저리 천치였다. 꼰대가 내 머리통을 몇 번이나 쥐어박는 동안에도 명재는 그저 어! 어! 하고 눈만 동그랗게 뜰 뿐이었으니까. 명재가 조금이라도 똑똑한 녀석 같았으면 이럴 때 잽싸게 달려 들어와 우리의 소원을 말했어야 하는 것이다.

"이눔 자식이 사춘기가 됐나? 꼴에 사내라구 쯧쯧. 한 번두 아니구 이게 무신 짓여, 이눔아 소야가 옷 벗고 치료받는 걸 봤으면 다신 들어오질 말아야지 원, 아깐 모르고 들어왔다 치더라도……."

꼰대는 이렇게 소릴 지르며 사정없이 내 머리통을 쥐어박았다. 나는 형편없이 얻어터지면서 그게 아니라고 변명하려 했지만 오히려 평상시보다 더욱 말하기가 힘들어질 뿐이었다.

"저 아이는 유독 강직성 근위축증이 심한 모양이군요. 그래 치료는 제대로 받고 있나요?"

애송이 의사가 말했다. 그때 이미 내 모가지는 완전히 뒤로 돌아가 있었으므로 그의 표정을 볼 수는 없었지만 그의 말에 힘이 잔뜩 들어가 있는 것으로 보아 아마도 어마어마하게 위엄을 부리는 중일 것이라는 생각이 들었다.

나는 참 억세게도 운이 없었다. 애송이 앞에서 두 번이나 하늘을 운전하는 모습을 보인 탓에 나는 울며 겨자 먹기로 그에게 치료를 받아야 했던 것이다. 애송이는 내 모습과 행동에서 심한 연민을 느꼈던 모양이었고 그 연민으로 인하여 내 치료를 자청했던 것인데 건방지게도 그는 사회에 봉사하는 기분으로 무료로 치료하겠다고 떠들어 댔던 것이다. 그러니 천하제일의 노랑이인 꼰대가 그의 청을 거절할 리가 있었겠는가.

그날부터 나는 하루에 두 번이나 물리 치료를 받는 고통에 시달려야 했다. 다시 말하지만 물리 치료를 받는 동안의 고통은 겪어 보지 않은 사람은 모를 것이다. 다리가 부러져 나가는 것만 같고 온몸에서 진땀이 흐른다. 치료사가 다리를 힘차게 누를 때마다 사지의 근육이 갈가리 찢기는 것처럼 아파 오는데 그럴 때엔 차라리 죽어 버리는 게 더 나으리라 싶었다.

애송이의 손맛도 결코 만만치는 않았다. 그는 마치 나를 치료한다는 미명하에 스트레스를 풀거나 자기에게 부족했던 근육 단련을 하는 것처럼 억세게 내 다리와 허리를 꺾고, 쥐어짜고, 비틀고 했다. 그러나 내가 그에게 치료를 받는 동안 더욱 약이 오르는 이유는 그의 손끝이 맵기 때문만은 아니었다. 치료를 하면서 내뱉는 그의 말이 얄미웠기 때문이었다. 그는 조용히 치료만을 하는 것이 아니라 버릇처럼 뭐라고 중얼중얼거렸는데 그게 나를 미치도록 만드는 거였다.

"자, 자, 아파도 참아야지. 그래야 빨리 완쾌될 수 있고, 그래야 남들처럼 노래도 부르고 기타도 치고 하지 않겠어?"

정말이지 애송이에게 이런 말을 들을 때마다 나는 기분이 무척이나 상하곤 한다. 도무지 체면도 말이 아니었다. 머리도 나보다 훨씬 나쁜 의사에게 이런 말을 들어가며 온갖 곤욕을 당하는 사람이 나말고는 이 세상에 누가 있겠는가.

나는 슬프기만 했다. 내가 이 애송이에게 바라던 것은 이런 일이 아니었다. 내가 바라던 것은 바로 수도꼭지였다. 진정으로 이 애송이가 우리를 사랑한다면 지금 당장 수도꼭지부터 갈아 주어야 할 것이다. 뜨거운 물이 콸콸 쏟아지는 수도꼭지 때문에 겨우 보름 동안 세 명이나 되는 아이들이 화상을 입었건만…….

결국 애송이는 나를 치료한다고 온통 법석을 떨다가 내외산소과로 돌아가고 말았다. 하긴 그의 공로도 인정해 줄 만은 했다. 무엇보다도 세상에서 제일 예쁜 소야를 치료해 주었으니까. 그러나 조용히 돌이켜보건대 그는 역시 애송이임에 틀림없었다. 그는 도무지 이 세상에서 무엇부터 사랑해야 하는지조차도 모르고 있었다. 우리 같은 지체 부자유자나 부적응아, 정신박약아들이 원하는 게 무언지도 모르면서 어떻게 의사가 된 것일까.

뭐니 뭐니 해도 이 희망원에서 아이들을 사랑할 줄 아는 사람은 역시 나밖에 없는 것 같았다. 아이들에겐 이 겨울 동안 무엇보다도 자동으로 수온 조절이 되는 수도꼭지가 필요했다. 그래야만 더 이상 뜨거운 물에 데는 아이가 생겨나지 않을 것이다. 어쩌면 꼰대는 우리를 사랑하는 방법을 알고 있을지도 모른다. 그러나 꼰대에게는 그 사랑을 요구하지 않기로 맘먹은 지 이미 오래다. 그는 40살이 넘은 총각이었으므로 이 겨울 동안 무엇보다 색시가 그리울 것이란 걸 나는 알기 때문이었다. 아무리 생각해 보아도 꼰대에겐 수도꼭지보다 색시가 더 필요할 것 같기만 했다.

II

경희와 숙희, 그리고 명재가 한 학년씩 진급을 하던 날, 나는 그 애들의 새로운 담임 선생님들에게 각각 꼰대의 소견서를 전하기 위해 학교로 찾아가야만 했다. 원래 이런 일은 꼰대가 맡아 해야 제격이었으나 하필 오늘따라 꼰대는 감기 기운이 있다며 자리에서 일어나지도 않았기 때문이다. 그러나 나는 꼰대가 얄팍한 잔꾀를 부리고 있다는 사실을 이미 알고 있었다. 꼰대는 작년 신학기 첫날에도 몸살을 핑계로 나를 학교에 보냈으며 재작년 신학기 첫날에도 역시 나를 보냈었다. 꼰대는 그 소견서에 우리 경희, 우리 숙희, 그리고 우리 명재는 남들보다 머리 회전이 느리고 동작이 굼뜨며 목발이나 보조기가 없으면 걷지 못할뿐더러 오줌, 똥도 제대로 가누지 못하니 양해해 주시기 바랍니다, 라는 내용을 엄동지

절에 존체만강 하옵시며 어쩌고저쩌고 하면서 장황하게 늘어놓았던 것인데 소견서의 글귀만큼이나 체면 차리기를 좋아하는 양반이었으므로 나로 하여금 십자가를 지도록 했던 것이다.

새로운 담임 선생님들에게 소견서를 전하는 일이 대단한 희생을 각오하지 않고는 치러낼 수 없는 일이라는 것쯤은 나도 잘 알고 있었다. 원래 우리 같은 지체부자유자나 정신박약아들은 많은 수업료를 내야 하는 특수학교가 아닌 이상 그 어느 학교에서도 반기는 법이 없었다. 그도 그럴 것이 지도하기에 어려울 뿐만 아니라 허구한 날 신경을 곤두세워야 하고 똥, 오줌을 받아 내야 하질 않나, 소풍 갈 때 곤란을 겪질 않나…… 아무튼 상당한 골칫거리임에 틀림없었기 때문이다. 그러니 이러한 소견서를 내놓는 사람에게 그 누군들 반가운 낯을 보이겠는가.

꼰대는 바로 그런 점을 간파하고 나에게 소견서를 들려 보냈던 것이다. 그러나 나 또한 아이큐가 134를 넘어설 듯 말 듯한 수재였으므로 꼰대의 잔꾀에 호락호락 넘어가지는 않았다. 나는 꼰대로부터 받은 소견서를 경희, 숙희, 그리고 명재의 교실 문틈에 살짝 꽂아 놓고 나왔던 것이다. 나는 비록 꼰대의 지시를 어기긴 했으나 그것으로 인해 죄책감을 느끼지는 않았다. 아니 오히려 안도의 한숨을 내쉴 수 있었던 것이다. 암만 생각해 봐도 꼰대는 나를 너무 과대평가하고 있는 것 같았다. 화가 나거나 어색한 일을 당하면 곧바로 두 팔을 허공으로 들어 올린 채 하늘을 운전한다는 사실조차 잊어먹은 것이나 아닌지 궁금했다. 하긴 꼰대가 요즘 들어 건망증이 부쩍 심해졌다는 걸 감안하면 능히 그럴 수도 있으리란 생각도 들었지만.

나는 요사이 종종 우울한 기분에 빠져들곤 했는데 미우나 고우나 우리들의 아버지와 다름없는 꼰대가 부쩍 기억력을 잃어 가는 듯했기 때문이었다. 오늘 나에게 소견서를 들려 보낼 때만 해도 그 사실을 다시 한번 확인할 수 있었다. 언젠가 무척 기분이 좋았던 날, 으레 해 왔던 버릇처럼 나를 제 애인이나 되는 양 무릎에 앉혀 놓고 이런저런 얘기를 하던 꼰대는 무슨 말끝엔가 아이들의 담임 선생에 대한 말을 꺼냈는데 그 요지는 대충, 세상이 각박해지면서 선생님들조차 각박해진다는 것이었고 그렇기 때문에 자기는 애들의 담임 선생님들을 찾아가기 싫어졌다는 내용이었다. 내게 그런 얘기까지 했던 꼰대였건만 어느새 그걸 모두 잊어먹고 감기에 걸렸다는 핑계를 대며 나로 하여금 담임 선생님을 만나게끔 유도했던 것이다.

방법이야 어땠건 간에 나는 꼰대로부터 부여받은 임무를 성실히 완수했으므로 창문을 통해 햇볕이 내리쬐는 복도 구석에 앉아 느긋한 마음으로 아이들을 기다릴 수 있었다. 소견서를 문틈에 꽂아 놓은 일은 두 번 다시 생각해 봐도 잘한 일이었다. 재작년이었던가? 명재의 담임 선생님에게 처음으로 소견서를 전하던 날, 어여쁜 여선생님 앞에서 주책없이 하늘을 운전한 걸 생각하면 지금도 낯이 뜨거워지곤 한다. 그때 나는 화가 났을 때라거나 마음이 조급해졌을 때 이외에도 예쁜 여자를 보면 하늘을 운전하게 된다는 엄청난 사실을 깨닫게 되었다.

콘크리트 바닥을 깔고 앉은 엉덩이에 쥐가 오를 때쯤 해서야 경희와 숙희, 그리고 명재가 다른 아이들과 함께 몰려나왔다. 아마 같은 반에 배정된 동료들인 모양이었는데 서로 옆구리를 툭툭 치며 시시덕대는 것으로 보아 제법 친하게 지내는 사이인 것 같았다. 별로 공부를 잘하는 친구들 같지는 않았지만 그나마 다행으로 여겨졌다.

경희와 숙희, 그리고 명재가 처음 입학했을 때만 해도 걔들은 학교에 가라면 아예 죽는시늉을 하곤 했다. 동료들이 뒤를 줄줄 따라다니며 놀리더라는 것이었는데 유독 짜증을 많이 내는 경희는 열흘이 넘도록 이불을 뒤집어쓴 채 울기만 하다가 희망원에까지 직접 찾아온 선생님의 등에 업혀서야 등교를 하기도 했다. 그 무렵, 경희가 저 지경이 된 건 머리 나쁜 꼰대가 강제로 학교엘 보냈기 때문이라며 꼰대에게 대들다가 호되게 머리통을 얻어맞기도 했지만 지금 걔들이 까불며 걸어

오는 모습을 보니 참, 애들 속은 알다가도 모르겠다는 생각이 들기만 했다.

"형아! 참 이상한 일도 있더라."

나를 발견한 명재는 경희와 숙희를 뒤에 남겨 놓은 채 바람 소리가 나도록 내 곁으로 달려오며 호들갑을 떨었다. 찐따라 찐찐따라! 하고 노래 부르는 아이들을 향해 주먹 감자를 한 번 힘차게 먹이고는 대수롭지 않다는 듯이 내 곁에 바짝 붙어 앉은 그는 오랫동안 참아 왔음 직한 얘기를 꺼내기 시작했다.

"글쎄 말야, 형아! 참 이상하지?"

"무 무 무 무어가 이 이 이 이상허냐?"

"오늘 처음 인사할 때, 우리 선생님 이름이 담임 선생이라구 했는데 숙희하고 경희네 선생님 이름두 담임 선생이란다? 이상하쟈?"

"이 이 이러언 도 도 도 돌대가리야!"

명재의 말을 듣고 보니 과연 그는 이상하다고 느낄 만도 했다. 선생님의 모습은 서로 다른데 이름이 같으니 명재로서는 이상하기도 했을 것이다. 명재는 비록 걸음과 말이 빠르긴 하지만 신체적인 특성으로 인해 생각을 조리 있게 하지는 못하는 편이다. 생후 8개월 때부터 머리통이 커지는 병을 앓기 시작했다는 그는 지금도 물체를 똑바로 응시하지 못하며 고개가 기울어져 있을 뿐만 아니라 공책 한 페이지에 글자 한 자를 써넣기도 어려운 형편이었고 아직 수 개념이 형성되지 않아 열도 제대로 세지 못하는 저능아였으니까.

어쨌거나 나는 임무를 훌륭히 완수했으므로 개선장군처럼 씩씩하게 희망원으로 돌아올 수 있었다. 공연히 풍선처럼 부풀어 오른 듯한 마음을 가까스로 진정시키고 경희와 숙희, 명재를 인솔하여 희망원으로 들어선 나는 난데없이 머리에 터번 같은 것을 쓰고 잔뜩 화가 나서 씩씩거리는 꼰대의 모습에 놀랄 수밖에 없었다. 나는 꼰대의 그런 모습을 처음 보았기 때문에 그가 방금 인도나 아라비아에서 온 어떤 손님을 만나고 들어온 것으로 착각할 지경이었다. 뒷짐 진 채로 서성이며 씩씩대던 그는 나를 보자마자 흔들의자 위에 털썩 소리가 나도록 힘차게 주저앉더니 대뜸 어디론가 전화를 걸어 자동으로 온도 조절이 되는 수도꼭지와 그것을 연결시킬 보일러 장치를 주문하는 것이었다. 마치 나보고 들으라는 듯이 큰 소리로 전화를 거는 꼰대의 목소리를 들으며 나는 너무도 신이 났으나 또한 너무도 뜻밖의 일이라 그만 넋이 빠져 버릴 지경이어다. 아마도 내가 동작만 빨리할 수 있었더라면 그 즉시 기념 촬영을 했거나 수첩에 꼰대의 전화 내용을 기록해서 그의 어록으로 남겨 놓았을 것이다. 꼰대가 전화통에 대고 하는 말은 그만큼 충격적인 것이었다.

무슨 계기가 있었는지는 모르겠으나 꼰대는 이제야 수도꼭지의 중요성을 깨달은 모양이었다. 비록 겨울이 다 지나간 3월 초순이긴 했지만 아직도 날이 쌀쌀했으므로 적어도 두세 달 간은 더운물을 써야 할 것이었다. 그러니 지금이라도 수도꼭지를 자동으로 수온 조절이 되도록 갈아 놓는다면 지난겨울의 소야처럼 화상을 입는 아이는 생겨나지 않을 것이리라. 하여간 한겨울 내내 자기의 머리 가죽에서 광채가 난다는 사실만을 걱정하고 있던 꼰대가 어떻게 그런 훌륭한 깨우침을 얻게 되었는지는 나로서는 상당히 의아스러울 뿐이었다.

"이눔 자식아! 큰 화장실 수도꼭지가 고장 났으면 진작에 나한테 말해 줘야지. 명색이 희망원 맏형으로서 그런 일도 처리하지 못하면 어떡한단 말이냐? 에그 지지리 못난 녀석!"

꼰대는 수화기를 내려놓자마자 다짜고짜 내 머리통을 냅다 갈기며 소리치는 것이었는데 나는 머리통이 고추장 독에 빠진 것처럼 얼얼하기도 했지만 순간적으로 지난겨울의 뼈아팠던 기억이 스쳐 지나갔으므로 왈칵 눈물이 터져 나오려 했다. 지난겨울, 소야가 그 수도꼭지로 인해 온몸을 홀랑 데었을 때 나는 얼마나 모험적인 투쟁을 했던가. 그때 꼰대가 내 투쟁에 대해 털끝만큼이라도 관심을 보였다면 지금 이처럼 억울한 일을 당하지 않았을 텐데도 꼰대는 자기의 잘못을 깨닫기는커녕 애꿎은 내 머리통만 두드리고 있지 않은가.

그때의 일을 생각하자 내 몸은 갑자기 긴장되기 시작하더니 또다시 두 팔이 하늘로 올라가며 운전대를 돌리듯 빙빙 돌기 시작하는 것이었다. 나는 꼰대에게 수도꼭지에 관한 얘기를 할 수 있는 절호의 찬스를 잡았다가 이처럼 하늘을 운전하게 됨으로 인해서 또다시 그 기회를 놓칠 수밖에 없었다. 도무지 꼰대는 내 이야기를 듣기 위해 2분이란 시간을 기다려 주는 그런 참을성의 소유자가 아닌 것만은 확실했으니까. 나는 평상시엔 매우 낙천적인 아이임에 틀림없었으나 이런 억울한 일을 당하게 될 때면 내 인생을 잔뜩 비관하게 된다. 나와 다른 사람과의 관계에 있어서 2분의 시간이란 매우 중요한 의미를 지니게 되는 것이다. 내가 마음속의 것을 표현하기 위해 안면 근육을 비틀고 있는 2분 동안 정상적인 무리에 속하는 다른 사람들은 자신의 사고방식대로만 일을 처리하거나 행동을 하고는 제 흥에 겨워 내 곁을 떠나곤 하지 않았던가. 지금 같은 일을 당하고 나면 꼰대도 별수 없는 보통 사람들의 무리에 지나지 않는다는 생각을 하게 된다. 어째서 조물주는 나로 하여금 이 많은 고통을 인내하게끔 만들어 놓았단 말인가.

나중에야 알게 된 일이었지만 꼰대가 수도꼭지를 자동으로 갈려고 했던 이유는 다름 아닌 화풀이에 불과했다. 그는 무척 오래간만에 큰 화장실에서 머리를 감으려고 했던 모양이었는데 수도꼭지를 틀자 갑자기 뜨거운 물이 쏟아져 나와 머리 가죽을 온통 데고야 말았던 것이다. 그래서 그는 '내외산소과'의 애송이 의사에게 달려가 마치 터번을 쓴 것처럼 머리통에 붕대를 칭칭 동여매고 들어온 것이었다. 그러고는 자기의 머리 가죽을 덴 화풀이로서 수도꼭지를 갈아 버리려는 속셈이었다.

우리를 사랑하기 때문에 수도꼭지를 갈든 화풀이를 하기 위해 수도꼭지를 갈든 어떤 이유건 간에 우리에겐 잘된 일이었다. 사람의 속성이란 자기와 상관없는 일엔 무척 관대하다가도 자기의 이해가 얽혀들게 되면 한없이 따지고 드는 동물이란 것을 꼰대를 통해서 또 한 번 확인할 수 있게 된 것도 다행스런 일이었다. 어쩌다가 꼰대가 큰 화장실엘 들어가게 되었는지 모르지만 우리의 소원을 들어주기 위한 하늘의 신탁임이 분명하리라고 나는 믿고 있다. 그렇지 않고서야 어떻게 이런 기적 같은 일이 일어날 수 있을까.

원래 평상시의 꼰대는 머리를 감거나 목욕을 할 때에 거의 습관적으로 작은 화장실을 사용하곤 했다. 우리 희망원에는 세 평 넓이의 큰 화장실과 한 평 정도 되는 작은 화장실이 있었는데 언제부터인지 몰라도 큰 화장실은 우리들 여덟 명이, 그리고 작은 화장실은 꼰대가 전용으로 사용하고 있었으며 우리는 마치 그 습관을, 깨려야 깰 수 없는 엄격한 계율로 여기고 있었던 것이다. 아마도 그렇게 된 이유는 소야라든가 유미, 경희, 숙희 등이 너무나 화장실을 자주 이용하고 또한 오래 이용했기 때문에 언제나 큰 화장실이 만원이었던 관계로 저절로 그렇게 될 수밖에 없었을 것이다. 최소한 우리들은 예의를 지니고 있었기 때문에 희망원의 원장으로서 비상시에 하시라도 화장실을 이용할 수 있도록 일종의 독방을 마련해 둔 것이나 다름없었다.

어찌 보면 그것은 서로 편하게 지내고자 하는 일종의 묵계와도 다름없었다. 이미 사춘기에 접어든 소야라든가 경희, 숙희, 유미로서는 화장실에 들어가 있는 시간이야말로 가장 행복한 시간이라 할 수 있었다. 누구나 마찬가지겠지만 사춘기에 접어들어 이차 성징이 나타날 때면 자신의 육체에 가장 민감한 반응을 나타내게 되어 있었던 것인데 우리 희망원의 여자아이들이라고 해서 그런 반응을 보이지 말란 법은 없었으니까.

그 중에서도 경희와 소야는 화장실에 한번 들어가기만 하면 심한 경우엔 두 시간이나 문을 잠그고 틀어박혀 있었는데 나중에야 알게 된 사실이었지만 걔들은 거울을 통해, 부풀어 오르기 시작한 유방이라든가 거뭇거뭇해지기 시작한 뻐찌를 비추어 본다는 것이었다. 걔들이 그런 짓을 한다는 걸 알게 되던 날 나는 매우 발칙한 것들이라고 한마디씩 욕을 해줄까 하고 생각했다가 이내 입 다물고 있기로 작정했다. 내 자신이 사춘기를 어떻게 지냈는가를 떠올려 본 결과 나 역시 마찬가지였기 때문이었다. 내 꼬추에 거뭇거뭇 수염이 돋기 시작했을 때 나는 그걸 하염없이 들여다보다가 꼰대에게 들킨 적이 한두 번이 아니었다. 남들 같으면 꼬추를 들여다보다가 꼰대의 발소리가 나면 후딱 바지를 치켜 올리면 그만이었지만 나는 생각을 행동으로 옮기기까지 무려 2분이란 시간이 걸렸으므로 꼰대에게 들키지 않을 재간이 없었던 것이다. 설상가상으로 거뭇거뭇한 꼬추를 드러내 놓은 채로 하늘을 운전했던 모습을 생각하면 지금도 거북이처럼 목이 움츠러들기만 한다.

경희와 소아는 허리까지 올라오는 장보조기를 착용하고 있었기 때문에 평상시 자력으로 자신의 뻐찌를 보기가 무척 힘들었을 것이다. 소아마비로 꼬여 버린 두 다리를 벌리고 앉아 허리를 구부려 뻐찌를 내려다보기란 여간 힘든 일이 아니었으므로 걔들은 화장실에 들어가 거울 앞에서 뻐찌를 관찰하곤 했을 것이리라.

그런 일이 있은 지 며칠이 지나서 우리 희망원에는 또 한 번의 기적 같은 일이 벌어지게 되었다. 엄밀히 말하면 그건 벌어진 일이 아니라 꼰대가 자청해서 벌인 일이라고 해야 옳았지만 어쨌든 기적 같은 일임엔 틀림없었다.

아직 화가 덜 풀렸기 때문인지 꼰대는 건축사 사무실과 인테리어 사무실에 번갈아 전화를 걸더니 난데없이 희망원 내의 모든 방문이며 방문의 손잡이, 화장실에 매달려 있는 거울, 욕조, 싱크대 등을 몽땅 갈기 위한 견적을 받기 시작했던 것이다. 도저히 내 상식으로는 납득하기 어려울 만큼 충격적인 일의 연속이었다.

꼰대가 전화하는 내용을 들어 보면 분명히 희망원 내의 모든 방문이나 부착물 등을 우리들이 사용하기 편하도록 지체 부자유자용으로 교체하겠다는 것이었으니 참으로 어안이 벙벙해지지 않을 수 없었던 것이다. 평소의 꼰대의 소행으로 보아서는 도저히 믿기 어려운 말이었다. 그는 어떠한 일에도 지갑을 열지 않던 노랑이가 아니었던가. 그렇게 지독한 노랑이가 암에 걸렸거나 백혈병에 걸려서 갑자기 세상을 하직해야 할 경우가 생기지 않은 다음에야 그토록 엄청난 사업을 벌인다는 것이 도무지 믿기지 않을 뿐이었다.

그러나 꼰대가 전화를 한 지 불과 한 시간도 되지 않아서 인테리어 사무실 직원이 들이닥친 것으로 보아 결코 꼰대는 장난 전화를 하지는 않았던 것이 확실했다. 그렇다면 꼰대는 정말로 암에 걸리거나 한 것일까? 그게 아니면 며칠 동안 터번을 쓴 것처럼 머리에 붕대를 감고 다니더니 머리로부터 열이 발산되지 못해서 뇌세포가 상하기라도 했단 말인가?

그런데 이토록 흐뭇한 사건을 목격하면서부터 또 다른 한편으로는 매우 화가 치밀어 오르는 것이었는데 내가 여태껏 꼰대로부터 속임을 당하고 있었다는 사실을 깨닫게 되었기 때문이었다. 전화통에 대고 견적을 뽑기 위해 말하는 꼰대의 목소리에는 우리 희망원 내의 모든 집기며 비품들이 지체 부자유자들이 사용하기엔 적합하지 않다는 것을 너무도 잘 알고 있다는 확신에 찬 신념이 담겨 있었다. 그렇다면 꼰대는 여태껏 그 사실을 모른 척하고만 있었단 말인가? 나는 꼰대의 그런 음흉한 속셈도 모르고 머리통을 얻어터져 가며 그 사실을 알리기 위해 애써왔단 말인가?

원래 우리 같은 아이들에겐 모든 집기며 비품들을 특수한 것으로 준비해 주어야 한다. 성실하고 좋은 여자였다고 기억되는 내 엄마로부터 들어서 알게 된 상식으로는, 그건 정상적인 무리에 속한 사람들에게 부여된 의무에 해당된 일이었다. 전등은 밝은 것으로 달아 주어야 마땅했고 그 전등을 켤 수 있는 스위치는 팔꿈치로도 켤 수 있도록 넓고 크며 낮아야 했다. 문지방도 없거나 최소한 휠체어의 바퀴가 넘어갈 수 있도록 낮아야 했고, 방문의 손잡이도 기역자처럼 구부러진 것이어야 했다. 화장실 수도꼭지는 자동으로 수온이 조절되도록 되어 있어야 했고, 변기는 낮고 커야 했으며, 거울도 약간 앞쪽으로 경사진 채 부착되어 있어야 했다.

어쨌든 꼰대는 이런 모든 것들을 고쳐 놓기 위해 과감하게 돈을 투자할 모양이었다. 꼰대가 뒤늦게야 회개를 했든, 머리 가죽을 덴 것에 대해 분풀이를 하든 나는 상관할 바가 아니었다. 하지만 이왕이면 꼰대의 그러한 행동이 우리를 사랑하는 마음에서 비롯된 것이라면 한없이 좋을 것이라는 생각이 들기도 한다. 이왕이면 다홍치마니까 뇌세포가 상해서 그런 짓을 한 것보다는 우리를 지극히 사랑해서 그런 일을 했다는 것이 훨씬 보기도 좋고 듣기도 좋을 터였다.

나는 이토록 신나는 일을 나 혼자서만 알고 있기가 너무나 아까웠으므로 달음박질치듯이 밖으로 뛰어나갔다.

마당으로 나오자 연례행사를 치르기 위해 진수와 유미가 담벼락에 붙어 앉아 있었다. 열심히 '오징어 말리기'를 하고 있는 것으로 보아 또 오줌을 싼 것 같기도 했으나 평소보다 유난히 인상을 찡그리고 있는 것으로 보아서는 아예 대변을 싼 것 같기도 했다. 그 애들을 보자 또다시 순간적으로 신경질이 터져 나왔지만 입을 꾹 다물고 참기로 했다. 모처럼 좋은 기분을 상하게 하기도 싫었지만 언젠가처럼 그들을 '잠수함'으로 만들기가 더욱 싫었기 때문이었다. '잠수함'이란, 다름 아닌 똥 싼 사실을 숨기기 위한 은폐 작전이었으며 똥 싼 사실을 들켜 야단맞을 것이 두려웠던 진수가 똥 싼 바지를 입은 채로 욕조에 들어앉아 있었던 데서 생겨난 말이기도 하다. 원래 진수는 오줌이 마렵다고 생각함과 동시에 줄줄 흘리고 마는 그런 아이였지만 그래도 대변만큼은 곧잘 참아 내곤 했었다. 그러던 어느 날, 대변을 한 바가지나 싸고도 미안한 기색조차 없이 짓뭉개고 있는 것이 너무 얄미워서 마구 야단을 쳤던 적이 있었는데 그다음 날, 또 일을 저지른 그는 새벽같이 일어나 바지를 입은 채로 욕조에 들어가 물장난을 치는 척하며 철썩대면서 바지를 빨고 있었던 것이다. 그러다가 꼰대에게 들키자 그는 천연덕스럽게 잠수함 놀이를 하고 있는 중이라고 해서 꼰대의 복장을 터지게 했던 적이 있었다.

"오 오 오 오오지잉어 마 마 마알리기 하면 어 어 어 어얼어 주 주 죽는다.

이 이 새끼드을아! 아 아 아직 겨 겨 겨울이라구!"

내가 제법 부드럽게 얘기했는데도 진수와 유미는 제 발이 저려서인지 겸연쩍은 듯 일어나더니 철커덕거리며 보조기를 고정시키고는 슬슬 뒷걸음질 치며 도망가기 시작했다. 그러나 유미는 제법 나에게 잡히지 않을 때까지 멀리 가더니 기어코 혓바닥을 날름거리며 빈정대고야 말았다.

"또 나보고 새끼랜다. 내가 왜 새끼냐, 그치? 꼬추 달린 게 새끼지, 왜 빠찌 달린 게 새끼냐, 그치? 접때두 그러더니 또 그런다, 그치?"

유미는 얼레꼴레! 하는 노랫가락도 덧붙여 가며 슬슬 내게서 도망을 쳤지만 나는 아예 유미를 잡으려는 마음조차도 먹질 않았다. 나는 동작이 느리기 때문에 유미를 잡을 수도 없었지만 오늘같이 좋은 날, 굳이 어린아이를 잡아 놓고 야단치고 싶은 기분은 추호도 없었다. 다만 나는 멀어져 가는 진수와 유미의 뒷모습을 보면서 공연히 서글퍼지기 시작했는데 아마도 그건 신나는 일, 즐거운 일조차 마음껏 얘기할 수 있는 사람이 아무도 없다는 생각 때문이었을 것이다.

이런저런 생각을 해보면 역시 나와 대화가 통하는 사람은 이 희망원 내에선 꼰대밖엔 없었다. 만약에 소야가 동문서답만 하지 않는다면 나는 그 예쁜 소야와 밤새도록이라도 얘기하고 싶었지만 불행히도 소야는 지난겨울 뜨거운 물에 덴 뒤로부터 더욱 동문서답이 심해졌으며 간혹 함묵증의 증세를 보이기까지 하는 것이었다. 예전엔 그래도 동문서답의 증세가 절망적이지는 않은 편이어서 내가 질문을 하면 비록 내용은 틀리지만 답변을 하곤 했었는데 요즘은 내가 질문을 하면 소야도 따라서 엉뚱한 질문을 하는 정도였으므로 도무지 대화조차도 되질 않았다.

"소아야, 아침 먹었니?" 하면,

"너두 방구 뀌었니?" 하질 않나,

"소아야, 목욕해라." 하면,

"멍멍이가 반지 사 달래." 하는 정도였다. 게다가 나는 말 한마디를 하기 위해 무려 2분 이상이나 안면 근육을 씰룩씰룩 하는 반면에 소야는 생글생글 웃으면서 얘기를 하므로 내가 보기에도 영 민망스럽기만 할 뿐이었다.

나는 하는 수 없이 꼰대에게로 찾아갔다. 아무런 잘못도 없이 꼰대에게 머리통을 얻어터진 일이라거나 꼰대로부터 여태까지 속임을 당하고 살아온 것을 생각하면 꼬락서니도 보기 싫었지만 그래도 한편으로 달리 생각하면 꼰대는 우리를 위해 여러모로 애쓰는 착한 사람임이 분명하다는 생각이 들곤 했었다.

내가 작은 방으로 들어가자 열심히 주판을 튕기고 있던 꼰대는 천만뜻밖에도 반가운 표정으로 나를 맞아 주었다. 그는 벌써 좀 전에 나에게 핏대를 냈던 사실조차 까맣게 잊어버리고 있는가 보았다. 역시 꼰대는 눈에 띄게 건망증이 도진 듯했는데 어쨌거나 지금은 그가 생생한 기억으로 나를 또다시 나무라는 것보다 새카맣게 까먹은 상태에서 나를 반갑게 맞아 주는 것이 고맙기까지 할 뿐이었다.

"그래 그래, 우리 대장 왔구나. 그렇지 않아도 내 지금 얘기 상대가 필요한 중이었는데 잘 왔군."

이렇게 아양을 떨면서 꼰대는 나를 덥썩 안아다가 제 옆자리에 앉히고는 이런 저런 얘기를 시작하는 것이었다. 그는 얘기 도중에 종종 담배를 피워 물기도 했는데 그가 담배를 피운다는 것은 나에게 2분에 해당하는 시간을 주기 위한 것으로서 속이 타고 답답할 때라거나 혹은 꼭 듣고 싶은 대답이 있을 때 지루하지 않게 2분을 기다리는 가장 좋은 방법으로서 담배를 피우곤 했던 것이다.

그런 점으로 미루어 볼 때 꼰대는 무슨 기막힌 사연을 가슴속에 품고 있는 것이 분명하다는 생각이었다.

"얘, 대장아! 내가 오늘은 너에게 할 말이 참 많구나. 사실은 진작부터 얘기하고 싶었는데 기회가 없었지. 너무 바빠서 말이다. 왜들 그렇게 똥오줌은 싸대는지…… 이제 이 늙은이가 빨래하기두 싫증이 났어. 늬들이 똥오줌을 싸댈 때면 이래선 안 되는데, 하면서도 신경질과 짜증이 솟아나지 뭐냐."

"워 워 원장니 니 님이 자 자 장개를 아 아 안……."

"허허허! 알겠다. 얘가 또 쓰잘데없는 소리를 하는구나. 딴생각 말구 내 얘기나 잘 들으렴. 내가 오늘 아침에 머리 가죽을 홀랑 데었지 뭐냐. 어차차! 그 순간은 꽤나 뜨겁더구만 시간이 흐를수록 점점 소야 생각이 나지 뭐냐. 수도꼭지를 바꿔야 한다는 건 예전부터 알고 있었어요. 그렇지만 말이다. 세상일이란 마음만 가지고는 아무것도 되질 않는 법이란다. 요즘 세상엔 마음보다도 더 가치 있는 게 있어요. 그게 바루 돈이란다."

꼰대는 또다시 담배를 피워 물었다. 아마도 나에게 이 대목에서 무어라고 한마디 하라는 표시인 것 같았지만 나는 도대체 무슨 말을 해야 할지 몰라서 두 눈만 멀뚱멀뚱 뜨고 그를 바라보기만 했다. 가치라든가 돈에 대한 얘기는 도저히 내 상식으론 감당하기 어려운 내용이었다. 꼰대는 나보다 머리는 나쁠지언정 이 세상을 살아온 경륜이 많으므로 그런 어려운 애기도 쉽게 할 수 있는가 보았다. 하여간에 사람은 오래 살고 볼 일이었다.

꼰대는 오래전부터 돈 걱정을 하고 있었다. 우리 희망원을 유지하려면 많은 돈이 들었지만 이상하게도 누구 하나 그 돈의 일부라도 보태주는 사람이 없었다. 내 나이 아직은 어리지만 그래도 세상 물정은 제대로 볼 줄 안다는 자부심으로 살아가고 있는데 내가 보는 견지로는 우리 꼰대는 밑져도 한없이 밑지는 장사를 하고 있는 것이었다.

우선 나만 해도 여기에서 8년을 사는 동안 꼰대에게 얻어먹기만 했지 주는 것이라곤 하나도 없었다. 경희도, 숙희도, 소야도, 그리고 진수, 유미, 명재도 모두 마찬가지였다. 단 한 명, 꼰대에게 용돈을 대준 사람이 있긴 했는데 그는 다름 아닌 5년 전에 앓다 죽은 강국이였다. 강국이는 자기의 싱싱한 콩팥을 병원에 넘겨주었는데 그 콩팥의 대가를 꼰대가 챙기고 말았던 것이다. 그때 나는 어려서 아무것도 몰랐으나 나중에 듣게 된 얘기로는 꼰대는 그 돈마저 무슨 무슨 자선 단체에 기부했다는 것이었다. 나는 아직도 챙긴 게 뭔지 기부한 게 뭔지를 잘 모르고 있는 형편이다. 그러나 주위에서 말하는 투로 봐서 우리 꼰대야말로 존경받아 마땅한 사람으로 나는 알고 있을 뿐이다.

"그래서 말이다. 내가 돈을 벌어야겠다는 생각을 기차 화통만큼이나 크게 먹고 있는 중에 머리 가죽을 덴 거였지. 그래서 그 길로 냅다 장 박사한테 갔어요. 거 왜 너를 무료로 물리 치료해 주시던 의사 선생님 말이다. 가서는 일단 머리 가죽을 치료받으면서 여태껏 내가 품고 있었던 생각을 말씀드렸지. 허허허! 그랬더니 흔쾌히 그러자구 하시더구나. 얘야 참, 흔쾌히란 말이 무슨 뜻인지 아니? 아주 기분 좋게 허락했단 뜻이란다."

결국 꼰대의 말을 종합해 보면 그는 우리들 모두를 볼모로 해서 포로 교환 협정을 맺었다는 것인데 별로 대수롭지도 않은 그런 얘기를 하면서 홀로 감격하는 것부터가 한심했지만 그보다도 흔쾌히란 단어 하나를 더 안다고 해서 사람을 무시하는 태도까지가 영 기분을 상하게 하는 것이었다. 그러나 상한 것은 내 기분에 불과했고 무엇보다도 신날 수밖에 없었던 일은 포로 교환 조건 때문이었다.

우리 희망원의 포로는 당연히 우리들이었지만 저쪽 병원 측의 포로는 수없이 많은 돈이었다. 꼰대는 그 돈만 있으면 우리 희망원의 모든 비품과 집기, 문짝, 수도꼭지 등을 우리들이 쓰기에 편한 것으로 바꿀 수도 있다고 했으며 그 돈을 잘만 활용하면 우리들을 돌봐 주고 빨래도 해주는 예쁜 아줌마도 한 분 모셔 올 수 있다고 했다.

그러나 다른 한편으로 생각해 보니 볼모로 잡힌 우리들의 처지가 불쌍히 여겨지기도 했다. 우리는 조만간에 피리를 불어야 했으며 또한 춤을 추어야 했다. 가뜩이나 모가지가 옆으로 돌아가서 애를 먹는 내가 무슨 재주로 모가지를 추스르며 게다가 피리까지 불어야 한단 말인가.

꼰대는 우리 희망원의 남자들 세 명으로서 목관 3중주를 구성하겠다고 했으며 나와 명재, 진수가 피리를 부는 대신 소야를 비롯한 네 명의 여자들에게는 무용을 하도록 했던 것이다. 1년이 걸리든 10년이 걸리든 꾸준히 연습을 해서 드디어 실력이 쓸 만하다고 여겨질 때 방송국에 나가서 연주를 하고 무용을 하기로 약속한 대신 그 '내외산소과'의 애송이 의사로부터 많은 돈을 받아 오게 된 것이다.

'내외산소과'의 그 애송이 의사는 그러나 무슨 일이 있어도 연주를 하도록 실력을 쌓아야 하며 실력을 쌓은 뒤면 자기가 방송국에 출연 교섭을 하겠다는 조건이었다.

"네 생각엔 어떨지 모르겠으나 나는 이렇게 되길 몇 년 전부터 꿈꿔왔단다. 나는 너희들에게 꿈과 희망을 심어 주고 싶었어요. 그런데 아까도 말했듯이 꿈이나 희망보다도 요즘 사람들은 더 가치 있는 게 있다고 믿고 있거던. 그게 바로 돈이에요. 그러니 꿈과 희망을 키워나가려면 돈이 필요했단 결론이지. 당장 수도꼭지만 가는 데도 보일러값까지 쳐서 백만 원이 들어가더구나. 너 백만 원이면 얼마나 큰 돈인 줄 알아? 네 힘으론 무거워서 들지도 못할 정도지. 그러니 내가 무슨 재주로 늬들한테 꿈이며 희망이며를 심어 줄 수 있었겠니? 자! 너는 똑똑하니까 글씨를 알아먹겠지? 이걸 좀 보려무나. 참 무서운 세상이야."

꼰대는 책상 서랍을 뒤져 오래된 신문 한 장을 꺼내 내게 들이밀었다. 나는 신문 내용을 보기에 앞서서 꼰대가 내 아이큐를 인정해 준다는 사실에 그만 어깨가 으쓱해짐을 느꼈다. 역시 우리 꼰대는 결정적인 순간이 되면 나를 인정해 주는 것이 무엇보다도 매력적이었다. 만약에 꼰대가 이 세상 처녀들에게도 내 앞에서처럼 결정적일 때 칭찬을 해주었다면 그는 벌써 노총각 딱지를 떼고 다섯 아이의 아버지는 되어 있었으리라 여겨지기도 한다. 그런데 아마도 꼰대는 내 앞에서만 멋을 부리는 것인가 싶었다.

약간 누렇게 바랜 신문에는 한쪽 구석에 붉은 색연필로 줄이 그어져 있었는데 돌아가며 상자 모양으로 그어진 그 색연필 줄에는 '장애자 취업률 겨우 1%'란 활자가 훈장처럼 치렁치렁한 줄무늬 장식을 배경으로 찍혀 있었다.

"취업률이 그토록 형편없다는 건 곧 아무도 너희들을 취직시켜 주질 않는다는 것이란다. 정부에서도 고용 촉진을 외면하고 있다는 게지. 이런 기사를 보면 난 눈물이 나온단다."

꼰대는 또다시 눈물을 흘리려는 듯 부시럭거리며 주머니를 뒤져 손수건을 꺼내더니 아예 그걸 책상 위에 올려놓는 것이었다. 여차하면 즉시로 눈물을 닦으려는 심산이었을 것이다.

"우 우 우 울지이 마 마 말아요."

나는 갑자기 가슴속으로부터 뭉클하는 것이 솟구치더니 천천히, 아주 천천히 두 손이 하늘을 향해 올라가기 시작했다. 난 정말 이게 탈이었다. 결정적인 순간이면 꼭 하늘을 운전하곤 했는데 언제부터인지 상대가 사랑스럽다거나 상대의 말에 감격을 했을 때에도 하늘을 운전하게 되었던 것이다. 그래도 예전엔 화가 나거나 초조했을 때에만 그랬었는데 점점 그 증상이 심해져 가는 이유는 참 알다가도 모를 일이었다.

꼰대는 내가 하늘을 운전하기 시작했는데도 신문을 읽으며 눈시울을 적시느라고 내가 어떤 꼴로 변해 가는지조차도 모르고 있었다. 그는 결국 내 입에서 '어! 어! 어!' 하는 단말마적 신음 소리가 나온 뒤에야 내가 신나게 드라이브 중이라는 것을 알아차렸는데 내 그 꼴을 보자마자 꼰대는 평소의 신경질이 또다시 살아나는 것이었다.

"아니! 이눔 자식이 요즘은 걸핏하면 운전대를 잡네그려. 정신 차려라 이눔아! 이 떡을 칠 눔아!"

결국 눈물은 내가 흘리고야 말았다. 꼰대는 언제나 잘 나가다가 삼천포로 빠지는 게 흠이었는데 오늘은 어째 애초부터 오락가락하던 것이 영 마음에 걸리던 중이었다. 제기랄! 꼰대가 이렇게 초를 칠 때면 은근히 그가 좋아지다가도 김이 팍팍 새게 마련이다. 어쨌거나 나는 지금 두 팔을 들어서 하늘을 운전하고 있으므로 어쩔 도리가 없지만 기분 같아서는 꼰대의 대갈통을 신나게 갈겨 버리고 싶을 뿐이었다.

다음날부터 우리는 즉각 연습을 위한 준비 작업에 들어가야 했다. 꼰대가 무자비하게도 독촉을 해댔기 때문이었는데 그러나 유심히 보고 있노라면 이리 뛰고 저리 뛰는 사람은 오로지 꼰대 혼자뿐이었다. 우리들은 그저 멍청하게 꼰대의 행동을 보는 것으로 만족해야 했는데 무엇을 어떤 방법으로라도 도와주고 싶어도 도무지 도울 재간이 없었다. 내 욕심 같아서는 애들이 제발 오줌, 똥만이라도 열심히 참아 주었으면 좋으련만 애들 또한 터번을 두른 채 꼬리에 불붙은 강아지처럼 뛰어다니는 꼰대의 모습을 바라보느라고 오히려 평소보다 더 많은 횟수의 오줌을 싸곤 했다.

한마디로 우리 희망원은 난장판이었다. 무슨 일이건 조금씩, 그리고 차근차근 풀어나가면 오죽 좋을까마는 꼰대는 단숨에 모든 일을 끝내려고 했다. 앞문으로는 피리 회사의 영업 사원이 줄줄이 드나드는가 하면 뒷문으로는 인테리어 회사에서 고용한 인부들이 톱이나 망치 같은 물건으로 무장을 하고 드나들기 시작했다.

그뿐만이 아니었다. 보일러를 새것으로 갈기 위해 뜯어냈으므로 난방이 중단되어 희망원은 해 저문 겨울 들녘처럼 찬바람이 휑하니 몰아쳤으며 그나마 손잡이를 고쳐 달기 위해 방문을 모두 뜯었으므로 이불을 덮어쓰고 누워 있을 수밖에 없었다. 또한 화장실도 변기를 갈기 위해 난장판을 만들어 놔서 경희와 숙희는 그나마 화장실 거울을 통해 삐찌를 비추어 보던 즐거움마저 잃어버리게 되었다.

마당에도 시멘트를 쌓아 놓았기 때문에 오줌을 싼 아이들은 오징어 말리기도 제대로 하지 못할 형편이었고 급기야는 욕조마저 드러내는 통에 똥을 싼 진수는 그 기발한 '잠수함'도 못 하고 하루 종일 냄새를 풍기며 희망원을 누비고 다녔다.

꼰대는 이런 모든 상황을 보아서 알고 있으면서도 겉으로는 모르는 척하고 있었다. 아니 어쩌면 진짜로 모르는 것 같기도 했다. 그는 원래 황소와도 같이 우직한 면모를 지니고 있었으니까 도대체 지금이 여름인지 겨울인지도 분간 못 하고 무작정 문을 뜯었을지도 모르며 아이들이 동태가 되었는지 명태가 되었는지도 모르고 피리 장수들과 마주 앉아 주판이나 튕기는 것인지도 역시 모르는 일이다.

그 다음날도 보일러 공사는 계속되었다. 다행히 문짝만큼은 모두 고쳐져서 원래대로 제자리에 달려 있게 되었으므로 황소바람만큼은 막아 낼 수 있었으나 아직 방바닥은 냉골이었고 물을 한 대접 떠 놓고 자면 아침 해가 뜨기 전에 이미 꽁꽁 얼어붙어 있었다.

그러는 사이에도 '내외산소과'의 애송이 의사는 악보를 한 뭉치나 들고 우리 희망원을 수시로 왕래했다. 그는 아직도 영하를 맴도는 날씨였건만 이마에 땀방울이 송골송골 맺히도록 바쁜 걸음으로 드나들었는데 그가 가져온 악보만 해도 우리 희망원 꼰대가 한 달 동안이나 구독했던 신문지의 양과 맞먹을 정도였다.

나는 과연 저 두 양반들이 앞으로 무슨 어마어마한 일을 벌이려고 저렇게 야단법석인가를 생각하며 제법 심각한 고민에 빠져들었다. 그들의 하는 짓으로 보아서는 필경 요란하고 시끌벅적한 행사를 벌이려는 것 같았는데 과연 그게 우리들에게 얼마나 도움을 줄 수 있는 일인가를 생각하니 공연히 두 팔이 하늘로 올라가려는 것처럼 근질근질해지기 시작했다. 아무리 보아도 그들은 요란한 행사를 거쳐야만 우리들에게 자기네의 사랑이 전달된다고 믿는가 보았다. 그러나 내 생각이 옳다면 사랑이란 그따위로 떠들어 댄다고 해서 전해지는 건 절대 아니었다. 신문을 보며 장애자 취업률이 1%에 불과하다는 멋진 기사를 찾아낸 꼰대였건만 그래도 아직 우리들의 속마음까지 알아내려면 공부를 좀 더 열심히 해야만 할 것이다. 그러나 그 사랑 공부란 밤새워 책을 읽는다고 해서 터득되는 것도 또한 아니다. 적어도 우리의 사랑법을 꼰대가 깨달으려면 그 자신부터 무엇인가 하나를 잃어버려야 알게 될 것이라고 나는 생각한다. 그 점에 있어서는 애송이 의사도 역시 마찬가지다.

따지고 보면 나는 머리가 좋은 대신 날렵한 동작을 잃어버린 것이다. 경희는 튼튼한 다리를 잃어버렸으며 숙희 또한 튼튼하고 탄력 있는 다리 근육을 잃어버렸다. 우리의 사랑스러운 소야도 허리 아랫부분을 잃어버렸고 진수와 유미와 명재도 많은 부분을 잃어버린 지 오래다. 더구나 5년 전에 우리 곁을 떠난 강국이는 모든 것을 잃은 내 친구이기도 하다.

그러나 우리들은 모든 것을 차지하고 있는 다른 사람들에 비해 엄청나게 많이 가진 것이 있다. 바로 그것이야말로 우리들을 웃으며 살아갈 수 있게 하는 엄청난 힘이 되는 것이지만 나는 꼰대와 애송이에겐 그 비밀스런 힘의 비결을 절대 가르쳐 주지 않을 예정이다.

하지만 사람에게는 인정이란 것이 있게 마련이므로 혹시 꼰대라든가 애송이처럼, 그래도 우리에게 약간이나마 관심을 가지고 있는 사람에게는, 그들이 회개했을 경우에 한하여 그 비결을 가르쳐 줄 수도 있긴 하다. 절대 아무에게도 안 가르쳐 주리라고 맹세를 하긴 했지만 나는 정이 많은 사내인 걸 어쩌랴. 하여간 나는 이 점도 문제라고 생각한다.

그렇지 않아도 두 팔이 슬슬 하늘을 운전하려는 기미를 보이고 있을 때, 애송이가 이번엔 난데없이 큰북을 등에 짊어지고 희망원으로 들어왔다. 그러자 발 빠른 명재가 바람 소리를 내며 달려가 그 북을 낚아채려고 하다가 그만 발을 헛디뎌서 커다랗고 무거운 머리통을 땅바닥에 곤두박질치고 말았다. 그 모습을 보고 있던 소야가 갑자기 울음을 터뜨리는가 싶더니 금세 희망원 앞마당은 경희와 숙희, 진수, 유미의 울음바다로 변하고 말았다.

갑자기 일어난 일에 애송이는 당황해서 어쩔 줄을 모르다가 이내 코미디언처럼 우스운 얼굴 모습을 짓더니 박자에 맞추어 쿵, 쾅, 쿵, 쾅! 북을 때리기 시작했다. 잠시 후 명재가 머리통을 툭툭 털고 일어나서 찐따라, 찐찐따라! 하고 뒤뚱뒤뚱 우쭐우쭐 걸으며 북소리에 맞춰 춤을 추기 시작했다.

잠시 후 아이들은 약속이나 한 듯 모두 따라서 춤을 추기 시작했는데 나는 왠지 하염없이 눈물이 쏟아질 것만 같아 그 자리에서 물러나야 했다. 제기랄! 아무 일도 아닌 걸 가지고 왜 내 마음은 이렇게 슬퍼지는지 어디서 몰래 담배라도 한 개비 훔쳐내어 신나게 피우고 싶을 뿐이었다.

Ⅲ

내외산소과 애송이 의사에게 볼모 잡히게 되고부터 우리들의 일과는 걷잡을 수 없을 만큼 바빠지고 말았다. 나와 명재, 그리고 진수는 팔자에도 없는 피리를 옆구리나 등허리에 한 자루씩 차고 우리들의 상식으로는 도저히 알아먹기 힘든 악보를 들여다보는 일에 열중해야만 했다. 그래도 나는 아이큐가 134에 달하는 수재였으므로 도 위에는 레가, 레 위에는 미가 있다는 것을 알고 있었지만 명재와 진수는 내가 보기에도 딱할 지경이었다. 얼핏 보면 개미 같기도 하고 눈여겨 보면 싹튼 고추씨 같기도 한 그림들을 보면서 도레미, 도레미 하고 떠드는 것을 보며 사람들이란 참 이상한 동물이라고 생각했던 것이 바로 어제까지의 일이었건만 지금은 내 자신이 그런 일을 하고 있으니 사람의 팔자란 알다가도 모를 일이라는 생각이 들었다.

도대체 꼰대는 얼마만큼의 돈이 필요했기에 이런 엄청난 일을 벌이게 되었는지. 아마 꼰대가 명재와 진수의 꼬라지를 보면 당장에 후회하게 될 것이라는 생각이 들기도 했다. 도레미가 뭔지도 모르는 애들에게 구멍 뚫린 막대기를 하나씩 쥐어 주고 소리를 내라고 하니 도대체 꼰대는 아이큐가 제 나이만큼이나 되는지가 의심스럽기도 했다.

그래도 우리들은 소야를 비롯한 네 명의 여자아이들에 비하면 양반이랄 수 있었다. 피리의 구멍을 제대로 찾아내든 못 찾아내든 간에 어쨌거나 점잖게 앉아 있기라도 하니 말이다. 그러나 여자아이들의 모습은 실로 가관이었다. 박자 관념도 제대로 없는 꼰대가 둥! 둥! 큰북을 쳐 대면, 보조기를 철커덕거리면서 무용을 해야만 했던 것인데, 말이 무용이지 소야가 한쪽 팔을 들어 올리면 슬슬 눈치를 보던 경희가 따라서 한쪽 팔을 들어 올리고, 또 그 눈치를 보던 숙희가 한쪽 팔을 들어 올리는 것이 고작이었다. 그나마 유미는 무슨 심사가 틀어졌는지 잔뜩 화난 얼굴로 혓바닥만 빼내어 물고 있다가 꼰대의 큰 소리를 듣고 나서야 그나마 한쪽 팔을 들곤 했으므로 그 무용은 마치 4부 돌림노래를 부르는 듯한 4부 돌림 체조와 다를 바 없었다.

그 돌림 체조는 내가 보기에도 지루하기 짝이 없었는데, 아니나 다를까 불과 두세 번의 동작이 반복되기도 전에 유미의 발밑으로 흥건하게 물기가 번지기 시작하는 것이었다. 보나 마나 유미가 소변을 참지 못해 그대로 싸지른 것이 뻔했다. 하긴 평상시에도 오줌이 마렵다고 생각함과 동시에 그대로 싸 버리는 아이였는데 꼰대의 큰북 소리에 잔뜩 신경을 집중해야 했으므로 더더욱 오줌을 흘려 댈 수밖에 없었을 것이다. 그러나 꼰대는 제 흥에 겨워 "옳지! 옳지!" 하며 계속 큰북만을 두드리고 있었으므로 나는 결국 그 일에 참견하지 않을 수 없었다.

"워, 워, 워, 원자앙니 니 니임. 유 유 유미가……."

나는 유미의 옷을 갈아입히거나 아니면 유미로 하여금 오징어 말리기를 실시토록 해야 한다고 말하려 했으나 꼰대는 너무나 흥에 겨워 있었으므로 내 말을 더 이상 들으려 하지도 않았다. 오히려 꼰대는 내가 자기의 흥을 깨려고 수작을 부리는 줄 알았던지 다짜고짜 큰북을 두드리던 북채로 내 머리통을 냅다 두드리며 고함을 지르는 것이었다.

"이놈아! 연주를 할 땐 지휘자를 똑바로 보는 습관을 가져야 한단 말이다. 그래야만 좋은 음악이 창출되고, 그래야만 관중들이 감동하게 되는 벱이다. 알아듣겠냐? 이놈아, 이 떡을 칠 놈아!"

참으로 미칠 지경이었다. 꼰대는 마치 지금 이 자리가 국립극장의 대강당이나 되는 줄 아는지 눈을 지그시 감고 "으! 으!" 하며 큰북을 두드리고 있었는데 함지박만큼이나 큰 북이 뎅뎅거리도록 힘차게 내리치던 힘으로 내 머리통을 냅다 두드려 댔으니 내 머리통인들 배겨날 재간이 있었겠는가.

내가 머리통을 힘차게 두드려 맞자 진수도 "어! 어!" 하고 외마디 소리를 지르더니 역시 오줌을 질질 흘려 대고야 말았다. 불과 일곱 명으로 구성된 악단원 중에 두 명이 이미 오줌을 쌌으므로 오늘의 연습은 더 이상 계속될 수 없음이 분명했는데도 꼰대는 막무가내로 큰북을 두드리고만 있는 것이었다.

사태가 그렇게 되고 나니까 경희와 숙희, 명재는 피리의 구멍을 찾거나 무용을 하면서도 한편으론 내 눈치를 보느라 정신이 없었다. 그 순간, 나는 심각하게 망설이지 않을 수 없었다. 두려움에 떨면서 내 눈치만 보고 있는 그 애들 앞에서 과연 내가 취해야 할 행동이란 무엇이겠는가? 물론 내가 꼰대에게 반항을 하면 꼰대는 또다시 내 머리통을 큰북인 양 두드려 댈 것이고, 그러면 내 머리통은 고추장 독에 빠진 듯이 얼얼해지겠지만 나는 이미 그 모든 것을 각오하고 있었다. 좀 더 조목조목 따져 보면 아마도 내가 모종의 과시를 해야겠다고 결심한 이유는 꼰대의 기를 꺾어 놓겠다는 생각에서라기보다 예쁜 소야의 눈을 의식했기 때문일 것이다. 언제부터인지 몰라도 나는 소야가 보는 앞이라면 오금이 질금거리도록 저려 오곤 했으니까.

마침 내가 이런 생각에 빠져 있을 때, 또다시 꼰대의 고함 소리가 들려오는가 싶더니 머리통이 화끈해지는 것이었다. 꼰대는 그게 탈이었다. 이미 사랑에 눈을 뜬 나에게, 그것도 소야가 빤히 보고 있는 자리에서 굳이 큰북 치듯 내 머리통을 내리쳐야 속이 시원해진단 말인가.

"워, 워, 원자앙 니이임! 오 오 오주메……."

나는 목청껏 내 주장을 이야기하려 했으나 그것마저도 뜻대로 되질 않았다. 내 고질병 중의 하나인 '드라이브'를 해야만 했기 때문이었다. 아마도 요즘 들어서 부쩍 '하늘을 운전'하는 날이 많아진 이유도 사실은 소야가 점점 좋아지기 때문일 것이라는 생각이 들기도 했다.

"아니, 이눔이 요즘은 걸핏하면 운전대를 잡구 난릴세그려. 이눔아. 시방이 얼마나 중요한 때인데 운전댈 잡냐 이눔아."

꼰대는 연거푸 다섯 대나 북채로 내 머리통을 후려갈기더니 급기야는 내 한쪽 귀를 잡아끌고 작은 방으로 들어가는 것이었다. 나는 말대꾸를 하려면 2분이란 긴 시간이 걸려야 했으므로 더 이상 한마디의 말대꾸도 하지 못하고 꼰대에게 귀를 잡힌 채 작은 방으로 끌려 들어갔다. 나를 측은한 듯이 바라보는 소야의 눈길을 피하면서 나는 원한에 사무친 한숨을 내뿜었지만 그래도 한편으론 진수와 유미가 오징어 말리기를 할 시간이 생겼다는 데 대한 안도의 마음이 솟아나기도 했다.

개 잡아먹은 귀신 모양으로 씩씩대며 작은 방으로 들어온 꼰대는 막상 나와 단둘이 마주 앉게 되자 언제 그랬느냐 싶게 아주 양순한 한 마리 양처럼 부드럽게 말을 꺼내기 시작했다.

"얘, 대장아. 나는 널 하늘처럼 믿구 있는데 넌 어째 그리도 내 마음을 몰라주느냐? 물론 나는 네 마음을 다 알아요. 유미하고 진수가 오줌을 쌌다는 사실도 다 알지. 그런데 말이다. 난 그걸 모르는 체할 수밖에 없었어요. 왜 그랬는지 그 이유를 알겠니? 집념 때문이지. 집념. 그게 무슨 뜻인지 알아? 어떤 일을 해내기 위해서 이를 앙다문다는 뜻이란다."

꼰대는 내 대답을 듣고 싶어서인지 천천히 담배를 피워 물었으나 나는 나대로 잔뜩 화가 나 있었기에 아무런 대꾸도 하지 않고 묵묵히 앉아만 있었다. 나는 집념 따위의 아름답지 못한 단어는 그 뜻이 어쨌건 간에 귓가로 흘려버릴 작정이었다. 지금 나에게 집념이니, 믿음이니 하는 꼰대의 말은 한갓 유치한 변명으로밖엔 들리지 않았으니까.

꼰대는 내 얼굴을 찬찬히 훑어보더니 내 기분이 무척 상해 있다는 것을 알아차렸는지 더욱 부드러운 목소리로 내게 타이르듯 말을 걸어왔다.

"나는 말이다. 너희들을 내 친자식보다 더 사랑하고 있단다. 그렇기 때문에 자나 깨나 너희들 생각만으로 머릿속이 그득하지. 어떤 때는 머리통이 터져 나갈 듯이 지나칠 만큼 너희들 걱정을 한단다. 그런데 말이다. 이 세상의 다른 사람들은 아무도 너희들 생각을 해주지 않아요. 너도 이곳에서 8년이란 긴 세월을 지내왔으니까 잘 알겠지. 생각해 보렴. 5년 전인가 6년 전에 의대생들이 무료로 진료를 나와 준 것말고는 그 누가 너희들을 거들떠 보기라도 했더냐? 난 그게 슬픈 거란다. 이런 말을 해서 미안하다만 너희들은 다른 사람들에 비해서 약간씩 부족한 아이들이지. 그렇기 때문에 다른 사람들은 더욱 너희들을 멸시한단다."

꼰대의 말을 가만히 듣고 있자니 꼰대는 정말로 매우 슬퍼하고 있었으며, 또한 우리를 지독히 사랑하고 있음에 틀림없었다. 그러나 역시 꼰대는 아이큐가 낮은 사람이라는 것도 확실했다. 꼰대의 말은 분명 앞뒤가 제대로 맞지 않았기 때문이었다. 우리 때문에 무척이나 슬프다고 하면서도 그는 좀 전까지만 해도 신나게 북을 두드리며 좋아하지 않았던가. 우릴 누구보다 사랑한다고 하면서 방금 전만 해도 북채로 내 머리통을 후려갈기고, 내 귀를 잡아끌지 않았던가. 더군다나 우리를 친자식보다 사랑한다는 말엔 아예 기가 막혀 입이 다물어지지 않을 지경이었다. 40이 넘도록 장가도 가지 못한 주제에 친자식에 대한 사랑을 과연 어떻게 알 수 있단 말인가. 게다가 꼰대는 우리들에 대해 쥐뿔도 알지 못하면서 되게도 아는 척을 하고 있다는 생각이 들었다. 우리들이 약간씩 부족한 아이들이라니, 내 생각으론 그건 천만의 말씀인 것이다. 오히려 우리들은 같은 또래의 다른 아이들에 비해 고민도 많고 생각도 깊은 편이었다. 그렇지 않고서야 진수나 유미처럼 어린아이들이 어떻게 '잠수함'이나 '오징어 말리기' 등의 방법을 개발할 수 있었겠는가. 아마도 그 애들은 꼰대 혼자서 어머니 노릇까지 대신하는 모양이 마음에 걸려 그런 기막힌 방법을 개발했음에 틀림이 없었다. 그렇다면 그 애들은 꼰대의 말처럼 약간씩 모자라는 아이들이 아니라 오히려 약간씩 남아도는 아이들일 것이다. 과연 꼰대는 제 아이큐에 맞게 사람 보는 눈도 형편무인지경이었나.

"아직도 주둥이가 닷 발이나 나와 있는 걸 보니 화가 풀리지 않은 모양이로구나. 그렇지 않다면 내 말뜻을 전혀 알아채지 못했든가 둘 중의 하나겠지. 아무래도 좋다. 대장아. 이리 와서 이걸 좀 보렴. 다른 아이들이 모두 너만큼만 똑똑했더라면 모두 함께 모여 보게끔 할 터인데……."

꼰대는 오랜만에 기분 좋은 말을 했지만 그 말 한마디로 내 기분을 돌이킬 수 있으리라 믿었다면 그것 또한 말도 안 되는 수작이라는 걸 밝혀 주고 싶었다. 내가 자기보다 훨씬 머리 좋은 사람이라는 건 이제 하늘이 알고 땅이 아는 사실이었다. 그런데 똑똑한 아이 운운하며 나의 마음을 돌이키려 한다면 그 또한 유치한 일이 아니겠는가.

어쨌거나 꼰대는 책상 서랍 속에서 부시럭거리며 무엇인가를 꺼내는 것이었는데 서너 겹으로 포장한 종이를 풀자 난데없이 비디오테이프가 모습을 드러내는 것이었다. 나는 꼰대가 비디오테이프를 꺼내는 순간 한꺼번에 두 가지의 궁금했던 점을 알아낼 수 있었다. 그 하나는 요 며칠간 꼰대의 방에서 흘러나오던 이상한 소리가 바로 비디오를 통해 나오는 소리였다는 사실이었고 내외산소과의 애송이 의사가 꼰대의 방에만 들어가면 두어 시간씩이나 꼼짝 안고 있었던 이유는 다름 아닌 비디오로 만화 영화를 보기 위함이었다는 게 그 두 번째의 사실이었다. 이런 점으로 미루어 보더라도 꼰대는 아직 어린애나 다름없었다. 그 비디오는 며칠 전에 내외산소과의 애송이 의사에게서 빌려온 것이었는데 얼마나 영화가 보고 싶었으면 그 짓을 했을까에 대해 연민마저 생겨날 지경이었다.

"자, 이게 무엇인지 알겠니? 우리 똑똑한 대장아."

꼰대는 나를 아예 자기의 무릎 위에 올려 앉히고는 비디오테이프를 들어 그 껍데기에 쓰인 글씨를 읽어 주는 것이었다. 내가 머리를 돌리기 위해 몸을 비비 꼬자 꼰대는 친절하게도 비디오테이프를 내 눈앞으로 들이대 주었는데 그곳에는 생전 가야 뜻을 알 수도 없을 것 같은 영어 글씨가 씌어 있었다.

"우이 투 캔 두! 우리도 잘할 수 있어요.란 뜻이란다. 자, 우리 대장. 이걸 좀 틀어 보겠니? 난 이걸 보고 난 뒤에 가슴이 벅차올라서 며칠간이나 잠을 이룰 수 없었단다."

언젠가 그랬던 것처럼 꼰대는 또다시 손수건을 꺼내어 책상 위에 올려놓았다. 눈물이 걷잡을 수 없이 흐르게 되면 재빨리 닦아 내기 위함이었는데 웬일인지 요즘 들어 꼰대의 마음이 자꾸 약해지는 것만 같아 안타깝기도 했다.

꼰대는 잔뜩 울먹이는 표정으로 텔레비전을 켜고 비디오를 연결시키더니 문제의 테이프를 천천히 안으로 밀어 넣었다. 나는 화면이 안정되기 전까지만 해도 도대체 무슨 만화 영화기에 어른들을 울리는 것일까 무척 궁금했었지만 막상 화면을 통해 보이는 모습을 대하자 그만 나 역시 가슴이 뭉클해지고 눈물이 글썽여지는 것이었다.

참으로 감동적인 모습들이 화면을 통해 비쳐지고 있었다. 처음 몇 분간은 한쪽 팔도 없고 양쪽 눈이 먼 남자가 피아노를 치는 모습이 비쳐지고 있었는데 그 남자는 두 눈을 다 뜨고, 두 팔이 다 달린 사람보다도 더욱 열렬하게, 그리고 진지하게 피아노를 연주하는 것이었다. 도대체 저게 사람이란 말인가, 아니면 사람의 탈을 쓴 귀신이란 말인가. 적어도 아이큐 134의 내 상식으로는 눈을 감은 채 피아노를 친다는 일은 불가능한 일임에 틀림없었다. 그러나 텔레비전 속의 저 남자는 아주 평온하게 피아노를 치고 있지 않은가. 그것도 한쪽 팔이 없는 상태에서…….

나는 그 남자가 피아노를 치는 모습을 보면서 한편으론 꼰대와 내외산소과의 애송이 의사를 의심하지 않을 수 없었는데 그 이유는 다름 아닌 절대 불가능한 일을 마치 현실처럼 가능하게 꾸며서 만들어 놓은 거짓말일 것이라는 마음이 앞섰기 때문이었다. 어쩌면 저 남자는 영화배우일지도 모르며, 가짜로 눈을 감고 피아노를 치는 것인지도 모르는 일이다. 저 영화배우는 아마도 애송이 의사가 꼬였을지 모르고, 꼰대마저 우리를 속이기 위해 덩달아 그 사기 행각에 가담했을지도 모르는 일이다. 그렇지 않고서야 어찌 눈먼 사람이 저토록 기막히게 피아노를 칠 수 있단 말인가.

나는 잔뜩 의심이 담긴 눈초리로 꼰대를 노려보기 시작했다. 그러나 꼰대는 내 시선엔 아랑곳도 하지 않은 채 미리 준비해 놓은 손수건으로 애써 눈물을 닦아 내고 있는 중이었다. 꼰대가 우는 모습을 가만히 보고 있자니 한편으론 사기극이 아닐지도 모른다는 생각이 들기도 했다. 누가 뭐라고 하더라도 나는 믿건대, 남자가 울 때엔 그 마음이 이미 순결해졌음이 확실하리라.

"얘야, 저 사람은 대구에 있는 큰 교회의 목사님이란다. 어릴 때 사고를 당해서 팔도 잃고, 양쪽 눈도 모두 잃었대요. 그러나 저 목사님은 좌절하지 않고 열심히 피아노를 배웠단다. 끝끝내 자기에게 주어진 삶을 포기하지 않았던 게야. 아! 나는 저런 사람이 부럽단다. 저런 사람의 영혼은 과연 얼마나 맑고 순수할까."

드디어 꼰대의 눈에서는 주르륵 눈물이 흘러내리기 시작했다. 꼬질꼬질하게 때 낀 손수건으로 콧잔등 옆을 따라 흐르는 눈물을 닦아 내면서 콧물마저 훌쩍대는 꼰대의 모습을 보고 있자니 내 눈에서도 저절로 눈물이 흘러내리기 시작하는 게 아닌가. 아뿔싸, 나는 크나큰 망신이라도 당하는 것 같아 재빨리 눈물을 닦아 내려 했으나 오히려 내 동작은 평상시보다 더욱 느리기만 한 것 같았다. 세상에! 명색이 희망원의 대장으로서 이럴 수는 없다는 생각이 다시 한번 머릿속을 맴돌자 내 두 팔은 눈물을 닦아야겠다는 생각과는 달리 엉뚱하게도 천천히 하늘로 향해지고 말았다. 언제나 나는 이런 게 탈이었지만 이번에도 어쩔 수 없이 난 하늘을 운전하게 되고야 말았다. 꼰대는 손수건으로 얼굴을 감싸 쥔 채 훌쩍거리고, 나는 목을 뒤로 돌린 채 신나게 하늘을 운전하는 동안에도 텔레비전에서는 슬픈 이야기들이 계속 쏟아져 나왔는데 눈먼 목사님이 피아노 연주를 끝내자 이번에는 열서너 살밖에 되어 보이지 않는 아이들이 단체로 출연해서 트럼펫 연주를 하는가 싶더니 어느새 소야처럼 어여쁜 여자아이들이 단체로 몰려나와 부채춤을 추는 것이었다.

"이눔 자식이 보라는 테레빈 안 보고 또 운전을 하구 있네그려. 어이그 지지리 못난 녀석! 언제나 정신을 차릴지, 쯧쯧……, 이눔아! 바루 저걸 보라구 널 데려왔단 말이다. 저걸 보란 말이다. 바루 저걸."

어느새 눈물을 닦았는지 모르지만 꼰대는 신나게 뒤로 돌아가려는 내 목을 바로 세우기 위해 사정없이 한쪽 귀를 낚아채어 텔레비전을 향하게 만들었다. 정말이지 그럴 때의 꼰대 마음은 매정하기 이루 말할 수 없을 정도였다. 나를 마치 친자식처럼 위한다는 말이 새빨간 거짓이라는 게 증명되는 순간이기도 했다. 내가 정말로 자기의 친자식이라면 어찌 이리도 매정하게 귀를 잡아 끌 수 있단 말인가.

하여간 나는 꼰대의 폭력적인 배려 덕분에 다시 텔레비전을 볼 수 있게 되었는데 유심히 화면을 보고 있자니 트럼펫을 부는 아이들과 부채춤을 추는 아이들 모두가 시각 장애자, 청각 장애자, 혹은 말을 못 하거나 한쪽 팔이 없는 지체부자유자들이었던 것이다.

만약에 저 화면이 꼰대와 애송이 의사가 만들어 놓은 사기극이 아니라면 더 이상 감탄하지 않고는 배길 재간이 없을 지경이었다. 보지도 못하고 듣지도 못하는 어린아이들이 박자와 음정도 정확하게 트럼펫을 분다는 사실은, 더구나 부채춤을 춘다는 사실은 너무도 놀라운 일이 아닐 수 없었다.

"워, 워, 원자앙 니임. 저, 저, 저게 지, 지, 진짜로 새, 새, 생긴 일입니까요?

지, 지, 진짜로 쟤들이 추, 춤을 추, 추, 추, 추는 건가요?"

내가 이렇게 물어 보자 꼰대는 그 질문을 기다리기라도 했다는 듯이 크게 고개를 끄덕이며 대답하기 시작했다. 그가 너무도 쉽게 조목조목 대답하는 것으로 보아서는 아마 내가 이런 질문을 할 것이라고 미리 예견했던 모양이었다.

"그렇단다. 나는 우리 희망원의 아이들이 저 텔레비전에 나오는 아이들처럼 되길 꿈꾸며 살아 왔지. 나는 저 테이프를 10년간이나 지니고 있었단다. 참, 너는 똑똑하니까 테이프가 뭔지 알겠지? 종이가 찢어졌을 때 붙이는 것도 테이프지만 저렇게 테레비 속의 그림들을 담아서 보관하는 것도 테이프라고 한단다. 무슨 말인지 알아듣겠지? 하여간 난 저 테이프를 10년간이나 보관하고 있으면서 역시 10년 동안을 망설여왔단다. 처음 일, 이 년간은 나도 언젠간 불쌍한 아이들을 모아서 춤과 음악을 가르쳐야지…… 하는 꿈을 지니고 있었는데 마침 그때 너를 만나게 되면서부터 그 꿈이 사라졌던 게야. 네가 알다시피 너는 무슨 일을 하려면 그 생각을 하고부터 2분이란 긴 시간이 걸리지 않니? 음악 연주란 지휘자의 동작에 한치의 어긋남이 없이 따라 주어야 하는 것인데 너처럼 2분씩이나 동작이 늦으니 어떻게 연주를 할 수 있겠느냐? 안 그러니? 그렇지만 나는 그 생각이 잘못되었다는 걸 곧바로 깨닫지 못했어요. 아니 오히려 그런 잘못된 생각을 더욱 심하게 가질 수밖에 없었단다. 어찌 된 일인지 계속해서 우리 희망원에 들어오게 된 아이가 명재와 숙희, 경희였는데 모두 하나같이 무용을 하거나 음악 연주를 하기에는 너무도 어려운 신체적 조건을 지니고 있더라는 말이지. 나는 차라리 앞을 못 본다거나 차라리 듣질 못한다거나 하는 아이들이 와주길 더욱 바랐지. 오히려 그 편이 음악 연주를 하기엔 쉽다고 생각했던 게야. 그래서 난 모든 희망을 포기하게 되었단다. 그러나 하느님은 무심하지 않았어요. 늦긴 했지만 날 이렇게 깨우치도록 해주셨으니까 말이다. 나는 얼마 전에야 깨우쳤어요. 그것도 아주 크게 깨우치고 말았지. 내 깨우침의 원인은 모두 장 박사에게 있단다. 왜 너를 무료로 치료해 주시는 의사 선생님 말이다. 그 양반의 말을 듣고 나는 깨우치게 되었던 것이지. 오히려 음악 연주를 통해 구원을 받아야 할 사람들은 너희들처럼 생각이 약간 남보다 처진다거나 남들보다 약간 행동하기가 불편한 사람들이라는 사실을 이제야 깨닫게 되었어요. 이제서야 말야."

꼰대와 나는 그로부터 무려 두 시간이 넘도록 비디오테이프를 돌려 보면서 더 이상의 한마디 말도 하지 않았다. 아마 꼰대도 그렇게 생각했는지 모르겠으나 나는 더 이상의 말이 필요치 않다고 생각했기 때문이다.

우리에게 필요한 것이 있다면 그건 서로에게 고마워하는 마음과 앞으로 우리도 텔레비전에 나오는 저 목사님이나 트럼펫을 불며 춤추는 저 아이들처럼 될 수 있을 것이라는 자신감뿐이었다. 과연 세상만사가 자신감만 가지고 될 수 있는 것인지 한편으론 불안하기도 했지만 비디오테이프를 보면 볼수록 우리도 충분히 저렇게 될 수 있을 것이라는 마음이 부쩍부쩍 생겨나곤 했다.

'내외산소과'의 애송이 의사가 희망원으로 찾아온 것은 그로부터 또 한 시간이나 지나서였다. 꼰대는 그때까지도 질금거리며 눈물을 흘려 대고만 있었는데 아무리 재미있는 일이라도 한 시간 정도면 질려 버리고 마는 나로서는 마치 초상이나 난 것처럼 질질 짜는 꼰대의 모습을 세 시간이 넘도록 보고 있는 동안에 아예 초죽음의 상태에까지 이를 지경이었다.

마침 그때에 "원장님 계십니까아!" 하며 그 애송이 의사가 들어왔던 것인데 그 목소리를 듣는 순간에 무지무지한 반가움에 사로잡혔지만 곧바로 나는 그 애송이 의사를 째려보고야 말았다. 망할 애송이 녀석 같으니라구. 이왕에 나타나려면 두 시간만 일찍 나타날 것이지 이제야 나타나서는 공연히 나에게 생색이나 내려는 것 같았기 때문이었다.

"어이구. 이게 웬일이십니까? 무슨 안 좋은 일이라두 있었나요? 오호라. 또 운전수가 말썽을 부린 모양이로군. 그러면 쓰나. 원장님이 누구 때문에 이 고생을 하고 계시는데 그렇게 허구한 날 말썽을 부리지? 이제 운전수도 철이 들 때가 되지 않았나?”

참으로 복장이 터져 죽을 노릇이었다. 하긴 아직 애송이 티도 제대로 벗질 못했으니 그따위로밖엔 생각하지 못할 위인이겠지만 오늘만큼은 해도 해도 너무하는 것 같았다. 나야말로 여태껏 꼰대를 위해 내 자신을 희생해 오지 않았던가. 오늘만 해도 무려 세 시간이나 꼰대의 친구가 되어 주었다는 걸 하긴 저 애송이가 알 턱이 있겠는가. 어쨌든 나는 애송이를 째려보기 위해 눈가에 있는 대로 힘을 주기 시작했는데 갑자기 눈가에 힘이 들어가자 안면 근육이 부르르 떨리면서 얼굴 꼬락서니가 형편없이 일그러짐을 느낄 수 있었다.

“아니 이눔 자식이 점점 못돼 가네그려. 이눔아. 장 박사님이 너랑 장난이나 치는 분인 줄 아냐? 꼴에 째리긴 누굴 째려? 이런 형편없는 누무 자슥 같으니라구.”

나는 꼰대로부터 또 한 차례 호되게 머리통을 얻어맞고서야 비실비실 작은방에서 빠져 나올 수 있었다. 나도 탈이 많은 놈이었지만 꼰대도 항상 저런 게 탈이었다. 나는 아직 끓는 죽 그릇을 본 적은 없었지만 아마도 죽 그릇이 끓을 때의 모습을 본다면 꼰대의 변덕이 끓는 것과 조금도 다를 바가 없을 것이라는 생각이 들 뿐이었다.

“아마 사춘기라서 그럴 겁니다. 지난겨울에 소야가 물에 데었을 때도 이상한 짓을 했잖아요. 원래 저 나이 때에는 이성에 눈을 뜨면서 한편으론 남에게 자신의 존재를 알리기 위해 별난 짓을 일삼는 거 아닙니까?”

꼰대의 곁에 바짝 다가서서 어쩌고저쩌고 하는 애송이의 목소리는 오늘따라 유별나도록 크게 내 귀를 파고들었다. 정말이지 꼰대는 애송이와 나와 둘 중에 누가 진짜 충신이고 누가 간신인지를 구별해 내야 할 것이다. 적어도 꼰대의 아이큐가 130만 넘었더라면 이럴 때 과연 누가 충신인지를 쉽게 구별해 낼 수 있을 것이다. 그게 뭐 그리 어려운 방법도 아닌데 꼰대는 그걸 모르고 있으니 답답하기만 할 뿐이었다. 원래 간신들이란 정정당당히 말하기를 꺼려하는 법이라서 언제나 상대방에게 바싹 다가앉아 말한다는 것을 꼰대는 나이 40이 넘도록 모르고 있으니 애송이 같은 간신이 설치는 것이리라.

밖으로 나오자 진수와 유미는 보통 때 오줌을 쌌을 때와 마찬가지로 담벼락에 붙어 앉아 '오징어 말리기'를 하고 있었다. 어느덧 봄바람이 불기 시작했으므로 오징어를 말리기에는 안성맞춤이었던지라 진수와 유미는 느긋한 표정을 지으며 다리를 뻗고 앉아 햇볕을 즐기고 있었다.

명재도 그 지겨운 피리를 멀리 집어 던진 채 머리통을 흔들거리며 쉬고 있었고 숙희와 경희, 소야도 옹기종기 모여 앉아 무어라고 수다를 떨고 있는 중이었다.

그 애들은 내 모습을 보자마자 후닥닥 자리에서 일어나 또다시 춤추는 시늉을 하기 시작했는데 가뜩이나 몸도 불편하고 박자 관념도 없는 데다가 꼰대가 두드려 주던 북소리조차 없었으므로 그 모양새란 정말로 가관일 뿐이었다.

"야, 이 새, 새, 새끼들아. 모두 자리에 아, 아, 앉아라. 이 새, 새, 새끼들아!"

내가 눈을 동그랗게 뜨면서 소리치자 그 애들은 잔뜩 겁먹은 얼굴로 보조기를 철커덕거리며 땅바닥에 주저앉았다. 그러나 유미는 여느 때와 마찬가지로 샐쭉해진 얼굴을 하더니,

"치! 내가 왜 새끼냐? 빠찌 달린 게 왜 새끼냐? 꼬추 달린 게 새끼지. 그치? 그치?"

라고 중얼거리면서 못마땅한 듯 겨우 주저앉는 것이었다. 나는 잔뜩 기분이 상해 있던 중이었으므로 저걸 한 대 후려갈길까? 하고 생각했지만 용서하는 편이 좋으리라는 생각이 곧바로 들고야 말았다. 아직 비디오테이프를 보며 느꼈던 감동이 식지 않았기 때문이었다.

"이 새, 새, 새끼들아. 앞으론 조, 조, 좀 더 여, 여, 열심히 무, 무, 무용을 배워야 하, 하, 한다구. 아, 알겠니? 이 새끼들아."

만약에 내가 명재만큼이라도 말을 빨리 할 수 있었다면 좀 전에 느꼈던 감동적인 순간들을 조금의 차질도 없이 전할 수 있었을 테지만 불행하게도 나에겐 그럴 만한 능력이 없었다. 따라서 나는 무조건 열심히 하라고만 엄포를 놓을 수밖에 없었지만 달리 생각해 보면 오히려 엄포를 놓는 방법만이 가장 좋은 해결책일 것이라는 생각이 들기도 하는 터였다. 내 상식으론 아이큐 70짜리들이란 그저 막무가내로 다루는 편이 오히려 받아들이는 쪽에서 더욱 편하게 여길 것이라는 판단이 들었으므로.

그저 천진난만하게 땅바닥에 주저앉아 있는 아이들을 보자니 나도 가슴속이 뭉클해지기 시작했다. 도대체 저 아이들에게 무슨 죄가 있기에 세상 사람들은 저들을 깔보고 멸시하며 쪼가리, 나부랭이로밖엔 여겨 주지 않는 것일까. 과연 저들이 세상 사람들에게 무슨 피해를 끼쳤기에 세상 사람들은 저들이 지나가면 재수 없다고 침을 뱉거나 뒤따라 다니며 놀리는 것일까.

나는 이제야 꼰대의 깊은 마음을 다소나마 이해할 수 있게 되었다. 누가 뭐라고 해도 우리 꼰대는 천사와 같은 심성을 지녔을 것이다. 그렇지 않고서야 이 세상의 그 누군들 자기 자신을 희생해 가며 우리의 뒷바라지를 하려고 하겠는가. 좀 겉늙고 못생겨서 그렇지 우리 꼰대는 천사가 변신한 것임에 틀림없으리라. 아마도 꼰대의 외양이 형편없는 이유는 변신 과정에서 도술이 미숙했기 때문일 것이다. 가끔가다 변덕이 심하고 신경질을 자주 내는 것도 따지고 보면 변신 기술의 미숙으로 인해 생겨난 부산물일 것이다. 하여간 나는 천사의 일등 수제자이며 천사보다도 머리가 훨씬 좋은 아이였으므로 천사가 눈물을 흘리고 있을 때에 그 천사를 대신하여 아이들에게 무용을 지도해야 할 것이다.

이런 저런 생각을 하노라니 아이들에게 무용을 가르치긴 해야겠건만 도무지 내 동작이 굼뜨기만 했으므로 잠깐을 망설여야만 했다. 그러나 역시 궁하면 통하는 법이라, 기가 막힌 생각이 떠오르고야 말았는데 그건 다름 아니라 정확히

2분 정도만 먼저 북을 치리라고 생각하면 될 것이라는 아이디어였다. 그러면 2분쯤 후에 나는 첫 번째 북소리를 내게 될 것이고 그러면 아이들은 그때부터 자연스럽게 무용을 시작하면 되는 것이었다. 쉽게 말해서 나는 다른 아이들보다 2분만 앞서가면 만사 오케이라는 뜻이었다.

"옳지! 옳지! 역시 우리 대장이로구먼."

어느새 밖으로 나왔는지 꼰대와 애송이가 내 뒤에서 박수를 치기 시작했다. 나는 더욱 의기양양하여 신나게 큰북을 때리면서도 뒤를 돌아보고 싶은 마음을 억지로 눌러 참아야 했다. 이렇게 꼰대에게 칭찬을 듣는다는 것이 꿈만 같은데 공연히 칭찬하는 모습을 보기 위해 뒤로 목을 돌리려 하다가 북을 치는 동작과 혼란이라도 생긴다면 도로 아미타불이 될 게 뻔했기 때문이었다. 나는 이럴 때 가끔씩 내 자신에 대해 비애를 느끼곤 한다. 내 몸이 세상의 다른 아이들처럼 정상적이라면 지금 같은 순간에 얼마나 황홀함을 맛볼 수 있을 것인가. 꼰대가, 그것도 외부 인사와 함께 열렬히 나를 칭찬하는데 그 모습조차도 제대로 볼 수 없으니 이 아니 비통하단 말인가.

그러나 내 기분은 다른 때와는 비교할 수 없을 만큼 극에 달해 있었던 게 확실했다. 나는 그 순간 생전에 한 번 만나 본 적도 없는 베토벤을 떠올리기까지 했으므로. 아마 베토벤이란 외국 음악가가 지휘를 할 때의 심정도 지금의 내 심정과 거의 같았을 것이다. 시대와 배경은 달랐겠지만 귀머거리가 되어 아무 소리도 들리지 않는 상태에서 지휘를 한 끝에 청중으로부터 무수한 박수를 받았다고 하는데, 다른 사람에 의해 뒤로 돌려져 관중을 보았을 때의 그 심정과 지금의 내 심정이 뭐가 다를 것이 있겠는가.

나는 더욱 신나게 북을 두드려 댔으나 웬일인지 꼰대와 애송이는 장한 내 모습을 더 이상 보아 줄 생각도 않고 곧바로 어디론가 나가 버리는 것이었다. 역시 꼰대는 우리들의 마음을 그 정도밖에는 알아주지 못하는 사람이었다. 세상에 몸도 불편한 수제자가 온 정성을 다하여 북을 두드리는데 그 모습 좀 오랫동안 봐 준다기로서니 어디가 덧난단 말인가.

나는 갑자기 김이 새 버렸으므로 그만 북채를 멀리 집어 던지고야 말았다. 그러자 명재는 기다렸다는 듯이 머리통을 흔들며 바람 소리가 나도록 화장실로 달려갔다. 이제 그 녀석도 사춘기로 접어들었으니까 보나마나 제 꼬추를 보기 위함이리라. 그렇지 않아도 나는 요즘 들어서 희망원의 우두머리라는 의무감 때문에 고민을 하기도 했다. 무릇 어느 집단의 우두머리이든 자기의 보호 하에 있는 졸개들이 행복하게 살아가는 모습을 보고 싶어하는 것일진대 우리 희망원의 여러 아이들은 그야말로 행복과는 거리가 멀게 살아가는 듯싶었기 때문이었다.

하긴 나도 조금 전까지, 구체적으로 말한다면 꼰대에게 귀를 잡힌 채 끌려 들어가 비디오테이프를 보기 전까지는 정말이지 죽기보다 싫은 노릇을 하느라 애를 먹지 않았던가.

바로 피리와 춤이 원인이었던 것이다. 피리를 불고 춤을 추는 일이 얼마나 힘든 것인지는 간단하게 생각해 보아도 알 수 있는 일이다. 다시 한 번 분명히 말하건대 우리는 평범한 사람들과는 많은 차이점을 가지고 있는 것이다. 누워서 숨 쉬는 일만 불편하지 않을 뿐, 그 이외의 일은 우리에겐 모두 불편하게만 여겨졌다.

조금이라도 빨리 걸으려 하면 다리가 비비 꼬이질 않나, 머리통이 무거워서 앞을 똑바로 못 보질 않나, 앉았다 일어나거나, 일어섰다가 앉으려면 보조기를 철커덕거려야 하고, 화장실에서 용변을 보는 것도 크나큰 고역이며, 세숫물에 몸을 데는 등 우리들의 일상생활에선 이루 말할 수 없는 불편함과 위험이 산재해 있었던 것이다.

설상가상으로 그런 증상에서 하루라도 빨리 벗어나기 위해 우악스런 치료사들에 의해 팔다리를 비틀려 가며 뼈마디가 꺾이는 고통을 당해야 했던 것이며 학교에 가면 아이들의 놀림이나 받곤 했으니 평상시 우리들이 원하는 것이 무엇일까는 너무나도 자명했던 것이다.

그저 편히 누워서 주는 밥이나 먹으며, 만화책이나 보고 있으라면 원이 없겠건만 세상 만사는 그렇게 뜻대로만 되는 게 아닌 듯싶었다.

그런 우리들에게 하물며 정상적인 아이들도 하기 어려운 춤을 추라니 이게 도무지 납득이 되질 않더라는 거였다.

우리 희망원의 우두머리인 내 생각부터가 좀 전까지만 해도 이러했거늘 명재, 진수, 유미, 소야, 경희, 그리고 숙희의 마음은 또한 어떠할 것인가. 그 애들이 무언가를 호소하고 싶은 듯한 눈초리로 나를 보는 것만으로도 나는 이미 그 애들의 소원을 알 수 있었다. 그 애들은 만화책을 보고 싶다거나, 거울 앞에 다리를 벌리고 앉아 뻐찌를 비춰보고 싶다거나, 오줌을 싸서 축축해진 바지를 갈아입고 싶을 때의 눈빛이 아니었다. 단 하나, 제발 춤 좀 추지 맙시다! 피리 좀 불지 맙시다! 하고 눈으로 소리치는 것이 분명했다.

나는 그 아이들의 눈빛을 맞으면서 잠깐 동안을 심각하게 고민해야만 했다. 과연 저 아이들이 창창하게 펼쳐진 인생을 제대로 사람답게 살려면 어떻게 하루하루를 보내야 할 것인가에 대하여.

"야, 이, 이, 이 새끼들아, 나, 나, 날 따라우와!"

순간, 나는 위대한 결심을 하고야 말았다. 무슨 일이 있어도 우리 희망원의 아이들은 피리를 불고 춤을 추어야 한다는 생각이었다. 그래야만 저 아이들은 사람답게 살아갈 수 있을 것이다. 아무리 다시 생각해 보아도 꼰대의 뜻이 백번 옳은 것 같았다. 희망원 내에 계단을 없애고, 방문 손잡이를 기역자형으로 갈아 달고, 수도꼭지를 자동으로 갈고, 화장실의 거울을 경사지게 달고, 방문마다 손잡이 부분에 작은 유리창을 끼운들 우리들이 근본적으로 달라질 수야 없지 않은가. 아무리 희망원의 시설을 개조해서 지체 부자유자의 천국으로 만들어 놓은들 과연 우리들이 근본적으로 달라지는 게 뭐란 말인가. 우리는 여전히 정신박약아에 머물러 있을 것이며 여전히 문밖에만 나가면 냉대 받는 지체 부자유자들일 뿐이 아니겠는가.

이런 생각이 들자 나의 결심은 더욱 확고해지기 시작했다. 그렇다. 지금 당장에 이 아이들에게 비디오테이프를 보여 주어야 할 것이다. 마치 내가 비디오테이프를 보고 난 뒤 마음을 고쳐먹었듯이 이 아이들도 비디오를 보고 나면 마음을 바꿔 먹게 될 것이었다. 혹시 아이큐가 낮은 아이들이므로 전혀 감동하지 않더라도 상관없었다. 나는 그저 희망원의 대장으로서 나의 책임과 의무만 다하면 그뿐이니까. 누가 뭐라고 하든 나의 의무와 책임은 저 아이들을 진정한 행복의 길로 인도하는 것이니까.

"자, 나, 나, 날 따라우와!"

내가 앞장서자 아이들은 어디로 가는 것인 줄을 몰라 우왕좌왕하면서 내 앞뒤를 맴돌기 시작했다. 나는 바로 이럴 때에 내 동작이 느리다는 사실을 원망하게 된다. 날 따라오라고 큰소리를 쳤건만 막상 동작이 제일로 느리니 망신치고는 제일가는 망신이 아닐 수 없었다. 그러나 나는 의기양양하게 아이들을 몰고 꼰대가 쓰는 작은 방으로 들어갔다. 꼰대의 방에 이토록 많은 아이들이 한꺼번에 들어와 보기는 실로 오랜만이었는데 그래서인지 몰라도 아이들은 문지방을 넘을 때마다 서로의 얼굴을 쳐다보며 무슨 커다란 모의라도 하려는 사람들처럼 조심스럽게, 그리고 약간은 불안하게 일그러진 표정들을 짓곤 했다.

아이들이 모두 방으로 들어온 것을 확인한 뒤 나는 가장 정중한 태도로 비디오를 조작하기 시작했다.

테이프를 밀어 넣고 스위치를 돌리기만 하면 되는 일이었건만 나는 동작이 워낙 굼뜨고 손가락을 안으로 말기가 힘들었으므로 그 간단한 짓을 하는 데에도 몇 분이 후딱 지나가고 말았다. 이럴 때 명재 녀석이 좀 도와주면 좋으련만 그 녀석은 남의 속도 모르고 오히려 얼레꼴레 하고는 혓바닥을 날름거리기나 했다.

참으로 떡을 칠 놈의 자슥이라는 생각이 들었지만 워낙 이 자리가 근엄한 자리였으므로 나는 꾹 참기로 했다.

비디오와 연결된 텔레비전에서는 한쪽 팔도 없고, 양쪽 눈이 먼 남자가 역시 매우 감동적인 피아노 연주를 하고 있었다. 그 모습은 새삼스레 평온하게 여겨지면서 유독 내 가슴을 아프게 했는데, 꼰대가 내 앞에서 그러했듯이 나도 아이들 앞에서 감명적인 태도를 취하느라고 손수건을 꺼내 받쳐 들고 있었다. 하시라도 눈물이 쏟아지면 닦아 내리라고 마음먹으며 천천히 고개를 돌려 아이들을 바라보니 웬걸, 아이들은 지겨워서 몸을 배배 꼬기만 하는 것이 아닌가.

나는 순간적으로 화가 치밀어 올라서 옆에 앉아 있는 명재의 머리통을 냅다 후려치려고 했다. 그러나 명재의 동작은 마치 바람 소리가 나듯이 빨랐기 때문에 미처 내 손이 그의 근처에도 가기 전에 명재는 저만큼이나 피해 버리고 말았다.

“니, 니, 늬들 이 이 이거 재미 어, 어, 없니?”

“그래야. 재미 한 개두 없다. 우리 딴 거 보자야.”

유미였다. 언제나 유미는 나에게 바른 소리를 했으므로 나는 유미의 말이라면 무조건 옳은 말이려니 하고 믿었는데 하필 이 순간에 유미로부터 재미없다는 말을 들었으니 나로서도 더 이상 이걸 계속 보자고 고집할 수가 없는 노릇이었다.

“저기 또 하나 있다야. 저건 만화 영환가 부다야. 저거 보자야.”

유미는 꼰대의 책상 위에 놓인 다른 비디오테이프를 날름 꺼내다가 나에게 들이밀었다. 하긴 나도 목사라는 눈먼 사람이 피아노 치는 걸 연거푸 두 번이나 보자니 지겹다는 생각이 들기도 했던 차에 마침 유미가 다른 테이프를 꺼내 왔으므로 못 이기는 체하고 테이프를 갈아 끼워 버렸다.

그런데 새로 갈아 끼운 테이프를 보는 순간 나는 진정으로 놀라서 하마터면 그냥 정신을 잃을 뻔했다. 텔레비전을 통해 비쳐지는 화면 속에는 난데없는 꼰대의 결혼식 장면이 나오고 있었기 때문이었다.

"우와! 원장님이 장개 가네!"

아이들은 재미있다는 듯이 킥킥거렸지만 나는 그때까지도 놀라움으로 인해 가슴이 쿵쾅거릴 지경이었다. 꼰대가 장가를 갔었다니…… 그렇다면 여태껏 꼰대는 나를 속이고 있었단 말인가.

나는 가슴을 진정시키며 유심히 텔레비전을 보기 시작했다. 텔레비전 속의 화면은 그러나 갈수록 놀라운 일의 연속일 뿐이었다. 아리따운 여인과 결혼식을 올리는 장면으로부터 시작된 그 화면은 신혼여행 장면으로 이어지더니 웬걸, 갑자기 그 여인의 장례식 장면으로 바뀌는 것이 아닌가. 울며 통곡하는 꼰대의 모습이 나오는가 하면, 흰 국화꽃으로 장식된 장의차가 화면을 가득 메우는 것이었다.

나는 너무도 이상해서 비디오를 앞으로 되감아 돌려 다시 한 번을 보아야 했다. 좀 더 유심히 보자니 꼰대의 결혼식 장면에 이어 웬 꼬마의 얼굴이 보이곤 했는데 아마도 그 꼬마는 꼰대의 아들인 듯싶었다. 그리고는 곧이어 장례식 장면이 나왔고, 또다시 꼰대가 울고 하는 것의 연속이었는데 유심히 보니까 꼰대는 검은 리본이 둘러진 두 개의 사진 앞에서 울고 있는 것이었다. 그 사진은 분명 꼰대의 신부와 꼰대의 꼬마였다.

아! 아! 그랬던 것이다. 지금 생각하니 꼰대는 결혼을 해서 꼬마까지 낳았다가 사고를 당했든가 혹은 그 이상의 말 못할 사정으로 인하여 둘 다 천국으로 보내고 말았던 것이다.

나는 더 이상 텔레비전을 보고 있을 수만은 없었다. 하염없이 눈물이 쏟아지기 시작했기 때문이었다. 나는 가능한 한 빠른 동작으로 마당으로 뛰어나와 큰 북 채를 집어 들고는 있는 힘을 다해 북을 두드리기 시작했다.

꼰대는 분명히 우리들을 친자식처럼 사랑하고 있는 것이 분명하다는 생각이 머릿속 가득히 밀려왔으므로 나는 더욱 힘차게 북을 두드려 댔다.

빌어먹을! 나는 왜 이렇게 슬픈 꼴을 당해야 하는지 모르겠다. 고백하건데 나는 이미 담배 맛을 알고 있었으므로 이럴 때 담배 연기라도 깊이 들이마신다면 여한이 없을 것 같았다.

내가 있는 힘을 다해 두드리는 북소리는 담장 너머로까지 힘차게 뻗어나갔지만 꼰대의 방에서 텔레비전을 보고 있는 아이들의 귀에까지는 들리지 않는 모양이었다. 그 애들은 여전히 텔레비전을 보며 히히덕거리고 있었는데 나는 갑자기 그 애들이 잔뜩 부러워지기도 하는 것이었다.

참, 세상은 알다가도 모를 일이라는 생각이 들었다.

바람도 때론 슬프다

2004년 『現代文學』 9월호에 발표

바람도 때론 슬프다

* 500년 전

자기 아내가 재혼하게 되리라는 소식을 들은 병약한 성주 히로다다는 벚나무에 말고삐를 매다 말고 가문의 부하인 하치야에게 말했다.

"하치야!"

"네!"

"그댄 사람을 믿을 수 있겠나?"

"믿지 않으면 살아갈 수 없는 게 아닐까요?"

"음, 차라리 풀잎의 이슬을 믿어야 하겠지. 저 벚꽃 잎들을 보아라."

"예?"

"벚꽃은 깨끗한 꽃이지. 대번에 펴서 대번에 진다. 두 사내를 섬길 정도로 미련한 꽃이 아니거든."

히로다다는 깨끗하지 못한 이별을 하느니 대번에 흔적도 없이 져버리고 마는 벚꽃처럼 자기 아내도 대번에 목숨을 끊고서라도 깨끗하게 결별해주는 쪽을 원했다.

* 10년 전

서베를린의 슈판다우 감옥에서 46년이 넘도록 홀로 갇혀 살던 나치 독일의 부통령 루돌프 헤스는 그 기나긴 세월 동안 창틀에 의해 조각난 하늘과 초목, 그리고 가끔씩 날아드는 새들만 바라보고 살았다.

어느 날 그는 간수를 향해 독백처럼 느릿느릿 말했다.

"난 다시 태어나도 같은 길을 걸을 테다. 히틀러의 오른팔로 일할 기회를 결코 놓치지 않을 것이야. 그뿐인가. 또다시 슈판다우 감옥에서 일생을 마치게 될 것이다."

그리고 곧 그는 자살했다.

* 수십 년 전, 혹은 수년 전

헤밍웨이는 자살했다. 로맹 가리도 자살했다. 들뢰즈도 스스로 목숨을 끊었고 몽테를랑도 스스로 자길 죽였다. '금각사'를 쓴 미시마 유키오도 할복 자결했으며 신춘문예로 등단한 우리의 아까운 소설가 모씨도 역시 자살했다. 제임스 딘은 자동차 사고로 죽었지만 아마 자살했을 것이라 생각된다. 역시 자동차 사고로 죽은 알베르 까뮈나 롤랑 바르트도 마찬가지일지 모른다. 대법원에서 높은 직위로 일하던 내 아버지도 겉으로 보기엔 지프차 추돌에 의한 뇌일혈로 사망했지만 스스로 뒤통수를 세게 부딪쳐 목숨을 끊었을지도 모르는 일이다.

* 며칠 전 오후

사무실에 늦게 출근해보니 꽃병에 꽂혀 있던 장미 세 송이가 목을 늘어뜨린 채 죽어 있었다. 스카프에 목이 감겨 죽은 이사도라 덩컨의 모습이 그러했을까. 하필 어제 밤늦도록 읽던 책이 덩컨의 일대기였는데 바로 그 장면에서 나는 책을 덮어 버렸다. 실없이 떠들었던 하루를 반성하며 사람은 언젠가는 죽을 것이므로 이제부터라도 사랑하지 않으면 안 된다는 생각을 했을 것이다.

고개를 숙이고 죽어 있는 장미를 보고 나서부터 공연히 귓구멍 속이 가렵기 시작했다. 가렵기도 하고 가끔은 욱신거리는 것 같기도 해서 손가락을 넣어 후벼보면 새끼손가락 끝에 진물이 묻어나오면서 잠깐 동안 시원해지기도 한다. 그러다가 곧, 손가락 끝에 묻어나온 습기가 귓구멍 속 상처에서 흘러나온 진물이 아니라 그 여자의 침일지도 모른다는 생각에 잠시 소름이 돋는다. 손가락 끝에 묻어나온 그 여자의 침에서는 아직도 윤기가 흘렀다. 어쩌면 싱싱한 생선의 비늘 하나가 들러붙어 있는 것처럼 반짝 하고 빛이 반사되기도 한다. 일주일 동안이나 내 귓구멍 속에 남아 있는 그 여자의 침…… 어쩌면 내 양쪽 귓구멍에서는 지난 한 주일 내내 은은한 광채가 새어 나오고 있었을지도 모르는 일이다. 그 여자의 혀끝이 내 팔뚝을 타고 어깨선을 따라 미끄러져 올라갈 때마다 달팽이가 지나간 흔적처럼 습하면서도 매끄러운 광채가 그어지곤 했다. 붉은 전등의 허약한 빛으로는 전혀 파고들 수 없는 미끄러운 자국. 그 여자의 혀끝이 지나간 자국 위로는 늘 붉은 전등 빛이 실처럼 이어져 광채를 흘리곤 했다. 그렇다면 나는 일주일 내내 정사의 흔적을 귀걸이처럼 빛내며 양쪽 귀에 달고 다닌 셈이 아닌가. 적절하지 못한 관계에서의 정사, 에로틱하지만 늘 무엇엔가 쫓기는 듯한 불안한 행위. 다른 여자의 맨살갗을 어루만지면서도 내 살갗은 파충류의 각질보다도 단단하게 움츠리게 되는 질식의 일종.

* 며칠 전, 그로부터 일주일 전

나는 적절치 못한 관계인 줄 알면서도 그 여자와 함께 침대에 누웠다. 장마가 시작되려는 즈음이라 잿빛 구름을 뚫고 나온 햇살이 바란 홑이불처럼 담벼락에 매달려 있는, 그러나 지독히도 끈끈하고 더운 여름날 오후였다.

모텔을 찾아 들어간 우리는 3만 원을 내고 방으로 들어서자마자 덧문을 닫아 걸고 커튼을 내려 방안을 어둡게 만들었다. 모든 스위치를 다 내려도 꺼지지 않는 붉은 전구 하나 때문에 거울 속에 비친 우리들의 피부는 붉은 지렁이처럼 번들거렸다. 깊고 붉은 어둠의 암실에서 그 여자는 나를 침대에 눕힌 채로 나의 두 팔을 벌려 내 손으로 침대 시트 자락을 움켜쥐게 하고 제일 먼저 내 귓구멍 속에 부드러운 혀끝을 밀어 넣었다. 더운 입김과 함께 그 여자의 침이 단지에 부어지는 향유처럼 내 귓구멍 속으로 빨려 들어왔고 묶이지는 않았으나 묶인 것과 마찬가지인 내 두 손은 움켜쥔 침대 시트 자락만을 우악스럽게 비틀어댔다. 지렁이처럼 벌겋게 물든 내 귓가를 따라 번득였을 달팽이의 흔적.

* 장맛비가 쏟아지던 날

내가 이비인후과를 찾아가기로 마음먹은 것은 본격적으로 장맛비가 쏟아지기 시작한 날이었다. 가려움증도 더욱 심해졌지만 더 이상 그 여자와의 정사 흔적을 귀에 달고 다닐 수 없다고 여겼기에 책상 서랍 속에 처박혀 있던 건강보험증을 뒤져내어 병원으로 향했다.

"쯧쯧, 귓구멍을 마구 후벼 팠군그래."

쇠붙이로 만든 접시에 쇠붙이로 만든 핀셋 같은 것을 내려놓는 소리가 들렸다. 딸칵 하는 마찰음에 불과했지만 구두 속의 발가락이 움찔해질 정도로 신경이 곤두서는 소리였다. 의사가 신경질을 내고 있지나 않은지 불안했다.

나에게는 귓구멍을 후비지 말라고 훈계하던 이비인후과 의사. 그러나 본인은 마음껏 내 귓구멍을 후비고, 무언가를 털어내고, 진공청소를 하듯 석션(suction)으로 속을 훑어냈다. 의사가 귓구멍 속을 건드릴 때마다 담장이 무너지는 소리가 들리기도 하고 들끓는 파도 소리가 들려오기도 했다. 직경 8밀리의 구멍 속으로 오토바이가 달리고 태풍이 몰아치거나 화산이 터지거나 하다가 가끔은 그 여자의 색정 어린 신음이 밀려들어 오곤 했다.

"아, 아아!"

가느다란 쇠붙이로 긁어대는 모양이지만 통증보다 쾌감이 더 크게 전해졌다. 나는 신음인지 비명인지 모를 소리를 지르면서 질끈 눈을 감았다. 나는 진료 의자에 비스듬히 누운 자세였고 의사는 상체를 바짝 곧추세운 자세였다. 조금 전까지 눈앞에 어른대던 오목거울의 반사광과 간호사의 긴 머릿결이 눈을 감자마자 붉은 장막을 가로질러 달리는 검은 말의 갈기처럼 눈꺼풀 속에서 뒤숭숭했다. 그리고는 귓구멍 속을 파고드는 바퀴벌레 한 마리. 한 쌍의 더듬이와 세 쌍의 날카로운 다리가 갈고리를 세운 채 내 귓구멍 속을 파고드는 모양이었다.

"아, 아아!"

바퀴벌레가 귓구멍 속에서 터져버렸는가. 퍽! 소리와 함께 축축한 느낌이 들었다. 의사는 어쩌면 내 귓구멍 속에서 그 여자의 혀끝을 꺼냈을지도 모를 일이다.

* 19년 전, 어느 봄날

이제 스물세 살에 접어든 아들이 귓구멍 속을 다친 것은 19년 전이었다. 물론 나도 갓 서른을 넘긴 나이였고 결혼한 지 서너 해를 넘긴 즈음이라 첫 아이를 기르는 동안의 당혹스러움에서 차츰 벗어나 회사 업무에 몰두하던 무렵이었다. 주말이었던가. 모두들 퇴근한 빈 사무실에서 불경스럽게도 상무이사의 자리에 앉아 무료하게 회전의자를 돌리고 있던 나른한 봄날 오후였다. 오일쇼크를 빌미로 점점 각박해져 가는 회사 측의 씀씀이를 속으로 불평하며 상무 책상 유리 밑에 깔린 전국 골프장 전화번호 목록을 읽던 중에 전화를 받았다.

"어떡해요, 나 어떡해……."

"무슨 일야? 왜 그래?"

"정훈이가, 우리 정훈이가……."

정훈이가 죽었다는 말은 절대 아니었다. 그러나 내 눈 앞엔 창백하게 먼동이 트는 것처럼 약간의 광채가 담겨 있으면서도 뿌연 안개가 펼쳐지기 시작했다. 안개 속에서 내 아들이 피를 흘리고 있었다. 여자의 생리 자국처럼 붉은 얼룩을 살가죽 위에 번져내면서.

그 무렵 나는 영화에 중독되어 있어서 어떤 날엔 연이어 세 편이나 되는 영화를 한자리에 앉아서 보기도 했다. 일요일이나 공휴일에 브이티알을 틀어놓으면 영화를 보다가 잠이 들기도 하고 다시 깨어나 한동안 줄거리가 흐른 영화를 다시 보기도 했다. 무협 영화를 보고 연이어 포르노를 보고, '허수아비'나 '길'과 같은 영화를 보고, '자이언트'를 보고 '태양은 가득히'를 보고, '아메리카의 비극', '위대한 개츠비'를 보노라면 소파에 기댄 허리가 굳어 움직일 때마다 우두둑! 아드득! 하는 소리가 들리기도 했다.

좋은 영화 간판이 걸려있으면 게이들이 모인다는 종로 뒷거리의 극장도 마다않고 찾아갔으며 영화 주인공이 마음에 들면 그에 관한 잡지 기사는 물론 외국 친구를 통해 그의 전기를 찾아 읽는 버릇마저도 생겨났다. 르네 끌레망 감독이 유치장에서 세기의 미남 알랭 드롱을 만나던 날, 드롱은 파고드는 고독을 참지 못하고 아파트 옥상으로 올라가 둥근 보름달을 향해 엽총을 쏘아댄 이야기며 비비안 리를 찾아내기 위해 엄청난 규모의 세트장에 불을 지른 프레밍 감독의 이야기는 모두 그때 읽거나 들어서 알게 된 것들이었다.

내 아들이 귓구멍으로 엄청난 피를 흘린다는 말을 듣고 나는 순간 영화를 보고 있는 것이라는 착각에 빠져들었다. '볼사리노'에서 알랭 드롱도 어깨에 피를 흘렸고 '지바고'에서는 오마샤리프가 크렘린 궁성 앞에서 기마병들에게 살해된 노동자와 학생들이 흘린 피를 보고 있었다. 알렉산더 대왕의 칼에도 피가 묻어 있었고 익사해 죽은 시인 셸리를 물에서 건져내었을 때에도 그의 코 언저리에는 분홍빛 핏물이 흐르고 있었다.

"당신, 왜 아무 말이 없어…… 빨리 와요, 빨리 와. 여기 성모병원이야."

나는 그제야 정신을 차리고 상무이사의 회전의자를 박차며 일어섰다. 내 아들이 죽었다. 아니 그럴 리는 없을 거야. 하지만 귓구멍에서 엄청난 피를 흘리고 있다. 달리는 택시 안에서도 나는 동동 발을 구르며 기사를 다그쳤다.

"빨리 갑시다. 아저씨 좀 빨리요! 그냥 달려 이 양반아!"

* 다시 이비인후과에서

병원에서 의사가 내 귓구멍을 후벼 그 여자의 혀끝을 꺼내고부터 도통 아무런 말소리도 들리지 않는다는 사실을 깨달았다. 덩치 큰 고물 미제 냉장고의 모터가 돌아가는 소리, 혹은 어린 시절, 연막을 내뿜는 소독차의 뒤에 매달렸을 때처럼 갸르릉! 하는 울림소리만이 들릴 따름이었다.

"글쎄 귓구멍을 후비면 안 된다니까요."

또다시 의사가 쇠붙이로 만든 접시에 쇠붙이로 만든 핀셋을 딸칵 내려놓으며 말했다. 그러나 내 귓속으로는 자갈밭을 달리는 말발굽 소리처럼 와그락거리는 소리만이 들려올 뿐이었다. 의사가 뭐라고 말하든 말든 나는 진료 의자에 길게 누워서 오목거울의 반사광에 눈을 찡그리고 있었다. 어쩌면 귓구멍 속이 아파서 찡그린 것인지도 모르겠으나 어쨌든 황동 빛 반사광 속으로 말갈기처럼 늘어져 있는 간호사의 머릿결이 부드럽게 출렁이고 있음은 쉽게 감지할 수 있었다. 그리고 나는 연신 귓구멍을 후비지 말라고 엄포를 놓으면서 무자비하게 내 귓구멍을 후벼대는 의사를 증오하고, 머릿결로는 내 가슴팍을 쓸어내리면서 실수로라도 풍만한 유방을 내 어깨나 가슴에 비벼댄 적이 한 번도 없는 간호사를 증오하고 있었다. 그리고 모텔에서 함께 침대에 드는 관계이면서도 길을 걸을 때면 전혀 낯설어지는 그 여자의 모든 것, 모텔 입구에서 도깨비방망이 형태의 콘돔을 사주면서도 생일날 꽃 한 송이 사주지 않던 것, 혀끝으로 내 온 몸에 달팽이 자국을 만들면서도 결코 어느 한 곳은 애무조차 하지 않는 것, 내가 결혼한 유부남인 줄을 알면서도 단 한 번도 내 아내라든가 아들, 딸에 대한 질문을 하지 않는 그 모든 것을 증오하고 있었다.

의사가 귓구멍에 무엇을 집어넣었는지 몰라도 갑자기 귀 언저리가 후끈 달아올랐다. 그리고는 온몸으로 이상한 전율이 자르르 흐르는 것이 아닌가. 신경이 밀집해 있는 구멍 속의 통증은 간혹 이처럼 쾌감으로 변질되는 것인지도 모른다. 내 귓구멍 속으로 핀셋이 들어오고, 석션이 훑고 지나갔어도 결국엔 통증보다 쾌감이 밀려온다는 사실에 나는 새삼 놀랐다. 그뿐인가. 내 귓구멍으로 바퀴벌레가 기어가고 오토바이가 드나들고, 착암기가 진동을 해도 결국엔 서서히 밀려드는 쾌감.

갑자기 성 의학을 전공한 설현욱 박사가 떠오르고 장미여관으로 가자던 마광수 교수가 생각났다. 단단한 남근을 화폭에 담은 이목일 화백이 생각나고, 회사 브로슈어를 제작할 때에 홍보실 직원을 따라 인쇄소 사장 집에서 8밀리 영사기로 함께 돌려보던 포르노 영화 장면이 떠올랐다. 클로즈업되어 용암처럼 분출하던 '허공을 향한 사정'이 언제부터 자연스러운 눈요깃감이 되었을까. 여자가 단단한 남근을 요구한다는 사실을 프로이트 이전엔 아무도 몰랐던 것일까? 아니면 프로이트 이전 시대의 남자들은 모두 도덕책에 실릴 만한 신사들뿐이었을까?

"왜 이렇게 귓구멍이 가려운가요?"

귓속에 들어 있는 바퀴벌레가 요동을 치는지, 혹은 귓속에 남아 있는 그 여자의 혀끝에서 아직도 침이 흘러나와서인지 질펀거리고 부스럭대는 소리 때문에 내 목소리가 다른 남자의 목소리로 들려왔다. 원래 내 목소리를 내가 직접 듣는 것과 녹음기에 녹음을 해서 재생하여 듣는 것과는 차이가 있게 마련이지만 이도

저도 아닌 전혀 다른 목소리로 들려오는 것은 또 무슨 까닭인지.

'일종의 곰팡이라고 생각하면 돼요. 곰팡이는 털어 내야지요. 요즘엔 장마철이라 치료가 조금 늦어질 수도…….' 어쩌고 하며 의사가 말하는 것 같았지만 정확하게 알아들을 수는 없었다. 정말이지 이젠 아무런 말소리도 들리지 않게 된 듯하여 불안하기까지 했다. 다만 내 귓가를 맴도는 단어는 곰팡이, 곰팡이였다.

* 곰팡이를 털어내다

아내와 내가 잠자리에서 몸을 섞지 않게 된 것도 아들이 사고를 당하고부터였다. 아들은 귓구멍 속의 뼈가 부스러져서 무려 6개월이나 병원에 입원해야만 했다. 겨우 네 살밖에 되지 않은 그 녀석은 한쪽 귓구멍을 바닥으로 향한 채 사흘간이나 뇌척수액을 질질 흘려내었고 아내는 베드 옆에 창백한 얼굴로 쪼그리고 앉아 시험관에 그것을 방울방울 받아내었다. 시험관에 뇌척수액이 손가락 한 마디 정도 차오르면 아들은 처치실로 불려가서 제 발바닥 길이보다도 긴 주삿바늘을 등뼈 마디 사이에 꽂아야만 했다. 비명을 지르며 우는 아이를 달래기 위해 막대사탕을 수십 개나 사면서 나는 소름 끼치도록 위대한 말씀 한마디를 떠올렸다. 육(肉)은 슬프다. 모든 고깃덩어리는 슬프다.

아내도 분명히 슬퍼했다. 나는 아내와 몸을 섞은 것으로 그만이었으나 아내는 그 후로부터 열 달에 이르도록 배 속의 핏줄로 그 녀석을 감싸고 있질 않았던가. 그리고 자결하듯이 몸을 찢어 그 녀석을 토해내었으니 나보다 열 배, 백 배 슬펐을 것이다.

아들이 6개월이나 병상에 누워 있는 동안 나는 아내와 섹스할 엄두조차 내지 못했다. 그 기간 동안 아내는 분명 성녀였다. 은총이 가득하신 마리아여 기뻐하소서. 주께서 함께 계시니 여인 중에 복되시며 태중의 아들 예수 또한 복되시도다.

천주의 성모마리아여 이제 와 우리 죽을 때에 우리 죄인을 위하여 빌어주소서.

6개월이 지나 아들은 퇴원했다. 어린 나이에 오랜 기간을 병상에 누워 있다 보니 다리 근육이 퇴화하여 제대로 걷질 못하고 내 팔에 매달려 절뚝절뚝 끌려가다시피 하는 모습에 아내는 한참이나 울었다. 나와 아내는 분명 죄인이었다. 우리를 위해 빌어주는 사람도 없는 죄인. 그 죄인들이 무슨 낯으로 이부자리를 깔고 나란히 누워 섹스를 할 수 있겠는가.

아들이 퇴원한 뒤로부터 나는 아내와 동침하는 것을 두려워했다. 나는 그렇다 치고 아내는 아예 그런 행위 자체를 싫어하는 것 같았다. 화장실 수납장 속의 생리대가 조금씩 줄어드는 것으로 보아 매달 생리현상은 겪는 것 같았지만 배란을 위한 동물적 욕구는 아예 사라진 것만 같았다. 내 아내의 육은 언제부턴가 슬펐기 때문이다. 육은 슬프다. 더구나 죄인의 고깃덩어리는 숭고할 정도로 슬프기 그지없다.

그러나 나는 아내와 조금 달랐다. 나는 6개월간에 걸친 애도 기간과 또다시 6개월 정도에 이르는 두려움의 기간을 지내고부터는 자활(自活)하고 싶은 욕구가 슬슬 살아나고 있음을 깨달았다. 정신적으로 홀몸으로 지낸다는 것은 나에겐 쓸쓸한 일이었고 어찌 보면 위험한 일이었다. 고독이나 권태로움에서 비롯되는 것이 아니라 초조함과 불안함에서 기인하게 되는 상상력! 나는 드디어 환상 속을 걸어 다니게 되었다. 회사에 출근해서는 상무이사의 비서와 머릿속으로 섹스를 했다. 섹스 중에 경리 여직원이 지나가면 재빨리 그녀에게도 덤벼들었다. 점심을 먹다가는 여종업원과 섹스했고 지하철 안에서는 책 읽는 여대생과 했다. 물론 그 모든 것이 상상 속에서 이루어졌을 뿐이지만 나는 점차 자활의 길로 접어들고 있었던 것이다.

그러다 보니 지난 한 해 동안 나의 성기 끝에서 자라고 있던 곰팡이가 조금씩 털려나가는 느낌이 들곤 했다. 비록 느낌에 불과했지만 나의 에로스에는 검은 곰팡이, 혹은 붉거나 푸른 이끼 모양의 곰팡이가 자라고 있었을 것이다. 이제부터는 적극적으로 곰팡이를 털어내야 할 것이다. 목욕탕에서 젖은 몸에 비누칠을 하다 말고 나는 갑자기 기분이 좋아지기 시작했다. 자활! 갱생! 나는 갑자기 자유로워지고 있었다. 아직 진정으로 자유로워진 것은 아니었지만 적어도 내 몸의 돌출부, 성기 끝에서 자라던 곰팡이를 털어낸다는 것은 해방이었고 새로운 출발이었다. 이제 그토록 좋아하던 영화도 다시 보게 될 것이다. 새 출발을 하는 것이므로. 젤소미나였던가? 대충 잊혔던 영화 '길'에서 앤소니 퀸과 새 출발을 다짐하며 그 천진난만한 눈을 동그랗게 뜨던 여주인공의 모습이 떠올랐다. 하지만 젤소미나가 작품 속의 이름인지 여배우의 이름인지는 분명히 떠오르지 않았다. 거품으로 뒤집어쓴 비누향기가 나를 갑자기 유년의 아득한 추억 속으로 몰고 갔기 때문이었다. 까마득한 옛날, 자그마한 막대 솜사탕처럼 생긴 민들레 홀씨가 지천으로 열려 있던 그 날.

* 40년 전

1963년 음력 4월 19일. 서울대학병원에서 아버님이 운명하셨다. 어제까지 대법원에서 높은 직위에 앉아계시던 아버님이었지만 퇴근길 지프차에 추돌당한지 20시간 만에 불귀의 객이 되고 말았다. 갑자기 청상이 된 젊은 어머님은 여섯 살밖에 되지 않은 나를 영안실로 데리고 가서 아버님 시신 앞에 절을 올리라고 했다. 하지만 나는 조용히 누워계시는 아버님 앞에서 절을 하는 것보다 화단에 지천으로 피어있는 솜 막대기, 민들레 홀씨를 꺾어 모으는 편이 훨씬 신나고 재미있었다. 그러므로 나는 등을 내리누르는 어머님의 손을 뿌리치고 화단으로 달려나갔다. 화단은 넓고 푸르렀으며 얼굴을 스치며 흘러가는 음력 4월의 봄바람은 싱그럽기 그지없었다.

"이 철없는 놈아. 절을 하고 가야지……."

어머님의 목소리는 이내 통곡 속으로 잦아들었다. 통곡, 철없는 놈, 휘익 스치는 바람 소리, 내가 부르는 콧노래 소리, 그렇지만 분위기에 젖어 나도 모르게 흘리던 눈물, 이런 것들이 맴맴 하늘가를 맴돌고 있었다. 아마도 나는 민들레 홀씨가 매달린 꽃대롱을 한 움큼 꺾어 쥔 채로 화단 위를 뒹굴었던 모양이다.

눈을 떴을 때 나는 어머님의 소복 치맛자락에 덮여 있었다. 눈이 퉁퉁 부어서 다른 사람처럼 보이던 어머님은 그때까지도 울음이 가시지 않은 목소리로 누군가와 말씀을 나누는 중이었다.

"어쩜 그렇게 벚꽃 지듯이 대번에 죽어버리니. 어쩌면 그렇게 감쪽같이 세상을 뜨냐 이 말이다. 나한테 미안하지도 않은가 봐. 난 이제 어떻게 사니……."

* 15년 전

1989년 음력 2월 10일. 기관지 천식을 앓던 어머님이 돌아가셨다. 슈판다우 감옥과도 같이 침침하고 습기 찬 대법원 별관 건물 지하 세탁실에서 4반세기를 세탁부로 살아온 내 어머님은 그 기나긴 세월 동안 커튼을 털 때마다 흩날리던 검은 먼지와 법관들의 검은 법복에서 배어나는 냉랭한 느낌만을 감지하며 살아왔다. 아직 봄이라고 하기엔 이른 늦은 겨울 아침이었다.

숨을 거두시기 직전, 해소 발작으로 인해 가래를 끓이면서 어머님은 독백처럼 느릿느릿 말씀을 이었다.

"난 다시 태어나도 너희들과 함께 살테야. 그러려면 먼저 죽은 너희들 아버지와 결혼할 기회를 결코 놓치지 않겠지. 만약에 늬들 아버지가 그때에도 먼저 죽으면 또다시 세탁부로 일하다가 해소병으로 죽게 되겠지. 가난했지만 잘 자라준 너희들 그동안 참 고마웠다."

그 말씀을 마지막으로 어머님은 더 이상 숨 쉬지 않았다.

* 다시 며칠 전 오후

귓구멍을 후비느라 눈을 질끈 감고 있은 지가 얼마나 되었을까. 새끼손가락과 귓구멍의 틈새에서 찌걱찌걱 소리가 나는 동안에도 나는 양쪽 귀에서 흘러내리는 정사의 흔적, 그 여자와의 부적절한 관계로 비롯된 흔적 때문에 마음이 영 불안했다. 장마철이라서 그런가. 습기를 먹어 잘 열리지 않는 책상 서랍을 공연히 여닫으며 한숨만을 쉬고 있었는데 어디선가 장미 향기가 솔솔 풍겨나고 있음을 알게 되었다. 놀라운 일이었다. 장미꽃 세 송이가 죽은 지는 이미 오래 전. 아직 장미꽃의 장례 기간이 끝나지 않아서일까? 죽은 장미는 죽어서도 향기를 이 세상에 전하고자 애쓰는 것일까?

사무실에 출근했을 때, 장미 세 송이가 죽어 있음을 깨달은 즉시 나는 그 꽃들의 장례를 치러주기로 마음먹었다. 목 졸려 죽은 이사도라 덩컨처럼 창백한 꽃잎의 흰 장미들을 조심스레 화병에서 뽑아내어 굽어진 목을 바로 펴고 회의용 칠판으로 사용하는 화이트보드에 거꾸로 세워 테이프를 붙여놓았다. 아직 수분을 머금고 있던 장미 줄기는 여전히 말랑말랑해서 목을 바로 펴는 데에 아무런 어려움도 겪지 않았다. 물론 그 작업을 하는 동안 꽃잎 한 장도 떨어뜨리지 않았음은 물론이다.

(이제 거꾸로 누워 몸을 말린다.

모든 것에 마지막이 있음을 알기에

거꾸로 누워서도 내 마음은 편하다.)

장미꽃들이 조용히 흐느끼고 있는 듯했다. 꽃들이 무슨 죄를 지었기에 죽음으로 몰려가는가. 자신이 저지른 죄의 사함을 어떻게 받아야 하는 것인가. 죄의 사함을 받으려면 누구나 참회의 과정을 거쳐야 한다. 하지만 참회가 불가능한 죄도 있다고 했다. 그것은 바로 누군가를 사랑했기 때문에 저지른 죄.

이 사무실에서, 나는 지난 며칠간 죽어 거꾸로 매달린 저 장미꽃들만을 사랑했다. 아마 저 꽃들은 나의 진심을 알고 있을 것이다. 그렇지 않고서야 저토록 어여쁜 자태를 고스란히 유지한 채로 미라가 되려고 하겠는가. 아무런 앙탈이나 몸부림도 없이…… 꽃에도 무게가 있었던가, 편안히 머리를 늘어뜨린 장미 세 송이에 넋이 빠져 있는 동안 한결 마음이 편안해졌다.

* 다시 며칠 전, 그로부터 일주일 전

그 여자가 내 몸 위에 달팽이의 흔적 만드는 행위를 멈춘 것은 모텔에 들어온 지 거의 한 시간이 지나서였다. 웬만한 달팽이라도 내 몸 위를 그렇게 샅샅이 누비고 다녔다면 진액이 다 빠져서 호두껍데기처럼 몸이 단단하게 말라버렸을 테지만 그 여자의 혀끝은 아직도 촉촉이 젖어 있었다. 그 여자는 내 몸의 감각기관들을 나보다도 훨씬 잘 알고 있었다. 혹시 남자의 감각을 탐지하는 촉수가 그 여자의 혀끝에 돋아나 있지는 않았을까.

그 여자의 혀끝이 달팽이가 되어 있는 동안 나는 무려 세 번을 넘도록 죽음의 문턱을 넘나드는 기분이었고 그때마다 삶의 끈을 놓치지 않으려고 앙다문 이의 틈새로 잦은 신음을 토해내곤 했을 것이다. 붉은 전구 한 알로 인해 지렁이 빛으로 변해 버린 내 피부는 아직까지 잔뜩 긴장된 채여서 땀구멍 하나하나마다 솜털 하나하나가 박혀 있는 듯했다.

그러나 나는 괴로웠다.

내 몸의 땀구멍은 한결같이 히로다다, 루돌프 헤스, 헤밍웨이, 로맹 가리, 들뢰즈, 몽테를랑, 알베르 까뮈, 미시마 유키오, 신춘 소설가 모씨, 제임스 딘, 롤랑 바르트의 죽음을 향해 열려 있었고, 내 몸의 솜털은 그 땀구멍 하나하나 마다에서 그 죽음에 대한 해답을 구하고 있었다. 아! 아직도 불가사의한 아버님의 벚꽃 같은 죽음, 그리고 4반세기 넘게 그 죽음을 안타까워하다가 숨을 헐떡이며 따라 가신 어머님.

아마도 '믿음'이었을 것이다. 그 모든 분들이 죽음으로써 알리고자 했던 의미는.

"내가 같이 살자고 하면 살아줄 수 있어요?"

"그럴 수 없는 처지란 걸 잘 알면서."

"그럼 날 사랑하지 않는다는 건가요?"

"또 쓸데없는 소리."

믿음, 소망, 사랑, 이 세 개의 단어가 숙명처럼 떠오르면서부터 갑자기 귓구멍 속이 욱신거리기 시작했다. 가끔 귓속에서 심장 뛰는 소리가 들리는가 싶더니 미치도록 가려워지곤 하는 것이 중이염이라도 걸린 듯싶었다.

"사랑해요, 나의 피앙세"

피앙세라면 약혼자를 의미한다. 짐작컨대 정신적인 약혼자라는 의미일 것이다. 그 여자는 나보다 열 살이나 어렸고 내 아내보다는 일곱 살이나 어렸지만 몸속 깊이 나에게로부터 사랑을 원하고 있음이 분명했다. 이를테면 사랑은 나이와는 하등의 상관이 없음을 증명하는 순간이었다. 다만 믿음, 소망, 사랑의 가치를 놓고 과연 그 순서 매김을 어떻게 해야 하는 것인지에 그만 가슴이 답답할 지경이었다.

혹시 내가 저녁 예불 시각에 맞춰 해인사 앞마당에 엎드려 있는 것이나 아닐는지. 갑자기 귓구멍 속으로 데엥! 하는 범종 소리가 울리는가 싶더니 두두두두 이어지는 법고 소리, 어탁 소리, 장중하게 울려 퍼지는 독경 소리에 그만 어지러워졌다.

나는 붉은 전등이 켜진 싸구려 모텔 방에서 침대보를 움켜쥔 채 납작 엎드려 불그스름한 등신불로 변해가고 있었다.

* 마지막 날, 이비인후과에서

"이젠 거의 나았군요. 후비지만 않았으면 좀 더 일찍 완쾌되었을 텐데."

치료를 성공적으로 끝냈다는 표시인지, 혹은 더 이상 내 귓구멍 속을 들여다보기도 싫다는 뜻인지 의사는 쇠붙이로 만든 접시에 역시 쇠붙이로 만든 핀셋을 평소보다 힘주어 딸가닥! 하고 내려놓았다. 그러자 갑자기 세상 만물의 소리가 또렷하게 들려오기 시작했다. 눈을 뜨니 지난번까지만 해도 희뿌윰하게 어른대던 오목거울의 반사광마저도 송곳이 되어 눈 속을 파고들었다. 나는 눈을 감은 채로 물어보았다.

"그럼 더 이상 가렵거나 욱신거리지 않게 되나요?"

"물론 그렇겠지요?"

뜻밖이었다. 나는 의사에게 물었건만 대답은 늘 머리카락을 길게 늘어뜨리고 있던 간호사가 대신했다. 대답이라기보다는 오히려 내게 물어보는 투였다.

"이제 다 나았어요. 한 번만 더 오시면 끝이에요. 시원섭섭하시죠?"

시원하긴 하지만 섭섭하다니. 섭섭하…… 다니.

그랬다. 섭섭한 건 내가 아니라 간호사였던 모양이다. 그동안 실수로라도 내 몸에 닿은 적이 없었던 간호사의 젖가슴이 내 오른쪽 볼을 지그시 누르고 있는 것으로 보아 분명 그랬을 것이다. 간호사는 제 가슴과 내 오른쪽 귀가 밀착되어 있음을 아는지 모르는지 더욱 몸을 숙여서 나의 왼쪽 귓구멍을 들여다보는 중이었다.

나는 눈을 감고 이명(耳鳴) 속에서 빙빙 돌았다. 바람에 날리는 벚꽃이 내 얼굴에 부딪히고 눈처럼 나부끼는데 그 사이로 어수선하고 낯선 상념들이 오갔다.

풀잎의 이슬, 인정하기는 싫어도 부정할 수는 없는 것. 나와 아내와 그 여자 모두가 풀잎의 이슬이라 해도 어쩔 수 없이 믿어야겠지.

눈을 더욱 질끈 감았다. 간호사의 두 손가락 끝에 잡혀 있는 귓바퀴가 후끈해지고, 그래서 마음속으로 섹스를 하고, 날 사랑한다는 젊은 그 여자와는 몸으로 하고, 그러나 본심으로는 괴로워하고, 아내와의 섹스는 반은 진정(眞情), 나머지 반은 불면(不眠).

역시 간호사의 손기술은 의사에 미치지 못했다. 귓구멍에 거즈를 집어넣는 중이련만 의사는 바퀴벌레를 집어넣는 것 같았으나 간호사는 커다란 전갈 한 마리를 쑤셔 넣는 것처럼 여겨졌다. 전갈의 다리는 날을 바짝 벼른 갈고리였다.

"아, 아아!"

전갈의 몸통이 내 귓바퀴에 닿아 있는 간호사의 유두처럼 격심하게 수축하더니 잠시 후엔 날 사랑하는 젊은 그 여자의 굶주린 자궁이 되어 뜨거운 숨을 내쉬며 귓구멍 속에서 터져버렸다.

"아, 아아!"

나는 번쩍 눈을 떴다. 오목거울의 광채가 이리도 강렬했던가? 시린 눈을 안정시키려고 문득 고개를 창문 쪽으로 돌리니 벚나무 가지 하나가 싱싱한 초록 잎사귀를 잔뜩 매단 채 하늘을 향해 오르는 중이었다.

* 그리고 며칠이 지나서

지루했던 장마가 끝나고 내 아들 정훈이는 입대에 앞서 신체검사를 받았다. 모르긴 해도 그 녀석은 팬티 한 장만을 달랑 걸치고 쪼그려 앉아! 좌우로 정렬! 등등의 생소한 명령 속에 서너 시간을 보냈을 것이다. 하지만 그 녀석이 얻어낸 소득은 아무것도 없었다. 그 녀석은 귓구멍 속의 뼈가 으스러져 제대로 들을 수 없다는 이유만으로 군 입대를 면제받았다. 모르긴 해도 장미꽃잎처럼 피어 있었을 귓속뼈가 부서지면서 깨져나간 몸뚱이의 앙갚음일 수도 있었다. 혹은 19년 동안이나 계속되는 몸의 히스테리, 이를테면 부분적인 파멸로 인한 영혼과의 갈등이나 분리. 따라서 군대에 가고 싶은 영혼의 열망이 아무리 거세어도 그것을 허용하지 않는 몸뚱어리의 부분적인 죽음이었고 아들의 몸이 제 영혼에게 강요하는 추하고 우스운 금욕이었다.

아름다움이 간혹 사람들을 절망시키지만 절망에서 사람들은 아름다움이나 위안을 찾아내기도 한다. 예를 들어 다른 방향으로 생각하기, 세속의 때 묻은 목소리가 들리지 않기 때문에 오히려 혼자만이 들을 수 있는 구원의 목소리 같은 것. 나와 내 아내와 정훈이를 제외한 다른 사람들은 몸의 일부가 죽었기 때문에 면제받은 군 입대를 오히려 엄청나게 얻어낸 시간적인 보상으로만 여겼다. 아들 녀석의 친구들은 군대에 가기를 죽기보다 싫어했으므로 정훈이에게 '신의 아들'이란 별명을 붙여주었다. 군대란…… 저승을 일곱 바퀴나 돌아 흐르는 검은 강과도 같은 것, 내 아들 녀석이 귓구멍을 부숴뜨림으로 해서 결국 나는 지옥의 강을 관장하는 신으로 등극할 수 있었다.

아들이 군 입대를 면제받았다는 씁쓸한 소식을 들은 뒤에 나는 곧바로 사무실로 향했다. 아마 지금쯤이면 세 송이 장미는 완전무결한 미라가 되어 있을 것이다. 터벅터벅 내딛는 내 구둣발 소리가 유난히 크게 들려왔다. 간호사의 말처럼 내 귀는 이제 완전히 정상을 되찾은 모양이었다.

사무실 문을 열자마자 장미의 미라부터 찾아보았다. 유리 공예품처럼 부서질 듯 말 듯, 위태롭게 엉겨 붙어 있는 장미꽃잎들이 흡사 내 아들의 귓속뼈처럼 소중하고 아름답게 여겨졌다. 축대에서 자결하듯 떨어져 부서지기 직전의.

검은 양복

1989년 『文藝中央』 봄호에 발표

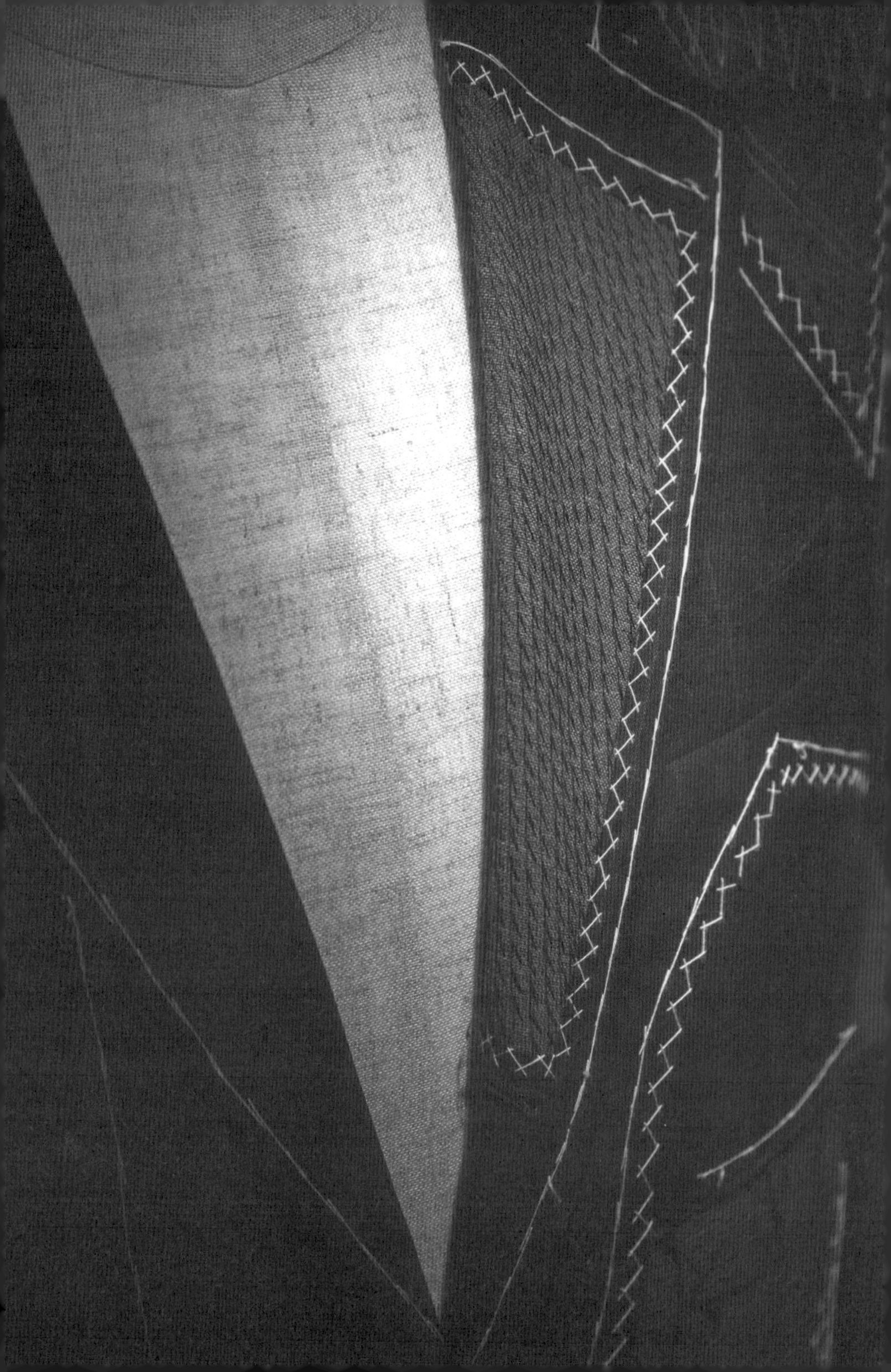

검은 양복

1

사람에게는 누구나 예감이 있게 마련이지만 내 자신이 그런 예감을 느껴 보기는 아마도 이번이 처음이었을 것이다. 전혀 예기치 않았던 사람으로부터 온 편지처럼 그 예감은 불시에 나에게 찾아들었다. 회사 뒷문 바로 맞은편에 제법 반반한 양복점이 있다는 것을 발견한 순간, 나는 문득 어머니가 숨을 거두게 될 것이라는 예감과 함께 야릇한 희열을 느끼며 그 자리에 덜컥 걸음을 멈춰 섰다. 비록 어느 누구도 내 마음을 꿰뚫어 보는 사람은 없으리란 걸 알고는 있었지만 나는 본능적으로 주위를 두리번거릴 수밖에 없었는데 아마도 그 이유는 어머니의 죽음을 예감하며 슬픔과 비통함보다 희열을 먼저 느꼈다는 굴욕적인 비정함이 탄로 날까 두려웠기 때문이었을 것이다.

처음엔 나 자신도 깨닫지 못하던 일이었으나 곰곰 생각해 본 결과 어머니는 우리 때문에 종신형을 선고받고 있는 것과 조금도 다를 바 없었으며 또한 우리가 하고 있는 짓이란 잔인하리만치 그 형을 집행하고 있는 것과 다름없었다. '우리'란 어머니의 뱃속으로부터 태어난 여섯 남매와 그들의 아내, 혹은 남편들을 일컫는 말이지만 어찌 보면 유독 나를 지칭하는 말이기도 했다. 비록 온몸에 비닐관이 꽂혀 있고 칼자국이 무성하게 나 있지만 지금처럼이라도 살아 계실 수 있도록 애썼던 장본인이 바로 나였으므로.

만약 내 마음에 드는 가장 적절한 효도 방법, 그것을 냉정하게 선택할 수만 있었더라도 나는 어머니가 곧바로 숨을 거두게 함으로써 당신을 삶의 고통으로부터 영원히 해방시켜 드렸을 것이다. 언제나 그런 생각에 빠져들 때마다 나는 사랑과 냉정함과의 사이엔 밀접한 관계가 있을 것이라고 확신하곤 했다.

산소 호흡기를 통해 거의 강제로 이어지는 어머니의 호흡과, 그 모습을 지켜보며 불안하게 내뱉는 나의 호흡 사이에는 동일한 성질의 잔인함이 담겨 있었다. 어머니는 당신의 삶을 연장하는 것이 우리에게 고통을 준다는 것을 익히 알고 있는 듯하면서도 가능하면 많은 산소를 공급받기 위해 무진 애를 쓰고 있었으며 나 또한 어머니가 숨을 거두어야만 오히려 당신이 편안해진다는 걸 너무도 잘 알고 있으면서 산소 호흡기의 비닐관을 악착같이 어머니의 콧구멍 속에 들이밀곤 했다. 냉정히 따져 보면 그 모두가 잔인한 행위일 뿐이었다. 만약에 우리 두 사람 중 그 누구라도 냉정함을 지니고 있었다면 이런 싸움은 벌써 예전에 끝나고 말았을 것이다. 어머니가 산소 호흡기의 비닐관을 30분간만 손가락으로 말아쥐고 있거나 비닐관을 꺾어서 베개 밑에 깔아 놓아도 이 싸움은 끝날 것이었으며, 내가 산소통에 산소를 주입해 오는 30분 정도만 딴청을 부리고 늦게 돌아와도 이 싸움은 끝나게 될 것이다.

그러나 어머니와 나 사이에는 그런 냉정한 구석이라곤 추호도 없었으며 그로 인해 지금까지 한없는 갈등을 겪어나가고 있는 것이다. 종신형을 선고하는 것보다 사형을 선고하는 편이 훨씬 인간적이듯 사실 어머니에게도 산소 공급을 중단하는 것이 차라리 진정한 사랑의 실천일 수 있었다.

내가 양복점을 발견한 순간 어머니의 죽음을 예감한 것도 따지고 보면 그런 마음이 작용했기 때문이었을 것이다. 이미 낡아서 페인트가 벗겨진 그 양복점의 간판만 보더라도 최소한 3년 이상 이 자리에서 영업을 해 온 집이라는 걸 알 수 있었으나 하필 오늘에서야 나에게 발견되었다는 것이 그 예감을 더욱 확실하게 뒷받침해 주고 있었다.

필경 나는 어머니가 하루빨리 숨을 거두어주길 고대하고 있었을 것이다. 따라서 나는 무의식중에 양복점을 찾기 위해 애썼을 것이며 그 양복점은 내 눈에 저절로 뜨인 것이 아니라 내가 의도적으로 찾아낸 것이라 여겨지기도 했다. 그렇지 않고서야 수백 번을 지나다녔을 이 길에서 여태껏 눈에 띄지 않았던 양복점이 어째서 오늘 이 순간에야 돌연 내 눈앞에 모습을 드러내게 되었단 말인가.

우리 회사의 지하실 근무자들 중 출퇴근을 뒷문으로 하는 사람들은 거의 없었다. 지하실 근무자들이란 다름 아닌 잉크와 알코올에 범벅이 된 채로 인쇄기를 돌리는 직공들이었기 때문에 머릿속에 먹물깨나 들어 있는 사무직 직원들을 은근히 시기하고 있었는데, 그 자격지심 때문인지 그들은 철저하리만큼 정문 출입을 하려 했다. 마치 정문 출입만이 자기들의 가치를 인정받을 수 있는 상징적인 행위나 되는 것처럼.

나 역시 그들과 다름없는 인쇄공이었으나 어째서 그들과 달리 뒷문 출입을 일삼게 되었는지는 확실한 이유를 모르겠다. 다만 한 가지 짚이는 것이 있다면 회사의 뒷문을 나서자마자 종합 병원의 영안실로 통하는 철문과 맞닥뜨리게 되는데 혹시 그 철문의 열린 틈을 통해 밀려나오는 듯한 주검의 세계에 나도 모르게 빠져든 것이나 아닌가 하는 생각뿐이었다.

그 영안실 앞을 지날 때마다 공연히 철문 너머로 신경을 쏟게 되는 까닭은 곧 닥쳐오게 될 어머니의 죽음을 두려워해서가 아니라 어차피 겪게 될 어머니의 죽음을 마치 예행 연습하듯 미리 겪으면서 아울러 느껴지는 공허함을 즐기려는 것인지도 몰랐다.

어머니의 임종이 가까웠다는 사실은 그만큼 나를 우울하게 했다. 과연 우울함 속에도 일말의 즐거움이 가미되어 있어야 그 우울한 감정이 짙어지는 법일까. 아마도 나는 그 우울한 즐거움을 종합 병원 영안실의 벌겋게 녹슨 철문 속에서 끄집어내려 했었나 보다.

퇴근 후, 그 어두운 골목길을 걸을 때, 싸늘한 냉기를 질질 흘리며 버티고 서 있는 그 철문으로부터 나는 문득 야릇한 기쁨을 느꼈던 적도 있었다. 지금 당장이라도 어머니를 모시고 그 철문 안으로만 들어간다면 세상만사가 후련하게 풀릴 수도 있으리란 생각에서였다. 그 철문 속에서 상주가 되어 서 있을 내 모습, 검은 테두리를 두른 화환, 아릿하게 퍼져 나오는 향내…… 이런 것들이야말로 어쩌면 나에게 예정된 고통이며 또한 즐거움이었다. 오늘 밤에라도 어머니가 돌아가신다면 나는 얼마나 큰 놀라움과 비탄에 잠길 것인가. 그러나…… 그러나 또한 얼마나 후련할 것인가. 어머니가 고통에서 해방된 모습을 보며 나는 그 납빛의 안색에서 얼마만 한 부피의 희열을 또한 느끼게 될 것인가.

언제나 회사 뒷문을 통해 퇴근할 때면, 경비실 옆에 켜져 있는 방범등 밑을 지나면서부터 내 마음은 어느새 그 철문을 뛰어넘어 종합 병원 영안실로 향하곤 했었다. 그 영안실 안에선 거의 매일처럼 우스꽝스러운 행위가 벌어지고 있다는 것을 나는 알고 있었다. 죽어서 누워 있는 사람과 그 주위에 옹기종기 모여 있는 문상객들 사이에서 맹렬히 슬퍼하지도 못하고 엉거주춤해야만 하는 상주들로부터 나는 매우 처참하면서도 비굴한 모습들을 보아 왔던 것이다. 마치 비겁자나 사기꾼의 표정을 짓고 있는 상주들을 대한 뒤 그들의 어깨너머를 보노라면 자그만 액틀 속의 영정에는 하나같이 노인의 모습이 들어 있게 마련이었다. 가장 순수한 슬픔과 가장 엄격한 예식으로 일관되어 있는 듯하지만 오히려 상주들의 눈동자 속엔 야릇한 기쁨조차도 담겨 있지 않았던가. 그들은 새로운 희망을 꿈꾸는 것인지도 몰랐다. 그들의 아름다움이나 맵시, 예술에 대한 취미, 혹은 여행, 술 마시는 일, 노래하기, 춤추기…… 이러한 모든 것들을 즐기고 싶어 했을 그들에게 부모라는 이유로 더불어 살았음직한 그 노인들은 생전에 얼마나 크나큰 장애물로 여겨졌을까.

나는 새로 발견한 양복점 앞에 우두커니 멈추어 선 채로 한동안을 이런 저런 생각에 잠겨 있었다. 낡고 형편없는 양복점이었으나 진열장만큼은 깨끗하게 정돈된 모습이었는데 그곳에는 목 없는 상반신의 마네킹이 세 개나 세워져 있었고 그 위에 각각 한 벌씩의 양복이 걸려 있었으며 가장 사치스러운 조명이 주위를 밝히고 있었다.

그럼에도 불구하고 내 눈을 통해 비쳐지는 그 양복들에는 저마다 슬픔이며 죽음이며 고통을 의미할 만큼 심각한 색채가 깃들어 있을 뿐이었다. 사람을 태운 뒤에 남게 되는 껄껄한 감촉의 잿빛, 사람을 밟고 지나간 자동차의 고무바퀴에 범벅이 되어 묻어 있음직한 검붉은 핏빛, 살인자의 단단한 근육을 감싸고 있는 빛바랜 죄수복의 무게 등을 연상시키는 그 양복들의 색깔로부터 나는 절대로 눈을 뗄 수가 없었다. 아마도 나는 순간적으로 어떤 한 가지의 색깔을 기억해 내고 그 색에 애정을 쏟으려 하는 것인지도 몰랐다.

한참 만에야 마음을 다져 먹고 양복점 안으로 들어서자 커튼을 통해 내 행동을 지켜보고 있던 늙은 사내가 미끄러지듯이 재단 테이블 앞으로 걸어 나왔다. 그는 내가 구석 자리에 놓인 걸상 앞에 엉거주춤 서서 여러 가지의 양복지를 팔위에 걸쳐 보는 동안 말없이 바라보고만 있었다.

"왜요? 양복 한 벌 맞추시려우?"

"그래야 할까 봐요."

"거기서부터 기지를 골라 보시구려. 키가 훤칠해서 체크 가라 우와기에 곤색 바지가 상당히 어울리겠소."

"아래위 한 가지 색으로 해야겠어요."

"그럼 무슨 색으로 하시려우?"

"검정색으로요."

나는 그 순간 오래전부터 상상하고 있었던 어머니의 장례식 모습을 다시 한번 머릿속에 그려 내었다. 내 자신이 검은 양복을 입고 상주 노릇을 하고 있는 숙연한 그 예식을 떠올리기까지 나는 한동안을 주저 해야만 했다. 그 모습을 떠올린다는 것은 상당히 잔인한 일이었다. 그러한 경우를 받아들일 수 있는 강인한 정신, 냉정한 마음, 냉정해지기 위한 가혹함, 그리고 그 모든 것을 견딜 때의 엄청난 슬픔…….

나는 이 늙은 양복장이 앞에서 지금 내가 어머니의 죽음을 원하며 기다리고 있다는 사실을 고백하고 싶었다. 너무도 우울하기 때문이었다. 그러나 그 우울함 속에는 사실 어머니에 대한 광적인 사랑이 담겨 있었다. 광적인 사랑…… 그 위험에 찬 애정 때문에 나는 감히 어머니의 죽음 뒤에 따라올 희열까지도 예감하게 되었던 것이다.

검정색 양복을 맞추겠다는 나의 대답이 떨어지기가 무섭게 늙은 양복장이는 줄자로 내 가슴둘레를 재기 시작했다. 그의 투박한 두 손끝은 마치 내 속에 담긴 어머니에 대한 사랑의 부피라도 재려는 듯 한참 동안 내 가슴 위에 머물러 있었다.

2

우리 집안 식구들 사이에 스산한 그림자가 드리워지기 시작한 것은 불과 15개월 전부터였다. 공장 내부에 아직 인쇄하지 못한 종이들이 잔뜩 쌓여 있었던 때이므로 아마 추석 무렵이었을 것이다. 원래 내가 근무하는 인쇄소는 공장 등록도 나지 않은 형편없는 곳으로서 한 달 내내 뼈다귀가 아프도록 일을 하고도 월말께의 며칠 동안은 아예 밤을 하얗게 새워 가며 일해야만 먹고 살 수 있는 곳이었는데, 하물며 추석을 며칠 앞둔 시점이었으니 그때 밀려 있던 일거리란, 떠올리기만 해도 주눅이 들 지경이었다.

지하실에서 일하는 인쇄공들은 나를 포함해서 겨우 여섯 명에 불과했고 그

외의 기술자라고는 고작 재단공 한 명이 더 있을 뿐이었지만 우리 공장을 드나드는 일용직 근무자들은 열 명을 훨씬 웃돌 정도여서 공장 내부는 언제나 시장통처럼 북적거렸다. 우리 공장이 그토록 많은 일용직 근무자로 붐비는 이유는 바로 사장의 욕심 때문이었다. 사장은 자기가 벌어들이는 돈이 한 푼이라도 밖으로 새나가는 것을 안타까워하는 사람이었다. 적어도 내 생각으로는 인쇄가 끝나면 접지나 재단, 제본 등의 다음 단계 일은 외주를 내보내야 마땅했다. 우리 공장 옆에는 전문적으로 접지나 재단, 제본 등을 도맡아 처리하는 작은 공장들이 수없이 많았으며 무엇보다도 우리 공장의 시설로는 그런 일들을 처리할 수 없는 형편이었기 때문이다. 그러나 사장은 웬만해선 외주를 내보내는 법이 없었다. 사장은 인쇄공들이 해야 할 일의 범위를 너무나도 잘 알고 있었으며 일이 진행되는 과정까지도 너무나 확실하게 알고 있었으므로 우리가 조금이라도 쉴 수 있도록 내버려 두는 법이 없었다.

원래 인쇄공들이 하는 일이란 인쇄기가 돌기 시작하면서부터 약 30분 정도의 시간 내에 모든 기술을 발휘하게 되어 있었다. 종이를 추려 인쇄기에 재고, 인쇄판을 걸고, 핀을 맞추고, 잉크를 개고, 초지를 뽑아내어 잉크의 농도를 조절하고 나면 그 나머지 엄청난 양의 종이에 인쇄를 하는 일은 기계가 자동적으로 처리할 뿐이었으므로 기술자들의 손은 그 이상 필요치 않았다.

사장은 바로 그 점을 철저히 이용하는 사람이었다. 원래 우리 인쇄공들의 재미란 것이 인쇄물을 기계에 걸어 놓고 그 인쇄가 끝날 때까지 한 시간이건 혹은 두 시간이건 담배라도 한 대씩 꼬슬러 가며 거래처 얘기, 세상 돌아가는 얘기, 심지어는 사장이나 위층 사무직원들 험담에 이르기까지 웃고, 떠들고, 지껄이며 킥킥대다가 그중 하나가 옷을 홀딱 벗고 있는 여배우 사진이라도 꺼내 놓으면 거참 싱싱하게 생겼다는 둥, 눈의 피로가 싹 풀린다는 둥 하면서 지난날 자기가 쓰러뜨렸던 여자들 얘기로 순식간에 화제를 돌리는…… 그런 재미였는데 이곳으로 자리를 옮기고부터는 거의 그런 재미를 느끼지 못하고 살아가는 형편이었다.

사장은 너무도 정확하게 일거리를 내려 보냈다. 온갖 신경을 곤두세우며 인쇄물의 핀과 농도를 맞춰 놓고 숨을 돌리려 하면 어김없이 다른 일이 배당되었다. 예를 들면 인쇄된 전지를 돔보에 맞추어 접는다든가 송판 위에 고정시켜 놓은 지철기로 중철을 박는다든가 하는 일이었는데 엄격히 말하면 이런 일이야말로 우리 인쇄공들이 할 일은 아니었던 것이다.

그러나 나는 그토록 많은 가외 작업에 시달리면서도 결코 불평을 늘어놓을 수 없었는데 우리 인쇄공들이 오히려 그 일을 원하고 있다는 느낌이 들었기 때문이었다. 나와 함께 일하는 인쇄공들은 하나같이 애아범들이었으며 실력도 인쇄 바닥에서 중간 이하로 처지는 사람들이었기 때문에 오히려 가외 작업을 하게 되면 팔을 걷어붙이고 열심히 그 일에 매달리는 편이었다.

"기장님, 이런 일 좀 때려치우면 안 될까요?"

오줌 누고 뭐 볼 시간도 없다며 이렇게 투덜대기라도 하면 기장은 공연히 천장을 쳐다보며 공식처럼 답변하곤 했다.

"그러길레 너도 실력을 쌓으란 말야. 기술만 좋으면 큰 인쇄소루다가 담박 빼줄팅께. 요즘 실력만 있으면 좋은 자리가 천지에 널렸다네."

이렇게 말하는 기장의 표정에는 나도 오죽하면 이따우 일에 매달리겄능가? 하는 여운이 담겨 있는 듯했다. 그럴 때면 나도 아무 말 없이 가외 작업에 열중하곤 했다. 다행스러운 일인지 혹은 불행스러운 일인지 모르겠으나 가외 작업을 열심히 하면 그달치 봉급은 귀동냥으로 알고 있던 일류 인쇄소의 직공들보다 오히려 두둑하게 나오곤 했으므로.

어머니가 위독하다는 전갈을 처음으로 듣게 된 때도 바로 그 무렵이었다. 수년 만에 호황을 누린다는 추석 경기에 편승해서 우리 공장의 인쇄기도 불을 뿜어 낼 것처럼 쌩쌩 돌아가고 있었다. 위층 사무실에는 1분이 멀다하고 전화통이 울부짖었으며 사장은 한 시간에 몇 번씩이나 기장을 소리쳐 불렀다. 나는 1초에 두 장씩 쏟아져 나오는 인쇄물의 질을 체크하느라 정신없이 인쇄기 주위를 맴돌아야 했는데 무려 5미터가 넘는 2색 오프셋 인쇄기의 주위를 빵빵 돌며 레버를 돌리고, 파우더를 밀어 넣고, 코크를 열어 주고, 모자라는 종이를 추려 채워 주다 보면 등줄기에 식은땀이 솟아나기도 했다. 그럴 때면 좁디좁은 인쇄 공장이 마치 훈련소의 연병장처럼 아득하게 느껴지기도 하는데 도대체 내가 전생에 무슨 일을 저질렀기에 이렇게 쫓겨 다니듯이 인쇄기의 둘레를 빵빵이 쳐야 하는가를 생각하며 멍하니 서 있다가 인쇄기의 비상벨 소리에 정신을 차리기도 했다. 비상벨은 기장이 울리는 일종의 고함 소리와도 다를 바 없었다. 기계에서 쏟아져 나오는 소음 때문에 말소리가 들리지 않을 때 기장이 비상벨을 누르면 우리는 본능적으로 기장을 보게 되어 있었다. 비상벨이 울린다는 것은 곧 누군가가 기계를 작동시키는 과정에서 실수를 저질렀다는 뜻이므로 그때에 마주치게 되는 기장의 표정은 험악하기 그지없었다.

"지미 씨부럴 놈아! 마누라 알몸 생각허냐?"

평상시엔 점잖기만 한 기장이었으나 비상벨을 울릴 때면 그는 으레 험악하게 욕을 해대기 일쑤였는데 그 시끄러운 소음 속에서도 그 욕만큼은 뚜렷하게 들려오더라는 것이 또한 불가사의한 일이었다.

어머니가 위독하다는 전갈은 바로 그 비상벨 소리와 함께 찾아왔다. 발판을 딛고 거대한 인쇄기의 몸통을 기어 올라가 회전하는 면봉 부위에 알코올을 붓고 있을 때였다. 갑자기 찌리링! 하는 비상벨 소리와 함께 인쇄기가 멈추더니 주위가 일순 고요해졌다. 나만 모르고 있던 무슨 낌새가 있었는지 내가 달라붙어 있던 인쇄기의 비상벨 소리에 난데없이 공장 안에 있던 세 대의 인쇄기가 모두 정지하고 말았던 것이다. 지미 씨부럴 놈아! 손가락이 짤려나가서 오징어포가 돼야 속이 씨원허냐? 라는 욕이 나오리라고 생각하며 기장을 쳐다보았으나 웬일인지 기장은 아무 말도 없이 내 얼굴만을 쳐다보고 있었다.

잠시 동안 침묵이 흐르고 나는 그 침묵의 무게에 짓눌려 잔뜩 주눅 든 표정으로 기장의 시선을 피하고 있었는데, 참으로 이상한 일은 내가 아무리 기장의 시선을 피하려 해도 도대체 그를 외면할 수 없더라는 것이었다. 분명히 기장은 무엇인가를 나에게 말하고 있는 듯했다. 무엇일까, 기장이 말하고자 하는 내용은.

"여보게 황포. 사장님께 올라가 봐."

기장의 말은 매우 간단했지만 턱을 들어 위층을 가리키는 그의 표정은 결코 심상치 않았다. 말을 끝낸 기장은 또다시 턱짓으로 기계를 돌리라고 명령했다. 그의 턱이 천장 쪽으로 휙 돌려지자 또다시 콰르릉! 하고 인쇄기가 돌기 시작했다.

나는 사장을 통해서야 어머니가 쓰러졌다는 사실을 알았다. 내가 불안한 마음을 끌어안은 채 사장에게로 갔을 때, 사장은 마침 전화를 받다 말고 송화기를 손바닥으로 막으며 뉴스를 전하는 아나운서처럼 담담하게 말했다.

"어! 황군. 모친께서 응급실에 계시다는군. 동양 병원에 계시다는데…… 걱정이 많겠군. 일단 전화를 해보라구. 급하면 가 봐야지. 기장하고 의논해서 작업 일정 좀 챙겨 보도록 하고."

평상시와 마찬가지로 사장은 점잖고 품위 있게 말을 마쳤다. 그러나 나는 그를 좇으로 볼 수밖에 없었다. 나는 적어도 남의 불행 앞에서 그따위로 말하는 작자들의 마음을 읽을 수 있었던 것이다. 그 정도의 자각은 안으로만 똘똘 뭉쳐 있던 나의 오기를 깨우치는 일종의 도화선으로서의 감정이었다. 모친이 응급실에 계시다는 말은 내 온몸의 힘을 쭉 뽑아 가기에 충분했으나 기장과 의논해서 작업 일정을 챙겨 보라는 말은 나에게 저항의 힘을 또한 불러일으키고도 남았다. 아무리 나 같은 공돌이를 경멸하는 사장일지라도 그의 일상엔 가엾은 일들만이 줄줄이 널려 있을 것이다. 그러나 그는 단지 깨닫지 못하며 하루하루를 살고 있을 것이다. 따라서 나는 내 불행을 자각하는 일을 통해 대단한 자부심을 갖는 것이다. 그러나 저항하는 것을 가능케 하는 힘이란 사실 비참함에 불과했다. 요즘 같은 세상에, 돈이라곤 한 푼도 없는 가난한 놈의 어머니가 응급실에 누워 계시다는 것, 그것부터가 충분히 비참해질 수 있는 것이었고 저항의 자질을 갖추게 된 것이었다.

동양 병원 응급실로 들어서면서 내 눈에 처음 보인 모습은 공포 때문에 몸을 움츠리고 있는 우리 식구들이었다. 명절 때에도 제대로 모여 보지 못한 식구들이 어머니의 불행을 활용해서 한자리에 모여 있는 광경은 슬플 지경으로 아름다웠다. 어머니의 죽음이라는 가상적 공포 때문에 우리 식구들의 모습은 고귀하게 빛나고 썩은 나무토막처럼 누운 어머니의 육신은 존엄성을 회복하고 있는 것처럼 보이고 있었다.

식구들은 서로 떠들어 대느라고 내가 들어오는 것조차도 알아채지 못했다. 한두 마디만 얼핏 들어 보아도 서로가 자기들의 행위를 합법화하려는 것임을 알 수 있었는데 누나들이건 형들이건 간에 문득 우러나는 효심을 자제할 수 없었기 때문이란 것 또한 알 수 있었다.

"글쎄 함부로 나다니시면 안 된다구 수차 말씀 드렸는데두 잠깐 시장에 간 사이에 화투를 치러 나가셨지 뭐예요. 갑자기 찬바람을 쏘여서 그랬는지 대문 앞에서 쓰러지셨대요."

작은형수가 짐짓 내 눈치를 살피면서 말을 꺼내자 울화를 삼키는 듯한 목소리로 큰누나가 말을 받았다.

"그러기에 노인네 모시기가 어렵다는 거 아녜요. 항상 신경을 쓰고 있어야 되는 건데……."

"글쎄 잠깐이었다니까요. 시장을 다녀와야 저녁밥을 끓이든 말든 하죠. 식구들 입맛은 어찌나 까다로운지 원."

위기의 상태에서 자신을 지키려는 대담성이라고나 할까? 작은형수는 비록 혼잣소리인 것처럼 말했지만 그 말 한마디에는 자기와 어머니가 쓰러진 일과는 전혀 무관할 수밖에 없다는 의미가 잔뜩 담겨 있었다. 아마 작은형수가 한마디라도 말을 더 꺼냈다면 그것은 분명 큰형수에게 퍼붓는 비난의 말이었을 것이다. 나는 어디까지나 둘째 며느리예요. 난 책임 없다구요. 대충 이런 말을 꺼내지 않았을까?

나는 그 자리에서 형수들로 하여금 어머니가 쓰러지게 된 형식적인 이유들을 말하게 하고 싶지 않았다. 그런 이유들로 인해 진정한 이유가 가려시는 것이 싫었기 때문이었다. 어머니가 쓰러진 가장 단순한 이유는 당신이 외롭기 때문이었다. 내가 그 눈치를 채고 있었다는 걸 결코 속이고 싶지는 않았다. 그러나 누나와 형들 앞에서 그걸 말할 수는 없었다. 광적인 질투 — 어머니가 근래에 상심했던 까닭은 내 애인이라고 할 수 있는 경자와 두 명의 형수에 대한 광적인 질투 때문이란 걸 나는 알고 있었지만.

어머니의 광적인 질투는 폭력을 휘두른 것 이상으로 나에게 고통을 주곤 했었다. 어머니는 큰형과 함께 살고 있었는데 어느 날 갑자기 둘째 형 집으로 거처를 옮긴 것부터가 그 폭력의 시작인 듯했다.

"그냥 다니러 왔지 뭐냐."

이렇게 말하며 둘째 형수의 어깨를 토닥거려 주는 것도 잊지 않은 어머니였으나 당신의 질투는 시선에서, 말끝에서, 헛기침에서도 명확히 드러나고 있었다. 그러나 둘째 형수는 어머니의 행동이 광적인 질투와 외로움에서 비롯되고 있다는 걸 전혀 알지 못했기 때문에 둘 사이의 갈등이 소용돌이처럼 번지기 시작했던 것이다.

"글쎄 말이다, 애들이 아침에 나가서 여태껏 들어오질 않는구나. 점심? 그걸 꼭 메누리가 챙겨 줘야 되니? 물 말아서 오이지하고 대충 먹었다."

문제는 전화통이었다. 어머니가 전화기에 대고 이렇게 한마디 하면 누나들 셋은 전화가 왔다는 그 사실만 가지고도 통곡을 할 만큼 슬퍼들 했다. 둘째 형은 개인택시 운전수였으므로 하루 열여섯 시간을 일했고, 따라서 집안의 크고 작은 일들은 둘째 형수가 도맡아 한다는 것을 잘 알고들 있었지만 누나들에게는 그 자체가 불효로 생각되는 모양이었다. 어쨌든 그런 일이 있고 나면 누나들은 나에게 번갈아 가며 전화를 걸어 화풀이를 해대곤 했었다.

"황포냐? 나다. 큰누이다. 도대체 늬 형수란 사람은 뭐 하는 거니? 어머니가 심장병 환자라는 거 알어, 몰라? 언제 무슨 일이 있을지 모르는 판에 허구한 날 집을 비우구 난리니?"

"밀린 일이 있겠지."

"좋아하네. 사업을 하니? 하루 종일 일이 있게?"

"그럼 노인네 땜에 감옥살이 하란 말야?"

"에이그 얘! 너두 앞이 훤하다. 너두 장가가면 그 지경이 될래? 병든 노모 혼자 남겨 놓구 바캉스나 갈 거냐구?"

난감하기만 할 뿐이었다. 누나들은 벌써 2년 전의 일을 조금도 잊지 않고 있었다. 2년 전, 큰형이 바캉스를 갈 때 거동이 불편한 어머니를 혼자 집에 남겨 놓은 적이 있었다. 그때는 어머니의 병세가 심하지도 않았을뿐더러 항상 가난하게만 살던 큰형이 무려 8년 만에 잠시 바람을 쐬러 다녀왔을 것인데 그것이 누나들에게는 앙금처럼 남아 있는 모양이었다.

"옛날 사람들은 부모가 편찮으면 수염, 손톱도 안 깎았다더라만. 그뿐이니? 돌아가시면 만사 집어치우구 삼 년간이나 죄인 행세를 했는데."

"치, 그 놈들두 사람이었는데 삼 년 동안 대충 땡땡이두 치구 그랬겠지 뭐."

"이런 미친 자식. 얘기두 하기 싫다. 전화 끊어라."

이런 식으로 형들을 바보로 만드는 것이 누나들의 임무일까? 아니면 형수들이 두 형의 눈을 멀게 해서 그들을 바보로 만드는 것일까? 아니면 어머니가 모든 일을 포용하지 못해서 온 형제가 졸지에 바보로 전락하고 만 것일까?

어쨌거나 어머니의 전화 한 통화가 그토록 커다란 위력을 지니고 있다는 걸

부인할 수는 없었다. 그러나 지금은 그 어머니가 말없이 누워만 있는 것이다. 탁한 공기와 피 냄새와 비명 소리 그득한 응급실 바닥 위에, 버려진 생선 토막처럼 팽개쳐진 채로.

탄산가스가 가득 담긴 검붉은 피, 인쇄소로 돌아오자마자 나는 그 검붉은 피가 흐르는 혈관을 연상했다. 기계는 콰르릉 콰르릉 돌고 있었으나 동료들의 몸짓은 꿈속을 거니는 듯 흐느적대기만 했다. 12시, 밤 12시가 갓 넘은 시각이었다. 아마도 그들은 대충 선 채로 일을 하면서 저녁 식사를 마쳤을 것이다. 출입문 옆에 지저분하게 쌓여 있는 짜장면 그릇이 그들의 식사 모습을 연상시켜 주었다. 요즘처럼 바쁠 때엔 밥을 먹는다는 것이 하나의 의무적인 행위일 뿐이었다.

사람이란 것이 따지고 보면 사랑도 먹어야 하고, 기쁨도 먹어야 하고, 희망도 먹어야 살 수 있는 것이지 오로지 밥과 물과 공기만 먹고는 살아가는 게 아니라 죽지 못하고 있는 것일 뿐이리라. 하물며 밥 대신 짜장면을, 그나마도 서서 먹고, 공기 대신 신나 냄새와, 잉크 냄새, 연기처럼 피어오르는 파우더 가루를 마시고, 물 대신 강소주나 들이키는 우리 동료들은 지금 이 순간 무엇을 꿈꾸고 있을까. 사랑, 기쁨, 희망 뭐 이따위 것들까지야 꿈꾸고 있을 턱이 없다. 오히려 증오를 찾고, 악을 더듬으며 정신적 비참함에 재미를 느끼고 있는 것이나 아닌지.

내가 탄산가스로 가득찬 피를 연상한 것은 동료들의 표정에서 섬뜩한 한기를 느꼈기 때문인데, 일에 지쳐 퀭하게 바랜 그들의 두 눈에서 어쩌면 그리도 날카로운 광기가 새어 나오는지는 참으로 알다가도 모를 일이었다.

"그래, 모친께선 어떠시던가?"

인쇄기의 소음 때문에 기장의 말소리가 들리진 않았지만 직감적으로 어머니의 상태를 묻는 것 같기에 나는 겸연쩍은 듯이 대답해야만 했다.

"다행입니다. 정신을 차리셨어요."

사실 나는 겸연쩍어서 어쩔 줄을 몰랐다. 어머니에게 별다른 일이 없었다는 기쁜 사실 앞에서 나는 안타깝게도 겸연쩍을 수밖에 없었던 것이다. 기장을 비롯한 동료들 모두가 나를 경멸하는 것 같았다. 야, 이 씨부럴 놈아! 대단치도 않은 일에 몇 시간씩을 까먹었냐? 얼마나 바쁜지 니 눈깔로 보면 몰라? 차라리 이렇게 욕이라도 먹는 편이 훨씬 속 시원할 것 같았지만 그러나, 그러나 동료들은 형광등 빛에 바랜 창백한 낯으로 그저 덤덤하게 나를 바라보기만 할 따름이었다. 정말 미치고만 싶어졌다. 모르긴 해도 인쇄기 옆에 게딱지처럼 붙어 있는 동료들이 당당한 체격을 가졌거나, 단단하게 부푼 근육이 작업복 아래로 보기 좋게 밀착되어 있다거나, 혹은 어깨라도 떡 벌어졌거나, 하다못해 팔뚝에 검은 털이라도 무성하게 솟아 있어서 튼튼한 수컷으로 보인다면 아마도 나는 당당하게 인쇄소로 들어섰을지 모른다.

그러나 동료들은 하나같이 창백했으므로 나는 그들에게 내 몫의 일까지 떠맡기고 다닌 사실이 미안할 뿐이었다. 병원에 갈 때는 초조함 때문에 뛰었지만 병원에서 돌아올 때에는 미안함 때문에 뛰어야 했다. 빌어먹을. 목에 수건을 두르고 체육관에 걸터앉아 주스를 마시는 단단하고 늠름한 체격의 사내들은 어쩌다가 그리도 좋은 팔자와 육신을 타고났을까?

나는 다 떨어진 작업복을 걸치고 횟배를 앓는 놈처럼 누렇게 뜬 동료들의 모습 위에 팔자 좋은 사내들의 모습을 투영시켜 보며 종종 즐거움에 젖곤 했다. 8년 전에 손가락 두 개를 잘리고도 아직까지 재단기의 칼날 밑에서 밥을 벌어먹고 사는 재단공 오진호가 사장의 모습으로 변신하는 모습을 생각하면 비록 쓸데없는 공상일지라도 끝내주도록 기분이 좋아졌다. 그는 공장 앞 스탠드바에 전속 출연하는 삼류 여가수에게 홀딱 반해 있었는데, 만약 그가 사장이 된다면 여가수에게 무슨 수작을 붙여서라도 꼬여 내어 하룻밤을 즐기고야 말 것이다. 그러면 맥주 한 병을 시켜 놓고 아껴서 조금씩 마시며 잘려나간 반토막의 손가락을 입에 넣고 휘파람을 부는 따위의 추태를 보이지 않을 텐데…… 하지만 공상을 끝내고 나면 그는 여전히 오징어란 별명을 가진 우리의 동료에 불과했으며 여전히 단두대처럼 퍼렇게 날이 선 재단기를 철컥이고 있을 뿐이었다.

"야! 황포! 이 씨부럴 놈아. 그러구 서 있기만 할 거야?"

소음으로 인해 토막 난 채로 들리는 기장의 목소리를 듣고서야 나는 후닥닥 작업복 윗도리를 걸쳐 입고 오프셋 인쇄기 옆으로 들러붙었다. 아마도 그는 철야 작업을 하는 것이 못마땅했나 보다. 평상시엔 영국 신사와도 같은 기장이었으나 신경질을 낼 때엔 가관이었다. 하긴 기름밥 먹으려면 소위 곤조라는 것이 필요하기도 했겠지만.

작업은 새벽 4시가 조금 넘어서야 끝났다. 그나마 내가 12시에라도 공장으로 돌아와 작업에 가담했기 때문에 일찍 끝낼 수 있었던 것이다. 모르긴 해도 사장 역시 지금쯤에야 그의 업무가 끝났을 것이다. 공장에 일이 바빠지면 사장도 아울러 바빠지게 마련이었지만 그러나 사장의 업무는 우리 공돌이들의 업무와는 너무나도 판이하게 다른 것이었다. 그는 언제나 우리보다 한 수 높은 업무를 하기 위해 밤을 새곤 했다. 그의 업무란 다름 아닌 거래처 손님을 접대하는 일이었다. 그러므로 우리가 시끄러운 쇳덩이 옆에 들러붙어 빽빽이치고 있을 때 그는 나긋나긋한 처녀 옆에 들러붙어서 피아노를 치고 있었을지도 모른다. 우리가 선 채로 짜장면을 먹고 있을 때 그는 비스듬히 앉아 양주를 마셨을지도 모르며, 우리가 기계의 소음 때문에 고함을 지를 때 그는 마이크 앞에서 노래를 부르고, 우리가 한 장의 담요 속에 서로의 발끝만을 구겨 넣고 생라면을 으깨 먹으며 잠자리에 들 때 그는 숏 타임으로 사들인 여자를 먹으며 그 위에 엎어져 희희낙락했을지도 모른다.

누가 무어라고 하던 간에 여하간 우리는 사장의 업무를 그런 일을 하는 것으로 확신하고 있었다. 기장은 물론이고 재단공인 오징어도, 이제 견습공으로 입사한 지렁이도, 제법 기계를 만질 줄 아는 말똥과 하마도 마찬가지로 생각하고 있을 것이다. 사장이 거래처 접대를 하러 나가기 전에 일을 점검하려고 하면 하나 같이 볼따구니가 부운 채로 뎅뎅거리는 것만 보아도 그들의 심기가 고약해져 있다는 것쯤은 쉽게 알 수 있었다.

"씨부럴 놈의 팔자로구만. 재주는 곰이 부리고 돈은 뙤놈이 먹는다더니, 고생해서 돈 버는 놈 따로 있구 먹구 쓰는 놈 따로 있으니…… 야! 기계 스돕뿌 시키구 쐬주나 한 병 까자."

가끔가다 기장이 이렇게 심술을 부릴 때도 있었으나 우리들은 그저 피식피식 웃으며 밤새워 작업을 완료했다. 거래처 손님들을 뒤따라 나가는 사장의 뒷모습이 한편으론 불쌍해 보였기 때문이었다. 성공해서 자기 사업을 하는 사장이건만 그의 얼굴에 근심이 잔뜩 드리워져 있는 건 무슨 이유일까. 우리가 일을 해주어야만 먹고사는 처지임에도 불구하고 자기 혼자 잘나서 돈을 버는 것으로 알고 있는 사장이건만 평상시 그가 밉지만은 않았던 건 또 무슨 까닭일까. 그에게 월급을 받을 때면, 내가 번 돈 내가 챙겨 가는 것인데도 공연히 손으로 뒤통수를 긁게 되는 건 또한 어째서일까.

공장 복판에 피워 놓았던 석유난로를 끄고 전등마저 끈 뒤, 자리에 눕자마자 독한 피로가 밀려왔다. 귀에서는 여전히 인쇄기의 소음이 들려오는 듯했고, 그때마다 혹시 내 고막에 구멍이 뚫리지나 않았을까를 걱정도 했지만 지금은 오로지 어머니의 모습만이 머릿속을 맴돌 뿐이었다. 기름집 주인에게 속아서 싸구려 저질 기름을 넣었기 때문인지 아니면 심지가 낡아서인지 모르지만 방금 끈 석유난로에서는 희뿌연 연기가 솟아올랐다. 냄새가 독하기도 했지만 어둠 속에서도 연기가 뚜렷이 보인다는 점이 이상했고 그보다도 9월임에도 불구하고 난로를 피우지 않으면 안 될 만큼 으스스한 공장 건물이 더욱 이상하기만 했다.

자리에 막 누웠을 땐 너무 피곤해서 잠을 못 이루는가 싶었는데 곰곰 생각해보니 걱정스러워서 잠이 안 오는 것이었다.

어머니의 병세는 심각한 편이었다. 꼬집어 말하면 벌써 7년간이나 심장병을 앓고 계셨지만 우리 식구 중의 어느 누구에게도 환자 취급을 받지 못하고 살아온 당신이었다. 큰형은 상호 신용 금고의 경비원이었는데 이틀에 하루씩 돌아오는 비번 날에는 부동산 사무소의 보조원으로 근무를 했기 때문에 일 년 내내 집에 머무는 날이 없었다. 그런데도 수입이 별로 신통치 않아서 큰형수마저 제과업체의 프로파간다 요원으로 취직을 했으니 오히려 환자인 어머니가 어린 조카들의 뒷바라지를 해야 할 형편이었다. 아직 어린 두 명의 조카들을 맡아 건사하기엔 도저히 어머니로선 무리였다. 그러나 어머니는 6년 이상을 큰형 집에서 버텨 냈던 것이다.

둘째 형네 집으로 거처를 옮긴 후에도 상황은 마찬가지였다. 둘째 형은 개인택시 운전수였기 때문에 자유 시간만큼은 얼마든지 낼 수 있었지만 쉬는 만큼 수입이 떨어졌으므로 잠자는 시간 외에는 집에 들어오는 법이 없었다. 둘째 형수 또한 인근 유아원에서 시간제 보모 노릇을 하고 있는 데다가 형이 쉬는 동안이면 차도 닦아야 하고 두 살배기 아들을 돌봐야 했으므로 도저히 어머니만을 간병하고 있을 처지가 못 되었다. 그 두 살배기 조카는 눈만 뜨면 밖에 나가자고 칭얼거리기 예사였는데 그럴 때마다 형수는 조카의 손을 잡고 나가서 해가 잔 뒤에야 돌아오곤 했다.

내 생각엔 서로들 살아가기 위해서 어쩔 수 없이 벌어지는 일인 것 같았으나 누나들 생각은 그렇지 않은 모양이었다.

“어머니를 모시기 싫으면 정정당당하게 싫다구 해야지, 그게 뭐니? 며느리가 돼 가지구 그게 뭐냐구.”

어머니에 대한 맹목적인 사랑이 누나들로 하여금 증오의 표적을 간직하게끔 했던 것이다. 증오의 표적은 바로 형수들이었고 또한 형들이었다. 누나들은 증오의 표적을 지니고 있는 한 적개심에 들끓고 있었으며 형과 형수들의 주변에서 일어나고 있는 일상사에 대해서는 한 치도 용납을 하려 들지 않았다. 그들의 생각엔 어머니의 간병을 떠난 일상사란 전혀 쓸모없는 일이나 다름없었으므로.

그동안 나는 외줄 타기를 하는 곡마 단원처럼 아슬아슬하게 살아가고 있었다. 대학생인 경자와 연애를 하기 때문이었다. 나는 경자와의 만남을 즐기면서도 그녀의 남자 같은 행동과 성격만을 겨우 알아냈을 뿐, 그녀의 마음속에 단단하게 응고되어 있는 어떤 신념이나 이상 같은 것은 전혀 알아낼 수 없었다. 무엇보다도 내 공부가 그녀에 비해서 워낙 짧았기 때문에 그런 것들을 알아낼 재간이 없었던 것이다. 그녀를 만날 때면 오로지 대학생 애인을 가졌다는 뿌듯함을 느끼며 어떻게 하면 그녀의 몸을 좀 신나게 만져 볼 수 있을까 하는 생각만 들곤 했는데 어쩌다 운이 좋아 어두운 카페의 칸막이 친 구석 자리에서 그녀의 가슴속에 손을 넣게 되는 날이면 이 여자가 어째서 나 같은 공돌이를 좋아하는 것일까에 대해 의심이 들기도 하는 것이었다. 어쨌든 경자는 정치 얘기가 나오기만 하면 일단은 부정적인 생각을 말하곤 했는데 내 자신이 워낙 정치에 대해 문외한이었으므로 더 이상의 진전을 볼 수는 없었다. 다만 그녀의 건조하고 악의에 찬 눈빛이 나를 반정부적인 쪽으로 채찍질하는 것 같아 나는 가슴속에 똬리 틀고 있는 본능적인 자존심으로 그녀의 말에 무조건 동조하곤 했다. 내가 되지도 않는 말로 정부를 비방하고 나서면 그녀는 맥주를 훌짝 들이켜며 급기야는 인쇄소 사장의 욕까지 털어 내게끔 나를 유혹했는데 좌우지간 욕이란 욕을 모두 끄집어내 놓으면 그녀는 술에 취하게 마련이었고 그녀가 술에 취해야만 가까스로 그녀의 보드라운 가슴과 치마 속을 만질 수 있게 됐던 것이다.

바로 그런 점 때문에 나는 경자를 만날 때마다 외줄 타기를 하는 사람처럼 아슬아슬한 감정을 맛보아야 했다. 가끔씩 보게 되는 신문엔 어김없이 대학생들을 구속했다는 기사가 나오고 있었으니 그렇게 마냥 대통령 욕을 하는 것이 불안해서 미칠 지경이었다.

나는 그 무렵 경자를 나의 애인으로 여기고 있었으므로 아무 생각 없이 그녀를 어머니께 인사시켰다. 그러나 이제 와서 생각하니 그게 큰 잘못이었던 것 같다. 여러 가지 상황을 종합해 보건대 어머니는 그때부터 고독을 절감한 것이었다. 어머니는 막내아들인 내가 당신의 곁에 묵직하게 박혀 있는 바윗돌이길 원했는가 보았다. 차라리 나도 그랬으면 좋았을지 모른다. 그러나 경자는 비록 미모는 아니었지만 대학생이었고 나는 대학생 애인을 놓치기 싫었던 것이다.

"황포 형. 아무래도 자기 엄마가 날 미워하나 봐. 아무래도 날 반기는 기색이 없으시다니까?"

"그럴 리가 있어? 어머니가 나를 얼마나 좋아하시는데. 그 사랑스런 아들이 애인을 데리고 갔는데 싫어하신단 말야?"

"자기 아버님이 언제 돌아가셨다고 했지?"

"내가 두 살 때였지"

"맞아! 그래서 그래. 자기 어머니는 날 미워하시게 되어 있다고."

"그게 무슨 소리니?"

"철학책을 뒤져 보면 나와! 홀몸으로 고생하며 기른 자식은 당신의 품속에서 내놓기 싫은 법이야."

나는 무슨 쓸데없는 소리냐고 따지고 싶었지만 철학책에 나온다는 말에 그만 야코가 죽어 아무런 대꾸도 할 수 없었다.

이런 저런 생각에 빠져 있는 동안 동료들은 벌써 깊이 잠들어 있었다. 오징어도 지렁이도 말똥도 모두 코를 골며 잠들었는데 어째서 나만 이렇게 두 눈을 동그랗게 뜨고 있는지 모르겠다. 기장은 일이 끝나기가 무섭게 옷을 갈아입고 밖으로 나간 지 오래였다. 아마 기장이 그토록 신경질을 부린 것으로 보아서 오늘 밤에 연애를 하기로 약속했음이 분명했다. 상대는 건너 골목 초연 다방의 미스 강일 것이다. 기장은 한 달에 한 번 정도 오입을 즐겼는데 그가 오입을 작정한 날이면 아침부터 초연 다방에 전화를 걸어 커피를 배달시키곤 했다. 어제도 아침부터 초연 다방의 미스 강이 커피 배달을 왔는데 아마 저녁때까지 여덟 번은 족히 배달 왔던 것으로 기억된다. 어쨌거나 새벽 4시가 넘어서야 인쇄소를 나갔으니 기장이 미스 강을 제대로 만났는지가 궁금했다. 혹시 약속한 여관방에 미스 강이 나타나지 않아 공치고 돌아오는 날이면 우린 내일 정신을 바짝 차리고 일해야 할 것이다. 미스 강이 기장을 사모해서 그 짓을 하든, 돈을 받고 그 짓을 하든 상관없는 일이었으나 제발 바람만은 맞히지 말았으면 좋겠다.

석유난로를 껐기 때문인지 인쇄소 안이 제법 쌀쌀했다. 인쇄소 동료들은 바닥에 커다란 요를 깔고 부채꼴 형상으로 누워 발끝에 담요 한 장을 덮은 채 잠들어 있었다. 나는 추위를 견디지 못했으므로 함께 덮고 있는 담요를 슬쩍 끌어당겨 나 혼자 덮기로 했다. 여섯이 다 같이 만족하지 못할 바에야 나 혼자라도 따뜻하게 자는 편이 훨씬 바람직한 것이리라.

그다음 날부터 고민은 시작되었다. 추석을 불과 며칠밖에 남겨 놓지 않았던 때였으므로 일이 산더미만큼 쌓여 있었는데 급기야 어머니께서 입원했다는 전갈이 온 것이었다. 그 한 통의 전화와 함께 무려 너댓 가지의 고민이 생겨났다. 그 전갈 역시 기장을 통해 전해 받았지만 이번엔 기장의 말투부터가 지난번과는 판이하게 달랐다.

"여봐, 황포! 올라가서 전화받으라구."

"무슨 전환데요?"

"씨부럴 놈아, 내가 알어? 오늘 밤 야근야!"

제기랄! 오늘 밤 또 야근이로군, 하는 생각에 풀이 잔뜩 죽어서 위층으로 올라가자 사장은 수화기를 집어던지듯이 나에게 건네줄 뿐이었다.

"너냐? 둘째 형이다."

둘째 형은 건조한 목소리로 용건만을 말하기 시작했다. 둘째 형의 말은 매우 간단했지만 그 말을 듣는 순간 그 자리에 주저앉고 싶을 정도로 맥이 빠질 수밖에 없었다. 어머니가 입원했다는 것과 어째 이번엔 상태가 걱정스럽다는 것, 그렇기 때문에 아들들이 사흘에 한 번씩 의무적으로 병원에 가서 간병을 하기로 했다는 것, 또한 치료비도 서로 모아서 내기로 했다는 것, 마지막으로 지금 당장 5만 원 정도만 구해 가지고 오라는 것이 그 내용이었다. 어머니는 현재 동양 병원 응급실에 누워 계시는 모양이었다. 갑자기 심장에 쇼크가 와서 급히 병원으로 옮긴 모양이었는데 이미 진료 시간이 지나서 하는 수 없이 응급실로 들어갔다고 했다. 응급실에서 특수 검사를 받으려면 입원 결정이 나기 전까지는 모든 경비를 현찰로 지불해야 하는데 어머니의 상태로 보아 지금 당장 심장 단층 촬영을 해야 할 것 같다고 형은 말했다. 심장 단층 촬영의 경비는 18만 원이라고 했다.

나는 수화기를 내려놓고 비실비실 뒷걸음질을 하며 아래층으로 향하는 계단의 어귀로 나와 서 있어야 했다. 당장 내가 무엇을 어떻게 해야 할지 도무지 갈피를 잡기 어려웠다. 오늘 밤엔 야근이라고 큰소리를 쳤던 기장의 모습이 떠오르는가 싶더니 그 모습은 어느새 병원에 누워 있는 어머니의 모습으로 바뀌고 있었다.

미스 강에게 바람을 맞고 돌아온 기장은 대단히 화가 나 있었다. 하긴 여자와 동침하기로 약속한 사내가 새벽 4시가 넘도록 나타나지 않을 때 빈방에서 무작정 기다리고만 있을 여자가 이 세상천지 어디에 있겠는가. 아마도 미스 강도 대단히 화가 났을 것이다. 어쩌면 그 일로 해서 두 사람의 사이가 갈라질지도 모르는 일이었다. 기장도 그걸 걱정하는 것 같았다. 눈치를 보아하니 기장은 사장이 자리를 비울 때마다 위층에 올라가서 초연 다방으로 전화를 거는 모양이었는데 정작 커피 배달은 미스 강이 아닌 다른 여자가 오곤 했다.

나는 계단 꼭대기에 걸터앉아 한동안을 망설이고만 있다가 드디어 사장에게 가불을 요청하기로 결심했다. 일이고 나발이고 간에 무엇보다도 내겐 어머니가 중요할 따름이었다.

나는 비장한 마음가짐으로 사장에게 다가갔다. 아, 세상은 나에게 단돈 5만

원을 가불하기 위해 비장한 마음까지 지니도록 요구했던 것이다.

사장의 구두코에 내 운동화 끝이 닿을 정도로까지 바짝 다가가서야 그는 턱을 들어 나를 올려다보았다. 그는 내가 무슨 이유 때문에 자기에게 찾아왔는가를 직감적으로 알아차린 듯했다.

“웬일여? 일하다 말구.”

“저, 사장님. 저…….”

“글쎄 왜 그러냐구? 일에 차질이 생겼나? 이번 추석 전까지 일을 못 대면 월급두 맞추기 어려워. 회사에 자금이 바닥났다구. 원, 선물할 데는 왜 그렇게 많은지.”

미칠 지경이었다. 사장에게서 자금 운운하는 얘기를 듣긴 이번이 처음이었다. 하긴 가불을 하려는 것도 이번이 처음이었으니까 구태여 눈치 빠른 사장이 평상시에 자금 얘기를 꺼낼 필요도 없었으리라.

“아닙니다. 어머니가 또 편찮으시다고 해서 알려드리려고 왔을 뿐입니다. 내려가서 일하겠습니다.”

나는 도저히 가불해 달라는 말을 꺼낼 수 없어서 그냥 얼버무리며 그에게서 돌아 나가려 했다. 그러나 사장은 매우 걱정스러운 듯이 혀를 끌끌 차며 내게 말했다.

“그럼 일찍 가 봐야지. 지금 일용직 사원들이 누구누구 남아 있는 거야? 그 사람들 중에서 두 명만 남으라구 하고 자넨 어머님께 가 보도록 하게. 그나저나 걱정이 심하겠구먼.”

참으로 다행스러운 일이 아닐 수 없었다. 비록 돈은 구하지 못했으나 지금 당장 어머니께 달려갈 수 있다는 사실만으로도 나는 고마워서 사장에게 넙죽 큰절을 하고 아래층으로 달려 내려갔다.

내가 공장으로 내려오기가 무섭게 위층에서 일하는 경리 여사원 미스 송이 쪼르르 달려 내려와서 기장에게 메모를 전하고 올라갔다. 그 메모를 받아 본 기장은 인상을 찡그리면서 신경질적으로 비상벨을 찌르릉! 울려댔다.

비상벨 소리와 함께 인쇄기 세 대가 동시에 멈추어 서자 인쇄소 내부엔 절대적인 적막이 감돌기 시작했다. 평소에 너무도 소음이 심했던 탓인지 기계가 멈춘 뒤의 인쇄소는 오히려 공포가 생겨날 정도로 고요하기만 했다.

"황포! 이 씨부럴 놈 같으니. 회사가 중하냐 집이 중하냐? 그러구 임마, 집안에 일이 생겼으면 나한테 먼저 말해야지. 사장한테 먼저 쏙싹거려서 조퇴를 하겠다구? 지미 씨부럴!"

나는 울컥 화가 솟구쳐서 기장이건 뭐건 간에 냅다 한방을 먹이고 싶었으나 기장의 그런 말투를 언제나 월급쟁이 공돌이의 타령이라고 생각해 왔던 터이므로 애써 화를 참아 냈다. 나는 단지 기장에게 눈을 심하게 찌푸려 보임으로써 그에게 증오와 유감만을 나타내 보였을 뿐이었다.

공장을 나와 병원으로 향하는 내 어깨는 근심으로 인해 깊숙이 숙여져 있었다. 그러나 그 근심이란 것은 어머니가 위독하다는 데 대한 근심이 아니었다. 서글프게도 그 근심은 돈을 어디서 구하느냐, 혹은 사흘에 한 번씩 계속되는 간병 당번 날 어떻게 조퇴를 할 수 있느냐 하는 근심이었다.

문득 이런 생각이 들었다. 공부를 많이 한 사람들, 예를 들면 박사라든가 일류회사의 부장이나 이사라든가 판사라든가 검사들은 이럴 경우 어떻게 할 것인가에 대하여.

추석이 가까웠다는 걸 하늘의 달만 보아도 곧 알 수 있었다. 성미 급한 사람들은 벌써 아래위로 한복을 쭉 빼아 입고 밤거리를 돌아다녔으며 대부분의 상점들은 인도에까지 과일 상자를 쌓아 놓고 있었다. 평상시엔 아무렇지도 않게 보아오던 풍경들이었으나 오늘따라 그런 모습들이 잔뜩 내 마음을 상하게 했다. 단돈 5만 원을 구하려다가 실패했기 때문인지 몰라도 선물을 들고 걸어가는 사람들조차 꼴 보기 싫어질 정도였다. 과연 저 많은 과일 상자들을 누가 다 사 가는 것일까. 생각해 보건대 우리 형제들이 결혼해서 분가할 때까지 우리 집엔 과일을 상자째로 사 놓은 적이 없었다. 물론 누가 선물로 들여 놓아준 적도 없었다. 나는 그럴 때마다 내 사랑스러운 애인 경자의 말을 성경 구절처럼 떠올리곤 했다. 그녀는 이렇게 말했었다.

"자기의 재물을 공공연히 과시하는 것도 결국은 범죄 행위야. 그 행위는 어둠을 친구삼아 걸어가는 모든 사람들에게 충동을 불러일으키게 되지. 부르주아들이 아무리 향기 나는 생활을 한다고 해도 상관없지만 그 향기를 만천하에 뿌리고 다닌다면 용서받을 수 없을 거야. 향기 나는 물건을 지니지 못한 사람들에게 수치감을 주게 되거든? 그러면 없는 사람들은 약탈의 의욕과 함께 세상을 증오하게 되지."

알 수 없는 일이었다. 경자의 말도 알 수 없었지만 돈이 많다는 걸 재고 다니는 사람들도 또한 알 수 없었다. 무엇보다도 뼈 빠지게 일했으나 단돈 5만 원조차 수중에 남아 있지 않은 나라는 놈이 더욱 이상할 뿐이었다.

버스를 두 번이나 갈아타고 한참 동안 이어지는 병원의 비탈길을 걸어 올라서 밤 9시가 넘어서야 응급실에 도착할 수 있었다. 아수라장 같은 응급실 한쪽 구석에 어머니는 역시 버려진 생선 토막처럼 쓰러져 있었다. 주위의 흉흉한 웅성거림과 어린아이의 울음소리, 그리고 눈이 따가울 정도로 탁한 공기가 내 마음을 한결 무겁게 이끌어 갔다.

"심근경색인 것 같다는구나. 빨리 심장 단층 촬영을 해얄 텐데 돈이 모자라. 가지고 있는 돈 있으면 전부 내놔라."

둘째 형이 초조하게 말하는 것을 들으며 주위를 둘러보니 세 명의 누나들은 모두 모였는데 큰형과 큰형수, 그리고 둘째 형수가 보이지 않았다. 내가 두리번거리며 식구들 수를 세는 듯하자 둘째 형은 제 발이 저려서인지 묻지도 않은 말을 꺼내기 시작했다.

"늬 형수는 못 왔다. 딸린 새끼 때문에 올 수가 있어야지. 이제 두 살이니 그놈이 언제 크냐? 병원에 열 살이 안 된 애들은 들여보내 주지도 않을걸?"

둘째 형은 짐짓 누나들에게도 들으라는 듯이 큰 소리로 말하는 것 같았지만 누나들은 그 말엔 아랑곳도 하지 않고 어머니의 팔다리를 주무르거나 간이 산소 호흡기의 밸브를 이리저리 돌리고만 있었다.

나는 주머니를 뒤져 만 원짜리 한 장과 천 원짜리 두 장, 그리고 몇 개 안 되는 백 원짜리 동전들을 꺼내 놓았다. 5만 원을 마련하지 못했다는 죄책감 때문에 나는 그 자리에서 소리쳐 울고 싶었다. 갑자기 눈물이 핑 돌았으므로 나는 둘째 형의 얼굴을 마주 보지 못하고 모범 운전수란 마크가 달린 형의 노란색 상의에만 시선을 박고 있었다.

"큰오빠는 못 오는가부지?"

막내 누나가 볼멘소리를 하며 어머니의 가슴께에 와락 얼굴을 파묻었다. 막내 누나는 결코 소리를 내지 않았으나 등판이 들먹거리는 것으로 보아 울고 있는 게 분명했다. 큰형이 온다고 해도 별 뾰족한 수는 없을 테지만 그래도 우리들 앞에 큰형이 나타나 준다는 것은 힘의 상징 그 자체였다.

극히 미묘한 감정이긴 했지만 나는 잔뜩 원망에 찬 눈빛으로 둘째 형을 바라보았다. 마치 둘째 형은 죄인과도 같이 고개를 떨구고 있었다. 그는 잔뜩 불안한 표정으로 누나들의 원망을 한 몸에 짊어지고 있었는데 아마도 그 짧은 순간 동안 그는 어머니의 위독함보다는 제 마누라를 함께 끌고 오지 못한 사실에 대해 안절부절못하고 있는 것 같았다. 형수가 병원에 나타나지 않은 것이 어린 아들 때문이라고 말하긴 했으나 그것이 명료한 변명은 되지 못한다는 점을 본인도 잘 알고 있었을 테니까. 큰누나에겐 세 살, 네 살 먹은 자식들이 있었으며 둘째 누나에겐 이제 백일이 갓 지난 딸이 있었고 막내 누나 또한 임신 중이었으므로.

그러나 누나들은 아무 말도 하지 않았고 나 또한 둘째 형의 변명에 대해 아무런 토를 달지 않았다. 다만 어떤 구원자를 기다리는 것마냥 응급실의 정문 쪽에 시선을 박은 채 큰형이 나타나 주기만을 기다리고 있을 뿐이었다. 그러나 끝내 큰형은 나타나지 않았다. 우리는 더 이상 큰형을 기다리고 있을 수만도 없었다.

"이러구 있을 수만두 없잖아, 형! 일단 의사에게 말해서 입원을 시켜 드려야지. 단층 촬영이야 내일 해도 되잖아?"

둘째 형은 그제야 간호원을 만나기 위해 총총히 걸어 나갔다. 여태까지 심장 단층 촬영을 하기 위해 기다리고 있기만 했다는 사실에 우리 형제의 무력함을 실감하고 있는 동안 두 명의 간호원이 어머니의 팔에 링거 주삿바늘을 꽂고, 피를 뽑은 뒤 응급실 뒷문으로 빠져나갔다. 잠시 후 둘째 형은 입원 신청서와 함께 치료비 전액을 군말 없이 지불하겠다는 내용의 보증서를 들고 내게로 돌아왔다. 보증서에 내 도장을 받기 위해서였다. 나는 둘째 형의 도장이 찍힌 아랫줄에 신경질적으로 내 이름이 파인 막도장을 힘껏 눌렀다. 그것으로 나와 둘째 형은 병원 측의 강제 협상에 응하게 된 것이었다. 이제 나와 둘째 형은 죽으나 사나 어머니의 치료비를 지불해야 할 법적인 의무를 지게 된 것이리라. 그러나 나에겐 5만 원조차도 제대로 구할 힘이 없지 않은가.

어머니는 병원에서의 첫날 밤을 응급실에서 넘기고 다음날 새벽이 되어서야 입원실로 옮겨질 수 있었다. 첫날 밤, 병원에는 나 혼자 남게 되었는데 둘째 형은 집에 남겨 놓은 두 살배기 조카 때문에, 누나들은 각기 시댁의 부모들 때문에 집으로 돌아가야만 했기 때문이다.

어머니는 고통을 참으려고 애쓰면서도 속으로는 어쩔 수 없이 밀려드는 공포로 인해 떨고 있음이 역력했다. 당신은 두려워했으며 앙상하게 마른 두 넓적다리를 따라서 노란 변을 흘리고 있었다. 나는 생전 환자의 변을 받아 본 일이 없었지만 능숙하게 어머니의 허리를 받쳐 들고 묽은 변을 처리해 냈다. 이상하게도 불결하다는 느낌은 들지 않았다. 나는 어머니가 겪어 내고 있을 고통에 압도되어 마침내 나의 편안함 같은 것은 전혀 개의치 않는 숭고함에 빠져듦을 느꼈다. 나는 모든 성의를 다해서 막내아들로서의 사랑을 행할 뿐이었다.

"얘야, 그만 자라."

밤새도록 어머니가 한 말은 이 세 단어가 고작이었으나 그 말을 듣는 짧은 순간에 나는 어머니의 일생을 떠올렸다고 해도 과언이 아니었다. 이 세상 누구에게나 마찬가지겠지만 나는 어머니를 생각할 때마다 연민 이외의 다른 감정을 느낄 수가 없었다. 한평생을 오로지 짓눌려만 살면서 돈이라는 괴물에 개처럼 끌려다니고 급기야는 과부 생활 삼십 년에 몸져누운 여인과 그 여인이 쏟아 놓은 변을 동시에 내려다보며 나는 기가 막혀 복장이 터질 것 같은 느낌이었다. 어머니를 위해 해야 할 일은 수없이 많았지만 나는 그 어느 것 하나도 제대로 할 수 있는 능력이 없었다. 밤을 낮 삼아 열심히 일했지만 내 능력으론 제대로 된 링거 병 하나를 어머니의 팔뚝에 달아 드리지 못하는 것이었다. 그렇다면 내가 할 수 있는 일은 무엇인가. 밤새워 간병하는 일? 손끝이 짓무를 때까지 어머니의 팔다리를 주무르는 일? 아니면 밤새도록 어머니 곁에서 울어 주는 일일까?

아침은 아무 일도 없었던 것처럼 밝아 왔다. 아침이 되면서부터 다른 환자들은 부스럭거리며 몸을 움직이기 시작했으나 어머니는 송장과도 같이 움직일 줄을 몰랐다. 어머니의 얼굴이라도 닦아 드려야 할 것 같아 수건에 물을 축여 온 뒤, 한쪽 팔로 어머니의 등을 받치려다가 나는 또 한 번 비참함에 빠져들어야 했다. 어머니의 몸은 너무 가벼웠으며 어머니를 받쳐 든 내 손바닥으로는 등뼈와 어깨뼈의 날카로운 감촉이 전해져 왔던 것이다.

나는 어머니의 얼굴을 닦아 드리려던 수건으로 내 눈물부터 닦아야 했다. 비록 어머니의 육신은 종잇장처럼 가벼웠으나 내 손바닥 위에 얹힌 당신의 고통은 천만근이 넘도록 무겁게 느껴졌기 때문이었다. 자식들로부터 애정을 빼앗긴 노인의 몸이 이토록 가볍다는 것을 새삼 느끼며 나는 내 애인인 경자의 무게를 비교라도 하려는 듯 떠올리고야 말았다. 경자에게 술을 잔뜩 먹인 뒤 그녀를 침대 위에 누이기 위해 두 팔로 안아 올릴 때면 양쪽 어깨가 떨어져 나갈 것 같은 무게가 느껴지곤 했었다. 경자는 내게 이 세상을 살아가기란 무척 고통스러운 일이라고 늘 말했다. 그러나 이제 보니 그녀의 고통은 어머니의 고통과는 비교조차 할 수 없는 정도에 불과했다. 그녀의 무거운 몸뚱이와 어머니의 종잇장 같은 가벼움이 그걸 증명하고도 남았으니까.

나는 슬픔을 감당하지 못해 어머니 옆에 얼굴을 파묻고 있다가 그만 잠이 들어 버렸다. 잠시 후 깨어 보니 벌써 아침 일곱 시가 되어가고 있었다. 아마 어젯밤에 간병하느라고 밤샘을 한 것보다 그제 새벽 네 시까지 작업을 하고 오만 가지 근심으로 인해 잠을 이루지 못한 것에 더욱 지쳐 있었던 것 같았다.

나는 부랴부랴 세수를 하고 형수들 중의 누구 하나라도 빨리 와 주기만을 기다렸다. 늦어도 아침 일곱 시 반까지는 교대가 이루어져야 출근 시간에 지각을 면할 수 있었기 때문이다. 그러나 여덟 시가 넘어도 형수들은 나타나지 않았다.

나는 안절부절못하고 있었으나 어머니를 홀로 남겨 두고 인쇄소로 출근할 수는 없는 노릇이었다. 어머니는 양쪽 팔과 한쪽 다리에 링거 바늘을 꽂고 있었기 때문에 전혀 꼼짝도 할 수 없는 데다가 30분 간격으로 약을 먹여드려야 했고 수시로 소변을 받아내어 그 양을 체크해야 되었기 때문이었다. 아니 그보다도 지금 어머니의 곁에는 아무라도 당신을 지켜봐 주어야 할 사람이 필요했다.

더 이상 참을 수 없다고 느낀 나는 옆자리의 보호자에게 잠시 어머니의 간병을 부탁하고 입원실 현관에 있는 공중전화기로 달려나갔다. 이제 9월 하순의 날씨였지만 목덜미에 와 닿는 공기는 매우 쌀쌀했다.

"도련님이세요? 글쎄 걱정만 하고 이렇게 앉아 있지 뭐예요? 글쎄 애 아빠가 아직 안 들어왔어요. 추석 특별 방범령이 내렸다나요? 애 아빠 회사가 원래 돈을 만지는 곳이잖아요. 오늘도 못 들어온다고 연락이 왔어요. 큰일이죠? 나도 출근했다가 병원으로 가 봐야 할 텐데. 추석이 가까워서 진열을 손봐야 할 데가 보통 많은

게 아니거든요? 참 어머님은 어떠세요? 좀 차도는 있으세요? 식사는 하시던가요?"

큰형수는 내가 무어라고 말을 꺼내기도 전에 자기의 사정부터 줄줄이 떠들어 대기만 했다. 나는 더 이상 아무 말도 하지 않고 수화기를 내려놓았다. 하긴 그럴 수도 있을 것이었다. 주머니에 천 원짜리 몇 장 구겨 넣고 퇴근하는 샐러리맨의 뒤통수를 내리쳐서 쓰러뜨리고 돈을 빼앗아 가는 세상인데 하물며 신용 금곤가 뭔가 하는, 돈을 잔뜩 쌓아 놓은 회사의 경비를 서고 있으니 큰형으로부터 시간을 내달라고 조르는 것부터가 미안할 뿐이었다. 그 점에선 큰형수도 마찬가지였다. 유명 제과업체의 프로파간다 요원이라는 요상 망측한 직업을 갖고 있는 큰형수의 일이란 다름 아니라 시내의 지역 구간을 돌며 제과점이라든가 아이스크림집 등의 진열 상태를 돌봐 주는 것이라 했다. 그러니 추석 대목을 맞아 눈이 벌개졌을 업주들이 형수에게 시간을 내주리라는 건 아예 꿈도 꾸지 않는 편이 나을 성싶었다.

나는 둘째 형에게 전화를 했다. 역시 둘째 형수가 전화를 받았는데 그 집 또한 사정이 만만치 않았다. 둘째 형은 어젯밤 병원에서 나간 즉시로 시청 앞 광장으로 차를 몰고 나갔다는 것이다. 투쟁을 하기 위한 것이라고 형수는 걱정스럽게 말했다. 정부에서는 한시 택시를 모두 개인택시로 바꾸고자 했는데 그 소식이 전해지자마자 개인택시 기사들이 단합해서 투쟁을 벌이기로 했다는 것이다. 형수는 오히려 밥도 굶고 농성을 벌이고 있을 둘째 형의 건강을 걱정하고 있었다. 그나마 형수는 두 살배기 아들을 맡길 데가 없어서 아직 병원으로 나올 엄두를 못 내고 있다는 것이었다. 형수의 친정 쪽에서 사람이 와 주기로 했으니 아마 점심나절이나 되어야 병원에 도착할 수 있을 것이라는 설명도 아울러 전하는 형수였다.

개인택시 기사들의 농성에 관한 내용은 나도 경자를 통해서 이미 알고 있었다. 경자는 이번에도 입에 거품을 물고 정부를 욕해 댔는데 그 이유는 다름 아니라 정부 관료들이 서민 운전수들의 생계는 아랑곳하지 않고 일부 특권을 행사하기 위해 농간을 부리는 것이라고 했다. 나는 깊은 내용은 모르겠으나 대학생 애인인 경자가 그렇게 말했으므로 무조건 정부를 욕하고 있던 터였다.

나는 누나들에게 전화를 걸어 아무라도 급히 좀 와서 교대해 달라고 할까 망설이다가 그만 집어치우고 말았다. 왠지 걱정스러움이 앞섰기 때문이었다. 하는 수 없이 나는 욕먹을 각오를 단단히 하고 인쇄소로 전화를 걸었다. 한참 동안이나 신호가 울린 뒤에야 전화를 받은 상대방은 어이없게도 기장이었다. 원래 우리 인쇄소에서 기장이 직접 전화를 받는 법은 거의 없었다. 그러나 오늘은 어쩐 일인지 기장의 목소리가 불쑥 튀어나와 사람을 놀라게 했다. 나는 그냥 끊어 버릴까 하다가 내친김에 사정을 이야기했다. 예상대로 기장은 마구 욕을 해대기 시작했다.

"뭐야? 이런 씨부럴! 하필 오늘 그렇게 아프시냐? 지금 공장이 어떻게 돌아가는지 알어? 사장님까지 직접 납품 나가셨다 인마. 사무직원들두 전부 빵빵이치구 우린 또 철야했단 말야. 알아들어? 봐서 웬만하면 나오도록 하라구. 너만 혼자 좆나발 불겠다는 거야 뭐야?"

역시 나는 기장에게도 아무 말 못 하고 말았다. 마음 같아서는 당장에 회사를 때려치우고 싶었지만 그나마 남아 있는 밥줄을 기분 내키는 대로 끊어 버릴 수는 없는 일이었다. 그저 눈앞이 캄캄하기만 했고 무엇보다도 쓰러져 계시는 어머니가 불쌍했다.

다시 병실로 들어오니 어머니의 손등에서는 피가 줄줄 흐르고 있었다. 링거를 놓은 플라스틱 바늘이 휘어지면서 피가 역류했던 것인데 어머니는 그것도 모르고 잠만 자는 것이 아마도 의식조차 없는 듯이 여겨졌다. 급히 간호원을 부르고 알코올에 적신 솜으로 어머니의 손등을 닦은 뒤 시트를 갈려 할 때 난데없이 누나들 셋이 한꺼번에 들이닥쳤다.

"얘가 졸고 있었나? 그러길래 사내 녀석들은 하나같이 필요 없다니까. 늬 형들이나 너나 마찬가지라고. 지지리도 못난 것들."

어머니는 그때에야 눈을 뜨면서 링거가 꽂혀 있지 않은 한쪽 다리를 홑이불

밖으로 드러내 놓았다. 작두처럼 날이 선 정강이뼈 밑으로 수세미와도 같이 쪼그라들고 거칠어진 종아리가 드러나자 나는 갑자기 무안한 생각에 사로잡혔다. 희미한 안개 속에라도 있었던 것처럼 어머니의 그 마른 다리는 평상시의 나로서는 발견할 수 없었던 아픔이었다. 나는 그 무안한 생각이 어머니에게 전해지지 않도록 눈길을 애써 다른 곳으로 돌리고 말았다.

누나들은 각자 돈을 마련해서 새벽바람에 큰누나의 집으로 모였던 모양이었다. 큰누나가 풀어 놓는 돈의 뭉치가 제법 큰 걸로 보아 그들이 간밤에 얼마나 애쓰며 돈을 구하러 다녔는가를 알 수 있었다. 그러면 이제는 심장 단층 촬영을 신청해야 할 것이다. 그 돈이 어디서 생겨난 어떤 돈인지는 모르겠으나 우선은 어머니의 치료에 쓰일 돈이라고 생각하니 그 돈다발이 한결 고귀하게 보였다. 돈이란 것도 때에 따라서는 고귀하게 보일 수 있다는 것을 증명하는 순간이기도 했다.

"아니, 오빠들하구 올케들은 무슨 벼슬을 한다구 나타나지두 않는다든? 엄마가 돌아가셔야 겨우 고개를 내밀겠다는 거야 뭐야?"

예상대로 누나들은 형들과 형수들을 몰아세우기 시작했다. 언제나 느끼던 일이었지만 누나들만 모이면 형이나 형수들은 파충류 이하의 사람들로 전락하고 마는 것이었다. 나는 무엇보다도 누나들의 입을 통해 형들이 바보가 되는 사실이 역겨웠다. 형들이 바보가 되는 것은 순간적인 일이었다. 형수가 제때에 병원에 나타나지만 않아도 두 형은 마누라의 손아귀에서 놀아나는 형편없는 사내로 취급받았으며 주스나 깨죽 등을 제대로 가져오지 않으면 형들은 물론 형수들까지 싸잡아 매도되곤 했다.

"일이 있어서 그렇지 뭐. 큰형은 경비 서고 둘째 형은 농성에 들어갔대."

나는 어떻게 해서든 형들의 입장을 살려 주려고 했으나 그러는 중에도 한편으론 그들이 섭섭하게 여겨지기도 했다.

"누가 남자들더러 뭐라고 그랬니? 여자들은 뭐 하냔 말야?"

“큰형수는 직장 안 나가나 뭐? 작은형순 애기 땜에 올 수 있나?”

“얘가 듣자니까…… 누가 너더러 그런 참견하랬니? 누군 왕년에 직장 생활 안 해 본 사람 있어? 누군 왕년에 애새끼 안 길러 본 사람 있냐구! 자기들이 어머니를 모셨으면 얼마나 잘 모셨다구 그렇게 유세를 부린다든? 당장 그만두라 그래. 이번에 퇴원하시면 내가 모시구 갈 테니까.”

누나들은 언제나 이런 게 탈이었다. 그들의 효심은 지극하기 짝이 없었지만 자기들만큼의 효심을 형수들에게 요구하는, 그나마도 행동을 통해 표현되어지길 바라는 그 점이 언제나 미묘한 도화선이 되곤 했었다.

그러나 나는 생각이 달랐다. 어머니에 대한 효심은 마찬가지지만 그걸 나타내는 성격이 달라서 손해만 보는 형수들의 마음을 나는 알고 있었다. 나는 문득 형수들을 땅속에 묻혀 있는 사람들과 다름없다고 생각했다. 땅속에 묻힌 채 하고 싶은 말들을 아무리 소리쳐 본들, 그나마도 이집 저집 눈치 봐 가며 소리를 지른들 제대로 땅 위에까지 전달이 될 수 있겠는가 하는 생각이었다. 형수들은 언제나 땅속에 있었으며 누나들은 땅 위에 있었다. 그리고 그들을 땅의 위와 아래로 갈라놓은 것은 어머니의 병환이었다.

어머니가 병을 앓고 계시던 7년 동안 두 형과 형수의 생활은 살얼음판을 걷는 것과 다름없었다. 나는 그들의 고통을 훤히 알고 있었지만 무어라고 말은 할 수 없었다. 형수들의 불안한 생활은 더 심했으며 그 생활엔 나와 경자와의 사이에서 느낄 수 있는 외줄 타기와는 또 다른 고통이 내포되어 있었다. 거기에 홀로 자식들을 기르신 어머니의 질투마저 가미되어 소위 철학적인 고통까지 짊어져야 했으니…….

형수들은 무슨 일이건 새로 시작할 때에는 누나들과 어머니의 눈초리에서 벗어날 수 있는 방법을 찾기 위해 레이더를 작동시켜야 했다. 몇 년쯤 전이던가. 큰형이 가족들을 데리고 바캉스를 다녀온 후부터 그 신경전은 표면화되기 시작했다. 그때는 어머니가 큰형 집에 머무르실 때였는데 오랜만에 바캉스를 떠날 계획을 세운 큰형에게 어머니라는 불변의 고민이 문제였던 것이다. 어머니는 진작부터 긴 외출은 할 수 없었다. 그러자니 동해 바다에까지 환자를 모시고 갈 수는 없는 노릇이었고 막말로 당분간이나마 어머니를 다른 집에 떠맡길 수도 없는 일이었다. 뾰족한 수가 없었으므로 큰형은 어머니만을 남겨 놓고 바캉스를 떠났던 것인데 그 뒤로 2년이 지난 지금까지 그 얘기는 다툼 끝마다 빠짐없이 들먹여지고 있는 것이다. 그 후, 형수들은 하다못해 어린이 공원에조차 나들이하려 하지 않았다. 아무리 조카들이 울며 보채도 막무가내였고 큰형의 경우 심지어는 가족들과 함께 외식하는 것도 꺼릴 지경이었다.

출근 시각인 아침 아홉 시가 거의 다 되었으므로 나는 누나들에게 어머니를 부탁하고 부랴부랴 공장을 향해 내닫기 시작했다. 지금부터 택시를 잡아타고 꽁무니가 빠지도록 달린다고 해도 대략 한 시간 남짓은 지각할 게 뻔했지만 나는 차마 돈이 아까워서 택시를 잡을 수 없었다. 지금 시각에 버스로 공장까지 가려면 두 시간은 족히 걸릴 듯싶었다. 이곳에서부터 공장까지는 직선거리로 가는 버스도 없었을뿐더러 외곽을 따라 도는 버스는 두 번이나 갈아타야 했기 때문이었다. 이왕 엎질러진 물인데 어쩌랴 싶기도 했다. 내게 있어서 돈이란 함부로 낭비할 수 없는 물건이기도 했다. 어머니의 치료에 쓴다면 얼마가 들더라도 상관없었으나 내 한 몸 편하자고 택시를 탄다는 건 말도 안 될 일이었다. 어머니의 치료와 경자와의 데이트, 이 두 곳에만 돈을 쓰기로 마음먹은 지는 이미 오래였다.

벌레 씹은 표정으로 공장에 들어서자 콩 집어먹듯이 알약을 집어 먹던 기장이 다짜고짜 화를 내기 시작했다. 아마도 연 이틀간이나 철야를 해서 몸이 불편했던 모양이다. 나도 기장이 알약을 먹는 것을 본 순간 온몸이 찌뿌드드하게 저려 오는 것 같았다. 철야를 하긴 나나 기장이나 매일반이었다. 오히려 심적인 고통의 부피까지 더한다면 내 쪽이 훨씬 피로에 지쳐 있다고 말할 수 있을 것이다.

"야 임마, 황포! 제발 나 좀 살려 달라구. 이번 추석 때까지 납품이 안 되면 우린 작살 나, 임마. 미안한 말이긴 하지만 어머님이 당장 돌아가실 정도가 아니면 딴 식구들한테 맡기라고. 알겠어? 오늘은 일찍 퇴근해서 좀 쉬고, 내일 또 철야란 말야. 알겠지?"

나는 배에 힘을 주면서 그러겠노라고 대답했다. 그리고 내 위치로 찾아가서 알루미늄으로 된 인쇄판을 닦기 위해 그 위에 신나를 쏟아부었다.

그날 저녁, 퇴근길을 걸으며 나는 은빛 기둥 위에 걸려 있는 가로등 불빛 속에서 우리 식구의 가장 행복했던 시절을 되새겨 보았다. 근래의 7년간에는 도저히 행복이란 걸 되새김할 수 없었지만 그 전의 기억에는 별처럼 찬란하게 빛나던 우리 형제간의 우애와 사랑이 확연히 녹아들어 있었다. 돌연 나는 병자인 어머니와 우리 식구들과, 우리 식구들을 구속하고 있는 직장 사이의 그 뭐라고 말해야 좋을지 모를 함수 관계 속으로 아련히 빠져들어 가며 그림자처럼 내 발목을 휘감는 불가사의한 공포를 예감하고야 말았다.

완쾌되기를 비는, 식구들의 간절한 열망에도 불구하고 어머니의 병환은 최악의 상태에까지 이르게 되었다. 심장으로부터 비롯된 병환은 이미 협심증을 지나 심근경색의 중증 단계에 이르렀고 한쪽 폐는 벌써 오래전에 그 기능을 잃었으며 나머지 폐도 섬유화 증상이 심하게 진전되어 있었다. 그 위에 합병증이 도져 신장과 간마저 기능을 잃어 가고 있었으므로 어머니의 온몸은 마치 물에 불은 것처럼 퉁퉁 부어 있게 마련이었다. 무엇보다도 호흡을 제대로 못 하기 때문에 강제로 산소를 주입해야만 했는데 그로 인해 기관지와 식도마저 손상이 가기 시작했던 것이다.

누나들은 차라리 어머니의 모습을 직접 보지 않으려 했다. 대변은 가끔씩 받아 냈으나 변비 기운으로 인해 말라비틀어진 대변에서는 약품 냄새가 심하게 진동하기도 했다. 몸이 너무 심하게 부어올랐으므로 의사는 가끔씩 이뇨제를 투여했는데 그런 날이면 혹시 심장에 쇼크가 일어나지 않을까 걱정이 되어 식구들 중의 누구 하나는 아예 비상 심장약을 준비하고 뜬눈으로 밤을 새워야만 했다.

그러나 정작 심각한 문제는 막대한 치료비였다. 다행히 우리 형제들 중에서 나 혼자뿐이긴 했어도 의료 보험에 가입되어 있었으므로 그나마 치료비를 꾸려오긴 했으나 이젠 더 이상 어쩔 도리가 없었다. 큰형은 사흘에 한 번씩 당번제로 맡아 하는 어머니의 간병 때문에 그나마 부수입을 올리던 부동산 사무소의 보조원 노릇도 집어치워야 했고, 그래서 수중엔 여유 돈이라곤 한 푼도 없었다. 둘째 형도 마찬가지였다. 주야로 계속되는 간병을 위해 우리 식구들은 철저하게 당번제를 지켜나갔는데 평균 사흘에 한 번씩 12시간 정도나 배당된 간병으로 인해 한 달 중 열흘은 꼬박 운전을 못 하게 되었던 것이다.

시일이 흐를수록 누나들로부터도 불만이 새어나오기 시작했다. 누나들 세 명은 일주일에 하루씩 주간에만 간병을 맡아 보게끔 배려했는데도 눈치껏 빠지는 횟수가 점차로 늘어만 가고 있었다. 원래 야간 당번은 남자 형제들 세 명이 이틀씩 돌아가며 맡기로 정했었고 주간 당번은 형수들 두 명이 일주일에 이틀씩, 나머지 사흘은 시집간 누나들 세 명이 돌아가며 하루씩 맡아 보기로 되어 있었다. 처음에 당번제를 정할 때는 여러 가지 사정들을 고려해서 정한 것이었으므로 아무도 불만을 꺼내는 사람이 없었다. 오히려 누나들은 이틀이 멀다 하고 잣죽이나 깨죽 등을 쑤어서 어머니를 찾아오곤 했다.

그러나 가난한 사람들의 서울 생활이란 무서운 것이었다. 불과 이틀이나 사흘에 한 번씩, 그나마도 한나절씩만 맡아 보기로 한 당번이었지만 그 약속을 지키자니 월급을 받아먹고 살아가기가 힘들 지경이었다. 우선 나만 해도 야근이나 철야 작업이 잦았으므로 제날짜는커녕 제시간도 지켜나가기가 어려울 지경이었다. 지난 추석 무렵부터 시작된 간병으로 인해 나는 종종 철야 작업에 가담하지 못했는데 까마귀 날자 배 떨어지는 격으로 추석 전날까지 납품해야 할 인쇄물을 납품하지 못한 일이 생기자 기장을 비롯한 모든 동료들은 그 책임을 오로지 나에게 덮어

씌우려고까지 했던 적이 있었다. 결국 물건을 제때에 납품시키지 못한 벌칙으로 추석 보너스 중에서 10%만큼을 감봉 당하던 날, 동료들은 그간의 정분이나 의리 등을 깡그리 팽개치고 나를 향해 이를 득득 갈아대지 않았던가.

그러다 보니 울며 겨자 먹기로 수일에 한 번씩 간병인을 부르게 되는 경우마저 생겨나게 되었다. 식사비까지 포함해서 하루 2만 원이라는 엄청난 돈을 지불할 때면 속이 상하곤 했다. 나의 하루 일당이 고작해야 9천 원 정도에 불과했으니 그럴 만도 했다. 나는 근래 며칠 동안을 2만 원짜리 간병인을 쓰기 위해 철야까지 해 가며 9천 원짜리 일에 매달리는 우스운 짓을 저지르고 있었던 것이다.

그런 경우는 예전에도 한 번 있었다. 하루는 재단공 오진호를 따라 극장식 술집엘 들어갔는데 거기서 그런 꼴을 당하고 말았던 것이다. 그날 오진호는 초연다방의 미스 강을 어렵게 꼬여 내어 데이트를 하다가 길에서 나와 마주치자 혹시 내가 기장에게 일러바칠 것이 두려웠던지 한턱내겠다며 그리로 들어가자는 것이었다. 그 술집은 대단히 호화로운 곳이어서 나는 어색하기 한이 없었지만 오진호는 흥에 겨워 어쩔 줄을 몰랐다. 아마 오진호가 그토록 호사스런 술집으로 미스 강을 데려간 데에는 그럴 만한 이유가 있었을 것이다. 그날 밤 오진호가 기장의 애인으로 공공연히 소문이 나 있는 미스 강에게 무슨 짓을 했는지는 관심 밖의 일이었지만 찬란한 조명을 받으며 반라의 차림으로 춤추던 미희들의 모습은 지금도 내 관심을 잔뜩 쏠리게 하는 것이다. 그날, 오진호와 미스 강이 잔뜩 술에 취해 먼저 나간 뒤 나는 참을 수 없는 욕정 때문에 웨이터에게 함께 술 마셔 줄 아가씨 한 명을 부탁했다. 나는 그때 처음으로 내 일당의 다섯 배가 넘는 돈을 어떤 아가씨에게 바치고 말았던 것이다. 내가 그 아가씨에게 한 일이라곤 잘 보이기 위해서 술을 따라 준 일과 음악이 이어지는 사이에 간간이 농담 몇 마디 던진 일, 그리고 어두운 조명을 틈타 그녀의 가슴을 몇 번 주무른 일밖엔 없었는데 어이없게도 내 일당의 다섯 배에 해당하는 돈을 뺏기게 되었던 것이다. 술도 제대로 마시지 못해 맨숭맨숭한 정신으로 돌아오면서 세상을 쉽게 사는 방법에 대해 곰곰이 생각했던 것도 바로 그때였다.

그 후로 며칠이 지난 뒤, 간병인에게 어머니를 맡기는 경우가 제법 늘어가는 것을 보고 둘째 형이 비상 대책을 꾀하고 나섰다. 그러나 식구들을 잔뜩 모아 놓고 말한 그 비상 대책이란 것이 복장을 터지게끔 하는 것이었다.

"이젠 더 이상 방법이 없잖아. 의사에게 처방전을 받아 내고 집에서 간병을 하는 수밖에……."

그 무렵 둘째 형은 열흘이 넘도록 감행해 온 시위를 방금 끝낸 뒤라서 수염도 더부룩했으며 눈동자는 혼탁하게 풀려 있을 때였다. 지친 투사의 모습과도 같았던 둘째 형이 모든 것을 포기한 듯 비장하게 말하자 우리 식구들은 더 이상 아무런 말도 할 수 없었다. 그러나 나는 둘째 형의 생각엔 중대한 위험이 내포되어 있다는 걸 알아차릴 수 있었다. 둘째 형은 이제 어머니를 살리려는 노력까지도 포기하려는 것이었다. 그의 말은 너무나 비장했고 또한 호소력을 지니고 있었기 때문에 나는 나 자신까지도 그의 말에 동조하게 될까 봐 왈칵 두려워졌다.

나는 갑자기 둘째 형을 목 졸라 죽여 버리고 싶다는 충동이 일어서 한동안을 다리에 힘을 준 채 움직이지 않으며 그 충동에서 벗어나려 애써야 했다.

"형! 무슨 말을 그렇게 해. 싫으면 관두란 말야. 그만두면 될 거 아냐! 어머니 치료비는 내가 대겠어."

나는 전율로 온몸을 떨었지만 내 입을 통해 밖으로 내뱉어진 말은 고작 싫으면 그만두라는 말에 불과했을 뿐이었다.

그러나 솔직히 말하자면 나에게도 방법은 없었다. 하루에 겨우 일당 9천 원을 받는 공돌이가 지금 이 상태에서 무얼 어떻게 할 수 있단 말인가. 두 살 때 아버지를 여의고 혼자 자란 자식이, 유산이라고는 한 푼도 없는 자식이, 학벌이라고는 공고를 가까스로 마친 자식이, 하루에 치료비로만 수만 원씩을 써야 하는 어머니 앞에서, 하다못해 싸구려 보험 한 구좌도 들어 놓지 않은 어머니 앞에서 무얼 어떻게 할 수 있다는 것인가.

나는 그 자리에서 속이 시원해지도록 소리쳐 울고 싶었다. 아마 둘째 형이나 누나들도 마찬가지였을 것이다. 차라리 이 자리에 큰형이 없다는 게 다행스러웠다. 누구나 어머니의 배를 아프게 하며 태어난 자식들일진대 한 명이 더 울음을 토해낸들 무엇이 좋아질 수 있단 말인가.

결국 어머니는 퇴원을 하고 말았다. 상태가 좋아져서 제 발로 걸어 나오는, 그런 퇴원이 아니라 들것에 담긴 채 이동식 산소 호흡기를 옆에 끼고, 링거 병을 매달고, 콧구멍 깊숙이 비닐관을 끼운 그런 모습으로 퇴원을 하게 되었다는 말이다.

퇴원하던 날, 어머니를 태운 구급차 안에서 우리 형제들은 쏟아지는 울음을 참기 위해 아랫입술을 질겅질겅 씹어야만 했다. 나는 흔들리는 구급차의 바닥을 보고 있었으나 큰누나는 백색 칠을 한 천장을 바라보고 있었다. 둘째와 셋째 누나는 집에 도착할 때까지 차창 밖을 내다보았으며 둘째 형수와 큰형수, 그리고 둘째 형은 말없이 눈을 감고 있었다. 우리들은 모두 다 울고 있었던 것이다. 큰형도 어머니가 그런 모습으로 퇴원하신다는 것을 알고 있었으므로 상호 신용 금고의' 경비실에서 울고 있었을 것이다. 어쩌면 큰형은 커엉커엉 소리 내어 울었을지도 모를 일이었다.

그날, 나는 형들과 소리쳐 싸운 끝에 어머니를 나의 하숙방으로 모셔 오고야 말았다. 형들과 형수들은 끝끝내 반대했으나 나도 이번만큼은 결코 형들에게 지지 않았다. 누가 뭐래도 어머니는 나를 가장 사랑하셨으며 나 또한 어머니를 사랑했기 때문에 어머니가 돌아가시기 전까지 나는 최선을 다하고 싶었다.

어머니가 퇴원하신 바로 다음 날, 나는 회사를 아무런 말도 없이 빠지고 둘째 형과 함께 아버지가 잠들어 계시는 산소로 향했다. 기억하건대 그날이 어머니의 변을 받아 내기 시작한 지 15개월째 되는 날이었을 것이다. 나는 무려 사흘간이나 회사를 무단결근하는 중이었으나 회사에 대해 아무런 미안한 감정도 가지고 있지 않았다. 이제 사장이 나를 해고해도 겁날 것이라곤 하나도 없었다. 여태껏 회사에 목을 걸고 있었던 가장 큰 이유는 어쩌면 의료 보험 때문인지도 몰랐다. 그리고 어머니를 치료하기 위한 돈을 구하는 것이 또한 큰 이유라고 할 수 있었다. 그러나 이제는 그 모든 이유가 쓸모없어진 것이나 다름없었다. 아니 오히려 직장엘 나간다는 것이 당분간은 어머니와 나와의 사이를 갈라놓는 것과 다를 바 없었다. 아무리 내 수중에 돈이 없다고 한들 한 달 정도는 충분히 살아갈 수 있었다. 나는 한 달 동안 가능하면 직장엘 나가지 않을 예정이다. 그동안 어머니에게 못다 한 효도를 다하리라고 마음먹고 있었다. 그러나 어머니의 상태로 보아 당신은 한 달은커녕 사흘도 살아 계시기 어려운 형편이었다.

누나들은 차라리 어머니를 편히 보내드리자고 했다. 물론 나도 그 말을 들을 때마다 한참 동안을 고민에 빠지곤 했다. 진통제를 맞으며 고통을 참는 모습을 보노라면 누나들의 생각이 옳게 여겨질 때도 많았다. 어머니를 편히 보내드리기란 식은 죽 먹기보다도 쉬웠는데 왜 그런가 하면 어머니는 벌써 며칠간 독자적으로 호흡할 수 있는 기능을 잃었기 때문이었다. 단 30분 정도만 산소 호흡기의 밸브를 꺼 버리거나 당신의 콧구멍 속으로 연결된 비닐관을 뽑아 버리면 일은 끝나는 것이었다. 내가 몰래 그런 짓을 한다고 해도 의심할 사람은 아무도 없었으며 그 행위 또한 너무나도 간단하게 해치울 수 있는 일이었다. 결국 어머니는 호흡 불능으로 인한 산소 부족으로 돌아가시게 될 것이었으므로 단지 며칠 먼저 가신다고 해서 아무도 이상하게 여길 사람은 없었던 것이다. 누나들도 어머니가 고통스러워하는 모습을 보다 못해 그렇게 말했을 것이고 나 또한 누나들의 말이 옳은 것 같기도 해서 망설이곤 했던 것이다.

그러나 어머니의 눈빛이 무엇인가를 말하고자 한다는 것을 나는 알고 있었다. 내가 그런 마음을 먹을 때마다 힘겹게 눈을 뜨고 나를 바라보셨는데 아, 아, 그

때 어머니는 분명 나에게 사랑한다는 말을 하려는 것 같았다. 어쩌면 사랑했노라는 말인지도 모르지만.

내 생각이지만 어머니는 숨을 거두기 전에 반드시 나에게 사랑한다는 말을 한마디쯤 하고 말 것 같았다. 지금도 그 말을 하고 싶지만 입과 혀가 굳어서 하지 못하는 것이리라. 그러나 나는 어머니로부터 그 말을 영영 듣게 되지 않길 바랐다. 그 말을 하신 뒤 어머니는 끝내 돌아가시고 말 것 같았기 때문이었다. 지금도 어머니가 악착같이 산소를 공급받으려 하는 이유는 나에게 사랑한다는 그 한마디를 하고 싶어서일 거라고 여겨진다.

아버지 산소까지는 승용차로 두 시간 남짓 달려야 하는 거리였다. 겨울인데도 추적추적 비가 내리고 있었으며 둘째 형은 모범 운전수의 제복을 입은 채로 아무 말 없이 운전만 했다.

둘째 형과 나는 아버지 산소가 있는 마을에 다다랐으나 결국 아버지 산소를 찾지는 않았다. 누가 먼저랄 것도 없이 우리는 그렇게 말했고 오래전부터 생각해 왔던 것처럼 우리는 서로에게 승낙의 뜻을 표했다. 아버지의 산소를 찾아가기 싫었던 것이 아니라 그 산소를 보는 순간 어머니의 임종이 연상될 것을 두려워했기 때문이다.

우리는 진눈깨비로 내리는 눈발을 맞으며 수소문 끝에 산지기 노인을 찾아갈 수 있었다.

“오라! 조오기 산 중턱에 있는 묘소를 찾아온 분인가배. 웬일이유? 근 10년간이나 안 오시드니.”

“그동안 찾아볼 처지가 못 됐지요. 별고 없으셨나요?”

산지기 노인은 전혀 남과 다름없을 만큼 오랫동안 떨어져 지내 왔으나 여전히 우리를 반갑게 맞아 주었다. 아버지가 살아 계실 때 서로 절친했던 사이라는 그 노인도 이젠 생기라곤 찾아볼 수 없을 만큼 늙어 있었다.

"그래, 무신 일이 또 생긴 게여?"

"어머님이 위독하세요. 그래서 이런 저런 준비도 해야겠기에……."

"그랴? 심허셔? 쯧쯧…… 어머니가 여태 살어 기셨군. 어이구 자네들 어무니께서 고생이 심허셨겄네."

"아버님 묘소에 합장을 해도 될까 해서요."

"지관을 불러서 봐야 아는 것이지만 대개덜 운이 맞어. 거 산소 자리 좋지. 요즘 일철이 아니라서 품 사기두 좋겄구먼. 근디 뙤가 문제여. 근데 위에 보믄, 몇 장 안 써두 벙기기는 확 벙기대."

"인부들은 몇 명이나 필요할까요?"

"오 목이믄 장례는 모실 게여. 돈은 한 열이 족히 들겄구먼. 어쨌거나 걱정들이 많겄네."

산지기 노인은 한숨을 길게 내리쉬며 손바닥 안에 넣어 돌돌 비비던 청자 한 개비를 피워 물었다.

"어여 올라들 가 봐. 여기 일은 내가 다 알아서 해 놀 테니께. 어여 올라가서 어무니 앞으로 깨끗한 옷 한 벌 준비하고, 자네들두 상복이나 준비혀!"

그날 때에 걸맞지 않게 내린 비로 인해 길이 진창이었으므로 둘째 형과 나의 신발에는 진흙이 잔뜩 들러붙었는데 우리는 한 뭉텅이나 되는 진흙을 발밑에 달고 그대로 서울까지 올라오고야 말았다. 어머니의 감은 눈 위에 덮여질 그 흙을 결코 털어 내고 싶지 않았기 때문이었다. 서울을 향해 달리는 동안 차창에는 내 마음속에는 흐르는 눈물과 같이 빗방울이 끊이지 않고 달라붙었다.

나는 말 없이 시트에 기대앉아 앞으로 해야 할 일들을 생각하고 있었다. 무엇보다도 먼저 검은색 양복을 한 벌 맞춰야 할 것이었다. 그리고 천주교 신자이신 어머니를 위해 종부 성사를 해야 할 것이고 어머니가 평소에 좋아하시던 깨끗한 옷도 한 벌 준비해야 할 것이다. 그리고 일이 닥쳤을 때 연락해야 할 주소록을 작성해야 할 것이고…… 그러나 연락을 맡아서 해줄 사람은 역시 경자밖엔 없을 것 같았다. 우리 식구들은 누가 뭐라고 해도 너무나 어머니를 사랑하고 있었으므로 막상 당신이 돌아가시면 하염없이 울고만 있을 것 같았기 때문이었다. 아, 누가 뭐라고 해도 우리는 어머니를 사랑하고 있음이 분명했다. 그럴 리는 없지만 만에 하나, 비록 어머니가 우리를 속이고 우리를 증오했다 하더라도 우리는, 우리 여섯 남매와 그들의 아내, 혹은 남편들은 결코 어머니를 미워할 용기가 없었다.

둘째 형은 힘껏 액셀러레이터를 밟았고 빗방울은 더욱 거세게 차창을 때렸으며 나는 어두운 자동차 속에서 끝을 알 수 없는 심연으로 빠져들어 가고 있었다.

3

"자! 이제 됐소."

늙은 양복장이가 내 몸의 치수를 재는 동안 나는 아마도 눈을 감고 있었는가 보다. 눈을 뜨자 내 앞에는 또다시 세 개나 되는 목 없는 마네킹이 그 모습을 드러냈다. 저마다 슬픔이며 죽음이며 고통의 색깔을 몸에 두른 마네킹들로부터 나는 불현듯 인간이 즐길 수 있는 최고의 향연을 제공받는 것처럼 여겨졌다. 그 마네킹들은 저마다 잿빛이나 핏빛, 그리고 죄수복의 빛깔을 뽐내며 나를 현혹시키고 있었다. 인간이 즐길 수 있는 최고의 향연이란 과연 어떤 것일까? 죽음의 쾌락, 고통의 쾌락, 늙고 병드는 쾌락이 그것일까? 그렇다면 나의 어머니는 가장 큰 쾌락만을 누리다가 짧은 인생을 끝내는 것이리라.

"사흘 후에 가봉하러 오시구려."

늙은 양복장이는 푸른색으로 인쇄된 영수증 용지에 내가 지불해야 할 금액과 양복을 찾아갈 날짜 등을 적는 중이었다. 그러나 나는 그 순간에도 오로지 창백한 어머니의 얼굴 모습만을 떠올리고 있었다. 과연 가봉을 해야 할 사흘 뒤까지 어머니가 살아 계실지 의문이었다.

“가봉은 필요 없어요. 사흘 뒤까지 완제품을 만들어 주세요.”

나는 조그만 소리로 이렇게 말했으나 그 말이 끝나기도 전에 문득 커다란 죄책감 같은 것을 느껴야 했다. 사흘 뒤에까지 완제품을 만들어 달라는 것은 곧 사흘 뒤에 어머니가 숨을 거두기를 바라는 것과 하등 다를 바가 없다고 여겨졌기 때문이었다. 그런 생각이 들자 나는 얼른 말을 수정해야만 했다.

“아녜요. 아저씨. 천천히 만들어 주세요. 연말이라 일이 밀려있을 텐데 급하게 만드실 필요가 없지요.”

잠시 후, 나는 허탈한 마음으로 양복점을 나섰다. 드디어는 검은 양복을 맞추고야 말았다는 사실이 너무나도 마음 아플 뿐이었다. 이제 모든 고통은 서서히 끝나 가는 듯싶었으나 왠지 마음속에 후련함이라곤 한줄기도 찾아들지 않았다. 아무래도 오늘 밤엔 경자를 만나야 할 것 같았다. 만나 봤자 아무런 희망도 없는 사이였지만 매사에 분노하는 그녀의 목소리라도 들어야만 기분을 되찾을 수 있으리라 여겨졌다. 그리고 오늘쯤에는 그녀에게 가난한 우리 친척들의 주소와 전화번호가 적힌 수첩을 전해 주어야 할 것이다.

경자에게 전화를 걸기 위해 공중전화를 찾는 동안 나는 점점 이 세상으로부터 격리된 존재가 되어가는 듯했다. 어머니가 나에게서 멀어져 간다는 사실은 정말로 믿기 싫은 일이었다.

눈부시게 빛을 뿌리며 달려가는 자동차의 앞쪽으로 공중전화기 한 대가 그 빛을 반사하고 있었다.

鐵塔 철탑

1987년 『世界의 文學』 가을호에 발표

鐵塔 철탑

1

오후 1시.

마침내 신호가 울렸다. 약속대로 수초 간격으로 공기를 뒤흔드는 파상음(波狀音)의 사이렌 소리였다. 누더기 점퍼의 허리께를 노끈으로 졸라맨 늙은 화부(火夫) 장 씨가 울려 주는 소리일 것이다.

그 소리는 이동식 고물 확성기를 통해 울리는 것이기 때문에 희미하기 짝이 없었다. 그러나 오늘만큼은 어느 누구도 그 소리를 놓치지 않았다. 그리도 오랫동안 사이렌이 계속되는 것을 보면, 확성기를 조작하는 장 씨도 신바람이 나서 견딜 수 없는 모양이었다.

하긴 신바람이 날 만도 했다. 그에게는 중풍을 맞은 노모와 억세게 먹어대기만 하는 애들 넷, 그리고 마누라까지 도합 여섯 명이나 되는 식솔이 딸려 있으니까.

그 사이렌 소리가 분명한 파상음임을 확인한 55명의 작업반 인부들은 착잡하고 야릇한 기쁨으로 술렁이며 일제히 창밖의 장 씨를 응시했다.

세찬 바람을 타고 거의 수평으로 몰아치며 흩날리는 눈발 속에 확성기의 나팔통을 끌어안은 장 씨가 엎어져 있었다.

얼굴이 곱상하게 생겼다고 해서 〈신 마담 오래비〉로 통하던 잡역부(雜役夫) 신규찬이 사고를 당한 지 꼭 닷새 만의 일이었다. 강철 빔으로 머리를 얻어맞은 그는 로프에 굴비처럼 매달린 채 머리통이 깨져 피떡이 되었다가 이미 하루 전에 숨을 거두고야 말았다.

유리창 틈새로 휘파람 소리를 내며 불어오던 바람이 멎고, 이어서 사이렌 소리도 멎었다.

그와 동시에 인부들은 안도의 한숨을 내쉬었다. 그들은 새로운 희망에 부풀어 있을 뿐, 아무도 지난 닷새간의 일을 기억하려 들지 않았다. 언제나 꽁초만을 말아 피우거나 반토막 낸 담배만을 피우던 연마공 이태월이 지금은 필터가 달린 긴 담배를 피워 물었다는 것만 보아도 그가 기쁨을 얼마만큼 안으로 삭이고 있는지 알 수 있었다.

안경테를 고무줄로 잡아맨 4반 반장도 그런 모습이 역력했다. 그가 손가락이 하나밖에 남지 않은 왼손으로 눈시울을 닦는 것만 봐도 알 만했다. 이곳에 오기 전, 제재공으로 일하다가 각목을 켜는 회전 톱날에 손가락 네 개를 잘린 그는 웬만큼 흥분하기 전엔 결코 그 손을 내보이는 법이 없지 않았던가.

한동안의 정적을 깨고, 신규찬이 속해 있던 5반 반원들은 결국 하나둘씩 눈물을 흘리기 시작했다. 하지만 그것은 신규찬의 죽음을 애도하는 눈물이 아닐 것이다. 그들 역시 동료의 죽음으로 인한 안타까움보다는 뱃속으로부터 스멀스멀 고개를 쳐드는 기쁨을 참아내기 어려웠을 테니까.

"5반 새끼들! 속 보인다. 이 호로자식들아! 그렇게 참을 수 없거든 뵈지 않게 똥구멍으로나 울어라!"

애자(碍子) 연결공인 송영길이 소리쳤다.

모두들 그 소리에 놀라 흠칫했다. 하긴 사건의 해결이 오늘처럼 좋게 나더라도 결코 좋아하는 내색을 해서는 안 된다는 것쯤은 미리 묵계가 되어 있었다. 그렇기에 다른 모든 반원들은 그저 억지로라도 이빨을 앙다물고 속으로만 기쁨을 삭이고 있는 것이 아닌가. 누가 보더라도 동료의 죽음 앞에서 드러내놓고 기뻐할 수는 없는 처지였으므로.

"자! 다시 일이나 해보세. 돼끼 새끼 같은 처자식들이 있잖은가. 제미! 처자식들인지 웬수들인지……."

스웨덴제 드릴을 가지고 있는 드릴공 김형준이 이렇게 말하며 일어서자 나머지 54명의 반원들도 주섬주섬 일어나 각자의 연장을 챙기기 시작했다.

"쩨기랄! 여기선 죽는 놈만 손해 보는 게야."

4반 반장이 엉덩이를 툭툭 털며 말하자 사방에서 "아무렴!" 하며 맞장구들을 쳤다.

이미 서너 명은 문을 열고 밖으로 나간 것 같았다. 얼굴이 찢어질 듯 찬 바람이 몰아쳐 들어온 것으로 미루어 알 수 있었다. 하기야 그들이 다시 일을 하기 위해 급하게 서두르는 것도 결코 나무랄 수는 없었다. 이미 죽은 동료에게는 미안한 일이었지만…….

각 반별로 흩어지는 무리들 틈에 섞여 형준도 자기의 작업위치로 찾아가기 위해 일어나 어슬렁어슬렁 걷기 시작했다.

원래 12월이라는 게 인정머리 없이 춥기만 한 달이지만 태백산맥의 꼬리로서 해발 1,200m가 넘는 이곳, 봉화군 소천면의 산악지대야말로 혹독한 추위와 눈더미에 덮여 있을 뿐이었다. 게다가 만 닷새 동안을 제대로 먹지도 못한 채 잔뜩 긴장만 하고 지내 왔던 터였기에 추위는 더욱 혹독하게 느껴졌다.

닷새 동안을 양치질도 제대로 못해서인지 입속이 텁텁했고 말을 내뱉을 때마다 구린내가 풍겨나는 듯했다. 아마도 혓바닥에는 설태가 허옇게 끼었을 것이다.

이런 생각 끝에 혓바닥을 길게 내뽑고 앞니로 설태를 긁어내려던 형준은 갑자기 혀가 말라붙어 허물이 벗겨지는 듯한 통증을 느꼈다. 계속되었던 긴장 때문에 혓바닥까지 온통 갈라졌나 보다. 정말이지 어린 녀석 하나 때문에 큰일 날 뻔했다.

그러나저러나 닷새 동안 작업이 중단된 것에 대해서는 일당이 지급되는 것인가가 무엇보다도 궁금했다. 그렇다고 해서 오늘 같은 분위기 속에서는 현장 사무소 관리반원들에게 물어볼 용기도 나지 않았다. 일당을 지급받는가 못 받는가 하는 사실은 나머지 54명 전원의 걱정이기도 했으나 형준에게는 더욱 태산 같은 걱정이 아닐 수 없었다.

드릴공인 그가 로프에 허리를 매달고 철탑 위로 기어 올라가며 뚫어대는 구멍은 하루 평균 300공씩이었다. 그러나 지난 두 달간 그는 가외로 하루에 50공씩을 추가로 뚫었다. 두 달 전부터 하나밖에 없는 열 살배기 아들의 오줌 구멍이 막혀서 요관에서 요도까지 플라스틱 관을 심는 수술비용이 필요했기 때문이다.

그는 한국전력의 하도급업체인 ××건설회사로부터 일당 8,000원을 받았고 가외 작업의 경우 구멍 하나를 추가로 뚫어 주는 것에 대해 50원씩을 지급받았다. 외부와 고립된 산골짜기에 갇혀 군대식 명령을 받으며 일하는 것을 생각하면 개뿔따구처럼 형편없는 임금이었지만 하루 세끼 식사와 잠자리를 제공받는 것까지 따지면 상당한 수입이라 할 수 있었다. 도회지의 어느 공사판에서 이런 대우를 받겠는가. 다만 한 가지 불만은 목욕탕이 좁다는 것이었다. 그 비좁은 목욕탕에는 아무리 해도 열 명밖에 함께 들어갈 수 없었기 때문에 인부들은 〈줄서서 기다리고 자빠졌느니 때려치우는 게 낫지〉 하며 소주병이나 기울이곤 했다. 목욕하는 순서 역시 서열순으로 정해져 있었는데 반장이나 전문기술자들부터 서열이 매겨지기 때문에 형준은 목욕만큼은 거의 매일 할 수 있었다. 형준은 반장 겸 드릴공으로서 서열 네 번째였기 때문인 것이다. 그러나 서열이 빠른 반장이나 전문기술자들 중에서도 서로 몸을 부딪쳐 가며 때를 닦느니 아예 목욕을 포기하는 사람들도 많았기 때문에 그들의 등짝이나 머리카락, 겨드랑이 등은 으레히 땀에 젖어 있기가 일쑤였고 썩은 들기름 냄새 같은 악취를 풍겨댔다.

밖으로 나오자 콧속이 쩍! 하고 얼어붙었다. 지독히도 추운 날씨였다. 오늘처럼 골바람이 몰아치는 날은 오히려 눈발이 아래에서 위로 치달으며 휘날리게 된다. 이런 날에는 아무리 털모자를 깊게 눌러 써도 턱밑과 귀 언저리에 서걱서걱 하는 눈발이 끼게 마련이었다.

형준은 콧물을 닦아내던 손수건을 꺼내어 목에 비끄러매면서 발밑에 쌓인 눈의 깊이를 가늠했다. 눈은 쌓이면서부터 그 표면이 얼어붙는지 밟을 때마다 사그락사그락 하는 소리가 마치 살얼음 깨지는 소리처럼 들려왔다. 다른 작업반원들도 〈엇 추워!〉 〈제기랄!〉 〈이런 우라질!〉 하며 앞서간 사람들의 발자국을 따라 걸음을 옮겨갔다.

확성기의 나팔 통을 끌어안고 엎어져 있던 장 씨는 그제야 엉거주춤 일어나서 다른 인부들과 함께 뒤섞였다. 그는 그 짧은 시간 동안에 아마도 울고 있었던 듯 눈가에 땟국물이 번져 있었다.

장 씨는 다른 인부들에 비해 스무 살 가량이나 많았기 때문에 힘든 일에서는 제외되고 오로지 현장사무소 관리숙사에서 관리과장들의 목욕물을 데우거나 구들장에 조개탄을 때는 일만 맡아 왔다. 일종의 특과인 셈이었는데 그 때문에 많은 인부들로부터 시기를 받아 왔다. 그래서, 언제부터인지 그는 자기 일 외에 추가로, 일과 시간의 시작과 끝을 알리는 사이렌을 울리겠노라고 자청했던 것이다. 그 일은 드릴공이나 애자 연결공, 산소용접공 등의 전문기술자를 제외한 일반 잡역부들 모두가 교대로 맡아 해 오던 일이었다.

그 후로부터 그는 미움을 사는 일 없이 이곳에서 버텨나갈 수 있었다. 그러나 사이렌을 울리는 일도 결코 쉽지만은 않았다. 세 무더기로 흩어져서 일하는 일곱 개 반의 일터마다 눈 덮인 산길을 헤매고 다니는 것도 떡 먹듯이 만만한 일은 아니었기 때문이다.

"여보게, 난 이번에 아주 끝장나는 줄 알았어. 그렇지만 죽으라는 법은 없다니까. 우리들 아이디아가 기맥히게 맞아떨어진 게지. 그 맹한 순사 놈들이 감쪽같이 속아 넘어갔으니 말일세……."

장 씨가 언청이처럼 찢어진 입술을 벌려 히죽 웃으며 형준에게 말했다. 일제 말기 때 소학교 학생이었던 그는 비행장을 닦는 작업대에 강제로 끌려갔다가 작업감독관인 일본 순사에게 호되게 얻어맞은 적이 있었다. 살모사라고 알려진 구마모토 순사에게 그가 감히 대들었던 것인데 그때 그만 입술이 찢어져 언청이 꼴이 되고 말았다. 그런 기억 때문인지 장 씨는 순경들을 아직도 순사 놈이라고 불렀다.

하여튼 〈우리들의 아이디아〉라는 건 일곱 개 작업반 55명의 처절했던 노력을 뜻하는 것이며, 또한 닷새 동안 겪어 왔던 피눈물 나는 울분을 뜻하는 말이었다.

장 씨는 피로에 지친 탓인지 얼굴에 약간의 경련을 일으키면서도 말을 계속하려 했다. 그러나 형준은 언제까지나 그의 말을 듣고 있을 수만은 없었다. 그는 사고가 나던 날, 강철 빔이 철탑몸체에 부딪히는 충격 때문에 철탑에 박혀 있던 드릴의 날을 부러뜨릴 수밖에 없었다. 그 날의 값은 무려 2만 원이 넘었고, 더구나 스웨덴제였기 때문에 대도시에 나가야만 구할 수 있는 것이었다. 그러자니 그 값을 벌어들이자면 400공 이상의 구멍을 추가로 뚫어야 했다. 물론 드릴의 날이야 회사 측으로부터 배급되어 나오긴 하지만 대부분의 드릴공들은 각자의 주머니를 털어 강력하고 절삭력이 뛰어난 스웨덴제나 미제 드릴의 날을 구입하곤 했다. 결과적으로 그것이 한결 이익이기도 했지만 그들이 드릴이나 드릴의 날에 쏟는 애정은 그만큼 각별했다.

형준은 장 씨의 말을 들은 체 만 체 하며 작업장을 향해 걸어갔다. 부러진 드릴의 날이 못내 아깝기만 했던 것이다.

눈길을 걸어가면서 그는 오늘 일과 후 가외로 우선 100개의 구멍을 뚫기로 다짐했다. 가외란 야간작업을 뜻하는데 추운 날 밤일수록 오히려 가외 시간은 엉겁결에 지나가고 만다. 특히 오늘처럼 눈이라도 흩날리는 날이면 하늘 높이 치솟은 철탑의 윤곽은 밤하늘을 향해 부각된 듯이 선명하게 드러나는데, 그 중간에 로프를 걸고 매달려 마치 투명한 꽃가루를 흩날리듯 불꽃을 흩날리며 드릴로 구멍을 파는 일이란 실로 가슴 쓰린 짓거리였다. 하지만 그 어둡고 찬 바람 속에 매달린 채 살을 저미는 고통을 참으며 한동안 작업을 계속하다 보면 야릇하게도 가슴 저 깊은 곳으로부터 〈덩더꿍, 얼쑤!〉 하는 가락이 신명 나듯 터져 나오기도 했다.

형준에게 있어서 철탑이란 구체적인 삶의 터전이었다. 해발 1,200m의 산악 지대에 동력선을 끌어들이기 위한 송전철탑 한 대를 세우기 위해 무려 5,000여 개의 크고 작은 구멍을 뚫어야 하는 실체로서 철탑은 항상 존재하고 있었다.

그는 이 세상의 사물 중 가장 아름다운 것으로서 무엇보다 철탑을 꼽곤 했다. 그것은 가까이에서 보면 무자비할 정도로 웅장하기까지 했다. 더욱 가까이 다가 가서 자기가 뚫어 놓은 리베트 구멍들을 볼 때는 그 구멍마다 얽힌 수많은 애환들과 함께 구멍 하나하나 속에서 어둠을 향해 걸어가는 모든 가난한 사람들을 만나는 듯했다. 또한 멀리 떨어져서 볼 때에는 번쩍이는 은빛 광채를 띠고 하늘을 떠받친 모습이 그만 감격마저 불러일으키는 것이었다. 저 아름다운 철탑을 통해 빛이 달려가고, 그 빛은 산꼭대기의 판자촌을 밝히는 방범등으로부터 지하 수갱 속 수백 레벨의 광산 휴게실에 매달린 전구에까지 달려가겠지. 또 다른 빛은 계속해서 철탑 위의 전선을 타고 대도시까지 달려나가 아름다운 얼굴을 지닌 온갖 처녀들에게 머물다가 퇴근길, 전철의 손잡이에 매달려 흔들리는 지친 노동자들의 콧잔등 위에도 머물게 되리라.

그러나, 일을 끝내고 나면 다시는 가까이할 수 없는 것 또한 철탑이 아니었던가. 그들은 작업을 끝내면 또 다른 곳으로 자리를 옮겨 또 다른 철탑을 세워야 했으므로.

모르긴 해도 이미 숨을 거둔 신규찬은 자기보다 훨씬 철탑을 사랑했을 것이라는 생각이 들었다. 그 녀석이야말로 무엇이든지 사랑할 수밖에 없었던 19세의 청춘이었잖은가. 아무리 차가운 철골로만 이루어진 철탑이더라도 그의 애정은 쉽사리 스며들 수 있었을 것이다.

"진작 그런 훌륭한 방법을 생각했으면 오죽 좋았겠나. 쯧쯧……."

장 씨의 말을 귓전으로 흘리며 형준 역시 주머니 속의 노끈을 꺼내어 점퍼의 허리께를 졸라맸다. 밑 부분이 하발통처럼 벌어진 점퍼여서 허리를 졸라매지 않으면 찬바람이 겨드랑이 속까지 파고들기 때문이었다.

형준을 비롯한 나머지 54명의 인부들이 각자의 작업 위치에 도착한 시각은 거의 1시 15분이 되어갈 때쯤이었다. 그때부터 그들은 아무 일도 없었던 것처럼 작업에 몰두하기 시작했다.

날씨도 닷새 전과 다름없이 추웠으며 바람도 여전히 불어왔다. 인부들은 서너 명을 제외하곤 거의 모두가 캐시밀론을 넣어 누빈 점퍼를 입고 있었다. 그러나 바람은 유난히도 목덜미와 바짓가랑이로 불어오기 때문에 춥기는 마찬가지였다. 어쩌다가 차갑게 얼어붙은 철골에 얼굴이라도 맞닿게 되면 아무리 추위에 단련된 인부들이라도 얼굴이 찢겨나가는 것처럼 통증을 느꼈다. 더구나 오늘처럼 눈발마저 휘날리는 날은 코와 입 언저리, 그리고 철골을 잡고 있는 손바닥의 습기가 얼어붙어 살갗이 터지기까지 했다.

형준은 철탑 위에 기어 올라가자마자 드릴부터 돌려대기 시작했다. 다행히도 드릴은 고속으로 회전하기 시작하면 그 몸통이 열을 받아 뜨끈뜨끈해졌다. 그 몸통을 잠깐 동안만 끌어안고 있어도 한결 추위가 가시는 것 같아서 그는 담배를 피우며 쉴 때에도 드릴을 가끔 켜 놓곤 했다. 드릴의 몸통이 제법 뜨거워질 때쯤 해서 형준의 발밑 부분에 〈땜통〉으로 불리는 용접공 김종원이 올라와 자리를 잡았다.

"어이! 김 구멍. 잘 됐겠지? 어째 똥줄 타는군."

김 땜통이 고개를 치켜들며 물었다. 〈구멍〉이란 드릴공인 형준의 별명이었는데 대부분의 다른 인부들은 〈구녕〉이라고들 부르곤 했다.

"자네 똥줄만 타는 줄 알아? 제미! 팔자소관이지. 쏘시개를 믿어 보자구. 그

영감탱이가 쓸데없이 싸이렝을 조졌을라구?"

형준이 대답했다. 〈쏘시개〉는 늙은 화부 장 씨의 별명이었다.

원래부터 이곳에서는 각자의 이름을 부르는 법이 없었다. 사람의 키에 비해 열 배가 넘는 높이의 수직 철골에 수평 바가 어지럽게 교차된 철탑의 꼭대기로부터 김 구멍, 김 땜통, 박 땜통, 이 맷돌의 순서대로 로프에 몸을 엮어 맨 채 뚫고, 땜질하고, 갈아내는 작업을 하게끔 되어 있었다. 박 땜통이란 또 다른 용접공 박윤모를 부르는 별명이고, 이 맷돌이란 연마공인 이태월을 가리키는 별명이었다.

적어도 5반에서만은 그들 네 명은 다른 잡역부들로부터 출세한 존재로 인정받고 있었다. 그들은 10년 이상의 풍파를 겪으며 단련되어 온 기술자들이었기 때문이었다. 다만 맷돌 이태월만이 유조선을 타던 선원이었는데 현장사무소 구마모토 반장에게 많은 웃돈을 집어주고서야 연마공 자리를 배당받은 처지였다. 〈구마모토〉란 현장사무소의 수석반장인 이종훈에게 쏘시개 장 씨가 붙여 준 별명이었는데, 그 별명 뒤에는 어렸을 적 비행장을 닦는 작업대에서 자기 입술을 찢어 놓았던 바로 그 일본 순사 구마모토처럼 지독한 악질이라는 뜻이 숨겨져 있었다.

형준은 이미 그 사실을 눈치채고 있었지만, 아마도 구마모토 반장과 맷돌 이태월과는 남모르는 관계가 있는 듯해서 전혀 내색조차 하지 않고 있었다.

잠시 후, 땜통 박윤모도 철탑으로 올라왔고 위로부터 로프를 이어받아 허리에 단단히 엮은 뒤 가랑이 사이로 내려보냈다.

계속해서 이태월이 철탑에 오르기 시작했으며, 그들을 멍하니 올려다보던 쏘시개 장 씨는 귀가 나오지 않도록 귀 가리개가 달린 털모자를 고쳐 쓰고는 총총걸음으로 사라져 갔다.

"김 구멍! 난 불안하단 말씀야. 도회지에서 굴러먹던 그 조사반원들이 진짜로 홀랑 속아 넘어간 걸까? 그놈들이야말로 차돌멩이처럼 닳고 닳은 녀석들일 텐데. 더군다나 경찰들까지 같이 왔었다며?"

김 땜통이 걱정스럽다는 듯이 말했다. 그는 한쪽 눈썹이 화상으로 일그러져 있었다. 간혹 은백색으로 용융 아연 도금을 해 놓은 철탑에서 최종 마무리 용접을 할 때쯤, 철탑에 반사되는 햇빛이 그의 얼굴에 환하게 비쳐질 때면 형준은 그의 모습에서 문득 아름다움을 느끼곤 했을 만큼 그는 미남이었다. 언젠가 부러진 자전거의 손잡이를 용접하다가 그만 불똥이 눈썹에 튀었다는 것인데 화상으로 찌그러진 눈썹이 오히려 진솔하고 수수하게 느껴졌다. 그 조악한 몰골의 흉터가 어쩌면 그토록 사람의 마음을 끄는 매력을 지니고 있는 것일까.

"글쎄, 나도 걱정이긴 하지만…… 그래도 쏘시개가 확실하게 앵앵앵, 하고 토막 난 싸이렌을 불었잖은가? 게다가 관리반장 구마모토는 평상시에도 꽹과리 낯짝처럼 빤빤하고 요령이 좋았잖나. 잘 해결됐을 껄세."

형준이 위로하듯 말하자 김 땜통도 그제야 용접봉을 철탑 몸체에 콕콕 부딪치며 아크방전을 일으키기 시작했다.

어찌된 일인지 이번 겨울로 접어들면서부터 계속해서 4각 철탑만을 세우게 되었다. 억세게 재수가 없어서 그럴 것이다. 4각 철탑 외에도 구형 철탑이나 문형 철탑, 회전 철탑 등이 있는데 그것들은 높이도 한결 낮을 뿐 아니라 일하기도 훨씬 수월했다.

그러나 형준은 이번 겨울 들어 벌써 두 대째의 4각 철탑을 세우는 중이었다. 4각 철탑은 높이에 비례해서 애자도 많이 붙어 있으며 용접해야 할 부분도 많아서 일하기가 여간 까다롭지 않았다. 하긴 30만 볼트 이상의 고압 전류가 흐르더라도 높게 솟은 나무에 불똥이 튀지 않게 하려면 그 정도는 높이 세워야 할 것이다. 어쨌거나 하필이면 이 겨울철에 조금이라도 더 높은 곳까지 기어 올라가서 조금이라도 더 찬바람을 쏘이게 된 건 무슨 팔잔지 모르겠다. 오히려 지난 여름철에는 바람 한 점 없는 골짜기에 박혀 철탑을 세우거나 거름 냄새 풍기는 밭고랑 위에서 철탑 공사를 하지 않았던가.

"어이! 김 구녕! 오늘은 경치가 어때?"

발밑에서 이 맷돌이 소리쳤다. 맷돌은 연마공이기 때문에 연마공정이 필요치 않은 철탑의 꼭대기에서는 거의 작업을 하지 않았다. 그러나 그는 젊은 시절의 한동안에 걸쳐 선원 생활을 했었기에 마음 한쪽 구석에는 바다에 대한 향수를 지니고 있었다. 바다가 그리워지면 형준이 작업하고 있는 철탑 꼭대기까지 기어 올라와서 산 너머에 희미하게 펼쳐진 바다를 바라보는 것이 유일한 그의 낙이었다.

"아예 올라올 생각 말게. 바다는커녕, 코빼기 앞도 잘 안 보여. 오늘은 텄다구."

형준이 대답했다.

"빌어먹을! 눈은 그칠 생각도 않는구먼. 자넨 모르겠지만 뱃놈들은 눈을 싫어하지. 갑판이 미끄러우면 골 때리는 일이 많아져. 눈이 오면 바람도 지랄맞게 불지. 태양이 없는 동안 바다는 죽어버리는 게야. 그러다가도 해만 뜨면 바닷물은 생선비늘처럼 번득인단 말야. 이상도 하지. 한줄기 빛 때문에 죽어 있던 바다가 살아난다는 사실은……."

"그 말을 듣고 보니 이상하군. 철탑 꼭대기에서 바다를 가만히 보고만 있어도 차츰차츰 황홀해지거든?"

박 땜통이 한마디 거들었다. 그러자 시들한 목소리로 형준이 말했다.

"황홀하다구? 하긴 그렇군. 계집애 끌어안구 뒹굴 때만 황홀한 건 아니겠지. 자네도 나처럼 술집 계집들보다는 바다를 더 좋아하는가 보군. 하긴 저 바다를 끌어안을 수만 있으면 얼마나 황홀해질까. 어떤 땐 미치도록 끌어안아 보고 싶은 것이 있기도 하지. 지금 당장이라도 황홀해질 수 있다면 이 철탑, 이 쇳덩이라도 죽도록 끌어안고 있겠네."

그렇다. 그들에게는 사랑이 필요했다. 그러나 사랑이란 쉽게 만날 수 없다는 것도 잘 알고 있었기 때문에 자연히 사랑을 불러일으키는 주술적인 힘을 신봉하고 있었다. 그들에게 사랑을 불러일으키는 방법으로 매우 중요한 짓이 바로 용두질이었다. 그들은 새로운 철탑을 세우기 위하여 굴착작업을 시작하는 날이거나 마지막으로 고압용 애자들을 연결하는 날이면 으레히 숙사 뒤의 야전 변소로 가서 용두질을 치곤 했으니까……. 그들은 어둠을 향해 비롯되는 그 행동에서, 힘차게 방사되는 수억의 단세포적 생명체 속에서 새로이 탄생하는 어떤 힘을 신봉하고 있었으니까…….

돌이켜보면 이번 사고도 용두질을 성스럽게 거행하지 않았기 때문이라고 형준은 생각했다. 이번 철탑 공사를 시작하던 날, 형준이 속해 있던 5반 전원이 야전 변소로 들어가 용두질을 시작하려 했는데, 이미 그 낌새를 알고 있던 현장 사무소 관리반의 조덕칠 때문에 그 성사를 이루지 못했었던 것이다. 조덕칠은,

"이 사람들이! 개수작들 집어치우지 않으면 전원 모가지야! 변소가 이런 짓 하는 덴가? 더러운 짓들만 하고 다니다니…… 5반 반장! 알아듣겠소?"

하고 형준에게 눈을 부릅뜨며 나무랐던 것이었다.

이미 형준의 드릴은 뜨끈뜨끈하게 달아 있었다. 그는 나무토막처럼 굳어진 손등을 드릴의 몸통에 대 보고는 점퍼자락으로 조심스레 그것을 감싸 안았다. 그는 드릴을 구입하기 위해 결혼선물이었던 아내의 손목시계까지 팔아야 했는데, 마치 그날의 뜨거웠던 울분처럼 드릴의 몸통에서는 후끈한 열기가 솟아나고 있었다.

형준이 아내에게 해 준 결혼선물이라곤 오로지 손목시계 하나였다. 그것도 결혼 당시에 유행하던 액정 자판의 전자식 시계가 아니라 손톱 끝을 세워 태엽을 감아 주어야 하는 구식의 일제 시계였는데, 그것마저 팔아 드릴의 값에 보태야 했으니 속이 끓지 않을 재간이 없었다.

마침 그날 저녁, 드릴의 성능을 시험해 보기 위해 방 안에서 드릴의 스위치를 켜자 요란한 소음과 함께, 회전하는 날의 중심에서 강력한 바람이 몰아쳐 나오기 시작했다.

"허허, 여보! 잘됐군. 올여름엔 선풍기가 필요 없겠소. 이걸 선풍기 대용으로

쓰면 되겠구려. 이왕에 선풍기는 장만했으니 두 대를 한꺼번에 돌리면 집안에서도 피서를 즐길 수 있겠어. 흠흠……! 시계가 아깝지 않구먼.”

머리카락을 너풀거리면서 바람을 쏘여가며 형준이 말하자 잔뜩 풀이 죽어 앉아있던 그의 아내는,

“한심하군요.”

하고 짧게 대꾸한 뒤에 벽을 바라보며 드러누웠었다. 그날, 몰아치던 드릴의 바람을 형준은 아직도 잊지 못하는 터였다.

어디선가 지친 듯한 노래 소리가 들려오기 시작했다.

“우리는 이기리라, 우리는 이기리라…….”

그러나 형준은 아랑곳하지 않았다. 그 노래를 부르는 녀석도 필경 끈적끈적하게 들러붙는 걱정을 떨쳐버리기 위해서 저렇게 애쓰고 있는 것이겠지. 보나 마나 강철 빔을 어깨에 메고 나르는 잡역부들 중의 하나일 것이고, 구두 밑창에 밟혀 스러지는 눈송이들의 뽀드득거리는 소리를 들으며 닷새 동안 비겁했던 자신에 대해 제풀에 슬퍼하는 녀석일 것이다.

형준은 그 노래 소리를 떨쳐 버리기 위해 힘차게 드릴의 날을 철탑에 꽂고 돌리기 시작했다. 강철이 패이는 금속성의 소리…… 점점 작아지는 노래 소리…… 〈우리는 이기리라, 우리는 이기리라〉.

또 다시 형준의 가슴 속으로부터는 〈덩더꿍, 얼쑤!〉 하는 가락이 신명나듯 새어나오기 시작했다. 이제 모든 고통은 끝난 것이다. 파상음의 사이렌 소리가 그것을 증명하지 않았던가.

점점 많은 양의 눈이 쏟아지기 시작했다. 이제 잠시 후면 발밑에 펼쳐진 모든 정경들, 찌그러진 채 굴러 있는 양동이, 부서진 베니어판, 모닥불을 피우다 만 흔적, 자루가 부러진 삽, 그 모든 것들이 하얗게 눈에 덮이고 말 것이다. 그때쯤 되면 모든 인부들의 불안한 마음도 평온해지겠지.

형준은 어렴풋이 들려오는 노랫소리에 잔뜩 귀를 기울이며 드릴의 속도를 초고속으로 높여갔다. 철탑을 향해 울부짖는 드릴의 몸통을 죽으라고 끌어안은 채.

2

닷새 전이었다.

모두가 곯아떨어진 한밤중에 형준은 놀라 깨어났다. 이상한 소리가 들렸기 때문이었다. 간혹 영하 20도를 밑도는 추운 밤이면 유리창에 들러붙은 성에가 얼어 터지는 소리에 놀라 일어난 적은 있었지만 그날은 직감적으로 느껴지는 낌새부터가 달랐다. 성에 터지는 소리는 새벽녘까지 가외 작업을 하고 들어와 한참을 뒤척이다가 서서히 잠에 빠져들 무렵쯤이면 들리곤 했던 소리였다.

손톱으로 할퀴는 듯이 들려와 신경질을 돋우는 그 소리는 아주 추운 날 밤이면 때때로 들려와 잠을 방해했다. 그러나 평상시에는 아침까지 세상모르고 잠에 빠져 있다가 남들이 거의 다 기상한 뒤에야 가까스로 눈을 뜨곤 했던 그였다. 아침 7시나 되어서야, 그것도 난로 당번이 조개탄을 갈아 넣기 위해서 벌겋게 달아오른 난로의 뚜껑을 갈고리로 꿰어 열고 난 뒤에야 슬금슬금 눈치를 보며 일어나곤 했다. 최소한 그때에는 자리를 털고 일어나야 세수할 때 더운물을 얻어 쓸 수 있기 때문이었다.

그러나 그날은 전혀 딴판이었다. 비밀스러운 낮은 소리에 놀라 잠에서 깨어난 것이었다.

두껍게 성에가 낀 유리창 밖으로부터 희미한 불빛이 번져 들어왔다. 그 불빛을 받아 윤곽만을 드러낸 4반 반장이 조심스럽게 5반의 침상으로 걸어오는 것이 보였다. 뜻밖이었다. 약 2미터의 간격을 두고 각 반별로 침상이 놓여 있었는데, 그는 침상 사이의 복도를 발소리마저 죽이며 걷고 있었다. 마치 적의 진지를 정탐하듯이.

'개새끼! 오줌 싸려면 헬멧에다가 쌀 것이지…….'

형준의 머릿속으로 퍼뜩 이런 생각이 스쳐 지나갔다. 이곳에선 어느 누구라도 한밤중에 일어나 오줌을 누려면 잠시 동안은 망설이게 마련이었다. 첫째로, 추운 날씨를 박차고 숙사 뒤편을 돌아 야전 변소까지 가기란 죽기보다 싫은 짓이었다. 둘째로, 전등의 스위치를 켜면 천정에 달린 여덟 개의 백열전구에 모두 불이 켜지게 되어 있다는 것이 또한 마음에 걸렸다.

환하게 불을 밝혀, 곤히 잠들었던 동료들을 깨워 놓으면 그 뒤의 일은 감당할 수 없었다. 어느 놈이든 간에 한두 명은 주먹 감자를 먹이거나, 손가락으로 꼴뚜기질을 하거나, 주먹을 불끈 쥐고 일어나 욕설을 퍼부어댈 테니까. 그래서 오줌이 마려워 깨어난 인부들의 대부분은 불을 켜지 않은 채로 컴컴한 머리맡을 더듬어 자기의 안전모를 찾아내곤 거기에 오줌을 누고 마는 것이었다. 그러나 4반 반장은 오줌을 누려던 것이 아니었다. 그는 소리죽여 5반 침상까지 다가오더니 형준의 옆에 누워 잠자는 신규찬에게로 조심스레 기어 올라가는 것이 아닌가.

인부들은 이 숙사를 닭장이라고 불렀다.

40평의 공간에 56명의 인부들이 비좁게 자고, 먹고 했으므로 그렇게 부르는 것이었다. 그러나 숙사 안에 들어서면 생각만큼 비좁다는 느낌은 들지 않았다. 다만, 그림이라든가 장식품 등이 없어서 마치 서류 창고와도 같은 기분이 들었지만, 제법 널찍하게 짜인 침상 사이에 똑바로 복도가 만들어져 있고 그 복도를 따라 세 개의 무쇠 난로가 피워져 있었다.

그 난로에는 조개탄을 잔뜩 들이부어 선홍빛이 날 때까지 달구어 놓기가 일쑤였으며 관리반에서도 조개탄만큼은 풍족하게 배급해 주었다. 연통이 낡아서 군데군데 불그죽죽한 녹물이 새어나오긴 했지만…….

침상은 각 반별로 나뉘어 있었고 각 반마다 2층으로 된 침대가 네 개씩 놓여 있어서 인부들은 서로 다른 반의 침상으로 가는 것을 구역침범이라도 하는 듯 어려워했다. 간혹 어떤 반에서 쪼이판을 벌이게 될 때에야 복도로부터 침상, 침대의 2층 꼭대기에 이르기까지 게딱지처럼 인부들이 들러붙게 마련이었으며, 그 때만큼은 우리 구역이니 남의 구역이니 하는 생각에서 벗어나는 것이었다.

특별한 이유가 될 일도 없었지만 언제부터인지 이곳 숙사 내에서는 모두들 4반 반장을 두려워하기 시작했다. 그는 어깨가 딱 벌어진 것이 전체적으로 싸움꾼의 인상을 풍기는 인물이었다. 언제나 말이 없었다. 일도 깔끔하게 처리하는 편이었지만, 동료 인부들은 은근히 그를 멀리하려 했다. 손가락이 하나밖에 남지 않은 그 손으로 기막히게 주먹질을 해댔던 경력을 알고 있기 때문이었다.

4반 반장은 자기 나름대로 인부들의 서열을 정해 놓고 목욕하는 순서를 정해 주었으며, 숙사의 천정에 달린 여덟 개 백열전등을 자기 마음대로 끌 수 있는 막강한 위력을 지니고 있었다. 전등 스위치는 각 반마다 반장의 머리맡에 하나씩 붙어 있었지만 자동 연결 스위치로써 어느 한 사람이 끄거나, 켜면 동시에 모두 꺼지거나, 켜지게끔 만들어 놓은 것이었다.

불을 끌 수 있다는 것은 큰 권한이었다. 특히 노름판에서는 그 위력이 대단했다. 어디서나 마찬가지겠지만 한번 쪼이판이 서게 되면 밤을 새우게 마련인 것인데 두어 시간 주기로 끗발이 올랐다 내렸다 하는 것이 노름의 생리였다. 새벽 서너 시경, 끗발이 한참 올라 있을 때나 혹은 주머니 바닥이 드러나도록 돈을 잃었을 때 〈그만 잡세!〉 하며 전등을 끈다면 얼마나 화가 치밀겠는가? 그러나 감히 4반 반장에게 대들 수는 없는 노릇이었으므로 누구나 속으로만 이를 갈고 있을 뿐, 이렇다 할 뾰족한 방법을 찾지 못하고 있는 중이었다.

형준은 갑자기 불안함을 느꼈다.

4반 반장, 그 지독한 녀석이 어째서 신규찬의 침대로 기어 올라오는 것일까. 두꺼운 비닐종이로 덧막음을 했지만 유리창을 통해 찬바람이 새어 들어와 발가락은 냉기에 싸여 있었다. 그러나 형준은 이불을 끌어내려 발을 덮으려는 엄두조차 내지 못하고 있었다. 어느새 4반 반장이 바로 자기 옆에서 자고 있는 신규찬의 침대에까지 올라와 있었기 때문이었다. 4반 반장에겐 깊이 잠든 것처럼 보여야 할 테니까.

4반 반장은 2층에 있는 신규찬의 침대에까지 기어오르는 동안 삐그덕 소리 한 번을 내지 않았다. 마치 고양이가 담벼락을 타듯이 스르르 움직이는 윤곽만이 보일 뿐이었다. 그러나 4반 반장의 형체만은 확실하게 드러나고 있었다. 창문 밖으로부터 희미하게 번져 오는 불빛에다가 선홍빛으로 벌겋게 달아오른 난로가 세 개씩이나 있었기 때문이었다. 난로가 저토록 붉게 타오르고 있는 것으로 보아 새벽 세 시쯤이나 된 듯했다. 조개탄 당번이 새벽 한 시에 불을 새로 갈게 되어 있었으므로.

형준은 직감적으로 4반 반장의 의도를 알아챘다. 나쁜 녀석. 이제 19살밖에 안 된 신참의 엉덩이를 훔쳐 먹으려 하다니.

하긴 형준도 그런 생각이 아주 없진 않았다. 아직 솜털이 보송보송한, 가만히 보고 있노라면 수염도 몇 가닥 없고 웃을 때마다 계집의 티가 물씬 풍기는, 그런 신가 녀석을 한 번만 덮쳐 봤으면…… 하는.

형준은 이번 일을 모르는 척하기로 했다. 이곳에서는 한 명이라도 원수로 지내면 손해니까.

철탑 꼭대기에 기어 올라가서 일하는 동안은 2개 반 16명이 연합하여 작업하게끔 되어 있었다. 만약 그때 한 명이라도 해코지하는 놈이 있어 보조를 게을리해 준다면 손해 보는 자는 저밖에 없었다. 형준의 경우 하루에 배당된 300공의 구멍을 뚫지 못하면 일당 8,000원 중에서 기술수당 1,500원을 제하고 난 나머지만 지급받도록 되어 있었다. 그렇다면 철탑 밑에서 일하는 땅강아지들과 하등 다를 바가 없지 않은가. 그나마 땅강아지라고 불리는 잡역부들에게 형준이 부러움을 받는 이유는 보다 많은 기술수당을 받고 있다는 한 가지 이유밖엔 없잖은가.

그러나, 더 이상 생각할 여유도 없이 순식간에 일은 끝나고 말았다. 심상치 않은 예감과 함께 가느다란 실눈을 뜨고 옆자리를 훔쳐보았을 때는 어느 사이에 신규찬의 한쪽 손에 반짝이는 금속 쪼가리가 쥐어져 있었으며 4반 반장은 놀라서 '어……어!' 하고 뒷걸음질을 치던 중이었다. 아마도 반짝이는 금속 쪼가리는 그가 평상시 지니고 다니던 이발소용 면도칼이었을 것이다.

한때는 포항의 해병대 거리를 무대로 용맹을 떨쳤을뿐더러 월남전까지 참전한 바 있었다는 해병 출신 4반 반장의 동작이 장작개비처럼 굳어졌다. 땅강아지 신규찬의 매몰차고 당돌한 행동에 질려 버린 것이리라.

4반 반장은 언제나 색(色)에 약한 것이 흠이었다. 매력이라곤 전혀 없고 오히려 구질구질 맞기까지 한 모포 부대의 게걸스러운 아낙네들을 보아도 그는 환장을 하듯 바지 지퍼를 풀며 덤벼들곤 했다.

색의 게걸장이 4반 반장은 어둠 속에서 한참동안이나 움직이지도 않고 서 있더니 풀죽은 듯 힘없이 물러났다. 남색을 밝히려는 그에게 규찬이 당하지 않은 것은 무척 다행이라고 생각되었다. 그러나 4반 반장에게 꼭 칼을 들이대어야만 했는가에 대해서는 다시 한번 생각해 볼 여지가 있었다. 아직 4반 반장을 잘 모르는 신참이기 때문에 저지른 일일 것이리라, 이제 세월이 지나면 규찬도 차차 이곳에서 살아남는 법을 깨닫게 되겠지.

그러나, 이토록 대수롭지 않은 일로 해서 돌이킬 수 없는 엄청난 사고가 생기리라고는 미처 아무도 생각지 못했다.

그날 오후였다.

점심시간을 끝내는 사이렌이 울린 뒤 4반과 5반이 함께 작업장에 당도했을 때부터 서서히 사건의 조짐은 생겨나고 있었다. 작업장에 도착하자마자 기술자들을 제외한 땅강아지들은 모닥불을 피우기 시작했다. 언제나처럼 점심시간이 끝나면 작업장에까지 한 명씩의 현장사무소 관리반원이 따라 나와 출석을 체크하고 들어가기 때문에, 땅강아지들은 후끈후끈하게 모닥불을 피워 놓는 것이 관례였다. 추위에 언 몸을 녹이라는 뜻으로서, 관리반원에게 좋은 인상을 심어 주기 위해 피우는 불이었다.

현장사무소 관리반에는 구마모토 반장을 비롯하여 조덕칠, 김 과장, 그 이외에도 다섯 명이나 되는 관리반원들이 있었다. 그들은 한국전력의 하도급업체인 ××건설회사 소속이었는데, 구마모토 반장은 그 건설회사의 송·변전 건설 부장까지 역임했던 인물이라고 했다. 조덕칠은 송전 과장이었고, 김 과장은 토건과를 담당하고 있었으며 나머지는 용지과, 배전과, 서무과 등을 맡고 있었는데 말이 과장이지 그 아래에 속한 과원들은 한 명도 없었고, 보직도 대충 자기들끼리 정한 듯싶었다.

그들의 임무는 인부들을 관리하며 출석을 체크하고, 일당을 계산하고, 가끔씩 반장들을 모아 소주 한 잔씩 먹이면서 은근히 협박이나 하다가 자기들 월급이나 챙기는 엉터리 노가다 십장이나 다를 바 없이 여겨졌지만, 현장에서의 힘은 대단했다. 그러나 언젠가 한국전력으로부터 주 감독과 보조 감독을 이끌고 건설소장이 시찰을 나온 적이 있었는데 그때 허리를 연신 굽실거리며 손바닥을 비비는 구마모토 반장을 본 인부들은 〈그들도 알고 보면 불쌍한 인간들〉이라고 입 모아 말하곤 했었다.

"존칭은 생략하겠소. 4반 반장 기준, 각 반별 2열 종대, 번호!"

관리반의 김 과장이 모닥불로 담배를 붙이며 말했다. 기어들어 가는 목소리였다. 아마 똑같이 반복되는 일과에 짜증이 난 것이리라.

김 과장의 명령에 따라 8명씩 종대를 이루고 앞에서부터 2명씩 주저앉아가며 번호를 붙였다. 굳이 번호를 붙이지 않아도 한눈에 보아 알 수 있는 인원이었지만 유별나게도 이곳에서는 규율을 강조했다.

"하낫! 둘! 셋!……."

작업장 안에서는 뭐니뭐니 해도 관리과장이 절대적이었다. 특히 땅강아지들에게는 더할 나위 없었다. 마음 씀씀이가 넉넉한 관리과장을 만나면 꽤 많은 시간을 한가하게 모닥불 앞에서 보낼 수도 있었다. 그래도 일당은 마찬가지로 지급받았다.

기술자들도 편했다. 형준도 몸이 좀 불편할 때는 관리과장의 눈치만을 보곤 했다. 하루에 배당받은 구멍이 300공이었지만, 대개의 관리과장들은 일일이 그것을 헤아리지 않았다. 다만 조덕칠이라든가 구마모토 등등의 독종 관리과장들은 작업 시간과 시간당 평균 타공 수를 곱해 보는 적이 더 많았다.

인원 점검이 끝나고 각자의 출석 카드에 출석 도장을 찍던 때였다. 모눈종이처럼 가로세로로 줄이 그어져 있는 카드에 이름을 쓰고 도장을 찍어가던 김 과장의 눈이 번뜩이는가 싶더니 갑자기 앞쪽 시멘트 야적지를 향해 몸을 돌렸다.

"아줌마! 이리 나오쇼! 누군지 아니까 도망가지 말구!"

카랑카랑한 목소리로 시멘트 야적지를 향해 소리 지르자 잠시 그 주위의 나뭇가지가 흔들리는가 싶더니 구석으로부터 뜻하지 않게도 우리들의 천사라고 불리는 여인이 걸어 나왔다. 우리들의 천사…….

그녀는 인부들의 단골 〈모포 부대〉였다. 모포 부대란 인부들을 상대로 몸을 파는 아낙네였는데, 대부분이 바닥에 깔아 놓을 담요 한 장씩을 가지고 다니기 때문에 붙여진 호칭이었다. 그들은 절대로 이름을 알려주는 법이 없었다. 다만 근처 마을에 사는 먹고살기 힘든 축의 아녀자라는 정도로만 알고 있을 뿐이었다.

김 과장은 그녀의 몰골을 아래위로 훑어보다가 인부들을 향해 말했다.

"작업 시간에 이 여자와 약속한 사람이 누구요?"

인부들은 잠잠할 뿐 아무도 선뜻 손을 들거나 앞으로 나서지 않았다.

"누구냔 말요?"

김 과장이 화난 투로 말하자 그제야 4반 반장이 대답했다.

"나요."

"지금은 작업 시간이잖소?"

"……미안합니다."

"당신 하루 작업 시간이 얼마요?"

"아홉 시간입니다."

"점심시간엔 실컷 먹고 놀다가 이제 작업이 시작되니까 여자와 뒹굴겠다는 거야? 뭐야?"

"다신 안 그러죠."

"좋아, 오늘은 용서하지. 그 대신 당신 일당에서 1할을 공제하겠소. 조심해요. 다음부턴 어림도 없어!"

김 과장은 추호의 망설임도 없이 말했다. 인부들은 아무도 4반 반장을 변호하지 못했다. 그도 그럴 것이 인부들은 수차례에 걸쳐 작업 완료 일정에 대하여 설명을 들었기 때문이었다. 작업 일정은 상당히 빠듯했다. 이번 겨울이 끝나기 전에 세 대 이상의 철탑을 세워야만 경상북도 봉화군에 새로 세워지는 아연 제련소가 가동된다는 것이었다.

그러나 일당에서 1할을 공제하겠다는 말을 듣는 순간 4반 반장은 심한 모욕감에 빠져들었다. 순간적으로 4반 반장의 표정이 일그러지는 것을 보면서 다른 인부들은 서로의 옆구리를 쿡쿡 찌르며 심상치 않은 분위기를 서로에게 전하려는 모습도 보였다.

잠시 후 4반 반장이 김 과장을 향해 한 발짝 앞으로 걸어 나가며 말했다.

"그러지 마시고…… 김 과장님, 저 여자하고 이거 한번 해 보시는 게 어떻겠소?"

4반 반장이 김 과장을 향해 느닷없이 용두질치는 흉내를 냈다.

"뭐라구? 4반 반장! 지금 놀리는 건가?"

"우리끼린데 어떻습니까? 기가 막혀요. 이게 꿀맛이로구나…… 하실 겁니다.

저게 요분질을 얼마나 잘 치는지…….”

사방에서 와하하하 웃음이 터져 나왔다. 〈한번 해 보시죠?〉, 〈팔꿈치가 다 까져요.〉, 〈끝내 줍니다. 분위기 좋아요오!〉 조용하던 인부들이 갑자기 웅성이며 한마디씩 야유를 퍼부어대기 시작했다.

인부들은 대개 직선적인 사람들이었다. 신규찬처럼 아직 애송이 티가 가시지 않은 청년들은 물론, 닳고 닳은 대부분의 인부들이라도 한마디 말을 하기 위해서 눈치를 살피거나 생각을 깊이 하는 적은 별로 없었다. 그들은 아무런 꾸밈이나 가식 없이 일상을 살아가지만, 간혹 남들이 자신을 업신여긴다는 생각이 들 때면 특유의 생활수단으로서 〈오기〉를 부리는 방법에 익숙해져 있었다.

그들은 한번 오기를 부리게 되면 끝장을 보고야 말았다. 이에는 이, 눈에는 눈으로 맞서며 살아가는 것도 꽤 재미있는 일이라고들 했다. 그들은 아름다움에 관해서는 감히 그것을 바로 보려고 하지도 않았다. 아름다움의 비밀을 탐구한다는 것은 있을 수도 없는 일이었다. 다만 그들은 본능적으로 아름다움을 깨달으며 지켜나갈 뿐이었다. 그 본능적인 아름다움을 차지해야겠다고 믿으면, 그때부터 자기 자신을 희생시키기까지 할 만큼.

“저 여잘 봐도 사타구니가 뻐근하지 않소?”

4반 반장이 김 과장에게 물었다. 그러나 손가락이 없는 왼쪽 손을 주머니에 넣고 있는 것으로 보아서 그는 절대로 화가 나지 않은 것 같았다.

“정말 이러기야?”

김 과장은 드디어 화를 내며 부르르 떨었다.

“당신들 과장들은 툭하면 외박을 나가지 않소? 우리들은 뭐요? 그까짓 오입 좀 하기로서니 일당마저 깎는다는 게 말이나 되오?”

4반 반장이 모닥불 앞으로 걸어 나가며 말했다.

“그렇지만 지금은 작업 시간 아닌가.”

김 과장은 4반 반장의 기세에 눌려 엉거주춤 뒤로 물러나며 대답했다.

"좋소! 일당을 깎으려면 깎으시구려. 그러나 밤낮으로 오입을 할 순 없다는 사정도 좀 알아주쇼. 저 여잔 낮에만 따먹을 수 있으니까…… 밤엔 제 남편 시중 들어얄 거 아뇨!"

모포 부대의 여인은 그 소리에 얼굴을 붉히더니 소리 없이 돌아서서 달아나고 말았다. 비록 뭇사람에게 몸을 던지는 아낙네라 하더라도 여자로서의 성이 섬세하고, 곱고, 고귀하게 이야기되어지기는 바랄 수 없을망정 수컷들의 울퉁불퉁한 근육과 막돼먹은 어둠 같은 분위기 속에서 이야기되는 것에 심한 모욕을 느꼈기 때문이리라.

"참 대단하군. 대낮에 그런 뻔뻔스런 일을 할 수 있다니…… 백주 대낮에 어떻게 그곳의 주름살을 펼 수 있을까? 쯧쯧."

김 과장은 이렇게 말하고는 슬금슬금 인부들로부터 멀어져가기 시작했다. 그러나 4반 반장은 그의 등 뒤에 대고 계속 험담을 쏟아부었다.

"오입도 못 하게 하려거든 세숫대야가 반반하게 생긴 녀석이나 한 서넛 뽑아주시구려. 그런 녀석의 뒷구멍에다가라도 처박고 낑낑거려야 속이 풀리겠소."

이때 형준은 무의식중에 신규찬에게로 얼굴을 돌렸다. 규찬은 홍당무처럼 빨개진 얼굴을 한 채 어쩔 줄 모르는 모습이 역력했다. 4반 반장도 불현듯 새벽의 일을 떠올렸는지 김 과장을 쏘아보다 말고 신규찬에게로 눈을 돌렸다. 규찬은 부들부들 떨고 있었다. 규찬은 주머니 속에 들어있는 이발소용 면도칼을 의식하는지도 몰랐다.

형준은 분노의 흔적이 뚜렷한 규찬에게로 얼른 다가가서 귓속말을 했다.

"동생! 참아야 돼! 못 들은 척 하라구."

형준은 예전부터 규찬의 사내다운 성격을 잘 알고 있었다. 규찬은 여리게 보이는 외모와는 달리 힘들게 세상을 살아온 터였다. 때문에 상처투성이인 그의 마음속에는 단단하게 응고된 과거의 삶이 담겨 있었으며, 그 삶은 파괴될 수 없는 강인한 성격으로 깊이 자리 잡았다는 것을 알고 있었다.

"저 새끼가 날 엿 멕이는 데도 가만있어요? 반장이면 다야?"

규찬이 낮은 목소리로 형준에게 말했다. 그는 이곳에 오기 전의 일터인 나이트클럽에서 사람을 하나 찔렀다고 형준에게 고백하지 않았던가. 그리고는 사람을 찔러야만 했던 사실을 자랑스럽게 변명하지 않았던가.

"그놈이 비겁하게 먼저 칼을 꺼냈어요. 나는 그걸 뺏고 방어하기 위해 찌른 것뿐이죠. 비겁한 놈들은 죽어도 싸요."

형준은 그러한 규찬의 성격을 잘 알고 있었기 때문에 급히 그를 끌어안고 달래기 시작했다.

"자, 자. 꾹 참게. 참는 게 이기는 거야. 저 치를 작살낸들 뭐 좋은 일이 있겠나!"

형준이 벌떡 일어나려는 규찬을 끌어 앉히고 어깨를 토닥이자 분을 못 참아서 씩씩거리던 규찬은 아랫입술만을 잘근잘근 씹어댈 뿐이었다.

"한 번만 더 지랄하면 쑤셔 버리겠어."

그는 바닥에 침을 탁! 뱉으며 잠시 동안 씩씩거리더니 다행스럽게도 그대로 바닥에 질펀히 주저앉고 말았다.

그때 4반 반장은 관리숙사를 향해 겁먹은 모습으로 걸어가는 김 과장을 보며 히죽히죽 웃고 있었다. 참, 반죽도 좋은 녀석이라는 생각이 들었다. 이 추운 겨울날, 남들의 속을 뒤집어 놓고 시리디 시린 말들만 골라서 퍼부은 주제에 무슨 웃음이 나온단 말인가…….

그럭저럭 오후 작업은 시작되었다. 형준과 김 땜통, 박 땜통, 이 맷돌은 형태를 갖추기 시작한 철탑의 꼭대기에 올라가 작업을 계속했다.

이제 철탑의 몸체에 수평으로 강철 빔을 연결하는 것이 일의 순서였다.

강철 빔을 밧줄 끝에 연결하여 철탑 꼭대기에 장치한 도르래를 통해 끌어올리는 것이 4반 반장의 임무였다. 4반 반장은 우선 안경테를 고무줄로 단단히 묶어 흘러내리지 않도록 한 다음 목도리를 풀어 얼굴에 동여맸다. 철탑 꼭대기에는 언제나 세찬 바람이 불기 때문이었다. 그리고 두꺼운 장갑을 두 벌 연거푸 끼는 것이 그의 버릇이었는데, 매사를 한쪽 팔로 처리하는 그로서는 나머지 성한 손가락들을 보호하기 위한 버릇이기도 했다.

"어이! 조 씨! 빔을 올려라!"

4반 반장이 소리쳤다.

"올라갑니다아!"

4반에 속해 있는 잡역부 조 씨가 따라서 소리쳤다. 작업을 할 때에는 안전을 위하여 서로가 복창을 하게끔 되어 있었다.

강철 빔이 도르래 끝에 매달린 채 서서히 철탑의 위쪽으로 올려지기 시작했다. 아래에서는 조 씨를 비롯한 여섯 명의 잡역부들이 밧줄을 당기고 있었고, 그들보다 20미터쯤 뒤쪽에서는 5반에 소속된 잡역부 신규찬이 또 하나의 밧줄을 잡아당기고 있었다. 신규찬은 당겨져 올라오는 강철 빔의 허리부분을 밧줄로 한 번 엮어내어 바깥쪽으로 끌어당기는 것이 임무였다. 그렇게 해야만 강철 빔이 올라올 때 철탑의 몸체에 긁히는 것을 방지하게 되는 것이다.

4반 반장도 강철 빔의 속도에 맞추어 천천히 철탑 위로 기어 올라오기 시작했다.

"어쌰! 어이쌰!"

잡역부들의 고함이 끝날 때마다 강철 빔은 울컥울컥 철탑 위로 치솟기 시작했다. 형준은 잠시 드릴을 정지시키고 아래를 내려다보았다. 사람의 힘이란 저리도 무서운 것인가……. 엄청난 무게의 강철 빔이 불과 일곱 사람의 힘으로 부유하듯이 위를 향해 떠올려지고 있지 않은가. 저들로 하여금 팔뚝의 근육을 돋우며 용을 쓰게끔 하는 비밀은 무엇이란 말인가. 하루 일당? 천만에! 한 사람 앞에 수만금의 돈을 쥐어 주어도 저런 엄청난 괴력은 나오지 않을 것이다. 그렇다면 무엇일까? 악의 힘? 불행의 위력? 고통이나 고독의 힘?

강철 빔이 제법 높게 올라왔다. 벌써 4반 반장은 연마공 이 맷돌의 자리보다 도 높이 올라와 있었다. 이제 불과 수 미터만 더 올라오면 기막힌 4반 반장의 솜씨가 발휘되겠지.

4반 반장은 그토록 힘든 작업을 하면서도 결코 한쪽 손을 주머니에서 꺼내는 법이 없었다. 그는 한 쪽 손만으로도 유유히 철탑을 기어오르고, 두 다리로 몸을 버틴 후에 한 손으로 강철 빔을 잡아당겨 정확한 위치에 맞물리게끔 해 주었다. 그러면 그의 팔힘이 빠지기 전에 빠른 속도로 구멍을 서로 맞물려 놓고 강철제의 볼트를 조이는 것이 형준의 임무였다.

강철 빔은 이제 형준의 바로 아랫사람인 김 땜통에게까지 높이 올라와 있었다. 물론 4반 반장도 그 위치까지 기어 올라왔다. 형준은 이제 잠시 후면 바빠질 순간을 대비해서 미리 철탑의 몸체에 구멍을 뚫기 위해 드릴의 날을 박았다.

그때였다.

짧게 울리는 낮은 톤의 비명! 비명이 형준의 귓가를 스치고 지나갔다. 신규찬이 잡아당기고 있던 밧줄의 힘이 갑자기 풀어진 것이다. 그러자, 당겨져 올라오던 빔이 둔탁한 소리를 내며 철탑의 몸체에 세차게 퉁겨졌다. 신규찬이 잡아당기는 힘은 비록 혼자의 힘이었지만 강철 빔을 몸체로부터 3m 이상이나 잡아떼어 놓는 강한 힘이었는데 그 힘이 맥없이 풀렸던 것이다.

연속적으로 터져 나오는 비명과 함께 형준에게도 강력한 충격이 와 닿았다. 힘차게 돌아가던 드릴의 날이 부러짐과 동시에 4반 반장과 함께 철탑에서 튕겨져 나갔으나 다행히도 안전로프로 인해 둘이 다 바닥까지 떨어지지는 않았다. 그러나 비명은 여전히 계속되었다. 강철 빔과 연결된 로프를 허리에 칭칭 동여매었던 신규찬이 그만 강철 빔의 무게에 못 이겨 쏜살같이 끌려오다가 바닥에 적재해 놓은 다른 강철 빔에 머리를 심하게 부딪고 쓰러진 것이었다.

형준은 허겁지겁 철탑 아래로 내려와 규찬에게 달려갔다.

두려운 일이었다. 워낙 놀라서 생각도 제대로 나지 않았지만, 형준에게는 문득 4반 반장을 죽여 버리고 싶다던 규찬의 말이 떠올랐다. 그렇다면 규찬은 4반 반장을 향해 강철 빔을 겨냥하고 줄을 놓아 버린 것이나 아닐까? 그렇다면 어째서 자신의 허리에 묶었던 밧줄을 풀지 않았을까? 그 밧줄을 풀지 않으면 자신의 몸뚱이도 따라서 끌려간다는 사실을 모르고 있었을까? 아니면, 밧줄을 걸어 의지하고 있던 버팀목이 부러져나간 것일까?

형준은 웅성거리는 인부들을 헤집고 규찬에게로 다가갔다. 적재해 놓은 강철 빔, 그 뻘겋게 녹슨 강철 빔 위에 상체가 꺾인 모습으로 규찬은 쓰러져 있었다. 강철 빔의 녹슨 표면으로 피가 번져 나왔다. 선홍색으로…… 군데군데 몽글몽글 덩어리진 채로…….

규찬은 이미 혼수상태에 놓여 있었다. 불과 한 번의 타격이었지만 쇳덩이에 받힌 그의 머리는 너무도 맥없이 부서지고 말았다. 그러나 인부들은 아무도 그를 위해 몸을 굽혀주지 않았다. 〈저런, 저런〉, 〈헬멧만 썼더라도…… 쯧쯧〉 하면서 발을 동동 구르거나 그저 놀란 모습으로 눈만 커다랗게 뜨고는 뛰는 가슴을 진정시킬 뿐이었다.

형준은 다급하게, 그러나 유리를 만지듯 조심스럽게 규찬을 땅바닥에 눕혔다. 다행히 규찬은 이마 부위만이 주먹만큼 부서져 있었을 뿐, 머리 전체가 박살나지는 않았다. 불행 중 다행이었다. 그러나 무슨 수로 저 피를 막는단 말인가. 심장의 박동대로 울컥울컥 쏟아져 나와 얼어붙은 땅바닥으로 흐르는 피를.

“관리반장에게 알려! 호루라길 불란 말얏! 의무반! 의무반!”

형준은 다급하게 소리치며 자신의 목도리를 풀어내어 상처를 동여맸다. 연마공 이태월은 힘차게 호각을 불기 시작했다. 길게 두 번, 짧게 한 번. 잠시 여유를 두고 또다시 길게 두 번, 짧게 한 번. 그것은 비상사태가 벌어졌을 때 멀리 떨어진 현장사무소 관리반에 상황을 알리기 위한 위급신호였었다.

규찬은 간혹 얼굴 근육을 푸르르 떨었지만 다른 움직임은 보이지 않았다. 이미 그에게서 뜨겁게 내쉬던 호흡은 찾아볼 수 없었다. 철저하게 이승을 외면한 듯 그는 고요를 지키고 있었다. 다만, 살아 있다는 표현 방법으로서 심장 박동대로 피를 토해내기만 할 뿐.

민가로부터 외따로 떨어진 이곳, 더구나 병원이 있는 봉화군으로부터는 형편없이 멀리 떨어진 이곳에서, 이토록 위급한 환자가 발생했을 때엔 별 뾰족한 방법이 없었다. 고작해야 관리 숙사에 마련된 요오드팅크, 1회용 반창고, 솜과 붕대, 약간의 지혈제 정도로는 규찬을 살려낼 방도가 떠오르지 않았다.

그래도 형준에겐 관리 숙사가 유일한 응급실이라도 되는 듯이 여겨졌다. 비록 요원하긴 하더라도 유일한 안식처는 될 수 있으리라는 생각이 앞섰기 때문에 형준은 급히 규찬을 등에 업었다.

다른 인부들은 아직도 겁에 질려 마음을 가다듬지 못하고 있었다. 그들은 그저 당황할 뿐이었고, 피에 젖어가는 목도리를 보며 발만 동동 구를 뿐이었다.

규찬의 사지는 벌써 힘없이 늘어졌기 때문에 등에 업기가 꽤 힘들었다. 형준의 등이 약간만 왼쪽으로 기울어도 규찬의 목은 왼쪽으로 꺾였고, 머리 또한 왼쪽으로 굴렀다.

"이봐! 잡아 주지 않고 뭐 하는 거야!"

형준이 입에 거품을 물듯이 말하자 그때서야 정신을 차린 인부들 서너 명이 달려들어 규찬을 받치랴, 목을 가누랴, 얼굴로 흐르는 피를 닦으랴 난리들을 피웠다.

도저히 업을 수 없음을 알아차린 형준은 어쩔 수 없이 어깨 위에 규찬을 걸머멨다. 규찬을 기역자 모양으로 꺾어서 걸머메자마자 형준은 관리숙사를 향해 달려가기 시작했다. 뛰어갈 때마다 늘어진 머리가 덜렁대며 피를 쏟아내었고, 규찬은 의식도 없는 상태에서 구토를 해대기 시작했다. 구토를 하는 것으로 보아 뇌

손상이 확실한 듯했다.

그때였다.

뒤쪽에서 〈이 새끼야! 김 구멍!〉 하고 고함을 지르며 4반 반장이 뛰어왔다. 그는 다짜고짜로 형준의 멱살을 잡으며 소리쳤다. 그가 멱살을 잡기 위해 쳐든 손에는 이태월이 불던 호각도 들려 있었다.

"이 새끼들! 누구 밥줄을 끊어 놓으려구 지랄들야! 사고 나면 작업반이 깡그리 해산된다는 거 몰라? 미쳤어? 관리과장 놈들이 본사에 사고 신고만 냈다하면 몽땅 작살나는 거 잊었어? ……미쳤군!"

4반 반장은 퍼렇게 질린 채 부르르 몸을 떨었다. 그러자, 함께 뛰던 모든 인부들은 서로 눈치를 보며 형준의 다음 행동만 기다릴 뿐, 더 이상 그를 도우려 하지 않았다.

그동안에도 규찬의 이마를 동여맨 목도리에는 계속 피가 번지고 있었다. 선홍빛의 19살짜리 피가……, 멈출 기미도 보이지 않고.

3

규찬의 사지는 시간이 흐를수록 맥없이 늘어져 갔다. 그를 떠메고 있는 형준의 등판으로도 점점 피가 붉게 물들어 가고 있었다. 그러나 인부들은 4반 반장의 한마디 말에 갑자기 방관자들로 변해 버렸다. 어떻게 그럴 수 있단 말인가…….

이곳의 규칙은 모순투성이였다.

그 규칙이란 것을 가만히 새겨들어보면 처음부터 끝까지 인부들만 손해를 보게끔 만들어졌다는 걸 알 수 있었다. 아마도 그 규칙은 한국전력의 하도급업체인 ××건설회사에서 만들어 낸 계략인 것 같았다.

그 규칙에 따르면 감전 사고를 제외한 나머지 비감전사고와 교통사고, 안전사고 등을 당했을 때엔 그 사고를 낸 작업반을 해산시킨다는 것이었다. 아무리 생각해 보아도 인부들의 입장으로는 억울하기만 한 강제조항이었지만, 어쩔 도리가 없었다. 그저 감수하고 사고가 나지 않도록 조심하는 것이 상책이었다.

맷돌 이태월을 통해서 듣게 된 얘기였지만, 유독 감전 사고를 당했을 때에만 해산도 시키지 않고 보상금을 지급하는 것엔 이유가 있었다. 감전사고의 경우 한국전력 측에서 보상을 해 주게끔 하는 사규가 제정되어 있다는 거였다. 그러나 그 나머지 사고에 대해서는 한국전력으로부터 아무런 보상을 받을 수 없기 때문에 ××건설회사에서 미리 대책을 강구한 것이 바로 해산시키는 방법이란 것이었다.

"안전제일. 이곳에서는 뭐니 뭐니 해도 안전이 제일입니다. 여러분들이 자르고, 깎아내고, 연결하는 쇳덩이들은 아차 하는 순간에 무서운 흉기로 변할 수 있다는 것을 명심하시기 바랍니다. 그리고 이미 각서에 도장을 찍었듯이 사고가 발생하여 중상자나 사망자가 생겨나게 되면 규칙상 여러분들은 해산되는 불운을 겪게 됩니다. 그럼, 행운을 빌겠습니다."

소위 〈철탑 건설대〉가 창설되던 날, 본사에서 출장 나온 건설소장의 첫 번째 발언이었다.

그의 발언이 있기에 앞서서 화부 장 씨를 포함한 57명의 인부들은 이미 그러한 규칙에 따를 것을 서약하고 서약서에 도장을 꾹꾹 눌러 놓은 터였다.

사태는 순간적으로 돌변했다. 4반 반장을 비롯한 8명의 4반 인부들은 갑자기 표정이 굳어지며 형준의 앞길을 가로막기 시작했다.

"김 구녕! 미안하지만 방법이 없소. 그 땅강아지를 내려놓으쇼."

4반 반장의 목소리와 함께,

"내려놓으쇼."

"잘난 체 마쇼."

"못 갑니다!"

웅성거리던 인부들은 급기야는 형준의 앞가슴을 툭툭 치기까지 했다.

"그렇지만 반장! 사람부터 살리고 봐야잖소? 이 상처가 뵈지도 않소?"

형준은 한쪽 어깨를 타고 흘러내리는 붉은 피를 턱짓으로 가리켰다. 이제 그의 한쪽 어깨는 온통 피범벅이 되어 있었다. 과연 사람의 피에는 더운 청춘이 스며있는 것인지…… 피를 통해 납빛만을 남겨 놓은 채 인간의 더운 생명까지 쏟아내는 것인지…….

규찬이 흘린 피에서는 흰 김이 무럭무럭 솟고 있었다.

"그렇지만, 어떤 일이 있어도 관리반에는 알릴 수 없소!"

"어허, 이것 봐! 반장!"

"글쎄 안 된대두 그래, 이 자식이……."

순간 형준의 턱을 향해 4반 반장의 주먹이 날았다. 그 주먹이 형준의 턱에 명중했을 때, 형준은 사그라져 들어가는 모닥불과 구린내가 감도는 부서진 야전 변소, 그리고 벌겋게 녹슨 철판 쪼가리 옆을 차례로 나뒹굴었다.

일이 이렇게 되어가자 형준과 같은 반이던 5반의 인부들도 점점 4반 반장의 편으로 기울기 시작했다. 형준의 몸에서 떨어져 나간 채 땅바닥에 내팽개쳐진 규찬은 점점 얼굴색이 창백해지더니 경련을 일으키며 먼지 구덩이 속에서 몸을 비비 틀기 시작했다. 허옇게 피어나는 마른 먼지 속에서 괴로워하는 규찬을 보며 형준은 처음으로 사람이 죽어가는 모습을 보고 있는 중이라고 생각했다.

4반 반장은 의기양양하게 서 있었다.

그러나 죽어가는 녀석에게서 눈을 돌려 고개를 쳐들었을 때 형준은 처절한 상황 앞에서 괴로워하는 자의 모습을 볼 수 있었다.

마지막 남아 있던 모닥불이 꺼지고 푸른 연기가 솟아나던 차였다. 형준은 일그러진 표정의 4반 반장을 보며 인간들 중에서 가장 아름다운 건달이 가장 진지

한 자세로 삶에 뿌리를 내리는 모습이 바로 저런 모습일 것이라는 생각을 했다. 그는 바로 그 순간에 생존과 현실을 볼 수 있었다.

4반 반장은 냉혹했다. 젊은 인부를 시켜 규찬의 이마를 강하게 지혈시키도록 한 뒤, 그는 퉁명스럽게 형준에게 말했다.

"김 구녕! 우릴 무시하는 게냐?"

"무슨 소린지 모르겠소."

이미 기가 죽어 버린 형준은 땅바닥에서 일어나며 조심스레 대답했다. 형준의 입술 언저리에서도 붉은 피가 비쳤다.

"네가 의리 있는 녀석이라는 것쯤은 나도 알고 있어. 하지만 이번 일엔 우리들의 생사가 걸려 있다는 걸 알아야지."

"우리들 생사가 걸려 있다니…… 당장 죽어가는 놈은 뵈질 않는 거요?"

형준의 얼굴은 비통한 모습으로 일그러졌다. 그러나 어찌해야 하겠는가. 쓰러져 신음하는 녀석의 얼굴 위로 번져 가는 죽음의 그림자를 보면서도 아무런 손도 쓸 수 없는 현실 앞에서.

"당신도 처자식이 있잖은가…… 땅강아지 하나 다쳤다고 해서 우리가 해산당할 수는 없지. 안 그래?"

"그렇지만 이 꼴을 보시오. 이대로 놔두면 곧바로 죽을 거요. 그럼 문제가 더 커질 수도 있소."

"그래도 지금 관리소장에게 알리면 당장 해산당한다구."

"어쩔 수 없소. 일단 사람은 살려 놓고 얘기합시다."

형준은 땅바닥에 나뒹굴어져 있는 규찬을 다시 일으키려 했다. 그러나 4반 반장은 막무가내로 앞을 막아섰다.

"이 자식이! 맛 좀 봐야 알겠어?"

4반 반장의 손이 형준의 멱살을 잡아끌었다. 형준은 외마디 소리를 질렀다.

벌써 4반 반장의 주먹은 형준의 복부에 내리꽂혔다.

형준은 배를 끌어안고 땅바닥에 주저앉았다. 숨이 막힐 지경이었다. 그러나 상대가 워낙 강했기 때문에 그는 어쩔 수 없이 분노를 삼키며 땅바닥에서 일어섰다. 그리고 다시 규찬을 둘러메기 시작했다.

“이런 지독한 자식!”

4반 반장의 주먹이 또 한 번 작렬했다. 형준은 이번에도 땅바닥을 굴렀다. 그에게는 4반 반장의 주먹을 당해 낼 재간이 없었다. 땅바닥에 사지를 뻗고 누운 그는,

“깡패 새끼! 이제 19살짜리 땅개를 죽인단 말이냐?”

라고 중얼거릴 수밖에 없었다.

그러나 문제는 그렇게 간단히 해결되지 않았다. 이태월이 불어댄 호각소리를 듣고 관리 숙사로부터 김 과장과 조덕칠 과장이 숨 가쁘게 달려온 것이다.

그들을 보자 잠잠하던 인부들은 또다시 술렁이기 시작했다. 과장들이 들이닥친 시각에 다른 쪽에서는 1반, 2반, 3반, 그리고 6, 7반의 인부들이 떼를 지어 몰려들기 시작했다. 걷잡을 수 없는 일이었다. 형준은 그런 상황을 코앞에서 지켜보면서도 더 이상의 말을 꺼낼 용기마저 잃고 있었다.

아무런 내막을 모르던 다른 반의 인부들은 모닥불을 피웠던 자리에서 재를 한 움큼 집어다가 규찬의 상처에 처바르기도 했다. 그러나 대부분의 인부들은 혀를 끌끌 찰 뿐 이렇다 할 뾰족한 방법 없이 구경만 하고 있을 따름이었다.

“물 떠와! 물! 그리고 당신은 관리반에 연락해요. 본사에 급전을 치라고 해! 그리고 당신! 당신은 봉화군 새마을 병원으로 전화를 거시오.”

조덕칠은 황급히 규찬의 얼굴을 옆으로 누인 채 손가락으로 입 속의 오물을 꺼내면서 지시하기 시작했다.

〈이런 쪼다새끼들! 결국엔 일을 저질렀군. 전부 해산이야, 해산…… 쯧쯧. 입 속에 피가 엉겨 붙어 있군. 질식할 뻔 했어…….〉라고 중얼거리며 재빠르게 응

급처치를 하는 조덕칠은, 그러나 주위의 인부들 대부분이 철저한 방관자가 되어 있다는 사실을 모르고 있었다. 물을 떠오라고 지시받은 인부도, 관리숙사에 연락을 하라고 지시받은 인부도, 새마을병원에 전화를 하라고 지시받은 인부도 전혀 그 자리에서 움직이려 하지 않았다. 그들은 이미 철저한 방관자였으며 밥줄이 끊어질 것에 대해 신경을 날카롭게 세운 채 사태만 주시하고 있었다.

"뭘 보고만 있는 거야? 빨리 못 움직여? 늬들은 당장 해산이라구!"

조덕칠은 신경질을 내기 시작했다.

그때 4반 반장이 앞으로 썩 나서며 말했다.

"그 땅강아지는 우리 손으로 치료하겠소. 그 뒤에 해산시키든 지랄하든 맘대로 하쇼!"

그 경황 중에서도 매우 침착하고 냉정한 목소리였다.

"뭐라고?"

조덕칠이 고개를 들더니 아무 말도 못 한 채 자리에서 일어나 뒷걸음질을 치기 시작했다. 4반 반장의 장갑 낀 손에 삐죽이 나와 있는 한 자루의 잭나이프를 보았기 때문이었다. 김 과장도 물론 그 칼을 보았다. 4반 반장이 손을 움직일 때마다 햇빛에 반사되는 조그만 금속 쪼가리. 그 금속 쪼가리를 들고 있는 4반 반장의 손은 푸르르 떨며 경련을 일으키고 있었다.

"왜 이래? 이게…… 무슨 짓야?"

조덕칠과 김 과장은 두려움으로 인해 얼굴이 사색이 되어 갔다.

형준은 4반 반장을 말리려 했지만 이미 때는 늦어 있었다. 그는 순간적으로 4반 반장의 얼굴에 스쳐가는 노여운 살기를 볼 수 있었다. 4반 반장은 조덕칠의 목 언저리에 잭나이프를 가져다대더니 다짜고짜로 인부들에게 명령했다.

"이 자들을 묶으쇼! 먹고 살기 위해선 어쩔 수 없소! 다시 한 번 말해 두지만, 내겐 여기가 마지막 일자리요. 여기에 남아서 일하든가 아니면 죽든가요. 흥!

해산이라구? 말도 안 되지."

모두들 두려움에 떨고 있었다. 아무도 그를 말리려는 사람이 없었으며, 또한 아무도 그의 명령에 따르는 사람도 없었다. 서로가 옆 사람들의 눈치만을 볼 뿐이었다.

"여기 4반 없나? 어이 4반 땅개! 어서 이 자들을 묶어! 4반 놈들 말 안 들으면 다 죽여버리겠어."

4반 반장은 조덕칠의 목 언저리에 대었던 잭나이프를 들어 허공을 향해 난도질을 치며 고함까지 질러댔다. 그가 인부들 쪽으로 잭나이프를 휘두르면 빙 둘러서 있던 인부들은 〈어이쿠, 어쿠〉 하며 뒷걸음질로 물러났고 조덕칠과 김 과장 쪽으로 칼끝을 돌리면 시퍼렇게 질린 채 오금을 못 펴고 있던 그들이 움찔움찔 뒤로 물러나곤 했다.

"내게는 여덟 명의 식솔이 있지. 결코 나는 해산당할 수 없어. 돈을 모으기 전에는 빈손으로 이 산에서 내려가진 않을 게야. 당신들도 마찬가지겠지……? 도회지에서 일자리를 구할 수 있는 자는 내 말을 듣지 않아도 좋아. 그러나…… 난 도회지에서 취직할 자신이 없어. 한때는 돈에 팔려 전쟁터까지 나간 적이 있었지만 이젠 월남전은 기억에도 없지. 우리들처럼 못 배운 놈들에겐 취직자리가 없단 말야. 결론은 정해졌지. 난 결코 이번 일 때문에 해산당할 수 없다구!"

잠시 동안 침묵이 흘렀다. 4반 반장의 열의에 찬 목소리는 철탑을 깎아내던 드릴의 금속성 소리보다도 더욱 소름 끼치도록 인부들의 귓속을 파고들었다.

드디어, 머뭇거리기만 하던 박 땜통이 펜치를 들고 강철 빔을 묶어 놓은 철삿줄 앞으로 다가갔다. 또다시 50여 명의 인부들이 웅성이기 시작했다. 그 순간 형준은 심한 오한을 느꼈다. 날씨가 무척 추웠기도 했지만 앞으로 벌어질 미지의 사태가 두려웠기 때문이었다. 잠시 후 서너 발의 철삿줄을 끊어 낸 박 땜통은 사색이 되어 떨고 있는 김 과장과 조덕칠의 양손을 허리 뒤로 돌렸다.

김 과장과 조덕칠은 반항할 엄두조차 내지 못하고 양손을 허리 뒤로 꺾인 채 가쁜 숨만 몰아쉬고 있었다.

박 땜통도 그들을 순순히 묶지는 못했다. 그는 지금 철삿줄로 사람을 묶고 있는 중이라는 사실조차 명확하게 깨달을 수 없었다. 그것은 묶이는 자들도 마찬가지였다. 그저 어떤 보이지 않는 힘에 눌려 그들은 팔을 뒤로 묶였고, 죄인인 양 고개를 떨구었으며, 박 땜통 역시 보이지 않는 힘에 눌려서 그들을 묶는 철삿줄에 힘을 더욱 가했으며 다 묶은 뒤에는 거친 동작으로 바닥에 앉히기까지 했다.

"고맙소!"

4반 반장은 입술 사이에서 거품처럼 허연 침을 늘어뜨리며 말했다. 그도 무척이나 긴장했기 때문이었을 것이다. 그러나 그는 여전히 두 다리를 뻗대고 자신만만하게 서 있었는데 그를 유심히 본 사람이라면 그의 두 다리는 닳고 닳아서 허옇게 색이 바랜 푸른 작업복의 바지 속에 파묻혀 떨고 있었다는 것을 알았을 것이다.

이제 50여 명의 인부들은 뜻하지 않게 폭도로 변해 버리고 말았다. 그들은 삽과 각목을 저마다 거머쥐고 관리 숙사를 향해 바쁘게 걸음을 옮겼다.

"해산이라구? 줙일 놈들…… 말도 안 되는 겨."

"아니, 누구 맘대루 해산을 시켜? 그런 놈들은 오비끼 자루로 대갈몽수리를 부숴 놓겠어."

"사뽀도 어딨나? 이걸루 다리몽뎅이를 꺾자구."

한패의 인부들이 산길을 내려갔고, 그 뒤로 이미 반죽음 상태가 된 규찬을 걸머지고 또 한패의 인부들이 뒤따라 내려갔다. 이제는 형준도 확실한 태도를 취해야 할 때라고 생각했다. 결국 형준은, 조덕칠과 김 과장을 끌고 내려가는 마지막 패에 휩싸여 관리숙사로 내려갈 수밖에 없었다.

관리숙사에서 벌겋게 달구어진 난로 앞에 쪼그린 채 주간지를 뒤적이던 관리반장 구마모토는 뜻하지 않은 인부들의 기습에 두 손을 번쩍 머리 위로 치켜들었다. 인부들은 우르르 안으로 들이닥쳤다. 그들은 마치 개선 병사들처럼 의기양양하게 가슴을 펴고 삽자루를 꼬나잡으며 몰려 들어갔다. 관리 숙사에서 낮잠을 자거나 장기를 두고 있던 나머지 다섯 명의 관리반원들은 너무도 겁에 질린 나머지, 문을 박차고 쏟아져 들어오는 인부들의 무리를 제대로 마주 보지도 못했다.

형준도 난로 옆을 지나 뜨거운 물을 담아 놓은 커다란 물통 옆으로 다가섰다. 관리들을 포로처럼 가운데로 몰아 놓고 50여 명의 인부들은 가장자리에 빙 둘러서 있었다. 4반 반장은 제법 의젓한 자세를 취하며 베니아판 위에 비닐종이로 덮어 놓은 작업할당 현황판 앞에 자리를 잡았다.

구마모토를 비롯한 다섯 명의 관리반원들은 마치 생포된 적군들처럼 인부들의 발밑에 나뒹굴었다. 그중 하나는 아무 영문도 모른 채 무조건 잘못했으니 용서해 달라며 빌기까지 했다. 그러나 나머지 관리반원들도 영문을 모르기는 매한가지였으며 그들 주위에 삽과 각목을 짚고 버티어 선 인부들도 무엇을 용서해야 하는지, 그들이 무엇을 잘못했는지조차도 생각할 겨를이 없었다.

인부들은 그저 단숨에 그들을 때려죽이기라도 할 것처럼 살기를 내뿜으며 버티고 있을 뿐이었다.

인부들은 우선 구마모토의 손부터 묶기 시작했다. 구마모토가 〈으으〉 하는 신음소리를 내지르는 것으로만 보아도 그의 손목에 철삿줄이 얼마나 단단하고 깊게 감겨지는가를 알 수 있었다.

구마모토가 한마디 반항도 못 하고 완전히 묶이자, 다른 관리반원들은 아예 자진해서 손을 내밀기까지 했다.

힘깨나 쓰는 인부들에 의해서 나머지 다섯 명의 관리반원들도 차례차례 손이 뒤로 묶여졌다. 4반 땅강아지들은 혼수상태에서 깨어날 줄 모르는 규찬을 난로 옆의 따뜻한 마룻바닥에 눕혀 놓았다.

"반장! 우릴 어떡할 작정이오! 도대체 왜 이러는 게요?"

잠시 후 구마모토가 4반 반장에게 물었다.

"땅강아지가 사고를 당했소."

제법 마음을 진정시킨 4반 반장이 하나밖에 없는 손가락으로 고의춤에서 담배를 꺼내며 말했다. 그러자, 옆에 서 있던 4반의 잡역부가 재빠르게 지포 라이터를 꺼내어 불을 붙여 주었다. 올해로 갓 서른 살이 되었다는 그 잡역부는 그 지포 라이터를 항상 신줏단지처럼 모시고 다니던 자였다.

그는 로프에 몸을 묶은 채로 철탑 위에까지 기어 올라와서는,

"행님요! 이 라이타맨치로 쎈 놈 봤능교? 기가 맥힙니데이, 바람이 지 아무리 쎄다캐도 꺼지는 법이 없어예, 곧 죽어도 이게 미제 아이겠심니꺼, 앗따! 마!"라고 자랑을 하곤 했었다.

"그러면 얼른 병원으로 후송을 해야지, 이런 법이 어디 있소?"

"이런 일이 벌어진 건 당신들 때문이오!"

"우리들 때문이라니……?"

"조덕칠 과장이 당장 우릴 해산시키겠다고 했소. 도대체 말도 되지 않는 소리요. 당신들이 만들어 놓은 그 썩어빠진 규칙 때문이란 말요."

"그래서 우리를 묶었단 말인가?"

"그래야 신고를 못 하잖겠소!"

4반 반장은 한쪽 손가락으로 용케도 담배를 피우며 말했다. 그가 담배를 깊이 빨아들일 때마다 고무줄로 묶어 놓은 그이 안경알에는 빨간 불빛이 반사되곤 했다.

"자! 4반 반장, 우리를 풀어 주시오. 신고하지 않을 테니…… 우선 저 친구부터 살려 놓고 봐야 되잖겠소?"

구마모토가 말하자 잔뜩 겁에 질려 있던 조덕칠도 〈나중에 후회하지 말고 어서 우리를 풀어 주시오.〉 하고 협박조로 말했다.

그러나 4반 반장은 고개를 설레설레 옆으로 저을 뿐이었다.

"당신들 말을 어떻게 믿소? 본사로 전화만 한 통 넣으면 우리들 모가지가 우수수 나갈 판인데……."

김 땜통이 침통한 표정을 지으며 중얼거리듯 말했다. 그러자 〈맞아요!〉, 〈아무렴!〉 하며 인부들이 술렁댔다.

"당분간은 내가 인부들의 대표를 맡아 보겠소. 자! 우선 저 땅강아지 치료부터 합시다."

4반 반장이 점퍼와 털모자를 벗어 난로 옆으로 팽개치면서 단호하게 말했다.

"군에 있을 때 내 보직이 위생병이었습니다. 저 친구를 한 번 치료해 보도록 하죠."

애자 연결공인 송영길이었다.

"그러면 송 씨는 최선을 다해서 치료해 보시오. 그리고 지금부터 조를 편성하겠소. 두 반이 한 개조가 됩니다. 즉, 한 개조는 16명이오. 한 번에 네 시간씩 한 개조가 이들을 감시합시다. 그리고 나머지 사람들은 휴식을 취하면서 신규찬의 치료에 적극 협조하시오. 단, 7반부터 시작해서 두 명씩은 마을로 통하는 길에 보초를 섭니다. 부식을 가져오는 마을 사람들은 일단 접근시키지 마시오. 식사 당번은 1반부터 돌아가면서 담당합니다."

그로부터 서너 시간이 지났다.

형준과 김 땜통이 보초를 서기 위해 마을로 통하는 길에까지 나왔을 때는 벌써 밤으로 접어드는 시각이었다. 1반 인부들은 한창 저녁 식사 준비에 바빴다. 관리 숙사 내의 긴장은 여전히 팽팽하게 고조되어 있었는데, 다행히도 본사에서 관리반원들을 찾는 전화는 아직 한 통도 없었다. 4반 반장의 명령으로는 만약 본사에서 전화가 오면 어떠한 수단을 동원해서라도 오해가 생기지 않도록 처리하라는 것이었다. 그 일은 쏘시개인 장 씨가 맡았다. 장 씨는 평상시 관리 숙사에서 근무를 했기 때문에 종종 본사에서 오는 전화를 받은 적이 있었기 때문이다. 본사에서 오는 전화는 대부분 이리저리하라는 명령만 전하고 끊는 예가 많았기 때문에 요령껏 처리할 수도 있었다.

일이 잘되려고 그러는지 마을에서 부식을 팔러오는 사람도 없었다. 그런 사람들은 보초들이 알아서 처리하기로 되어 있었다. 문제는 모포 부대의 여인들이었다. 그들은 약속이 없는 때라도 수시로 산을 통해 공사 현장까지 넘나들기 때문이었다. 그러나 그 아낙네들에 대한 문제도 일단은 해결되었다고 볼 수 있다. 그녀들은 제 발이 저려서 결코 관리 숙사의 근처에는 다가올 엄두도 내지 못하니까…… 다만 공사 현장이 텅텅 비어 있는 것에 대해 약간의 의혹은 품겠지만, 걱정할 필요까진 없었다. 진짜 큰 문제는 뭐니 뭐니 해도 신규찬의 회복이었다. 만약 그가 죽기라도 한다면 이렇게 철저하게 외부와 단절시켜 놓은 인부들의 노력도 수포로 돌아가고 말 일이었다. 사람이 죽은 뒤에까지 영영 그 사실을 숨길 수는 없는 노릇이므로…….

보초를 서고 있는 형준과 김 땜통은 심한 추위를 느꼈다. 긴장해서 몸이 굳었기 때문일 것이다. 과연 언제까지 이런 생활을 계속해야 한다는 말인가. 규찬의 상처는 하루 이틀 내에 회복될 것 같지 않았다. 전혀 의식을 차리지 못하고 있는 것으로 봐서도 그렇다. 애자 연결공인 송영길의 말로는 많은 양의 고단위 마이신이 필요하다는 것이다. 마이신을 다량으로 주사해야만 뇌막염으로 번지는 것을 막을 수 있기 때문이라고 했다. 1반 반장과 2반 반장은 벌써 마이신을 구하기 위해 봉화군의 병원으로 떠난 지 오래였다. 송영길도 만약 뇌막염으로 번진다면 더 이상 손을 쓸 수 없다고 못을 박았다. 뇌막염이란 그토록 무서운 것인가…….

바람이 심하게 불었다. 감각적으로 느껴지는 추위로 보아 아마도 영하 20도는 되는 것 같았다.

"김 구멍! 세상이 온통 답답하기만 하군!"

김 땜통이 시커멓게 죽어 있는 하늘을 올려다보며 말했다.

"자넨 어째서 여기까지 굴러오게 됐나?"

형준이 물었다.

"한때는 강릉에서 그럭저럭 잘 살았지. 동생 녀석을 대학에 보낼 정도였으니까. 그 녀석이야말로 우리 집안의 희망이었다네. 그런데 그 녀석은 대학을 졸업하고도 영 취직을 못 하고 말았어. 고민깨나 하더군. 식구들의 기대가 컸으니까…… 등록금이 오죽이나 비싼가. 그런데 졸업하고 일 년이 넘도록 취직을 못하자 그 바보 같은 녀석이 극약을 처먹었어…… 차라리 뒈지기나 했으면 속이 덜 아팠을 텐데……."

"그런 일이 있었군."

"반송장이 된 게지. 내게 짐만 잔뜩 안겨 놓은 게야. 한 달에 병원비를 이삼십만 원씩이나 까먹고 있다네. 빌어먹을 녀석…… 그렇지만 어쩔 수 있나? 그대로 죽일 수야 없잖은가…… 그래서 이리로 오게 된 게지. 여긴 그래도 제법 많은 돈을 모을 수 있으니까."

김 땜통은 하늘의 별이라도 세듯이 목을 뒤로 젖히고 하늘만을 올려다보았다.

"자식! 억세게 재수 없는 놈이군. 재수가 없으면 돈이라도 있어야지……."

형준도 하늘을 올려다보았다. 밤으로 접어드는 시각의 하늘은 언제보아도 수의(囚衣)처럼 우중충하게 펼쳐져 있었다. 그 하늘을 향해 군데군데 삐죽이 솟아 있는 철탑이 보였다. 그것은 바로 형준의 희망이었다. 만약 형준에게 그나마의 희망마저 없었다면 앞으로 창창한 인생을 어떻게 살아나갈 수 있을지 막연해지게 된다.

형준은 생각했다. 만약 나에게 저 하늘을 채색할 수 있는 힘이 있다면 나는 마음속에 담겨 있는 수많은 고통의 빛깔로 그 하늘을 장식하리라…… 하고.

한 줄기 긴 호각소리가 들려왔다. 이제 보초의 교대가 이루어질 시각인 것이다. 김 땜통도 추위에 얼어붙은 발을 땅바닥에 탁탁 털며 관리 숙사로 돌아갈 차비를 했다.

"보기보다 마음이 여리군."

김 땜통의 눈가에 번져 있는 눈물 자국을 보며 형준이 위로하듯 말했다.

"잠깐 집 생각이 났을 뿐이지."

김 땜통이 옷소매로 눈가를 꾹꾹 누르면서 대답했다.

"나도 자네와 마찬가지야. 내겐 아들 녀석이 하나 있지. 내 새끼라 그렇게 보이는지 몰라도 굉장히 귀엽고 머리가 좋은 녀석인데 두 달 전부터 오줌 구멍이 막혀 오줌을 못 싸거든…… 오줌통 밑으로 비닐관을 심어 주어야 한다는데 그게 또 여간 비싼 수술이 아니더군. 아직까지 그 녀석은 옆구리를 뚫고 그리로 오줌을 싼다네."

"자네도 억세게 팔자가 세군."

형준은 불현듯 떠오르는 아들의 모습을 떨쳐 버리기 위해 머리를 세차게 휘저었다. 그 바람에 털모자가 벗겨져 땅바닥에 떨어졌다. 마침 세차게 불어오던 바람이 털모자를 굴리기 시작했지만 형준은 멍청히 내려다보고만 있었다. 김 땜통도 형준과 같이 바람에 구르는 모자를 그저 멍하니 내려다보고만 있었다.

그들은 전혀 몸을 움직이고 싶은 마음이 없었다. 이미 몸과 마음은 따로따로 분리되어 있었다. 몸은 현실 속에, 그러나 마음은 따뜻한 웃음이 있던 사랑의 보금자리 속에 깊이 파묻혀 버린 지 오래였다.

그렇게 하루가 지났다.

4

다음날 새벽녘이 되어서야 1반 반장과 2반 반장이 도착했다. △△세프라는 500단위 마이신을 작은 상자에 가득 담아가지고. 물론 주사기와 주삿바늘도 함께 구해 왔다. 그들은 많은 양의 마이신을 구입하기 위해 갖은 고초를 겪었노라고 했다.

그들은 개선 병사처럼 의기양양하게 △△세프를 구해 왔지만, 4반 반장을 비롯한 모든 인부들은 우선 그 약을 꺼내어 단위 수를 확인하기에 분주했을 뿐 아무도 그들의 무용담을 들어주려 하지 않았다.

사실 마이신을 구하기란 쉬운 일이 아니었다. 도회지의 종합병원에서도 마이신은 의사의 특별처방 없이는 사용하지 못하게 되어 있다. 더구나 그 특별처방에는 과장급 의사의 합의가 있어야 한다. 그런데도 1반 반장과 2반 반장은 거뜬하게 그것을 구해 온 것이다.

그러나 어떻게 그것을 구했을 것인가에 대해서는 물어볼 필요조차도 없었다. 그들에게는 돈이 거의 없었으니 그것을 모두 사 왔을 리는 만무했고, 그렇다고 해서 저 많은 양을 얻어 왔을 리도 없었다. 의사나 간호사 몰래 훔쳐 왔다면 별문제겠지만, 영어라고는 에이 비 씨도 모르는 주제에 어떻게 △△세프를 알고 훔쳐 왔겠는가…… 그러나, 명확하게 드러난 사실 아닌가. 그들은 분명히 약을 구해 왔으며, 초조함 속에 얽매여 있던 동료들의 눈앞에 그 약을 펼쳐 놓지 않았던가……. 어떤 방법으로 약을 구했는가보다는 과연 어떤 힘이 그 약을 구하게끔 했는지가 놀라울 뿐이었다.

송영길의 응급처치 능력은 대단했다. 그는 이미 신규찬의 상처를 통해 세균이 감염될 우려가 있다는 것을 간파하고 환자의 주위에는 아무도 다가서지 못하게끔 조치를 취해 놓았다. 환자의 머리부위에는 연기로 그을려 소독을 해 놓은 부직포가 넓게 깔려 있었는데, 그 부직포의 절반은 환자의 머리로부터 새어 나온 뇌액과 척수액으로 축축하게 젖어 있었다.

환자의 상태는 의학상식이라곤 전혀 없는 인부들의 눈으로 보아도 거의 절망적이었다. 그러나 송영길의 행동으로 보아 일말의 희망은 있으리라는 추측도 들었다.

송영길은 라이타 불에 주삿바늘을 살짝 쪼인 후, 주사기 가득 마이신약액을 흡입시키고 하늘을 향해 분수처럼 약액의 일부를 쏘아내었다. 보초를 제외한 모든 인부들은 숨소리까지 죽여 가며 약간은 떨리는 듯한 송영길의 손끝과 주삿바늘을 주시했다. 주삿바늘이 꽂히는 순간 약간의 움직임을 보이던 환자는 또다시 시체처럼 움직일 줄을 몰랐다. 도대체 그 약액이 어떤 효과를 가져 오기에 그토록 숙연하고 비장한 마음을 먹으면서까지 구하기 위해 애를 써야 했던가.

형준은 주사기 속의 약액이 환자의 혈관 속으로 모두 흘러 들어가는 시간 동안 애써 눈을 감고 있었다. 주사란 참 신통한 것이군…… 행복마저도 저처럼 주사를 통해 원할 때마다 몸속에 주입할 수 있다면 얼마나 멋있는 세상이 될까…….

불안한 분위기 속에서 또다시 서너 시간이 지났다. 환자의 상태는 전혀 차도가 없었다. 문자 그대로 산송장이나 다름없었다. 이제는 창백하다 못해 푸른빛마저 띠는 규찬의 얼굴…… 그리고 그들 옆에 철사로 손을 묶인 채 초조함에 지쳐 가는 관리반원들……. 손에손에 삽자루와 각목을 꼬나잡고 더러는 하품을 하며…… 그러나 번뜩이는 살의를 품고 지켜 서 있는 인부들…… 땔감으로 쓰기 위해 베니아판으로 된 작업할당 현황표를 부수고 있는 4반 반장…….

관리 숙사의 분위기는 무어라 표현할 수 없을 만큼 무겁게 짓눌려 있었다. 그때 모두에게 공통적으로 다가서는 것이 있다면 다름 아닌 불안과 긴장, 그리고 규찬의 완쾌를 위한 바람뿐이었다.

송영길도 불안하긴 마찬가지였다. 그는 규찬의 얼굴 위에 죽음의 그림자가 한 발씩 다가서는 것을 느끼면 그 즉시 △△세프를 주사하기 시작했다.

△△세프의 빈 병이 늘어남에 따라 4반 반장의 마음도 점점 흔들리기 시작했다. 외로운 투쟁을 하는 자가 항상 그렇듯이 그는 주위를 감싼 채 숨막히게 조여 오는 까닭 모를 불안함 속에서 헤어나기 위해 안간힘을 쓰고 있었다.

"반장! 언제까지 이러고 있을 테요?"

7반에 속한 연마공 이철구였다. 그는 사건이 터진 직후부터 본사에 사건처리를 의뢰하자는 의견을 제시했던 터였다. 불안함 때문에 다소 떨리는 목소리로 이철구가 말하자 군데군데에서 인부들이 수군거리기 시작했다.

"이러다간 우리 모두 형사 입건되는 거 아뇨?"

이철구는 4반 반장을 향해 폭발하듯이 참아왔던 말을 내뱉었다. 그가 한마디씩 말을 끝낼 때마다 많은 수의 인부들이 그의 편을 들고 나섰다. 불안…… 그리고 까닭 모를 공포에 서서히 빠져들어 간다는 것을 깨달았기 때문이리라.

"침착하시오. 이제 와서 그런 걱정을 한들 나는 어떡합니까? 이젠 늦었소, 오로지 이 방법을 고수해야만 하오."

4반 반장이 단호하게 말했다.

"저 땅강아지가 죽은 뒤에도 그러고만 앉아 있을 거요?"

이철구도 흥분하기 시작했다.

인부들의 절반 정도가 심하게 동요하기 시작했다.

그러자 손을 뒤로 묶인 채 사시나무 떨듯 하던 관리반장 구마모토가 이철구의 편을 들고 나섰다.

"맞소! 그렇게 되면 돌이킬 수 없소! 우리를 풀어 주시오. 우리가 이 일을 해결해 보이겠소."

돌이킬 수 없다는 말, 형사 입건된다는 말, 그리고 땅강아지가 죽으면 어떡하겠냐는 추궁이 이어지자, 가뜩이나 불안함 속에서 갈피를 못 잡고 있던 인부들이 한 명씩 한 명씩 이철구의 편을 들기 시작했다.

처음에 한두 명이 이철구의 편을 들고 나서자 군데군데에서 웅성거리며 이철구의 편을 드는 인부들이 생겨났다.

"형사입건이란 게 도대체 뭔 말여? 그럼 남은 식구들은 다들 굶어죽게 되는 거 아닌가베?"

인부들은 자연스레 4반 반장과 이철구 쪽으로 나뉘어 몰려가서 두 개의 큰 덩어리를 형성했다. 형준도 몸이 긴장됨을 느꼈다. 그는 삽자루를 쥔 손에 힘을 가하면서 좌우를 살폈다. 아직 어느 쪽으로도 가담하지 않은 자가 몇몇 남아 있었다. 어떻게 해야 할까…… 판단할 시간은 불과 몇 초밖엔 없는 것 같았다.

"반장! 책임질 수 있소?"

이철구가 소리쳤다.

"그렇소! 나뿐만이 아니라 우리 모두가 책임져야지!"

4반 반장이 더듬더듬 말을 받았다.

"우리 모두가 책임을? 개수작하지 마! 일이 이렇게 된 건 모두가 당신 책임야."

중간에서 망설이던 몇몇의 인부들이 조심스레 이철구의 편으로 걸어 들어갔다. 이제 중간에 남은 건 형준 혼자뿐이었다. 4반 반장은 애원하듯 형준의 눈을 쳐다보았다. 애원하는 눈빛…… 그러나, 어딘지 모르게 살기 어린 빛이 담겨 있는 그의 눈을 보며 형준은 고개를 가로저었다. 어떻게 해야 할까…… 4반 반장 편에는 김 땜통과 박 땜통의 모습이 보였다. 그리고 뜻하지 않게도 평상시 구마모토와 무슨 연줄이 있다고 믿었던 연마공 이태월도 가담해 있었다. 언제나 같은 침상에 누워 뒹굴던 그들 아니었던가……! 순간, 어젯밤 보초를 서며 들었던 김 땜통의 말이 생각났다. 극약을 먹었다던 동생…….

그렇다면 김 땜통은 추호의 망설임도 없이 그 어려운 결단을 내린 것이라 생각됐다.

그가 4반 반장 편에 섰다는 것은 반송장이 된 채 병원 침대에 누워 있는 동생을 위해서 끝끝내 투쟁의 대열에 서겠다는 뜻이 아닌가…… 결코 해산당할 수 없다는 뜻이 아닌가…….

형준은 눈을 질끈 감았다. 갑자기 옆구리로 오줌을 싸고 있는 아들 녀석의 모습이 떠올랐기 때문이다. 그 녀석은 옆구리로 오줌을 쌀 때마다 송장처럼 꼿꼿

하게 옆으로 드러누워야 했다. 간호사가 옆구리에서 심지를 뽑으면 마치 구정물 처럼 탁한 오줌이 피와 함께 섞여 나오곤 했었다.

형준은 눈을 감은 채로 깊이 고개를 숙이고 있다가 결심한 듯이 4반 반장의 편으로 발걸음을 옮겼다. 발걸음은 무겁기 짝이 없었다.

그러나 어쩌겠는가…… 지금 그에겐 의리나 정의 때문이라기보다도 오로지 아들 녀석의 병원비에 대한 걱정 때문에 4반 반장의 편에 가담할 수밖에 없는 것을.

형준은 결국 4반 반장의 편으로 합류했다. 그러자 김 땜통과 박 땜통이 박수를 치기 시작했다.

이어서 우레와 같은 박수가 4반 반장 편으로부터 터져 나왔다. 형준은 왈칵 쏟아지는 눈물을 닦기 위해 황급히 점퍼의 소매를 걷어 올렸다.

참으로 묘한 순간이었다. 아무 말 없이 무거운 침묵으로 일관하던 인부들이 힘 모아 치는 박수 소리는 끝없이 절망해서 기진해 있던 날 밤, 예고 없이 쏟아지는 소나기 소리와도 같았다. 그것은 분명 힘찬 북소리였다. 둥둥둥! 무거운 침묵으로부터 비롯되는 북소리. 그러나 패전한 병사에게 용기와 희망을 불러일으켜 주는 북소리…….

그 박수 소리는 점점 힘을 더해 갔다. 처음엔 무작정 두드려대기만 하던 그 소리는 시간이 지나면서 점차로 통일된 속도와 박자를 유지하기 시작했다. 그것은 거대한 항변이었다. 그 박수 소리가 점점 커져갈수록 4반 반장 편에 서 있는 인부들은 힘이 무럭무럭 솟아나는 듯했다.

4반 반장을 중심으로 하여 반원을 그리듯 둘러선 그들은 이제 손뼉에 맞추어 아예 발까지 구르기 시작했다.

(쿵! 쿵! 쿵! 쿵! 동료들이여! 어찌 그리도 쉽사리 배신할 수 잇는가!)

비록 손뼉을 치며 발을 구르는 것에 불과했지만 그 말 없는 항변 속에는 이철구의 편으로 몰려간 인부들을 경멸하는 화살이 담겨 있었다.

박수 소리가 그칠 줄을 모르고 더욱 장중하게 이어지자 이철구의 편에 서 있던 몇 명의 인부들이 심한 동요의 빛을 보이기 시작했다. 그들은 이쪽저쪽 두리번거리기도 하고, 고개를 떨구거나 귀를 막고 서 있기도 하다가 급기야는 4반 반장 편으로 뛰듯이 건너왔다.

그들이 건너옴과 동시에 박수는 더욱 크게 터져 왔다. 그러자 이철구의 바로 옆에 서 있던 두 명의 인부가 또다시 동요의 빛을 보이더니 4반 반장 편으로 건너왔다.

역시 박수가 이어졌다.

형준은 서로의 숫자를 헤아리기 시작했다. 마치 정확한 숫자를 헤아리는 것만이 사태를 원만하게 푸는 지름길인 양. 4반 반장의 편이 32명, 이철구의 편이 20명⋯⋯ 누워 있는 규찬과 보초 둘, 그리고 자신을 제외한 나머지 인원들이 그렇게 양분된 것이었다. 그들은 두 덩어리로 양분되어 대립하기 시작했지만 서로 주먹질을 하는 난투극은 벌이지 않았다. 다만 서로 간에 각목을 꼬나잡고 맞서 있어야만 하는 처지를 서로가 원망할 뿐이었다.

그렇게 몇 시간이 또 지나갔다. 규찬의 상태는 점점 악화되는 것 같았다. 열이 40도 5부까지 올랐다. 4반 반장의 기세도 많이 수그러들었다. 그러나 그의 목표는 뚜렷했다. 해산되는 것은 막아야 한다⋯⋯ 해산이란 있을 수 없는 일이다. 우리는 돈을 벌어야 한다⋯⋯!

사흘째 아침이 밝았다.

이제 관리반원의 손은 묶여 있지 않았다. 이미 엎어졌어도 형편없이 엎어진 물이 아닌가. 관리반원도 모든 것을 포기한 듯 마룻바닥에 주저앉아서 사태를 관망하기만 했다. 도망친다는 행위가 부질없다는 것을 그들은 이미 알고도 남았기 때문이리라. 인부들의 몰골 또한 말이 아니었다. 4반 반장과 이철구를 포함한 모든 인부들은 각자의 손에 삽이나 각목을 하나씩 꼬나잡고 있었지만, 그들의 얼굴은 창백했으며 눈동자는 잔뜩 충혈된 데다가 눈곱마저 끼어 있었다. 참으로 이상한 일이었다. 그들은 분명히 폭도임에 틀림없었으나 생기라고는 전혀 찾아볼 수 없었다.

모든 악의 추종자들에게서 볼 수 있는 발광적인 열정도, 튀어오를 듯한 탄력도, 딱정벌레 껍질 같은 단단함도 느껴지지 않았다. 모든 행동과 생각이 정지된 것처럼 여겨질 뿐이었다. 오랫동안 계속된 긴장 때문일까? 끝이 보이지 않는 굴속으로 들어섰다는 불안함 때문일까?

형준의 마음은 무겁게 아래로 가라앉기만 했다. 도대체 마음의 밑바닥은 얼마나 깊기에 이토록 끝없이 가라앉는 것인가…… 마치 진시황의 묘를 지키는 진흙 병사들처럼 초점 없는 눈을 부릅뜬 채 사지에 힘을 돋우고 있는 저 인부들은 얼마만큼 찢어지고 터진 마음들을 끌어안고 서 있을까…….

규찬의 상태는 눈에 띄도록 악화됐다.

깨진 이마 부위는 퉁퉁 부어올라 얼굴 형태까지도 알아볼 수 없도록 되었으며 간혹 사지에 산발적인 경련이 일기도 했다. 체온은 40도 5부 선을 계속 유지했지만 오히려 손가락 끝이나 귓불, 발가락 등의 부위는 차갑게 식어 있었다. 무엇보다도 호흡이 불규칙해졌으며 그나마도 잠시 동안 호흡을 중단하는 횟수가 늘어갔다. 그가 잠시라도 호흡을 중단하면 순식간에 얼굴이 삶은 가지빛으로 변하고 말았다. 송영길은 그의 머리맡에 쪼그리고 앉았다가 그가 숨을 멈추면 즉시 인공호흡을 하기 시작했다. 송영길이 강하게 그의 가슴을 압박하면 가느다란 풀피리를 부는 듯이 목구멍을 통해 바람 새는 소리가 들렸다. 그때마다 인부들은 귀를 곤두세우며 그가 고통스럽게 숨 쉬는 것을 확인해야만 했다. 송영길이 손을 떼어 압박을 멈추면 규찬의 풀어헤쳐 진 가슴팍에는 허옇게 손자국이 찍히곤 했다. 느려진 호흡, 느려진 맥박처럼 피돌기마저도 느려졌기 때문일까?

"△△세프! △△세프!"

규찬의 입에 꽂았던 체온계를 빼내어 눈금을 확인한 송영길이 다급하게 소리쳤다. 당황하는 태도로 보아 규찬의 열이 매우 높다는 것을 직감할 수 있었다.

"안 돼! 좀 참아 보시오. 이제 △△세프는 두 병밖에 남지 않았소."

구마모토가 또박또박 목소리를 끊어가며 말했다.

"그럼 날더러 어떡하란 말요? 갑자기 열이 높아지고 있소. 주사를 놔야 된단 말요."

송영길이 버럭 고함을 지르며 자리에서 일어섰다. 그러자 4반 반장이 성큼 앞으로 나서며 말했다.

"주사를 놓도록 하쇼. 그리고 당신, 또 당신! 어서 △△세프를 구해 오도록 하쇼."

4반 반장의 손가락이 1반, 2반의 반장들을 가리켰다. 그러자 1반 반장이 날카롭게 신경질을 내기 시작했다.

"못 하겠소. 그 짓을 또 어떡하란 말요? 딴 사람들은 뭐 손발이 없단 말입니까?"

"뭐라구? 네 깐 놈이 나한테 대드는 거냐?"

4반 반장이 주먹을 불끈 쥐었다. 양쪽으로 갈라져 있던 인부들은 그들을 말릴 생각은커녕 오히려 서너 발자국씩 뒷걸음질을 치기 시작했다.

"그만해요! 지금 그깐 일로 싸울 땝니까?"

2반 반장이었다. 그는 재빠른 동작으로 4반 반장의 주먹 쥔 손을 움켜잡으며 말을 이었다.

"이젠 약을 구할 수 없을 겁니다. 봉화군에 기껏해야 병원이 두세 군데밖에 더 있겠소? 소문이 쫙 퍼졌거나 신고라도 했을 게요. 그날 가져간 돈은 약값의 반의반도 안 됐었소. 할 수 없이 은근하게 당직 의사를 협박했죠. 그 녀석 겁이 많아서 몽땅 싸줍디다. 사정이 있으니 싸게 주는 셈 치라며 의사를 꼬신 뒤에 죽어라고 도망쳤죠. 이젠 떨려서라도 그 짓을 다신 못 하겠어요. 그날…… 약을 턴 뒤에 얼마나 후들후들 떨리던지 병원 뒷길에 똥을 누고 말았지요. 마음은 바쁜데 공연히 똥이 마려워서 걸을 수가 없지 뭡니까. 젠장…… 난 겁만 먹으면 똥이 마렵단 말씀야! 이제 다시는 그런 짓은 못 하겠습디다."

2반 반장의 목소리는 거의 애원조였다. 그러나 1반 반장은 여전히 벌겋게 상기된 얼굴로 4반 반장을 향해 소리쳤다.

"4반장 잘난체하지 마라! 난 네놈 때문에 입에서 신물이 난다. 그래, 네놈이 저질러 놓은 꼴 좀 봐라. 돌대가리 같은 네놈 말을 들었다가 우린 꼼짝없이 형무소로 가게 됐단 말이다. 씨발!"

그의 말이 미처 끝나기도 전에 4반 반장 편에 몰려 있던 인부들이 술렁대기 시작했다. 그들은 서로서로 불안한 표정을 주고받으며 신음하듯 낮게 떠들어댔다.

"형무소…… 그래. 형무소로 갈지도 모르지……."

"우리가 콩밥 신세가 된다…… 이 말씀이렸다?"

4반 반장 편에 속해 있던 인부 한 명이 침을 퉤, 뱉으며 이철구 편으로 가담했다. 그러자 이쪽저쪽에서 7~8명의 인부들이 우르르 그를 따라 이철구 편으로 옮겨갔다.

눈 깜짝할 순간의 일이었다. 이제 양쪽 세력은 비등해졌다. 그들에게 〈형무소〉란 한마디 말의 위력은 힘껏 내려치는 철퇴의 힘과도 같았다. 형준은 울컥 슬퍼짐을 느꼈다. 우리들이 언제부터 형무소를 의식해야 할 처지에 놓여 있었던가. 비록 몸은 고달팠지만 힘닿는 데까지 일하고, 달콤한 음식은 아니었지만 배부르게 먹고, 때로는 모포 부대의 아낙네들에게 잠깐이나마 인정과 체온을 느껴가며 그런대로 신명 나게 살던 처지가 아니었던가.

4반 반장은 머리카락을 쥐어뜯으며 힘없이 뒤로 물러났다. 송영길이 또다시 허겁지겁 인공호흡을 시작했기 때문이었다. 양쪽의 인부들도 잠잠해졌다. 다만 한쪽 구석에 몰려 앉아 있던 관리반원만이 다소나마 희망을 찾았다는 표정이었다. 그러나 그들의 시선도 역시 가짓빛으로 변해 가는 규찬에게 향해 있었다.

그런 식의 긴장 속에서 날은 저물었고 기나긴 불안을 잉태한 채 밤이 찾아들었다. 사방이 산으로 둘러싸인 이곳의 밤은 유난히 춥고도 지리하다. 가끔씩 이름 모를 짐승이 외마디로 짖어대는 소리에 불현듯 정신을 차리곤 하지만, 겨울의 기나긴 밤이 시작되면서부터 인부들의 마음은 고향을 찾아가게 된다. 젊었던 시절, 고향마을 앞 냇가를 요란하게 달리던 물소리를 듣기 위해 그들의 귀는 깊어져 가고, 뒤뜰 대추나무 가지에서 푸득이던 까치를 보기 위해 그들의 눈은 밝아져 간다. 형준도 예외는 아니었다. 닭장 구석에서 홰를 치던 레그혼의 모습, 나무토막 같은 뼈다귀를 굴리며 안달하던 잡종견 누렁이, 머리에 온통 기계충이 옮아 잠자면서도 머리통을 득득 긁어대던 동생 녀석, 부러진 숟가락으로 쪽머리를 지으신 어머님…… 아! 어머님.

인부들은 등허리만 붙일 곳이 있으면 아무 곳에나 쓰러져 잠들곤 했다. 임무를 부여받은 보초들만이 그들 사이를 긴장한 채 서성이고 있었다. 보이지 않는 경계선을 중심으로 하여 인부들은 분명히 두 패로 나뉘어져 있었지만, 그들은 서로를 경계하진 않았다. 다만 두 패로 나뉘어 마주 보고 있다는 상황만으로도 그들은 충분히 서로의 의지를 항변하고도 남았다.

잠을 못 이뤄 뒤척이던 형준의 마음도, 제멋대로 쓰러져 잠든 인부들의 숨결도, 삽자루와 각목을 꼬나 잡은 보초들의 눈동자도, 그리고 신규찬의 상처도 이곳의 밤과 함께 끝없이 깊어만 갔다.

다음날, 이상스레 불안한 예감 속에서 나흘째 아침이 밝았다. 불편한 잠자리에서 눈을 뜬 인부들은 미처 기지개를 켜기도 전에 또 한 번의 큰 시련을 겪어야 했다. 신규찬의 눈까풀을 뒤집어 손전등을 비추던 송영길이 숨을 몰아쉬며 부르르 떨고 있었기 때문이었다.

인부들은 직감적으로 사태를 알아챘다. 4반 반장과 이철구가 규찬의 곁으로 급히 다가섰고, 구마모토를 비롯한 관리반원들이 몰려들었다.

'신규찬! 신규찬!'

4반 반장의 목소리는 절규와 같았다. 신규찬이 숨을 거두고 만 것이었다. 가장 단단한 근육과 가장 더운 피를 지녀야 할 나이…… 19살의 그였다. 형준은 엉겁결에 무릎으로 기다시피 하며 규찬의 곁으로 다가갔다. 그리고 와락 그의 시신을 끌어안았다. 형준의 볼을 통해 미처 식지 못한 규찬의 체온이 느껴졌다. 19살의 체온은 이토록 긴 여운을 가지고 있는 것일까. 그 체온이 빠져나간 자리는 또한 이토록 허망한 것인가. 그것을 왜 좀 더 일찍 깨닫지 못했던가.

형준의 눈물방울이 죽어 있는 규찬의 잿빛 얼굴 위로 떨어졌다. 피가 묻은 채로 굳어져 검붉은 수세미처럼 된 그의 머리카락, 깨진 이마를 질끈 동여맨 목도리, 그 아래로 흐른 콧날과 얼굴 윤곽…… 그리고, 그 얼굴 위로 떨어져 구르는 청명한 눈물방울.

그러나 주위의 인부들은 형준으로 하여금 더 이상 울고 있을 여유마저도 주지 않았다. 규찬의 죽음이 뜻밖의 상황을 몰고 왔기 때문이었다. 4반 반장 편에 속해 있던 인부들 거의 모두가 슬금슬금 이철구 편으로 몰려가는 것이 아닌가. 그러자 관리반장 구마모토와 조덕칠의 눈빛이 불붙듯 타오르기 시작했다. 이제야말로 자기들에게 수난을 가했던 세력이 형편없이 깨지고 허물어지는 순간이었다.

구마모토는 악에 받친 목소리로 고함을 질렀다.

"무식한 새끼들! 이제 너희들은 모조리 콩밥을 먹게 됐다. 꼴좋구나 꼴좋아!"

"개 같은 것들! 이제 사람이 죽었으니 어쩔 셈이냐? 너! 4반 반장! 네가 주동자였지? 너! 박 땜통! 네놈이 날 철삿줄로 묶었겠다?"

김 과장도 살기등등하게 인부들을 노려보며 말했다. 조덕칠과 나머지 관리반원들도 마찬가지로 길길이 뛰더니 차례차례 인부들을 노려보기 시작했다.

인부들은 말없이 떨고만 있었다. 잠깐 동안 기침 소리 하나 없는 고요가 흘렀다. 잠시 후 꼬나쥐고 있던 삽자루를 바닥에 내려놓고 무릎을 꿇는 자가 있었다.

2반 반장이었다.

"과장님들! 잘못했습니다요. 배운 것이 없어서 그만……."

2반 반장의 사과가 끝나기도 전에 슬슬 눈치를 보고 있던 2반 인부들이 거의 동시에 무릎을 꿇기 시작했다. 그러자 7반 반장이 무릎을 꿇었다. 따라서 7반 인부들이, 6반 반장이, 6반 인부들이 쥐고 있던 각목을 집어 던지며 차례로 무릎을 꿇었다.

사태가 자기들에게 불리하게 변했음을 깨달은 인부들은 순식간에 복종의 태세로 돌입해 들어갔다. 그들이 무릎을 꿇는 시간은 거의 동시였다고 해도 과언은 아니었다.

잠시 후에는 4반 반장과 형준만 남겨 놓고 모두 무릎을 꿇고 말았다.

"4반 반장, 김 구녕, 너희들은 끝까지 버틸 수 있을 것 같으냐?"

얼굴이 벌겋게 달아오른 구마모토가 삽자루를 높이 들고 내려칠 기세를 보이며 말했다. 그러자 2반 반장이 벌떡 일어나며 애원했다.

"과장님! 용서하십쇼. 거……겁이 나서 똥……똥이 나오려구 해요."

형준은 또다시 눈가가 시큰해져 왔지만 굳게 아랫입술을 깨물면서 그 눈물을 참으려고 애썼다.

그러나, 이번 눈물은 규찬에 대한 연민 때문이 아니었다. 너무나 무력한 자기 자신 때문이었다. 눈앞에서 호통을 치고 있는 구마모토와 관리반원들…… 그들에게 일당을 받아야만 하는 자신에 대한 연민이었다. 과연 무슨 힘이 그토록 기세등등했던 저 인부들의 무릎을 맥없이 꺾어 놓을 수 있었을까. 저 인부들은 도대체 얼마나 나약한 자들이기에 남자로서의 마지막 자존심마저 저토록 쉽게 반납할 수 있는 것일까.

고개를 깊이 숙이고 있던 4반 반장도 드디어는 무릎을 꿇고야 말았다. 그는 웃음도 아니고 울음도 아닌 이상한 괴성을 지르면서 삽자루로 마룻바닥을 수차례나 두드리다가 털썩 무릎을 꿇더니 이번에는 마룻바닥을 머리로 짓찧기 시작했다.

동시에 그가 꼬나잡고 있던 삽자루가 맥없이 마룻바닥 위로 굴렀다. 이제 형준에게선 참을 수 없는 눈물이 터져 나왔다. 그러나 형준은 결코 눈을 감거나 깜빡이지 않았다. 이까짓 눈물에 어찌 눈을 감을 수 있겠는가. 신규찬의 영혼도 지금 이 순간만은 눈을 부릅뜨고 있을 텐데, 그 부릅뜬 눈으로 우리들, 비열하기 짝이 없는 우리들의 꼬락서니를 비웃고 있을 텐데…….

그러나 혼자 힘으로는 더 이상 버틸 수 없다는 것을 그는 잘 알고 있었다. 형준은 무너지듯이 무릎을 꿇으며 눈을 들어 창밖의 철탑을 바라보았다. 채 완성되지도 못한 철탑이 눈물로 인해 어릿어릿하게 비쳐졌다.

가까이 다가가서 보면 그토록 웅장하게 하늘을 떠받치고 있을 철탑이…… 우리의 원대한 희망인 그 철탑이…….

5

마치 개선장군이 들어서듯, 휘날리는 눈발을 뚫으며 구마모토와 조덕칠이 작업장으로 들어섰다. 비록 얼굴 표정은 보이지 않았지만 그들의 당당한 모습은 열길 높이의 철탑 꼭대기에서도 확실하게 보였다. 그들 뒤로는 확성기를 옆구리에 낀 쏘시개 장 씨가 힘없이 따라오고 있었다.

"집합, 집합이다!"

날카롭게 찢어지는 구마모토의 목소리에 이어서 장 씨가 울려대는 평탄음의 사이렌 소리가 귓가에 울려왔다.

"빌어먹을. 이제 죽었다고 복창해야겠구만."

김 땜통이 허리에 묶인 로프를 느슨하게 풀며 말했다.

"잘 됐겠지? 아까부터 똥줄이 타는군. 그 빤질빤질하던 조사반원들이 과연 자살로 인정했을까."

이 맷돌이 연마용 회전 숫돌을 어깨에 둘러메며 걱정했다. 그러나 모두들 걱정스런 질문들만 던질 뿐, 아무도 대답하는 사람은 없었다. 또한 아무도 그 대답을 들으려 하지도 않았다. 형준도 재빠르게 드릴의 날을 뽑아 소중히 점퍼의 주머니에 넣고 철탑 아래로 내려갈 준비를 했다. 구마모토의 날카로운 목소리로 보아 꿈지럭댔다가는 행여 어떤 벌을 받게 될지 모르는 일이니까.

규찬의 죽음을 자살로 꾸미자는 것은 바로 구마모토의 계략이었다.

철탑 건설대가 창설되던 날, 모든 인부들은 비 감전 사고로 인한 중상이나 사상자가 발생되면 해산을 감수하겠다는 도장을 순순히 찍었다. 그 사실 때문에 닷새 동안의 난동이 벌어졌지만 인부들은 아무도 그 간단한 계략을 생각해 내지 못했다. 죽음은 죽음이되 자의에 의한 죽음. 전혀 사고로 인한 죽음이 아닌 바에야 그 서약서가 무슨 효력을 발휘할 수 있겠는가. 그토록 간단한 해답을 찾지 못하고 어째서 동료들끼리 각목을 나눠 잡고 폭력까지도 불사할 정도로 서로에게 이리처럼 이빨을 드러냈어야만 했을까.

인부들은 추호도 지체하지 않고 모여들었다. 제대로 잠을 이루지 못해 부어오른 얼굴들, 썩은 물이 고인 듯 퀭하니 힘을 잃은 눈동자들, 지치고 시달려서 굽어진 허리들…… 그러나 동작만은 절도 있게 딱딱 끊어지는 그들이었다. 감히 구마모토와 조덕칠의 면전이 아니었던가.

"4반 반장 기준, 8열 종대. 번홋!"

"하낫, 둘, 셋……!"

인부들은 구령에 맞추어 차례로 쪼그려 앉았다. 가로로 8명, 그러나 세로로 한 자리가 비는 7줄이었다. 그 자리는 언제나 열외로 서 있던 화부 장 씨가 들어와 메웠다.

형준은 맨 뒷줄에 자리했지만 평상시와는 달리 그의 옆에는 신규찬의 모습이 보이지 않았다. 형준은 허전한 마음을 느꼈다. 아무리 오랫동안 옆을 바라보아도 그 매끄럽던 녀석의 얼굴 윤곽은 보이지 않는 것이었다. 녀석이 웃을 때마다 나타나던 정연한 앞니도 보이지 않았다. 푸시시 웃어대던, 얼핏 들으면 허무한 일상을 조롱하는 듯하던 녀석의 목소리는 어디로 갔단 말인가.

"존칭은 생략하겠다. 지금 이 자리에는 한 명의 결석자가 생겼다. 그 원인에 대해서는 모두 잊어버리도록! 앞으로는 맡은 바 생업에 보다 열심히 임해 주기 바란다. 끝으로 두 가지 덧붙여 둘 말이 있다. 그 하나, 이런 좋은 결과를 만든 사람들은 바로 당신들이라는 점이다. 당신들은 한때 위험한 상황까지 갔지만 결국 자신의 처지를 인정했다. 본인은 그 점을 높이 사서 이토록 최상의 배려를 하는 것이다. 둘째, 신규찬의 죽음을 조사하는 과정에서 지극히 어려운 점이 있었다는 것을 밝히는 바이다. 그러나 옆에 계시는 조덕칠 과장께서 음으로 양으로 여러 가지 방법을 통하여 조사반원들을 설득시켰다는 사실도 전한다. 조 과장은 여러분들의 생명의 은인이다. 이상이다."

구마모토의 훈시가 끝나기를 기다렸다는 듯 화부 장 씨는 사이렌을 길게 울렸다. 이제 모든 악몽을 털고 작업에 임하라는 뜻의 사이렌이었다. 편안하게 들려오는 평탄음의 사이렌 소리. 그러나 불과 30분 전만 해도 어떤 종류의 사이렌이 울릴 것인가에 대하여 얼마나 안타깝도록 가슴을 조여 왔던가. 〈자살로 인정되면 파상음의 사이렌을, 사고사로 인정되면 평탄음의 사이렌을 울리겠소〉라던 장 씨의 말이 행여 뒤바뀌지나 않았는지를 서로에게 수없이 확인하지 않았던가.

인부들은 서로의 작업장을 향해 천천히 발길을 돌리기 시작했다. 그러나 구마모토의 카랑카랑한 목소리가 다시금 귓속을 파고들어왔다.

"4반 반장, 용접공 박윤모, 두 사람은 제자리에 남도록!"

4반 반장과 박 땜통이 놀라면서 자리에 멈춰 섰다. 나머지 인부들도 따라서 걸음을 멈추고 웅성거리며 두 사람을 주시했다.

"너희들은 우선 7개 반 작업장 주위에 쌓여 있는 눈을 말끔히 치우도록. 눈이 쌓여 있으면 또다시 사고가 생길 위험이 크다. 그리고 일과 후에 다음번 공사지의 기초공사를 위한 구덩이를 파도록! 물론 가외 굴착 작업의 일당은 계산치 않는다. 너희들의 죗값에 비하면 비교적 관대한 결정이라고 생각한다."

4반 반장은 잔뜩 긴장했던 표정을 누그러뜨리며 두 겹의 장갑을 낀 손으로 뒤통수를 긁어댔다.

"쳇! 까라면 까야지…… 그깐 일 못 하겠소?"

그는 침을 타악 뱉으며 말했다. 그렇지만 그의 표정에는 결혼식을 막 끝낸 신랑과도 같은 경쾌함이 엿보였다. 물론 박 땜통도 예외는 아니었다.

"제기럴, 7개 반 주변을 몽땅 치우고 나면 이 추운 날씨에도 땀띠 나겠소"

박 땜통이 투덜대는 소리에 인부들 중 한 명이 〈흐흐흐흡〉 웃기 시작했다. 어딘지 모르게 약간은 서글픈 웃음소리였다. 그러나 얼마나 오랜만에 들어보는 웃음소리였던가.

모든 인부들도 힘없이 따라 웃기 시작했다. 〈흐흐흐흡〉, 〈푸후후후〉, 〈흐흐흡……〉.

웃음은 옆으로 옆으로 퍼져나갔다.

형준은 주머니 깊숙이 넣어 둔 드릴의 날을 꺼내어 어깨에 둘러메었던 몸통 깊이 연결시켰다. 그 웃음소리의 허탈한 뒷맛에서 벗어나려면 어서 달려가 드릴을 돌려대야만 할 것 같아서였다. 철탑에 날을 틀어박고 미칠 듯이 요동하며 울부짖는 드릴의 소음을 듣기 위해 형준은 바쁘게 걸음을 옮겼다. 그렇다. 드릴의 울부짖음 속에 묻혀 있을 때만이 형준은 아늑해질 수 있었다. 강철 빔에 손가락 굵기의 구멍 하나를 뚫기 위해서 울부짖는 것, 그것이 바로 형준의 마음속에 불끈대는 자신의 진정한 모습이 아니었던가.

눈발이 더욱 기승을 부리며 흩날렸다. 누더기 점퍼의 인부들, 안전모 대신 털 모자를 깊이 눌러쓴 인부들이 추위에 일그러진 얼굴로 하나둘 흩어져 갔다. 이제 이 겨울이 끝나면 봉화군의 아연 제련소에도 30여만 볼트의 전류가 쏟아져 들어가겠지. 빠듯한 일정을 맞추려면 때로는 작업 시간도 연장되곤 할 것이다. 그 빠듯한 작업 일정 때문에 관리반원들이 어쩔 수 없이 우릴 용서했는지도 모르겠지만 어쨌거나 이 겨울이 끝나면 내 손으로 이 땅에 세워 놓은 철탑이 44개를 돌파하겠지.

형준은 웅장하게 하늘을 받치고 있는 44개의 철탑을 꿈꾸며 허리에 로프를 동여매기 시작했다. 마치 신규찬이 죽음을 맞던 최후까지 허리에 로프를 동여맸듯이…….

決心 결심

1990년 『新東亞』 9월호에 발표

決心결심

아침 아홉 시를 알리는 시보와 동시에 전화벨이 울렸다. 나는 한 손으로 송수화기를 잡으면서 다른 한 손으로는 방금 시보를 울려 준 오디오 기기의 스위치를 돌려 껐다. 평상시 즐겨 듣던 에프엠 음악 방송이 사라지는가 싶더니 수화기에선 예상했던 대로 걱정이 가득 담긴 남편의 목소리가 흘러나왔다. 아침 아홉 시에 시작되는 음악 방송의 시그널 뮤직과 거의 동시에 전화벨이 울린 것으로 보아 남편은 다행히도 지각하지 않고 회사에 잘 도착한 것 같았다. 그러나 모르긴 해도 40여 분간이나 지하철에 실려 가면서 계속 아내인 내 걱정을 했을 터이므로 지금쯤 그의 손엔 박카스 병 하나가 들려 있을 것이었다. 남편은 언제나 걱정스러운 일이 생기기만 하면 박카스를 사서 마시곤 하는 버릇이 있으니까.

내가 보기에도 남편의 몸은 한없이 여리기만 했다. 사실 박카스가 광고에서 떠드는 만큼 효력이 뚜렷한 드링크제인지는 모르겠으나 사소한 걱정거리만 생겨도 두통과 무기력을 호소하는 남편에게만큼은 그 값에 비해 많은 효력을 발휘하는 것이 분명했다.

"당신이야? 몸은 괜찮아? 오늘은 꼼짝도 말고 자리에만 누워 있으라고. 한번 놀란 마음을 가라앉히기가 쉽지는 않을 게야. 마침 출근하다가 용한 생각이 떠올라서 전화했는데 말이야. 오늘 당장 일본도를 하나 사야만 할 것 같더라고. 회사 뒤편 수입품 상점에서 파는 건데 날이 아주 훌륭하게 서 있더라니까? 조금 비싼 게 흠이긴 하지만, 가을 보너스 날린 셈 치고 사와야 되겠어. 그걸 현관 입구에 걸어 놓자고. 지금 걸려 있는 판화는 떼어 내고 말이야."

남편은 소곤거리듯 이렇게 말하고는, 바쁘니까 이만 끊을게, 몸을 안정시키라고! 하면서 허겁지겁 전화를 끊는 것이었다. 아마도 아침 회의가 시작되려는 찰나에 짬을 내어 전화를 건 모양이었다.

아침나절이었지만 날씨가 매우 무더웠기 때문에 남편의 그토록 짧았던 전화를 받는 동안에도 등줄기로는 벌레가 기어 다니듯 간지러울 정도로 땀이 흘러내렸다. 게다가 현관문, 창문, 하다못해 우편함까지 꼭꼭 잠겨 있었으니 비좁은 공간에는 후끈후끈한 열기만이 가득할 뿐이었다. 그렇지만 나로서는 더 이상 시원하게 베란다의 창문이나 현관문을 열어젖힐 용기가 없었다. 그 창문이나 현관문의 틈바구니를 가만히 들여다보기만 해도 요 근래 며칠간에 걸쳐 일어났던 일들이 기억 속에 되살아나기 때문이었다. 현관이나 창문의 틈바구니로부터 시작되었던 그 일들을 다시금 되살린다는 것은 매우 끔찍한 일이었으므로 나는 근래 사나흘 간을 아예 현관문이나 베란다가 보이지 않는 방구석에만 틀어박혀 지냈던 것이다.

내가 그렇게 방구석에 틀어박히던 날, 결국 남편은 가스총을 생각해 내고야 말았다. 맨방바닥에 드러누워 무엇인가를 곰곰이 생각하던 남편은 갑자기 날짜 지난 신문을 뒤적이더니 가스총에 관한 광고를 찾아냈던 것이다.

"이건 독일젠데 유효 사거리가 8미터나 되는군. 그렇지만 너무 크고 비싸단 말이야. 가만가만, 이건 또 뭐야. 립스틱형? 오오라, 크기나 모양이 립스틱만 하다는 거로군. 성능도 좋은데 그래? 연속으로 여섯 발이나 발사할 수 있다는군. 그런데 이건 값이 명시되질 않았어, 제기럴."

허약하기 그지없는 남편이었으나 그는 드디어 아내인 나를 지켜 줄 수 있는 기막힌 방법을 찾아내었던 것이다. 한 번 발사하면 아무리 완력이 센 놈이라도 그냥 다운될 거야! 이렇게 떠들어 대면서 남편은 드디어 안심할 수 있을 것 같다는 표정을 짓지 않았던가.

그러나 가스총을 구입하려던 남편의 생각은 불과 하루도 지나지 않아서 바뀌고 말았다. 남편의 말에 의하면 가스총은 소지하고 다니기가 까다롭다는 것이었다. 방송국이나 신문사, 정부 기관 등에 출입하려면 일일이 경찰이나 경비원에게 보고를 해야만 했으며 혹시 노상에서 전투 경찰에게 불심 검문이라도 당하게 되면 나이 어린 전경에게 망신을 당할 수도 있다는 게 남편의 또 다른 걱정거리였다. 그것보다도 다섯 살배기 개구쟁이 아들이 혹시 가스총을 가지고 놀다가 다치기나 하면 어떻게 하냐는 것이 남편으로 하여금 가스총을 포기하도록 한 결정적인 이유였다.

"역시 미친개에는 몽둥이가 최고지. 또다시 문틈을 노리는 놈들이 있다면 그땐 야구방망이 맛을 뵈 줘야 된다니까."

결국 내가 방구석에 틀어박힌 지 이틀째 되던 날, 남편은 야무지고 실하게 깎아 만든 야구방망이를 구입해야만 안심하겠노라고 큰소리치며 은근히 자기의 결정에 대하여 내게 동의를 구하는 눈치였다.

사실 나는, 남편이 야구방망이를 당장 사야겠다며 입에 거품을 무는 모습에 적이 놀랄 수밖에 없었다. 필경 남편은 빠른 속도로 변해 가고 있었다. 차라리 부서지는 중이라고 여기는 편이 더 옳은 것 같기도 했다. 사람에겐 정서라는 것이 있다더니 남편이야말로 정서가 모래처럼 부서진 것이라고 믿을 수밖에 없었다. 그렇게 여기지 않고서야 바짝 마른 사람이, 힘이라곤 물 양동이 하나도 제대로 들지 못할 위인이, 게다가 남에게 큰소리라곤 한 번도 쳐 보지 못했던 그 비리비리한 사내가 야구방망이를 찾아 나서는 심정을 나로서는 헤아릴 방도가 없었던 것이다.

그러나 남편은 야구방망이는커녕 가느다란 회초리 하나도 구하지 못한 채 그날 저녁 빈손으로 들어오고야 말았다. 나는 어느 정도 미리 예견했던 일이었으므로 약간 비웃어 주는 것으로 끝내고 말았지만 기분 같아서는 악이라도 바락! 지르고 싶을 뿐이었다. 세상에 제 마누라가 이 지경이 되어 있는데도 비록 허세일지언정 용감무쌍한 모습을 한 번도 보여 주지 못하는 사내를 믿고 살다니. 그땐 비록 남편의 감정이 아주 메말라 먼지처럼 부서지는 한이 있더라도 훌륭한 야구방망이를 하나 사 가지고 들어왔으면 하고 바랐던 것이 솔직한 나의 심정이었다.

"글쎄 전철에서 내리니까 웬일인지 역 주변에 전경들이 좌악 깔려 있더라고. 그 작자들이 그저 아무나 잡고 서서는 가방을 뒤지는 게야. 태도가 조금만 이상하면 여지없이 검문을 당하더군. 여자고 남자고, 늙은이고 젊은이고가 없어. 그저 닥치는 대로, 지들 내키는 대로 난리를 치더라니까. 아마 이 근처에서 무슨 정치 집회가 있었던 모양이지? 그러니 그 와중에서 어떻게 야구방망이를 들고 오겠냐고."

사실 남편의 말에 고개가 끄덕여지기도 했다. 선량하고 착하고 순진하기만 한 남편이었으므로 감히 전경들이 우글거리는 상황에서 야구방망이를 살 만한 용기를 지니지 못했을 것이었다. 남편의 여린 마음을 채우고 있던 그 야구방망이는 이미 운동용품으로서가 아니라 사람의 머리통을 후려쳐서 쓰러뜨릴 수 있는 훌륭한 무기로서 인식되고 있었을 테니까.

결국 빈손으로 돌아온 남편은 저녁 식사를 하면서도 내내 생각에만 골몰했다. 그는 한참 식사를 하다가도 엽총을 사 놓을까? 하며 고개를 갸우뚱하기도 했고, 공기총? 하면서 또 한 번 고개를 갸웃거리기도 했다. 그러다가 그는 이내 혼잣소리로 중얼중얼 말하는 것이었다.

"아냐, 엽총은 경찰서에 보관해야 된다지 아마. 그렇다면 사 놓을 필요가 없잖아. 효과로 봐서야 공기총이 제일 좋은데 참, 저 녀석 때문에 마음을 놓을 수 없다고. 이제 다섯 살짜리 철부지라서 도통 뭐가 위험한 것인 줄이나 알아야 말이지."

남편이 애써 찾아냈기 때문인지, 아니면 우연히 그 기사가 눈에 띄었기 때문인지는 모르겠으나 남편은 어디선가 '여섯 살짜리 형이 세 살짜리 동생을 공기총으로 쏘아 중태에 빠뜨린' 기사가 담뱃갑만 하게 실린 지난 신문을 꺼내 보면서 그렇게 걱정을 늘어놓았다.

남편은 그런 식으로 걱정을 늘려 나갔다. 조그마한 분무식 가스총으로부터 야구방망이, 엽총, 공기총에 이르기까지 일단 적을 퇴치할 수 있는 무기의 종류는 일단 남편에게 한 번씩은 검토되는 것이었다.

무기에 대한 검토, 그것이야말로 남편에게는 걱정이 아닐 수 없었다. 남편은 어떤 한 가지 무기를 생각해 내면 그것으로 생각을 마무리 짓는 것이 절대 아니었다. 남편은 그 무기를 생각한 뒤에 역시 그 무기를 자기에게 대입시키고, 결국 그 무기를 상상으로 활용해 보는 연속적인 생각에 빠져드는 것이었다. 예를 든다면 야구방망이는 남편의 상상 속에서 몇 번이나 다른 사람의 머리통을 후려치는 것이었고, 야구방망이를 그토록 힘차게 휘두르는 사람은 바로 자기 자신이었던 것이다. 아울러서 남편은 비명을 지르며 쓰러지는 낯모를 사내라든가 혹은 허공을 향해 분수처럼 뿜어져 올라가는 붉은 피 내지는 이마로부터 얼굴, 가슴을 따라 흐르면서 온몸을 적시는 검은 피까지도 생각해 내는 것이었고 기어코는 치를 떨고야 마는 것이었다.

그러므로 남편이 엽총은 어떨까? 하고 한마디를 했다면 그는 이미 머릿속으로 수십 발의 엽총 탄알을 발사한 뒤였을 테고 피거품을 물고 쓰러지는 수십 명의 사내들 표정까지 일일이 느끼고 난 후였음이 분명했다. 모르긴 해도 쓰러지는 수십 명의 사내들 틈에는 요 며칠 동안 우리를 괴롭혔던 낯모를 사내가 들어 있었으리라는 것도 또한 확실했다.

어쩌면 남편은 여자인 나보다도 훨씬 불안에 떠는 것 같다는 생각이 들기도 했다. 허약하기만 한 사내가 갑자기 엽총이나 야구방망이 등을 찾는다면 필경 열에 아홉은 용감해져서가 아니라 불안해져서일 것이라는 생각이 옳을 것이었다. 그렇다면 우리 세 식구는, 좀 더 정확히 말해서 배 속에 있는 아이까지 포함한다면 네 명이나 되는 우리 식구는 그대로 공포에 노출되어 있다는 뜻이기도 했다. 공포! 요 며칠 동안 생겨났던 일은 분명히 우리 식구들에겐 공포였고, 아울러서 이토록 불안에 떨게 된 원인이었다. 그러나 내가 그 사건들을 한동네 사람들이나 경비원에게 이야기했을 때 그들은 전혀 새롭지도 않고, 놀랍지도 않다는 투로 내 말을 듣고 있었다.

"그런 일이 뭐 한두 번인가요? 그저 각자가 단속을 잘하시는 게 젤이죠. 물론 우리도 최선을 다하지만 완전한 방법은 있을 수 없죠."

경비원은 그저 이렇게 말하면서 노트 쪼가리에다 사건이 일어난 시각, 상황 등을 적는 것이 고작이었다.

사실 곰곰이 생각해 보면 그 사건은 경비원이나 동네 사람들의 말대로 흔히 일어나는, 그리고 아무것도 아닌 일일 수 있었다. 엄격히 따진다면 우리 집에는 그 사건으로 인한 아무런 피해도 없었으며 그 사건을 증명할 만한 아무런 흔적도 없었다. 그 사건은 우리가 강력히 우길 때엔 말 그대로 '사건'이었지만 그렇게 우기지 않을 때엔 '아무것도 아닌 일'임에 분명했던 것이다.

그렇지만 그것이 사건이든, 대수롭지 않은 일이든 간에 나는 그 일로 인해서 자리에 몸져누운 꼴이 되고 말았으며 남편은 비록 상상일지라도 하루에 수십 명씩을 학살하는 살인자가 되고 말았다는 것이 무엇보다도 두려웠다. 그런 증상들은 아무런 예고도 없이 찾아왔고 또한 언제 물러갈 것인지도 모르는 거였다.

그러니까 사흘쯤 전에 그 사건은 아주 하찮은 농담으로부터 시작되었다.

날씨가 너무나도 무덥기에 바람이라도 불러들일 양으로 현관문을 활짝 열어 놓고 있자니 오지랖 넓기로 유명한 위층 18호 여자가 바람보다도 먼저 들어왔다. 그 여자는 들어서자마자 호들갑스럽게 말했다.

"세상에, 현관문을 이렇게 열어 놓고 있으면 어떡해? 요즘 세상이 얼마나 무서운 줄 알기나 하는 거야?"

내가 아무런 생각 없이 잠깐 동안 현관문을 열어 놓았던 것을 트집 삼아 위층 여자는 무려 두 시간 동안이나 도둑 혹은 강도에 대한 얘기들을 너저분하게 늘어놓기 시작했다.

"아파트가 도둑을 막기에는 최고지만 또한 허점도 많아요. 거꾸로 생각을 해 보라는 게지. 만약에 도둑이나 강도가 어떤 방법이든 아파트 안으로만 들어왔다 하면 그 도둑이나 강도들마저 안전해진다는 게야. 안 그래? 소리를 지르니 밖에서 들리길 하나, 혹은 약간 소리가 나기로서니 서로 관심들을 갖길 하나. 이건 심각한 거라구."

나로서는 위층 여자가 이런 식으로 수다를 떨고 간 것이 이런 엄청난 사건의 예고가 될 줄은 그때만 해도 전연 예기치 못하고 있었다. 마치 전령이 다녀간 뒤에 대단위 군부대가 밀려오듯이 위층 여자의 하찮은 농담이 지나간 뒤에 엄청난 사건이 밀려들었던 것이다.

위층 여자가 다녀간 날 밤이었다.

밤 12시쯤 되었을까? 첫잠이 막 밀려오는 달콤한 순간에 어디선가 망치질 소리가 쿵쾅거리며 들려오는 것이었다.

"원 세상에 저런 무식한 놈들이 있담. 아파트가 뭐 자기들 혼자 사는 집인 줄 아나 부지? 이 밤중에 무슨 망치질야."

나는 남편의 푸념 소리를 듣고 나서야 쿵쾅거리는 망치질 소리를 들을 수 있었는데 어떤 작자인지는 몰라도 아무런 조심성 없이 망치를 휘두르는 것이 분명했다.

"프랑스 아파트에선 말야 일단 밤 열한 시가 넘으면 하이힐도 벗고 걸어야 한다고. 물론 샤워도 소리 내고는 못 하지. 당장 고발을 당해서 벌금을 물게 된단 말이야. 최소한 그 정도는 꿈도 못 꾼다 치더라도 저건 너무 하잖아. 지금이 도대체 몇 시야, 밤 열두 시가 넘었잖아. 그런데 망치질을 해? 무식한 놈 같으니."

남편은 잠이 완전히 달아났는지 몸을 모로 눕히며 잔뜩 욕을 퍼부었고, 나도 공연히 부아가 치밀어 올라서 도대체 어떤 집구석인지 알기나 해야겠다며 자리를 박차고 현관 쪽으로 걸어 나갔다. 그러나 나는 막 현관문을 열려다 말고 주춤할 수밖에 없었다. 그 망치질 소리는 바로 우리 옆집에서 나고 있었기 때문이었다. 그것도 집 안이 아니라 바로 우리 현관문과 마주하고 있는 그 집의 현관문 앞에서 나는 소리였다.

철제 현관문을 망치로 두들기는 것이라 소리가 그토록 요란한 모양이었다. 그러나 어찌 날마다 얼굴을 맞대고 사는 처지에 싫다는 내색을 할 수 있으랴. 나로서는 도저히 그런 용기가 없었으므로 잠을 설치는 한이 있더라도 참아야겠다며 그대로 방으로 들어왔다.

"뭐라고? 옆집에서 뚱땅거리는 거야? 내, 참. 그 남자 생긴 것도 되게 무식하게 생겼더니만 하는 짓도 그 모양이군. 그 남자 직업이 뭐랬지? 보험 회사에 다닌다고 했지? 미친 녀석."

남편은 이렇게 투덜거렸지만 낮에 고단하게 일을 했기 때문인지 곧 잠에 빠져들었다. 그러나 나는 그날 밤을 거의 뜬눈으로 지샐 수밖에 없었다. 망치 소리가 그친 듯해서 잠을 좀 자려고 하면 이번엔 톱질하는 소리 같은 것이 나고, 또 잠시 후 잠잠해져서 잠이 들려 하면 다른 야릇한 소리가 이어지곤 했기 때문이었다.

그렇게 밤을 보내고, 남편은 다소 졸린 듯 하품을 몇 번 해대면서도 평소와 같이 출근했으며 나도 평소의 버릇처럼 에프엠 음악 방송을 듣고 있을 무렵이었다. 아직도 늘어지게 자고 있는 다섯 살배기 아들 녀석을 막 깨우려는 찰나에 옆집 여자가 문을 두드리는 것이었다.

"아니, 이럴 수가 있어? 간밤에 강도가 들어서 돈을 몽땅 털렸다구. 글쎄 그놈들이 배짱도 좋게 현관문을 뜯고 들어왔지 뭐야. 한밤중에 망치질 소리가 들리기에 난 짱아네 아빠가 그러는 줄 알고 투덜대기만 했지 뭐야. 그게 우리 집 현관문을 뜯는 소린 줄 알기나 했어야지. 아이구 원통해라. 날강도들이 망치질을 해 가며 현관문을 뜯어도 모르고 있었으니, 그것도 눈을 벌겋게 뜬 채로 말이지. 빌어먹을 세상!"

참으로 놀랍기도 한 일이었지만 놀라움보다도 두려움이 울컥 느껴지는 일이었다. 참 요즘 강도들은 배짱도 좋았다. 수백, 수천 명이 몰려 살고 있는 고층 아파트에서, 그것도 유유히 현관문을 뜯고 들어가다니. 고층 아파트에는 경비원이 있고, 각 호마다 인터폰이 연결되어 있다는 것을 모를 리 없었을 텐데도 그런 짓을 저지른 것으로 보아 지독히도 미련한 강도들이거나 혹은 지독히 영악한 강도들일 것임에 분명했다.

"참, 그래도 다행이지. 그놈들이 죽이거나 반병신을 만들어 놨으면 어쩔 뻔했어? 애라도 절단 내 놓았으면 또 어쩔 뻔했구? 아이구 하느님. 이만하기만 천만 다행이지."

옆집 여자가 다녀간 뒤, 처음 얼마간은 세상에 그런 일도 있을 수 있는 것이구나! 하는 생각뿐이었는데 점점 시간이 흐를수록 나는 야릇한 불안함에 빠져들게 되었다. 그러더니 그 불안함은 바로 현관문을 단속해야만 할 것이라는 강박감으로 자리 잡는 것이었다.

불안하기 짝이 없었다. 아들 녀석이 이제 다섯 살이었으므로 그 녀석은 수시로 집 밖을 쏘다녔는데 그때마다 일일이 쫓아다니며 현관문을 잠글 수도 없는 노릇이었다. 금세 나가서 놀다가 금세 방으로 들어와서는 텔레비전과 연결된 오락을 하고, 그러는가 싶으면 어느새 밖에 나가 있고 하는 것이 아들 녀석의 일상이었다.

그러나 한번 불안한 마음이 일기 시작하자 내 의식은 온통 현관문으로만 쏠리는 것 같았다. 가끔씩 현관문에서 이상한 소리가 나기만 해도 나는 벌떡 몸을 일으켜 현관 쪽으로 나와 보았으며, 이상한 소리만 나도 얼른 현관문이 잠겨있는가를 확인해야만 했다. 그럴수록 아들 녀석은 더욱 뻔질나게 쏘다니는 것 같았고 세탁소 직원이라거나 슈퍼마켓 배달부 등은 더욱 자주 동네를 누비는 것 같았다.

그날은 하루 종일을 그렇게 보냈다. 평소 관심조차 갖지 않던 일에 많은 신경을 곤두세웠더니 피곤하기 이루 말할 수 없었다. 아들 녀석 때문에 현관문을 잠갔다 열었다 한 횟수도 족히 오백 번은 되는 것 같았다. 그래도 그날은 바로 코

앞에 사는 사람, 즉 옆집 부부의 불행을 상기하며 나의 안전을 되짚어 보곤 했으므로 그 정도의 일에 불만을 품지는 않았다.

문제는 그날 밤에 벌어졌다.

그날 밤, 남편은 술에 만취해서 늦게야 들어왔다. 원래 마음이 심약한 사람이라서인지 그는 회사에서 상사로부터 한마디 꾸중만 들어도 술에 취해 귀가하곤 했다. 나도 처음엔 그가 취해서 들어오면 옆에 쪼그리고 앉아 위로도 해주고, 함께 상사 욕도 해보곤 했지만 요즘은 그런 짓에도 싫증이 난 지 오래였다.

나는 아무런 생각도 없이 평소의 습관대로 남편을 침대에 뉘었으며 침대 머리맡에 있는 작은 책꽂이에서 무협지 비슷한 소설책 한 권을 꺼내 들었다. 아직도 낮 동안에 있었던 일은 전혀 잊히지 않았지만, 그래서 남편에게 수다라도 떨고 싶었지만 술에 취해 코를 고는 남편을 굳이 깨워서 얘기를 할 기분도 아니었다. 그까짓 옆집 강도당한 사건쯤이야 따지고 보면 오히려 신문의 가십 기사보다도 충격적이지 못한 소소한 일이었으므로.

소설책의 주인공이 경공술을 익히는 대목쯤에서 나는 이상한 소리를 들을 수 있었다. 나는 그 순간 본능적으로 몸을 일으켜 세웠으며 또한 남편을 흔들어 깨우기 시작했다. 분명히 그 소리는 우리 집 현관문에서 나는 소리였으며 무엇인가로 문을 비집어 내는 듯한 소리였던 것이다. 그러나 남편은 코 골던 소리만을 그쳤을 뿐 잠에서 깨어나지는 않았다. 오히려 잠꼬대를 해 가며 더욱 깊은 잠속으로 빠져들어 가는 것만 같았다.

나는 간이 오그라드는 것 같았지만 혼자서 거실의 불을 밝히고 현관 쪽으로 나가볼 수밖에 없었다. 겁이 나긴 했어도 우리 집에 무슨 강도나 도둑이 들 리가 있겠는가 하는 생각이 더 많았기 때문이었다.

그러나 사태는 그렇게 낙관적이지 않았다. 우리 집에도 분명히 강도가 들었던 것이다. 아니, 확실히 이야기하자면 이제 막 강도가 들려는 참이었다. 원래 현관문에 부착되어 있는 시건 장치는 아무래도 완전치 못한 것 같아서 우리는 보조 자물쇠를 견고하게 덧달아 놓았고 그것으로도 부족해서 꺾쇠를 또 하나 덧붙여 놓은 그런 훌륭한 현관문이 이제 막 강도의 손에 의해 열리려는 순간이었다. 강도들은 기다란 꼬챙이를 문틈으로 밀어 넣어서 꺾쇠를 열려고 하는 중이었다. 어느새 기존의 자물쇠와 보조 자물쇠가 풀어져 있는 것으로 보아 금고털이 정도의 실력을 갖춘 작자가 먼저 자물쇠를 연 모양이었다. 참으로 큰일이었다. 이제 그 기다란 꼬챙이에 의해 꺾쇠가 열리기만 하면 우리 집으로는 강도들이 밀어닥칠 것이었다. 위층 여자의 말대로 일단 그들이 집 안으로 들어오기만 하면 그때부턴 우리는 죽은 목숨이었다. 아파트란 이런 곳이었다. 안에서야 사람이 죽든 살든 밖에서는 알아야 할 권리도, 의무도 없는 콘크리트 구조물이었던 것이다.

나는 바람같이 달려가서 꺾쇠를 열기 위해 끄떡끄떡 움직이던 긴 꼬챙이를 움켜쥐었다. 그리고는 큰 소리로 남편을 부르기 시작했다. 두려움이 태풍처럼 몰아쳤고 눈앞이 캄캄해지는 것만 같았다. 그러나 남편은 아무런 대답이 없었다. 아! 남편은 술에 취해 있었던 것이다. 원래 몸이 약한 사람이었으므로 남편은 술에 취하기만 하면 누가 둘러업고 가도 모르는 사람이었다. 이젠 어째야 할 것인가.

강도들은 의외로 대담했다. 꼬챙이의 한쪽 끝을 집주인에 의해 잡혔으면서도 그들은 꼬챙이 질을 계속하고 있었다. 오히려 어떤 작자는 흐흐흐! 하고 웃기도 하면서 편지 투입구를 통해 무어라고 떠들어 대기도 했다. 가만히 들어 보니 이년아! 그만 놓아라. 우리가 못 들어갈 줄 아니? 하는 협박이었다.

나는 사지가 후들거리는 것을 가까스로 참으면서 다섯 살 먹은 아들인 짱아를 부르기 시작했다. 그러나 짱아도 아무런 대답이 없었다. 원래 개구쟁이여서 하루 종일을 뛰어다니며 놀았으니 소리를 질러 봐도 일어날 수 없을 게 분명했다. 그렇다면 이제 정말 어찌해야 하는지. 인터폰을 누르려 해도 도무지 그럴 만한 시간이 없었다. 현관문으로부터 인터폰까지는 무려 열 발짝 정도의 거리였는데 거길 왕복

하는 동안이면 강도들은 꼬챙이로 충분히 꺾음 쇠를 열고도 남을 시간이었다. 그러면 경비원과 통화도 하기 전에 내 목엔 시퍼런 칼날이 박히고 말 것이었다. 그때 당장 자물쇠와 보조 자물쇠의 고리만 돌릴 수 있어도 충분히 남편을 깨우거나 인터폰을 누를 시간을 벌 수도 있었다. 그러나 그 고리는 일어섰을 때에 가슴 정도의 높이에 있었지만 그 순간엔 내 머리 위에 있었으므로 도저히 잠글 방법이 없었던 것이다. 나는 두 손으로 꼬챙이를 움켜쥔 채 신발을 벗어 놓는 바닥에 쪼그리고 앉아 온 힘을 쏟고 있었기 때문이었다. 강도들은 워낙에 힘이 좋았다. 그래서 나는 두 손에 온 힘을 쏟아부으며 꼬챙이를 누르고 있어야 했다. 그나마 내가 움켜쥔 쪽의 꼬챙이 길이가 길었기에 망정이지 강도들 쪽의 꼬챙이 길이가 길었더라면 나는 순식간에 그들에게 꼬챙이를 빼앗기고 말았을 것이다.

아! 나는 그날 밤, 무려 두 시간 정도를 꼬챙이에 매달려 사력을 다하면서 버텨야 했던 것이다. 나는 수백 차례나 고함을 질렀으며 수십 분간을 울었지만 아무것도 나의 공포를 덜어 주지는 못했다.

그런 상황에서 두 시간쯤 지났을 때에야 꼬챙이 저편의 힘이 사그라들었다. 나는 그 순간을 놓치지 않고 재빨리 꼬챙이를 안으로 끌어들였다. 드디어 나는 강도들을 물리친 것이었다. 이제 강도들은 우리 집에 들어오려는 노력을 포기한 것이리라. 아! 아! 갑자기 눈물이 하염없이 흘러내렸다. 나는 눈물을 주체할 수도 없었지만 무엇보다도 온몸에 힘이 빠졌으므로 그만 두 다리를 길게 뻗고 현관문 앞에 드러눕고야 말았다. 그러나 강도들도 고스란히 물러서지는 않았다. 그들은 아마 세 명이나 네 명쯤 되는 모양이었는데 나에게 꼬챙이를 뺏겨 문을 열 수 없게 되자 저마다 돌아가며 우편물 투입구 뚜껑을 열면서 한마디씩 욕을 퍼붓기 시작했다. 지독한 년 같으니! 이년아, 고개 좀 들어 봐라. 쫄깃쫄깃한 년, 언젠가 와서 잡아먹구 말 거야!

나는 나를 언젠가는 잡아먹고야 말 것이라는 어느 강도의 말을 들으면서 그만 기절을 한 모양이었다.

눈을 뜨니 머리맡에는 짱아가 앉아 있었고, 남편은 주방 쪽에서 미음을 끓이고 있었다. 그는 내가 정신을 차리자 어떻게 된 일이냐고 다그치기 시작했다. 하긴 궁금하기도 할 것이었다. 술에 취해 잠자다 일어나 보니 마누라가 웬 꼬챙이를 움켜쥔 채 현관문 앞에 졸도해 있더라는 게 남편의 설명이었다.

"그때가 아마 새벽 네 시쯤 되었을걸? 갈증이 나서 눈을 떴지. 그런데 당신이 없더라구. 왜 사람에겐 이상한 예감이 있잖아? 마누라가 밤에 화장실에 가느라고 자리에 없는지 무슨 일을 당해서 자리에 없는지는 육감적으로 구분이 되더라니까. 벌떡 일어났지. 분명 무슨 일이 일어난 것이리라. 아니나 달라? 당신이 현관에 쓰러져 있질 않겠어? 웬 꼬챙이를 들고 말이야. 양손이 다 부르텄더라고. 웬일이야? 무슨 일이냐고?"

남편은 오히려 의기양양해서 물었다. 나는 남편이 지독히도 원망스러웠지만 한편으로는 불쌍하기도 했다. 얼마나 몸이 약하면 술 한 잔에 그리도 깊이 곯아떨어지고 말았을까? 죽은 것처럼 누워 있던 남편의 모습은 또 다른 전쟁이요 사투였을 것이다. 술에 의해 마비되어 가던 세포가 다시 되살아나기 위해 그 긴 밤 동안 얼마나 사투를 벌였을까? 그런 생각을 하자니 밤새 강도들과 싸워 두 손바닥에 물집이 잡히고 부르튼 것쯤이야 아무것도 아닌 것이라 여겨지기도 했다. 그러나 문제는 그렇게 간단하지만은 않았다. 공포, 시도 때도 없이 스멀스멀 밀려드는 공포 때문에 나는 잠시도 편할 수가 없었던 것이다. 지난밤, 고통은 손바닥을 통해 순간적으로 몰려왔다가 아침이 되면서부터 사라졌지만 공포는 오히려 고통이 사라지고 난 뒤부터 슬슬 몰려들기 시작했다.

남편은 내 이야기를 듣고 한참 동안을 망설이다가 출근했다. 그가 무엇을 망설였는지 나는 분명히 알고 있었지만 그에게 아무런 도움말도 해주지 않았다. 바짝바짝 조여 오는 공포 때문에 나는 아무런 말도 할 수 없었던 것이다. 필경 남편은 경비실이나 관리실에 찾아가 따져야 할 것인가, 아무 일도 없었던 듯이 그대로 출근할 것인가에 대해서 망설였을 것이다. 마음속으로야 한번 속 시원히 따져 보고 싶었겠지만 그는 그럴 만한 위인이 절대 못 되었다. 오히려 내가 강도들의 칼에 맞아 죽었다면 경찰에 신고도 하고, 경비실에 가서 핏대를 돋우며 따질 수 있을지는 몰라도 이런 정도의 일로 소란을 피울 사람은 절대 아니란 걸 나는 알고 있었다. 나는 그날따라 남편의 그런 태도가 더없이 못마땅할 뿐이었다.

나는 그날부터 남편이 해야만 할 일이란 생각을 하면서도 내가 직접 돌아다니며 항의를 하기 시작했다. 파출소, 경비실, 관리실을 차례로 돌면서 우선 지난밤에 강도가 들었다는, 아니 들려다가 나와 사투를 벌였다는 사실부터 밝혀 나갔다. 그리고 틈이 나는 대로 동네 사람들에게 지난밤의 일을 알리기 시작했다. 그러나 사람들은 별로 대수롭지 않다는 투로 응수했고, 따라서 나는 그들이 상당히 이상하게만 여겨졌다.

"뭐라고요? 아줌마가 밤새 사투를 벌였어요? 어디 손바닥 좀 봅시다. 에계계? 물집이 약간 잡혔을 뿐인데 뭘 그래요?"

진정 이상한 것은 경찰이든, 경비원이든, 동네 아줌마든 간에 간밤에 겪었던 나의 고통을 의도적으로 축소시키려 든다는 것이었다. 웬일인지 모든 사람들은 이 일에 대하여 관심조차도 갖지 않았다. 아무런 피해도 없는 일을 가지고 내가 허풍을 떤다는 것이었다. 심지어는 그게 사실이냐고 몇 번씩이나 물어 오는 경우도 있었다.

"글쎄, 강도가 들려면 차라리 짱아네 옆집처럼 화끈하게 들어야 된다니까. 그래야 경비실에서도 정신을 차려요. 한 번 쳐다볼 거 두 번 보구 그러지요. 어쨌든 액땜했다구 여기세요."

이 정도의 말이 내가 받은 최고의 위로였던 것이다. 그러나 원래부터 나는 위로 따위나 받기 위해서 이 일의 자초지종을 떠들고 다닌 것은 아니잖은가. 나는 무엇보다도 공포를 느끼고 있었으며 그 공포에서 벗어나기 위한 세력을 구축하려 했던 것이었다. 남편은 일단 나에게 아무런 필요가 없었다. 혹시 이번처럼 술에 취했을 땐 더욱 그랬다. 더구나 낮엔 전혀 집을 함께 지킬 만한 동지가 없다. 공포는 사방에 가득했지만 나는 혼자서 그 공포를 겪어야만 했다.

그날부터 나는 방구석에 틀어박히고 말았던 것이다. 그 공포는 다섯 살배기 아들인 짱아마저도 방에 가둬 두게 만들었다. 짱아가 밖에 나가서 놀려고 하면 나는 무조건 매를 들고 그 녀석의 종아리를 후려쳤다. 들락날락하면서 놀다 보면 현관문을 잠글 수 없기 때문이었다. 짱아는 주리를 틀다가 저녁때가 되면 텔레비전 앞에 매달려 앉아 있는 것이 유일한 낙일 수밖에 없었다. 그러다가 연속극이나 만화 영화에도 싫증이 나면 내 부른 배를 만져 보며 그 속에 담긴 일곱 달짜리 동생에게 말을 걸며 노는 것이 고작이었다. 불쌍했지만 할 수 없었던 것이다. 즉 강도가 들어올 수 있을 만한 틈을 절대로 주지 않겠다는 의지였지만 결국 그 모든 것이 두려움 때문이었다.

그런 꼴을 보다 못해서였을까? 내가 방구석에 틀어박힌 지 사흘째 되던 날, 남편은 조용히 내게 말했다.

“도대체 이 세상엔 믿고 의지할 만한 사람이 아무도 없으니 큰일이야. 사람만이 아니지. 기관이나 단체도 믿을 곳이라곤 하나도 없어. 그러니 믿을 것이라곤 나밖에 없다는 결론인데 나는 또 뭐냐 이거지. 나도 결국 힘과 돈을 가졌을 때에야 믿게 되는 것인데 그러다 보니 결국은 내 자신도 믿을 수 없는 꼴이 되고 만 것이야.”

남편은 그렇게 하루 종일을 고민했다. 겉으로 보아서는 아무런 변화도 없는 우리 가정이 작은 사건 하나로 이렇게 엄청나게 변해 가고 있었던 것이다. 그러다가 드디어 남편은 큰 결심을 하게 된 것이었다. 그 결심이 바로 훌륭하게 날이 선 일본도를 한 자루 사서 벽에 걸어 놓겠다는 것이었다.

나는 이번에도 남편의 속마음을 훤히 알 수 있을 것 같았다. 역시 남편은 착한 소시민이었다. 그는 겉으로 엄청난 위용을 드러내고 싶었지만 그나마도 불안했던 것이다. 이 세상에서 두려움에 떠는 사람에게 총칼보다 더한 힘은 없을 것이었다. 그래서 남편은 총을 생각했을 것이리라. 그러나 총이란 것은 약간의 반응에도 작용할 수 있었다. 방아쇠를 당긴다는 것은 지극히 쉬운 손가락 놀림에 불과한 것이었으므로. 그래서 또한 남편은 야구방망이를 생각해 냈을 것이었다. 그러나 야구방망이란 치명타를 치기 전엔 상대가 죽지는 않을 것이라는 생각 때문에 오히려 잘못 휘두를 수도 있을 것이었다. 결국 기다랗고 훌륭하게 날이 선 한국 검이나 일본도를 생각하기에 이른 것이 아닐까 한다. 그것들은 일단 상대를 제압하기에도 충분했지만 그 긴 칼로 사람을 내려친다는 행위야말로 매우 힘든 일임에 틀림없으므로. 그래서 결국은 위용만 드러낼 뿐 실제로 사용하지는 못할 것이므로 그 칼을 선택한 것이리라. 또한 한국 검이 아닌 일본도를 택한 이유는 무의식적인 애국심의 발로였을지도 모른다. 나라를 위한 것이 아니라 겨우 도둑질이나 일삼는 무리에게 겨누는 칼이었으므로 굳이 한국 검을 택하지 않았을 것이리라.

어쨌든 이 생각은 나 혼자만의 생각이므로 전혀 남편의 뜻과는 다를지도 모르는 일이었다. 그러나 하여간 남편은 날이 훌륭히 선 일본도 한 자루를 사 올 것이었고, 나는 그것을 벽에 걸어 놓아야 할 것이었다. 도대체 남편이 어째서 그런 결심을 하게 되었는지는 확실히 모르겠으나 나로서는 날마다 그 칼을 바라보며 용기를 길러야 할 판이었다.

그게 뜻대로 될지도 의심스러웠지만 과연 그 칼이 진정으로 무엇을 겨누고 있는 것인지를 생각하면 쓴웃음이 나올 지경이었다.

시계를 보니 오전 아홉 시 십 분인데 벌써 날씨는 뜨겁게 달아오르기 시작했다. 짱아는 어느새 일어나 밖으로 나갈 궁리를 하고 있었지만 나는 여전히 베란다 창문과 현관문을 굳게 잠근 채로 맨방바닥에 누워만 있었다.

자유의 밧줄

1993년 『현대정공』 사보에 1년간 연재

자유의 빗줄

아내가 당직 근무를 서는 날은 한 달 중 무려 일주일이나 되었다. 다시 말하자면 아내는 사흘 걸러 한 번씩 철야 근무를 하는 셈이었는데 그때마다 나 역시 잠을 이루지 못한 채 뜬 눈으로 밤새도록 뒤척여야만 했다.

이상하게도 아내가 정상 퇴근을 하는 날엔 초저녁부터 하품을 해대거나 텔레비전 앞에 비스듬히 누워 일일연속극을 보다가도 이내 코를 골기 일쑤였는데 막상 아내가 당직 근무를 위해 집을 비우는 날엔 아무리 애를 써도 잠을 이룰 재간이 없었던 것이다.

그 까닭을 낱낱이 캐낼 수야 없겠지만 내 생각에 그래도 그중 타당성이 있다고 여겨지는 불면의 이유로는 〈망상의 되새김질〉을 꼽곤 했다. 망상의 되새김질…… 이를테면 나는 아내가 집을 비우는 사흘 걸러 밤마다 그동안 아내가 혼잣말처럼 내뱉었던 말을 새삼스레 다시 떠올리며 그 말의 의미라든가, 아내가 그 말을 하게 된 까닭 등을 찬찬히 되짚어 보곤 했다는 것이다.

"어제도 웃기는 애들을 봤어요."

아내는 철야 당직 근무 때 보았던 사건을 얘기하려면 으레 목소리를 나직하게 내리깔고 살래살래 고개를 젓는 버릇이 있었다. 아마도 그녀는 자기 눈으로 보았던 여러 가지 끔찍한 상황들이 영사막에서처럼 머릿속에 떠오르기 때문인 모양이었는데 나는 단지 상황 설명만으로도 바짝 흥미가 당겼으므로 곧잘 아내의 말에 귀를 기울이곤 했다.

"글쎄 요즘 젊은 여자애들은 다 그런가 봐요."

아내는 800 베드 규모의 종합병원에 간호사로 근무하고 있었는데 사흘 걸러 당직 간호사로서 하룻밤씩 겪는 응급실에서의 기막힌 상황을 다음 날 저녁이면 어김없이 내게 이야기해 주곤 했던 것이다.

그런데 이상하게도 아내를 통해 듣게 되는 응급실 풍경이란 대부분 불륜의 색채가 담겨 있는 사연들뿐이었다. 이를테면 여비서와 동침하다가 낯모를 사내에게 늘씬하게 얻어터지고 입원한 중년 사장의 이야기라든가 혹은 강제로 여인의 옷을 벗기려다가 오히려 사타구니를 얻어맞아 중상을 입은 노총각 얘기 등등이었는데, 다 듣고 나서 가만히 생각하노라면 입속에 신 침이 고이는 내용일 경우가 태반이었지만 한편으론 생선 가시처럼 날카로운 뼈가 들어있는 말인 듯하여 종종 이야기를 듣다 말고 딴청을 피우곤 했던 것이다.

그렇지만 오늘 아침에 아내로부터 듣게 될 이야기는 좀 색다른 내용인 것 같았으므로 나는 출근 준비를 하면서도 졸졸 아내의 치마 꼬랑지를 따라다니며 노골적으로 귀를 기울였다. 요즘 젊은 여자애들 어쩌고 하면서 말문을 여는 아내의 표정에서 너무나도 기막힐 것임에 분명한 세상 꼴이 엿보였기 때문이었다.

밤새 업무에 시달린 탓인지 지친 표정으로 화장을 지우던 아내는 그러나 어젯밤에 보았을 뭔가 희한한 사건을 내게 말해주기 위해 입술을 쫑긋거리면서 고개를 살래살래 젓기 시작했다.

"무슨 일인데?"

"자유롭더라는 거죠. 요즘 여자애들."

"자유? 여자애들이?"

'여자애들'이라는 말에 잔뜩 힘을 주는 아내의 태도가 의아스럽기도 했지만 마침 나는 매기 싫은 넥타이를 억지로 매던 중이었으므로 아내의 말에 대뜸 맞장구를 쳤다. 이 넥타이는 언제까지 목에 걸고 다녀야 하는 것인지…… 모르긴 해도 예전에는 노예의 상징으로서 쇠사슬을 꼽을 수 있었겠지만 현대판 노예를 상징하는 대표적인 물건이 바로 넥타이일 것이라는 생각이 얼핏 들던 중이라 까짓 거 와이셔츠 깃을 확 풀어헤치고 출근할까 하던 참이기 때문이었다.

"글쎄 어젯밤, 아니 오늘 새벽에 여대생 하나가 죽었지 뭐예요. 타고 가던 승용차가 뒤집어졌다든가요?"

"여대생이? 아이구 아까워라. 그런데 난데없이 무슨 자유야? 사람이 죽었는데."

"글쎄 말예요."

아내는 길게 한숨까지 쉬면서 화장을 계속 지워가기 시작했다. 마침 그녀는 립스틱 자국을 닦아내기 위해 거즈수건을 작게 접어 입술 사이에 끼워 넣던 중이었는데 그 와중에 한숨까지 쉬는 것으로 보아서는 아마 오늘 새벽의 일에 무척 상심을 했던 모양이었다.

"그러기에 차 조심해야지."

"놀라운 건 말이죠. 죽은 여학생과 함께 타고 있던 세 명의 남학생들예요. 다행스럽게도 걔네들은 찰과상만 입었는데 세 명 모두가 죽은 여학생의 이름을 모르더라는 거죠. 성도 물론 몰랐고요. 세상에…… 한데 어울려서 이틀간이나 술 마시고 혼숙하고 그랬다는데."

"이틀간이나? 쯧쯧, 계집애는 빵꾸가 수없이 났겠군."

"어머, 그게 무슨 말예요? 사람이 죽었는데."

아내는 이렇게 말하면서도 손가락을 바쁘게 움직여 화장을 지우기만 할 뿐 전혀 그 여학생의 죽음을 애달프게 여기지는 않는 눈치였다. 그건 물론 나도 마찬가지였다. 나 역시 방금 한 여학생의 죽음이라는 엄청난 얘길 들었지만 내 머릿속을 넘나드는 그림은 세 명의 사내들과 밤새워 자유롭게 술을 마시던 젊고 싱싱한 여인의 모습일 뿐이었다. 정말이지 나는 그 말을 듣는 순간 내 자신이 젊은 여인들 틈에 끼어서 술 마시던 때가 언제였든가 만을 떠올렸던 게 고작이었다.

"우리 때는 엄두도 내지 못하던 일을 한단 말이죠."

"그 애들 말이요?"

"그래요. 하긴 그러지 못해 보고 늙은 우리만 억울하지."

아내는 어깨에 딱딱하게 심을 박은 외출복 윗도리를 훌훌 벗어 던지며 말했다. 당직 근무 동안 가운으로 갈아입고 있었을 텐데도 아내의 외출복에서는 심한 소독약 냄새가 풍기는 듯했다. 아내는 지금부터 잠을 잘 요량이었는지 브래지어를 벗기 위해 어깨끈을 빼어내고 연결고리 부분을 앞으로 돌리는 중이었다.

"간호복은 말야, 너무 얇어. 가슴도 쓸데없이 많이 패였다구."

나는 출근하기 위해 방문을 열면서 공연히 아내에게 짜증 섞인 말을 던졌다. 5년 전, 아내가 종합병원의 간호사로 당당히 취직이 되었을 때 나야말로 대학원을 졸업한 고등실업자가 아니었던가? 그 당시만 해도 이미 살림을 차린 뒤였으므로 아내가 돈을 벌게 되었을 때의 안도감이란 이루 말할 수 없을 정도였다.

그러나 지금은 마치 늙은 창녀를 아내로 거느린 포주가 되어 사흘 건너 한 번씩 아내를 유곽으로 내보내는 것처럼 씁쓸하고 치사한 기분이 드는 것은 왜인지…… 나는 차라리 이 감정을 아직도 식지 않은 아내와의 열정 때문일 것이라고 스스로 위로하면서 집을 나섰다.

나는 그런 식으로 아침 거리에 놓였다. 그러나 웬일인지 오늘따라 발걸음이 무겁기만 하고 영 기분이 나질 않았다. 브래지어를 벗기 위해 불룩한 캡을 등쪽으로 돌린 아내의 모습, 마치 곱사등이처럼 보이던 그 모습에서 너무 쉽게 꺼져가는 젊음을 보았기 때문일까? 바람 빠진 풍선처럼 축 늘어진 아내의 유방, 이미 흔적도 없이 사라진 그 유방의 탄력을 보며 본능적으로 소멸하여 가는 열정을 깨달았기 때문일까?

참으로 이상한 일이 아닐 수 없었다. 나는 오늘 아침, 밤새고 들어온 아내로부터 단지 어떤 여학생의 죽음에 대한 얘길 한두 마디 들었을 뿐이건만 갑자기 내 주위가 온통 죽음의 그림자에 휩싸이는 것 같은 기분에서 헤어날 수가 없었다. 죽음의 그림자 속에서 나방이처럼 둔하게 날갯질을 하는 것들, 이른바 죽은 것과 하등 다를 바 없는 삶.

돌이켜 생각하면 나와 아내와의 사이에 틈새가 벌어지기 시작한 것도 어떤 낯모를 여자의 죽음 때문이었다. 어느 날 갑자기 아내와 나 사이에 끼어든 그 죽음으로 인해 우리는 심지어 이혼이라든가 별거를 생각하기에 이른 적도 있었으므로 나는 그 기억에서 벗어나기 위해 한동안 무진 애를 써야만 했다.

그러나 나는 그 기억에서 쉽게 벗어날 수 있었지만 직업이 간호사인 아내만큼은 그 기억을 간단히 떨쳐버릴 수 없는 모양이었다. 적어도 서너 달에 한 번 정도는 주검을 대면해야만 하는 공간, 이른바 종합병원 응급실에 내 아내가 근무하기 때문이었다. 그곳에서 하룻밤을 새워 일하고 퇴근하는 아내의 모습에서 내가 문득문득 죽음의 그림자를 발견하거나 혹은 퇴색된 젊음을 깨닫게 되는 것. 바로 그것이 아내와 나와의 사랑을 갈라놓고 있다는 사실을 나는 요즘 들어서야 깨달았던 것이다.

낯선 여인의 죽음이 아내와 나 사이에 끼어든 것도 오늘과 같은 출근 무렵이었다. 그날도 아내는 당직 근무를 마치고 동녘이 훤해서야 집에 들어오던 중이었는데 아파트 입구에 단정하게 쓰러진 채 피를 뿜어내고 있는 여인의 주검을 발견했던 것이다.

"처음엔 동네 아줌마가 넘어진 줄 알았어요. 한동안 전혀 피가 흐르지 않았으니까요. 그런데, 그런데 유심히 보니까 엎어진 주위에 그 여자의 이빨 두어 개가 튕겨져 있질 않겠어요. 어머나, 난 몰라."

아내는 그 당시를 회상할 때면 언제나 여기까지 말을 한 뒤 고개를 절레절레 흔들곤 했다.

그런데 문제는 그 사건 이후 아내의 생각이 이상하게 바뀐 것 같다는 점이었다. 아내는 그날, 삼삼오오 모여든 동네 사람들의 입을 통해 그 여인이 투신자살하게 된 까닭을 알 수 있었다고 했는데 웬일인지 그 까닭을 알게 된 순간부터 심한 부정 중독증 환자처럼 변해버렸기 때문이었다.

"성공적인 결혼생활은 있을 수 없어요. 어쩜 우리나라 남자들은 다 그렇게 못됐는지 몰라."

"그게 무슨 소리야? 난데없이."

"그 여자가 남자에게 신물을 느껴서 투신했대요. 10년이 넘도록 남편을 위해 몸을 바쳤는데 어느 날인가 남편이 부장으로 승진을 하고 나니까 그 여자에게 돈을 툭 던지더니 제발 산뜻한 옷 좀 사 입고 멋 좀 내라고 했다지 뭐예요. 퉁명스럽게 말이죠. 그 여자는 거울을 보고 하염없이 울다가 그날 아침에 투신을 한 거래요. 그렇게 남자만을 위해서 살다 보면 늙어 추악한 몸뚱이만 남게 된다는 거죠. 나도 조심해야지. 평생 여자한테는 좋은 일이 생기지 않을 게라. 이누무 나라에 태어난 이상."

"일이 고단한 모양이군. 이리 와서 푹 쉬지 그래."

아내는 요즘 들어 유독 늙는다는 표현, 그래서 억울하다는 표현을 자주 했다. 그리고 기본적으로 그 말의 배후에는 남자에 대한 증오가 깔려 있었는데 문득문득 아내의 입에서 그런 말이 나올 때마다 나는 어린애 같은 소리 좀 작작하라는 투로 미간을 찡그리곤 했지만 정말로 이상한 일은 언제부터인지 나 자신에게도 〈결코 내게는 좋은 일이 생기지 않을 것만 같다〉는 야릇한 강박관념이 생겨나기 시작했다는 것이다.

동네 아줌마가 자살했다는 사실을 아내로부터 전해 들은 뒤 처음 며칠간은 그곳, 그러니까 그 여자의 주검이 널브러져 있었다는 곳을 지나칠 때마다 기분이 섬뜩해지곤 했었다. 하필이면 그 여자는 아파트 입구에 단정하게 쓰러진 채 죽어 있었다는데 우리가 사는 아파트가 이른바 계단식이었으므로 그 자리를 지나지 않고는 도저히 안으로 들어설 재간이 없었던 것이다. 따라서 하루에 최소한 두 번 이상 그곳을 지나쳐야만 한다는 것부터가 고통이었다.

"저어기, 저기에 죽어 있었어요. 글쎄, 눈을 동그랗게 뜬 채 이렇게 옆으로 누워 있더라니까요. 그러니 그게 시체인 줄 상상이나 했겠어요? 그것도 동녘이 훤해서 말이에요. 그런데 저어 쪽, 그리고 요기, 맞아요. 요기쯤에 부러진 이빨이 튕겨져 있더라니까요. 그래서 유심히 보니까 입 새로 피가 흐르잖아요. 어머나, 난 몰라."

어쩌다가 아내와 함께 동네 슈퍼마켓에라도 가기 위해 아파트를 나설 때면 아내는 마치 숨바꼭질을 하는 모습으로 내 뒤에 바짝 달라붙어 등판에 얼굴을 파묻고는 종종걸음으로 현관을 빠져나오곤 했다. 그리고는 열 발자국 이상 멀찍이 떨어져서야 현관 쪽을 손가락질하며 그렇게 말하곤 했던 것이다.

나도 처음 며칠간은 넓이뛰기 선수처럼 그 자리를 훌쩍 뛰어넘어 안으로 들어가곤 했다. 비록 얼굴 모습은 보지 못했지만 사람이 죽어 있던 자리를 차마 내 구둣발로 밟기가 싫었기 때문이었다. 그러나 며칠이 지나면서부터 나는 그곳을 지나칠 때마다 문득 아내의 표정을 떠올리게 되더라는 것에 스스로 놀라고 말았다.

그렇게 남자만을 위해서 살다 보면 늙어 추악한 몸뚱이만 남게 되는 것이라고 아내는 힘주어 말했다. 그때의 그 표정. 어쩌다 늦은 시각에 전철역에서 마주치곤 했던 객차 청소부의 표정처럼 무덤덤한, 그러나 한편으로는 짜증 같은 것을 참아내듯 하는 표정, 무엇보다도 유난히 허탈해 하는 듯한 모습…….

아내의 표정에는 언제부터인가 분명히 남자에 대한 증오가 들어차 있었다. 그래서인가, 요즘엔 아내로부터 듣게 되는 응급실의 상황에도 그런 증오의 색채가 질펀하게 깔려있는 것만 같았다.

그렇지만 나는 아내를 믿고 있었다. 아내는 다만 '늙어가고 있음'을 투정하는 것이지 궁극적으로 마음 한구석에 갈등을 키우고 있지는 않을 것이었다. 다만 늙어가는 것에 대한 투정 속에는 요즘 세대의 아이들, 그 자유로운 신세대에 대한 선망이 짙게 깔려 있을 것이다. 그들은 세대를 뛰어넘어 차라리 신인류라고 보일 만큼 자유로워 보였으므로.

따라서 옛날부터 아내 자신의 내면을 꽁꽁 묶어 놓은 관습의 끈, 도덕의 굴레에 대한 반감이 그 신세대에 대한 선망의 폭 만큼이나 두텁게 드리워져 있을 것이 분명하리라는 느낌이었다.

"어제도 젊은 여자애가 난리를 꾸몄지 뭐예요. 요즘은 어린것들이 더 무섭다니까?"

"또 무슨 일인데?"

"약을 먹었어요. 기가 막혀서, 제 엄마의 정부를 사랑했다나? 뭐라나."

"제 엄마의 정부?"

"테니스 코치래요."

"미쳤군, 모녀간에 전부."

나는 혀를 끌끌 차며 그 모녀가 한결같이 불쌍하고 저속하다고 말했다. 그러나 어제의 사건을 중계 방송하듯 말하는 아내의 표정에는 꼭 그렇지만은 않다는 느낌이 베어 나왔다. 역시 톡 쏘듯이 내뱉는 아내의 대답에서 그 낌새를 챌 수 있었다.

"미치다뇨? 어린 계집애는 미쳤는지 몰라도 그 엄마가 왜 미쳤겠어요. 제 서방이 오죽했으면 테니스 코치와 사랑놀음을 했을까."

"그럼, 바람난 것도 남편 책임이란 말야? 그것도 제 딸년하구 같이 한 놈에게 미쳐 놀아난 게 그 남편 책임이냐구."

"하긴 꼭 그렇진 않지만, 그 엄마 쪽으로 볼 때는 아름다울 수도 있지 뭐예요. 어린 계집애가 한심스러워서 그렇지. 처치실에서 물 먹이는 모습을 제 엄마가 봤으면 심정이 어땠을까? 물론 모성이 앞서겠지만 연적으로서의 통쾌함도 조금은 있었을지 몰라."

"연적? 딸이 약 먹고 신음하는데 연적이라 통쾌하다구? 그건 그렇고 처치실에선 어떻게 물을 먹여? 소 물 먹이듯 하는 거야?"

"의사가 아닌 보통 사람들에겐 그런 꼴로도 보이겠죠. 일단 강제로라도 위장을 세척해야 하니까요. 문제는 그 대상자가 가슴이 사발만 하게 불거진 처녀애라는 거예요. 미친년."

만약 며칠 전만 하더라도 나는 아내로부터 이런 흥미진진한 얘기를 듣게 되노라면 그 순간부터 입안에 잔뜩 신 침이 고였을 것이다. 하긴 내 마음속에 자리잡고 있는 일말의 도덕심만 묵살해 버린다면 어제의 사건처럼 흥미진진한 일은 더 이상 없을 것 같기도 했다. 여자의 몸에 호수로 물을 뿌린다? 그것도 공개적으로 문을 걸어 잠근 곳에서…… 얇은 속옷이 몸에 척척 들러붙었겠지. 원래 남자들이란 처녀의 맨몸보다 속옷이 젖어 처억 들러붙은 모습에서 더욱 색정이 발동되는 법인데 아무리 의료인이라 한들 사내로서 처녀의 젖은 몸을 만질 때의 기분이 그저 덤덤하기만 했을라구? 특히 사발만 하다는 젖을 만질 때는…….

그러나 오늘은 예전과는 달리 입 안에 신 침이 고이거나 혹은, 상상으로라도 젖은 옷이 척 달라붙은 처녀의 모습이 떠오르거나 하지는 않았다. 오히려 오늘만큼은 가슴 밑바닥부터 잔잔한 근심이 차오르기 시작했는데 그건 다름 아니라 점점 심해지는 것만 같은 아내의 부정 중독증상에 대한 남편으로서의 염려였다.

아내는 오늘도 평상시와 마찬가지로 브래지어를 빙글 돌려 후크를 풀어내고 재빠르게 잠옷을 입고, 그 잠옷의 소매를 통해 브래지어를 빼내었다. 언제나처럼 지금부터 잠을 청할 모양이었다.

"잘 거야? 나 출근하려면 30분이나 남았는데?"

"고단해요. 신문 좀 보시다가 출근하세요."

아내는 이렇게 말하며 돌아누웠고, 나는 공연히 침대 주위를 서너 바퀴 맴돌다가 이내 밖으로 나왔다. 아내가 당직 근무를 서는 날이면 나와 아내의 바톤터

치는 늘상 이런 정도가 고작이었다.

아내의 이런 태도에 내가 불만을 품고 있다는 사실. 그 놀랄 만한 사실을 내 스스로가 발견한 것도 따지고 보면 요 근래의 일이었다. 이제 결혼한 지 6년째로 접어드는 시점이니 굳이 우긴다면 권태기라고 할 수도 있었으나, 곰곰이 되짚어가며 생각을 정리하다 보면 막상 나와 내 아내 사이를 갈라놓을 만한 뚜렷한 까닭도 없었던 것이다.

그러나 요즈음, 나로서는 아내가 퇴근하고 내가 출근하기까지의 30분 정도 되는 시간을 차마 생으로 견디기가 어려웠다. 사흘 전에는 그 짧은 무료함을 파격적으로 없애보자는 의미로 아내가 옷 벗는 틈을 타서 잽싸게 그녀를 끌어안고 침대 위로 뒹굴어 보았지만 이미 창밖, 베란다를 통해 내다보이는 세상은 부산하기만 했고, 사방에서 자동차 시동 거는 소리라든가 일찌감치 틀어놓은 인근 초등학교의 노랫소리가 확성기를 통해 안방까지 비집고 들어오는 판에 그 짓인들 제대로 저질러질 리가 만무했다.

"왜 이래요? 벌건 대낮에. 미쳤나 봐."

그날 뒤통수에 내리꽂히는 아내의 신경질적인 잔소리를 피해 도망치듯 출근을 했던 것처럼 나는 오늘도 아내의 짜증 섞인 표정을 뒤로하고 재빨리 비상열쇠로 문을 닫아건 채 출근길에 올랐던 것이다.

나는 또다시 그런 후줄근한 모습으로 아침거리에 내던져졌던 것이다. 그리고는 똑같은 생각과 행동의 반복…… 이를테면 아파트 현관을 나서면서 어떤 여인이 죽어있던 자리를 넓이뛰기 선수처럼 훌쩍 뛰어넘거나 아니면 오히려 그 자리를 지그시 내려다보는 짓. 그런 뒤에 터덜터덜 비탈길을 내려가면서 떠올리는 아내의 모습, 아내의 목소리, 팔을 뻗어 옷소매 사이로 뽑아내던 아내의 브래지어, 담배꽁초가 난잡하게 흩어져 있던 버스 정류장…… 그저 그렇고 그런 생각들. 그러나 결국 내가 전철역 앞에 다다랐을 때에 품고 있던 생각은 다름 아닌

바로 그 생각이었다. 바로 그 생각, 언제나 아침 시각 이맘때쯤이면, 혹은 전철역 매표소가 보이는 이 자리쯤이면 깨닫곤 하는 그 생각, 〈아내에게처럼 결코 나도 좋은 일이란 생길 것 같지 않다. 아니, 생길 리가 없다〉는 야릇한 강박관념.

문득 전철을 바꾸어 타고 싶다는 충동이 일었으나 나는 애써 참으며 만원 객차에 몸을 실었다. 하기야 내가 아직도 사춘기에서 벗어나지 못한 청춘이었다면 몸을 돌려 반대편의 홈으로 들어서는 텅 빈 전철로 올라탔을지도 모를 일이었다. 하지만 나는 이미 결혼한 지 5년을 넘긴 어정쩡한 상태였으므로 그런 생각은 치기에 불과하다고 믿었다. 오히려 그것은 너무나도 당연하게 받아들여질 뿐이었다. 그런데…….

역시 문제는 야릇한 강박관념 때문이었다. 전철을 바꿔 타지 못한 까닭이 치기를 부릴 나이에서 벗어났기 때문이라기보다 몸과 마음이 고리타분하게 늙어가기 때문이라는 생각이 먼저 들었던 것이다. 뜻하지 않게도 문득 튀어 오른 생각이었지만 그 생각은 망치질하듯 간헐적으로, 그러면서도 강렬하게 내 머릿속을 파고들었다.

전철이 갑자기 속도를 늦추자 옆에 서 있던 젊은 여자가 내게로 안기듯 몸을 기대왔다. 가뜩이나 승객이 많아서 몸을 추스르기가 쉽지 않았는데 중심을 잃은 그 여자가 아예 내 허리를 부여잡고 매달리게 되었던 것이다. 그녀는 넘어지지 않기 위해 내 턱밑으로 악착같이 가슴을 들이 밀었고 나는 당황한 채로 엉겁결에 그녀의 가슴 속을 들여다보게 되었다. 그러면서 왠지 모르게 불현듯 연주를 떠올렸던 것이다.

"과장님, 언제 술 한번 사주신다고 했잖아요. 그게 벌써 언제 적 얘긴 줄 아세요? 개구리 턱에 수염 났겠다."

총무과의 스물한 살짜리 귀염둥이 홍연주는 나를 볼 때마다 술을 사달라고 졸라대기 일쑤였다. 심지어 연주는 이번 겨울에는 제발 스키장에 좀 데리고 가

달라고 졸라대기까지 했는데 나는 그 말을 들으며 귓불이 발갛게 달아오르곤 했지만 오히려 연주는 생글생글 천진난만한 웃음만 머금을 뿐이었다.

너무도 순진하기 때문인지, 혹은 대담한 것인지 도무지 가늠을 할 수 없었다. 웬만한 스키장이 당일로는 다녀올 수 없다는 것을 알면서도 단둘이 스키를 타러 가자는 데에는 절대의 무지, 아니면 절대의 용기가 없이는 불가능할 터이므로.

물론 연주가 그런 말을 할 때마다 나는 그녀의 철없음을 나무라곤 했다. 아무리 세상이 엉망으로 돌아간다고는 하지만 직장 상사로서, 그것도 유부남으로서 도저히 용납할 수 없는 일이었다. 그러니 연주가 그런 식의 얘길 꺼낼 때마다 나는 자연스럽게 농담으로 맞받을 수밖에 없었던 것인데, 웬일인지 지금 낯모르는 여자가 내 허리를 부여잡고 있는 동안 나는 온전히 연주 생각에 빠져 있었던 것이다.

그렇게 한동안이 지난 뒤에야 전철은 다시 속력을 내기 시작했고 내 허리에 매달려 있던 여자도 그제야 중심을 잡고는 차츰차츰 내 곁으로부터 멀어져 갔다. 그러나 왠지 연주가 내 허리를 부여잡고 있는 것 같다는 생각이 자꾸 들었으므로 나는 조용히 눈을 감았다.

따단 따단, 따단 따단.

전철은 그 특유의 경쾌한 바퀴소리를 내며 달려 나갔다. 그러나 규칙적인 바퀴소리의 사이사이로 가끔씩 비명을 지르는 듯한 쇳소리가 새어 나오곤 했는데 웬일인지 그 소리를 들을 때마다 나는 전철을 타고 있는 것이 아니라 어둡고 위험한 지하 철길 위에 외따로 버려진 것처럼 여겨지기만 했다.

부피를 가늠할 수 없을 만큼의 우울함, 그리고 간헐적인 불안함이 반복되는 것으로 보아 어쩌면 이 쇠바퀴와 레일 사이의 마찰음은 지하 수백 미터의 탄광 바닥을 굴러가는 광차의 비명일지도 모른다는 생각이 들었기 때문이었다.

하긴 감았던 눈을 뜨고 본들 별 뾰족한 수가 생기는 것도 아니었다. 빛 한줄기 없는 탄광 막장만 아니랄 뿐이지 발파 직후의 화약 냄새처럼 자욱이 풍겨나는 우울한 분위기와 사람들 표정마다 드리워진 불안의 그림자는 전철 속이라고 해서 전혀 다를 바가 없었던 것이다.

지금도 내 주위에는 둥근 플라스틱 손잡이에 악착같이 매달린 채 어디론가 밥벌이를 하러 떠나는 사람들로 가득 차 있을 뿐이었다. 표정도 없고 말도 없는 사람들, 서로 눈을 마주치기가 두려워 공연히 신문을 뒤적이는 모습의 창백한 얼굴들, 그들 사이에서 나 역시 둥근 손잡이 하나를 가까스로 차지한 채 힘겹게 매달려 어디론가 달려가고 있지 않은가.

참으로 이상한 일이었다. 전철이 정상적으로 달리는 동안에는 오히려 지하 수백 미터의 탄광 막장 속에 죽어 있는 듯한 막막한 기분에 휩싸인다는 사실, 그러다가 전동차가 급정거라도 하든가 해서 아우성 속으로 치닫게 되어야 새삼스레 깨닫게 되는 살아있다는 사실. 그 두려움.

나는 그 두려움의 줄을 애써 이어나가기 시작했다. 언제부터인지 몰라도 내 가슴 속에 돋아나기 시작한 부정 중독증의 사이사이로 삐져나온 두려움의 싹. 그리고는 칡덩굴처럼 내 마음속에 얽혀 자라나는 까닭 모를 삶에 대한 공포.

그랬다. 언제부터인지는 몰라도 내 마음속에는 전혀 엉뚱하고도 불가사의한 공간이 자리 잡고 있었던 것이다. 내 자신이 하찮다는 것, 따라서 이 세상의 모든 것이 무의미하다는 것, 이런 유의 '허무 공간'이 내 마음속에서 자라나고 있었던 것인데 웬일인지 전철의 손잡이에 매달려 아무 생각 없이 흔들리기만 하던 이 순간에 문득 그 공간이 생겨난 원인에 대한 해답을 찾아야만 할 것이란 느낌이 들었다.

아내와의 결혼생활이 성공적이지 못하기 때문일까? 잠깐 동안 이런 생각도 해보았지만 그건 분명 정확한 해답이 아니었다. 결혼생활이란 부부간의 윤리로부터 자녀교육, 사돈 관계, 경제력, 그리고 섹스에 이르기까지 폭 넓은 관계를 뜻하는 말인 만큼 '성공적인 결혼'이란 애초에 있을 수도 없는 피상적인 단어에 불과하리라 믿었다. 그렇다면 무엇이란 말인가. 아내와의 관계에 따른 불만 사항이 아니라면…… 아무런 변화 없이 쳇바퀴 도는 일상에 대한 조바심에 불과하단 말인가?

이런저런 생각 끝에 혹시 내 마음을 흐르던 강 한줄기가 가지를 뻗어 연주라는 스물한 살짜리 처녀에게 흘러가려는 소용돌이 때문이 아닐까 하는 생각을 문득 하게 되었다. 과연 그 불안함의 원천이 현실적으로 도저히 이룰 수 없는 사랑에서 비롯되는 히스테리란 말인가?

한편으론 이렇게도 생각해 보았지만 그것 역시 정확한 해답이 아닌 것 같았다. 연주도 마찬가지겠지만 나 역시 그녀를 티 없는 젊음의 표상으로서 철학적으로 연모는 했을지언정 저속하거나, 음침하거나, 불경스런 동물적 상대로서 대해오진 않았기 때문이었다. 단정하건대 연주의 스물한 살짜리 젊음이 아무리 그 향기를 강하게 뿜어낸다 할지라도 사랑과 윤리의 끈으로 얽힌 나와 내 아내와의 사이에 그래도 아직은 강물로써 막아설 수는 없었던 것이다.

5년 전, 언필칭 내가 '고학력 실업자' 노릇을 하던 무렵만 해도 아내는 우리 가정의 경제적인 기둥이었으며 내 꿈을 달성하기 위한 전진기지였다. 이른바 내 삶의 전부와 다름없었다는 말이다. 지금도 마찬가지겠지만 시설 좋고 대우도 훌륭한 종합병원 간호사로 취직하기란 쉽지 않았을뿐더러 아내가 그 좋은 데에 취직을 하기까지 나는 그저 아무런 도움도 줄 수 없었으므로 아내의 취업 통보가 전해지던 날 나는 울먹이기까지 했던 것으로 기억된다.

"우와, 진짜 신난다. 군대에선 이런 기분을 째진다구하지."

"째지다뇨? 무슨 표현이 그래요? 어린애처럼. 이제 당신은 어엿한 한 집안의 가장이에요. 총칼 들고 병정놀이나 하는 까까머리 군인이 아니라니까 그러시네."

내가 너무도 신이 나서 철없이 좋아하노라면 아내는 정색을 하고 이렇게 말하곤 했다. 하긴 그때부터 아내는 남편인 나를 훈계하고 계도할 수 있는 지극한 자신감을 품고 있었던 모양이었다.

“진짜루 쨰져서 그러는데 어때? 자기야말로 늙은이 흉내 좀 내지 마라. 우리 결혼한 지 이제야 두 달째야. 베팅도 이제 겨우 오륙십 번밖에 못 했다구.”

“베팅?”

“우히히히, 침대에서 허는 거 말이지. 기껏해야 이제 겨우 오륙십 번이라니까. 까짓 거, 백 번 미만은 처녀라던데 그 논리대로라면 자기는 아직도 숫처녀라구. 안 그래? 그런데두 할머니처럼 구질구질하게 잔소리나 하구 그럴 거야? 할망구가 좋아? 자긴?”

“어이그, 한심한 남자 같으니. 여자는 결혼하면 이미 종착역에 디디른 거예요. 제대로 알기나 하구 그런 소릴 해야지 원. 우린 벌써 인생의 종착역으로 들어섰단 말예요. 이제 우리 삶은 2세를 위해 헌신하는 일밖엔 남지 않았는지도 몰라. 아들, 딸을 낳는 순간부터 이미 우린 소멸되기 시작하는 것이란 말예요. 삶이란 그렇게 하찮은 것이란 말이죠.”

“무슨 소리야? 삶이 하찮다니. 내 친구들 중엔 아직 철도 안 난 녀석들이 수두룩한데, 뭐? 인생 종착역?”

“그래요. 그럼 유부남인 주제에 인생 시발점이나 되는 줄 알았어요? 하여간 남자들이란 지지리도 철이 늦게 든다니까.”

곰곰이 생각해 보면 아내는 그 무렵, 그러니까 결혼 초기부터 철학적인 고민에 빠져들곤 했다. 처음에 나는 아내의 그 고민이란 것이 아직 처녀티를 벗지 못한 여자의 단순한 감상에 불과할 것이리라 믿고 별로 대단치 않게 생각했다. 오히려 다정다감한 여자들이라면 으레 지니고 있을 일종의 서정이라고까지 여겼던 것이다. 그러나 아내는 그 서정적인 상태에 놓여질 때마다 유독 그녀 혼자만의 세계 속에서 지독한 슬픔을 체험하는 것만 같았다.

“아니, 도대체 뭐가 불만이라서 시무룩해 있는 거야? 노처녀 상태에서 구제받았겠다. 평생직장에 취직했겠다. 게다가…….”

"치, 당신처럼 감각이 둔한 사람은 평생에 한 번도 무의미의 의미란 걸 깨닫지 못할걸요?"

"무의미의 의미? 와, 당신 보기보다 상당히 어렵게 사네. 철학과 출신도 아니잖아? 나 만나기 전에 쇼펜하워랑 연애라두 했나부지?"

"모든 사람들은 영원히 사라져 가는, 그래서 다시 돌아올 수 없는 것에 가치를 두고 산단 말예요. 그 소멸의 이치 앞에서는 삶이란 하찮을 뿐예요. 아무리 아름답고 찬란한 가치를 지녔다 해도 결국엔 종착역에 다다르게 될 것이고 결국 허무를 깨닫게 될 뿐이죠. 그토록 훌륭한 문장을 남긴 괴테도 끝내는 슬픔의 공간을 채우지 못했잖아요? 그뿐인가요? 두이노 성벽을 거닐던 릴케마저도 슬픈 비가로 그 마지막을 장식했잖아요."

"릴케? 라이너 어쩌구 릴케, 그 친구 말야? 시 쓰던 양반? 또 누구? 괴테? 다 늙어빠진 뒤에도 영계하구 살림 차렸던 남자? 와! 내 마누라 쎄다. 그런 이름을 여태까지 어떻게 다 기억하구 사냐?"

"그만 하세요."

"와, 간호사 노릇 하면서 그런 멋도 지녔었네. 난 또 간호사들은 삭막하기만 한 줄 알았지. 맨날 피나 뽑구 말야. 대학 다닐 때에 쇼펜하워랑 연애를 해서 그런가? 그렇지도 않을 텐데, 왜 그런 노래도 있잖아. 간호대생 연애는 아나보라 연앤데~ 에헤라 붙기만 붙으면 피임소동 나더라, 에헤야 가다 못가면 에헤야……."

"글쎄 그만 하시라니까요. 도통 정서가 맞아야 얘길 하지."

결혼 초만 하더라도 나는 아내의 심각한 표정에 대해 늘 이렇게 비아냥거리는 투로 반응하곤 했었다. 왜냐하면 나는 그 당시 대학원을 졸업한 고등실업자에 불과했으므로 내 앞에서 철학적인 면모를 과시하는 아내의 모습이 결코 예뻐 보이지만은 않았기 때문이었다.

그러다가 드디어 나도 당당하게 취직을 하게 되면서부터 그 비아냥거림이 사라졌던 것인데 이상한 것은 비록 쥐꼬리만 하지만 월급이라는 것을 아내에게 전해줄 때마다 나 역시 문득문득 서글퍼지는 현상을 느끼곤 했다는 것이다.

결국 훌륭한 샐러리맨으로 등록한 지 4년째 되던 무렵부터 나는 드디어 아내의 증상을 함께 앓기 시작했던 것인데 그것은 즉 아내의 고통이란 것이 바로 철학적인 외로움이라는 데에 있었다.

그 철학적인 외로움이란 것은 돈 모아서 커다란 집을 사고, 별장을 짓고, 해외여행하고, 승진해서 꺼떡거리는 회전의자에 앉는 따위의 욕망과는 현저한 차이가 있었다.

그건 욕망이 아니었고 단지 느낌일 뿐이었다. 아름다운 꽃밭, 그리고 벌 나비 등은 언제나 꿈속에서만 보았던 듯이 느껴졌고 눈에 와 닿는 것이라곤 테러가 휩쓸고 지나가 버린 듯한 폐허뿐이며 그 볼품없는 폐허가 자랑하는 것은 알몸으로 드러난 나뭇가지와 이미 차갑게 얼어붙어 날짐승 한 마리도 날지 않는 잿빛 하늘일 뿐이었다. 그리하여 흑갈색으로 일관된 기형적인 색의 조화, 차가운 쇠붙이들, 살을 에는 삭풍의 교태 …… 이른바 겨울 감각 속에서 아내는 외로워했던 것이고 나는 이제야 아내의 그 외로움을 감지하게 되었다는 것이다.

그러나 정말로 야릇한 것은 외로움을 깨닫게 되면서부터 여태껏 나를 얽어매고 있던 윤리의 틀이 서서히 눈에 뜨이기 시작하더라는 것이었다. 그리고 다른 한쪽에서는 그 답답한 윤리의 틀을 깨뜨리고 싶은 충동마저 서서히 일곤 하는 것이었다. 어쩌면 응급실 상황을 중계 방송하는 아내의 말 중에서 유독 불륜의 색채가 담겨있는 부분들만 골라 기억하는 습관이나 전철 속에서 젊은 여인들의 가슴 속을 흘깃흘깃 들여다보는 버릇 등은 그 답답한 윤리의 틀에 대한 반발인지도 몰랐다. 어쩌면 연주의 모습이 무의식중에 떠오르는 것도 그런 류의 충동일지 모르는 일이었다.

마침 그런 복잡한 생각 중에 전철이 충무로역에 도착했으므로 나는 습관처럼 바쁜 걸음으로 객차에서 빠져나왔다. 물결처럼 밀려가는 사람들 틈에 끼어 몸을 바쁘게 움직이면서도 나는 머릿속으로 마침 오늘 퇴근 후에 있을 부서원들의 회식 장소를 생각하던 중이었다.

그렇지, 오늘은 한번 로데오 거리로 나가보는 거야. 점잖게 우리 과 직원들을 그리로 유도해서 술이나 몇 잔 마시다 보면 재미있는 구경을 하게 될지도 모르지. 정말로 요즘 여자애들이 그렇게 자유로운 걸까?

이런 생각을 하는 동안 내 눈앞에는 벌써 회사건물의 우울한 잿빛 유리창이 나타나기 시작했다. 그리고 주위 어디선가 '과장님 안녕하십니까?' 하는 인사말이 들려오는 것 같았지만 왠지 내 머릿속은 온통 출근 전 아내에게 들었던 불륜한 색채의 말이 오락가락할 뿐이었다.

"글쎄 젖통이 야구공만큼 밖에 생겨나지 않은 어린것들도 전부 다 사내를 알더라니까요? 미친년들. 오죽하면 제 엄마 애인을……."

전철에서 내려 걷는 동안 나는 줄곧 내 주위에서 가슴이 야구공만 한 여자가 누구였던가를 기억하려고 애썼으나 미처 그 답을 구하기도 전에 사무실에 도착하고야 말았다. 웬일인지 오늘따라 같은 사무실의 여직원들로부터 하다못해 자주 찾아오는 보험아줌마에 이르기까지 내가 아는 모든 여자들의 모습을 일일이 되새겨 보았지만 한결같이 그 여자들의 얼굴 윤곽만이 떠오를 뿐이었다.

무릇 어떤 사람의 모습을 떠올리고자 할 때 평소 그 사람이 간직하고 있던 분위기로부터 그 사람만이 지니고 있는 향기, 아울러 그의 목소리, 눈빛 심지어는 땀 냄새까지 떠올릴 수 있어야만 진정 그 사람을 깊이 아는 것임에 분명했다. 그런데 어째서 나는 기껏 그 많은 사람들의 얼굴 윤곽만을 간직하고 있었던 것일까? 그런데 정말로 이상한 것은 연주의 모습을 떠올린 그 순간에도 어릿어릿하게 얼굴 윤곽만이 피어오를 뿐, 전혀 그녀의 향기라든가 눈빛, 웃음소리 들이 되살아나지 않더라는 것이었다.

웬일일까? 연주의 웃음소리가 어째서 되살아나지 않는 것일까? 아, 그러고 보니 아무것도 생각나는 것이 없었다. 처음엔 그저 연주의 가슴이 야구공만 했는지 아닌지를 떠올리려고 했을 뿐인데 이제는 내게 있어 연주란 무엇인가부터 생각해야만 했다. 그뿐만이 아니었다. 한번 그런 생각에 빠지게 되자 내 주위의 모든 사람들이 생전 처음 보는 모습으로만 여겨지는 것이었다.

저 친구, 저 친구는 누구기에 아까부터 신문을 뒤적이다 말고 내게 웃음을 보내는 것일까…… 그리고 저 여자는 나와 어떤 관계기에 저토록 반갑게 인사를 하는 것일까.

일순 모든 것이 불안해지기 시작했다. 마침 그런 야릇한 생각 끝에 사무실의 내 자리에 당도했기 때문인지 늘 보아왔던 옆자리의 동료에게서도 순간적으로 낯선 감정을 느낄 수밖에 없었는데, 굳이 설명하자면 그들은 어이없게도 웃음 띤 얼굴로 서로를 바라보지만 속으로는 본능적인 생존의 이빨을 갈고 있을 것이란 느낌이 들었기 때문이었다.

먹이를 구하기 위해 길을 나선 사냥꾼처럼 그들은 어느새 민첩한 동작으로 조간신문을 뒤지며 세상의 냄새를 맡아내는 중이었다. 그러나 그런 분위기야말로 차라리 자연스러운 것이었다. 이 세상 남자들이 살아가는 모습이란 언제나 그런 식이지 않았던가.

토끼 한 마리가 될지, 노루 한 마리가 될지는 모르는 일이지만 식량거리를 마련하기 위해 구두끈을 바짝 조여 맨 채로 헤매다가 때론 넘어지고, 나뭇가지에 긁혀 피를 흘리기도 하고, 그리하여 온몸이 만신창이가 된다고 한들 토끼 한 마리라도 온전히 잡을 수 있다는 보장은 전혀 없었으니 그들의 몸에서 생존을 위한 피비린내가 풍겨나는 것은 어찌 보면 너무나도 당연한 이치였다.

그러나 정작 우스운 것은 그런 남자들 모두 다가 매일 같이 들소나 노루, 혹은 멧돼지 같은 덩치 큰 짐승을 잡고야 말리라는, 그리하여 마누라와 자식들에게 배불리 포식을 시키리라는 어리석은 환상에 깊이 사로잡혀 있다는 사실이었다. 사실 말이야 바른말이지 그 어리석은 환상 때문에 이 세상의 남자들은 새벽같이 일터로 뛰쳐나와 생존의 이빨을 갈면서 조간신문부터 뒤적이기 시작하는 것이 아니겠는가.

"과장님, 일찍 출근하셨네요."

총무과의 스물한 살짜리 귀염둥이 홍연주였다. 마침 연주는 우리 부서에 출근부를 전달하기 위해 들른 모양이었는데 다른 부서에도 전달할 열댓 권의 출근부를 옆구리에 잔뜩 끌어안고 있는 모습이 무척 안쓰러웠다.

"그래, 미스 홍도 일찍 나왔군."

나는 곁눈질로 흘깃 연주의 가슴 크기를 가늠하며 짐짓 반가운 체했다. 그리고는 역시 연주의 가슴 크기가 야구공만 하다는 것을 새삼 확인하면서 한편으로는 출근 전, 아내에게 들었던 불륜한 색채의 말을 다시금 떠올릴 수밖에 없었다.

글쎄 젖통이 야구공만큼밖에 생겨나지 않은 것들도 전부 다 사내를 알더라니까요.

나는 아내의 목소리를 떨쳐버리기 위해 휘휘 고개를 저었다. 아내의 논리대로라면 연주는 가슴이 야구공만큼밖에 생겨나지 않은 어린것일 뿐이었고 따라서 연주에겐, 그 어린애에겐 사방에 온통 윤리의 벽이 드리워져 있어야만 했다.

바로 그것이 문제였다. 이 세상은 연주를 오로지 윤리의 벽 안에 가두어 두려고만 했으나 웬일인지 이 세상의 어른임에 분명한 나부터가 그 답답한 윤리의 틀을 깨뜨리고 싶었던 것이다. 나는 한편으로 대기업의 과장으로서 도덕적이고 모범적인 청교도적 삶을 살아오고 있었건만 한편으론 그 도덕적인 의식으로 인해 답답해했고 또한 외로워했을 것이란 생각이었다.

"언제쯤 미스 홍이 데이트하는 현장을 목격할 수 있을까? 도대체 미스 홍은

활동무대가 어디야? 도무지 현장을 잡을 수가 없어."

"칫! 과장님두. 그런 염려 마세요. 남자도 없는데 저 혼자 어떻게 데이트를 해요?"

연주는 생끗 웃으며 다른 부서로 향하는 문을 빠져 달아났다. 그러나 연주가 잠깐 동안 서 있었던 그 자리에서 〈망상의 되새김질〉이 시작되던 것이었다. 아내가 당직 근무를 서는 날, 나 혼자 잠을 이루지 못해 떠올리고야 마는 불륜한 생각들. 그런 생각들이 어째서 오늘 아침엔 연주의 모습 위에 오버랩되는지 도통 알다가도 모를 일이었다.

물론 내 머릿속을 맴도는 불륜한 생각들은 아내를 통해 연상할 수 있었던 말들이었다. 아내는 요즈음의 20대 여자들을 언제나 도매금으로 싸잡아 매도하곤 했는데 언제나 자유롭게 연애하고, 부담 없이 사랑하면서 즐길 것 모두 즐기고 사는 특별세대가 바로 그들이기 때문에 그들을 볼 때마다 자기 자신의 보상받지 못한 젊음이 생각나서 늘 우울해진다는 것이었다.

"글세 그 어린 것들이 옷을 기가 막히게 입고 다닌다니까요? 진찰을 받기 위해서 투피스 단추를 풀면 그대로 알몸이에요. 어쩜 브라자도 없고 속옷도 없이 알몸 위에 어떻게 마이를 걸칠 수 있는가 몰라. 단추 사이로 풍만한 가슴이 그대로 들여다뵈는 것이 같은 여자인 내가 봐도 미치겠는데 남자들이 그 모습을 보면 오죽할까. 그러니 스무 살서부터 산부인과 출입을 하지. 그러면서도 당당해요. 우리 땐 처녀가 애를 배면 혀를 깨물고 죽으려고까지 했는데 요즘 애들은 고개를 바딱 치켜들고 산부인과엘 찾아오지 뭐예요.

하긴 며칠 전에 TV를 통해 방영된 오렌지족의 실태를 보노라면 아내의 말이 하등 틀릴 것 같지도 않았다. 언뜻언뜻 비친 화면이지만 젊은 여자애들이 걸친 옷치고 가릴 곳을 제대로 가린 옷을 보지 못했기 때문이었다. 게다가 그 희고 가는 손가락마다 꽂혀 있는 담배들은 어찌 그리도 야릇한 기분을 불러일으키던지.

그런 망상에 잠겨 있다가 나는 도대체 무엇을 하는 사람인지조차 분간할 수 없는 상태로 자리에서 벌떡 일어나 앉았다. 어쩌면 갑자기 수치심에 사로잡힌 것인지도 몰랐다. 이제 나는 내 자신의 도덕적 수위가 어느 높이까지 이르렀는지도 깨달을 수 없었다.

나는 하루 온종일 그런 식으로 보낼 수밖에 없었다. 한 번 망상의 늪에 빠져들기 시작하자 다른 모든 사람들은 어항 속에서 근시안의 눈을 뜨고 내다보는 물고기들과 같이 나와의 사이에 두꺼운 유리막을 친 타인들에 불과했다. 그들은 열심히 일을 했고 수없이 내게 무엇인가를 물어 왔지만 그들은 그저 불가사의하게 쉬지 않고 지느러미를 움직이며 입을 뻐끔거리는 물고기와 다를 바가 없었다.

간혹 그들은 둥근 테이블에 몰려 앉아 열띤 토론을 벌이기도 했으나 어쩐지 대단한 무언극을 연출하는 것 같기도 했다. 어쩐지 그 모든 현상들이 나를 따돌리기 위해 이루어지는 것 같기도 했으며 사실 나와는 아주 멀리 떨어진 곳에서 이루어지는 일의 그림자뿐인지도 모른다는 생각이었다. 한마디로 나는 외로웠던 것이다,

인간의 외로움을 아는가. 직장이라는 울타리에 둘러싸인 채 과장이란 직책의 쇠사슬로 발목을 묶이고, 가장이라는 수갑을 찬 어정쩡한 나이의 사내가 겪는 외로움을 진정 알 수 있는가.

나는 혼자서 자문자답을 하며 담배를 피워 물었다. 몇 년간을 보아오고 들어온 일이건만 갑자기 모든 것이 생소해지는 것. 그런가 하면 무섭고 끔찍하고 머리카락이 오싹한 모습에서 의외로 얼토당토 하지 않은 감정을 느끼게 되는 것. 이를테면 아파트 현관 앞에 길게 누워 죽어있는 낯모를 여인의 시체에게서 문득 증오를 느끼는 것, 혹은 수년간을 함께 살아온 아내의 피부가 어느 날 갑자기 스폰지처럼 까실까실 하게 느껴지더라는 것…… 이것이 바로 외로움을 타는 증거일 것이라고 나는 생각했다.

"자, 오늘 회식이 끝난 뒤에 우리 과는 일단 압구정동에서 다시 만나는 거야."

마침 나의 직속 부하직원인 김 계장과 눈이 마주쳤으므로 이때다 싶어서 나는 짐짓 큰 소리로 말했다. 그러나 김 계장은 내가 힘주어 말한 〈압구정동〉이란 말을 분명히 들었으면서 아무런 대꾸를 하지 않았다. 다만 그의 금테안경 위로 반짝이는 불빛만이 보였을 뿐인데 그 빛이 약간 깜빡인 점으로 보아 그도 역시 고개를 약간 까딱거렸다는 사실만을 감지할 수 있었다.

그리고 나는 더 이상 아무 말도 하지 않았다. 그러나 내가 던진 한마디 말의 파급효과는 상당히 큰 것이었다. 그래도 명색이 과장이라고, 내가 압구정동에서 2차를 사겠다고 하자 직원들이 서로 은밀하게 눈짓을 주고받는 것 같더니 이내 수군대듯이 똥꼬뷜라 치마가 어쩌고, 번개 파마가 저쩌고 하는 말들이 두런두런 들려오는 것이었다.

드디어 퇴근 시각이 되자 나는 일거리를 정리한 뒤에 직원들을 세 팀으로 나누어 회식장소로 떠나도록 했다. 나는 직원들이 먼저 차에 타고 떠나는 것을 확인한 뒤, 어슬렁어슬렁 걸어서 걷고 있다는 사실 한 가지만으로도 나는 이미 즐거워지고 있었다. 그것은 상당히 신나는 일이었다. 허리를 약간 굽힌 채, 신발을 질질 끌면서 가장 촌스러운 걸음걸이로 가장 화려한 거리를 걸으려는 것이야말로 내게 있어서는 크나큰 도발이나 다름없었다.

밤거리는 과연 그 향기부터가 달랐다. 어딘가 모르게 눅눅한 것 같으면서도 향기로운 냄새. 상당히 세련되고 아름다운 모습으로 걸어가는 여인에게서 문득문득 풍겨나는 퇴폐적인 분위기들.

지하철역을 빠져나온 나는 축축이 젖은 듯한 길을 걷다 말고 햄버거 상점 앞에 주저앉았다. 공연히 가슴이 답답한 것 같았고 갑자기 이런 길거리의 모습에 적응을 할 수 없을 것만 같았다. 이른바 겨울 감각, 테러가 휩쓸고 지나간 듯이 삭막하기만 했던 내 마음속의 새…… 그 외로움이란 흑갈색 새가 그 순간 갑자기 내 가슴으로부터 빠져나가 훨훨 날개를 펴는 것이었다. 어쩌면 그 새는 내 가슴을 빠져나오면서 욕망으로 변했는지도 모를 일이었다. 순간 눈앞을 스치는 모든 여자들이 예뻐 보이기 시작했다.

부서원들의 회식은 언제나처럼 업무 이야기로부터 시작해서 이사나 상무, 전무의 특출한 작업수행능력을 칭찬하는 순서로 이어져 갔다. 그러나 나로서는 그것부터가 상당한 불만이었다. 언제부턴가 우리 부서 사람들은 모이기만 하면 무조건적으로 침이 마르도록 윗사람들에게 아부하는 풍조가 생겨나고 있었는데 적어도 내 눈에는 그들의 짓거리가 얍삽하고 냄새나는 짓으로밖에 여겨지지 않았던 것이다.

"역시 우리 상무님은 뭐가 달라도 다르시더란 말입니다. 사람이 그 정도는 돼야 언젠가 한자리 차지하게 되는 모양이에요. 안 그렇습니까? 그런 잣대로 재어보면 난 아무래도 만년 계장으로 끝날라나 봐요."

대뜸 이렇게 서두를 꺼낸 사람은 내 직속 부하직원인 김 계장이었다. 그는 평상시에도 눈알을 대록대록 굴리며 윗사람들의 눈치를 보곤 했기 때문에 이미 가자미란 별명이 붙어있었는데, 이를테면 허허실실법이라 할까? 자기를 낮출 때까지 낮추면서 상대방을 은근히 기분 좋게 만드는 그런 위인이었다. 그렇기 때문에 김 계장의 눈이 어느 순간 가자미처럼 한쪽으로 쏠리기만 해도 나로서는 벌레 씹은 기분이 되고 마는 것이었다. 그의 시선이 쏠린 곳을 은근히 바라보노라면 어김없이 상무나 전무의 시선과 마주치게 되곤 했기 때문이었다.

"이봐, 김 계장. 술 먹으러 와서 무슨 쓰잘데없는 소릴 하나? 자, 자! 이리 와서 쐬주나 한잔 받으라구. 술집에선 그저 신나게 먹고 늘어지게 노래나 부르면 되는 게라. 자, 이리 와서 얼마 전에 유럽 출장 갔던 얘기나 해 달라구. 거기 아가씨들은 어때? 기가막히다면서?"

마침 나와 같은 느낌을 받고 있었던지 관리부 황 차장이 맥주잔을 김 계장

앞으로 내밀면서 말했다.

"글쎄요. 그쪽은 여자 애들이 워낙 되바라져서."

김 계장은 황 차장이 술판을 끌어가고자 하는 흐름을 이미 간파했다는 듯이 은근히 앉아있던 자리에서 일어나 내 옆자리로 파고들었다. 하긴 그가 아무리 가자미찜 쪄 먹는 눈치꾼이라 해도 오늘 같은 회식 날까지 미리 계산된 정치성 발언만을 늘어놓기란 무척 따분한 노릇일 것이었다.

"이봐, 어제 말야 알몸 위에 얇은 투피스 윗도리만 걸친 계집애를 봤는데 말야 우와, 징밀 미치겠더라니까?"

"에게게, 그까짓 거 가지고 뭘 그러십니까? 스페인에 가면 말예요, 아예 숟가락만한 헝겊으로 찌찌만 가리고 다니는 애들이 많아요. 해변에선 그나마도 벗어버린다구요. 배꼽이 없는 옷도 많죠. 그래야 공연하기에 편리하다나 뭐라나……."

"공연?"

"자동차 안에서 신체검사하는 거 말이죠."

"그으래? 그 정도야?"

"차암, 우리 과장님은 완전히 구세대로구먼요. 요즘 이른바 신세대들이 모인다는 압구정동 뒷골목에만 다녀 봐도 밤이 무서워요. 살살 발뒤꿈치 들고 거닐다보면 흔들리는 자동차가 줄줄이 사탕이라니까요. 신나는 거죠. 다알 삐잇 아래 소곤소곤 소곤대는 무너진 사아랑 탑아."

김 계장은 아예 노래까지 흥얼대며 이야기에 흥을 올리기 시작했고 나와 황 차장, 그리고 나머지 부원들은 입가에 야릇한 웃음을 흘리기 시작했다. 웬일인지 오늘은 저만치 떨어져 앉아있던 상무와 전무마저도 형이하학적(?)인 김 계장의 언사에 전혀 제동을 걸려 하지 않는 눈치였다. 아마도 김 계장은 윗사람들의 그런 심리마저도 훤히 꿰뚫고 있는 듯했다. 그런 용기로 보아 김 계장은 우리 부서의 분명하고도 유일한 신세대임이 확실하다는 느낌이었다. 그래서일까, 나는 갑자기 김 계장의 솔직하면서도 눈치 빠른 태도에 감탄할 수밖에 없었다.

“참 답답하네. 흔들리는 자동차는 또 뭐야?”

나는 김 계장의 말을 잘 알아먹지도 못했거니와 뭔지 몰라도 얘기가 재미있는 쪽으로 흐를 것이란 생각에 짐짓 큰소리로 김 계장이 다음 말을 계속 이어나가도록 다그쳤다.

“차를 어두운 길가에 줄줄이 세워놓고 그 안에서 공연들을 하는 게지 뭡니까? 만지고, 비비고, 물어뜯고 난리부르스예요. 걔들요, 과장님이나 차장님 세대하고는 영 딴판입니다. 그렇게 자유로울 수가 없어요. 하긴 따져보면 그렇게 살지 못했던 어르신들이야말로 불쌍한 중생들이죠.”

“김 계장은 마음만 먹으면 지금 당장이라도 그런 식으로 살 수 있는 거 아냐?”

“물론이지요. 여부가 있겠습니까? 언젠가 홍보실 미스터 최가 빠리로 출장 다녀왔잖아요? 그때 미스터 최가 귀국하자마자 뭐라고 한 줄 아세요? 우리나라에선 어쨌든 청춘이 억울하다는 거예요. 빠리에선 길거리건 공원이건 꿀떡처럼 남녀가 달라붙어 있어도 행인들이 아무런 관심을 보이지 않는데 우린 손가락질 하면서 아우성을 치잖아요. 입술 좀 맞추려면 하다못해 길 가는 강아지 눈치까지 봐야 하는 게 우리 실정이니 답답하죠. 우리들은 기성세대들과 삶의 패턴이 너무나 다르다는 걸 알아줘야 할 텐데 전혀 그런 이해를 하려 들지 않는다구요.”

“요즘은 달라. 나도 밤길을 걷다가 연애하는 젊은이들을 만나면 일부러 빙글 돌아서 간다네. 방해하기 싫어서 말야.”

뜻하지 않게도 전무가 킬킬 웃음을 날리며 맞장구를 쳤다. 그러자 김 계장은 정말입니까? 눈을 동그랗게 뜨며 더욱 신나게 이야기를 계속하기 시작했다.

“정말 전무님은 젊은이의 심정을 확실히 이해하고 계시는 분입니다. 요즘 젊은이들은 진짜 사는 모습부터가 구세대와는 달라요. 요즘 애들은 자동차 안에서 공연을 하다가 행인과 눈이 마주치면 오히려 그를 야만인 취급하죠. 한심하게 뭘 들여다 보냐는 뜻입니다. 전무님께서도 너무나 잘 아시겠지만 스페인에선 밤만 되면 아예 승용차를 침실처럼 꾸미는 애들이 많잖아요. 솔직하게 살자는 거 아니겠습니까? 경제적이기도 하구요."

"맞어, 김 계장 말이 맞구먼. 그런 걸 꼭 나쁘다고만 할 수 없는 게지. 차라리 솔직하지 못했던 우리가 부끄럽다네."

전무는 이렇게 종지부를 찍으며 잔을 높이 들었다. 이제 어느 정도 회식 자리도 무르익는 모양이었다. 나 역시 전무의 술잔 높이에 내 잔을 맞추어 높이 들면서 건배를 외쳤다. 그러나 이미 내 마음은 고질적인 병, 즉 부정 중독의 상태로 빠져든 지 오래였다. 이런 모습으로 술을 마신다는 것부터가 나로서는 어쩌면 부끄러울 뿐이라는 생각이 문득문득 들곤 했다.

사실 나는 요즘 들어 외로움을 타고 있었으며 그 외로움에 젖어 들 때마다 한없는 비애에 잠기곤 했다. 왠지 4면의 벽에 갇혀있다는 생각, 그 벽이 나날이 좁아 들고 있을 것이라는 불안감, 그리고 내 마음속을 자유롭게 날아다니던 한 마리 새가 이미 밖으로 날아가 버렸다는 느낌, 그런 우울한 느낌 속에서 오로지 왕성하게 자라나는 욕망은 승진, 월급인상, 좋은 보직, 출세 등등의 비정한 금속성인 것들뿐이지 않았던가.

— 어쩌면 내 아내도 마찬가지 느낌일 게야. 그렇다면 뭔가 벽을 허물 수 있는 망치질이 필요할 게라.

내가 이렇게 중얼거리자 옆자리에 앉아있던 황 차장이 피식 웃으며 농으로 답을 해왔다.

"뭐라구? 자네도 오늘 밤에 자동차에서 공연을 하겠다는 거야?"

이런, 제기럴. 순간 마음속으로부터 불끈하는 것이 일어났지만 나는 애써 참아야 했다. 황 차장만 하더라도 나처럼 결혼생활 6년 정도에 접어든 어정쩡한 남자의 심정을 이해하지 못할 것이라는 판단이 들었기 때문이었다. 갑자기 30대

중반의 어정쩡한 나이가 두려워지기 시작했다. 점잖아진다는 것은 무엇일까, 또한 솔직한 삶을 산다는 것은 무엇일까. 나에게 있어서 삶의 경륜이란 무엇이며 또한 퇴색되어 가는 젊음은 무엇인가.

이런저런 생각을 하는 동안 어느덧 회식이 끝나는 기미가 보였으므로 나는 눈치껏 김 계장에게 신호를 보냈다. 회식이 끝난 뒤 압구정동에서 젊은 직원들끼리 따로 만나기로 했던 약속이 문득 떠올랐기 때문이었다. 김 계장도 즉시 내 신호를 받아 은밀하게 다른 젊은 직원들에게 눈짓을 하기 시작했다. 이제 잠시 후면 나는 한창 젊은 신입사원들 틈에 섞여서 압구정동의 환락가를 누비게 될 것이었다. 한편으론 쑥스럽기도 했지만 다른 한편으론 나를 자기들 패거리에 끼워준 젊은 직원들이 고맙기까지 했다.

그렇게 해서 나는 압구정동을 거닐 수 있게 되었다. 언필칭 모든 체면을 뭉개버린 뒤에야 비로소 나는 압구정동의 철부지가 될 수 있었다는 말이다. 그리하여 수없이 많은 똥꼬빌라 치마를 볼 수 있었고, 얼핏 치마 속이 들여다보일 수도 있는 자리에 마주 앉아 요즘 젊은 여자애들의 멍든 것 같은 눈두덩을 자세히 들여다볼 수 있었다.

— 자유롭더라구요, 요즘 여자애들.

— 글쎄 가슴이 야구공만 한 어린것들까지도 사내를 알더라니까요.

나는 짙은 아이섀도우를 바른 술 취한 젊은 처녀애들 앞에 앉아 곰곰이 아내의 말을 되씹었으며, 번개 파마로 어지럽게 머리칼을 볶은 처녀애들이 짙게 풍겨대는 향수 냄새를 맡으며 역시 아내의 말을 떠올렸다. 그러면서 나는 잠시나마 저속한 자유 속에 내 온몸을 맡기려 했는지도 몰랐다. 아니, 그건 분명 저속한 자유라고 단정 지을 수만은 없는 분명함이었다. 두툼한 입술 사이에 담배를 피워 물고 사내들을 헌팅하는 그 젊디젊은 여체들을 보면서 나는 촌스럽게도 곁눈질로 그녀들의 가슴 크기를 야구공과 견주고 있을 뿐이었지만 그 행위가 결코 저속하지는 않을 것이라고 스스로 단정 짓느라 무진 애를 쓰기도 했었다.

“과장님, 저건 똥치예요. 되게 도도한 자세로 앉아있어도 황이라구요.”

김 계장을 비롯한 젊은 직원들은 이미 술에 취해 윤리의식이 마비된 듯 되는 대로 지껄이고 있었다. 그러나 나는 이미 그들에게 한없이 관대해진 상태였다. 회사 내에서의 상사로서 지켜야 할 도리는 지금 이 자리에서만은 전혀 필요 없는 관념일 따름이기 때문이었다. 어차피 그들은 내일 아침이면 맑은 정신으로 출근을 할 것이었으며, 올바른 의식으로 업무에 임할 것이었다. 다만 지금은 젊음이라는 힘의 또 다른 면을 볼 수 있으면 그것으로 족할 뿐, 따라서 나는 아무런 꾸짖음 없이 그들을 너그럽게 바라보고만 있었고 그들은 취한 모습 그대로를 내게 보여주고 있는 것이었다. 바로 그들의 취한 모습에서 나는 젊음을 잃어가는 사람들의 외로움을 무진장 겪어 내야만 했던 것이다.

차라리 젊음이란 밤거리와도 같은 것이었다. 어딘가 모르게 문득문득 풍겨나는 퇴폐적인 냄새, 그리고 다시는 밝아질 수 없을 것 같은 암흑, 욕망으로 가득 찬 것 같은 분위기…….

아! 그러나 내 아내가 마치 밤거리와도 같은 이 젊음의 분위기를 시샘하는 것은 어째서일까 또한 내가 홍연주의 싱싱함에 넋을 잃고 마는 것은 또한 어째서일까.

취기도 오르고 어지럽기도 했으므로 나는 그만 질끈 눈을 감고야 말았다.

취기로 인한 어지러움 속에서 문득, 오늘 같은 상태로 더 이상 술에 취한다는 것은 어쩌면 모멸과 자학의 길로 들어서는 것이나 마찬가지라는 생각이 들었다. 대부분의 사람들이란 어떤 경우의 삶을 살아가든지 간에 그 삶의 주변에 마치 섬처럼 떠올라 있는 잔잔한 일상 위에서 술에 취하게 되는 법이건만 오늘 나의 마음 상태는 이미 삶의 주변을 걷잡을 수 없이 벗어나 앞길을 가늠할 수 없는 불안한 지점에까지 이르는 작은 조각배와 다름없었기 때문이다.

내 마음의 주변에 수없이 많을 것이라 여겨졌던 섬들도 어느새 자취를 감춘 지 오래였고 망망한 바다 위에서 나는 그만 무기력한 사공이 되고 말았던 것인데 내가 움켜쥐고 있는 한 자루의 노 끝에 엉겨 붙은 것들은 한결같이 절제되지 못한 절망과 그 절망이 배설해 낸 타락한 욕망뿐이라는 느낌이 문득 일더라는 것이었다.

참으로 이상한 일이었다. 자정이 거의 다 되어가는 이 시각까지 주변은 온통 자유로움으로 출렁거렸으며 번개 파마를 한 젊은 여인이 웃음소리를 드높이며 저마다 술에 취해 갔지만 유독 나만은 말짱한 정신 속에서 어색하게 자리를 지키고 있음이 아니던가.

그 어색함을 깨달은 순간 정말이지 나는 당황할 수밖에 없었다. 왜냐하면 내가 깨달은 어색함이란 것이 평상시 막연하게만 느껴오던 '무작정의 슬픔'과 조금도 다름이 없기 때문이었는데 그렇다면 나로서는 이리도 어색하게 일상을 떨쳐버리려고 몸부림친들 오히려 더 깊은 일상의 늪으로 빠져들게 되는 것이나 아닐는지.

"이봐, 김 계장. 그만 돌아가자구. 아무리 밤거리를 헤매 봐도 결국은 깊숙한 자기 내면으로 되돌아오게 되는 것이 인생이니까."

"어이구, 과장님, 왜 그러십니까? 이제부터 시작인데요. 조금만 더 있으면 쟤네들이 스스로 안절부절못한다니까요. 그 때에 실력을 발휘한다 이 말입니다아."

김 계장을 비롯한 젊은 직원들은 아예 내 말에는 아랑곳도 하지 않은 채 혹은 킬킬거리며, 혹은 중얼중얼 노래를 부르며 술을 들이키던 중이었다. 그러나 이미 무작정의 슬픔을 깨달은 나로서는 가슴이 야구공만 한 어린 여자들을 유혹하려는 김계장의 태도가 순간적으로 몹시 불만스럽게만 여겨졌으므로 김 계장을 향해 벌컥 고함을 질러댔다.

"이 보라구, 이 작자야. 자네 같은 사람들 때문에 종합병원 응급실에 극약을 먹은 여자애들이 실려 오는 게야. 그뿐인가? 고층 아파트에서 뛰어내리는 아녀자들이 생겨나는 게라구. 얼빠진 사람 같으니."

"아니, 과장님, 도대체 왜 이러십니까? 갑자기 종합병원은 뭐고 고층 아파트는 또……."

"아무래도 과장님이 취하셨나 봐요. 누가 좀 모시고 나가죠."

나의 급작스런 고함으로 인해서 갑자기 술좌석은 엉망이 되어 갔다. 김 계장은 가뜩이나 붉어진 얼굴을 더욱 붉힌 채로 당황해서 어쩔 줄을 모르고 있었으며 이제 갓 신입사원의 티를 벗은 다른 젊은 직원들은 어찌할 바를 모른 채 자리에서 일어나 우왕좌왕하느라 가뜩이나 어수선하던 술집 분위기가 아예 소란스러워지고야 말았던 것이다.

"이봐, 김 계장. 자네도 결혼을 한 사람이잖아. 그런데 나날을 이렇게만 보낼 수는 없지. 안 그런가? 결혼은 약속이잖아. 자네도 마누라하고 결혼 서약을 했을 거 아닌가. 그런 순결한 약속을 깨고 뭐가 어째? 자네 같은 사람들이 그런 수작을 부리니까 가슴이 야구공만밖에 하지 않은 여자애들이 잔뜩 바람이 들어서 화냥끼를 내보이는 거 아니냐구."

나는 생각나는 대로 김 계장을 향해 마구 소리를 질러댔다. 그러나 내가 아무리 열에 받쳐 소리를 질러대도 이상하리만치 술집 분위기는 좀 전의 분위기 그대로 다시 환원되어 가고야 마는 것이었다. 약간은 퇴폐적인, 그러면서 한편으론 저속하기도 하고 한편으론 자유분방한 듯한 어수선한 분위기의 술집에서는 이제 아무도 나의 고함소리에 관심을 가질 기미조차 보이지 않는 것이었다.

"놀래라. 우리 과장님도 취하니까 멋쟁이시네."

신입사원 하나가 헤픈 웃음을 웃으며 이렇게 비아냥대자 다른 젊은 직원들도 모두 별일 아니라는 듯이 다시금 맥주잔을 들어 벌컥벌컥 들이키기 시작했다. 물론 김 계장도 진한 농담 한마디를 들었다는 듯 맥주를 들이키기 시작했고 한

동안 놀라 우리를 바라보던 똥꼬뻴라 치마의 젊은 처녀들도 또다시 까르륵 웃음 소리를 날리며 맥주의 거품을 불기 시작했다.

"그러고 보니까 우리 과장님은 심미안을 가지셨어요. 세상에 내가 여태까지 수없이 많은 처녀들 젖가슴을 훔쳐보긴 했어도 그걸 야구공에 견주어 본 적은 한 번도 없었단 말이죠. 그런데 과장님 말씀을 듣고 보니까 거참 기가 막힌 비유더구만요. 하긴 이왕이면 다홍치마라구, 야구공을 손바닥에 딱 감싸 쥐는 맛은 아무도 모를 게라."

"김 계장님은 어떤 취향이세요? 배구공? 아니면 골프공?

"예끼 이 사람아."

결국 술좌석은 이런 식으로 계속 이어질 것 같았으므로 나는 취기를 핑계 삼아 그들보다 먼저 자리에서 일어났다. 김 계장과 젊은 직원들은 잠시 나를 만류하려는 듯하다가는 이내 내일 뵙겠습니다, 조심히 가십시오. 라는 말로 일관했다. 어쩌면 나와 헤어지는 것에 대해 내심 쾌재를 부르는 모양이었으나 나 역시 조금도 섭섭해하지 않고 그 자리에서 빠져나왔다.

술집 문을 나서자마자 시원한 바람이 머리카락을 헤집었으나 왠지 내 마음은 더욱 착잡해지기 시작했다. 따지고 보면 좀 전에 직원들을 향해 지른 고함은 사실 내 자신에게 질렀던 것인데 지금 이 순간, 내가 질러댄 고함에 대해 아무런 답변을 할 수 없다는 사실이 슬퍼졌기 때문이었다.

고백컨대 나는 마음속에 두 줄기로 흐르는 강물을 품고 있는 비열한 사내였다. 물론 그 물줄기의 폭이 하나는 넓고 다른 하나는 좁다 하더라도 아내 쪽으로 흐르는 넓고 도도한 강줄기보다 내심 연주에게 흐르는 좁은 강을 그리워하고 있었던 것도 사실이었다. 그뿐인가. 나는 너무도 태연하게 그 사실을 숨기려 하고 있었는데 왠지 요즘 들어서 그로 인한 갈등의 뿌리가 깊어지기 시작했던 것이다.

그건 바로 아내의 심정적인 변화를 느끼고부터였다. 물론 아내의 심정적인 변화는 우리 아파트 출입구에 웬 여자가 죽어있음으로부터 시작된 것이라 할 수도 있지만 그 내면에는 남자에 대한 부정 중독증이 자라고 있음을 나는 너무도 뻔히 알고 있기 때문이었다. 하기야 나와 연주와의 관계를 따지고 보자면 〈아무런 사고도 없었다〉고 결론지을 수 있겠지만 적어도 내 마음의 흐름을 감지할 줄만 안다면 이미 사고를 향해 달리는 무인기관차처럼 불안하기 짝이 없는 일이지 않은가.

"사랑을 고백한다는 것은 상당히 용기 있는 일이에요. 하지만 진정으로 용기 있는 사람이라면 그 사랑이 식었을 때도 이젠 사랑이 식었노라고 고백할 줄 아는 사람이죠. 그런 의미로 본다면 요즘 신세대의 젊은 애들은 너무나도 용기 있는 사람들인 것 같기도 해요."

어제였던가. 혹은 그제였던가. 아내는 식사를 하다 말고 문득 이렇게 말한 적이 있었다. 나는 순간 가슴이 철렁 내려앉는 기분이었으나 너무도 태연하게 앉아 있었으며 그저 평상시에 아내에게 대하듯 요즘 병원 일이 너무 고단한 거 아냐? 하고 얼버무릴 수밖에 없었다.

따지고 보면 내가 아내를 그토록 이해한다는 사실부터가 내 고민의 시작이란 말과 다름없었다. 서른다섯 살을 넘어서면서부터 생겨나는 야릇한 외로움, 바로 그 외로움과 이해심을 동시에 자라도록 내버려 둔다는 것부터가 무작정의 슬픔으로 이어지는 것이란 생각이었다. 답답한 어느 날, 무작정 서울을 버리고 여행길에 오르듯이 아내에 대한 이해심을 과감하게 짓밟아 버릴 수만 있다면…….

새벽 1시가 거의 되어서야 집에 도착했지만 아내는 심야방송을 틀어 놓은 채 묵묵히 클래식을 들으며 나를 기다리고 있었다. 나는 아내의 얼굴과 맞닥뜨리는 순간에 차라리 잔뜩 취해있지 못한 것을 후회했다. 생각이나 고민의 흔적은 얼굴에 나타나는 법임을 잘 알고 있는 터라 나는 내 얼굴 표정 어딘가에 묻어 있을 고민의 흔적을 지우기 위해 억지웃음을 웃어야 했다. 그건 분명 유치한 고민임에 분명했지만 그렇기에 더욱 내 표정 위에 드리워져 있을 것이란 강박관념 때문이었다. 어째서 중년으로 향해 가는 이 나이에도 유치한 생각들로 인해 마음이 어지러워져야 하는 것인지…….

"회식이라기에 많이 취하실 줄 알았죠."

아내는 이렇게 말하고는 언제나 그랬듯이 꿀물을 타기 위해 찬장을 뒤지기 시작했다. 그러나 나로서는 내친김에 아내로부터 어떤 다그침이라도 받았으면 좋겠다는 생각이었다. 예를 들면, 밤늦도록 기다리게 만든 것에 대해 짜증을 부린다든지…….

"참 내가 이 얘기했든가 몰라. 9층 입원실에서 있었던 일인데 말이죠. 중년 남자가 앓아 누워있는데 그 남자가 너무나 웃기더란 말예요. 자기 부인이 간병할 때는 꼼짝 않고 누워만 있다가 막상 부인이 집으로 가고 난 뒤면 무작정 간호사 대기실로 놀러 오는 거예요. 어떤 날엔 박카스도 사 오고, 어떤 날엔 스타킹도 사 오고…… 처음엔 우리들도 좋게만 생각했죠. 그런데 어느 날인가 제일 예쁜 처녀 간호사에게 수작을 걸더라는 게죠. 뭐라나, 자기가 알고 보면 상당히 외로운 남자라나? 내 참 기가 막혀서. 그런데 더욱 기가 막힌 사실은 그 넋두리를 듣고부터 처녀 간호사 애가 고민을 하더라는 말이죠. 결국 나에게까지 조언을 구하지 뭐겠어요? 미친년. 그 남자에게 동정심이 간다나요? 정말이지 요즘 젊은 여자애들 마음은 종잡을 수가 없어요."

"바보 아니면 얼간이인 게지."

나는 아내의 말에 섬뜩 놀랐으면서도 내심 태연스레 꿀물을 마시며 간단하게 대답하고 말았다. 왜냐하면 요즘 내 마음속에 잔뜩 자라나고 있는 생각들이 바로 그 남자의 생각과 같았기 때문이다. 나는 충분히 그 남자의 마음을 짐작할 수 있었다. 얼마나 마음이 산란했으면 그런 유치한 짓까지 감행했을까. 나이가 어떻게 되었는지는 모르겠지만 아내의 표현대로 중년의 남자라면 보낼 것 다 보내고, 흘릴 것 다 흘릴 만한 경륜은 지니고 있었을 텐데 그토록 유치한 짓을 하기까지는 얼마나 갈등이 심했을까.

이런저런 생각을 하는 동안 불현듯 이 세상에 사는 서른다섯을 넘은 남자들에게 과연 삶의 진리를 찾을 만한 곳은 아무 데에도 없지 않겠는가라는 회의가 일기 시작했다. 어쩌면 그들은 허위와 기만, 아첨과 질투 등 죄악으로만 가득 찬 일상에서 아무런 의식 없이 그저 장맛비에 떠내려가듯 삶을 살고 있는 것이나 다름없다는 생각이었다. 그렇다면 과연 그런 남자들을 배필로 여기고 있는 그 나이 또래의 여자들은 어떨 것인지. 또한 내 아내는 과연 어떤 생각을 하며 나날을 살고 있을 것인지…….

나는 오랜 시간 동안을 단지 꿀물 담긴 컵을 든 채 멍청히 앉아있을 뿐이었고, 내 아내는 나의 그런 모습에는 아랑곳하지 않은 채 역시 멍청히 클래식 음악만을 듣고 있을 뿐이었다.

아내와 나, 그렇게 둘이서 멍청히 앉아 있는 시간은 꽤나 오랫동안 이어졌다. 어느새 내가 들고 있던 꿀물도 그 열기를 잃은 채—이를테면 멍청하게—내 손바닥 안에 미지근한 감각으로만 남아있을 뿐이었지만 유독 심야방송을 진행하는 여자 디제이의 목소리만큼은 풀밭 위를 날아가는 새처럼 경쾌하게 우리 둘의 사이를 가르며 날아다녔다.

"하긴 유부남을 상대로 가슴 앓는 편이 현명한지도 모르죠. 젊은 사내들은 어딘지 모르게 거칠거칠하니까요."

제법 긴 관현악 합주가 끝나자 아내는 기다렸다는 듯이 한마디를 덧붙였다. 새 울음소리 같은 관악기와 아픈 짐승이 흐느끼는 듯하던 현악기의 선율이 귓가에 삼삼하던 터라 아내의 그 한마디는 더욱 건조하게 여겨질 뿐이었다.

"쓸데없는 소리. 어서 잠이나 자자구."

참으로 이상한 일이 아닐 수 없었다. 아내는 결코 나를 다그치는 법도 없었으며 하다못해 나와 얼굴 한 번 마주치는 법이 없이 그저 덤덤하게 말을 이어 갈

뿐이었는데 간헐적으로 아내의 목소리가 이어질 때마다 나는 섬찟 섬찟 놀라게 되더라는 것이었다. 나는 그럴 때마다 어쩌면 아내가 내 마음을 꿰뚫고 있는 것이나 아닐까 하는 의구심을 가져야 했다.

"쓸데없는 말이 아녜요. 그 처녀 간호사 애는 어쩌면 다른 애들보다 수가 높은지도 몰라요. 어차피 우리나라 남자들이란 죄다 못된 사람들뿐이니까. 아예 애초부터 남자들에게 순수성을 바라지 않고 있을 거란 말이죠."

"그건 또 무슨 소리야?"

"모든 것이 망가질 때 망가지지 않는 것은 이미 망가진 물건뿐이란 논리라고요. 자기의 순수한 마음을 바친 사내가 서서히 망가지는 꼴을 보느니 차라리 애초부터 망가진 물건을 택하고 실리나 얻는 편이 나을지도 모른다고요."

"또 남자들에 대한 불평인가? 당신 혹시 나하고 사는 데도 실망을 느끼고 있는 거 아냐?"

"당신뿐만이 아녜요. 우리나라 남자들 전부한테 실망을 느꼈고, 또 느끼는 중이고……."

늘 그랬듯이 아내는 또다시 끔찍하거나 망측한 일들을 떠올리는 모양이었다. 예컨대 아파트 현관 앞에 널브러진 채 죽어있던 여자의 주검이라든지 제 엄마의 연인을 사모하다가 음독한 처녀애라든지 혹은 처녀 간호사에게 외로움을 고백했던 중년 환자 등을 이야기하던 때의 아주 덤덤한 듯한 표정. 그러나 한편으론 차가운 경멸의 빛이 담긴 표정이 언뜻 드리워졌기 때문이었다.

내가 아내의 그 복잡 미묘한 표정을 읽어 낼 수 있게 되었던 것은 아마도 요 며칠 사이의 일이었을 것이라 생각된다. 돌이켜보건대 처음에는 아내가 그런 이야기를 꺼낼 때면 그저 입안 가득 신 침이나 물고 흥미진진할 수밖에 없는 상황들을 머릿속으로 그려보곤 했을 뿐이지 않았던가.

그러나 요즘 젊은 여자 애들이 너무도 자유롭더라는 아내의 이야기 속에는 기실 자유로움을 체념한 아내의 태도가 물씬 담겨 있었는데 웬일인지 아내의 태도에서 나는 단순한 체념이 아닌 그 이상의 섬찟함을 발견하게 되었다는 뜻이다.

그 깨달음은 다름 아니라 아내가 무슨 이야기를 하던 간에 그 이야기의 결론을 아파트 현관에 널브러져 죽어있던 여자의 주검으로 귀결시키고야 말더라는 까닭으로부터 비롯되었다. 그건 어쩌면 나에 대한 아내의 소리 없는 항변이거나 혹은 그 항변의 도를 넘어선 일종의 암시일 수도 있었다. 그렇다면…….

"혹시 습관적인 애인이란 말 들어 봤어요?"

왠지 뭔가가 심상치 않다는 분위기를 읽고 전전긍긍하던 차에 아내는 또다시 나직한 음성으로 나에게 물었다. 아니, 그건 어쩌면 나에 대한 다그침과도 다름없었다. 극단적으로 생각해 본다면 아내는 어쩌면 그 대답의 여하에 따라서 초개와도 같이 15층짜리 아파트의 현관 밑으로 몸을 날릴지도 모를 일이었다. 만약에 그게 아니라면 내 자신이 상당히 술에 취했기 때문에 그토록 어두운 상황으로 생각을 몰고 가는 것에 틀림이 없으리라. 그러나 아무리 봐도 나는 전혀 술에 취하지 않은 상태임에 분명했다.

"그런 소린 처음 들어보는군. 습관적인 애인이라니."

"그러기에 우리나라 남자들은 한결같이 멍청하다는 거예요. 제 아내가 무슨 생각을 하는지도 모르면서 젊은 여자들이나 졸졸 쫓아다니다니."

나는 또다시 철렁 가슴이 내려앉았다. 아내의 그 말은 지성이라는 울타리에 갇힌 여자로서는 최대한의 도발이나 다름없었다. 만약 아내가 종합병원의 간호사라는 지위, 혹은 지극히 상식을 갖춘 인텔리가 아니었다면 필경 두 팔을 걷어붙이고 내 머리칼이라도 휘어잡았을 그런 도발적인 면모를 충분히 품고 있었다는 것이다. 그렇다면 아내는 분명히 나와 연주와의 관계를 눈치채고 있음이었다. 따라서 나는 본능적으로 아내에게 변명할 태세를 갖출 수밖에 없었다. 그러나 누가 뭐래도 아직까지 나는 연주를 마음속으로만 사모하고 있었을 뿐, 구체적인 연애행각을 벌인 적은 없지 않았던가.

"지금 나 들으라고 하는 소린가?"

"만약에 당신도 젊은 여자애들이나 졸졸 쫓아다닌다면 새겨들어도 무방하겠지요. 그렇지 않다면 감정적으로 받아들일 필요 없어요. 나는 우리나라 남자들 전반에 걸쳐서 얘기하는 거니까요. 당신도 젊은 여자가 마냥 좋던가요?"

"하긴 매사에 감정이 앞설 필요는 없지. 하다못해 유행가를 부를 때도 감정을 너무 앞세우면 감동을 잃는 법이니까."

"동문서답하지마세요. 당신은 항상 매사를 얼버무리는 게 맘에 안 들어요. 왠지 모르게 비겁한 것 같다고요."

아내는 이렇게 단정 짓듯 말하고는 거의 신경질적으로 심야방송이 흘러나오는 오디오의 스위치를 눌러 껐다. 그러자 주위가 순식간에 고요해졌지만 내 마음속은 더욱 요동을 치기 시작했다. 수년간이나 아내와 살을 맞대고 살아오면서도 마음속으로는 다른 여자의 살을 그리워했다는 사실 하나만으로 나는 이미 비겁한 사내가 되어 있었다. 그러한 아내의 태도 앞에 30대 중반을 넘어선 남자의 본능이 어쩌고저쩌고하는 항변은 오히려 섶에 불을 지고 뛰어드는 것과 다름없으리라 여겨졌다. 그런 상황에서 더 이상 아내의 말을 수용할 수도, 물리칠 수도 없는 노릇이라 답답하기만 했다.

"당신이 요즘 독서를 많이 하더니 수준이 높아졌구먼, 그러면 중년 남자들 마음도 헤아릴 수 있어야지. 오죽 쪼다 같은 녀석들이 외도 한번 못할까. 말끝마다 우리나라 남자들이 어쩌고저쩌고 하면서 난리지만 원래 남자들이란 술 한 잔 먹으면 실수도 하는 법이잖아. 좋게좋게 한평생 살아가는 게 몸에 이롭다구. 젠장, 그러기에 여자가 너무 똑똑해두 탈야."

기껏 나는 이런 식으로 아내의 면전에서 비아냥거릴 뿐이었다. 그러나 역시 아내의 신경은 날카로워져 있었다. 나에게서 그 말을 듣자마자 아내는 내 쪽을 향해 몸을 획 돌리면서 말하기 시작했다.

"뒤 떨어지고 유치한 논리로 얼버무리지 마세요. 그럼 외도 한번 안하는 진실한 남자들은 전부 쪼다란 말이에요? 당신도 통이 큰 남잔가요? 세상에, 외도 한 번? 그게 한번으로 끝나는 장난인가? 저런 남자들에게 인생을 맡기느니 차라리 현관 입구에 떨어져 죽은 여자처럼 결판을 내던지…… 그 여자는 제 남편이 돈을 툭 던지면서 멋 좀 내라고 한 말에 그만 몸을 날렸다죠? 하긴 그 여자가 존경스러워요. 제 사내가 습관적인 사람일 뿐이라고 단정 지은 날 스스로 목숨을 끊다니."

"그으래? 전부 다 대단한 여자들이로군. 참으로 대단해. 우리나라 여자들."

"아내에게는 습관적인 동거인에 불과하면서 발정 난 짐승들처럼 젊은 여자들에게 사족을 못 쓰는 그런 남자들보다는 훨씬 나아요. 근본부터가 다르죠."

"그래, 근본부터가 다르다. 잠이나 자자, 술 마시고 온 남편에게 기껏 이까짓 꿀물 한잔 타 주고는 웬 말이 그렇게 많은지, 원."

그날 밤, 이런 논쟁을 벌인 뒤 나는 차갑게 식은 꿀물 컵을 개수통에 휙 집어 던지고는 이내 깊은 고민에 빠질 수밖에 없었다. 왠지 아내가 그저 단순한 불만을 내게 털어놓으려는 의도만이 아님은 분명했지만 더 이상 이런 식으로 피곤하게 살기는 귀찮다는 생각이 들어서였다. 그리고는 밤늦도록 압구정동의 밤거리를 헤매던 똥꼬빌라 치마의 젊은 처녀들 모습과 싱싱하게 떠오르는 연주의 모습을 반복하여 되새기다 잠이 들었다.

그러나 어찌 된 영문인지 그다음 날부터 아내의 태도는 언제 그랬냐는 식으로 누그러들기 시작했다. 그러면 그렇지, 필경 아내도 이제야 허상과의 줄다리기를 끝내려는 모양이라고 나는 생각했다. 누가 뭐라고 해도 근래 아내가 벌여왔던 줄다리기는 승산을 기대하기 어려운 것이지 않았던가. 그나마 세상을 잘 타고나서 '칠거지악'이니 '삼불거'니 하는 굴레에서 벗어난 것만 해도 다행일 것이었다.

"어젯밤에는 응급실에 아무 일도 없었던 모양이지?"

응급실 상황을 중계방송처럼 들려주던 예전과는 달리 그 일이 있고부터 몇 날 며칠이 지나도록 아내로부터 응급실의 해괴망측한 사건을 얻어들을 수 없더라는 것이 오히려 심심하던 즈음에 나는 짐짓 아내에게 이렇게 물어보았다.

"이젠 관심 없어요. 그런 일들."

"갑자기 왜 그래? 그 전엔 상당히 재미있어했잖아."

"재미있어 한 적 없어요. 당신은 재미로 받아들였는지 몰라도."

"아직도 날 발정 난 짐승으로 보는 거야?"

"본인이 더 잘 아시겠죠, 뭐. 하여간에 요즘은 남녀상열지사에 아무런 흥미도 없다고요."

"그으래?"

하긴 아내의 말이 맞았다. 나는 애초부터 아내가 전해주는 응급실 상황을 잔뜩 흥미로운 사건으로만 받아들였던 게 사실 아니던가. 그뿐만이 아니었다. 본인이 더 잘 알 것이라는 아내의 말처럼 사실 내 마음을 흐르는 애정의 물줄기는 나 자신이 너무도 잘 알고 있었던 것이다.

오히려 요즘 들어 아내의 태도가 누그러들기 시작하면서부터 내 마음의 물줄기는 거침없이 연주 쪽으로 흘러들었던 것이다. 나는 그동안 별러왔던 대로 연주와 영화 구경을 다녀왔으며 서너 차례 가볍게 맥주를 마시기도 했다. 그럴 때마다 예전과는 달리 나에게 아무런 관심을 보이지 않는 아내의 태도가 고맙기까지 했던 것을 나는 너무도 잘 알고 있던 것이다. 이제 계절이 바뀌어 스키 시즌이 되면 기필코 연주와 함께 스키장엘 다녀올 요량이기도 했으니까.

내가 그렇게 나날을 보내는 동안 아내는 더욱더 현명해지는 것만 같았다. 그 이유로는 무엇보다도 내 신경을 자극하려 들지 않는 아내의 태도를 꼽을 수 있었다. 아내는 내가 까닭 없이 밤늦게 귀가를 해도 별말이 없었으며, 아내의 당직 근무 날 친구들과 술판을 벌이느라 외박을 해도 예전처럼 집으로 전화를 걸어

나의 부재를 확인하려 들지 않았다.

물론 그런 태도가 아내의 새로운 작전임을 나는 잘 알고 있었다. 세상 순리대로 살아가는 척 하면서 내 스스로 지치게 만드는 그런 수법. 차라리 그것이 현명한 방법이라는 것을 아내는 이제야 깨달았을 것이라고 나는 스스로를 위로하며 그렇게 나날을 보냈다.

그러나 어느 날, 나는 목소리가 매우 투박한 어떤 사내로부터 한 통의 전화를 받고 아연실색할 수밖에 없었다. 그 전화는 119 순찰대로부터 온 전화였는데 그 전화를 받자 퍼뜩 떠오르는 장면은 다름 아닌 아파트 현관 입구에 널브러져 있던 이름 모를 여인의 주검이었다.

바로 아내와의 말다툼이 있고부터 꼭 100일째 되던 날이었다.

마침 퇴근 무렵이었으므로 나른한 권태에 빠져있던 중이었는데 수화기를 통해 들려오던 그 투박한 사내의 목소리는 나를 순식간에 긴장시키고야 말았다. 상대가 119 순찰대라는 사실을 확인하자마자 나는 엄청난 불행을 이미 예견했던 사람처럼 떨리는 목소리로 다그칠 수밖에 없었던 것이다.

“119 순찰대라고요? 무슨 일입니까? 사고가 났나요? 결국 그 사람…… 내 아내가 뛰어내렸습니까?”

내가 이렇게 묻자 갑자기 수화기 건너편의 목소리가 생기에 넘치는 듯하더니 일순 왁자지껄한 가운데 다시 되묻는 소리가 들려왔다.

“아내가 뛰어내려요? 이거 장난질이 아니구먼, 지금 뭐라고 했수? 아내가 투신자살할 낌새를 보였었단 말이죠? 제기럴, 일 터졌네.”

수화기를 통해 상대 쪽의 어수선한 분위기가 전달되고 ‘장난질이 아니구먼’, ‘일 터졌네’ 등등의 난감한 목소리가 들려오자 나는 그만 정신을 잃을 지경이었다. 이미 내 머릿속으로 연상되는 상황은 좀 전까지 떠오르던 모습. 즉 아파트 현관 입구에 널브러져 죽어있던 낯모를 여인의 모습이 아니라 바로 내 아내가 피를 흘린 채 산산이 부서져 죽어있는 모습으로 바뀌어 전개되고 있었기 때문이었다.

"여보세요. 어떻게 된 겁니까? 주, 죽었나요?"

나는 가물거리는 의식을 애써 진정시키며 더듬더듬 물어볼 수밖에 없었다.

"글쎄 우리도 그걸 확인하고 싶다는 게요. 좀 전에 난데없이 등기 속달 편지가 한 통 날아왔다 이겁니다. 발신자 이름도 없이 말이죠. 그런데 그 내용이 기가 막히더란 말이죠. 괌에 가면…… 괌이라면 남태평양에 있는 유명한 휴양지 아뇨? 하여간에 괌에 가면 자살바위가 있는데 그 밑에서 30대 중반의 여자가 투신자살을 할 거라는 게요. 처음엔 장난 편지인 줄 알고 찢어버리려 했지요. 그런데 그 시체를 거두어 줄 사람 이름과 연락처를 따로 적어 놓았단 말예요. 우린 혹시나 해서 그 연락처대로 전화를 해 본 겁니다. 사실이라면 이 편지를 보낸 여자가 선생의 아내란 말요? 혹시 장난치는 거 아닙니까?"

수화기를 통해 들려오는 목소리는 걱정스럽다기보다는 오히려 흥미롭다는 쪽이었다. 아니, 어쩌면 재수 없다는 느낌을 주는 것인지도 몰랐다. 그러나 내 마음은 전혀 그렇지 않았다. 적어도 내가 겪어왔던 아내의 요즘 태도로 보아 그것은 능히 사실일 수도 있을 것이라는 직감이 들었던 것이다.

"여보세요. 당장에 그리로 가겠습니다. 어딥니까? 거기가."

"그럼 와 보슈. 오기 전에 집에 연락해 보시고 말요. 혹시 사모님께서 낮잠 주무시다가 전화를 받으실 수도 있잖겠수? 내가 보기엔 누가 장난질한 것 같단 말씀이요. 하여간에 여긴 강남소방서 인명구조반이요. 2층으로 올라와서 나를 찾으세요. 내 이름은 김용환이요."

잠시 동안 나를 긴장시켰던 전화 통화는 이렇게 끝났다. 물론 그 전화를 받는 동안 나는 몸이 잔뜩 굳어 있었을뿐더러 정신마저 아릿하게 혼미한 상태였음이 분명한 사실이었다. 그러나 웬일인지 송수화기를 내려놓는 그 순간부터 내 마음은 또다시 늘 비아냥거리기만 하던 평상시의 상태로 되돌아가는 것이었다.

여편네가 이젠 희한한 장난질까지 하는군. 하긴 그것도 작전의 일종일 게다. 나는 의식적으로 이렇게 결론을 내리며 아내의 그 유치한 짓거리를 내심 비아냥거리기 시작했다. 말이야 바른말이지만 요즘 같은 연애천국에 그나마 신혼부부도 아니면서 제 남편을 이토록 구속하는 여자가 또 있을까 싶기도 했다. 신문을 두어 장만 들춰 보거나 텔레비전을 단 몇 분만 시청하더라도 요즘 사람들 세상 살아가는 모습을 훤히 알 수 있을 것이 아닌가 말이다. 더구나 자기는 종합병원 응급실에 근무하면서 유난히 불륜스런 사랑노름으로 병원에 실려 온 사람들까지도 종종 구경했을 터인데 나를 수중에 옭아매기 위해 유치한 장난질까지 감행한다는 것은 실로 한심한 일이라 여겨지기만 했다.

하긴 사람 사는 일이 숨바꼭질과 유사해서일까. 돌이켜보면 아내는 늘 내 자신을 자기의 마음속에 품으려 했고 나는 그럴 때마다 아내의 소유욕으로부터 벗어나려 애쓰곤 했었다. 아내는 응급실에서 보아온 불륜을 중계방송(?)하는 철학적인 방법까지 동원해서 나를 소유코자 했지만 왠지 나는 그 방법마저 역겨워했다. 그리고 그럴 때마다 나는 아내를 지극히 사랑하고 있음을 기억하면서도 이율배반적으로 아내의 품에서 육체적인 만족을 충분히 얻어낼 수 없었음을 또한 기억했다.

내가 원하던 육체의 만족이란 고백컨대 〈미지의 쾌락〉이 담겨 있는 만족이어야만 했다. 미지의 쾌락, 그것은 어쩌면 전혀 모르는 여자들과도 놀아보고 싶고 내가 모르는 다른 세계에 빠져들고 싶은 수컷들의 본능이랄 수 있었다. 그러나 아내의 육체가 내게 주는 쾌락이란 너무나도 안정적이고 너무나도 친숙한 만족, 이를테면 정신적인 만족일 뿐이지 않았던가.

적어도 나는 30대 중반까지 살아오면서 단 한번, 홍연주라는 젊은 처녀에게 애정의 물줄기를 흘려보낸 정도로써 부도덕한 의도를 저질렀다고는 생각하지 않고 있었다. 오히려 충동대로라면 아내에게서는 정신적인 만족을 찾고, 싱싱한 홍연주에게서 미지의 육체적인 쾌락을 찾아내는 데에 진력했을 것이다. 고백컨대 나는 그 두 가지 중 어느 쪽도 잃고 싶지 않았으며 더더군다나 그 욕구를 부도덕의 굴레에 몰아넣고 싶지 않았을 뿐이었다.

그런 생각 때문이었을까. 좀 전에 119 소방대와 통화를 할 때만 해도 그토록 혼란스럽던 마음이 왠지 지금은 짜증스럽기까지 해지던 것이었다. 다만 아내가 119 소방대에 속달 등기 편지를 보내야만 할 만큼의 연극을 감행한 이유가 더욱 의아할 따름이었다.

그러나 그 마음도 역시 순간일 뿐, 잠시 후 나는 또다시 애가 탈 수밖에 없었는데 왜냐하면 문득 아내가 속달등기 편지 내용대로 자살바위에서 투신을 감행할지도 모른다는 두려움이 일었기 때문이었다. 그렇다면…….

나는 또다시 정신 나간 사람처럼 이리저리 전화기의 다이얼을 누르기 시작했다. 지금 이 시각이라면 아내는 응급실에 근무하고 있어야 했건만 병원에 전화를 건 결과 역시 아내는 부재중이었다. 곧이어 혹시나 하고 집에 전화를 걸어 보았지만 이번에는 빈 신호음만 계속 울려댈 뿐이었다.

"세상에, 이럴 수가……."

나는 철렁 내려앉는 가슴을 진정시키면서 잠시 궁리한 끝에 항공사 비행기표 발매과로 전화를 걸었다. 그리고는 괌 직행 편 예약자 명단에서 아내의 이름을 확인하기까지의 3, 4분 동안 평생 불러보지도 않았던 하나님을 수없이 혼잣소리로 반복해야만 했었다.

발매과의 여직원이 예약자 명단에서 내 아내의 이름을 찾아내자마자 나는 수화기를 집어 던지며 사무실을 뛰쳐나왔다. 양복 윗도리는 의자 등받이에 걸쳐 둔 채로, 실내에서 신던 슬리퍼 차림 그대로 뛰쳐나온 나는 왕복 8차선의 대로 한가운데까지 달려나가 황급히 택시를 잡았다. 이 양반이 죽으려고 환장…… 어쩌고 하는 운전기사의 말을 막으며 나는 가급적 빨리 강남소방서로 차를 몰아줄 것을 부탁했다.

그렇게 난리를 친 뒤에야 나는 아내의 필적임에 분명한 한 통의 등기 속달 편지를 읽어 볼 수 있게 되었다. 잔잔한 글씨체. 그러나 몇 줄 간격으로 잉크의 농도가 다른 것으로 보아 필경 아내는 이 편지를 단번에 써 내려 간 것이 아니라 적어도 며칠간에 걸쳐 두고두고 써내려 간 것임에 틀림없다는 생각이 들었다.

"이 사람이 진짜로 일을 벌였군요."

나는 애타는 심정으로 이렇게 혼잣말을 할 수밖에 없었는데 내 주위에 동그랗게 몰려 있던 네댓 명의 119 구급대원들은 저마다 믿기지 않는다는 듯이 고개를 설레설레 흔들며 한마디씩 주고받곤 하는 것이었다.

"혹시 사모님이 선생께 어리광을 부리는 건 아닐까 모르겠소. 진짜로 죽을 사람은 이런 쇼를 부리지 않거들랑? 그러기에 마누라가 바가지를 긁으면 죽은 듯이 들어주는 것도 방법이요. 꼼짝 못 하게 다그치기만 하다 보면 이런 식으로 관심을 끌려 한다니까."

누군가가 이렇게 충고를 하는가 싶더니 그걸 기회로 해서 그들은 너, 나 할 것 없이 두런두런 한마디씩 거들기 시작했다.

"쐬주 한잔 마시고 푹 자면서 이틀만 기다려 보슈. 제 발로 찾아올 테니까."

"그거 좋은 방법이지, 만약에 진짜로 일이 터졌다 해도 우리로서는 뾰족한 수가 없지 곰까지 관광을 다녀올 수도 없는 노릇이고……."

하긴 맞는 말이었다. 119 구급대의 사명이나 활동 범위를 잘 알고 있던 나로서는 아직 확실하게 밝혀지지도 않은 편지 한 장을 놓고 그들에게 방법을 강구해내라고 부탁할 수도 없는 노릇이었다. 그렇기에 나는 죄인처럼 일일이 그들의 면전에 고개를 숙인 뒤 아내의 편지만을 받아 쥔 채 그곳을 빠져나와야 했다.

미친년, 어쩌고 하는 그들의 수군거림을 뒤로하고 일단 소방서 건물을 빠져나온 뒤에야 나는 울컥 눈물을 쏟아내고 말았다. 아무리 생각해도 아내의 편지는 장난이 아닐 것이기 때문이었다.

〈나는 당신이란 사람에게 무한한 가치를 두고 살았어요. 그러나 언제부터인가 당신은 영원히 사라져가고야 말, 그래서 다시는 돌아올 수 없을 것에 가치를 두고 살아간다는 것을 깨달았지요.〉

이렇게 시작하는 아내의 편지는 결국 남태평양에 외롭게 떠 있는 괌이라는 섬과, 그 섬에 있을 자살바위의 약도를 자세히 그려놓은 것으로 끝이 나 있었다. 나는 그 편지를 서너 번이나 반복해 읽는 동안 그 내용이 홍연주와 나와의 관계에 대해서 쓴 것임을 어렵지 않게 알아차릴 수 있었다.

나는 아내의 편지를 접어 안주머니에 찔러 넣고는 황급히 집으로 달리기 시작했다. 책장 서랍에 넣어둔 여권을 가지고 와야만 했기 때문이었다. 누가 뭐라 해도 아내는 편지를 통해 사실만을 적었을 것이 분명했다. 그렇다면 촌음도 지체하지 말고 오늘 중 괌으로 떠나야만 할 것이었다. 도대체 아내는 무슨 까닭으로 괌이란 먼 곳을 택했을까. 더구나 그곳에 자살바위가 있다는 사실은 어떻게 알았을까. 나는 택시를 타고 달리다가도 길가의 공중전화마다 차를 세워 평상시 아내가 근무하던 병원으로 몇 번씩이나 통화를 시도했다. 그러나 역시 대답은 한결같을 뿐이었다. “결근하셨는데요.”, “안 왔어요.”, “글쎄 오늘 결근하셨다니까요.”

여권을 챙겨 들고 김포공항에 도착한 시각은 이미 어둠이 짙게 내린 무렵이었다. 괌이란 곳은 미국 영토이긴 하지만 관광지로 지정된 곳이기 때문에 비자가 필요 없다는 것을 잘 알고 있었으므로 나는 무조건 발매소로 찾아가 오늘 당장 떠날 수 있는 괌행 비행기 표를 요구했다. 그러나 이미 괌으로 향하는 비행기는 두 시간 전에 이륙했다는 통보를 받았을 뿐이었다.

그 이후로 나는 무려 열 시간에 걸쳐 공항 대합실에 쪼그려 앉은 채 안타까움과 불안함으로 일관해야만 했다. 이미 먹는 일과 잠자는 일은 생각할 겨를도 없어진 지 오래였다. 다만, 무진장한 서글픔 속에서 언뜻언뜻 깨달아지는 것이 있다면 그건 어째서 내 아내가 나와의 영원한 이별을 택할 장소로서 괌이라는 머나먼 장소를 택했는가 하는 나름대로의 해답일 뿐이었다.

그 까닭은 너무도 확실했다. 괌으로 향하는 다음 비행기를 기다리는 동안 나는 아무런 방법도 취하지 못하고 오로지 생각에 빠질 수밖에 없었는데 아마도 아내는 내게 마지막으로 〈아무런 방법이 없는 상태에서의 반성〉을 요구한 것이 분명하리라는 해답이었다. 그 기나긴 시간 동안 나는 아파트 입구에 널브러져 죽어 있던 여인의 모습과 그 여인이 죽음을 택할 수밖에 없었던 까닭을 생각했다. 그리고 아내가 날마다 들려주던 응급실 상황의 중계방송을 떠올렸으며 급기야는 홍연주에게 갈라져 흐르던 내 마음의 강줄기를 떠올려야만 했다.

잠시 후, 괌으로 향하는 여행객은 9번 출구로 나가 달라는 방송이 울려 퍼졌고, 나는 눈물로 범벅이 된 얼굴을 옷소매로 닦으며 자리에서 일어섰다. 그리고 천천히 복도를 따라가는 동안 앞으로 괌에서 겪어야 할 일들을 추측하기 시작했다. 아마도 아내의 주검은 미국 경찰에 의해 어느 정도 수습이 되어 있을 것이리라. 짐작컨대 아내는 나를 끝까지 믿지 않았던 것이리라 여겨졌다. 등기 속달 편지를 나에게 보낸 것이 아니라 공식기관인 119 구급대에 보낸 점이나, 자기의 주검을 일단 미국 경찰이 처리하게끔 유도한 것에 대해서도 나는 이제야 깨닫고 반성할 수 있었으므로 기가 막히기만 했다.

9번 출구로 나가기 직전, 나는 무심코 열 시간가량 앉아 있었던 의자를 뒤돌아보게 되었다. 누군가가 나를 부르는 것 같은 느낌 때문이었다. 그러나 그곳엔 아무도 없었고 정적만이 흐르는 중이었는데 유심히 보니 누군가가 의자 등받이에 강아지를 묶어 놓았던 끈 하나가 중간이 끊긴 채로 늘어져 있었다. 아마도 주인이 돌보지 않는 틈을 타서 강아지가 줄을 끊고 어디론가 사라진 것이리라 싶었다.

출입국 관리원에게 여권을 내밀고 막 9번 출구를 나가려는데 어디선가 툭! 하고 밧줄 끊기는 소리가 들려왔다.

白馬백마의 눈

1990년 『샘이 깊은 물』 7월호에 발표

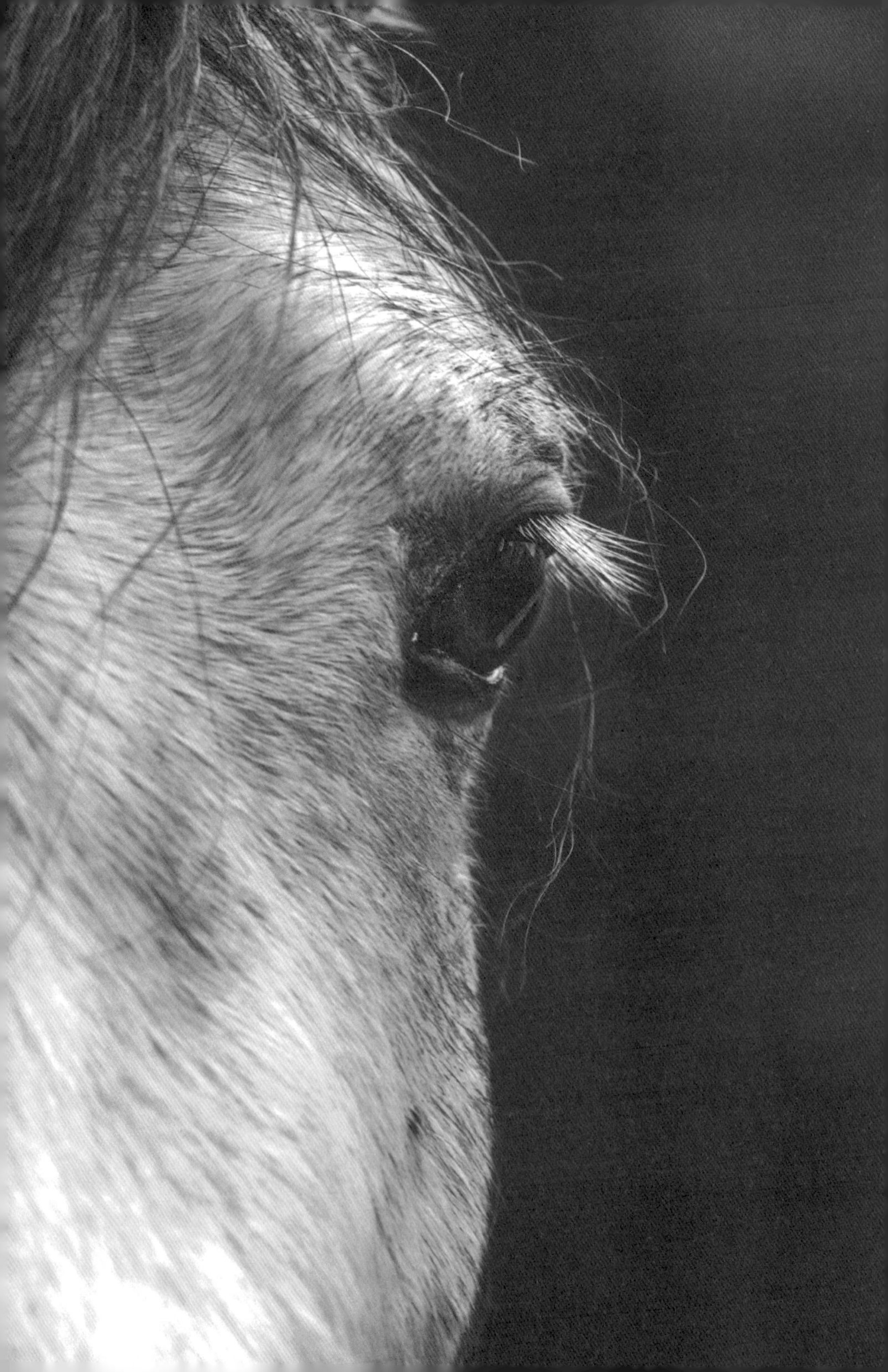

白馬백마의 눈

면접이 끝나고 대기실에 모여 앉은 최종 합격자들은 모두 합해서 여섯 명에 불과했다. 여자인 내가 그 최종 합격자 사이에 끼어 앉아 있다는 것이 마치 꿈인 것처럼 여겨지기도 했으나 시간이 흐를수록 엄연한 사실로 받아들여지기 시작했다. 국어 과목을 지망했던 사람들의 수가 어림잡아 백 명은 되었던 것 같았으니 모르긴 해도 나는 백 대 일의 경쟁을 뚫고 지금 이 자리에 앉아 있는 것이었다. 국어, 영어, 수학, 음악, 미술, 체육. 학교에서는 이 여섯 과목을 담당할 교사들을 각 과목당 한 명씩 가려내기 위해 하루 종일 분주하게 난리를 피웠던 것이다. 학교 측에서는 매우 분주하고 번거로운 하루였겠지만 나에게는 가슴 뭉클한 하루가 아닐 수 없었다. 모르긴 해도 내 옆자리에 쪼그리고들 앉아 담배를 피워 대고 있는 다섯 명의 다른 합격자들도 내 마음과 조금도 다를 바 없으리라 여겨졌다. 얼굴에 희색을 감추지 못하고 있는 그들의 표정과, 길게 담배 연기를 내뿜고 있는 그들의 본새만 보아도 그들이 여태껏 어떻게 살아왔는가는 익히 알 수 있는 것이었다.

그렇다. 교무 주임이란 사람이 최종 합격자를 부르는 순간, 나는 분명히 가슴이 뭉클해져 옴을 느꼈던 것이다. 그러나 내 가슴이 뭉클 주저앉던 순간의 분위기가 너무나 차악 가라앉아 있었으므로 나는 미스코리아 선발 대회라든가 가요경연대회 등에서 당선자가 호명되는 경우처럼 소리를 지르거나 두 손을 어깨 위로 높이 쳐드는 짓은 전혀 할 수가 없었다. 오히려 내 이름이 불리자마자 나는 마치 죄인이라도 된 것처럼 주위의 낙방자들을 슬금슬금 훔쳐보면서 고개를 떨구고 시선을 아래로 내리깔아야만 했을 정도였다. 그토록 기다리던 순간이었으나 막상 합격이 확정되던 순간, 나는 잠시 동안 지난 5개월간의 고통을 다시 한 번 맛보아야 했던 것이다. 사람이란 그래서 이상한 것인지도 모른다. 합격이 확정된 직후, 그토록 기막힌 순간에 어째서 지나간 고통이 울컥 몰려드는 것인지, 어째서 기쁨보다 서러움이 먼저 가슴속을 뒤집어 놓는 것인지.

면접을 볼 때까지만 해도 수십 명에 달하던 사람들은 합격자 발표가 끝나자마자 거의 동시에 어디론가 흩어져 버렸으므로 대기실에는 빈 의자들만이 버려진 것처럼 나뒹굴고 있었다. 다섯 명의 또 다른 합격자들은 종종 눈을 마주치며 밝은 웃음을 지었지만 역시 그들의 표정에도 한결같이 허탈함이 배어 나오고 있었다.

나는 그제야 창문 너머로 펼쳐진 넓은 운동장을 내다보며 앞으로 그곳에 학생들을 모아 놓고 조회를 서게 되리란 생각을 했다. 그 넓은 운동장 주위로는 계단처럼 틀을 만들어 놓고 삼원색의 플라스틱 깔판을 만들어 놓았는데 비스듬히 기울어진 저녁 햇빛을 받아 그 깔판들은 꽃밭처럼 환하게 살아 오르는 중이었다.

운동장에 둘러쳐진 깔판을 보고 또다시 꽃밭을 떠올렸다는 사실에 나는 움찔 놀라고야 말았다. 다시는 생각하지 않기로 맹세했던 준호, 그 남자의 얼굴이 어김없이 꽃밭 속에 묻혀 있었기 때문이었다. 그는 나를 버린 남자였건만 어째서 나는 아직도 그 남자를 가슴속에 깊이 묻어 두고 있는 것일까. 하긴 지금 백 대 일의 경쟁을 뚫고 당당히 고등학교 교사로 임용될 것이라는 소식을 그에게 전한다면 그는 어떤 표정을 지을 것인가. 그와 헤어지던 날도 그의 주위는 온통 꽃밭 같았다. 낡은 책상 밑으로부터 차곡차곡 들어차서 방바닥을 거의 반이나 채운 소주병 옆으로 빨갛고 파란 물감 접시들이 어지럽게 흩어져 있었지만 내 눈에는 그것들이 생생히 피어나는 꽃처럼만 보이던 것이었다.

"자, 자, 우선 축하부터 드리겠습니다."

교무 주임이 들어와서 우리에게 인사를 건넬 때에야 나는 준호의 환상으로부터 도망칠 수 있었다. 아무리 모를 것이 사람 마음이라지만 불과 10여 분 전만 해도 온통 암담하기만 했던 심정이 어느새 준호 곁으로까지 달려갈 수 있었는지 나로서는 도저히 불가사의하기만 했다. 이것이 합격한 기분일까? 이런 기분이 직장을 차지한 사람의 공통된 기분일까? 이제 밥은 벌어먹게 되었으니 또다시 준호에게 소주병을 사 나르고 싶다는 무의식이 살아나는 것일까?

교무 주임의 말 한마디 한마디가 내게 전해질수록 나는 점점 허공을 날아오르는 기분이었다. 이토록 가볍게 날아오를 수 있는 몸뚱이를 어째서 지난 반년간은 그토록 주체하지 못하고 살아왔던지.

교무 주임의 말이 끝나면서부터 비로소 나는 당당한 고등학교 국어 교사가 되었다는 확신을 지니게 되었다. 나는 이제 선생이 된 것이었다. 그것도 유일한 홍일점으로서 말이다. 사실 홍일점이라는 것이 얼마나 영광스러운 말인지는 모르겠으나 지난 반년간 여자라는 이유로 당했던 불이익을 떠올린다면 세상천지 아는 사람 모두에게 전보라도 치고 싶은 마음일 뿐이었다. 오죽하면 구멍가게를 차리거나 출판사 외판원을 하리라는 다짐까지도 했을까. 그러나 구멍가게 하나를 차리는 데에도 나의 산수 개념으로는 감당하지 못할 만한 자금이 들더라는 것을 알고는 그만 포기하고 말았으며, 출판사 외판원을 하기에는 그나마 국문학사 자격증이 서럽지 않았던가. 사실이지 나는 전혀 그러리라고는 생각지 않았는데 점점 시간이 흐를수록 감격에 젖어 들 수밖엔 별다른 도리가 없었던 것이다.

"괜히 쓸쓸하기도 하구, 뭐 그런 기분이지요?"

교사 임용에 필요한 서류 목록을 받아들고 정문으로 향한 계단을 내려올 때였다. 가깝지도 않은, 그렇다고 멀지도 않은 거리를 두고 함께 계단을 내려오던 남자 합격자들 중의 한 명이 수줍게 말을 걸어 왔다. 그는 도저히 아무 말이라도 하지 않고는 못 배기겠다는 표정이었다. 나머지 네 명의 합격자들도 같은 눈치였다.

"글쎄요, 참 이상하죠? 어렵게 합격을 했는데 첫 기분은 그다지 좋지 않았어요. 하지만 시간이 흐를수록 점점 괜찮아지네요."

"나는 영 께름칙한데요."

"어째서요? 너무 안심이 돼서 그러세요?"

"아닙니다. 전교조 아시죠? 전국 교직원노조 말입니다. 그 사람들 아직도 임용이 안 되고 있다는데 왠지 우리가 그 사람들 몫을 낚아챈 듯한 기분이 들더란 말입니다."

아차 싶었다. 왠지 합격하고부터 허탈한 듯했던 심정. 바로 그것이 전교조로 인해 뚫린 커다란 구멍 탓이라는 것을 나는 감전되듯 깨달을 수 있었던 것이다. 준호, 그 남자가 불시에 내 가슴속까지 찾아왔던 것도 따지고 보면 그것 때문이라고 할 수 있었다. 그 남자야말로 전교조에 가입한 이유로 학교를 그만두게 되었으며, 학교를 그만둔 이후로 세상을 등지고 앉아 자취방에 빈 소주병을 채워가는 사람이 아니었던가.

"우리 커피나 한잔 하면 어때요?"

"좋지요. 지금 기분 같아서야 어디 이대로 헤어질 수 있겠습니까? 우리들 같으면야 소주라도 한잔씩 털어 넣고 싶지만."

"저는 그냥 커피로만 끝내면 좋겠어요."

"아무래도 좋습니다."

우리가 들어간 곳은 같은 레코드판이 몇 번씩이나 반복해서 돌아가는 그런 류의 다방이었다. 다섯 명의 남자들은 여자인 나를 의식해서 하다못해 레스토랑이나 카페의 간판을 눈여겨 찾는 듯싶었으나 나는 그들의 조심스런 배려를 묵살한 채 삼류 다방으로 무작정 들어섰던 것이다.

삼류 다방이긴 했으나, 그래서 하루 온종일이라도 앉아 죽치고 있었을 듯한 노인네들로부터 간혹 따가운 눈총을 받긴 하였으나 오히려 의자는 큼직하고 깊어서 몸을 파묻기에는 안성맞춤이었다.

“전교조 문제는 언제 해결되는 겁니까?”

자리를 잡고 앉자마자 역시 그 얘기였다. 하긴 생전 처음 만난 사이에 어느 정도 형이상학적인 듯하면서도 공통된 화제라고는 그 문제밖엔 없었겠지만 나로서는 그들이 전교조라는 말을 꺼낼 때마다 빈 소주병 속에 묻혀 있는 준호의 모습이 떠올랐으므로 차라리 귀를 막고 싶었다.

치사한 녀석이었다, 준호는. 아니 어쩌면 영웅 의식에 들뜬 한심한 녀석인지도 몰랐다. 그렇지 않고서야 어찌 퇴직을 불사하고 당당하게 전교조에 가입할 수 있었던 것인지 이해가 가질 않았다. 당시의 준호로서는 민족의 장래를 위하는 일도 중요했겠고, 의협심을 십분 발휘하는 일도 중요했겠지만 무엇보다도 나와의 관계가 더욱 중요했었다. 법적으로 처녀인 내 몸속에 제 자식을 심어 놓은 상태에서 결혼 준비는 마다하고 밤마다 연좌데모를 벌이며 돈키호테처럼 살아가던 녀석에게 나는 쉽게 실망을 느꼈던 것이다.

그땐 어쩌면 그럴 수 있으랴, 하는 생각뿐이었다. 준호 씨, 걱정이에요. 지난달에 꽃이 비치지 않았어요. 이렇게 조심스레 말할 때에도 그는 건성으로 날 위로할 뿐, 눈빛은 이미 참교육자의 사명을 좇기 위한 고뇌에 가득 차 있을 뿐이었다. 준호 씨! 아무래도 부모님께 허락을 얻고 결혼식을 올려야만 할 것 같아요, 하고 결의에 차서 제안할 때에도 그는 글쎄, 지금 상황이 복잡해서 말이야, 하고는 담배만을 피워 물곤 했었다. 기억이 확실치는 않지만 내가 임신 중절을 생각해 낸 것도 아마 그의 눈빛에 진저리를 내고 난 직후였을 것으로 생각된다. 적어도 한 나라의 양심을 짊어지겠다는, 그리하여 참 교육자가 되겠다는 그로부터 무언의 압력을 받고부터 왠지 그를 떠올리기만 하면 설레설레 고개를 흔들게 되었던 것이다. 낙태! 낙태를 하라고, 긁어 버렷! 비록 목소리를 통해 내게 전달되지는 않았지만 그는 분명히 온몸으로 그렇게 소리치곤 했다. 그는 상당한 모순덩어리가 아닐 수 없었다. 교육자로서의 양심에 따라 전교조의 깃발을 높이 쳐드는 모습의 이면에 어쩌면 이렇게 비열한 또 하나의 모습이 담겨 있는 것인지. 내 몸에 정액을 쏟아붓던 순간부터 이렇게 하리라고 결심을 미리 했던 것인지. 아니면 함성에 나부끼는 붉고 흰 깃발에 넋이 홀려 내가 잉태를 했다는 사실조차도 순간적으로 잊고 있는 것인지.

"아까도 말했지만 꼭 새치기한 듯한 기분이지 뭡니까?"

이상한 일이었다. 같이 합격한 다른 사람들은 아무런 반응이 없건만 아까부터 유독 미술 교사로 합격한 사람만이 전교조 얘기를 끄집어내곤 하는 것이었다. 미술 학도로서의 감수성 때문일까? 물기라곤 조금도 없을 듯한 빡빡한 교직원들로부터 남들은 발견하지 못했던 무슨 흉흉한 빛깔을 감지했기 때문일까? 원래 미술을 전공하면 그런 식으로 사람이 예민해지는 것일까? 그렇다면 빈 소주병 속에 묻혀 사는 준호도 단지 그렇게 예민한 감각으로 인해 상처를 받게 되었던 것일까?

"오늘처럼 기쁜 날에 뭐 하러 전교조 얘긴 꺼내세요? 그 얘기 말고도 얼마든지 할 얘기가 많잖아요?"

"하긴 그렇군요. 삼백만 원 얘기도 있지요."

미술 교사로 합격한 그 남자는 아예 한숨을 푹 쉬어 가며 주위 사람들에게 손가락 세 개를 펴 보이기 시작했다.

"삼백만 원? 우리들도 거기에 해당되나요? 선생님께선 너무나 세상을 부정적으로만 보시는 게 아닐까요?"

나는 익히 알고 있던 얘기였다. 구체적으로 몇몇 학교가 그런 짓을 저지르는지는 모르겠으나 언제부터인지 사립학교 교사로 소위 취직을 하기 위해서는 과목마다 취직 단가가 매겨져 있다는 것이 짜아하게 퍼져 있던 터였다.

"국, 영, 수는 오백이라죠 아마? 나는 다행히 미술 과목이라 삼백에 낙찰되겠지만 말입니다."

"우리처럼 공개 채용에서 합격한 사람들에게도 그런 조건이 성립될 수 있나요? 우린 정정당당하게 시험을 치렀고, 무려 백 대 일의 경쟁을 뿌리치고 교사로 임용되는 것이 아닙니까?"

"물론 겉으로야 그렇겠죠."

"그럴 리가 없어요. 이 학교처럼 아름다운 캠퍼스를 꾸민 사람들이 그런 흉측한 일을 벌일 리 없다고요. 난 지금 잔뜩 들떠 있어요. 붐비는 사람 냄새에 잔뜩 찌들려 있다가 앞으로 그토록 경치 좋은 곳에서 일할 수 있게 된다는 것부터가 설레는걸요? 나는 그 학교에 원서를 들고 가면서 최소한 한 그루의 나무만이라도 있다면 만족할 것이라는 생각을 했어요. 그런데 막상 교문을 들어서 보니 교무실까지 길게 나무들이 이어져 있더라고요. 더구나 꽃길도 있지 않겠어요? 아마도 서울에 이보다 더 아름다운 교정은 많지 않을 거예요. 그런데 그토록 아름다운 곳을 꾸민 사람들이 어떻게 그런 일을 저지를 것이라고 생각하세요?"

내가 억양을 높이자 다른 선생들은 매우 겸연쩍은 모습으로 일제히 커피를 들이켜기 시작했다. 그들은 커피 잔의 이가 빠졌다며 애꿎은 다방 종업원에게 약간의 투정을 부리는 것으로 일단 화제를 돌리려 했다.

그렇게 하루가 지난 뒤부터 나는 본격적으로 수업을 진행하게 되었다. 원래 국어라는 과목이 열심히 가르치다 보면 까닭 없이 슬퍼지는 과목이었으므로 나는 가능한 한 슬퍼지지 않을 정도로 주변부터 짚어나가기 시작했다. 더구나 아직도 학생들의 이름자조차 외지 못한 상태였으니 조심조심 수업을 진행해 가면서 학생들의 태도를 관찰한 뒤에 본격적인 수업에 돌입할 참이었던 것이다. 요즘 남학생들 조심해야 돼요. 겉만 어린애지 속엔 구렁이를 틀고 앉아 있다니까요? 조금만 허점을 보였다간 화장실 벽에 선생님 팬티 색깔이 공개되죠. 함부로 웃지 마시고, 함부로 야단치지 마세요. 이런 말을 하루에도 몇 번씩 들어 온 터라 여간 조심스럽지 않았지만 막상 교실에 들어가기만 하면 아이들의 눈이 모두 샛별 같았다.

선생님, 첫사랑 있었나요? 선생님, 엠데이가 며칠이에요? 폭소와 함께 와글거리는 소리로 수업은 시작되었지만 그래도 아이들은 아이들인지라 곧 진지하게 수업에 몰입하곤 했었다.

"아니, 여봐요, 홍 선생님, 애들이 그따위로 까부는 걸 그냥 둬요? 나 같으면 요절을 낼 게야."

"왜요? 강 선생님."

"아니, 남학생 녀석들이, 그것도 대가리에 피두 안 마른 것들이 여 선생님보구 뭐가 어째? 엠데이가 언제냐구요? 그걸 그냥 놔둬요? 홍 선생님이 아직 순진하셔서 그렇구먼. 당장에 생활지도부로 넘겨야 한다니까요? 처음부터 본때를 보여야 돼요."

"그렇지만 어린앤 걸요."

"허! 내 참."

까짓것, 그런 장난쯤이야 아무래도 좋았다. 그 나이에 장난치지 않으면 언제 다시 그런 장난을 치랴. 자고로 남자들이란 무슨 장난이고 다 쳐 봐야 하는 법이란 생각마저도 들었다. 다만 준호, 그 남자처럼 사랑이라는 미끼를 놓고 장난질만 치지 않으면 상관없다는 생각이었다.

그렇게 하루하루가 가는 듯했다. 적어도 나에게는 이런 정도의 행복이 가장 어울릴 것이란 느낌이었다. 새로 출근하면 모두 다 새롭게 변해 있는 듯한 아이들이 마냥 사랑스러웠으므로 나는 매일 새로운 사랑을 독차지하는 기쁨을 누리고 있었다. 적어도 나에게는 오백만 원이라는 흉측한 딱지가 붙지 않을 것이라는 생각에 나는 아무런 그늘 없이 교정의 아름다움을 만끽하며 하루하루를 살고 있을 뿐이었다.

삶이란 책 한 권의 부피보다도 엷은 것이 아닌가 하는 생각이 들 정도였다. 나는 교직 생활에 너무도 쉽게 만족하고 있었으며 교정의 아름다움에 너무도 깊이 심취해 있었다. 다만 학교 울타리를 따라 흐드러지게 피어난 꽃을 보면서 가끔씩 준호가 벌여 놓은 물감 접시를 떠올리는 일 외에는 나에게 이렇다 할 그늘이라곤 없었으므로.

그러나 준호는 전혀 엉뚱한 방법으로 나에게 다가왔다. 준호의 고뇌에 찬 눈빛을, 붉은 리본을 동여매고 자지러지게 꽹과리를 두드리던 그의 발악을 교직생활 한 달 만에 동기생인 교사들에게서 보게 될 줄은 꿈에도 몰랐던 것이었다.

"홍 선생님, 이럴 수가 있는 겁니까?"

"왜 그러세요? 무슨 일이 생겼나요?"

함께 시험을 치렀던 미술 교사가 갑자기 의논할 일이 생겼다며 나를 부른 것은 두 번째 월급을 탄 그다음 날이었다.

"선생님은 이번 달에 월급으로 얼마를 받으셨어요?"

참으로 난처한 질문이었지만 나로서는 하등 월급 액수를 숨길 이유가 없었으므로 월급봉투에 적혀 있던 액수를 고스란히 불러 주었는데, 나로부터 월급 액을 알아낸 미술 선생은 갑자기 얼굴에 핏대를 돋우는 것이었다.

"홍 선생님도 강사 월급을 받으셨군요."

"아직 신원 조회가 끝나지 않아서 정식으로 교사 월급을 받을 수 없다고 하던데요? 뭐가 잘못됐나요?"

"그런 나쁜 작자들이 있습니까?"

"왜요?"

"신원 조회는 지난달에 벌써 끝났단 말입니다. 그 작자들이 알고 보니 각개 격파를 하는 게로군요."

"각개 격파라뇨? 그리고 신원 조회가 벌써 끝났다뇨? 그런데 왜 정식 교사로 임용을 하지 않는 거죠?"

"바로 그걸 노렸단 말입니다."

"누가요? 답답해요. 차근차근히 말씀 좀 해주세요. 누가 누구를 각개 격파하고 누가 누구를 노렸다는 거예요?"

"글쎄, 이사장이라는 작자가 역시 삼백만 원을 요구하더란 말입니다. 시험에 합격한 그 당시에 돈을 요구하면 요즘 사회 분위기에 따라 모두들 포기하고 말 테니까 두어 달쯤 지나서, 그러니까 신원 조회가 끝나는 때와 맞추어서 돈을 요구하더라는 말입니다. 홍 선생님께선 집안 사정이 어떠신지 모르겠습니다만 우리 남자들은요, 더군다나 결혼한 남자들은요 지금쯤이면 순순히 이사장의 말을 듣게끔 되어 있다고요. 이미 전직 학교에서는 사표 수리가 완료되었으니 다시 돌아갈 수도 없고요. 이제 와서 다른 학교를 찾으려면 학기 중이라 도저히 자리를 구할 수가 없다는 겁니다. 이사장은 바로 그걸 노린 거죠."

"그게 정말인가요?"

"죽겠습니다. 원통해서 말이지요. 이사장의 말을 듣지 않겠다고 했더니 아예 정식 발령을 내주지 않으려는 눈치였다고요. 강사 월급, 그게 몇 푼이나 됩니까? 의료보험 혜택도 없지요, 신분 보장도 되지 않죠. 이제 와서 이럴 수도, 저럴 수도 없게 되고 말았답니다."

"도대체 누가 그런 소릴 해요?"

"우리 동기들 중에서 벌써 세 명이 그런 꼴을 당했답니다. 하루 한 명씩 그런 담판을 짓는 모양이에요. 영어 선생님, 수학 선생님, 체육 선생님, 이렇게 세 분이 지금 잔뜩 고민에 빠져 있다니까요?"

미술 선생은 점점 이야기의 톤을 줄여나가더니 끝에는 아예 신음처럼 중얼거릴 따름이었다.

도대체 원통하다는 것이 어떤 심정인지를 이제야 알 수 있을 것 같기도 했다. 아무래도 그건 너무 막막하여 더 이상 아무런 생각조차 할 수 없다는 것과 맥이 통하는 모양이었다.

아무런 생각도 할 수 없다는 것, 역시 아무런 일도 할 수 없다는 것, 이런 결과를 위해 무려 백 대 일의 경쟁을 뚫고 들어왔다는 것, 미술 선생의 눈에서 마치 준호와도 같은 푸른빛이 돌더라는 것, 이 모든 것들이 나에게는 두려움으로 다가서는 것이었다.

미술 선생으로부터 그런 말을 듣고 난 뒤부터 나는 수업 시간에 출석을 부르지 않기로 했다. 출석을 부를 때마다 아이들의 또릿또릿한 눈빛과 마주치곤 했으나 왠지 오늘은 그 눈빛을 마주할 만한 용기가 생겨나지 않았다. 너무 성급한 예감인 것 같기도 했으나 어쩌면 조만간에 이 학교를, 이 아이들을, 이 교직 생활을 훌훌 떨쳐 버리게 될 것 같다는 예감이었다.

그것만이 아니었다. 미술 선생과 나눈 이야기는 극히 짧았으나 그의 목소리는 하루 종일 마음속에 메아리쳐서 도저히 수업을 이끌어 갈 수가 없었다. 학습 교재에 담겨 있는 내용을 판서해 놓고 공연히 교실 안을 이리저리 돌아다니며 마음을 삭이려 애썼으나 그나마도 허사였다. 준호도 이런 일을 겪었던 것일까? 아니면 이런 일을 미리 예견하고 있었던 것일까?

그때부터 나는 작은 일에도 흠칫 놀라기 일쑤였다. 교실 구석의 청소함을 열어도 빈 소주병 무더기와 함께 준호의 모습이 튀어나왔으며 교과서를 펼쳐도 머리에 붉은 리본을 동여맨 준호의 얼굴이 되살아났다. 큰일이구나 하는 생각이 들었다. 준호는 그런 식으로 집요하도록 나에게 달겨드는 것이었다. 창밖을 내다보면 운동장 옆 계단에 미술 선생과 수학 선생이 쪼그리고 앉아 무엇인가 수군거리고 있었지만, 자세히 보면 그들 두 사람 모두 다가 준호의 모습이었다. 열심히 노트 필기를 하고 있는 아이들도 점점 준호의 모습으로 변해 가는 듯했다. 눈빛이며, 몸짓이며, 하다못해 목소리까지 모두가 그랬다. 필경 이러다가 미치게 되는가 보다.

퇴근 무렵, 직원 종례가 있기 직전에 미술 선생으로부터 퇴근 후 휴게실로 나오라는 연락이 왔다. 6반 반장 아이를 통해서였다. 결국은 함께 시험을 치렀던 여섯 명이 함께 만나게 되는 모양이었다. 이미 전교조의 열풍을 앓고 난 뒤끝에 그런 식으로 모여서 무얼 어떻게 할 것인가 하는 생각도 들었지만 그래도 미술 선생의 전갈이 반가웠다. 도대체 이 세상을 살아가려면 얼마만큼의 대가를 치러야 하는 것인지. 내가 행복에 이르렀던 요소는 기껏해야 교문 앞에서부터 펼쳐지는 나무들과 운동장 가의 꽃밭, 그리고 아이들의 눈동자, 웃음소리 대충 그런 것들뿐이었건만 그런 것들과 살아가기 위해서도 이런 류의 대가를 치러야만 하는 것인지. 생각하면 생각할수록 점점 속이 상하기만 할 뿐이었다.

"어서 오세요. 많이 기다렸습니다."

휴게실로 들어서자 미술 선생은 뜻하지 않게도 자기 옆자리로 내 손목을 잡아끌었지만 나로서는 오히려 그의 태도가 자연스럽게만 여겨졌다. 지금 같은 심정이라면 손목 아니라 허리를 안아서 끌어당겼다 해도 결코 뿌리치지는 않았을 것이다. 이미 같은 배를 탔다는 생각이었으므로 순식간에 체면이라든가 예절 따위는 생각지 않기로 합의한 것처럼 여겨지기도 했다.

"그게 정말이세요?"

나는 다짜고짜 다섯 명의 남자 선생들에게 물었다.

"어떻게 하실 작정이세요, 홍 선생님은?"

미술 선생이었다. 그는 내가 미처 의자에 앉기도 전에 그렇게 물었는데 과연 무엇을 어떻게 하겠느냐는 찬찬한 질문이 아닌 것으로 보아 무조건 행동으로 밀고 나가자는 뜻인 듯했다. 역시 미술 선생은 준호와 비슷한 면이 있었다. 다른 사람들 같았으면 이런 일을 당했을 때 한동안은 걱정부터 할 것이었으나 준호는 걱정 따윈 하지 않았다. 그는 언제나 안전핀을 뽑아 놓은 수류탄과 같았으며 자기가 날아가서 폭발되어야 할 장소를 분명히 알고 있지 않았던가. 그렇기 때문에 준호와 함께 있을 때면 언제나 결과부터 예견해야만 했다. 25년간 지켜 온 순결을 잃을 때에도 그랬고, 그의 아이를 잉태했을 때에도 그랬다. 역시 낙태를 단행했을 때에도 마찬가지였다. 만약에 준호가 결과에 앞서 행위를 따지거나 고민했더라면 아직도 나는 순수한 처녀로 남아 있었을지 모르는 일이었다. 그런데 지금 이 순간엔 미술 선생이 준호와 똑같은 짓을 하고 있는 것이다. 어쩜 이렇게 똑같은 모습일까?

"선생님들은 어떻게 하실 작정이세요?"

나는 미리 결과를 예견하고 있었지만 그저 담담한 척하며 되받아 물어보았다.

"여기 계시는 영어, 수학, 체육 선생님께서 각각 삼백만 원부터 오백만 원까지 뜯기게 됐다는 말입니다. 곧 나머지 선생님들도 뜯기게 될 거구요. 무슨 대책을 세워야죠?"

"좀 자세히 알고 싶어요. 만약에 돈을 내지 않는다면 우린 끝끝내 강사로 남아 있게 되는 건가요? 아니면 쫓겨나게 되나요?"

"처음엔 강사 대접만 해주겠죠. 그러나 끝끝내 버틸 수는 없을 겁니다. 내가 들은 얘기로는 이 학교 이사장이 상습범이라고 하더군요."

"그럼 이 학교 선생님들 모두가 우리 같은 꼴을 당한 뒤에 정식으로 교사 임용을 받았다는 말씀인가요?"

"그건 확실하게는 모릅니다. 하지만 우리가 그런 것까지 따질 필요는 없죠. 문제는 우리들입니다. 이건 말도 안 돼요. 우리가 뭐 장사꾼입니까? 권리금을 내고 장사를 시작하는 것과 무어가 다르단 말입니까?"

"무조건 화만 내지 마세요. 이럴 때일수록 냉정해야지요. 우선 전교조에 연락해 보는 게 어떨까요?"

"전교조요? 이사장은 콧방귀도 뀌지 않을 겁니다. 무슨 힘이 있어야지요. 오히려 전교조 측에 누를 끼치게 될지도 몰라요. 가뜩이나 서럽고 비참한데 거기다 한술 더 뜨게 되는 거지요."

"그럼 어떻게 하죠? 신문사에 연락을 할까요?"

"나도 그 생각을 하고 있었습니다. 그래도 우리 같은 사람의 억울한 심정을 알아주는 데는 신문사밖엔 없을 것 같군요."

미술 선생은 당장에라도 신문사로 달려나갈 것 같은 모습이었다. 그러나 나는 왠지 모르게 이 자리가 아주 어색한 공기에 휩싸여 있다는 생각이 들었다. 동물적인 직감이라고 할까? 냄새로 친다면 아주 비릿한 냄새가 풍겨 오는 듯한 기분이었다. 사람에겐 누구나 예감이란 것이 있게 마련이지만 이런 경우에 불현듯 떠오르는 예감은 이상할 만치 정확성을 갖고 있기도 했다. 도대체 무엇일까? 이 예감은. 아마도 이 자리에 준호가 있었다면 그는 벌써 이곳에 떠도는 어떤 색깔을 감지했을 터이지만 미술 선생은 아직 그런 색깔까지는 찾아내지 못하고 있는 듯했다. 그러나 분명히 이 자리의 공기는 뻑뻑하기 한이 없는 것이었다.

"여보세요. 우리가 어린앱니까? 무작정 그렇게 설친다고 일이 해결되는 건 아니잖아요?"

체육 선생이었다.

순간, 나에게는 머릿속으로 퍼뜩 와 닿는 것이 있었다. 그렇다. 이미 세 명의 선생들은 이사장과 타협을 한 것이나 다름없었다. 아마도 두렵기 때문이었을 것이다. 분명 이 사람은 체육 대학을 졸업한 뒤 백수건달로 일, 이 년은 족히 보냈을 것이라는 추측과 함께 나의 지나간 시절이 영사막에서처럼 뿌옇게 번져 오기 시작했던 것이다.

나는 여자였지만, 그리고 딸린 식구라곤 한 명도 없는 비교적 부유한 집안의 딸이었지만 도저히 직장 없이는, 그래서 벌어들이는 돈이 없이는 단 하루도 제대로 살 수 없을 것 같은 심정이었다. 하물며 남자인 체육 선생이야 오죽했을까? 그렇다면 결론은 빤한 것이었다. 서로의 이해가 얽혀 있는 한 결론을 끌어내기란 이미 틀린 것이란 판단이었으니까.

"선생님께선 결혼하셨어요?"

나는 체육 선생에게 가능한 한 공손한 말투로 물었다.

"그럼요. 애가 둘인데."

나는 그의 말을 들으면서 또 한 번 암담한 생각을 하지 않을 수 없었다. 남자가, 그것도 애가 둘씩이나 되는 남자가 실직이 될 수도 있다는 가상의 경우를 앞에 놓고 무슨 일이건 일을 벌인다는 것은 상상도 못할 일이라고 생각했기 때문이었다. 내 개인적인 도의적 판단을 내린다 하더라도 그건 너무나 무리한 경우였다. 나는 어떠했는가? 나는 겨우 준호의 애를 뱃속에 잉태한 것에 불과했으면서도 준호가 나와 아기에게 책임을 다하지 않는다며 그와 헤어지고 급기야는 낙태까지 단행하지 않았던가?

"선생님! 우리 나가서 커피나 마셔요. 이 문제는 다음에 얘기하기로 하구요."

나는 미술 선생에게 애원하다시피 말하며 그를 다른 선생으로부터 끌어내어 밖으로 나왔다. 미술 선생도 내 추측과는 달리 아무런 말없이 나를 따라 나왔다.

여전히 밖의 경치는 훌륭했다. 잔잔히 불어오는 바람을 맞아 나무는 반짝이며 잎사귀를 흔들었다.

"나무도 몸살을 앓는 것 같죠? 홍 선생님."

"아이참, 선생님은 사물을 보는 눈이 온통 부정적이군요. 내 눈엔 나뭇잎이 춤을 추는 것만 같은데."

"그럴 리가 있습니까? 나도 홍 선생님 속을 다 알아요. 휴게실 안에 있는 체육 선생이나 영어 선생, 수학 선생의 마음도 이미 다 알고 있지요. 그들도 답답할 겁니다."

"그러셨군요."

"나도 백수건달로 무려 이 년을 보냈어요. 미술 선생 자리 잡기가 여간 어려워야 말이죠. 그래서 오늘 하루 종일 고민만 했지요. 답답해요. 이 세상이 더럽다는 생각만 간절하고요."

"저 미안한 질문이지만, 혹시 결혼하셨어요?"

"했습니다. 올해 연말쯤 아버지가 되죠."

"그러셨군요."

미술 선생과 나는 더 이상 아무런 말도 하지 않았다. 우리는 동전을 긁어모아 자동판매기에서 두 잔의 커피를 뽑아 마셨지만 커피 맛이 쓰네요, 아마 설탕이 적은가 부죠, 따위의 쓰잘 데 없는 이야기만 했을 뿐 정작 하고픈 말은 애써 참고 있었다.

그렇게 또 두 달이 지났다.

그 두 달 사이에 변한 것은 거의 없었다. 예상했던 대로 미술 선생이 사직을 했지만 그것은 애초의 예상보다는 훨씬 적은 폭의 변화에 불과했다. 그러나 내면적인 변화를 꼽으라면 제법 많은 것을 들 수 있었다. 우선 내가 다른 선생들과는 거의 말을 하지 않고 지낸다는 것도 변화 중의 하나였으며 영어 선생이나 수학 선생, 체육 선생이 아주 열심히 학교생활을 하더라는 것도 변화 중의 하나였다. 그리고 무슨 까닭인지는 모르겠으나 내가 한 달에 두세 번꼴로 사직한 미술 선생을 만나고 있다는 것도 물론 변화였다. 아마 나는 미술 선생을 통하여 준호를 만나고 있는 것인지도 모른다는 생각과 함께.

다른 선생들은 삼백만 원, 혹은 오백만 원을 이사장에게 상납했는지 모르겠지만 나는 아직도 당당히 버티고 있다는 것은 변화에 속하지 않을는지 모른다. 그러나 나를 제외한 다른 선생들은 모두 정식 교사로 발령을 받았다는 것은 확실한 변화일 것이었다. 그러나 내 마음속에 가장 뚜렷한 변화로 여겨지는 것은 미술 선생이 요즘 들어 미친 듯이 그림에 몰두하고 있다는 사실이었다. 그는 곧 태어날 아기를 위하여 한 마리 백마를 그리는 중이라고 했다. 그가 어째서 백마를 그리기로 마음먹었는지, 혹시 백마가 날개를 달고 있는 것인지는 나중에 그에게 물어봐야 알 일이겠으나 그 백마의 눈동자가 무슨 색깔을 띠고 있을 것인지는 보지 않더라도 알 수 있을 것 같았다. 언제던가 그가 눈에 불을 켠 말 한 마리를 그리고야 말겠다고 한 이야기를 아직도 분명히 기억하고 있기 때문이었다.

혼돈이론

1993년 『소설과 사상』 봄호에 발표

혼돈이론

제3교도소 의무실 의사임에 분명한 나는 조금 전, 그러니까 이제 막 새벽 두 시가 되려는 순간에 한 통의 전화를 받았다. 마침 어제가 금요일이었으며 야간 당직 날이었다. 때문에 나는 함께 당직근무를 선 두 명의 교도관들과 가볍게 맥주를 마신 뒤 자정이 넘어서야 집으로 돌아왔고 곧 깊이 잠이 들었으므로 전화벨이 열댓 번쯤 울린 뒤에야 깨어날 수 있었다.

"아, 전주성입니다. 아, 아, 여보슈!"

수화기에서는 아무런 대답이 없었다. 그러나 나는 순간적으로 그 전화가 음담패설이나 늘어놓는 장난 전화가 아님을 깨달았다. 일종의 직업적인 직감이었다. 그 직감은 제3교도소에 근무한 수년간의 기간을 통해 훈련되다시피 한 본능이었다. 본능, 잘 훈련된 본능.

"아, 여보세요…… 언제까지 출근하면 되겠습니까?"

그 음산한 직감으로 인해 이미 내 목소리는 차악 가라앉은 지 오래였다. 조용히, 그리고 낮은 톤으로 내가 그렇게 묻자 상대방은 그제야 느릿느릿하면서도 분명하게 용건을 말했다. 제3교도소에 벌써 5년이 넘도록 근무를 했건만 수화기를 통해 들려오는 그 목소리는 생전 처음 듣는 낯선 목소리였다.

"공 네 시(04時)에 집행입니다. 미안합니다."

드디어 사형을 집행하는 모양이었다. 재수가 좋으면 재직기간 동안 이런 불상사는 겪지 않을 수도 있다는데……. 나는 재직 5년여 만에 드디어 사형수 앞에서 강제로 그의 유언을 듣게 될지도 몰랐다.

술기운 때문인지 약간의 두통이 이는 듯했으나 이미 잠은 멀리 달아나버린 지 오래였다. 아하! 그랬군. 그래서 어제 교도소장이 내게 종교가 있느냐고 물었군.

어제 퇴근 무렵, 배가 살살 아프다며 난데없이 의무실로 직접 찾아온 교도소장은 뭐, 훼스탈 같은 거 없수? 어쩌고 하며 몇 마디 중얼대다가 문득 이렇게 묻는 것이었다.

"전 선생, 선생은 아직 미혼이시죠?"

나는 교도소장의 물음을 일종의 형식적인 제스처라 여기고는 그저 미소만 지음으로써 대답을 대신했다. 사실 나는 서른다섯을 넘긴 노총각이었으며 장가를 들어야겠다는 마음도 없진 않았으나 언제부턴가 장가를 들기 위한 모든 절차가 귀찮아지기 시작했던 것이다. 비록 노총각이라는 것과 교도소에 근무한다는 것이 썩 유쾌히 들리지는 않지만 명색이 의사이니만큼 마음만 먹는다면 장가들기야 누워 떡 먹기라 여기고 있었다. 다만 세상 맛을 거의 다 아는 노총각으로서 구구절절이 복잡하기만 한 혼례절차를 생각하면 저절로 고개가 설레설레 흔들어졌던 것이다.

"전 선생, 종교는 가지고 있수?"

이건 또 무슨 소린가 싶었으나 상대가 교도소장인만큼 이번에도 나는 매우 예절 바르게, 그러면서도 요령껏 대답을 회피하고야 말았다. 원래 종교라는 것이 가슴으로 대해야 그 답을 얻을 수 있는 것이라 여겼으므로 나는 그런 일상적인 물음에 관심을 두기보다는 오히려 그가 직접 의무실까지 찾아온 의도를 파악하려 애쓰고 있었던 것이다.

그러나 이제야 생각해 보니 교도소장의 그 질문은 굳이 내게 대답을 듣기 위함이 아니었다. 아마도 그는 5년여 전, 내가 제3교도소로 부임 받아 오던 날부터 내가 그 일을 완수하기에 적합한 인물인지를 이미 파악하고 있었을 것이다. 따라서 교도소장의 그 엉뚱한 질문들은 자기 나름대로 파악하고 믿어 왔던 나의 성분과 자질을 그 일이 감행되기에 앞서 다시 한번 스스로에게 확인하는 절차였을 것임에 분명했다.

그 엄청난 일…… 내가 제3교도소에 부임한 지 만 5년이 넘도록 한 번도 집행되지 않았던 그 끔찍한 일.

더 이상 망설일 여유가 없었으므로 나는 시험을 앞둔 수험생처럼 어금니를 앙다문 채 자리에서 일어났다. 새벽 네 시에 집행이라면 늦어도 세 시 반까지는 교도소에 도착해야 할 것이었다. 그렇다면 그때까지 남은 시간은 겨우 한 시간 반……. 하긴 꼭 그런 식으로 시간을 셈해 보지 않더라도 앞으로 내가 겪어야만 할 그 엄청난 일을 생각하면 단 1분이라도 편안히 눈을 감고 있을 수는 없을 노릇이었다.

도대체 오늘은 어떤 작자일까. 몇 살이나 먹은 작자일까. 혹시 서너 명 이상이면 어떡하나……. 지휘는 어느 검사가 맡아서 하는 걸까. 누군지는 모르지만 그 검사도 일진 한번 억세게 고약하군.

나는 가급적 교도소 안에서 벌어지던 일들을 연상하지 않으려 애썼지만 머리속은 어느새 온통 교도소와 그 속에서 득시글대던 죄수들의 모습으로 그득 차기 시작했다. 신체검사를 받기 위해 윗도리를 둘둘 말아 올릴 때마다 드러나는 푸르딩딩한 문신들. 이를테면 살기가 도는 푸른 나비, 활짝 핀 푸른 장미, 서로 꼬리가 얽힌 두 마리의 푸른 전갈, 화살에 꽂혀 피를 흘리는 푸른 심장 등등은 내 잠재의식 속을 고요히 맴돌다가 아무 때, 아무 곳에서나 무시로 튀어나와 나를 괴롭히곤 했던 것이다. 더구나 내게 검진을 받을 때면 언제나 내 책상 위에 놓여 있던 전기면도기로 벅벅 턱 언저리를 밀어 보는 것이 소원이라던 어느 젊은 무기수의 비정한 눈매는 그를 처음 대한 이후부터 여태까지 내 머릿속에 각인되어 있을 정도였다.

나는 그런 생각에서 벗어나기 위해 제 몸의 물기를 터는 짐승들처럼 부르르 머리를 좌우로 재빠르게 털어 냈다. 언젠가는 겪어야 될 일 아닌가, 빌어먹을! 그런데 하필이면 새벽 댓바람부터 난리냐 이 말이다아! 나는 불안했고 한편으론 두렵기까지 했건만 기껏 혼잣말로 이렇게 투덜거릴 수밖엔 별다른 도리가 없었다.

하여간 이제는 잠자리에서 용감히 일어나 불을 켜야 할 것이었고, 이빨을 닦아야 할 것이었으며, 세수를 한 뒤 곧바로 출근을 해야만 할 것이었다. 그런 뒤에 제3교도소의 의무실에 도착한 뒤, 자판기에서 커피 한잔을 뽑아 마시고는 드디어 누구인지 모를 죄수의 생명을 앗기 위한 절차에 스스로 가담해야 하는 것이었다. 비록 잠시 후면 저승으로 갈 사람이지만 어디 아픈 데는 없는지, 갑자기 폐암이라거나 결핵 같은 몹쓸 질병에 걸리지는 않았는지, 과연 죽는…… 아니 우리가 죽이는 그 순간까지 그 죄수는 부모로부터 물려받은 건강을 제대로 보전하고 있었는지…….

그런 행위가 인도주의적 발상으로 인해 비롯된 것인지는 모르겠으나 나로서는 앞으로 닥쳐올 그 순간을 과연 어떻게 감당해 낼지가 벌써부터 걱정이었다. 만약 사형 집행을 몇 분 앞둔 그 시점에 내가 고의로라도 죄수의 건강상태가 극히 나쁘다고 판정하면 그 죄수의 형 집행은 당분간 연기되는 것이기 때문이었다.

나는 내 직책을 떠올려 보건대 나야말로 언젠가는 사형 집행에 가담해야만 할 것임을 알고 있었기 때문에 그 절차를 진작부터 귀동냥해 알아 두었다. 그런데 하필이면 그 집행 절차 중에서 공교롭게도 내가 담당해야 할 신체검사가 가장 먼저였던 것이다.

원래 사형 집행에는 의례적으로 입회검사와 교도소장, 교도관, 그리고 의사인 나, 때에 따라서는 신부나 승려, 목사 등이 입회하게 되어 있었는데 그 여러 사람들 중에서 하필이면 내가 제일 먼저 어떤 죄수, 그러나 따지고 보면 선량했을 한 인간을 살해하기 위한 일에 착수해야 하는 것이었다. 어쩌면 입회 검사 이하 모든 사람들은 집행 절차가 시작되는 순간 본능적으로 내 행동을 유심히 관찰할 것이다. 청진기는 몇 초 동안이나 대 보는가, 목구멍 검사는 제대로 잘 하는가…….

그러나 그들이 내 행위에 극도로 관심을 기울이는 까닭은 무엇보다도 자기 자신들 때문일 것이라고 나는 믿어 왔다. 내 진찰 행위가 끝나면, 즉 내 나름대로 어떤 죄수를 죽여도 좋다는 허락을 하면 그다음엔 교도소장이 사형수의 신원을 확인하고 그에게 1심, 2심, 3심의 판결문을 다시 읽어 주어야만 하는 것이 집행의 절차였다. 이미 사형대에 선 죄수 앞에서 사형이 확정됐음을 다시 알려줘야 한다는 교도소장의 갈등은 따라서 내 행위를 관찰하는 순간으로부터 시작되는 것이라고 볼 수 있었다.

어쩌면 교도소장이나 입회 검사 등은 마음속으로 이렇게 나를 힐책할지도 모를 일이었다.

〈이봐! 전 선생! 자네 이런 일이 처음이지? 그럼 한번 선생이 총대를 메는 게 어떨까? 찬찬히 진찰을 한 뒤에 저 죄수의 건강상태를 극히 나쁘다고 해 보란 말야. 세상에 병 없는 사람이 어딨어? 그러면 자연히 집행이 연기될 것이고, 나 역시 자연스레 이런 일에서 해방될 것 아닌가. 비록 당분간일지라도 말야!〉

머리가 다시 아파 왔다. 맥주 몇 컵에 불과했지만 어제의 술기운이 아직까지 남아 있어서일까? 하긴 그럴 수도 있을 것이란 생각이 들었다. 엄밀히 따진다면 마지막 맥주잔을 내려놓은 뒤 이제 겨우 두어 시간 정도 지났을 테니까.

그러고 보니 머리만 아픈 것이 아니라, 귀에서도 자꾸 이상한 소리가 들려오는 것 같았다. 어디서 고양이가 우는 것일까? 하여간 이거 큰일이군. 시간에 맞춰 출근하려면 바로 일어나 세수를 해야 할 텐데 자꾸 두통이 심해지고 헛소리마저 들려와서야…….

그러나 헛소리처럼 들리던 그 소리는 점차 확실한 고양이 울음소리로 변하더니 서서히 기승을 부리기 시작했다. 끊길 듯하다가 아슬아슬하게 이어져 얼핏 서툰 휘파람처럼 여겨지는 것으로 보아서는 아직 어린 고양이의 울음소리 같기도 했으나 간혹 가랑가랑대며 가래 끓는 소리를 동반하는 것으로 보아서는 늙어 빠진 고양이 울음소리 같기도 했다. 물론 그 소리가 점점 신경에 거슬린다는 것을 느꼈지만, 나는 아직도 잠에서 완전히 깨어나지 않았기 때문일 것이란 생각에 양쪽 손으로 두 귀와 콧구멍을 틀어막고 머리통 속의 바람을 뽑아내기 시작했다. 처음엔 그저 도둑고양이 한 마리가 밤마실을 다니는 것이려니 하고 생각하면서.

그러나 잠시 후 아차, 하는 마음에 가슴이 철렁할 수밖에 없었는데, 내가 방금까지 고양이 울음으로만 여겼던 그 소리는 분명히 해소병을 앓던 어머니의 목구멍에서 억지로 밀려 나오는 고통의 숨소리일 것이라는 깨달음 때문이었다. 그렇다면 어머니는 이 깊은 새벽까지 해소병으로 잠을 못 이루시는 것은 아닌지.

어머니가 호흡에 이상을 느끼는 모양이라 여기면서 몸을 일으키려 했던 나는 그제야 섬뜩한 두려움을 느꼈다. 이럴 수가! 내 어머니는 벌써 2년 전에 이 세상을 하직하지 않았던가. 그렇다면 그 억지로 토해내는 듯한 숨소리는 무엇이란 말인가. 정말로 고양이 울음소리란 말인가. 그럴 리가 없지. 이곳은 서울 한복판에 있는 15층짜리 아파트가 아닌가. 더구나 이 깊은 밤에…….

나는 머리카락이 곤두서는 섬뜩함에서 벗어나기 위해 재빨리 전등을 켜려 했으나 순간적으로 당황했기 때문인지 머리맡 벽면에 붙어 있어야 할 스위치조차 제대로 찾아내지 못하고 우왕좌왕 대기만 했다.

이게 웬일일까. 분명히 나는 어젯밤, 불과 맥주 한두 컵을 마셨을 뿐인데 어째서 눈을 뜨던 순간부터 마음이 이토록 혼란스러운 것일까. 아무리 생각해 보아도 나는 5분쯤 전에 내 직장인 제3교도소로부터 걸려 온 전화를 받고 깨어났으며, 이제 그 전화 내용에 따라 내 직분을 다하기 위해 새벽 출근을 하려는 순간이 아니던가. 그런데 오늘따라 이렇게도 몸을 가누기가 어렵다니…….

순간적으로 나는 어젯밤에 매우 취하도록 술을 마셨는지도 모를 일이란 의심이 들었다. 아니, 웬 심경의 변화인지는 몰라도 분명히 그랬을 것이라 믿고 싶어졌다. 그렇지, 모르긴 하되 어제 함께 술을 마신 교도관들이 모종의 음모를 꾸미기 위해 내게 술을 잔뜩 먹였을지도 모르지. 왜 그랬을까? 나를 취하게 만들어서 오늘 사형당할 죄수의 생명을 연장시키기 위해서였을까?

차라리 그랬으면 좋겠다는 생각이었다. 나 스스로 마셨든, 교도관들의 강요에 의해 마셨든, 너무 술을 많이 마신 탓에 마치 고양이 울음 같은 헛소리를 들었을 것이며, 순간적으로 그 헛소리에서 어머니의 고통스러웠던 숨소리를 떠올렸을 것이며, 그 충격의 탓과 아직도 술이 덜 깬 탓에 벽면 어딘가에 붙어 있을 전등 스위치조차 제대로 찾지 못하는 것이리라 여기고 싶었다. 빌어먹을.

그렇게 한동안을 더듬거린 뒤에야 비로소 나는 전등 스위치를 찾아내어 불을 켤 수 있었다. 딸깍! 소리와 함께 방안 가득 오렌지빛의 광채가 흘러넘쳤다.

아! 그러나, 그러나 이건 또 무슨 일이란 말인가. 분명히 내가 잠들어 있었을 이 방은 비교적 세련된 구조로 이루어진 아파트 침실이었어야 했건만 막상 눈앞에 펼쳐진 방의 모습은 면 단위쯤 되는 시골의 어느 여인숙 방이나 다름없이 초라했기 때문이었다.

이런……. 내가 무지하게 취했던 모양이로군. 어젯밤에 맥주 한두 잔으로 끝났던 게 아닌 모양이야, 이런 쯧쯧.

예전에도 간혹 오랜만에, 혹은 갑자기 동창들을 만나면 술에 떡이 되도록 취하곤 했으므로 나는 또다시 그 고질병이 도진 것이라 여기고는 쓴웃음을 지을 수밖에 없었다. 그러나 한편으로는 왠지 이상하다는 생각을 떨쳐 버리기도 어려웠다. 아무리 술에 취해서 순간적으로 정신을 잃었다 하더라도 어느 단계까지는 기억이 살아나야 하는 법인데 지금으로서는 내가 어째서 이 낯선 방에 혼자 누워 있는 것인지, 도대체 어젯밤 누구와 술을 마시기 시작했던 것인지가 전혀 떠오르지 않았기 때문이었다.

도대체 방의 불을 켜기 전까지 기억하고 있었던 어젯밤의 일, 이를테면 교도관들과 당직근무가 끝난 뒤 맥주를 두어 잔 마신 일이라든가 자정 무렵 집으로 돌아와서는 곧바로 이불을 펴고 잠이 들었던 일은 과연 언제의 기억이란 말인가? 내 생전 있지도 않았던 일을 상상으로 유추해서 기억하고 있는 것은 아닐까? 그렇더라도 최소한 내가 여태껏 누워 있었던 이 방만큼은 현실의 공간일 텐데, 나를 이곳에 데려다 눕힌 장본인은 과연 누구란 말인가? 좀 전에 전화를 걸었던 그 미지의 사내란 말인가?

그러고 보니 정말 이상한 것은 술에서 깨어난 뒷자리였다. 평소와는 달리 그 분위기가 전혀 낯설다는 것이었다. 언제나처럼 양복 윗도리를 그대로 입은 채 잠들어 있거나 혹은 와이셔츠 단추 몇 개만 풀어헤친 채로 엎어져 있었던 것이 아니고 깨끗한 잠옷 차림으로 고스란히 이불까지 덮은 채 잠들어 있지 않았던가. 그런데 아무리 되짚어 생각해 보아도 나는, 서른다섯이 넘도록 혼자 지내 온 나는 매사에 격식을 갖출 엄두조차 내지 못하며 살아온 처지였다. 그 주제에 난데없이 잠옷이라니.

나는 문득 소스라치게 놀랄 수밖에 없었다. 그제야 사방을 둘러보니 나는 전혀 처음 보는 남의 잠옷을 단정하게 입고 있었으며, 비록 싸구려 여인숙 방 같은 곳이긴 하지만 제법 정갈하게 꾸며진 낯선 방에서 역시 낯선 이불을 덮고 잠들어 있었던 것이 아닌가. 게다가 잠자리 옆에는 누군가가 열심히 공부했던 흔적 즉, 깨알 같은 글씨가 담긴 채 펼쳐진 노트라든가 볼펜, 영어사전 등이 자그마한 밥상 위에 놓여 있었으며 아마도 그 누군가가 공부하면서 먹었음 직한 수정과 그릇까지 그 옆에 아울러 놓여 있었다.

요즘 몸이 허약해지는 것 같더니…… 그래서 이런 현상이 나타나는 것일까?

아무리 어제의 일을 기억하려 해도 혼란만 가중되고, 아무리 주위의 물건들을 유심히 보아도 점점 낯설게만 여겨졌으므로 나는 급기야 두려워지기 시작했다. 내 건강이 정상적인 상태라면 이렇게 희한한 일이 생겨날 리 만무했다. 그렇다면 필시 내 건강에 이상이 생긴 것이리라.

그래도 그 정도까지는 괜찮지 싶었다. 까짓 술을 좋아하다 보면 가끔은 친구 집에 업혀 갈 수도 있는 것이고 심지어 그 집의 원앙금침에 오줌을 흥건히 쌀 수도 있는 일일 테니까. 다만 내가 두려움을 느낀 것은 여기가 누구의 집인지 전혀 기억할 수 없는 상태인데도 불구하고 지난밤, 나 혼자 내 발로 뚜벅뚜벅 걸어서 이 방에까지 들어왔을 것이라는 직감이 들었기 때문이었다.

아! 이게 어인 일일까. 그런 생각을 하고 있는 동안 전혀 낯설기만 했던 이 방의 물건들이 차츰차츰 낯익어 보이기 시작했다. 이럴 수 있는 것일까. 내가 잠들어 있던 이 낯선 방이 만약에 오랫동안 내가 기거했던 곳이라면…….

나는 점점 불안해지는 마음을 가다듬으면서도 일단 노트가 펼쳐진 상을 내 쪽으로 끌어당겼다. 역시 그 노트를 가득 메운 글씨들 역시 낯설기만 한 필체였으며 그 내용 또한 의학 공부에만 치중했던 내 상식으로는 알아먹기 힘든 분야의 것들이었다. 그러나 그 노트를 보면서 문득 소름이 끼치기 시작하는 까닭을 나로선 알 재간이 없었다. 그 낯설고 어렵기만 한 내용……. 그럼에도 불구하고 왠지 모르게 어젯밤 내 자신이 직접 적어 놓았음에 분명한 듯한 그 이론.

1. 혼돈이란 무엇인가?

Predictable system & Unpredictable로 대별.

株價의 變化, 氣象의 變化.

한 가지 요인을 가지고 변화하는 동력계 중에서도 마치 기후의 변화처럼 예측 불가능한 것.

그 원인은 무엇일까?

혼돈.

Chaos!

2. 혼돈 현상이란 무엇인가?

자연현상 중에서 미래의 진행 과정을 도무지 예측하기 어렵고 제멋대로 진행된다고 생각되는 현상.

내 애인 명자가 술을 마시며 내뿜는 담배 연기가 이리저리 흔들리다가 와르르 허공 속으로 무너지는 현상.

명자의 흔들리는 마음.

도무지 나로서는 어디까지가 현실이고, 어디부터가 꿈인지를 알아낼 수 없었다. 게다가 손바닥과 등판이 땀에 흥건히 젖도록 몰려오는 두려움! 과연 나와 안면이 있는 사내들 중에 명자라는 이름의 애인을 가진 작자가 누구일까?

그런 두려움에 젖어 있을 때, 문득 내 눈길이 가닿은 곳은 단정하게 옷걸이에 반으로 접어 걸어 놓은 양복이었다. 전혀 낯설기만 한 양복이었지만 왠지 어젯밤 그 양복을 내 스스로 벗어서 옷걸이에 걸어 놓은 것 같다는 생각이 들기도 했으므로 나는 후다닥 일어나 그 양복의 안주머니에서 수첩을 꺼내었다. 예상대로 그 수첩엔 깨알같이 적힌 수많은 전화번호와 함께 누렇게 변색된 주민등록증 한 장이 들어 있었다.

나는 두근거리는 마음을 가다듬으며 조심스레 주민등록증을 살펴보았다. 내가 스스로 나 자신을 확인해 보려는 것이었다. 역시 그 주민등록증은 내 것임에 분명했고, 주소라든가 주민등록번호, 병역 관계, 이름 등도 모두 다 나 자신의 기록이며 증명일 뿐이었다. 더구나 그 한쪽 구석에 우표딱지처럼 달라붙어 있는 흑백사진은 어느 모로 보나 십여 년 전에 찍은 내 얼굴 모습이었다. 따라서 나는 제3교도소 의무실에 근무하는 전주성이란 이름의 의사임에 분명했다.

그런데 어째서 내가 내 손으로 벗어서 걸어 놓았을, 당장 어젯밤까지 입고 돌아다녔을 저 양복이 낯설게만 여겨지는 것일까. 술에 너무 취했기 때문은 아닐 텐데…… 분명히 난 어젯밤에 두 시간 정도에 걸쳐 맥주 두 잔을 마셨을 뿐인데…….

곧이어 나는 수첩의 표지를 들춰내고 내 친구라든가 혹은 동료들임에 분명할 전화번호의 주인공들을 훑어보기 시작했다. 아니, 그런데 이건 또 무슨 조화 속이란 말인가? 기역에서부터 히읗까지 꼼꼼하게 구분하여 적어놓은 그 수첩 속의 전화번호 주인공들은 한결같이 낯선 사람들뿐이었으며, 나와 어떤 관계를 지닌 사람인지조차 전혀 기억할 수 없는 그런 이름들뿐이지 않은가.

이거 큰일이다 싶어서 나는 엉겁결에 방문을 열고 밖을 내다보았다. 그 순간 나는 더욱 난감할 수밖에 없었다. 내가 새벽 한동안을 누워 자고 일어났을 이 방이 차라리 여관방이라거나 여인숙 방이라면 좋았을 것을, 어인 조화인지 방문 밖의 어둠 속으로 희미하게 드러나는 풍경은 소박하지만 단정히 가꾸어진 정원의 모습이었다.

나는 신발도 신지 않은 채 방 밖으로 내달았다. 그리고는 여기 아무도 없소? 하며 큰 소리를 내질렀다. 그러나 역시 아무런 반응도 없었다. 지금 일어나고 있는 이 모든 일들이 꿈은 아닐까? 하는 생각이 들기도 했다. 그러나 전혀 꿈은 아니었다. 그렇다면 여기는 어디일까. 정원이 있고 마당이 있고 따뜻한 구들장을 갖춘 방이 있는 이 집은 누구의 집이란 말인가. 나는 어떻게 해서 여기에 잠들어 있었으며 나를 깨운 새벽 전화는 누구의 짓이란 말인가.

답답하고 두려워서 다리를 제대로 가눌 수도 없었지만 나는 다부지게 마음을 다져 먹고 다시 방 안으로 들어와 수첩을 펼쳐 들었다. 마침 상 옆으로는 전화기가 있었으므로 나는 다짜고짜 전화기를 끌어당겨 아무 전화번호나 돌리기로 마음먹었던 것이다.

때가 만물이 깊이 잠든 새벽이니만큼 나는 우선 가장 먼저 머릿속으로 떠오르는 전화번호를 돌리리라 마음먹었다. 이럴 때에 가장 먼저 떠오르는 전화번호라면 필시 평상시에 가장 친밀했을 관계, 이를테면 시집간 누이라든가 나를 아껴 주시던 외숙모라든가 하는 정도의 허물없는 사람일 것이라는 생각이 들었으므로.

그런데 정작 문제는 그다음부터였다. 아무리 머리를 갸우뚱거려 봐도 머릿속으로 그려지는 전화번호는 고작해야 112, 119, 114 따위의 특수전화번호에 불과했기 때문이었다.

아니, 내 몸이 언제부터 이렇게 쇠약해졌단 말인가?

나는 더 이상 전화번호 기억해 내기를 계속할 수 없음을 깨닫고는 곧바로 수첩의 전화번호를 가려내기 시작했다. 전화번호는 꽤 많이 적혀 있었지만 도저히 내가 알 만한 이름은 단 하나도 없었다. 그러나 지금 이 순간 누군가와는 통화를 해야 의문이 풀릴 것 같았으므로 나는 그중에서 가장 만만하다 싶은 이름 하나를 끄집어내어 그의 전화번호를 돌렸다.

"여보세요. 에이 참. 이 새벽에 누구야, 여보세요!"

수화기에서는 이제 막 잠에서 깨어났을 어떤 사내의 목소리가 울려 나왔다. 그 목소리로 미루어 보아 상대방은 너무도 짜증스러워한다는 사실을 알 수 있었지만 어쨌든 지금 이런 지경에 놓인 나에게는 참으로 반가운 목소리가 아닐 수 없었다.

"여보세요. 저, 이른 새벽에 미안합니다만 나는 전주성이라고 하는 사람인데요."

나는 마치 사형장에서 교도소장이 죄수에게 이름과 나이 등을 확인하듯이 내 자신에 대한 신원을 확인하는 절차를 거치고 있는 것이리라 여겼다. 만약에 상대방이 내 이름을 묻거나 나이를 확인하거나 하면 나는 대뜸 주민등록증에 씌어 있는 그대로 낱낱이 보고할 작정이었다. 그러면 그런 일련의 과정을 통하여 내가 전주성이라는 사람이며, 제3교도소의 의무실에 근무하는 의사라는 사실이 곧 증명될 것이었다. 그러나 나의 그런 심정과는 달리 수화기를 통해 들려오는 목소리는 오히려 나에게 애걸하는 그런 투였다.

"어허, 이 사람아. 자네 전주성이 아닌가. 어젯밤에 그렇게까지 알아듣도록 얘길 했는데 또 전화질이란 말인가? 그것도 꼭두새벽부터 말이야. 미쳤군. 완전히 돌았어. 내 참, 계란 도매 20년 동안 자네처럼 무정란인지 수정란인지를 일일이 확인해 달라는 사람은 처음이라네. 아, 글쎄 생각해보라고. 수정란이란 암탉, 수탉이 똥구멍 마주 대구 씨비씨비를 해서 생긴, 유식허게 말할 테면 정충을 받아들여 수정을 한 알이구, 무정란이란 것은 암탉이 교미두 하지 않구 난 알인데 그걸 내가 어떻게 알아내느냔 말야, 이 사람아. 더구나 내가 계란 도매업자 아닌가. 하루에 내 손을 거쳐 가는 계란이 삼십만 개가 넘는단 말일세, 이 사람아. 그런데 내가 그 계란들이 무정란인지 수정란인지 어찌 알겠냐구. 내가 자네 마음은 다 알아. 자네가 계란배달부 노릇 하기에 이미 지쳐 있다는 것도 잘 안다구. 그렇지만 더 이상 내게 그런 주문은 하지 말게. 한번만 더 그런 얘길 꺼내면 정말이지 주둥아릴 찢어 버릴 거야. 옘병할."

그 목소리는 어찌 들으면 애걸하는 듯하다가도 가만히 그 억양이나 끝맺는 말투 등을 듣고 있노라면 협박을 하고 있는 것이라 여겨지기도 했다. 그러나 나로서는 그 작자가 애걸을 하든지, 협박을 하든지 그런 것이 중요한 게 아니었다. 내가 중요하게 여겼던 것은 그의 말을 통해 알아낼 수 있는 나의 정체였다. 그런데 그 사내는 내가 제3교도소에 근무하는 의사가 아니라 계란배달부라고 하지 않았던가. 내가 기껏 계란배달부라니…… 그것도 계란배달을 하면서 굳이 무정란인지 수정란인지를 알아야겠다고 떼거리를 쓰는, 이를테면 살짝 맛이 간 그런 계란배달부라니…….

수화기를 내려놓은 나는 이제야말로 차라리 울고 싶을 뿐이었다. 세상에 이럴 수가 있는가. 나는 분명히 제3교도소에 근무하는 의사였으며, 10분쯤 전에는 곧바로 출근해서 사형 집행에 참관해 달라는 전화를 받은 바 있지 않았던가. 그러려면 더 이상 망설이지 말고 어서 일어나 세수도 하고 이빨도 닦고, 어서어서 출근 준비를 서둘러야 할 터이건만 전화기 속의 그 사내는 무작정 나를 계란배달부로만 몰아붙이는 것이었으니…….

나는 더 이상 다른 누구에게 전화를 걸 엄두도 내지 못하고 그저 망연히 앉아만 있다가 다시금 밥상 위에 펼쳐져 있던 노트를 뒤지기 시작했다. 그 노트 속에는 평소 의사로서의 나로서는 전혀 관심조차 없었던 내용이 담겨 있었지만 노트의 맨 앞장에는 분명하게 전주성이란 이름이 적혀 있었다. 그렇다면 이 노트는 분명히 내 것일 텐데, 그 노트에 적힌 내용은 볼수록 나를 혼돈 속으로 몰아가는 것들뿐이지 않은가.

그렇지만 나는 한장 한장 노트를 넘겨 가며 거기에 적힌 내용들을 훑기 시작했다. 몇 장인가 나로서는 전혀 알 수 없을 야릇한 내용의 이론들이 적혀 있더니 그 뒤에 가서야 드디어 내가 적었음 직한 내용들이 나오기 시작했다. 나는 반가움에 훅, 하고 숨을 몰아쉬며 그 내용을 자세히 읽기 위해 노트에 코를 박았다. 노트에서 새로 발견한 그 내용을 읽는 순간 내 머릿속에는 분명히 그 노트의 내용대로 내가 겪었을 일들이 아로새겨지기 시작했다. 그렇다. 그건 분명히 내가 쓴 일기였던 것이다. 날마다 비밀스럽게 써 온 일기가 이 노트 속에 담겨 있다니.

나흘 전이었던 12월 24일 아침부터 나는 유난히 키가 작은 「처녀 알 장수」로부터 매일 300꾸러미씩의 계란을 대어 받기 시작했다. 아마도 그 처녀는 내가 두 평짜리 점포를 세 들어 장사하고 있는 이곳 고려동 산 17번지 아파트 중앙상가에 계란을 독점으로 대어 주던 꺽다리에게 당당히 도전장을 낸 모양이었다. 그러나 내가 몇 번 보지도 않은 그녀에게 새로이 계란을 대어 받기로 한 까닭은 꺽다리보다 알 값이 싸기 때문도 아니었고, 알이 실하기 때문도 아니었다. 더군다나 96호 점포에 세든 홀아비 계란장수의 말처럼 「왠지 기다랗기만 하고 부실해 보이는 사내 녀석보다야 좀 짜리몽땅하긴 해도 젖가슴이 아무지게 솟은 그 처녀가 맘에 똑 들었기 때문」도 물론 아니었다.

내가 여태껏 단골로 계란을 대 주던 꺽다리와 거래를 끊고 새로이 그 처녀에게 계란을 대어 받기로 결정한 까닭은 오로지 포장이 간편하고 예뻤으며 아울러서 포장의 맵시가 한결 두드러져 보이기도 했기 때문이었다. 꺽다리는 여태껏 30개씩의 계란이 담기는 검은색 사각 플라스틱 판에 계란을 담아 대어 주고 있던 데 비하여 그 처녀는 한 번에 열 개씩만 담기도록 작고 촘촘하게 엮어진 지푸라기 꾸러미에 계란을 담아 배달했던 것이다. 하여간에 나로서는 그 처녀가 배달해 주는 지푸라기 계란꾸러미에서 문득 이삼십 년쯤 전의 고향을 떠올릴 수 있었고 머릿단처럼 꼬아진 지푸라기에 아득히 매달려 있을 그 옛날의 독특한 추억까지도 냄새로 맡아 낼 수 있었으므로 서슴없이 그 처녀로부터 계란을 대어 받기로 결정했던 것이다.

그 일기를 천천히 읽어 나가는 동안 비로소 나는 내 직업이 무엇이며 내가 그동안 어떻게 살아왔는가를 알아낼 수 있었다. 그 일기장 위에 적힌 날짜가 바로 어제 날짜까지 이어지는 것으로 보아서도 분명히 나는 그 일기장처럼 살아왔음이 확실했다. 그 일기장대로라면, 또한 생생히 되살아나는 기억대로라면 나는 분명한 계란배달부였던 것이다. 그렇다면 또 하나의 나는 누구란 말인가. 조금 전까지만 해도 나는 나 자신을 제3교도소의 의무실에 근무하는 의사로 알고 있지 않았던가.

그러나 시간이 흐를수록 나는 내 직업이 계란배달부라는 것에 확신을 갖게 되었다. 왜냐하면 계란배달을 하며 겪었던 바로 엊저녁까지의 일들이 생생히 되살아났기 때문이었다. 바로 엊저녁 퇴근 무렵에도 96호 점포의 홀아비는 내게 찾아와 눈웃음을 실실 던지면서, 자네 속을 내가 다 알고 있지, 하는 투로 이렇게 말하지 않았던가.

"앗따, 그런 거 보면 우리 전 형도 나랑은 정서가 맞는다니까? 일단 그 처녀 알 장수에게 실속 있게 대해 주자아, 이 말씀이지! 안 그런가?"

"그게 무슨 말씀이에요? 실속이라뇨?"

"우히히히! 고거 참, 아직도 실속이 뭔지 모른단 말여? 나야 한물간 사람이니 그 처녀를 보면서 그따우 실속이나 연상하는 게 고작이지만 자넨 다르잖아. 나이는 비록 서른다섯을 넘겼지만 그래도 명색이 총각 아닌가베. 처녀 총각, 을메나 조와? 처녀 총각이 아침마다 알을 주고받는 거 보면 내 참 우스워서 말야. 우히히힛."

"참, 앗씨두! 내가 뭐 연애라두 한답디까? 난 그 아가씰 봐두 암 생각이 없어요. 근데 아저씨 실속이 뭐냐니까 그러시네?"

"실속? 처녀 속에 계란이 들어가면 실속이지 뭔가. 그래도 모르겠어? 그럼 삶은 계란을 연상해 봐. 그다음에 껍질을 까고, 침을 발라!"

"침을 발라요? 왜요?"

"옛끼, 이 사람. 다 알면서 능글맞게 굴면 못 쓴다네. 사내 나이 서른다섯이 뭐, 도리짓고땡 해서 먹은 건 줄 아나 부지?"

96호 점포의 홀아비와 주고받았던 말이 이토록 생생하게 떠오르자 나는 그제야 망치로 머리통을 되게 얻어맞은 듯한 충격에 휩싸이고 말았다. 이럴 수가! 드디어 나는 확실하게 기억을 되찾았던 것인데, 그 원래의 기억을 되찾자마자 나는 다시금 심한 우울함 속에 빠져야 했다. 되찾은 내 기억에 의하면 나는 그 처녀 알 장수와 수개월 간에 걸쳐 동침을 했으며, 처녀 알 장수는 원치 않는 임신을 했던 것이다.

그러나 나는 그 여자가 임신했다는 말을 듣는 순간 별로 깊이 생각해 보지도 않고 떼어 버릴 것을 결심했다. 그리고는 그 처녀 알 장수의 눈빛을 바라보았는데 그녀 역시 내 마음과 별반 다를 바 없다는 듯한 그런 눈빛이었음을 나는 기억했다. 그리고는 며칠이 지난 후, 즉 바로 어제저녁, 나는 그녀의 등을 떠밀어 산부인과로 걸어 들어가도록 했던 것이다.

나는 갑자기 머릿속이 혼란스러워졌으므로 두 손으로 머리통을 감싸 쥐고 그대로 방바닥에 주저앉았다. 도무지 내 원래의 직업이 무엇인지 지금의 나로서는 도저히 알아낼 재간이 없었던 것이다. 이상한 것은 두 가지 모두, 즉 의사든지 계란배달부든지 간에 나로서는 무척 자세하게 기억해 낼 수 있다는 것일 뿐.

나는 한동안을 멍청히 앉아 있기만 했다. 지금으로서는 어떤 죄수의 사형 집행에 참관하기 위해 제3교도소로 출근을 해야 할지, 처녀 알 장수가 낙태 수술을 받고 링거병을 매단 채 누워 있을 그 산부인과로 가야 할지 도통 결정을 내릴 수 없기 때문이었다.

바로 그때, 초인종이 울렸다. 이 깜깜한 새벽에 누가 찾아온 것인지 몰라 불안하기도 했지만, 너무도 내 자신이 혼란스러웠던 만큼 나는 반가움에 문밖으로 후다닥 달려나갔다. 아무라도 만나야만이 이 혼란스러움에서 벗어날 수 있으리란 판단에서였다.

문을 열자 어둠이 와르르 밀려 들어왔다. 와르르 밀려다니며 서로 부딪치고 깨지는 그 어둠 속에서 초인종을 누른 사람은 뜻하지 않게도 큰 가방을 어깨에 둘러멘 우편배달부였다. 이 깊은 새벽에 난데없이 무슨 편지를 배달하는 것인지 문득 궁금했지만 그 우편배달부는 그저 무덤덤할 뿐, 평상시 낮에 배달을 다니던 그 표정 그대로였다.

"전주성 씨죠? 도장 주소. 엇 추워라, 제길."

도장 찾는 것을 보니 등기 편지인 모양이었으나 나는 그런 것에 상관치 않고 대뜸 그에게 얼굴을 바짝 들이밀면서 내가 확실히 전주성이라는 사람이냐고 물었다. 그러자 그 우편배달부는 내 배꼽 부위를 향해 방귀 뀌듯이 킁킁, 하는 외마디 콧소리를 계속 던지다가 귀찮다는 듯 다시 한번 말하는 것이었다.

"날 놀리시나요? 내가 선생을 한두 번 봅니까? 나말고도 우리 구역에서 선생을 모르는 사람이 있으려구요? 어서 도장이나 주세요. 오늘이 새 정부가 들어서고 처음 열리는 지방의회 아닙니까?"

그의 말에 나는 미리 훈련이나 받은 것처럼 그에게 재빨리 도장과 인주를 내밀었다. 그리고 그가 장부를 펼쳐서 무언가를 끄적이고 도장을 찍고 하는 동안 나는, 도대체 무슨 일이 벌어졌기에 이른 새벽에 내게 등기가 온단 말이요? 어쩌고 해 가면서 봉투에 적힌 발신자의 주소와 이름을 확인하기 위해 편지를 쥐고 있는 우편배달부의 엄지손가락 끝부분을 유심히 들여다보았다.

〈수신 ; 고려구 고려동 산 17번지 500호, 고려구 지방의회 의원 전주성 귀하. 발신 ; 고려구 지방의회 사무국.〉

"옛수!"

내가 편지 봉투에 적힌 글씨를 가까스로 읽어 낸 순간 우편배달부가 내게로 도장을 다시 내밀었다. 그리고는 달력이라든가 책 등등의 부피가 큰 우편물은 따로 묶어 왼손으로 들고, 오른쪽 어깨에 편지, 카드 따위로 그득 찬 가방을 둘러메고 난 뒤 곧 어둠 속으로 사라졌다.

그러나 그 순간, 다시 말하자면 엄지손톱이 빠져서 유난히 짤막하고 쭈글거리던 우편배달부의 엄지손가락 끝에 뭉툭하게 달아빠진 막도장 하나가 달랑거리고 있던 그 순간에야 나는 비로소 내가 무엇을 해야만 하는 사람인가를 확실히 알아낼 수 있었다. 그리고 내가 무엇을 해야만 할 사람이라는 것을 알아내자마자 밥상 위의 노트에 적혀 있던 글의 내용이 확연히 떠오르는 것이었다.

〈혼돈이론은 과거 인간의 사고능력으로는 도저히 그 진행 과정을 예측하기 불가능했던 혼돈 속의 질서를 찾아내는 역할을 할 것이다. 이를테면 유정란 생산은 혼돈이고 낙태 감행은 질서를 위한 것인데, 새 정부가 탄생한 이 세상에 누가 귀의 모습만을 보고 얼굴 전체를 그릴 수 있을 것인지…….〉

작가 연보

1957 • 서울 출생

1979 • 중앙대학교 문예창작학과 졸업

1987 • 중편소설 「철탑」 발표 (『世界의 文學』 가을호)

1988 • 『동아일보』 신춘문예 중편소설 부문에 중편소설 「병원」 당선

• 첫 번째 창작집 『鐵塔』 출간 (삼성출판사)

• 중편소설 「선산부」 수록

• 단편소설 「桃林號 선장」 수록

• 단편소설 「309.8킬로미터」 발표 (『文學思想』 11월호)

• 연작 중편소설 「말 없는 인형들 —1」 발표 (『世界의 文學』 겨울호)

• 『동아일보』 「청론탁설」 집필 연재 (11~12월)

• 『오늘의 소설(하반기)』 (현암사)에 단편소설 「309.8킬로미터」 선정 수록

1989 • 중편소설 「검은 양복」 발표 (『文藝中央』 봄호)

• 연작 중편소설 「말 없는 인형들 —2」 발표 (『現代文學』 4월호)

• 중편소설 모음집 『다섯 자루의 도끼 (예하)』에 연작 중편소설 「말 없는 인형들 —1, 2, 3」 발표 및 수록

• 중편소설 「마들의 옛 주인」 발표 (『문학정신』 7월호)

• 단편소설 「노점 없는 거리」 발표 (『실천문학』 가을호)

• 단편소설 「바퀴자국」 발표 (『韓國文學』 12월호)

1990 • 단편소설 「가자미」 발표 (『文學思想』 1월호)

• 단편소설 「호각소리」 발표 (『현대소설』 봄호)

• 『오늘의 소설(상반기)』 (현암사)에 단편소설 「호각소리」 선정 수록

• 단편소설 「희망 결핍」 발표 (『문학과 비평』 봄호)

• 단편소설 「白馬의 눈」 발표 (『샘이 깊은 물』 7월호)

• 단편소설 「後爆風」 발표 (『동서문학』 8월호)

• 단편소설 「決心」 발표 (『新東亞』 9월호)

• 『新東亞』 제26회 논픽션 공모 예심 심사

• 단편소설 「껍질」 발표 (『文學思想』 10월호)

1991 • 두 번째 창작집 『검은 양복』 출간 (현암사)
• 단편소설 「소사」 발표 (『민족과 문학』 여름호)
• 단편소설 「바람」 발표 (『文學思想』 7월호)
• 단편소설 「39」 발표 (『現代文學』 11월호)
• 꽁뜨집 『발가락 사십 개를 부양하는 남자』 출간 (문예마당)
• 『위기의 남자』 (동광출판사)에 단편소설 「폭동」 수록 발표
• 소설가 협회 선정 『'90 우수중편 모음』에 중편소설 「검은 양복」 선정 수록
• 문예진흥원 선정 『'90 문학작품 선집』에 단편소설 「가자미」 선정 수록
• 창작집 『검은 양복』 제24회 문화부 추천도서 선정
• 중편소설 「검은 양복」 KBS —1 「문예극장」 방영
• 『숨은 얼굴 찾기』 (세계사)에 단편소설 「백마의 눈」 게재
• 문예진흥원 창작지원금 받음

1992 • 단편소설 「외로운 질주」 발표 (『동서문학』 봄호)
• 장편소설집 『흑치』 출간 (문예출판사)
• 단편소설 「私設武士」 발표 (『민족과 문학』 4~6월호)
• 단편소설 「실업자들」 발표 (『文藝中央』 여름호)
• 중편소설 「불법체류자」 발표 (『韓國文學』 7~8월호)
• 소설가 협회 선정 『'91 우수 단편 모음』에 단편소설 「바람」 선정 수록
• 오리지널 시나리오 「째즈빠 히로시마」 서울극장 상영

1993 • 단편소설 「혼돈이론」 발표 (『소설과 사상』 봄호)
• 단편소설 「4월엔 죄인들이 많다.」 발표 (『現代文學』 5월호)
• 중편소설 「자유의 밧줄」 연재 (『현대정공』 사보)
• 문예진흥원 선정 『'93 한국문학작품선』에 단편소설 「외로운 질주」 선정 수록

1994 • 문예진흥원 선정 『'94 한국문학작품선』에 단편소설 「4월엔 죄인들이 많다.」 선정 수록

1995 • 장편소설집 『슬픈 시베리아』 출간 (현암사, 전 2권)
• 동아출판사 전집 『한국 소설문학 대계』에 중편소설 「철탑」, 「검은 양복」 단편소설 「309.8킬로미터」, 「호각소리」 선정 수록
• 『동아일보 신춘문예』 중편소설 부문 예심 심사 (이후 98년까지)

	• 제5회 「서라벌 문학상」 신인상 수상
2004	• 단편소설 「바람도 때론 슬프다」 발표 (『現代文學』 9월호)
	• 牧汀 김광수 회장 회고록 「나의 뜻, 나의 길」 집필
	• 『한국 현대문학 대사전』 (서울대학교 출판부 刊)에 19세기 후반부터 2000년까지 한국 현대문학 소설 분야에서 문학사적 의의를 인정받는 작품을 남긴 작가로 선정
2006	• 정휘동 (청호나이스 회장) 기업경영서 『물은 아래로 흐르고 사람은 위로 달린다』 수정 집필
2007	• 단편소설 「폭동, 내 마음 속의 꽃」 발표 (『現代文學』 8월호)
	• 단편소설 「회상조의 비가 (回想鳥의 悲歌)」 연재 (『미포조선』 사보)
2008	• 신문연재 장편소설 「달려!」 집필 (『일간스포츠』 2008년 5월~2009년 12월)
	• 단편소설 「내 혀는 투명해」 발표 (『現代文學』 10월호)
2009	• 김보겸 (우영 Logistics 회장) 회고록 「피아니스트 여사장과 108대의 트럭」 집필
2010	• 故 정세영 현대그룹 명예회장 5주년 추모집 『꿈과 희망을 남긴 선구자 포니 정』 집필
2013	• 신문연재 장편소설 「알리바바傳」 집필 『헤럴드경제』 2010년 6월 1일~2013년 12월 30일)

심사 경력

월간 『新東亞』 논픽션 공모 심사 (1990년)

『동아일보 신춘문예』 중편소설부문 심사 (1995~1998년)

전국 공모 동서커피문학상 수필부문 심사 (1989년)

각종 기업 주최 현상문예 산문 심사 (1993~2006년, 10여 개 社)

자연사랑 전국 어린이 그림, 글짓기 대회 심사 (2012년)

대한민국 창의인성 한마당 독서발표 심사 (2014년)

남도국악원 연극평가 (2015년)

『소나기마을문학상 황순원 신진문학상』 소설부문 본심 심사 (2015년)

『묵사 류주현 문학상』 제 11회~14회 소설부문 본심 심사 (2015~2018년)